Eugenie Marlitt

Das Heideprinzeßchen

e-artnow 2018

Eugenie Marlitt
Reichsgräfin Gisela

Eugenie Marlitt
Amtmanns Magd (Liebesroman)

Eugenie Marlitt, Wilhelmine Heimburg
Das Eulenhaus (Liebesroman)

Eugenie Marlitt
Schulmeisters Marie (Liebesroman)

Eugenie Marlitt
Goldelse

Eugenie Marlitt

Das Heideprinzeßchen

e-artnow, 2018
ISBN 978-80-268-8728-7

Inhaltsverzeichnis

1.

Er ist ein einsamer Wanderbursch, der kleine Fluß, er läuft durch die stille Heide. Seine schwach klingenden Wellchen kennen nicht das tolle Jauchzen stürzender Wasser; sie trollen sich gemächlich über widerstandslose, flachgewaschene Kiesel, zwischen seichten, mit Weiden und Erlen bestandenen Borden. Das Gebüsch aber verschränkt seine Zweige so undurchdringlich, als dürfe nicht einmal der Himmel droben wissen, daß die kleine Ader voll rieselnden Lebens in der verrufenen Heide klopfe. Und das ist so recht im Sinn vieler böser Zungen, die draußen in der Welt diese weite Fläche germanischen Tieflandes verlästern. Lieber, sieh dir einmal das vielgeschmähte Proletarierweib, die Heide, im Hochsommer an! Freilich, sie hebt die Stirn nicht bis über die Wolken, das Diadem des Alpenglühens oder einen Kranz von Rhododendren suchst du vergebens; – sie trägt nicht einmal die Steinkrone des Niedergebirges; auch schmiegt sich nicht der breite funkelnde Stahlgürtel eines gewaltigen Wasserstromes unter ihren Busen; aber die Erika blüht: ihre lila-und rotgemischten Glockenkelche werfen über die sanften Biegungen des Riesenleibes einen farbenprächtigen, mit Myriaden gelbbestäubter Bienen durchstickten Königsmantel – und der hat einen köstlichen Saum. Weit drüben schwillt die humusarme, sandige Fläche, die allerdings nur für das genügsame Heidekraut einen Nahrungsquell hat, zur mäßigen Anhöhe empor; in dem Boden steckt Kraft und Mark; der lange dunkle Streifen, mit dem er die rotflimmernde Ebene plötzlich abschneidet, ist Wald, tiefer, majestätischer Laubwald, wie er seines Gleichen sucht. Stundenlang schreitest du durch die dämmernden Säulenreihen, die der verachtete Heideboden gen Himmel treibt. In dem Geäst, hoch über deinem Haupte, nisten Finken und Drosseln, und aus dem Dickicht äugt das fliehende Wild scheu nach dir herüber. Und wenn endlich der Hochwald in niedriges Kiefergestrüpp ausläuft und dein Fuß zögert, auf die Waldbeeren zu treten, die hier, wie vom Himmel niedergeschüttet, in Scharlach und bläulicher Schwärze den Abhang färben, während von der Bodensenkung draußen liebliches Wiesengrün und das blasse Gold reifender Getreidefelder heraufschimmern – wenn aus dem mitten drin liegenden Dorf, das seine urgemütlichen Wohnhäuser um den ziegelbedeckten Kirchturm schart, menschliches Leben und Treiben und das Gebrüll stattlichen Hornviehs herüberschallt, dann denkst du wohl lächelnd der trostlosen, gottverlassenen Sandwüste, wie sie »in den Büchern steht«.

Das Flüßchen freilich, mit dem diese Niederschrift beginnt, durchmißt eine der dürftigsten, menschenleersten Strecken. Es läuft lange parallel mit der Waldlinie am Horizonte, und erst nach reiflichem Ueberlegen macht es eine selbständige Schwenkung nach ihr hinüber. Bei aller Sanftmut nagt und wühlt es doch am weichen Uferboden, und einmal sogar gelingt es ihm, ein Miniaturbecken zu bilden, in welchem die langsam rinnenden Wasser scheinbar rasten. Hier weiß man nicht, wo die Luft aufhört und das Wasser beginnt, so klar abgezeichnet liegen die weißen Kiesel drunten, und so wenig bewegt schwimmt das Nixenhaar darüber hin. Das kleine Rund treibt die Erlenbüsche auseinander, eine lichtbedürftige Birke hat sich um einen Schritt hinausgeflüchtet und steht da wie ein holdes Sagenkind, dem die Sommerlüfte unaufhörlich blinkende Silberstücke aus den Locken schütteln. Es war in den letzten Tagen des Juni.

In dem kühlen Wasser des kleinen Beckens standen ein Paar brauner Mädchenfüße. Zwei ebenso sonnverbrannte Hände zogen das schwarze, grobwollene Röckchen fest und vorsichtig um die Kniee, während sich der Oberkörper neugierig vornüber bog. Schmale, mit weißem Linnen bedeckte Schultern und ein junges, braun angehauchtes Gesicht – in der That, es war wenig und winzig genug, was der Fluß zurückwarf; immerhin – den zwei Augen im Wasser war es sehr gleichgültig, ob das Gesicht, in welchem sie saßen, griechische Regelmäßigkeit oder den Hunnentypus zeigte. Hier auf dem einsamsten Fleck der Heide gab es keinen Maßstab für weibliche Schönheit, keine Anregung zum Vergleich; nur, daß alles, was im unverfälschten Tageslicht »natürlich« und altgewohnt erschien, aus dem Wasserspiegel so fremd heraufsah, das machte ihn verlockend.

Draußen im Sonnenschein, im sausenden Heidewind flatterte das ziemlich kurz verschnittene Lockenhaar lustig um Stirn und Nacken – hier unten wurde es zu schwer niederhängenden Rabenflügeln, unter denen hervor die kleinen roten Glasperlen der Halskette wie dunkelglühendes Blut tropften, und das grobe derbe Leinenhemd gar leuchtete geschmeidig und seidenweich, als schwimme eine einzige große, schneeweiße Glockenblume drunten im Wasser – es verwandelte sich eben alles wie in der allerschönsten, alten Zaubergeschichte.

Meist füllte ein Stück dunkler Himmelsbläue die Bresche der Büsche, das gab der Wasserfläche eine harte Stahlfarbe und dem Mädchenbild einen eintönigen Hintergrund. In diesem Augenblick jedoch liefen plötzlich glühende Dunstgebilde über den Spiegel – es war unglaublich, aber trotz alledem quollen sie unmittelbar aus den Haarspitzen des Lockenkopfes. Das kämpfte durcheinander und glühte immer höher auf, als solle allmählich die ganze Welt von Purpur triefen. Nur das heimliche Düster um die Wurzeln des Buschwerks vertiefte sich zur finsteren Höhle, aus der einzelne Zweige wie schwarze Stalaktitenzacken in das schimmernde Feuer hereinragten – eine neue, blitzschnelle Wendung der alten Zaubergeschichte. Aber sie erzeugte einen heillosen Schrecken. Nahm doch selbst der Schatten, den das vorgeneigte Mädchen warf, Brunnentiefe an, aus der herauf zwei übergroße, entsetzte Augen glitzerten.

Die braunen Füße gehörten zu keiner Heldenseele; mit einem wilden Satze sprangen sie an das Ufer – welch eine lächerliche Flucht! Draußen über der Heide entzündete sich der Abendhimmel in roten Flammen; eine feurige, sanft zerfließende Wolke zog über die Bresche hin, das war der gespenstige Nimbus – und die Augen? Hatte wohl die Welt solch einen Hasenfuß, wie mich gesehen? Solch ein kindisches Ding, das vor seinen eigenen Augen davonlief?

Zunächst schämte ich mich vor mir selber und dann vor meinen zwei besten Freunden, die Zeugen gewesen waren.

Meine gute Mieke zwar hatte sich weiter nicht stören lassen – sie war der weniger intelligente Teil. Die schönste schwarzbunte Kuh, die je über die Heideflächen gelaufen, stand sie breitspurig unter der Birke und riß und zupfte schwelgend an dem Grase, das der feuchte Uferboden in einem dünnen Streifen emportrieb. Sie hob den langen, schmalen Kopf, kaute mit unverkennbarem Appetit weiter an den fetten Halmen, die ihr zu beiden Seiten des Maules niederhingen, und sah nur einen Moment dummverwundert nach mir hin.

Spitz dagegen, der sich faul und schläfrig unter das kühle Gebüsch geduckt hatte, nahm die Sache tragischer. Er fuhr wie besessen in die Höhe und bellte in das zurückklatschende Wasser hinein, als sei mir der böse Feind auf den Fersen.

Er war nicht zu beschwichtigen; die Stimme sprang ihm über vor Alteration und Kampfeswut – und das war urkomisch. Lachend sprang ich in das Wasser zurück und sekundierte ihm, indem ich mit beiden Füßen den lügnerischen Spiegel in hochaufspritzende Atome zerstampfte.

Es war aber auch noch ein dritter Zeuge hinzugetreten, den weder ich, noch Spitz bemerkt hatten.

»Nu, was macht denn mein Prinzeßchen da?« fragte er in jenen knurrenden, halbzerrissenen Tönen, wie sie aus einem Munde kommen, dem die unzertrennliche Tabakspfeife wie festgemauert zwischen den Zähnen sitzt.

»Ach, du bist's, Heinz?« – Vor dem schämte ich mich nicht; er lief selber wie ein Hase vor Allem, was nicht ganz geheuer. Freilich, das glaubte Keiner, der dies alte, gewaltige Menschenkind sah.

Da stand er, Heinz, der Imker, auf Sohlen, so massiv und wuchtig, daß sie den Erdboden schüttern machten. Sein Scheitel rührte an Aeste, die für mich himmelhoch hingen, und der breite Rücken verschloß den Ausblick nach der Heide so vollkommen, als habe sich plötzlich eine Granitwand zwischen die Außenwelt und meine kleine Person geschoben.

Dieser Riese gab Fersengeld vor dem ersten besten weißen Laken im dämmernden Zwielicht – und das machte mir Vergnügen. Ich erzählte ihm so lange haarsträubende Sagen und Spukgeschichten, bis mich selber eine Gänsehaut überlief, und ich allen Mut verlor, auch nur in den nächsten dunklen Winkel zu sehen – wir fürchteten uns prächtig um die Wette.

»Ich zertrete ein Paar Augen, Heinz,« sagte ich und stampfte noch einmal fest auf, so daß die sprühenden Wassertropfen an seinem mißfarbenen Drellrock hängen blieben. »Du, da drin ist's nicht richtig –«

»Ei beileibe – am hellen Tage?«

»Ach, was fragt denn die Wasserfrau nach dem hellen Tage, wenn sie böse ist!« – Mit einer wahren Wonne sah ich, wie er halb ungläubig, halb mißtrauisch nach dem rotgefärbten Wasser schielte. – »Wie, du glaubst es nicht, Heinz? .... Ei, da wollt' ich doch, sie hätte dich so angesehen, so schlimm –«

Jetzt war er überwunden. Er zog die Tabakspfeife aus dem Munde, spuckte heftig aus und richtete in einem lächerlichen Gemisch von Triumph und Besorgnis die zerkaute Pfeifenspitze gegen mich.

»Was hab' ich immer gesagt, he?« rief er. »Ich thu's aber auch nicht wieder – nein, ich thu' es ganz gewiß nicht wieder! .... Meinetwegen können die Dinger haufenweise da drin liegen, ich rühre sie nicht wieder an – beileibe nicht!« –

Da hatte ich ja etwas Schönes angerichtet mit meiner Neckerei.

Der kleine Fluß, der Wanderbursch, der so einsam durch die Heide lief, war reicher, als so mancher stolze Strom, der an Palästen und Menschengewühl vorüberrauschte – er hatte Perlen in der Tasche; allerdings in nur geringer Anzahl und bei weitem nicht brillant genug, um ein Königsdiadem, oder auch nur einen eleganten Ring zu schmücken. Aber was verstand ich davon! Ich liebte die kleinen mattglänzenden Dinger, die so rund und beweglich über meine Handfläche liefen. Stundenlang watete ich durch das Wasser und suchte nach Muscheln; ich brachte sie Heinz, der sich auf das Oeffnen der Schalen verstand – wie er das machte, war sein Geheimnis. Nun aber kündigte er mir kurz und bündig den Dienst, weil er sich steif und fest einbildete, die Wasserfrau werde uns als Spitzbuben den Prozeß machen.

»He, Heinz, es war ja nur ein dummer Spaß!« sagte ich kleinlaut. »Lasse dir doch nichts weismachen!« – Ich bog mich über das Wasser, das bereits anfing, sich wieder zu glätten. »Da sieh selber – was guckt da herauf? ... Nichts, weiter gar nichts, als meine zwei eigenen schauderhaften Augen.... Warum sie nur so unmenschlich weit offen sind, Heinz! Bei Fräulein Streit war es nicht so schlimm und bei Ilse auch nicht.«

»Nein, bei Ilse auch nicht,« gab Heinz zu. »Aber Ilse hat scharfe Augen, Prinzeßchen, scharfe!«

Er hatte mir anfänglich mit seiner furchtbaren Faust gedroht, allerdings unter einem gutmütigen Schmunzeln – Heinz konnte nicht böse werden – bei seiner letzten unleugbar weisen und schlagenden Bemerkung aber kniff er wichtig die Lippen zusammen, zog die borstigen Augenbrauen bis unter den Hut und fuhr sich in die Haarbüschel, die strohgelb und dürr von den Schläfen starrten – sie knisterten förmlich in der heißen Abendsonne.

Darauf blies er eine mächtige Rauchwolke vor sich hin, zum Entsetzen der spielenden Mückenschwärme, die sich eiligst aus dem Staube machten; auch daheim die Ilse »mit den scharfen Augen« behauptete stets empört, das sei ein Kraut zum Umbringen – nur ich hielt stand, und wenn ich hundert Jahre erreichen sollte, der übelberufene Duft wird mich zu allen Zeiten sofort in die warme dunkle Ofenecke versetzen, mit dem ganzen Wonnegefühl des heimischen Geborgenseins neben Heinz auf der Holzbank kauernd, während draußen der heulende Schneesturm über die weite Heidefläche braust, und ganze Batterien Eissplitter gegen die Fensterläden tosen.

Ich sprang zu ihm an das Ufer, und da kam auch gerade Mieke heran und rupfte zutraulich an einigen Quecken, die halbzertreten unter Heinzens Schuhen hervorguckten.

»Je – wie sieht denn die aus?« lachte er auf.

»O, ich bitte mir's aus, da wird nicht gelacht!« schalt ich.

Mieke hatte sich prächtig herausstaffiert. Zwischen den weitabstehenden Hörnern hing ihr eine Guirlande von strahlendgelben Ringelrosen und Birkenlaub – ich fand, sie trüge diesen Schmuck so majestätisch und ungezwungen, als sei er mit ihr auf die Welt gekommen – eine Kette aus den dicken Stengelröhren der Hundeblume umschloß ihren Hals, und selbst an der Schwanzspitze baumelte ein Heidesträußchen; es kollerte lustig über den tonnenförmigen Leib herab, sobald Mieke den Wedel hob und nach den Stechmücken auf ihrem Rücken schlug.

»Sie sieht sehr feierlich aus – aber das verstehst du nicht,« sagte ich. »Nun paß auf und rate, Heinz: Mieke hat sich geputzt, und auf dem Dierkhofe ist heute Kuchen gebacken worden – also, was ist los?«

Aber da hatte ich an seine allerschwächste Seite appelliert; raten war nicht Freund Heinzens Sache. In solchen Momenten stand er hilfsbedürftig und bänglich vor mir, wie ein zweijähriges Kind – auch in diese Situation brachte ich ihn um alles gern.

»Schlaukopf, du willst mir nur nicht gratulieren!« lachte ich. »Aber das wird dir nicht geschenkt!... Lieber, allerbester Heinz, heute ist mein Geburtstag!«

Da flog es wie Freude und Rührung über das gute, dicke Gesicht; er hielt mir die ungeschlachte Hand hin, in die ich herzlich einschlug.

»Und wie alt ist denn meine Prinzessin geworden?« fragte er mit konsequenter Umgehung jedweder Glückwunschrede.

Ich lachte ihn aus. »Weißt du das wieder nicht?... Merk' auf: Was folgt auf sechzehn?«

»Siebzehn – was? Siebzehn Jahre?... Ist nicht wahr – solch ein kleines Kind! – Ist ja nicht wahr!« – Er hob protestierend beide Hände.

Dieser tiefe Unglaube empörte mich. Allein mein alter Freund, der es sich bis zu seinem zwanzigsten Jahre hatte angelegen sein lassen, mit der himmelstürmenden Tanne um die Wette zu wachsen, er war nicht so ganz im Unrecht... Seit bereits drei Jahren reichte mein Ohr genau so hoch, daß es Heinzens starkes Herz pulsieren hören konnte – nicht um eine Linie höher war es in dieser langen Zeit gerückt. Ich war und blieb ein kleines Wesen, das sich gezwungen sah, auf Kinderfüßen durch das Leben zu huschen; und das nahm mir, nach Heinzens Begriffen von einem normalen Menschenkind, offenbar auch die Berechtigung, mit jedem Jahr älter zu werden.

Trotz alledem zankte ich ihn tüchtig aus; aber diesmal half er sich als Politikus – er wechselte das Thema. Statt aller Antwort zeigte er mit dem Daumen über die Schulter zurück und sagte schmunzelnd: »Da drüben gibt's einen extra Geburtstagsspaß, Prinzeßchen – sie graben den alten König aus!«

Mit einem Sprunge stand ich außerhalb des Gebüsches.

Ich mußte beide Hände schützend über die Augen halten, so überwältigend flimmerten und brannten die roten Abendgluten. Drüben hinter der fernen Waldlinie schossen sie spießartig durch dünne Dunst-und Wolkenschichten – dort umritten die alten Recken der Vorzeit die weite Heide und rührten mit den funkelnden Speeren an den Himmel.

Noch blühte die Erika nicht – glatt, wie über einen Tisch, breitete sich die grünlichbraune Pflanzendecke hin; nur fünfmal hob und senkte sie sich in jäher Anschwellung über fünf Hünenbetten, über ein großes und vier kleinere. Sie deckten Riesenleiber, wie der Volksmund sagte, ein verschollenes Geschlecht, unter dessen Schritt einst die Erde seufzte, und das mit mächtiger Faust Felsblöcke, wie Kiesel umherwarf. Auf dem Rücken des großen Hügels hatte sich Wacholdergebüsch eingenistet, und an den Flanken herab stand gelbblühender Ginster. Ob ein Vogel das Samenkorn hierhergetragen, oder ob Menschenhand die einsame alte Föhre gepflanzt hatte, genug, sie stand da, seitwärts auf dem Grat des Hügels, dünn benadelt und windzerzaust, und im Wachstum unterdrückt durch die Schneelasten des Winters; aber doch stolz als einziger, unbeschützter Baum inmitten der weiten Ebene, der mit jedem Sturm um sein Leben ringen mußte.

»Da liegt der alte König begraben; denn der Baum steht da, und es blühen gelbe Blumen – das haben die anderen nicht,« sagte ich als Kind zu Heinz, wenn wir auf dem Hügel saßen. Und ich wußte, da, wo der Baum stand, lag das gewaltige Königshaupt mit dem Goldreifen über der Stirn, und der lange, lange Weißbart fiel auf die Purpurdecke, die sie über seine Glieder gebreitet hatten. Die tiefste Einsamkeit webte um das schlafende Geheimnis, aber die Vögel, die vom Walde herüberkamen und auf dem Wipfel der Föhre rasteten, die um Ginster und Heide taumelnden, blauglänzenden Schmetterlinge und die summenden Bienen, sie alle waren meine Mitwisser. Und still atmend, die Hände unter dem Kopf verschränkt, lag ich im Gebüsch und sah die Ameisen in die Erdlöcher schlüpfen und wieder hervorkommen – sie wußten noch mehr als wir Anderen, sie hatten alles drin gesehen und waren wohl gar über die Purpurdecke gelaufen. Ich beneidete sie und fühlte heftige Sehnsucht nach den verborgenen Wundern.

Bis zu dieser Stunde war der große Hügel mein Garten, mein Wald, mein unbestrittenes Eigentum gewesen. Der Dierkhof, meine Heimat, lag mutterseelenallein in der Heide; ein selten betretener Weg, der sie mit der Außenwelt verband, lief vom Walde her und ließ die Hünengräber weit abseits liegen – nie, so lange ich denken konnte, war ein fremder Menschenfuß in ihr Bereich getreten... Nun stand auf einmal dort ein Trupp unbekannter Leute; sie rissen große Erdbrocken aus dem Leib des Hügels. Ich sah die hochgeschwungene Hacke – wie ein feiner, schwarzer Strich hob sie sich vom flammenden Himmel ab, und so oft sie niedersank, war es mir, als schneide sie in das lebendige Fleisch eines geliebten Körpers.

Ohne Besinnen lief ich querfeldein, erfüllt von unsäglichem Mitleiden, aber auch getrieben von dem brennenden Verlangen, zu sehen, was dort an das Tageslicht treten würde. Spitz lief kläffend neben mir her, und als ich atemlos an Ort und Stelle Halt machte, da trabte auch Heinz in seinem Siebenmeilenschritt heran.

Jetzt erst überkam mich das Gefühl der Scheu, jener kindische Schrecken, den mir ein fremdes Gesicht stets einflößte. Ich wich zurück und griff beklommen nach Heinzens Rockzipfel – das gab mir wenigstens einigermaßen das Bewußtsein von Halt und Schutz.

2

Es war unter der Föhre eingeschlagen worden. Das herausgerissene Ginstergebüsch lag weithin zerstreut; da, wo es gestanden, klaffte eine weite Oeffnung, und oben aus dem Bruch, aus dem elenden Gemisch von Lehm und gelblichem Sande, hingen dicke Wurzeln, Ausläufer der Föhre herab – sie zeigten das weiße Fleisch, die Hacke hatte sie unbarmherzig zerschnitten.

»Da wären wir auf dem Stein,« sagte einer der Herren, als die Werkzeuge klirrend aufschlugen.

Man räumte die letzten Erdschollen hinweg, und es wurde ein mächtiger, roher Felsblock sichtbar.

Die Herren traten seitwärts, indes die Arbeiter sich anschickten, den Stein wegzuwälzen. Heinz aber rückte gespannt näher; die Männer machten ihm die Sache offenbar nicht praktisch und handlich genug. Das rechte Bein weit vorgestreckt, hob und senkte er in stillschweigender Mitwirkung die geballten Fäuste, und die Tabakspfeife feierte mittlerweile auch nicht – ich sah plötzlich die Köpfe der Fremden nur noch durch einen bläulichen Nebel. Das aber machte einen Effekt, einen Effekt, den Ilse hätte sehen müssen.

Der junge Herr, hinter welchem mein guter Freund stand, fuhr herum, als habe er unversehens einen Schlag erhalten. Er maß den unglücklichen Raucher mit einem langen, vernichtenden Blicke und fuhr voll Abscheu mit seinem seidenen Taschentuch durch die Luft, um die Rauchwolken zu zerstreuen.

Heinz nahm wortlos das Corpus delicti aus dem Munde und ließ es schlaff an der Seite niedersinken – er war über die Maßen verblüfft. Einen solchen Eindruck hatte sein Tabak doch noch nicht gemacht. Mich aber hatte das Benehmen des Fremden tief erschreckt und eingeschüchtert; ich schämte mich und hob eben den Fuß, um das Weite zu suchen, als der Stein aus dem Gefüge wich und unter dumpfem Gepolter einige Schritte vorwärts gerollt wurde.

Das fesselte mich sofort wieder an den Boden.

Im ersten Augenblick konnte ich nichts sehen, denn die Herren umdrängten die Oeffnung; aber ich wollte auch plötzlich gar nicht mehr. Das Blut stieg mir beängstigend nach den Schläfen, und unwillkürlich wandte ich die Augen weg, denn ich meinte, jetzt müsse etwas Ueberwältigendes kommen.

»Potztausend – das wär's?« rief Heinz mit dem Ausdruck überwältigender Ueberraschung.

Ich sah hinüber – und da war es mir für einen Moment, als seien alle Farben und Lichter der Heide erloschen, als falteten alle blauglänzenden Schmetterlinge die Flügel und sänken zusammen – und die funkelnden Speere am Horizont, wo waren sie hin? Dort ging nur noch die Sonne unter … Im Hügel lag nicht der greise König mit dem lang herabfließenden Silberbart, die Riesenglieder unter die Purpurdecke gebettet – eine dunkle, leere Höhle gähnte mich an.

Die Fremden schienen dieses Ergebnis ganz in der Ordnung zu finden. Einer, der eine Brille trug und auf dem Rücken eine lange Blechbüchse hängen hatte, kroch in die Oeffnung, und der junge Herr folgte ihm, während der Dritte, ein großer, schlanker Mann, die innere Fläche des fortgewälzten Granitblockes untersuchte. Sein Gesicht konnte ich nicht sehen, er wandte mir den Rücken; aber ich hielt ihn für alt; denn er hatte langsame Bewegungen, und der schmale Streifen kurz verschnittenen Haares, der unter dem braunen Hut hervorsah, war entschieden grau.

»Der Stein ist bearbeitet,« sagte er, indem seine Hand leicht über die Fläche glitt.

»Die anderen Träger auch!« rief eine Stimme aus dem Hügel. »Und welch einen riesigen Deckstein haben wir über uns! Ein wahres Prachtstück von einem erratischen Block!«

Der junge Herr erschien wieder in der Oeffnung. Er mußte sich tief bücken, und dabei entfiel ihm der Hut. Bis dahin hatte ich wenige Männer gesehen – außer Heinz, dem alten Pfarrer des nächsten, ziemlich zwei Stunden entfernten Dorfes und einigen dort ansässigen grobknochigen und wortkargen Hofbesitzern war mir nur hier und da ein schmutziger Besenbinderjunge über den Weg gelaufen. Ich hatte mithin keine Gelegenheit gehabt, mich mit dem Begriff von Männerschönheit zu beschäftigen. Aber auf dem Dierkhofe hing ein Bild Karls des Großen; an das mußte ich denken, als die unbedeckte Stirne dort aus der schwarzen Höhle auftauchte; wie ein breiter, weißer, fleckenloser Schild glänzte sie unter den aufbäumenden kastanienfarbenen Haarmassen, die mit einem energischen Emporwerfen des Kopfes zurückgeschüttelt wurden.

Der junge Mann hielt ein großes Thongefäß von gelblich-grauer Farbe in den Händen.

»Vorsicht, Herr Claudius!« mahnte der Herr mit der Brille, der ihm folgte und selbst verschiedene fremdartige Gerätschaften in der Linken trug. »Im ersten Augenblick sind diese Urnen sehr zerbrechlich; sie erhärten aber schnell an der Luft –«

Dazu kam es nicht. In demselben Moment, wo die Urne auf den Granitblock gestellt wurde, zerbarst sie; eine Wolke von Asche stiebte auf und halb verkohlte menschliche Gebeine flogen und rollten nach allen Seiten hin.

Der Brillenträger stieß einen Laut des Bedauerns aus. Er ergriff mit der zart zugespitzten Rechten behutsam eine der Scherben, schob die Brille auf die Stirne und besah die Thonmasse an dem frischen Bruch.

»Ah bah, der Schaden ist nicht groß, Herr Professor!« sagte der junge Mann. »Da drin stehen noch mindestens sechs Stück, und die Dinger gleichen sich wie ein Ei dem andern.«

Der Herr Professor verzog das Gesicht, als habe er Essig geschluckt.

»Ei, ei, das klingt ja recht – laienhaft!« meinte er scharf.

Der andere lachte auf, und das war ein wunderschönes Lachen. Es klang hell und übermütig und doch so wohlthuend beherrscht. Er schien es übrigens sofort zu bereuen, sein Gesicht wurde sehr ernst.

»Ich bin ja auch nur ein Laie, wenn auch ein passionierter,« entschuldigte er sich. »Deshalb müssen Sie schon Gnade für Recht ergehen lassen, wenn der Neuling hier und da die strengen Zügel der Wissenschaft verliert und ein wenig querfeldein galoppiert … Mir lag hauptsächlich daran, mich über den innern Bau dieser Grabdenkmäler zu informieren, und – ah, wie prächtig!« unterbrach er sich und nahm eines der seltsamen Geräte, die der Professor mittlerweile auf dem Steine ausgebreitet hatte.

Der gelehrte Herr hörte augenscheinlich die Entschuldigung des jungen Mannes gar nicht. In tiefes, man hätte sagen können peinliches Nachdenken versunken, hielt er einen kleinen Gegenstand prüfend bald gegen das Licht, bald dicht unter die Augen.

»Hm, hm, eine Art Filigranarbeit von Silber! Hm, hm,« murmelte er vor sich hin.

»Silber in einem vorgeschichtlichen germanischen Grabhügel, Herr Professor?« fragte der junge Mann nicht ohne spöttische Betonung. »Sehen Sie hier dies köstliche Bronzestück!« Es war ein Dolch oder Messer, was er ergriffen hatte. Er hob und senkte wie zum raschen Stoß die Waffe, dann wog er sie lächelnd auf den Fingerspitzen. »Einer Germanenfaust hätte dies zierliche Ding da sicher nicht genügt – sie hätte es im ersten Augenblick zerdrückt,« sagte er. »Und ebensowenig hat sie den zarten Silberschmuck geschaffen, den Sie da in der Hand halten, Herr Professor … Schließlich behält Doktor von Sassen doch recht, wenn er diese sogenannten Hünengräber als Begräbnisstätten phönizischer Anführer bezeichnet.«

»Doktor von Sassen!« Wie mich's durchfuhr bei diesem Namen! Hatte der Sprecher dort nicht mit dem Finger auf mich gezeigt? Und richteten sich nicht sofort Aller Augen auf meine arme, kleine erschrockene Person? … Alle diese Augen! Ich hätte mich in die Erde verkriechen mögen! … Ach, welcher Kindskopf war und blieb ich doch! Man kümmerte sich so wenig um mich, wie vorher auch – ich wollte aufatmen; aber o weh, an ihn hatte ich nicht gedacht! Dort stand er, Monsieur Heinz, der Pfiffikus, nickte mir mit überaus schlauer Miene zu und schrie hinter der hohlen Hand: »He, Prinzeßchen, die Leute sprechen von –«

»Still, Heinz!« fuhr ich ihn an – zum ersten Mal in meinem Leben, und zum ersten Mal auch trat ich heftig mit dem Fuße auf.

Er sah mich einen Moment wie versteinert an, dann wandte er scheu die Augen nach der andern Seite. Die Arbeiter aber waren aufmerksam geworden; sie schienen jetzt erst zu finden, daß der Gegenstand da hinter ihnen nicht ein Dornbusch oder dergleichen, sondern ein kleines furchtsames Mädchen war. Sie starrten mich mit einer Art von lächelnder Neugier unverwandt an; ich wäre am liebsten auf und davon gelaufen; allein es hielt mich etwas unwiderstehlich fest, und ich war damals der unumstößlichen Ueberzeugung, es sei einzig und allein der Wunsch, noch Etwas über den Träger jenes Namens zu hören.

Zudem beruhigte es mich, daß die fremden Herren Heinzens Bemerkung nicht gehört hatten. Mit den »phönizischen Anführern« waren zwei zündende Funken in die Seele des Professors gefallen. Offenbar ein Gegner dieser Hypothese, verfocht er seinen Standpunkt in leidenschaftlich heftiger Rede, welcher der junge Mann mit pflichtschuldiger Aufmerksamkeit folgte.

Der Herr im braunen Hut dagegen beteiligte sich weniger an den gelehrten Auseinandersetzungen. Ruhigen Schrittes wandelte er auf und ab. Er sah lange in das aufgebrochene Hünengrab; später bestieg er den Hügel und übersah die weite Ebene.

Inzwischen war die lodernde Abendröte erblaßt und sank am Horizont in tiefvioletten Tinten zusammen; nur an dem langen dünnen Wolkenstreifen, der sich wie ein dräuender Arm über die entweihte Totenstätte reckte, lief noch ein rötlicher Hauch hin. Der falsche Flitter eines vergänglichen Schauspiels verflog, und droben breitete sich wieder der ernste Himmel in verdunkeltem Blau. Nun trat auch die bleiche Mondsichel, dieser scheinbare Nebelfleck, den das allgemeine Glutmeer völlig verschlungen hatte, wieder hervor und fing an, sich schwach golden zu färben.

Der Herr auf dem Hügel zog seine Uhr hervor.

»Es ist Zeit zum Aufbruch!« rief er hinab. »Wir brauchen eine volle Stunde, ehe wir den Wagen erreichen.«

»Ja, Onkel, leider Gottes eine starkgemessene Stunde!« antwortete der junge Mann. »Ich wollte, wir hätten dieses verwünschte Heidegestrüpp bereits hinter uns,« sagte er mit einem Blick auf seine feinbekleideten Füße mißmutig zu dem Professor, der seine Rede unter einem nachdrücklichen »Eh, wir werden ja sehen!« eiligst geschlossen hatte. »Müssen wir wirklich auf dem heillos schlechten Wege wieder zurück?«

»Ich weiß keinen besseren!« versetzte achselzuckend der Gelehrte.

Der Andere ließ seine Augen finster über die weite Fläche hingleiten.

»Es ist so still, die Heide liegt
Im warmen Mittagssonnenstrahle« –

Der Professor sagte kein Wort. Er schob nur den jungen Mann um einige Schritte seitwärts, dahin, wo die Lehne des Hügels rasch abfiel, faßte ihn an den Schultern und ließ ihn über den Hügel hinweg nach Süden sehen.

Dort lag der Dierkhof. Sein festes, schweres Dach, mit der Heidegarnitur unter jeder Ziegelreihe, hob sich stattlich inmitten vier mächtiger Eichen. Kräftige Rauchwolken, an brodelnde Töpfe auf dem wohlbesetzten Herd erinnernd, wirbelten durch die Aeste und zerflossen in der weichen Sommerluft, hoch über der schwarzweißen Frau Störchin, die, die nackten Beine im Reisernest, nachdenklich den roten Schnabel über die helle Brust hängen ließ. Es war noch hell genug, daß man das tiefe Grün der sorgfältig gepflegten Rieselwiesen und ein schwaches Glimmen hinter der Garteneinhegung erkennen konnte – es sah aus, als sei dort ein Widerschein des farbensprühenden Abendhimmels liegen geblieben – das waren Ilses Lieblinge, die dickköpfigen, orangegelben Ringelblumen... Und da trabte eben auch Mieke, jedenfalls sehr satt und sehr gelangweilt, auf eigene Faust heimwärts. Sie blieb einen Augenblick dumm und faul vor dem gastlich offenen, hochgewölbten Hausthor stehen und besann sich, ob sie hineingehen solle – dies prächtige Tier vervollständigte das Bild ländlicher Wohlhabenheit.

»Sieht das aus, als ob schwachsinnige Troglodyten dort hausten?« fragte lächelnd der Professor. »Und kommen Sie in einem Monat wieder, wenn die Heide blüht, wenn sie purpurn flimmert und schimmert! Dann ist sie märchenhaft! Noch später aber trieft sie von flüssigem Gold, von dem Golde des Honigs – und was wollen Sie? Das ›ausgestoßene Kind Gottes‹ schmückt sich wie ein Königstöchterlein – viele der kleinen dunkeln Heidebäche, wie Sie dort drüben einen sehen, haben Perlen.«

»Ja, Milliarden Wasserperlen, die ins Meer fließen!« lachte der junge Herr.

Der Professor schüttelte ungeduldig den Kopf. Ich hatte ihn auf einmal herzlich lieb den Mann, trotz seines vertrockneten Gesichts, seiner vielen Fremdwörter und der häßlichen, rasselnden Blechbüchse auf dem Rücken. Er verteidigte ja meine Heide, er hatte mit wenigen Worten den ganzen Zauber und Segen, den sie atmete, zur Geltung gebracht. Der junge Spötter mit dem verächtlich lächelnden Munde aber, der mir mit jedem seiner Worte auf das Herz trat, er mußte beschämt werden. Ich weiß noch heute nicht, woher ich den Mut nahm, aber ich stand plötzlich an seiner Seite und hielt ihm schweigend die Hand hin, in der fünf Perlen lagen.

Mir war, als sei ich auf glühende Kohlen getreten; ich fühlte, wie mir die Lippen zitterten vor Scheu und Angst, und meine Augen hingen fest am Boden. Es wurde dunkel um mich her, man umringte mich; der Herr, der inzwischen vom Hügel niedergestiegen war, die Arbeiter, alle kamen heran, und neben mir sah ich Heinzens riesenhafte Schuhe.

»Na, nun sehen Sie 'mal, Herr Claudius, das Kind da will Sie überführen!…Brav, mein Töchterlein!« rief überrascht und vergnügt lachend der Professor.

Der junge Herr sagte kein Wort. Vielleicht war er erstaunt über die Dreistigkeit, mit der sich das Kind der Heide im groben Leinenhemd und kurzen Wollröckchen neben ihn stellte. Langsam, ich meinte, mit Widerwillen griff er herüber – und jetzt erschrak ich erst recht bis ins Herz und schämte mich. Unter diesen elfenbeinweißen schlanken Fingern mit den mattglänzenden Nägeln erschien meine sonnenverbrannte Hand völlig kaffernbraun; sie zuckte unwillkürlich zurück, und um ein Haar hätte ich die Perlen verschüttet.

»Wahrhaftig, sie sind noch nicht durchbohrt!« rief er und ließ zwei der winzigen Kügelchen über seine Handfläche rollen.

»Form und Farbe lassen freilich viel zu wünschen übrig – sie sind sehr grau und unregelmäßig,« entschuldigte der Professor. »Es sind eben kleine Barockperlen ohne sonderlichen Wert; aber sie bleiben immerhin eine interessante Erscheinung.«

»Ich möchte sie gern behalten,« sagte der junge Mann; das klang wie eine höfliche Bitte.

»Nehmen Sie,« antwortete ich kurz, ohne aufzusehen; ich meinte, man müsse in jedem Wort mein Hasenherz klopfen hören.

Er las behutsam die übrigen Perlen von meiner Hand auf, und jetzt sah ich, wie der Herr im braunen Hut, der vor mir stand, ein glänzendes Gewebe, in welchem es leise klirrte, aus der Tasche zog.

»Hier, mein Kind,« sagte er und legte mir fünf große, runde, hellglänzende Stücke in die Hand

Zu ihm schlug ich die Augen auf. Ich sah eine breite Hutkrempe, die das halbe Gesicht verdeckte, dann kam eine große blaue Brille, von der ein leichenhafter Schein auf die Wangen fiel.

»Was ist das?« fragte ich, bei aller Befangenheit doch ergötzt durch das Geflimmer und die Form der fremdartigen Dinge.

»Was das ist?« wiederholte der Herr erstaunt. »Wissen Sie denn nicht, was Geld ist, kleines Mädchen? Haben Sie noch keinen Thaler gesehen?«

»Nein, Herr, das weiß sie nicht,« antwortete Heinz mit väterlicher Autorität für mich. »Die alte Frau leidet kein Geld im Hause; was sie findet, wirft sie ohne Gnade in den Fluß.«

»Wie!…Und wer ist denn diese seltsame alte Frau?« fragten die drei Herren fast zugleich.

»Nu, dem Prinzeßchen seine Großmutter.«

Der junge Mann lachte laut auf. »Diesem Prinzeßchen?« fragte er und zeigte auf mich.

Ich ließ die Silberstücke auf den Boden hinrollen und entfloh…Böser, böser Heinz!…Aber warum hatte ich ihm auch die Geschichte von der überaus zarten und feinen Prinzessin auf dem Erbsen-Prüfstein erzählt! und warum hatte ich's gelitten, daß er mich seitdem »Prinzeßchen« titulierte, weil er sich einbildete, es gäbe nichts Kleineres und Feineres, als das leichtfüßige Menschenkind, das an seiner Seite die Heide durchstreifte!

Ich lief wie gehetzt heimwärts. Das Spottgelächter des jungen Mannes jagte mich, und ich hatte das dunkle Gefühl, als würde es mir nicht mehr in den Ohren klingen, wenn ich meinen Kopf unter das Dach des Dierkhofes stecken könnte.

Unter dem Hausthor stand Ilse und schaute offenbar nach mir aus; denn Mieke war ja allein heimgekommen. Meine Blicke klammerten sich schon von ferne förmlich an die Gestalt, die in harten, eckigen Umrissen aus dem Dämmerdunkel der hinter ihr sich lang hinstreckenden Tenne hervortrat...Wie hatte ich den blonden Kopf dort so lieb! Er war genau so strohgelb wie Heinzens ausgedörrte Schläfenhaare, und die Scheitellinie entlang strebte stets eine eigensinnig krause Wolke aufwärts. Ilse hatte auch dieselbe scharfkantige Nase wie ihr Bruder, und das gesunde, frische Blut, das ihr die Backenknochen schön rot lackierte; aber die Augen, die scharfen Augen, die Bruder Heinz so ängstlich respektierte, sie waren anders, und als ich näher heran kam, gefielen sie mir nicht.

»Bist du toll geworden, Leonore?« rief sie mir in ihrer gewohnten knappen Kürze zu – sie war böse, so böse, wie sie bei ihrem außerordentlich festen inneren Gleichgewicht überhaupt werden konnte –, denn sie nannte mich beim Namen, und das geschah nur, wenn sie zürnte. Dann schwieg sie und zeigte nur streng auf den Fleck, wo ich stand. Mein Blick glitt hinab, und da sah ich allerdings Etwas, das auch mir äußerst fatal war, nämlich meine nackten Füße.

»Ach, Ilse, Schuhe und Strümpfe liegen noch am Fluß!« sagte ich niedergeschlagen.

»Unverstand!...Gleich holen!«

Sie schwenkte um und schritt nach dem Herd zurück, der, zwar nach moderner Art als Sparherd eingerichtet, doch seine altgewohnte Stelle im echt niedersächsischen Hause, nämlich am hintersten Ende der Dresch-und Viehdiele, siegreich behauptete. Ilse hatte Speck auf dem Feuer, er prasselte und duftete kräftig herüber, und in dem brodelnden Kartoffeltopf stiegen die großen Wasserblasen auf.

Das Abendbrot war nahezu fertig, ich mußte eilen, wenn ich rechtzeitig zurück sein wollte. Allein aus dem Hausthor trat ich nicht um die Welt wieder. Verließ ich das Haus durch eine der rückwärts gelegenen Thüren, dann war ich gedeckt durch den Dierkhof selbst und konnte den Fluß erreichen, ohne daß die drüben am Hügel mich bemerkten.

3.

»Da hinaus kannst du nicht, da steht die Großmutter!« sagte sie mit unterdrückter Stimme.

Die Thür stand offen, und ich sah, wie meine Großmutter den Arm des Pumpbrunnens in rasender Geschwindigkeit auf-und niederschleuderte – ein Schauspiel, das mich sonst nicht befremdete, ich hatte es täglich vor Augen.

Meine Großmutter war eine große, starkbeleibte Frau, mit einem Gesicht, das von den Scheitelhaaren an bis auf den breiten Hals hinab zu allen Zeiten eine gleichmäßig brennende Röte überlief. Diese Färbung der ohnehin starken und auffallend gebildeten Züge über der wuchtigen Gestalt mit den weitausholenden Schritten und den energischen, kraftvollen Armbewegungen machte sie zu einer wilden, furchtbaren Erscheinung, und wenn ich sie mir jetzt noch vergegenwärtige in jenen Augenblicken, wo sie unversehens an mir vorüberschoß, und ich höre wieder das Kreischen und Schüttern der Dielen unter ihren Füßen und fühle ein Wehen, als sei ein Windstoß vorbeigebraust, dann muß ich, trotz ihrer schwarzen Augen und der streng orientalischen Profillinie, doch an jene gewaltigen Cimbernweiber denken, die, das Tierfell um den Leib geschlagen und die Streitaxt in der Hand, sich mitten in den wogenden Kampf der Männer warfen.

Sie hielt den Kopf unter den dicken Wasserstrahl; er schoß ihr über das Gesicht und an den außerordentlich starken, grauen Zöpfen hinab, die in den Brunnentrog hingen. Das that sie immer, auch im eisstarrenden Winter; es schien ihr diese Erfrischung so unentbehrlich wie die Lebensluft zu sein. Heute aber befremdete mich ihre Gesichtsfarbe mehr als je; selbst unter dem kalt niederströmenden Wasser spielte sie in ein tiefes, beängstigendes Braunrot hinüber, und als die gewaltige Frau, die Arme weit ausgebreitet, den Kopf schüttelnd in den Nacken warf und in dem wohligen Gefühl der Erquickung mit geöffnetem Munde einige Mal kräftig ausatmete, da hoben sich die Lippen bläulich dunkel von den großen, weißen Zähnen.

Ich sah Ilse an; sie blickte wie selbstvergessen hinüber, und ihre hartblauen, strengen Augen schmolzen in dem Ausdruck tiefster Bekümmernis und Trauer.

»Was ist mit der Großmutter?« fragte ich beklommen.

»Nichts – es ist schwül heute,« antwortete sie kurz. Es war ihr sichtlich fatal, auf dem schmerzvollen Blick ertappt worden zu sein.

»Gibt's denn kein Mittel gegen diesen furchtbaren Blutandrang nach dem Kopfe, Ilse?«

»Sie nimmt nichts – das weißt du... Gestern Abend hat sie mir das Fußbad vor die Füße geschüttet... Jetzt geh, Kind, und hole deine Sachen.«

Damit schritt sie nach dem Herd, und ich verließ pflichtschuldigst das Haus durch eine zweite Seitenthür. Ich sprang nach dem Flusse, der kaum dreißig Schritte hinter dem Dierkhof hinlief, und versuchte durch das Ufergebüsch zu schlüpfen. Das war nicht so leicht in dem engen Geflecht, das unberührt von Menschenhand wachsen durfte, wie es Lust hatte. Aber ich wand mich unverdrossen weiter, denn die zähen Weiden, wenn sie auch nach mir zurückschlugen und meine nackten Füße schmerzend rieben, schützten mich doch vollkommen vor den fremden Blicken, und nachdem ich bereits eine bedeutende Strecke zurückgelegt hatte, segnete ich diesen Schutz doppelt; denn schräg über die Heide her kamen die Herren, Heinz voran, und schritten direkt auf den Fluß zu. Noch hoffte ich, vor ihnen die kleine Bucht zu erreichen, wo ich meine Fußbekleidung abgelegt hatte, allein ich kam bei aller Anstrengung nicht so rasch vorwärts, als die Fremden, und kauerte mich resigniert, ziemlich nahe am Ziele, im Gebüsch an den Boden nieder.

Was sie hierher führte, konnte ich mir denken; Heinz zeigte ihnen den schmalen, neben dem Ufergebüsch hinlaufenden Grasstreifen. Da ging sich's freilich anders, als im spröden starren Heidekraut, der Weg war samtweich, wie geschaffen für verwöhnte Füße. Die Herren kamen dicht an mir vorüber, ich hörte das Knistern ihrer Tritte, und leise wurden die Zweige gestreift, die auch meinen Arm berührten. An der Birke blieben sie stehen.

»Aha, hier hat das Heideprinzeßchen Toilette gemacht!« rief der junge Herr. Mir stockte der Atem. Ich bog mich vor und sah, wie er einen der Schuhe vom Boden aufnahm. Nun wußte ich, bei aller Unberührtheit von Welt und Leben, dennoch recht gut, wie ein zarter Frauenschuh aussehen mußte. Ich hatte im Märchen von silbergestickten Pantöffelchen, von kleinen roten Schuhen gelesen, und das Papier, auf welchem diese reizvollen Zaubergeschichten standen, erschien mir noch viel zu dick und grob als Sohle dieser ätherischen Kunstgebilde aus Samt und Seide. Das Unförmchen aber, das der Fremde dort lachend in die Höhe hielt, war vom stärksten Kalbsleder – o Ilse, dir wäre Holz noch nicht »derb und haltbar« genug für meine unruhigen Füße gewesen!

Heute Morgen hatten die Schuhe vor meinem Bette gestanden, nagelneu und begleitet von zwei steifen Strümpfen, die Ilse selbst aus Heidschnuckenwolle gesponnen und gestrickt hatte – ihr stolzes Geburtstagsgeschenk für mich. Ich war glücklich, und Ilse hatte sehr zufrieden mit dem Kopfe genickt, denn der Schuhmacher hatte in liebender Fürsorge ein wohlgeordnetes Bataillon blitzblanker Nagelknöpfe über die fingerdicken Sohlen hinmarschieren lassen – jetzt funkelten diese gepriesenen Reihen förmlich feindselig zu mir herüber.

»Je – über das Kindchen! Hat richtig die Schuhe stehen lassen! – *Ganz neue* Schuhe!« rief Heinz kopfschüttelnd. »Na, na, ich möchte Ilse hören!« setzte er ängstlich besorgt hinzu.

»Wem gehört denn das Kind, das wir am Hügel gesehen haben?« fragte der alte Herr im braunen Hute mit seiner weichen Stimme.

»Es gehört auf den Dierkhof, Herr.«

»Nun ja – aber wie heißt es?«

Heinz schob den Hut auf die linke Seite und kraute sich hinter dem Ohr. Ich sah sie kommen, seine schlaue Antwort – er erinnerte sich offenbar jenes entsetzlichen Augenblicks, wo ich mit dem Fuß gestampft hatte, und – o, Heinz wußte sich zu helfen!

»Je nu, Herr, Ilse ruft sie ›Kind‹ und ich sage –«

»Desgleichen Prinzeßchen,« ergänzte der junge Herr in demselben gravitätischen Ton wie mein pfiffiger Freund. Wie vorhin das Fundstück aus dem Hünenbett, so wog er jetzt das kleine Scheusal von einem Schuh auf der Hand; diesmal jedoch mit jener schwerfälligen Armbewegung, die etwas Gewichtiges ironisiert.

»Ah, die Damen der Heide belieben mit Nachdruck aufzutreten!« sagte er zu dem Herrn im braunen Hute. »Charlotte müßte dieses feenleichte Prachtstückchen sehen, Onkel!... Ich hätte gute Lust, es ihr mitzubringen –«

»Keine Possen, Dagobert!« unterbrach ihn der Angeredete streng; Heinz aber schrie fast auf.

»Ei beileibe nicht, Herr... O je – was würde Ilse sagen! – *ganz neue* Schuhe!«

»Brr – diese Ilse scheint mir der Drache zu sein, der das barfüßige Prinzeßchen bewacht! – – **Voilà**!« lachte der junge Mann und ließ den Schuh auf den Boden fallen. Darauf schlug er die Hände gegen einander, um die etwaigen Staubreste von seinen Handschuhen zu entfernen.

Sie grüßten Heinz und schritten weiter, während mein alter Freund die Unglücksschuhe eifrig in seine weiten Rocktaschen packte. Er ließ ihnen auch die Strümpfe folgen, die er kopfschüttelnd eben noch auf einem Zweige entdeckte; dann trabte er eiligst nach dem Dierkhofe.

Ich verharrte noch eine kurze Zeit in meinem Versteck und horchte auf die Schritte der Fremden, die sich bald auf dem weichen Rasen verloren. Ich war sehr aufgeregt; damals wußte ich die Empfindung nicht zu bezeichnen, die mir den Hals zuschnürte und mich mit verhaltenen Thränen ringen ließ, und der ich mich nichtsdestoweniger mit einer Art von leidenschaftlicher Genugthuung erst recht hingab – es war Groll, rachsüchtiger Groll... »Wie einfältig!« hatte ich bei Heinzens diplomatischer Antwort zwischen den Zähnen gemurmelt – jetzt konnte er getrost sagen, daß Doktor von Sassen mein Vater sei; aber nein, er hatte gesprochen, wie der weise Salomo, und ich war ihm gram, ich war bitterböse auf ihn.

Ich verließ das Gebüsch. Von dem Dierkhof stiegen keine Rauchwolken mehr auf; Ilse hatte längst die Kartoffeln in die Schüssel geschüttet; auf meinem Teller lagen sicher die schönsten, abgeschält und goldgelb, und daneben stand ein Becher voll süßer Milch – Ilse verzog mich, wenn auch mit dem allerstrengsten Gesicht... Und jetzt wartete sie jedenfalls auf mich; aber heim ging ich noch nicht; ich mußte erst sehen, in welchem Zustande die Fremden den armen zerstörten Hügel zurückgelassen hatten.

Der Hügel sah besser aus, als ich erwartet hatte. Der Block war wieder in seine alte Stelle eingefügt worden, auch die zertrümmerte Erdschicht hatte man darüber hingeworfen, und die Scherben der Urne waren verschwunden. Nur das herausgerissene Gesträuch lag verschmachtend umher; über die schmale Sandblöße am Fuße des Hügels breitete sich noch ein bleicher Hauch der verstreuten Menschenasche, und unter einem Ginsterzweige halb versteckt lag ein feines, schwarzgebranntes Knöchelchen, für immer getrennt von den anderen, die man jedenfalls dem Grabe zurückgegeben hatte.

Ich nahm es behutsam auf – der junge Herr hatte recht, es waren keine Riesen gewesen, die der Hügel deckte. Das zarte Gebild in meiner Hand mochte ein Fingerglied sein, einst vielleicht vom rosigen Fleisch umhüllt, schlank gebaut, von so weißer, atlasglatter Haut bedeckt, wie die Hand, die ich heute gesehen, geliebt und bewundert und von köstlichem Metall schmeichelnd umschlossen, und an einer einzigen seiner Bewegungen hatte vielleicht das Wohl und Wehe vieler anderen Menschenkinder gehangen. Ich stieg auf den Hügel und grub es unter der Föhre ein. Der gute, alte Baum reckte beschirmend seine üppigen Zweige darüber hin – wer wußte, ob er heute nicht selbst den Todesstreich empfangen hatte!

Den Arm um seinen Stamm legend, sah ich da hinüber, wo der kleine Fluß sich nach dem Walde zu krümmte ... Wie seltsam war es, daß sich *Menschen* dort bewegten! Menschen auf der feierlich stillen, eintönig braunen Fläche, über der höchstens der Raubvogel in schwindelnder Höhe seine Kreise zog, um plötzlich lautlos wieder zu verschwinden – mir war, als müßten die Dahinschreitenden Fußstapfen für immer hinterlassen.

Sie eilten in die Welt zurück – in die Welt! ... Ich war ja auch schon dort gewesen. Für mich hatte sie freilich nur in einer großen dunklen Hinterstube und einem feuchten Gärtchen zwischen vier himmelhohen Häusern bestanden, und aus dem Menschengewimmel, das man *auch* »die Welt« nennt, waren mir nur wenige Gesichter nahe getreten. In jener Hinterstube hatte ich meine drei ersten Lebensjahre verbracht ... Graublonde, dürftige Löckchen schwebten um das eine Gesicht, das am festesten in meiner Erinnerung haftete – ich hätte den grünlich blassen Schimmer der schmachtenden Augen, das plumpe Stumpfnäschen und den grauen, leblosen Teint noch malen können. Das war Fräulein Streit, meine Erzieherin, gewesen. Ein anderes Gesicht flog nur wie ein bleicher Schein an dem dunklen Hintergrund dieser frühesten Erinnerung auf – ich hatte es zu selten gesehen, aber wenn ich später Seide knistern hörte, dann tauchte es wie ein Schemen ohne eigentliche Umrisse vor mir empor, und ich hörte eine geärgerte Stimme sagen: »Kind, du machst mich nervös!« Zürnen und nervös sein war dadurch für mich identisch geworden. Diese seidenrauschende Gestalt, die nur durch die Hinterstube huschte und höchstens einmal eine weiche, heiße Hand auf meinen Scheitel legte, nannte Fräulein Streit gnädige Frau, und ich mußte Mama sagen.

Dann wachte ich einmal auf – nicht mehr in der dunklen Hinterstube. Ich saß auf dem Arme eines großen Mannes, dem gelbe Haare an den Schläfen standen und der mich mit einem »Hä, hä, hä – Ausgeschlafen?« anlachte. Neben ihm ging Fräulein Streit im schwarzen Hut und Schleier; die dicken Thränen liefen ihr über das Gesicht, und ich sah, wie sie leise die Hände rang ... Ganz nahe vor uns lag das Haus mit dem Storchennest und den vier Eichen, und als ich in das erhitzte Gesicht des Mannes sah und mich erschrocken zurückbäumte, um aus voller Kehle zu schreien, da rief er: »Kommt, Puttchen!« und aus dem Hausthor rannte eine Schar bunter Hühner auf ihn zu.

Dort stand auch die Frau mit dem roten Gesicht; sie streckte Fräulein Streit die Hand entgegen und küßte mich weinend, worüber ich heftig erschrak; aber das war schnell wieder vergessen. Im Hofraum tollte ein Kalb herum, es sprang plump auf alle vier Füße und blieb lächerlich breitspurig und blökend vor dem Manne stehen. Droben auf dem Dache klapperte de Storch, und Ilse – die Ilse mit den scharfen Augen – hielt mir ein kleines Tier hin, auf dessen seidenweiches Fell ich zaghaft meine Hand legte – es war ein miauendes, junges Kätzchen ... Und überall lag Sonne, goldener, glänzender Sonnenschein, und die Blätter an den Bäumen plapperten und rieselten ohne Ende im würzigen Heidewind. Ich jubelte und kreischte auf vor Lust, während Fräulein Streit unter herzbrechendem Schluchzen über die Schwelle des Hauses schwankte.

So hielt ich auf Heinzens Arm meinen Einzug auf dem Dierkhof, und von diesem Augenblicke an begann erst mein Leben – ich war über Nacht ein glückliches Kind geworden, während die Menschen mich beweinten…Hussa! ging es auf Heinzens Rücken Tag für Tag im lustigen Trabe über die Heide hin. Und da stand auf dem allereinsamsten Flecke eine kleine Lehmhütte mit einem niedrigen Strohdach; der große Heinz mußte sich tief bücken, wenn er unter die Thür trat. Aber drinnen war es wohnlich. Tisch und Stuhl blinkten schneeweiß, und hinter den zwei großen Schrankthüren an der tiefen Wand lagen federnstrotzende Betten im sauberen buntgewürfelten Ueberzug. Heinz und Ilse waren Besenbinderkinder gewesen. Der alte Besenbinder hatte mit seinen beiden eigenen Händen die Hütte gebaut, die zwei Kinder waren darin geboren, und an einem anderen Orte wollte Heinz auch nicht sterben. Im Juli fuhr er das Bienenvolk der umliegenden Höfe in die Heide und behielt sie unter Aufsicht, sonst arbeitete er wöchentlich einige Tage als Knecht auf dem Dierkhofe.

In der Lehmhütte war ich so schnell heimisch geworden, wie im Hause meiner Großmutter. Ich half Heinz seine Buchweizengrütze essen, und war dabei, wenn er Streuheide für den Dierkhof hieb und einfuhr. Er hob mich hoch über seinen Kopf nach den alten, pensionierten Bienenkörben, die an den Balken der Tenne hingen und von dem Hühnervolk als Nester benutzt wurden, und ich reichte unter Jubeln und Jauchzen die schönen glatten, weißen Eier der neben ihm stehenden Ilse hinab.

Fräulein Streit saß währenddem in der großen Wohnstube und stickte den ganzen Tag und weinte dazu. Damals mag wohl die alte traute Stube recht lächerlich ausgesehen haben; denn ihre Wände waren nur weiß gestrichen, hinter dem Ofen lief die braune, abgenutzte Holzbank hin, und die Tische standen grob und ungeschlacht umher. Aber Fräulein Streit zu Ehren hatte die Großmutter ein gepolstertes Sofa aus der Stadt kommen lassen, und Ilse hatte blau und weiß gestreifte Vorhänge aufgesteckt. Fräulein Streit zog diese Vorhänge meist zu und klagte, sie fürchte sich vor der endlosen, totenstillen Heide, wenn die Sonne so darüber hinbrenne, und wenn der Mond schien, fürchtete sie sich auch…In meinem fünften Jahre begann sie mich zu unterrichten; da brachte Ilse ihre Arbeit herein und hörte auch zu. Sie war, fünfzehn Jahre alt, in die Stadt, in den Dienst meiner Großmutter gekommen, und die hatte sie ein wenig im Lesen und Schreiben unterrichten lassen – trotzdem fing die alte Ilse noch einmal mit mir an. Oft, wenn ich Abends, müde getollt und gelaufen, mich auf ihrem Schoß zusammenschmiegte und meinen Kopf an ihre Brust lehnte, da kam auch Heinz heran, natürlich mit der *kalten* Pfeife, und Fräulein Streit wurde lebendig; ihre schmalen Wangen röteten sich, und die blonden Löckchen flogen und flatterten alteriert um das Gesicht. Dann erzählte sie von dem Leben und Treiben in meinem elterlichen Hause, und dabei wurde es mir allmählich klar in meinem Kopfe. Ich erfuhr, daß mein Vater ein berühmter Mann sei, und meine verstorbene Mutter war eine Gelehrte und Dichterin gewesen. Viele berühmte und vornehme Leute waren in dem Hause aus-und eingegangen, und wenn Fräulein Streit seufzend erzählte: »Ich hatte ein weißes Kleid an und rosa Bänder in den Haaren, es war Leseabend bei der gnädigen Frau«, da dämmerten auch allerlei unliebsame Erinnerungen in meiner Kinderseele auf. Ich hörte wieder das aufregende Trippeln und Hin-und Hergehen vor der Thür meiner Hinterstube – meine Abendmilch wurde mir eiskalt gereicht, und wenn ich aus dem ersten Schlaf auffuhr, da war ich mutterseelenallein in dem weiten, unheimlichen Zimmer. Ich fürchtete mich und schrie auf, und dann kam Fräulein Streit in ihrem weißen Kleide wie ein Gespenst hereingeflogen, schalt mich, steckte mir ein Bonbon in den Mund, deckte mich zu bis über die Nase und schlüpfte wieder hinaus.

Außerdem berührten mich die »himmlischen Erinnerungen« meiner Erzieherin sehr wenig; ich schlief meist darüber ein und erwachte erst wieder, wenn ich unbarmherzig an den Haaren gezogen wurde. Mit derselben Konsequenz wie die graublonden Löckchen, wurden auch meine langen, schwarzen Haare allabendlich aufgewickelt, und dann mußte ich für meinen fernen Vater beten, auf dessen Gesicht ich mich bei aller Anstrengung nicht besinnen konnte.

So vergingen einige Jahre, und Fräulein Streit wurde von Tag zu Tag unruhiger und weinte immer herzbrechender. Sie stand auch wohl draußen im Baumhof, breitete ihre Arme weit aus und rief mit zärtlich dünner Stimme gen Himmel:

»Eilende Wolken! Segler der Lüfte!
Wer mit euch wanderte, mit euch schiffte!« –

»Ich bin es mir selbst schuldig, gute Ilse – man hat hier so gar keine Aussichten!« verabschiedete sie sich von Ilse, während Thränenströme ihr ältliches Gesicht überrieselten.

»Gar keine Aussicht in der weiten, weiten Heide!« Ich war wie versteinert bei dieser Anschuldigung meiner vergötterten Heimat. Heinz fuhr den Koffer bis ins nächste Dorf, und ich ging auch ein Stück Weges mit. Nach dem Abschied blieb ich stehen und sah der Fortziehenden nach, bis ihr wehendes Kleid weit, weit drüben im Walde verschwand. Nun nahm ich den Hut vom Kopfe und warf ihn hoch in die blaue Luft, dann streifte ich das enge, drückende Jäckchen ab, ohne welches Fräulein Streit mich nie ins Freie entlassen hatte … Ei, wie wonnig der laue Wind über Nacken und Arme hinstrich! … So kam ich heim. Da hatte Ilse schon das gepolsterte Sofa in die anstoßende Kammer geschoben und der Schonung wegen mit Decken überhangen, und die blau- und weißgestreiften Vorhänge faltete sie eben fein säuberlich zusammen, um sie im Kasten aufzuheben.

»Ilse, abschneiden!« sagte ich und hielt meine langen, unbequemen Locken hin. Und sie schnitt hindurch mit kreischender Schere, daß es eine Lust war. Die Lockenwickel flogen ins Feuer, das Jäckchen paradierte im Schranke, und ich ging von da an in Rock und Mieder wie Ilse.

Das glitt mir alles durch die Seele, während ich unter der Föhre stand und unverwandten Auges die drei forteilenden Gestalten verfolgte. Es dämmerte bereits, ich konnte sie kaum noch von dem dunklen Buschwerk unterscheiden; auch waren sie schon so weit entfernt, daß ich ihr Weiterschreiten nicht mehr bemerkte; aber ich wußte ja, daß sie sich ebenso sputeten, wie einst Fräulein Streit, die mißachtete Heide möglichst schnell im Rücken zu haben … Was hätte der junge Herr wohl gesagt der Thatsache gegenüber, daß die alte Frau mit dem roten Gesicht auf dem Dierkhof einst eine volkreiche Stadt verlassen hatte und in die Heide gegangen war, um nie wieder zurückzukehren! Fräulein Streit meinte freilich immer, meine Großmutter sei tiefsinnig, und fürchtete sich unsäglich vor ihrem scheuen Blick; für mich aber war das wunderliche Wesen der alten Frau bis zu diesem Augenblick unzertrennlich von ihrer ganzen Erscheinung gewesen, und wenn es sich später verschärft und verstärkt hatte, so war es ebenso leise und allmählich geschehen, wie ich in die Höhe wuchs – ich hatte immer gemeint, so seien eben alle Großmütter. Wie kam es doch, daß ich jetzt nachdenklich wurde über Dinge, die mir bisher als selbstverständlich gegolten hatten? Das maßlose Erstaunen der Fremden über die »seltsame alte Frau, die kein Geld im Hause litt«, hatte mich aufmerksam gemacht … Und war es nicht auch seltsam, daß meine Großmutter im Lauf de Jahre völlig verstummte? Daß sie jeder Begegnung mit ihren Hausgenossen auswich und mir einen furchtbar strafenden Blick zuwarf, wenn ich ja einmal ihren Weg kreuzte? Daß sie nie auch nur einen Bissen aus fremder Hand aß? … Die Eier, von denen sie hauptsächlich lebte, nahm sie eigenhändig aus den Nestern; sie molk die Kuh selbst, damit keine andere Hand das Milchgefäß berühre, kein fremder Atem über den Trank hinstreiche, den sie genoß, und Fleisch und Brot rührte sie nie an … Nur im ersten Jahre hatte sie mich hie und da geliebkost – später schien sie ganz vergessen zu haben, wer ich sei.

Mein Vater schickte keine neue Erzieherin, für meine Großmutter existierte ich nicht, und der weit abseits wohnende Dorfschullehrer war kein Hexenmeister. Das sei zu schlimm für ich, meinte Ilse. – Sie schickte mich nicht in die Schule und setzte sich Abends selbst auf den Lehrstuhl – es wurde ihr sauer genug. Sie las mir meist einzelne Kapitel aus der Bibel vor, aber stets mit gedämpfter Stimme, und es entging mir nicht, daß sie sich öfter jäh unterbrach und ängstlich gespannt nach dem Zimmer meiner Großmutter hinhorchte. Ich wurde auch vom alten Pfarrer des Kirchspiels konfirmiert; denn ich hatte bei Ilse entsetzlich viel auswendig gelernt; damals stahl sie sich förmlich mit mir aus dem Dierkhof, während Heinz daheim Wache hielt, und ich kniete in der kleinen Dorfkirche und legte mein Glaubensbekenntnis ab, ohne daß meine Großmutter eine Ahnung davon hatte.

So war ich aufgewachsen, wild und lustig, wie die unberührten Weiden drüben am Fluß, und wie ich so dastand unter der Föhre, barfüßig, im kurzen groben Rock, und der Abendwind blies in mein flatterndes Haar, da lachte ich, lachte laut auf über den jungen Herrn, der so sorgsam den weichen Rasenweg für seine feinen Sohlen aussuchte und schützendes Leder über die weißen Hände zog – und das war meine Rache.

Mochten sie doch diese unabsehbaren, flachen Strecken eine furchtbare Einöde nennen; für mich waren sie beseelt vom Geiste der Heimat und von einer ganzen Armee lustiger Gestalten, als da sind Feen, Wasser-und Luftgeister, aber auch – Gespenster; ja Gespenster! Ich war schon ein wenig zusammengefahren bei meinem eigenen Lachen – hatte es doch so wunderlich über die dämmernde Heide hingeklungen, so fremd, als sei es gar nicht von mir selbst, sondern von der einfachen Mondsichel hergekommen, die sich am unermeßlichen Gewölbe droben ebenso verlor, wie meine kleinwinzige Person inmitten der ungeheuren, schweigenden Ebene. Schwarz stand der Wald am Horizont, er trennte mit einem scharfen Strich unerbittlich Himmel und Heide; und im Osten, da, wo am Tage ein feiner, grüner Streifen verlockend leuchtete, ballten sich weißliche Dünste. Dort lag der Torfsumpf voll tiefer Wasserlachen und bestanden mit Binsen und sprödem Riedgras; die kleinen stehenden Gewässer tief drinnen aber umsäumte Schilf, und die weiße Seerose lag bleich auf dem dunklen Spiegel – ich meinte immer, das seien keine Blumen, sondern traurige Menschengesichter. Jetzt schwebten sie aufwärts, und die weißen Schleier und Gewänder quollen nach und blähten sich und flossen herein auf das trockene Heideland, über das einst, in uralten Zeiten, grüne, rauschende Meereswogen hingerollt waren, wie heute der gute, alte gelehrte Herr mit der Blechbüchse auf dem Rücken gesagt hatte. Vor den wehklagenden, in den Sumpf zurückgedrängten Wassergeistern fürchtete ich mich nicht – aber da unten zu meinen Füßen war heute Menschenasche verschüttet worden; frevelnde Hände hatten den Grabhügel aufgebrochen und die Ruhe der Toten gestört... An der anderen Seite, neben dem Föhrenstamm lag das Knöchelchen eingescharrt – wie, hob es sich nicht schon als Finger aus der Erde, wieder fest eingefügt in die weiße Hand? Wuchs es nicht immer höher, da dicht neben mir, bis er dastand, der Phönizier, finster und dräuend, mit der breiten, weißen Stirn Karls des Großen und der Goldkrone in dem zurückbäumenden kastanienfarbenen Haar?... Kalte Schauer überliefen mich, mit stockendem Atem stand ich starr und steif und sah nicht rechts, noch links; ich hatte nicht einmal den Mut, den Arm vom Föhrenstamm zu lösen, und doch erwartete ich jeden Augenblick mit leise gesträubtem Haar, den kalten Finger auf dem nackten, warmen Fleisch zu fühlen – und da legte sich plötzlich eine Hand schwer auf meine Schulter. Ich stieß einen gellenden Schrei aus.

»Leonore, was machst du für Streiche!« schalt Ilse. Sie stand hinter mir und hielt mich mit festen Armen – ich glaube, ich wäre sonst wie leblos den Hügel hinabgerollt.

»Ach Ilse, der Phönizier« – stammelte ich.

»Was?« fragte sie gedehnt. Sie schob mich von sich und sah mir mißtrauisch besorgt in die Augen – sie hatte ja heute schon einmal gefragt, ob ich toll geworden sei. Ihr Gesichtsausdruck brachte mich sofort zu mir selbst – ich mußte laut auflachen und warf mich an ihre Brust; da war ich geborgen vor allen Gespenstern und auch vor dem fremden Gesicht, das, obschon längst in der Dämmerung verschwunden, sich doch sogar dem Geist des Phöniziers aufgedrängt hatte.

»Hat's wieder einmal gespukt?« fragte Ilse. »Und nun gar unter Gottes freiem Himmel!... Ja, du und Heinz, ihr seid mir ein Paar Helden!«

Die gute Ilse – unter dem dunklen Dach des uralten Dierkhofes war auch sie nicht sicher vor allerlei unheimlichen Begegnungen, und wenn sie auch Mutig und beherzt auf alles losging, so wußte sie doch der haarsträubenden, verbrieften und womöglich amtlich bestätigten Dinge genug, vor denen der Verstand der Verständigen absolut still ein mußte.

Sie nahm meine Rechte in ihre harte, kühle Hand und führte mich den Hügel hinab.

4.

Als ich mit Ilse eintrat, brannte schon die Lampe auf dem Tische, sie verlor sich in dem weiten, dunkel angerauchten Raum wie ein kleiner Funken. Durch das offene Hausthor fiel noch das fahle Dämmerlicht von draußen auf die vorderen Viehstände; sie waren leer, auf dem Dierkhofe wurde nur so viel Oekonomie betrieben, als zu unserem eigenen Lebensbedarf nötig. Nahe dem Fleet aber, mit der Stirne nach der Tenne zu, lag Mieke wiederkäuend und hielt mir die Hörner hin – zur Nachttoilette schien ihr die baumelnde Guirlande doch nicht wünschenswert.

Ilse warf einen Blick auf das »feierlich geputzte« Tier, dann wandte sie den Kopf weg und schlug mich leicht auf die Schulter – ich durfte ja beileibe nicht wissen, daß sie über meinen »ewigen Unsinn« gar auch noch lache.

Man hatte bereits ohne mich Abendtafel gehalten. An einem mächtigen Berg von Kartoffelschalen sah ich, wo Heinz gehaust hatte. Ilse schob, diesmal ohne Strafpredigt, die kalt gewordenen Kartoffeln von meinem Teller und legte mir dafür ein Paar heiße, weichgekochte Eier hin. Draußen im Baumhof hörte ich Heinz hantieren, und Ilse lief auch emsig auf und ab; sie hatte noch »alle Hände voll zu thun«. Das war nun freilich nicht der günstigste Moment; trotz alledem fuhr mir die Frage heraus, die mir bisher auf den Lippen geschwebt hatte:

»Ilse, wie heißt das Haus, wo mein Vater jetzt wohnt?«

Sie wollte gerade an mir vorüber in den Baumhof gehen.

»Willst du ihm schreiben?« fragte sie überrascht stehen bleibend.

Ich lachte laut auf. »Ich? Einen Brief schreiben? Ach, Ilse, wie lächerlich das klingt!… Nein, nein, ich will nur wissen, wie die Leute heißen, bei denen mein Vater wohnt!«

»Muß es auf der Stelle sein?«

Ich wagte nicht »ja« zu sagen; aber vielleicht las Ilse die brennende Ungeduld auf meinem Gesicht. Sie ging schweigend in die Wohnstube und schob mir gleich darauf ein Kästchen hin.

»Da, suche dir die Adresse selber – ich hab' sie nicht im Kopfe. Aber verliere mir nichts und stöbere nicht zu viel herum!«

Sie ging hinaus. Wie sauber und pünktlich geordnet lag die spärliche schriftliche Verbindung zwischen dem Dierkhof und der Außenwelt in dem kleinen Viereck!… Da war das dünne, verschwindend kleine Päckchen, das die Briefe meines Vaters umschloß; sie trugen samt und sonders Ilses Adresse, enthielten stets nur wenige höfliche Zeilen, einen Gruß an die Großmutter und an mich, und eine bestimmt verneinende Antwort auf Ilses hie und da wiederkehrende Bitten, mich, der Schule wegen, vom Dierkhof hinwegzunehmen. Was an Schriftstücken von draußen herkam, ging durch Ilses Hand und wurde von ihr unter Seufzen und großen Mühen mit steifen Schriftzügen und lakonischer Kürze erledigt. Ich kümmerte mich nie darum; denn so flink ich im Lesen war, und so heißhungrig ich immer wieder die mir von Fräulein Streit massenhaft hinterlassenen Kinderbücher auch jetzt noch verschlang, so blutsauer wurde mir das Schreiben, und so verhaßt war es mir.

Unter dem Päckchen mit meines Vaters Briefen lag auch ein Schreiben, von welchem ich wußte, daß es ganz vor Kurzem eingelaufen war. »An Frau Rätin von Sassen. Hannover« stand in schlanker, graziöser Schrift auf dem Kouvert; eine andere plumpe Hand hatte den Namen des dem Dierkhof zunächst gelegenen Dorfes hinzugefügt. Der Brief war an meine Großmutter – der einzige, der, so lange ich denken konnte, unter dieser Adresse in unser Haus gekommen war. Als Heinz ihn vor einigen Wochen mitbrachte und Ilse übergab, da glitten meine Augen flüchtig über die Aufschrift, und ich ging gleichgültig hinweg, ohne den Inhalt wissen zu wollen: die Welt außerhalb der Heide und was von ihr herüberkam, hatte für mich nicht die geringste Anziehungskraft. Heute war das plötzlich anders; das aufgebrochene Siegel reizte mich, einen Blick auf das Blatt drinnen zu werfen; allein ich wagte es doch nicht ohne Ilses Erlaubnis und legte den Brief einstweilen auf die Tischecke.

Die gewünschte Adresse meines Vaters war schnell gefunden. Als ich sein letztes Schreiben mit hastiger Hand auseinanderschlug, da stand dicht unter seinem Namen: »Firma Claudius Nr. 64 in K.« Ein jäher Stich durchfuhr mich, und ich fühlte, wie es mir flammendheiß über das Gesicht hinlief, als ich den Namen schwarz auf weiß vor mir sah, den der Professor heute wiederholt ausgesprochen hatte. Wie prächtig verstand ich auf einmal die flüchtigen, kraus durcheinander wimmelnden Schriftzüge meines Vaters zu lesen! Der Name sprang mir förmlich in die Augen…Ich kannte den Inhalt des Briefes, Ilse hatte ihn mir mitgeteilt; und doch fing ich jetzt an, die Zeilen noch einmal zu studieren. Ach, da war wieder einmal die ganze Oede und Trockenheit, welche die Briefe meines Vaters kennzeichnete! Er fragte nicht: was macht mein Kind? Ist es gesund und denkt es an mich?…In diesem Augenblick fühlte ich zum ersten Mal, wenn auch noch dunkel, daß mein Vater ein schweres Unrecht an mir begehe.

Die nichtssagenden Zeilen schlossen mit dem Satze: »Der Brief aus Neapel wird *nicht* beantwortet, und daß er meiner Mutter nie zu Gesicht kommen darf, versteht sich von selbst.« Damit war offenbar das Schreiben gemeint, das neben mir auf dem Tische lag; es trug das Postzeichen Neapel und war mir nun doppelt interessant.

Das dünne Blättchen in meiner Hand aber faltete ich mißmutig und enttäuscht zusammen – Nichts über den neuen Aufenthaltsort meines Vaters, kein Wort über seine Beziehungen zu Denen, die Claudius hießen – ich sprang auf und warf den Brief in den Kasten. Ei, was kümmerten mich die fremden Leute! Da sann und grübelte ich über Menschen und Verhältnisse, die mich nichts, aber auch ganz und gar nichts angingen, und draußen brach die Nacht herein, und Heinz polterte und rumorte immer noch im Hofe herum. Sonst, wenn er über Feierabend noch einmal zu hantieren anfing, da klopfte ich ihn auf die Finger, hing mich an seinen Arm und schleppte ihn herein auf den Fleet, auf den massiven ungepolsterten Holzstuhl, seinen unbestrittenen Platz. Dann reichte ich ihm einen brennenden Kienspan, und gleich darauf wirbelten die Rauchwolken um sein selig schmunzelndes Gesicht. Ilse brachte ihr Nähzeug, ich aber las mit unvermindertem Enthusiasmus immer wieder die Erzählungen vor, die ich halb auswendig wußte. War es kühl oder gar stürmisch regnerisch draußen, dann wurde das Feuer im Herd neu geschürt, und Ilse goß einen heißen Thee auf. Wonnig war es dann, auf dem geschützten Fleet, unter dem Dach zu sitzen, auf das der plätschernde Regen unermüdlich niedertrommelte; dazu der Glutschein vom Herde her und die trauliche Stille in dem weiten, von langen Streifen der Tabakswolken durchzogenen Raum der dämmernden Tenne. Dann und wann klirrte leise die Kette an Miekes Hals, hoch oben auf den Querstangen rührte sich schlaftrunken eines der Hühner, oder Spitz dehnte sich behaglich seufzend vor dem warmen Herde – alles, was ich liebte, geborgen inmitten der festen vier Wände!

Da war es still in meiner Seele; ich hatte keinen Wunsch, kein Verlangen! Mein junges Herz war nur voll von Zärtlichkeit für die Beiden, zwischen denen ich saß…Nun drängten sich auf einmal fremde Gesichter von draußen herein, und ich errötete heiß vor mir selber, indem ich daran dachte, was heute unter ihrem plötzlichen Einflusse aus mir geworden war. Da half kein Leugnen – statt zu dem alten Freunde zu halten, den der vornehme junge Herr mit so verächtlichen Blicken gemessen, hatte ich mich feiger Weise seiner geschämt; ich war maßlos heftig geworden, hatte mit dem Fuße gestampft ihm gegenüber, der mir allezeit mit der grenzenlosesten Geduld und Nachsicht begegnete, und ihn einfältig dafür gescholten, daß er seinen einfachen Kopf anstrengte, um genau nach meinem Wunsch und Willen zu antworten…Und warum that ich das? Weil mir auf einmal der glorreiche Einfall kam, mit meinem berühmten Vater prunken zu wollen, mit dem Vater, für den ich nicht existierte, während ich auf Heinzens Armen groß geworden war.

Ich mußte abbitten, reumütig abbitten, und zwar auf der Stelle, und der Entschluß wurde mir leicht gemacht, denn in demselben Augenblick ging die Thür nach dem Baumhof auf, und Heinz trat, gefolgt von Spitz, auf den Fleet.

Ich flog auf ihn zu und legte meine Hände auf seine breite Brust – höher kam ich nicht.

»Heinz, du bist furchtbar böse auf mich, gelt?«

»Ei beileibe, davon müßte ich doch auch ,was wissen, Prinzeßchen!« brummte er neben der Pfeife heraus. Er stand verlegen und unbeholfen wie eine Mauer vor mir und rührte kein Glied.

»Du *weißt* es auch, Heinz,« sagte ich. »Geh', zanke mich tüchtig aus…Ich bin bodenlos ungezogen gewesen!…Gelt, das hättest du nie von mir gedacht? – mit dem Fuße zu stampfen –«

»Ach, das war ja nur ein Späßchen –«

»Ein Späßchen? Glaub' doch das nicht! Es war Ernst, nichtswürdiger Ernst!…Sei du nur *nicht* so gut mit mir, Heinz – ich verdiene es nicht, und Strafe muß sein…Kindisch bin ich und heftig und ein erbärmliches, undankbares Ding –«

»Ei ja – und was nicht noch alles!«

»Ein Hasenfuß, Heinz!…Ja, siehst du, das war's eben, was mich so außer Rand und Band brachte. Da stand ich wie hingeschneit am Hügel, und alle die Köpfe wären doch ganz gewiß nach mir herumgefahren, wenn du gesagt hättest –«

»Hab' nichts gesagt! Hä, hä, hä! Nicht ein Wörtchen!« – Er stippte bedeutsam den Zeigefinger gegen die Stirn. – »Ja, so schlau ist man auch – die hätten lange fragen können!« – Mit einer schwerfälligen Bewegung griff er in die Brusttasche seines Rockes. »Aber das unmenschlich viele Geld, das da nur so auf dem Boden hinkollerte, das haben die Leute nicht wiedergenommen, durchaus nicht!…Ich hab's auflesen müssen – und da ist's, Prinzeßchen!«

Er zählte die blanken Thaler in langer Reihe auf seine Rechte. Seine kleinen Augen glitzerten und funkelten und huschten liebäugelnd darüber hin.

Fünf Silberstücke – für jede Perle eins! So war es gemeint gewesen. Das »Hier, mein Kind!« des alten Herrn hatte so selbstverständlich geklungen, als seien die Dinger da von mir verlangt worden, und ich hatte die Perlen doch hinschenken wollen. Das verdroß mich jetzt erst über die Maßen.

»Ich will sie nicht, Heinz!« grollte ich und stieß nach seiner Hand.

Das Geld rollte abermals hinab…Was war das für ein entsetzliches Geräusch, als die schweren Metallstücke klingend und klirrend auf das harte Steinpflaster niederschmetterten!…Ich hatte es noch nie, und der Dierkhof wohl seit vielen Jahren nicht mehr gehört.

Unwillkürlich fuhr ich herum, und mein Blick zuckte scheu über das Fenster, das nach dem Fleet mündete. Hinter den halbblinden Scheiben hing ein dicker, farbenbunter Plüschteppich, den, so lange ich denken konnte, nie eine Hand von drinnen gehoben hatte – jetzt wurde er zurückgeschleudert, und die Augen meiner Großmutter funkelten heraus.

Das war ein Anblick, der dem Beherztesten Grauen einflößen konnte. Zitternd bückte ich mich, um das Geld zu sammeln; aber da flog auch schon die neben dem Fenster befindliche Thür auf – wie ein Windstoß brauste es heran – ich wurde an der Schulter gepackt und auf die Tenne hinabgestoßen.

»Nicht anrühren!« gellte es mir in die Ohren. Welch einen erschütternden Klang hatte doch die Stimme, die seit langen Jahren für mich verstummt war! Ich schlug entsetzt die Augen auf.

Da stand die gewaltige Frau und schüttelte grimmig die Faust nach Heinz hin. »Du« – zischte es drohend von ihren Lippen.

»Gut sein, gnädige Frau, gut sein!« stotterte er bittend. »Ich trage ja gleich, jetzt auf der Stelle, das ganze dumme Lumpenzeug 'nüber in den Fluß!« Er zitterte wie Espenlaub – ich sah zum ersten Male, daß diese unverwüstlich frische Gesichtsfarbe bis in die Lippen erbleichen konnte.

Sie wandte ihm mit einer heftigen Bewegung den Rücken. Die langen, grauen Flechten peitschten ihre Hüften, und ich erwartete unter stockenden Pulsen, daß sie sich wieder auf mich stürzen werde. Da stieß ihr Fuß an eines der Geldstücke; sie fuhr zurück, als habe sie auf eine Schlange getreten. – Nun kam ein Schauspiel, das ich nie, nie vergessen kann. Kichernd schleuderte sie das Geldstück mit der Fußspitze fort, daß es weithin flog und rasselnd auf die Steine niederschlug, dann ein zweites, ein drittes, und so schritt sie auf dem Fleet hin und her – ich mußte an das grausame Spiel der Katze mit der Maus denken…Und wie grauenhaft wechselte das Mienenspiel auf dem rot überflammten Gesicht! Man sah, sie stieß das Geld voll Ingrimm und Abscheu von sich, und doch, sobald es wirbelnd niederfiel, lauschte sie vorgestreckten Halses mit unverkennbarer Lust, ja mit einer Art von Begierde, dem hellen Silberklang, bis die letzte leiseste Schwingung erloschen war.

Ich rührte mich nicht von der Stelle und wagte kaum zu atmen; Spitz, der sonst so rauflustige Spitz, schlich mit eingeklemmtem Schwanz vom Herde weg und drückte sich dicht neben Heinz, der regungslos, wie festgemauert auf seinem Platze verharrte, nur seine todesängstlichen Augen huschten einige Mal nach mir hinüber... Ach! Ilse – wo blieb sie nur?... Sie war die Einzige, die Macht über meine Großmutter hatte. Hörte sie denn den Lärm gar nicht, der so unheimlich und nervenerschütternd gegen die alten Balken des Dierkhofes schlug?

Das Klingen und Springen der Silberstücke dauerte fort. Die alte Frau schien nicht mehr zu wissen, daß zwei Menschen wie Bildsäulen in ihrer Nähe standen. Sie rannte immer leidenschaftlicher auf und ab und flüsterte und gestikulierte nach etwas Unsichtbarem hin... Da auf einmal fuhr es wie ein Ruck durch ihre Glieder; sie kam eben am Eßtisch vorüber und blieb förmlich versteinert stehen, während die Augen minutenlang seitwärts auf die Tischdecke niederstierten – da lag der unglückselige Brief, der nach dem ausdrücklichen Befehl meines Vaters ihr nie zu Gesicht kommen sollte.

»An Frau Rätin von Sassen!« unterbrach sie endlich das tödliche Schweigen und strich sich tiefaufseufzend mit der Hand über die Stirn. »Frau Rätin von Sassen! Das war ich – ich!«

Ich kämpfte mit mir selber, ob ich hinzuspringen und ihr den Brief entreißen solle, auf den sie eben die Hand legte. Aber was war ich schwaches zerbrechliches Geschöpf unter den Händen dieser Frau! Sie hätte mich ohne Weiteres zurückgeschleudert und den Besitz des verhängnisvollen Papieres erst recht behauptet. Ich machte Heinz die beredtesten Zeichen – er sah mich völlig verständnislos an, und da geschah auch schon das Gefürchtete – meine Großmutter zog den Brief aus dem Kouvert.

»Laß mal sehen!« sagte sie, indem sie langsam das Blatt entfaltete.

Sie las nicht, ihr Blick fiel nur auf die Unterschrift – was mußte es wohl für ein Name sein, der eine solche Wirkung haben konnte?... Mit einem Wutgeschrei zermalmte die alte Frau sofort den Brief zwischen den Fingern. »Deine Christine!« lachte sie gellend auf, schleuderte den gestaltlosen Papierklumpen weit in die Tenne hinein und lief mit einer wildabwehrenden Bewegung in ihr Zimmer zurück – gleich darauf kreischte drinnen der vorgeschobene Riegel.

Ilse, die eben mit einem Korb voll Torfstücken aus dem Hofe kam, blieb erstaunt auf der Schwelle stehen.

»War das nicht die Großmutter?« fragte sie halb erschrocken, halb ungläubig. Die Thür, die da eben krachend zuschlug, wurde ja nie benutzt – Schloß und Riegel mußten längst eingerostet sein.

Mir schlugen die Zähne wie im Fieber zusammen; aber ich fühlte mich doch gleichsam erlöst und erzählte ihr flüsternd und atemlos den Vorgang. Ich sah wohl, wie sie zusammenschrak und sich verfärbte; aber Ilse hätte nicht Ilse sein müssen – sie sagte kein Wort, stellte ihren Korb neben den Herd und fing an, die Torfstücken auszupacken und symmetrisch aufeinanderzulegen; nur als Heinz herantrat, hob sie den Kopf – sein heiliger Respekt vor den scharfen Augen war sehr begründet, sie hefteten sich vernichtend auf sein schreckerfülltes Gesicht.

»Bist ja ein Mordkerl, Heinz!« sagte sie. »Hab' jahrelang gesorgt, daß nicht einmal Groschengeld auf den Dierkhof gekommen ist, und jetzt macht solch ein Politikus das nette Kunststückchen und wirft mir eine ganze Handvoll Silberthaler auf die Steine!... Ei je, die Vierzig auf dem Rücken und keine Ueberlegung!«

Mir traten die Thränen in die Augen. Trotz meiner wahrheitsgetreuen Schilderung und meiner Selbstanklage bekam Heinz die Schelte, und er ließ alles geduldig über sich ergehen, er widersprach mit keinem Wort. Ich schlug meine Arme um ihn und drückte das Gesicht in den Aermel seines alten Drellrockes.

»Ja, tröste ihn nur, deinen Heinz! – Das hält eben immer wie die Kletten zusammen!« sagte Ilse; aber schon war alle Schärfe aus Blick und Ton verschwunden.

Sie nahm die Lampe vom Tisch und schritt die Tenne hinab, um den Papierknäuel zu suchen, aber so viel sie auch umherleuchten mochte, er fand sich nicht.

Bis dahin hatte ich in dem Zimmer meiner Großmutter nur selten eine Lebensäußerung gehört, vielleicht nur nicht beachtet; ich mied ja auch instinktmäßig die nächste Umgebung desselben; jetzt drang das Murmeln einer leidenschaftlich erregten, rauhen Stimme, von Stöhnen und tiefem Aufseufzen unterbrochen, durch das teppichverhangene Fenster.

»Sie betet,« flüsterte Heinz mir zu.

Aber dieses Gebet wurde nicht knieend verrichtet. Sie ging mit so wuchtigen Schritten drinnen auf und ab, daß der Teppich hinter den Glasscheiben leise schwankte und der Boden hier draußen unter unseren Füßen nachschütterte.

»Gebt Licht herein!« schrie sie plötzlich angstvoll auf.

»Licht?« wiederholte Ilse. »Ich habe ja die Lampen hineingestellt.« Sie lief nach dem engen Gang, der, an der östlichen tiefen Seite der Wohnräume hinlaufend, nach dem Garten mündete, und in welchem sich die Hauptthür des Zimmers befand.

Nicht lange darauf kam sie scheinbar beruhigt zurück. Darauf aber rasselte fast in demselben Augenblick der Pumpbrunnen, und man hörte den Wasserstrom zischend in den Trog stürzen.

»Es ist ihr schwarz vor den Augen geworden,« antwortete Ilse kurz auf meine ängstlichen Fragen. »Das wird wieder einmal eine schöne Nacht werden!« murmelte sie sorgenvoll vor sich hin, während sie das Geschirr vom Eßtisch wegräumte und das Kästchen mit den Papieren in das Wohnzimmer zurücktrug.

Also hatte sie öfter schlimme Nächte mit meiner Großmutter zu überstehen! Das war eine unheimliche Neuigkeit für mich; mein gesunder, glücklicher Schlaf hatte mich nie ahnen lassen, daß nächtlicher Weile irgend etwas im Hause vorgehe. Nun erinnerte ich mich freilich, daß ich Ilse schon gar oft des Morgens niedergeschlagen und erschöpft gefunden hatte; aber da waren stets ihre Kopfschmerzen, an denen sie häufig litt, schuld gewesen.

Ich verschränkte die Arme auf dem Tisch und legte den Kopf darauf; mir war so bang und beklommen zu Mute, als müsse mit der Nacht draußen auch Schlimmes über den Dierkhof hereinbrechen. Fast mechanisch horchte ich auf Heinzens Schritte, der noch einmal die Runde um das Haus machte; er vermied wohlweislich den Baumhof, denn wenn auch der Schwengel des Pumpbrunnens augenblicklich ruhte, so hielt sich doch meine Großmutter jedenfalls noch dort auf. Da, wo die Umhegung des Baumhofes als scharfe Ecke in die Heide hineinschnitt, stand sie oft stundenlang und starrte in die unermeßliche Weite hinaus.

»Geh in dein Bett, Kind, du bist müde!« sagte Ilse und strich mir mit der Hand über den Scheitel.

Ich war bis dahin, kraft meiner glücklichen Unbefangenheit, das indolenteste, eigennützigste Geschöpf der Welt gewesen – das fühlte ich tief in diesem Augenblick.

»Nein, ich gehe nicht schlafen,« sagte ich und versuchte einen festen Ton anzuschlagen. »Ilse, ich bin heute siebzehn Jahre alt geworden, und nun groß und stark genug – ich lasse mich nicht mehr ins Bett schicken, während dir die Großmutter so schwer zu schaffen macht!«

Ich war aufgesprungen und stellte mich neben sie hin.

»So, das hätte mir gefehlt, daß du mir auch noch im Wege herumstündest!« entgegnete sie trocken; sie sah seitwärts auf mich nieder. »Hm, ja, nun weiß ich doch auch, wie ein großes und starkes Frauenzimmer aussieht! Es reicht mit dem Kopfe gerade über den Eßtisch und piept in die Welt hinein wie ein Küchlein, das eben aus dem Ei gekrochen ist –«

»Ilse, solch ein armseliges Ding bin ich doch nicht!« unterbrach ich sie empört, aber auch kleinlaut – sie übertrieb ja nie.

»Uebrigens weiß ich gar nicht, was du willst!« fuhr sie unbeirrt fort. »Lächerlich! die Großmutter steht ruhig draußen im Baumhof und wird in einer Stunde so fest schlafen, wie wir alle. Aber das will ich dir sagen, es regt sie stets auf, wenn sie das Licht zu lange auf dem Fleet brennen sieht.«

Sie nahm ohne weiteres die Lampe vom Tisch – und aus und vorbei war es mit meiner heroischen Anwandlung; den hätte ich sehen wollen, der auf Ilses letztes Wort, auf ihre energische Kopfwendung hin noch etwas zu erwidern versucht hätte.

Ich rief Heinz, der eben das Hausthor schloß, gute Nacht zu und folgte ihr pflichtschuldigst nach der Eckstube, in welcher wir beide schliefen.

5

»Hier, du Leichtsinn, sind deine neuen Schuhe!« sagte sie, und zeigt unter den Stuhl, der neben meinem Bett stand. »Wäre Heinz nicht gewesen, da stünden sie noch draußen, und das Gewitter wüsche sie heute Nacht in den Fluß.«

Ich fühlte, wie meine Wangen heiß wurden beim Anblick der zwei nägelbeschlagenen, häßlichen Unglückskameraden. Zudem fiel das Lampenlicht grell auf den alten, verräucherten Kupferstich, der an der Wand hing und Karl den Großen vorstellte. Das Bild heftete seine großen Augen unverwandt auf mich – ich wandte ihm den Rücken und stieß die Schuhe unvermerkt mit dem Fuß tiefer unter den Stuhl; ich mochte sie nicht mehr sehen, ich wollte nie mehr an die Fremden erinnert sein, mit deren Erscheinen eine ganze Reihe von Unannehmlichkeiten und neuen peinvollen Empfindungen in mein einsames, harmloses Leben hereingebrochen war.

Ilse verließ das Zimmer nicht eher, als bis sie mich im Bett wußte. Aber mit einem aufgeregt klopfenden Herzen voll schlimmer Ahnungen schläft auch die Jugend nicht ein. Ich schlüpfte wieder in meine Kleider, hob den Laden aus dem westlichen Eckfenster, das in den Baumhof sah, und setzte mich dicht neben dasselbe auf das Fußende meines Bettes. Das fast greifbare Dunkel im Zimmer lichtete sich, und ich wurde ruhiger, wenigstens verlor sich die leidige Gespensterfurcht sofort.

Geräuschlos klinkte ich das Fenster auf. Ein niedriger Ebereschenbaum draußen an der Wand, der in ihrem Schutz, zur Wonne der Vögel, sich alljährlich üppig mit seinen roten Beerendolden behing, schob seine äußersten Zweigspitzen über die Scheiben. Hinter dem grünen Gespinst saß ich geborgen und konnte doch über Garten und Wiesen hinweg in die dämmernde Welt hineinsehen. Ilse hatte vorhin von einem drohenden Gewitter gesprochen; aber nie hatte sich der Sternenhimmel makelloser über die Heide hingebreitet! Die köstlich laue Nachtluft wehte mich an mit kaum fühlbarem Atem, nicht das kleinste Blättchen an den Bäumen hob sich vor ihm, um hinauszuflüstern in die herrschende Todesstille – für mich war sie trotzdem belebt; freilich nicht mehr durch die Geisterritte der Riesenrosse, die den greisen Hünenkönig und sein Gefolge über das Heideland trugen – den gold-und purpurstrotzenden Traum hatte heute die unbarmherzige Hacke gründlich zerstört – aber ich wußte ja, in jedem Erikastengel trieb und quoll es empor und formte in zarten Umrissen Millionen und aber Millionen Blütenköpfchen, die in Kurzem hervorkommen sollten, um sich im Sonnenlicht die blassen Bäckchen purpurn färben zu lassen. Und heute war ich droben im höchsten Eichengipfel gewesen und hatte im alten Elsternest vier Eier gezählt – da drin trieb und dehnte es sich auch und frug im emsigen Wachsen nicht, ob es Tag oder Nacht sei, bis das Schnäbelchen an die Schale pochte und Raum und Licht schaffte für zwei neue kluge Aeuglein… Ich wußte auch, daß jetzt weit drüben aus dem Waldsaum leisen Trittes die Rehe kamen und wohlig die Heideluft schlürften, die, auch über den Dierkhof hinstreichend, Wiesen-und Kräuterdüfte mitbrachte.

Meine Pulse waren allmählich ruhig geworden. Unbewußt hatte ich in die glatte, friedliche Bahn meines gewohnten Denkens eingelenkt und die Interessen wieder aufgenommen, die meine anspruchslose Seele bisher vollkommen ausgefüllt.

Im Hause war es still geblieben, so still, daß ich Miekes Kette durch die Wand hatte klirren hören. Ilse hatte Recht gehabt mit ihrer Versicherung und konnte nun jeden Augenblick mit dem Licht in die Schlafstube treten. – Hei, wie rasch mich der Gedanke auf die Füße brachte! Ich wäre sicher binnen zwei Minuten in dem hochaufgetürmten Federbett rettungslos versunken gewesen, hätte nicht plötzlich das Zuwerfen einer fernen Thür alle Balken und Pfosten des Dierkhofes erzittern gemacht.

Ich war eben im Begriff, das Fenster zu schließen, da kam es lautatmend um die Ecke, dicht am Fenster hin, so daß der gewaltige grauhaarige Kopf meiner Großmutter in erschreckender Nähe an mir vorüberfuhr.

»Es brennt, da – da!« stöhnte sie im Vorüberlaufen und hielt beide Hände auf die Stirne gepreßt.

Ich wagte nicht, mich hinauszubiegen und ihr nachzusehen, hörte aber, wie sie gleich darauf stehen blieb, und ihre weitausgestreckten Arme kamen in den Bereich meiner Blicke.

»Denn das Feuer ist angegangen durch meinen Zorn,« sprach sie mit feierlich beschwörendem Pathos »und wird brennen bis in die unterste Hölle, und wird verzehren das Land mit seinem Gewächs, und wird anzünden die Grundfeste der Berge!«

Langsam schritt sie unter den Eichen hin und trat in die Ecke des Baumhofes. Sie stand mir nicht allzu fern, und es war hell genug, ich konnte sie deutlich sehen -bildete doch der Himmel mit seinem Goldgefunkel einzig und allein den Hintergrund für die kräftigen Umrisse der Gestalt. Sie hatte das Obergewand abgeworfen, die weiten Hemdärmel hingen von den Schultern und schimmerten weiß herüber, und den Rücken hinab fielen halbaufgeflochten in vereinzelten Strähnen die langen Zöpfe.

Was sie hinaussprach in die lautlose schweigende Heide – ich verstand es nicht; es war mir, als hörte ich alle die Fremdwörter des alten Professors hier in einem Fluß, aber mit eigentümlich singender Betonung... Plötzlich riß das Gemurmel in einem halberstickten Schrei ab; meine Großmutter fuhr herum, und die ruhelosen Füße begannen abermals, in verdoppeltem Geschwindschritt, die Wanderung. Ich meinte, sie wolle auf den Brunnen zustürmen – da lief sie blindlings gegen eine der Eichen, taumelte zurück, nahm nochmals einen Anlauf und brach zusammen, plötzlich, gewaltsam, wie niedergerissen durch unsichtbare Hände.

»Ilse, Ilse!« schrie ich auf. Aber da stand sie schon und versuchte unter Heinzens Beistand die Gestürzte aufzurichten. Die Beiden hatten jedenfalls von der Baumhofthür aus meine Großmutter bewacht und beobachtet. Ich sprang zum Fenster hinaus.

»Sie ist tot!« flüsterte Heinz, als ich zu ihnen trat. Er ließ mutlos den gewaltigen Körper zurücksinken, der in seiner Leblosigkeit jedenfalls furchtbar schwer war.

»Sei still!« gebot Ilse mit erstickter Stimme. »Auf, brauche deine Kräfte – vorwärts!« Und sie faßte meine Großmutter unter den Armen und nahm sie mit übermenschlicher Kraft vom Boden auf, während Heinz die Füße hob.

Nie werde ich den erschütternden Anblick vergessen, als sie keuchend über den Fleet schritten, und die grauen Haarsträhnen der Leblosen über die Steinfliesen hinschleiften, auf denen vor kaum einer Stunde noch die Geldstücken unter kräftigen Fußstößen umhergeflogen waren.

Ich lief voraus und öffnete die Thür im Zimmer meiner Großmutter; aber ich mußte erst noch eine hohe spanische Wand, die im Halbkreis den Eingang umstellte, zurückschieben, ehe ich in das Zimmer selbst eintreten konnte; der Einblick war den profanen Augen Vorübergehender somit vollkommen verwehrt. Ich hatte diesen Raum nie betreten dürfen, selbst als kleines Kind nicht. Bei aller Seelenangst und Gemütserschütterung war mir doch in diesem Augenblicke zu Mute, als sähe ich mit zurückschreckenden Augen in eine neue Welt, aber in eine unsäglich düstere. Ich habe denselben Eindruck nur einmal noch empfangen, als ich eintrat in eine uralte dämmerdunkle Kirche voll halberblindeter Pracht, voller Marterbilder und erfüllt mit jenem unbeschreiblichen Gemisch von kalter eingeschlossener Kirchenluft und erstickenden Weihrauchdüften.

Meine Großmutter wurde auf ein Bett niedergelassen, das in der einen Ecke stand; es hatte Vorhänge, altmodische, steifseidene grüne Vorhänge, in die feine Goldblümchen eingewirkt waren. Wie das knisterte und rieselte, als sie zurückgeschlagen wurden, und wie schreckenerregend das bläuliche Gesicht mit den geschlossenen Augen unter dem harten dunklen Grün hervorsah!

Heinz hatte sich geirrt, meine Großmutter war nicht tot. Schweratmend lag sie da; sie rührte kein Glied, aber als Ilse in so weichflehenden Tönen, wie ich sie nie von ihr gehört, ihren Namen nannte, da öffnete sie für einen Moment die Lider und sah sie verständnisvoll an. Ilse schob ihr Kissen und Polster unter den Rücken und gab ihr eine sitzende Stellung im Bett; das that ihr sichtlich gut, das leise unheimliche Geräusch, das ihre Atemzüge begleitete, minderte sich.

Während dem hatte Heinz bereits den Dierkhof verlassen, um einen Arzt zu holen. Er mußte in das nächste Dorf laufen, und von da nach dem eine Stunde Wegs entfernten größeren Orte einen Wagen schicken, der den Doktor nach dem Dierkhof brachte; so konnten drei bis vier Stunden vergehen, ehe ärztlicher Beistand kam.

Mein Versuch, Ilse behilflich zu sein, wurde zurückgewiesen. Sie schob schweigend, mit einem besorglichen Blick auf die Kranke, meine Hände weg, gestattete mir aber, dazubleiben.

Ich kauerte mich, halbverdeckt durch den Vorhang, zu Füßen des Bettes auf eine kleine gepolsterte Bank nieder und sah beklommen in das fremdartige Zimmer hinein. Es war das größte im Hause und von einer saalartigen Weite; vielleicht hatte meine Großmutter eine Wand durchschlagen lassen, um den befremdend großen Raum zu gewinnen. An den Wänden hingen mit eingewobenen Gestalten bedeckte wollene Tapeten. Mein Blick kehrte immer wieder zurück auf einen lebensgroßen Kinderkörper mit einem schönen Gesicht voll Trauer und sanftmütiger Duldung – es war der junge, auf einem Holzstoß festgebundene Isaak. Die Tapeten waren uralt und von den Motten zerfressen, so daß der nervigen Gestalt Abrahams ein Auge und die hochgehobene, opferbereite Hand fehlten... Wie eine Versammlung mürrisch schweigender Greise, in steifer Ordnung, reihten sich Stühle mit himmelhohen Lehnen und großblumigen, samtenen Polsterbezügen an den Wänden hin. Ich habe erst späterhin diese aus den kostbarsten Hölzern geschnitzten, schwarzbraunen Säulenlehnen zu würdigen gelernt; bei ihrem ersten Erblicken jedoch stierten mich die aus Band-und Laubgewinden hervorlauschenden Tierköpfe und fabelhaften Gebilde, die auch an all den umherstehenden Spinden und Schreinen wiederkehrten, dräuend und sinnverwirrend an.

Die dunklen Farben und die tiefen Ecken allüberall sogen das Licht der zwei Lampen, die hell auf den Tischen brannten, gierig ein. Dunkel war der Teppich, auf dem meine Füße ruhten und der sich über den ganzen Boden hinbreitete, und fast schwarz der erdrückend niedrige Holzplafond. Nur das nackte Fleisch der Tapetenbilder, im Lauf der Zeit bis ins Leichenhafte erblichen, leuchtete da und dort wie ein aufgesetzter Lichtpunkt, und ein einziger heller Gegenstand von mildem Glanze schwebte wie die versöhnende weiße Taube in das Düster herein – es war ein vielarmiger, mit weißen Wachskerzen bestecker Silberleuchter, der am Deckenbalken hing.

Es schien im Verlauf der bangen Stunde, die ich bereits am Bette verharrte, besser mit der Kranken zu werden. Sie sah sich mit weitoffenen Augen um, trank etwas frisches Wasser, und plötzlich kehrte ihr auch die Sprache zurück.

»Was ist mit mir?« fragte sie langsam in gebrochenen, ganz veränderten Tönen.

Ilse bog sich, ohne zu antworten, über sie – ich glaube, der Jammer nahm ihr die Stimme – und strich ihr lind und liebkosend die Haare aus der Stirne.

»Meine alte Ilse!« murmelte die Kranke. Sie machte eine Anstrengung, sich zu erheben, es ging nicht – mit einem sonderbar starren, forschenden Blick streiften ihre Augen langsam an dem linken Arm nieder.

»Tot!« seufzte sie und ließ den Kopf in das Kissen zurücksinken.

Der Ausruf flößte mir kaltes Entsetzen ein. Ich machte eine unwillkürliche Bewegung, das Polsterbänkchen rückte weiter und die Vorhänge rauschten.

»Wer ist noch im Zimmer?« fragte meine Großmutter aufhorchend.

»Das Kind, gnädige Frau – Leonore,« antwortete Ilse zögernd.

»Dem Wilibald sein Kind – ja wohl, ich kenne es – es springt mit den kleinen nackten Füßen durch die Heide und singt drüben am Hügel – ich kann das Singen nicht hören, Ilse!«

Das wußte ich wohl; nie hatte auf dem Dierkhofe ein singender Laut über meine Lippen kommen dürfen – ach, und ich sang so gern! Mir war, als fliege meine Seele auf den Tönen, die mir die Brust weiteten, in die Ferne hinaus. Da sang ich denn in Heinzens Lehmhütte, daß die flaschengrünen Fensterlein zitterten, oder drüben auf dem Hügel; aber ich hatte nie gemeint, daß das die Großmutter auf dem Dierkhof hören könne.

Ich war aufgestanden und trat ihr zitternd einen Schritt näher.

»Klein wie ihre Mutter,« murmelte sie vor sich hin, »und hat die großen Augen und ein kaltes, enges Herz – ihr ist ja auch das Wasser über der Stirne ausgegossen worden.«

»Nein, Großmutter,« sagte ich ruhig, »ich habe kein kaltes Herz!«

Sie sah mich so erstaunt an, als habe sie bis dahin gemeint, das kleine Wesen könne nur singen und nicht sprechen, am allerwenigsten aber sie selbst anreden. Ilse zog sich hinter den Vorhang zurück und winkte mir angstvoll, zu schweigen; sie mochte durch mein unerwartetes Hervortreten einen Anlaß zu neuer Geistesstörung bei der Kranken befürchten. Aber meine Großmutter blieb vollkommen ruhig: ihre Augen hafteten unverwandt auf meinem Gesicht. Diese Augen, vor denen ich mich immer so entsetzlich gefürchtet, wenn sie im Vorüberlaufen unstät und irr über mich hinflackerten, waren sehr schön; über ihren dunklen Glanz breitete sich freilich ein unheimlicher Schleier, aber es lag Seele darin, bewußtes Denken.

»Komm einmal her zu mir!« unterbrach sie das minutenlange Schweigen.

Ich trat dicht an das Bett.

»Weißt du, was es heißt, jemand lieb haben?« fragte sie, und ihre gebrochene, tonlose Stimme nahm einen innigen Klang an.

»Ja, Großmutter, das weiß ich! Ich habe Ilse so lieb, so lieb, daß ich's nicht sagen kann – und Heinz auch.«

Um ihre Lippen zuckte ein leises Beben, und sie schob unter unsäglicher Mühe ihre auf der Decke liegende Rechte nach mir hin.

»Fürchtest du dich vor mir?« fragte sie.

»Nein – nicht mehr!« wollte ich hinzusetzen, aber ich verschluckte die zwei letzten Worte und bog mich zu ihr hin.

»Nun, so gib mir deine Hand und küsse mich auf die Stirn!«

Ich that, wie sie geheißen, und seltsam, in dem Augenblick, wo meine Lippen das gefürchtete Gesicht berührten, und meine Hand von den großen, kalten Fingern umschlossen und sanft gedrückt wurde, zog ein neues, süßseliges Gefühl in meine Brust ein. Ich wußte auf einmal, daß ich an diesen Platz gehörte, ich fühlte das geheimnisvolle Band des Blutes zwischen Großmutter und Enkelin, und hingerissen durch dieses plötzliche Erkennen setzte ich mich auf den Bettrand und schob sanft meinen Arm unter ihren Kopf.

Ein beglücktes Lächeln glitt durch die großen, starken Züge; sie legte sich in meinem Arm zurecht wie ein müdes Kind, das einschlafen will.

»Fleisch von meinem Fleisch, Blut von meinem Blut – ach!« flüsterte sie und schloß die Augen.

Ilse aber stand hinter dem Vorhang des Bettes; sie vergrub ihr Gesicht in den Händen und weinte bitterlich.

Es trat wieder Totenstille in. Sie wurde nur unterbrochen durch das leise Aufstöhnen der Kranken und ihre schweren, unregelmäßigen Atemzüge, und durch das unausgesetzte leise Schnurren in dem hohen, hölzernen Standgehäuse der alten Uhr, deren großes blinkendes Zifferblatt gespenstisch herüberstarrte, und die zu jeder Pendelschwingung weit und langsam aushob wie eine kranke Brust zum Atemholen.

So war abermals eine lange, bange Zeit verstrichen; es hatte bereits Eins geschlagen. Da wurde draußen das Hausthor geöffnet, und Heinz schritt in Begleitung eines anderen Mannes durch die Tenne; er brachte also, wider Erwarten, den Arzt gleich mit.

Ilse atmete sichtlich auf und winkte mir, ihm am Bett Platz zu machen; ich zog vorsichtig meinen steifgewordenen Arm an mich und ließ das Haupt der Kranken behutsam in die Kissen sinken . Sie schien weiter zu schlummern; sie gab auch kein Zeichen, daß sie es höre, als die Zimmerthür leise geöffnet wurde und die Männer eintraten.

Da stand auf einmal der alte Pfarrer des nächsten Dorfes im vollen Ornat inmitten des Zimmers, während Heinz, den Hut in der Hand, ehrfurchtsvoll im Hintergrunde verblieb ... Sie sah feierlich ergreifend aus, die ehrwürdige Gestalt des Geistlichen im schwarzen Talar, das Gebetbuch in den Händen haltend. Ilse aber fuhr empor, als sähe sie ein Gespenst; sie stürzte zurückwinkend auf ihn zu, allein es war zu spät – in demselben Moment, als fühle sie den Blick des Eingetretenen, schlug meine Großmutter auch die Augen auf.

Ich wich zurück, so sehr entsetzte mich die furchtbare Verwandlung in den Zügen, die sich eben noch so friedsam geglättet hatten.

»Was will der Schwarzrock?« stöhnte sie.

»Ihnen Trost bringen, so Sie dessen bedürfen,« versetzte der alte Mann mild, ohne sich durch die rauhe Anrede beirren zu lassen.

»Trost?…Ich habe ihn bereits gefunden am unschuldigen Kindesherzen, in der Liebe, die sich dahingibt, ohne zu fragen: wie glaubst du, und was gibst du mir dafür?…Leonore, mein gutes Kind, wo bist du?«

Mir zitterte das Herz bei diesen sehnsüchtigen Tönen. Ich trat rasch an das Kopfende des Bettes, so daß sie mich sehen konnte.

»Trost könnt *ihr* mir nicht bringen, die ihr mich hinausgestoßen habt in die grauenhafte Wüste, wo mir der Sonnenbrand das Gehirn ausgedörrt hat!« fuhr sie zu dem Geistlichen gewendet fort. »Nicht einen Tropfen kühler Labung habt ihr mir gereicht auf dem Wege, der nun, wie ihr predigt, enden soll in der Hölle!…Ihr Unduldsamen, ihr rühmt euch, in Demut vor Gott zu wandeln, und haltet doch jederzeit den Stein in der Hand, ihn auf euren Nächsten zu werfen, und vermesset euch, entehrendes Totengericht zu halten am Grabe der Hingeschiedenen, die bereits vor ihrem Richter stehen!…Ihr falschen Propheten, ihr rühmt euch, zu dem Gott der Güte, des unendlichen Erbarmens zu beten, und macht ihn zum Lenker mörderischer Schlachten, zu einem grimmigen und eifrigen Gott, wie das Volk der Hebräer auch, das ihr das verfluchte nennt!…Vollkommen preist ihr ihn und gebt ihm doch alle Gebrechen eurer sündhaften Menschennatur, eure Rachsucht, eure Herrschbegierde, eure kalte Grausamkeit… Euer Mittler hat euch eine Palme in die Hand gedrückt, ihr aber macht sie zur Geißel —«

Der Geistliche hob die Hand, als wolle er sie unterbrechen, aber sie fuhr heftiger fort:

»Und mit dieser Geißel habt ihr mich geschlagen und hinausgehetzt aus eurem Himmel, da ihr schwurt: Dein Vater, der Jude, der dir das Leben gegeben, deine Mutter, die Jüdin, die dich genährt, sie sind verflucht bis in alle Ewigkeit!…Mann, mein Vater war der Weisesten einer. Er hat gesammelt und aufgespeichert in seinem Geiste unermeßliches Wissen — und das sollte nutzlos verkommen in der Hölle, und dem geistig Beschränkten, der *nie* gedacht und *nur* geglaubt, würde mühelos das Himmelreich, wo doch dem Forschenden erst recht verheißen ist Wahrheit und Klarheit?…Und mein Vater,« fuhr sie fort, »hat gebrochen dem Hungrigen sein Brot und dahingegeben, daß die Linke nicht wußte, was die Rechte that. Er hat verabscheut die Sünde der Lüge, des Geizes und des Hochmuts und hat verziehen seinen Beleidigern und nie gerächt, was sie ihm angethan — er hat Gott, seinen Herrn, geliebt von ganzem Herzen, von ganzer Seele und von ganzem Gemüte, und soll doch schmachten in der Hölle bis in alle Ewigkeit, weil das Wasser nicht über seinem Haupte ausgegossen ist?…Wohl, wohl, so will ich dahingehen, wo er ist — ich gebe euch eure Taufe zurück! Behaltet euren Himmel — ihr verkauft ihn teuer genug, ihr Tyrannen im schwarzen Rock!«

Mit dem tiefsten Erbarmen in seinen milden Zügen trat ihr der alte Pfarrer näher; aber da war keine Versöhnung mehr möglich.

»Lassen Sie das — ich bin fertig!« sagte sie schneidend und kehrte das Gesicht nach der Wand.

6.

»Herr Pfarrer,« sagte Ilse draußen auf dem Fleet zu ihm, »*ihr* dürfen Sie das nicht zurechnen, sie hat sich taufen lassen, und der's gethan hat, war gut und christlich wie Sie, und sie hat ehrlich zu Christo gehalten … Da ist aber einer gekommen – er mag's verantworten – und hat geeifert und hat des Verfluchens und Verdammens kein Ende gewußt. Ja, da war das viele Unglück in der Familie immer und immer nur ein Strafgericht des Herrn! Und das hat ihr den Verstand genommen – er mag's verantworten!«

»Ich rechte nicht mit ihr,« entgegnete er sanft. »Weiß ich doch leider zu gut, daß falscher Eifer im Weinberg des Herrn viele edle Frucht zerstört! … Die Frau hat viel gelitten – Gott wird barmherzig sein! Mich schmerzt nur, daß ich nicht trösten durfte, wo ich es freudigen Herzens gekonnt hätte. Aber es widerstrebt mir, mit dem unerbetenen Beistand der Kirche auf eine Seele einzustürmen, die ohnehin im schweren Kampfe liegt, im Kampfe mit der Hülle.« Er strich liebkosend mit der Hand über meinen Scheitel. »Gehe hinein zu ihr, sie wird dich vermissen! … Ich wollte, ich könnte allen Trost unseres Glaubens auf deine Lippen legen, auf daß der geängstigten Seele der wahre Friede werde.«

Ich kehrte sofort in das Zimmer zurück, während er ein Glas Wasser trank und dann, ohne zu rasten, den Dierkhof verließ.

»Wo ist das Kind?« hörte ich die Kranke schon draußen im Gange wiederholt fragen.

»Da bin ich, Großmutter!« rief ich eintretend und flog auf das Bett zu. Sie war ganz allein. Heinz, den wir bei ihr zurückgelassen, war fortgegangen, ich vermutete, aus Furcht vor Ilse, da er eigenmächtig den Geistlichen mitgebracht hatte.

»Ach ja, da bist du, mein kleines schwarzbraunes Täubchen!« sagte sie zärtlich und seufzte erleichtert auf. »Ich meinte schon, du seiest mir nun auch abgewandt und mit ihm hinweggegangen in Haß und Verachtung.«

Ich protestierte. »So darfst du nicht denken, Großmutter!« rief ich lebhaft. »Er hat mich zu dir geschickt und ist unsäglich gut, und ich – ich weiß gar nicht einmal, wie es ist, wenn man haßt und verachtet.«

»Das heißt, du liebst die ganze Welt,« sagte sie schwach lächelnd.

»Ach ja, das habe ich dir ja schon gesagt! Ilse und Heinz, und Spitz und Mieke, und die gute, alte Föhre drüben auf dem Hügel und den blauen Himmel –«

Ich verstummte plötzlich und schämte mich – es war ja nicht wahr, was ich da sagte; diese volle hingebende, friedsame Liebe für die ganze Welt besaß ich gar nicht mehr! Gerade heute war ich ein zorniges, ungebärdiges Geschöpf gewesen – sollte ich ihr das sagen?

Ich saß wieder auf dem Bettrand, und sie hielt in ihrer Rechten meine Hand; die Finger umschlossen sie so fest, als sollte sie nie, nie wieder losgelassen werden – dabei sanken ihr langsam die Lider über die Augen. Sie hatte vorhin so kraftvoll und energisch gesprochen, und ich war so über alle Begriffe unerfahren, daß ich bei diesem Anblick nicht im entferntesten mehr an Erschöpfung dachte; aber nun legte ich auch meine Linke liebkosend um ihr Handgelenk; ich wußte recht gut, daß der Lebensstrom in regelmäßigem Takt unaufhörlich klopfen mußte – zu meiner tiefsten Bestürzung wurde mir allmählich klar, daß es unheimlich still unter dieser kalten Hand blieb; nur selten, nach langen, herzbeklemmenden Pausen, schlug es einmal kurz und hart an meine Fingerspitzen.

»Wir sind wie der Thon in der Hand des Töpfers,« flüsterte sie plötzlich. »Was sind wir, was ist unser Leben, alle unsere Herrlichkeit?« Sie stöhnte auf. »Aber du bist unser Vater, und wir sind deine Kinder, erbarme dich unser, wie sich ein Vater seiner Kinder erbarmt –«

Sie schwieg wieder; mich aber überfiel eine unbeschreibliche Angst, ich hätte alles darum gegeben, diese geschlossenen Augen offen zu sehen, und legte leise meine Lippen auf ihre Stirne. Sie fuhr empor, sah mich aber liebevoll und zärtlich an.

»Geh, rufe mir Ilse!« sagte sie schwach.

Ich sprang auf, und in demselben Augenblick rasselte zu meiner unaussprechlichen Erleichterung ein Wagen über das Pflaster des Hofes. Gleich darauf trat Ilse in Begleitung eines Herrn in das Zimmer.

»Der Herr Doktor ist da, gnädige Frau!« sagte sie und ließ den Arzt an das Bett treten.

Das Gesicht meiner Großmutter zeigte sofort wieder einen festen, gespannten Ausdruck. Sie schob dem Arzt die Rechte hin, um sich den Puls untersuchen zu lassen, und sah ihn aufmerksam an.

»Wieviel Zeit geben Sie mir noch?« fragte sie kurz und bestimmt.

Er schwieg einen Moment betroffen und vermied es, ihrem Blick zu begegnen.

»Wir wollen einen Versuch machen –« sagte er zögernd.

»Nein, nein, bemühen Sie sich nicht!« unterbrach sie ihn. Sie sah mit einem schattenhaften Lächeln an der linken Körperseite nieder. »Das ist bereits dem Staub verfallen!« sagte sie kalt. »Wieviel Zeit geben Sie mir noch?« wiederholte sie unabweisbar nachdrücklich mit geschärfter Stimme.

»Nun denn – eine Stunde.«

Mir stürzte ein Thränenstrom aus den Augen, und Ilse flüchtete in ein Fenster und preßte das Gesicht gegen die Scheiben. Nur meine Großmutter blieb vollkommen ruhig. Ihre Augen hefteten sich auf den Silberleuchter an der Decke.

»Zünde an, Ilse!« gebot sie, und während diese auf einen Stuhl stieg und Flämmchen um Flämmchen unter ihren Händen aufflackerten, wandte sich die Kranke zu dem Arzt.

»Ich danke Ihnen, daß Sie gekommen sind,« sagte sie, »und möchte Sie noch um einen letzten Liebesdienst bitten – würden Sie die Güte haben, niederzuschreiben, was ich diktieren werde?«

»Von Herzen gern, gnädige Frau; aber falls es sich um einen letzten Willen handeln sollte, so muß ich darauf aufmerksam machen, daß er ungültig sein wird ohne gerichtliche –«

»Ich weiß das,« unterbrach sie ihn. »Allein dazu verbleibt keine Zeit. Meinem Sohn wird und muß mein letzter Wille auch in dieser Form genügen.«

Ilse brachte Schreibgerät, und meine Großmutter diktierte.

»Ich vermache Ilse Wichel den Dierkhof mit seinen vollen Einrichtungen und Liegenschaften...«

»Nein, nein –« schrie Ilse angstvoll und erschrocken auf, »das leide ich nicht!«

Meine Großmutter warf ihr einen strengen, zurechtweisenden Blick zu und sprach unbeirrt weiter: »als einen Beweis meiner Dankbarkeit für ihre unbegrenzte Hingebung und Aufopferung... Ich vermache ferner meiner Enkelin, Leonore von Sassen, was ich an Staatspapieren noch besitze, und darf niemand, wer es auch sei, ein Recht daran erheben.«

Ilse war emporgefahren und sah erstaunt nach ihr hinüber. Die Kranke deutete auf einen Schrank. »Da drin muß ein Blechkasten stehen... Nimm ihn heraus, Ilse; ich habe völlig vergessen, wie viel er enthält.«

Ilse öffnete den Schrank und stellte einen niedrigen Blechkasten auf den Tisch. Ein verrostetes Schlüsselchen steckte in dem Vorlegeschloß.

»Es mag wohl lange, lange her sein, daß ich ihn nicht berührt habe,« murmelte die Kranke und hob matt die Rechte nach der Stirn. »Es ist finster in mir gewesen – ich weiß es... Welches Jahr schreiben wir?«

»Das Jahr 1861«, entgegnete der Arzt.

»Ach, da mag manches da drin verfallen und wertlos geworden sein!« klagte sie, während er den Deckel zurückschlug. Auf den Wunsch der Kranken überzählte er die Papiere, die den Kasten bis an den Rand füllten.

»Neuntausend Thaler,« berichtete er.

»Neuntausend Thaler!« wiederholte meine Großmutter befriedigt. »Sie genügen, um die Not abzuwehren... Es muß auch noch eine kleine Schachtel in dem Kasten liegen.«

Ich sah, wie Ilse den Kopf schüttelte über diese plötzliche Geistesklarheit, die so leicht da anknüpfte, wo vor vielen Jahren der glatte Faden des ungetrübten Denkens abgerissen war. Der Arzt nahm eine unscheinbare Holzschachtel aus dem Kasten – sie enthielt eine Perlenschnur.

»Der letzte Rest der Jakobsohnschen Herrlichkeit!« flüsterte die Kranke wehmütig vor sich hin. »Ilse, lege die Schnur um den kleinen braunen Hals dort!…Sie gehört zu deinem Gesicht, mein Kind!« sagte sie zu mir, während ich leise in mich zusammenschauerte unter der kühlen, schmeichelnden Berührung. »Du hast die Augen deiner Mutter, aber die Jakobsohnschen Züge…Das Band hat viel Familienglück und schöne, friedliche Zeiten voll Glanz gesehen; aber es ist auch mitgeflüchtet vor dem Scheiterhaufen und anderen grausamen Martern der christlichen Unduldsamkeit!« Sie rang nach Atem. »Nun will ich unterschreiben!« stieß sie nach einer Pause der Erschöpfung sichtlich beängstigt hervor.

Der Doktor legte das Papier auf die Bettdecke und drückte die Feder in die steife Hand… Sie war unsäglich mühselig, diese letzte irdische Handlung; aber der Name, Klothilde von Sassen, geborene Jakobsohn, stand schließlich doch in ziemlich festen großen Zügen unter dem Dokument, das auch der Arzt als Zeuge mittels einiger Worte unterschrieb.

»Weine nicht, mein Täubchen!« tröstete sie mich. »Komm noch einmal her zu mir!«

Ich warf mich sprachlos am Bett nieder und küßte ihre Hand. Sie trug mir Grüße an meinen Vater auf, und richtete ihre großen verschleierten Augen von meinem Gesicht hinweg fest und sprechend auf Ilse.

»Das Kind darf nicht verkommen in der einsamen Heide!« sagte sie bedeutsam.

»Nein, gnädige Frau, dafür lassen Sie *mich* sorgen!« versetzte die Angeredete in ihrer gewohnten knappen Kürze, obgleich ihr die Lippen schmerzlich zuckten und helle Thränen an ihren Wimpern hingen.

Noch einmal glitt die kalte, matte Hand liebkosend über mein Kinn, dann schob mich meine Großmutter sanft, aber doch in jener ängstlichen Hast, die mit jeder Sekunde geizt, von sich und sah starr nach einem der Fenster mit einem so seltsam ausdrucksvollen Blick, als wolle die Seele bereits auf ihm hinausfliegen in das All.

»Christine, ich verzeihe!« rief sie zweimal angestrengt in die Lüfte, in die weite Ferne hinaus… Sie war fertig, gerüstet. Sichtlich beruhigt rückte sie den Kopf in den Kissen zurecht, wandte den Blick nach oben und begann feierlich inbrünstig, wenn auch mit erlöschender Stimme: »Höre, Israel, unser Herr, unser Gott ist ein Einziger und Einiger!…Gepriesen sei der Name seiner Herrlichkeit –« die Stimme erstarb in einem geflüsterten Hauch; sie neigte sanft und langsam das Haupt seitwärts.

»In Ewigkeit, Amen!« vollendete der Arzt an Stelle des Mundes, der für immer verstummt war.

Er drückte ihr mit sanfter Hand die Lider über die Augen.

7.

Mit der ganzen enthusiastischen Zärtlichkeit, die so leicht aus dem jugendlichen übervollen Gemüt hervorquillt, hatte ich mich an die neugeschenkte Großmutter gehangen. Ich durfte das unaussprechlich süße Gefühl kosten, welches mir sagte, die Hingebung meines kleinen Herzens werde heiß gewünscht – und nun marterte mich der Gedanke, daß ich nicht genug gegeben, daß ich meiner Großmutter bei weitem nicht überzeugend genug ausgesprochen habe, wie sehr ich sie lieben wolle. Es war mir Bedürfnis gewesen, ihr zu versichern, daß ich sie auf den Händen tragen werde, wenn sie erst wieder gesund sei – statt dessen hatte ich sorglos die ganze kostbare Zeit verstreichen lassen und kindischer Weise von meiner Liebe für die ganze Welt gesprochen. ... Das hatte sie gewiß am wenigsten hören wollen, sie, der man draußen in der Welt so furchtbar wehe gethan ... Und nun war sie gestorben, und ich konnte ihr dies alles nicht mehr sagen ... Zu spät! Unsere ganze Ohnmacht und Hilflosigkeit liegt in dem niederschmetternden Wort!

Ich trat durch die Baumhofthür ins Freie. Ein kräftiger Luftstrom, noch mit den Spuren der Nachtfeuchte im Atem, strich über die Heide her. Er blies dem Torfsumpf die große federweiße Schlafhaube ab und verdünnte sie zum zarten Spitzenvorhang, hinter welchem das Sonnenfeuer aufzuglühen begann. Rotgolden färbten sich die rauschenden Eichenwipfel, und das kleine Giebelfenster des Dierkhofes fing an zu blinken.

Wie trunken schwankten die Grashalme unter dem funkelnden Tau; aber aufgerichtet hatten sich alle wieder, über die meine Großmutter heute nacht zum letzten Mal hingeschritten war. Die Fenster des Sterbezimmers, die ich nie anders als halbverhüllt gekannt hatte, standen weit offen. Ich schwang mich auf die Brüstung und sah hinein. Das Zimmer war leer. Die Vorhänge, jetzt im schräg einfallenden Morgenlicht smaragdfarben schimmernd, waren nach der Wand zurückgeschlagen und ließen die Lüfte über das Bett hinstreichen ... [In eine so athemlose, friedensvolle Stille hinein hatte das gequälte Gesicht des jungen Isaak wohl seit langen Jahren nicht gesehen. *Anm.: Nur in der ersten Aufl.*] Die mächtige Gestalt, der das Blut so heiß und ungestüm in den Adern gekreist hatte, dort lag sie hingestreckt unter dem weißen verhüllenden Tuche, nur kenntlich an der prächtigen grauen Flechte, die hervorgeschlüpft war und über den Bettrand hinabhing.

Eine aufgescheuchte Brummfliege zog summend an mir vorüber, und auf dem Silberleuchter an der Decke züngelten die gelben Flammen der Wachskerzen im Luftzuge unruhig hin und her. Das war alles, was sich regte in dem weiten Zimmer, selbst die Uhr stand still.

Dagegen erscholl nun das erwachende Leben aus dem Vorderhofe herüber. Die Hähne krähten, Spitz fuhr kläffend unter die krakelnden und aufschreienden Hühner, und Mieke verlangte dumpfbrüllend nach der Hand, die ihr das strotzende Euter entleerte. Ueber das Dach her kam die Hauskatze; sie sprang geräuschlos in das Gras des Baumhofes und schlich mit grünfunkelnden Augen unter den Ebereschenbaum, auf welchem ein kleiner Vogel sorglos zwitscherte. Ich bog eben um die Ecke und scheuchte sie fort. Und droben im Reisernest auf dem Dache wurde unter eifrigem Geklapper Toilette gemacht, dann rauschte das Storchenpaar hoch über meinem Haupte hin zum Frühstück nach dem Sumpfe – alles wie sonst! Nur vor dem Hause schreckte mich Fremdes und Ungewohntes zurück – ein Pferd wieherte in die frische Morgenluft hinaus, und an der niedrigen Umzäunung des Hofes stand mit rückwärts verschränkten Armen der Doktor und schaute über die mit Tau und Sonnengold förmlich überschüttete Heide hin.

Die kleine verstaubte Chaise, die ihn gebracht hatte, stand angeschirrt vor dem Hausthor, und drin auf dem Fleet sah ich Ilse stehen, fest und stramm wie immer. Sie hatte den Eßtisch sauber gedeckt, Tassen und Butterbrot auf der weißen Serviette geordnet und kochte Kaffee für den Arzt.

Ich trat aufgeregt zu ihr.

»Ilse, wie kannst du das nur? Wie ist dir das möglich in einem solchen Augenblick?« rief ich zornig vorwurfsvoll.

»Sollen andere dursten und hungern, weil ich Schmerz habe?« fragte sie scharf und strafend. »Hast heute nacht deine Großmutter sterben sehen und hast doch nicht von ihr gelernt, daß man in den schlimmsten Stunden den Kopf oben behalten soll!«

Tief beschämt legte ich meine Arme um ihren Hals; denn das Gesicht, das sich mir erst jetzt voll zugewendet, schien wie erstarrt im Jammer, und das urgesunde Rot war bis auf den letzten Schein weggelöscht von den Wangen. Und doch rührten sich die Hände nach wie vor, und nicht die kleinste Pflicht durfte versäumt werden.

Der Doktor kam herein und der Knecht, der ihn gefahren, auch; ich ging ihnen aus dem Wege und trat wieder vor das Haus.

Die Enten des Dierkhofes, sämtliche Schnäbel nach der Heide hinaus gerichtet, standen am geschlossenen Gatterthore der Einfriedigung; sie warteten sehnsüchtig auf den Augenblick, wo es geöffnet wurde und sie hinausrennen und sich kopfüber in den Fluß stürzen durften. Nur eine balgte sich noch mit einem weißen, zerflatternden Klumpen im Hofe herum – da war ja der Brief, den meine Großmutter heute nacht vom Fleet aus fortgeschleudert und welchen Ilse nachher so emsig gesucht hatte! Er war bis vor das offene Hausthor geflogen. Ich öffnete den Enten das Gatter und nahm den befreiten Papierknäuel auf; er sah übel zugerichtet aus; das schmutzige Wagenrad war über ihn hingegangen, und der Entenschnabel hatte ihn halb zerfleischt.

Auf das Bänkchen unter dem Ebereschenbaum flüchtend, machte ich mich daran, das Papier auf dem Knie zu glätten und die auseinanderfallenden Stücke zusammenzufügen. Es fehlte viel, zudem war die Handschrift eine sehr flüchtige; unter großer Mühe entzifferte ich folgende Stellen:

»Ich habe Dich nie belästigt, weil ich es Dir gegenüber für Ehrensache hielt, den eigenmächtig eingeschlagenen Weg auch selbständig zu gehen... ›Die Verlorene‹ hat alles gethan, damit kein Schatten ihrer Laufbahn auf Dich zurückfalle – nie ist mein eigentlicher Familienname gegen andere über meine Lippen gekommen, nie habe ich durch irgendwelche Erkundigungen nach Dir und meiner ehemaligen Heimat den Verdacht erregt, als sei ich mit den Sassens verwandt – es hätte sie wahrlich nicht geschändet; denn – denke, wie du willst – ich sage es dennoch mit Stolz, man hat mich einstimmig das Wunder, den glänzendsten Stern unserer Zeit genannt.«... Hier war ein Stück Papier abgerissen, es fehlte – aber auf der anderen Seite des Bogens las ich weiter: »Nun ist ein schweres Unglück über mich hereingebrochen – wohin soll ich gehen, wenn nicht zu Dir?... Ich habe meine Stimme verloren, meine kostbare Stimme! Die Aerzte sagen, eine Badekur in Deutschland könne sie mir zurückgeben. Aber ich stehe da mit leeren Händen; durch die gewissenlose Verwaltung anderer ist mein Vermögen bis auf den letzten Groschen verloren gegangen... Auf den Knieen liege ich vor Dir, die Du im Wohlleben schwimmst, die Du nie erfahren hast, was Not, grimme Not ist – ich könnte Dir viel erzählen von schlaflosen, qualvollen Nächten... Vergiß nur einmal, nur auf eine Stunde, daß ich unfolgsam war, und gib mir die Mittel, mich zu retten! Was sind einige hundert Thaler für Dich, die« – über das Folgende lief die breite schwarze Spur des Wagenrades, die ohnehin blassen Schriftzüge waren total zerkratzt und verwischt. Auf einem herabhängenden Fetzen des zweiten Blattes stand noch ziemlich lesbar die Adresse der Schreiberin, und auf einem anderen die zwei Worte, die genügt hatten, meine Großmutter in schäumende Wut zu versetzen, die Unterschrift »Deine Christine«.

Wer war Christine? Dieses Wunder, der glänzendste Stern unserer Zeit?...

Die Stelle »Auf den Knieen liege ich vor Dir!« machte auf mein einfaches, unverbildetes Gemüt einen ungeheuer dramatischen Eindruck. Ich sah sofort das schlankste Ritterfräulein aus einem meiner Bilderbücher in die Knie sinken und die weißen Hände flehend erheben... Und die Stimme hatte sie verloren, ihre kostbare Stimme!... Meine Hände fuhren unwillkürlich nach dem Halse – wie mußte das entsetzlich sein, wenn man mit voller Brust aushob, um die Töne hinausklingen zu lassen, und die Kehle versagte und blieb stumm!

Weder Fräulein Streit noch Ilse hatten je auch nur mit einer Silbe jener »Verlorenen« gedacht, und doch mußte sie meiner Großmutter sehr nahe gestanden haben, denn sie war ihr letzter

Gedanke gewesen. Jetzt erst erschütterte mich das feierliche »Christine, ich verzeihe!« in tiefinnerster Seele; unwillkürlich mußte ich an den verlorenen Sohn denken, der im tiefsten, stillsten Herzenswinkel des Vaters doch das geliebte Kind geblieben war.

Ich steckte die Briefreste in meine Tasche und ging hinein auf den Fleet. Eben rollte die Chaise aus dem Gatterthor und bog, bedenklich schwankend, in den nach links führenden schauderhaften Heideweg ein, und von der entgegengesetzten Seite her kam Heinz auf den Dierkhof zugetrabt. In diesem Augenblick erst fiel es mir auf, daß er ja stundenlang verschwunden gewesen war. Ich trat neben Ilse, die den Doktor bis an das Hausthor begleitet hatte und auf der Schwelle stehen geblieben war ... Es wollte mir scheinen, als käme Freund Heinz sehr unsicher daher; er machte sich erst noch in völlig unnützer Weise mit dem Gatter zu schaffen, ehe er es unternahm, auf uns zuzuschreiten – das wurde ihm offenbar blutsauer. Beim Anblick unserer verweinten Gesichter blieb er verwirrt stehen.

»Nu, was hat er denn gemeint?« fragte er verlegen stockend, indem er mit dem Daumen über die Schulter zurück nach dem wegfahrenden Doktor zeigte.

»Mein Gott, Heinz, du weißt es nicht?« rief ich, aber Ilse unterbrach mich mit barscher Stimme.

»Wo warst du?« fragte sie kurz und bündig den Bruder.

»Bei mir zu Hause,« antwortete er trotzig.

Heinz trotzig! Ich traute meinen Augen und Ohren nicht; aber da stand er trotz alledem, der ewig Nachgebende, und schöpfte offenbar Mut aus seinem eigenen widersetzlichen Ton, denn nun verstieg er sich auch noch zu der unglaublichen Kühnheit, Ilses feindlich scharfen Blick zu parieren.

»So – was war denn nachts um Eins so nötig bei dir zu Hause? – Hast wohl deinen Vogel füttern müssen!« sagte sie schneidend.

Er sah ängstlich und unsicher auf. »O je – nachts um Eins den Vogel füttern – wie werd’ ich denn so dumm sein! Zwischen meine vier Wände hab’ ich mich gesetzt,« platzte er heraus, »die hat mein Vater mit seinen ehrlichen Händen gebaut, und ein frommer Spruch steht über der Thür ... Wie werd’ ich denn auf dem Dierkhof bleiben, wenn eine Judenseele geradewegs in die Hölle fährt! ... Ilse, wenn das mein Vater wüßte, daß du bei einer Judenfrau gedient hast!«

»Heinz, wenn das mein Vater wüßte, daß du bei einem Christen gedient hast, wo du halb verhungert und erfroren bist, und der dir alle Tage mit Ohrfeigen und Stockprügeln gedroht hat!« parodierte sie ihn zornig. »Das ist mir ja eine ganz neue Weisheit, die du da auskramst, und die hast du von da drüben!« Sie zeigte nach der Richtung eines großen Dorfes hinter dem Walde, wo Heinz in früheren Jahren als Knecht gedient hatte.

»Ja, hast Recht, von dort her hab’ ich’s!« versetzte er trotzig wie vorher und nickte verstockt mit steifem Nacken. »Die Juden sind verflucht bis in alle Ewigkeit, weil sie den Heiland gekreuzigt haben. Mein Herr hat’s gesagt, und das war ein Reicher und ein Hofbesitzer, und der Pfarrer hat’s von der Kanzel gepredigt, und der muß es noch besser wissen – dafür war er der Pfarrer!«

Ilse sah dem Sprecher scharf ins Auge. »Jetzt paß auf!« setzte sie kurz und resolut hinzu und trat ihm mit aufgehobenem Zeigefinger so nahe, daß er ängstlich zurückwich. »Es ist ein für allemal nicht wahr, daß der Heiland von unserm Herrgott bis in alle Ewigkeit gerächt sein will! Wenn er das zuließe, nachher wär’s aber auch aus und vorbei mit meinem Glauben, denn er hat uns geboten: ›Segnet, die euch fluchen‹, und thät’s selber nicht! ... Wenn ich Christi Leidensgeschichte lese, dann hab’ ich freilich allemal einen Heidenzorn auf die Juden, aber, wohlgemerkt, Bruder Heinz, nur auf die Juden, die dazumal gelebt haben ... Wie werd’ ich denn so ein Unmensch sein und meinen Zorn an Leuten auslassen, die bis auf den heutigen Tag als unschuldige Kinder auf die Welt kommen und von ihren Eltern in der alten Lehre auferzogen werden! ... He, Musje Heinz, wie gefiele dir denn das, wenn irgendein Mensch mir etwas zuleide thäte, und ich wollte seine Kinder dafür schlagen?«

»Das ist lauter Studiertes!« sagte Heinz kleinlaut, »das hast du alles von der alten Frau gelernt –«

»Das hab' ich nicht gelernt wie die Bibelsprüche in der Schule; das hat mir mein Gewissen und,« sie deutete auf ihre Stirn, »der gesunde Menschenverstand gesagt...Gesprochen hab' ich freilich im Anfang viel mit meiner armen Frau, und es hat ein Wort das andere gegeben, und ich hab' sie manchmal beruhigt, wenn ›die Leute im schwarzen Rock‹ Unheil angerichtet hatten... Die Juden haben den Heiland einmal gekreuzigt; aber solche, wie der Herr Pfarrer dort drüben,« sie zeigte abermals nach dem Dorfe hinter dem Walde, »die kreuzigen ihn alle Tage – Feuer und Schwert und Verfluchen und böse Worte, die machen das Reich Christi gar nicht fein, und ist es den Leuten nicht zu verdenken, wenn sie nicht hinein wollen!...Da hast du meine Meinung, und nun sage ich noch zu dir selber: Pfui, schäme dich in dein Herz hinein, du undankbarer Mensch! Hast lange Jahre das Brot auf dem Dierkhof gegessen – und ich meine, es ist dir recht gut bekommen, das Judenbrot-und nun lässest du die alte Frau in ihrer Sterbestunde allein – geh heim und lies das Kapitel vom barmherzigen Samariter!«

Sie wandte sich um und ging in das Haus hinein.

Recht hatte sie, vollkommen Recht! Bei jedem Worte wurde es mir so leicht, als hätte ich selber gesprochen und meiner Erbitterung Luft gemacht. Ich war tief empört, und doch dauerte mich der arme Sünder, wie er ganz zerknirscht, mit niedergeschlagenen Augen an der Schwelle stehen blieb und sich nicht in das Haus hineintraute...Wie war es nur möglich? Dieser Mensch mit der kinderweichen Seele, der kein Tier leiden sehen konnte, er zeigte plötzlich eine dunkle Stelle in seinem Gemüt, eine unbegreifliche Härte und Erbarmungslosigkeit, und glaubte sich dazu auch noch völlig berechtigt, ja förmlich autorisiert gerade – als Christ!

»Heinz, du hast einen sehr schlechten Streich gemacht!« schalt ich in hartem Ton.

»Ach, Prinzeßchen, wem soll man's denn nur recht machen?« seufzte er auf, und Thränen funkelten in seinen Augen. »Todsünde gegen den lieben Gott soll's sein, wenn man dem Pfarrer nicht gehorcht, und nun meint Ilse, ich sei ein schlechter Kerl, weil ich ihm folge.«

»Ilse trifft immer das Richtige – das hättest du doch wahrhaftig wissen sollen,« sagte ich. Die Strenge, die ich mir vorhin erlaubt, gelang mir nicht mehr. So unreif ich auch noch im Denken war, *das* sah ich doch ein, die Grausamkeit wurzelte auch nicht mit einem Fäserchen in seiner Seele selbst, sie war ihm systematisch eingeimpft worden – abscheulich!

Meine Augen schweiften unwillkürlich über den Himmel – mir graute nicht mehr vor dem vielen Licht, das nun gekommen war; es floß wie milder Balsam in mein gepreßtes Herz, und ich begriff zum ersten Mal, nachdem ich heute Nacht dem Tod in die düsteren Augen gesehen, die Wunderverkündigung des Auferstehens.

Ich nahm Heinzens Rechte zwischen meine Hände. »Hier im Hofe kannst du doch nicht stehen bleiben,« sagte ich. »Komme nur mit herein – Ilse wird schon wieder gut werden; und meine liebe, arme Großmutter – die hat dir längst verziehen; sie ist im Himmel!«

»Weiß es Gott, wie leid mir die alte Frau thut!« murmelte er und ließ sich wie ein Kind auf den Fleet führen.

Draußen im Baumhof stand Ilse; sie hatte den Eimer unter den Brunnen gestellt und hob eben den Schwengel; beim ersten Aufkreischen desselben ließ sie ihn mit kreideweißem Gesicht wieder sinken.

»O, Herr Jesus, ich kann das nicht mehr hören!« stöhnte sie auf.

Sie kam herein, sank auf einen Stuhl nieder und verhüllte die Augen mit ihrer Schürze. Aber das dauerte keine zwei Minuten.

»Was für ein albern Ding bin ich doch!« sagte sie unwirsch, richtete sich straff empor und strich die Schürze über den Knien glatt. »Möchte wohl gar die Frau wieder da am Brunnen stehen sehen, wo sie immer ihren Kopf gekühlt hat, und sollte doch Gott danken, daß sie drin still liegt und erlöst ist von dem vielen Jammer.«

»Ilse, war *Christine* an dem vielen Jammer schuld?« fragte ich schüchtern.

Sie sah mich scharf an. »Ach so,« sagte sie nach kurzem Besinnen, »Du hast's ja heute nacht mit angehört – nun, da magst du's wissen, sie hat so viel Jammer über deine Großmutter gebracht, wie es eben nur eine ungeratene Tochter kann.«

»Ach, meine Vater hat eine Schwester?« rief ich überrascht.

»Eine Stiefschwester, Kind... Deine Großmutter war zuerst an einen Juden verheiratet, der ist jung verstorben – die Christine hat dazumal noch in den Windeln gelegen. Nach zwei Jahren hat die Großmutter sich und das Kind taufen lassen und ist Frau Rätin von Sassen geworden – nun weißt du alles –«

»Nein, Ilse, noch nicht alles – was hat die Christine verbrochen?«

»Sie ist heimlich entwischt und unter die Komödianten gegangen –«

»Ist das so schlimm?«

»Das Durchbrennen freilich – das solltest du doch selber wissen – was aber die Komödianten betrifft, da kenne ich keinen Einzigen und kann nicht sagen, ob sie schlimm oder recht sind. – Bist du nun fertig?«

»Ilse, sei nicht böse,« sagte ich zögernd, »aber eines möchte ich dir noch sagen – diese Christine ist doch sehr unglücklich, sie hat ihre Stimme verloren.« –

»So – du hast den Brief gefunden und ihn gelesen, Leonore?« fragte sie in ihrem eisigsten Tone.

Ich nickte stumm mit dem Kopfe.

»Und du schämst dich nicht?« schalt sie. »Mir machst du Vorwürfe, weil ich in den schweren Stunden meine Pflicht und Schuldigkeit thue, und in dem gleichen Moment guckst du in fremde Briefe, die dich auf der Gotteswelt nichts angehen! – Das ist so gut wie Diebstahl – weißt du das?... Uebrigens glaube ich kein Wort von dem ganzen geschriebenen Zeug; und damit gib dich zufrieden!«

»Nein, das kann ich nicht!... Sie dauert mich! Wirst du ihr wirklich nichts schicken?... Ach, Ilse, ich bitte dich –«

»Nicht einen Pfennig!... Die hat mehr als ihr Erbteil vornweg genommen in der Nacht, wo sie heimlich aus dem Hause gegangen ist – das hat *auch* in dem armen Kopf da drinnen gewühlt –«

»Meine Großmutter hat ihr verziehen, Ilse –«

»Ich müßte das erst lernen! Das kann wohl eine Mutter, noch dazu, wenn sie schon fast nicht mehr auf der Erde ist; aber unsereinem, der das Elend jahrelang mit angesehen und redlich mitgetragen hat, dem wird's schon saurer... Gelt, nimmst alles für bare Münze, was in dem Briefe steht?... Ja, ja, auf den Knieen kömmt sie gerutscht, aber nicht etwa, weil sie Verzeihung will – Gott bewahre! – ohne die hat sie lange Jahre draußen gelebt, und ist es recht gut gegangen – Geld will sie!... Das liebe Geld! Darum ist's freilich der Mühe wert, auf die Kniee zu fallen!«

Wie tief mußte ihr dies alles gehen, daß sie so heftig und bitter und so anhaltend sprach, die schweigsame Ilse.

»Kannst bei der Gelegenheit auch erfahren, weshalb deine Großmutter das Geldgeklapper nicht hören konnte,« fuhr sie, tief Atem schöpfend, fort. »Es kann dir nicht schaden, wenn du erfährst, wieviel Unglück oft an solchen leidigen Thalern hängt, wie du sie gestern zum erstenmal in deinem Leben gesehen hast... Deine Großmutter ist die reichste Frau in Hannover gewesen – ihr erster Mann hat ihr volle Kisten und Kasten hinterlassen... Nachher bei der zweiten Heirat – sie mochte den Mann eben zu gut leiden – da hat sie die größten Opfer gebracht, ihren Glauben hat sie hingegeben; den durfte sie ja nicht mitbringen – mit dem jüdischen *Geld* nimmt man's nicht so genau. Es hat auch gar nicht lange gedauert, da ist's ihr klar geworden, daß es dem Zweiten nicht im geringsten um ihre Liebe zu thun gewesen ist – ihre Kapitalien aber sind mit der Zeit nur so nach allen vier Winden verflogen – der hat's verstanden!«

»Das war mein Großvater, Ilse?«

Das prächtige Karminrot erschien plötzlich in seiner ganzen früheren Glut auf Ilses Backenknochen.

»Siehst du, da lässest du einem keine Ruhe und fragst das Blaue vom Himmel herunter, und nachher kommen solche Dinge zum Vorschein!« schalt sie ärgerlich und stand auf. »Aber das sage ich dir, mit der Christine kömmst du mir nicht wieder – die ist tot für mich, das merke dir, Kind... Brauchst auch gar nicht mehr an die Verlogene zu denken – das sind Dinge, die nicht in deinen jungen Kopf passen!«

Sie schob Heinz, der sich demütig und schweigend auf einen Stuhl gesetzt hatte, eine Tasse hin und schenkte ihm Kaffee ein; aber einen Blick erhielt er noch nicht. Dann ging sie wieder hinaus an den Brunnen. Ich sah, wie sie die Zähne zusammenbiß, als sie den Schwengel hob, aber das mußte ja sein! Der Wasserstrom schoß unermüdlich nieder, bis der Eimer gefüllt war.

Nein, und wenn Ilse auch immer das Richtige traf, darin konnte ich ihr doch nicht folgen. Denken mußte ich an die unglückliche Sängerin! Sie war ja meine Tante! Meine Tante! Das klang süß und wohlthuend, aber doch viel zu gesetzt für das reizende Gebild, das mir vorschwebte... Und doch – sie war älter als mein Vater, älter als zweiundvierzig Jahre – hu, wie entsetzlich alt!... Aber das half doch alles nichts, meine Phantasie blieb geschäftig, die interessante Gestalt auszuschmücken – sie war ja eine Sängerin...

Ich flüchtete mit meinem übervollen Herzen hinüber auf den einsamen Hügel und starrte mit schmerzenden Augen in den schönen blauen Himmel... Ob sie mich wohl sah, meine liebe Großmutter, wie ich traurig dasaß? Sie war ganz gewiß nicht böse, daß ich an Christine dachte – sie hatte ihr ja verziehen!...

8.

Der einsame Dierkhof hatte just seine schönste Zeit; er lag mitten in einem pfirsichfarbenen Bett – die Heide fing an zu blühen, und die Bienenschwärme, die bis dahin auf den goldenen Rübsamenfeldern und in der Buchweizenblüte geschwelgt hatten, breiteten sich nun wonnetrunken über den unabsehbaren, honigtriefenden Flächen aus... Nun summte sie wieder bestrickend und einlullend um das traute Dach, die uralte eintönige Heidemelodie! Aus den Lüften taumelten meine Lieblinge, die blauen Schmetterlinge, so massenhaft nieder, als sei der strahlende Sommerhimmel droben in Stückchen zerflattert; über die Sandblößen schlüpften goldflimmernde Laufkäfer, und an den Wiesen-und Gartenblumen hingen Perlmuttervögel, der prächtige Admiral und das Pfauenauge.

Sonst war ich den Schmetterlingen nachgelaufen, hatte sie eingefangen, mich ergötzt an dem wunderbaren Farbenspiel der Flügel, und sie dann wieder davonfliegen lassen – so hatte ich oft halbe Tage lang die Heide durchschwärmt; das war jetzt anders geworden. Ich hielt mich viel im Zimmer meiner Großmutter auf, das mit seinen altertümlichen, aus dem Judenhause stammenden Möbeln einen geheimnisvollen Reiz auf mich ausübte. Es lag und stand da alles an seinem alten Platze, nicht ein Gerät war verrückt worden, die große Uhr wurde wieder pünktlich aufgezogen, und damit nichts fehle, was den Glauben erwecken konnte, die Verstorbene walte noch in dem Raume, hatte Ilse die niedergebrannten Kerzen auf dem Silberleuchter durch neue ersetzt.

Sie schloß mir auch da und dort eine Truhe oder ein Spind auf: die Fächer waren meist leer – meine Großmutter hatte bei ihrer Flucht aus der Welt allen Ballast von sich geworfen. Dafür war mir aber auch jedes beschriebene Papierblättchen, jeder zerstäubende Blumenrest ein interessanter Fund.

In einem Schranke hingen auch noch verschiedene Kleidungsstücke, die meine Großmutter aber nie in der Heide getragen hatte. Eines Tages nahm Ilse ein schwarzes, wollenes Kleid aus dem Schranke, zertrennte es und fing an, zuzuschneiden – sie hatte in der Stadt schneidern gelernt, und das war ihr Stolz... Ich war sehr erschrocken, als sie mich aufforderte, zur Anprobe in das Werk ihrer Hände zu schlüpfen – das Ding sah aus wie ein Küraß.

»Ilse, nur *das* nicht,« protestierte ich schaudernd und zerrte ängstlich an dem pressenden Halsausschnitt, der mir dicht an der Kehle saß, und mein Ellbogen gab sich insgeheim alle Mühe, die enge, drückende Aermelnaht zu zersprengen.

»Ei was – wirst dich schon dran gewöhnen!« sagte sie kaltblütig und schneiderte weiter.

Wir saßen im Baumhof unter den Eichen, wohin ich einen Tisch und Stühle getragen hatte. Draußen über der Ebene brütete die flimmernde Nachmittagssonnenhitze; aber hier war es schattig kühl und still; nur die Bienen summten, und droben im Nest schrieen die jungen Elstern. Ich hatte den übergroßen, runden, braunen Strohhut unter den Händen, den mir Ilse vor circa fünf Sommern aus der Stadt hatte kommen lassen, und trennte auf ihr Geheiß das Rosaband herunter, das die Wonne meiner Augen gewesen war.

Da kam Heinz aus dem nächsten Dorfe zurück und legte einen Brief vor Ilse hin.

Mein Vater hatte auf die ihm telegraphisch mitgeteilte Nachricht vom Ableben meiner Großmutter hin geschrieben und sein Nichterscheinen bei der Beerdigung mit ernstlichem Kranksein entschuldigt. Seitdem war die Korrespondenz zwischen ihm und Ilse eine ziemlich lebhafte geworden; um was es sich handelte, wußte ich nicht, ich bekam keine Zeile zu sehen; aber so viel war mir bekannt, daß zwischen Ilses letztem Schreiben und der Antwort meines Vaters, die sie da eben vor meinen Augen überlas, kaum fünf Tage lagen.

»Nichts da!« sagte sie und steckte den Brief in die Tasche. »Uebermorgen reisen wir – dabei bleibt's!«

Hut und Schere fielen mir aus den Händen.

»Reisen wir!« wiederholte ich mit stockendem Atem. »Du willst mit Heinz fort?... Ihr wollt mich mutterseelenallein auf dem Dierkhofe lassen?«

»O je, da wär' er gut aufgehoben, der arme Dierkhof!« rief sie, und zum erstenmal wieder seit dem Tode meiner Großmutter flog ein schwaches Lächeln über ihre Züge. »Närrisches Ding, du sollst fort!«

Ich stand auf und warf meinen Stuhl so heftig zurück, daß er polternd hinten über fiel.

»Ich? – wohin denn?« stieß ich hervor.

»In die Stadt,« lautete die lakonische Antwort.

Das ganze sonnige Heideland draußen und die urkräftigen, rauschenden Eichen über mir versanken – die entsetzliche, dunkle Hinterstube umfing mich, und ich sah in das feuchte, karge Gärtchen inmitten der vier grünangelaufenen Häuserwände.

»Und was soll ich in der Stadt?« preßte ich heraus.

»Lernen. –«

»Ich gehe nicht mit, Ilse, darauf kannst du dich verlassen!« erklärte ich entschieden, während ich mit den bitteren, heißen Thränen rang. »Mache mit mir, was du willst – aber du sollst sehen, ich klammere mich in der letzten Stunde draußen am Hausthorpfosten an... Ob du das Herz hast, mich fortzuschleppen?« Ich schüttelte Heinz, der wie eine Bildsäule mit offenem Munde dastand, verzweiflungsvoll am Aermel. »Hörst du denn nicht – fort soll ich!...Wirst du das leiden, Heinz!«

»Ist's denn wirklich wahr, Ilse?« fragte er beklommen und faltete die ungeschlachten Hände ineinander.

»Nun sehe mir einer die zwei Kinder hier an – thun sie doch wirklich, als sollte der Kleinen der Hals abgeschnitten werden!« schalt sie, aber ich sah recht gut, daß ihr gar nicht wohl zu Mute war bei meiner ausbrechenden Heftigkeit. »Meinst du denn, es kann das ganze Leben lang so fortgehen, Heinz, daß das Kind wie ein Heide den ganzen lieben Tag über draußen herumtobt und mir Abends barfuß, mit Schuhen und Strümpfen in der Hand, heimkommt?...Sie kann nichts und versteht nichts und läuft fort wie eine wilde Katze, wenn ihr ein fremdes Gesicht über den Weg geht!...Wo soll's endlich hinaus?...Das ist immer mein stiller Kummer gewesen, und ich hab' manchmal vor Angst nicht einschlafen können; aber so lange die Großmutter lebte, konnte ich nicht fort – das ist vorbei, und nun halten mich keine zehn Pferde mehr! Sei vernünftig, Kind!« sagte sie zu mir und zog mich wie ein kleines Kind auf ihre Kniee. »Ich bringe dich zu deinem Vater – nur zwei Jahre bleibe draußen und lerne was Rechtes, und wenn es dir durchaus nicht gefallen will, so kommst du wieder heim auf den Dierkhof, und nachher bleiben wir zusammen, gelt?«

Zwei Jahre! Das war ja eine ganze Ewigkeit!...Zweimal sollte die Heide blühen, sollten die Störche fortziehen und wiederkommen, und ich war nicht auf dem Dierkhof; ich steckte zwischen vier dumpfen Wänden und knebelte am verhaßten Strickstrumpf, oder mußte wohl gar Schreibübungen halten und neue Bibelsprüche auswendig lernen!...Ich schauderte und schüttelte mich, und jede Fiber in mir stählte sich zum Aufruhr und energischem Widerstand.

»Ilse, da lasse mich nur gleich drüben auf dem Gottesacker einscharren!« sagte ich trotzig. »In die entsetzliche Hinterstube bringst du mich nicht –«

»Dummes Zeug!« unterbrach sie mich. »Glaubst du denn, dein Vater kann sie im Koffer mitnehmen?...Er ist ja fortgezogen, und Vieles ist anders geworden – nun wohnt er ja in K.«

Husch, da war der braune Lockenkopf mit der blendend weißen Stirn wieder und sah mich mit spöttischen Augen an – er kam immer so unversehens und erschreckte mich jedesmal so heftig, daß mir das Blut heiß nach den Schläfen schoß!

»Mein Vater will mich ja nicht!« sagte ich und steckte das Gesicht in Ilses Halstuch.

»Das wollen wir sehen!« versetzte sie mit einem schlecht unterdrückten Seufzer; aber sie warf herausfordernd den Kopf zurück und schob mich von sich.

»Muß es wirklich sein?...Ach, Ilse –«

»Es *muß* sein, Kind!...Und nun sei still und mache mir das Leben nicht schwer! Denke an deine Großmutter – die hat's auch so gewollt!«

Sie nähte mit verdoppeltem Eifer den zweiten Aermel in das schwarze Kleid; Heinz aber schob die kaltgewordene Pfeife in die Tasche und schlich fort. Gegen Abend sah ich ihn drüben auf dem großen Hünenbett sitzen; er hatte die Arme um die Kniee gelegt und sah unverwandt hinaus ins Weite… Ich lief hinüber und setzte mich zu ihm, und nun flossen die Thränen unaufhaltsam, die sich in Ilses strenger Gegenwart nicht hervorgewagt hatten. Ein so tiefes Trennungsweh hatte das blaue Stück Himmel über uns wohl lange nicht gesehen!

Am andern Tage sah die Wohnstube schrecklich aus. Eine große hölzerne Truhe stand auf den Dielen, und Ilse packte ein.

»Da sieh her!« sagte sie und hielt mir ein Paket grober, buntgewürfelter Bettüberzüge hin. »Ist das nicht eine wahre Pracht!… Ja, da ist Kern drin!… Das Spinnwebenzeug, in dem die Großmutter schlief, ist mir von jeher ein Greuel gewesen!«

Sie schob einen Stoß außerordentlich feinen, mit Stickerei besetzten Leinenzeugs verächtlich auf die Seite. »Die neuen Ueberzüge bekommst du mit; die habe ich nach und nach für den Haushalt angeschafft, seit wir auf dem Dierkhof sind – halte sie ordentlich!«

Auch ein ganzes Regiment jener steifen, unförmlichen Strümpfe aus Heidschnuckenwolle wanderten in den Koffer und füllten einen beträchtlichen Raum. Ilse hatte jahrelang beträchtliche Vorräte für mich aufgespeichert, die nun draußen in der Welt »Staat machen« sollten… Dann wurden kolossale strotzende Federbetten zu einem Ballen geknetet und in Sackzeug eingenäht – ein riesiges Frachtstück!

Mir verursachten alle diese Vorbereitungen entsetzliches Herzweh, und doch gab es Augenblicke, wo meine junge Seele plötzlich schwoll, wo es über sie kam wie ein frohes Ahnen, eine schöne Hoffnung; aber das erschien und erlosch wie der Blitz, und – seltsame Gedankenverbindung – mein Blick huschte jedesmal scheu und prüfend über meine Schuhe hin. Sie waren jetzt recht hübsch ausgetreten und gewährten meinen Füßen in liberalster Weise Spielraum. Ich trat so stark auf, als ich vermochte, und suchte mein ängstliches Herz mit der unumstößlichen Gewißheit zu beruhigen, daß die Nägel doch bei Weitem nicht mehr so entsetzlich klapperten wie vor vier Wochen. Aber das half nicht immer, und so verstieg ich mich denn einmal in meiner Bedrängnis zu der schüchternen Bitte, Ilse möchte mir unterwegs ein Paar neue Schuhe kaufen. Aber da kam ich schön an. Sie zog mir einen Schuh aus und hielt ihn gegen das Licht.

»Solche Nähte und solche Sohlen, die kann man suchen!« sagte sie. »Das sind Schuhe, in denen du noch nach zwei Jahren zum Tanze gehen kannst!… Brauchst keine neuen!«

Damit war die Sache erledigt.

Und er kam wirklich, der Morgen, da ich meinen geliebten Dierkhof verlassen sollte… Früh vor vier Uhr lief ich schon durch die tautriefende Heide. Ich winkte mit ausgebreiteten Armen über die Millionen blütenbeschwerter Erikastengel hin und nach dem qualmenden Torfsumpf hinüber, und schüttelte die gute, alte Föhre im Abschiedsschmerz so heftig, daß die letzten dürren Nadeln vom vergangenen Winter auf mein flatterndes Haar herabrieselten… Spitz war mitgelaufen und bellte und freute sich wie närrisch – er hielt alle meine heftigen Bewegungen für eitel Spaß und Kurzweil, die ich ihm machen wolle. Ich flocht einen bunten Kranz und legte ihn auf Miekes Hörner, die schlaftrunken aufblinzelte und zu bequem war, um mir auch nur mit einem leisen Brummen zu danken oder Adieu zu sagen.

Dann zog mir Ilse das neue, schwarze Kleid an und band eine schneeweiße, breite und faltenreiche Batistkrause aus dem Wäschespind der Großmutter um meinen Hals – mein schwarzbrauner Kopf lag darauf wie eine abgefallene Haselnuß auf einem kleinen Schneepolster. Darüber wölbte sich der umfangreiche, braune Strohhut, den Ilse mit einem schwarzen Band besteckt hatte. Ich mag wohl eine merkwürdige Reiseerscheinung gewesen sein, ähnlich wie die kleinen Waldpilze mit den großen Hutdeckeln, die ich immer so lächerlich fand.

Nach dem Kaffee, den ich unter Thränenströmen hinabgeschluckt hatte, brachte Ilse eine Schachtel und nahm feierlich, mit spitzen Fingern einen violetten Tafthut heraus.

»Das war mein Kirchenhut in Hannover,« sagte sie, vor den Spiegel tretend und setzte sich das wunderliche Seidenhaus vorsichtig auf den Scheitel. »In der Stadt darf man nicht ohne Hut ausgehen – es ist nun einmal so!«

Ich sah scheu zu ihr auf. Der Begriff »Mode« existierte natürlicherweise nicht für mich. Ich hatte keine Ahnung davon, daß es jenseits der Heide eine Macht gab, welcher sich der Mensch widerstandslos unterwirft, und von der er seine äußere Erscheinung in Formen treten und kneten läßt, wie sie gerade Lust und Laune hat. Deshalb wurde auch mein Respekt vor dem schnabelförmigen Gebäude selbst nicht im Geringsten geschmälert; aber es hatte während der zwanzigjährigen Rast in der Hutschachtel offenbar stark an Glanz und Nüance eingebüßt. Ilse schien das nicht zu finden. Sie zupfte die mißfarbenen Pensees über ihrer krausen, gelben Haarwolke zurecht, warf die offen herabhängenden Bindebänder in den Nacken zurück, schlug ein großes schwarzes Wolltuch um die Schultern, und fort ging es.

Heinz und ein Bauernknecht aus dem nächsten Dorfe fuhren das Gepäck. Sanft, aber unwiderstehlich schob mich Ilse aus dem Hausthor, auf dessen Schwelle meine Füße wie festgezaubert standen. Ich hörte hinter mir den Hausschlüssel umdrehen, dann scheuchte Ilse die Hühner und Enten zurück, die uns durchaus ins Freie begleiten wollten; sie schrieen und krakelten durcheinander, und dazwischen hinein brüllte die eingeschlossene Mieke von der Tenne her... Auch das Gatterthor wurde hinter mir zugeschlagen und verrammelt, und nun wanderte ich hinaus aus dem Paradies meiner Kindheit auf demselben Wege, den einst Fräulein Streit gegangen war...

Wie ich von Heinz fortgekommen bin, kann ich nicht sagen. Ueber den ganzen sonnigen Abschiedsmorgen breitet sich mir heute noch ein Thränenflor. Ich weiß nur, daß ich das gute, alte, weinende Menschenkind mit beiden Armen umschlungen und der schauderhaft breiten und steifen Hutkrempe zu Trotz mein Gesicht tief in seinen alten Drellrock eingewühlt habe, und daß er, umringt von gaffenden Bauernjungen, sein blaugewürfeltes Taschentuch vor die Augen hielt, während ich im Dorfe die Kalesche bestieg, in der wir fortrumpeln sollten nach der weitentfernten ersten Poststation.

9.

»Zu Herrn Doktor von Sassen!« sagte Ilse gebieterisch zu den zwei Männern, die unsere Habseligkeiten auf einen kleinen Wagen luden.

»Kenne ich nicht!« versetzte der Eine.

Ilse nannte die Hausnummer.

»Ah, das große Sämereigeschäft – Firma Claudius?...Wohl, wohl!« sagte er ehrerbietig, und der Wagen rollte fort.

Eine erstickende Staubwolke empfing uns auf der Promenade, die sich zwischen der Stadt und dem Bahnhof hinzog, und auf den weiten Rasenplätzen ringsum und den kleinen hübschen Kastanien über unseren Häuptern lag es schwer und grau, als habe es Asche geschneit...Hier flog doch wenigstens noch ein Luftzug auf; aber in den Straßen, die wir nun durchwandern mußten, herrschte bleierne, mephitisch dumpfe Schwüle. Dann und wann öffnete sich eine der engen Gassen, und wie eine eintönige, sonnenflimmernde Scheibe breitete sich ein weiter Platz draußen hin – mir war, als müßten dort die erhitzten Pflastersteine dampfen oder helle Funken zurücksprühen...Ach, die rotblühende Ebene daheim mit dem erquickenden Heideduft und den kühlen, rauschenden Eichen um den Dierkhof!

»Das ist zum Sterben schrecklich, Ilse!« stöhnte ich, während sie meine Hand ergriff und mich hastig auf das Trottoir zog – eine Equipage raste um die Ecke.

Bis dahin waren uns nur wenige vorübereilende Menschen begegnet; die Mittagsglut machte die Straßen still und einsam. Nun aber scholl Trommeln und Pfeifen fern herüber.

»Die Wachtparade!« sagte Ilse aufhorchend mit einem wohlgefälligen Lächeln – alte, fünfundzwanzigjährige hannöversche Erinnerungen mochten wohl in ihr auftauchen.

Der Lärm kam rasch näher, und plötzlich flutete ein Menschenschwall in die Straße herein.

»Hu – guckt 'mal *die* an! Die hat hundert Jahre im Kleiderschrank gehangen!« schrie ein Junge und stellte sich vor Ilse hin. Er legte seine zwei Fäuste auf dem Kopf übereinander, um die Hutform anzudeuten, und schnitt eine Grimasse. Alles lachte und schrie durcheinander, und selbst unsere zwei Lastträger schmunzelten.

»Gassenjungen!« sagte Ilse verächtlich und hob steif den Kopf, während wir zu meiner Beruhigung gerade in eine stille Seitenstraße einbogen. »In Hannover sind die Leute doch manierlicher – da ist mir so was nie passiert!«

Jeder Nerv zitterte in mir, und die tiefste Niedergeschlagenheit überkam mich – Ilse, meine heilig respektierte Ilse war verhöhnt worden!...Ich drückte ihre Rechte, die mich bis dahin geschützt und geleitet, leise tröstend und liebkosend an meine Wange und ließ meine müden, heißen Füße mechanisch weiterwandern.

Der Wachtparadenlärm hinter uns erlosch allmählich, und endlich hielten die Männer in einer abgelegenen, totenstillen, aber mit vornehmen Häusern besetzten Straße...Wir standen vor einem düsteren Steinbau. Sämtliche Fenster im Erdgeschoß waren vergittert, und zu der hochgelegenen Hausthür führten Stufen mit einem schönen Eisengeländer. Das alte Haus mit seiner breiten, massiven Nordfront mochte wohl imposant sein; ich aber entsetzte mich vor den Fenstergittern, vor den geschwärzten Mauersteinen, auf die kein Sonnenschein fiel, und die reichgeschnitzte und verschnörkelte schwere Bohlentür mit dem ungeheuren, blitzenden Messingdrücker starrte mich an, wie ein dunkles, unheimliches Rätsel.

»Siehst du, Ilse, daß ich Recht hatte mit der Hinterstube?« rief ich verzweiflungsvoll. »Wir wollen umkehren!«

»Abwarten!« sagte sie und zog mich auf die Stufen hinauf. Die Lastträger nahmen das Gepäck auf die Schultern und traten hinter uns. Ilse klingelte. Gleich darauf wurde die Thür langsam zurückgeschlagen und ein alter Mann ließ uns eintreten. Eine ungewöhnlich hohe und weite Hausflur nahm uns auf. Wir standen auf einer glänzend polierten Steinmosaik – von Stein waren die breiten, gewundenen Treppen im Hintergrund und die zwei mächtigen Träger inmitten der Flur, die sich droben an der Decke in kühne Bogen spalteten. Diese Steinmassen hauchten eine köstliche Kühle aus, aber über sie hin breitete sich auch tiefer Schatten, ein kirchenartiges Dämmerlicht, das nicht einmal die über den Treppen hereinfallenden Sonnengluten zu durchströmen vermochten.

»Firma Claudius?« fragte Ilse.

Der Mann nickte steif, indem er mit sichtbarem Unwillen zurücktrat, um den beladenen Männern Raum zu geben.

»Hier wohnt Herr Doktor von Sassen?«

»Nein, hier nicht!« versetzte er rasch und trat nun mit vorgestreckten Armen den Leuten in den Weg. »Herr von Sassen wohnt in der Karolinenlust – da müssen Sie draußen rechts um die Straßenecke biegen –«

»O Herr Jesus, wir sollen wieder hinaus in die entsetzliche Hitze?« klagte Ilse mit einem Seitenblick auf mich.

»Thut mir leid,« sagte der Alte ungerührt und achselzuckend; »aber durch dieses Haus geht der Weg einmal nicht – und Ihr solltet doch wahrhaftig wissen, daß für dergleichen Dinge, für solch einen Huckepack, drüben in der Seitenstraße ein Thor ist!« fuhr er die Leute an und zeigte auf die Effekten.

In dem Augenblicke, wo er scheltend die Stimme erhob, fing auch im Hintergrund der Halle ein Hund an, zornig mitzukläffen. Dort führten Stufen zu einer Thür hinab. Auf diesen Stufen stand eine alte Dame in schwarzseidenem Kleide und buntbebändertem Häubchen und wischte einem zierlichen Pinscher, der jedenfalls eben von draußen hereingekommen war, mit einem Tuche sorgsam die kleinen Pfoten ab.

»Lassen Sie doch die Leute durchgehen, Erdmann!« rief sie freundlich herüber.

»Aber, Fräulein Fliedner, sehen Sie doch nur den Staub!« protestierte er so ängstlich, als hätten wir die ganze Asche des Vesuvs auf unseren Kleidern und Schuhen und könnten damit seinen sauber polierten Fußboden verschütten. »Und wenn nun gar Herr Claudius in der Hinterstube ist und die Leute über den Hof gehen sieht, so kann es Etwas geben, Fräulein Fliedner!«

»Ich schicke Dörte nachher gleich mit dem Besen herunter, und was die Schelte betrifft, so nehme ich sie auf mich,« beschwichtigte sie ihn. »Uebrigens ist Herr Claudius auf keinen Fall in der Hinterstube – binnen fünf Minuten will er ja nach Dorotheenthal fahren.«

Sie öffnete eigenhändig die Thür nach dem Hofe und winkte uns, durch die Halle zu kommen. Ein leises schelmisches Lächeln huschte über ihr feines Gesicht, als Ilse an ihr vorüberschritt und den betürmten Kopf dankend neigte; aber sie wandte sich rasch ab und stieg, den knurrenden Hund auf dem Arm, die Stufen wieder hinauf.

»Ein vernünftiges Frauenzimmer,« sagte Ilse befriedigt vor sich hin, als die Thür rasselnd hinter uns zugefallen war.

Das Wort »Hof« hatte mich förmlich elektrisiert – ich sah sofort das ganze Geflügel des Dierkhofes fröhlich aufflattern; aber davon war nichts zu sehen in dem großen kahlen Viereck, das wir betraten. Es wurde durch das Vorderhaus, zwei daranstoßende lange Seitenflügel und eine im Hintergrund hinlaufende Mauer gebildet. Den linken Flügel durchbrach ein großes weitoffenes Thor, in welches die Häuser der benachbarten Straße hereinsahen. Hohe Stöße neuer Kisten türmten sich auf dem reingefegten Pflaster, und die völlige Abwesenheit von Gardinen oder sonstigem Schmuck an den Fenstern der Hintergebäude ließ dieselben als das Geschäftslokal der Firma Claudius erkennen.

Eben, als wir in den Hof traten, zog ein Kutscher ein Paar feurige Pferde aus dem Stalle und führte sie nach einem hübschen hellausgeschlagenen Wagen, der vor der Remise stand.

Unsere Lastträger schritten schnurstracks auf eine inmitten der Mauer gelegene Thür zu, und wir folgten ihnen.

»Wohin wollen denn die Leute?« rief uns plötzlich eine Stimme in ziemlich kurzem Tone nach.

Ich zog meinen Hut noch tiefer in die Augen und hütete mich, den Kopf zu wenden – ich erkannte sofort die Stimme des alten Herrn im braunen Hut wieder, wenn sie auch jetzt nicht so weich klang, wie vor vier Wochen in der Heide … Er war also doch in der Hinterstube, und jetzt »gab es Etwas«, wie der Alte in der Hausflur gesagt hatte...Die zwei Männer blieben auch sofort wie auf militärisches Kommando stehen und wagten nicht, den Fuß weiter zu setzen. Nur Ilse wandte sich resolut um.

»Wir wollen zu Herrn von Sassen – ist's erlaubt, hier durchzugehen?« fragte sie höflich.

Es erfolgte keine Antwort; aber der Herr hatte jedenfalls mit der Hand zustimmend gewinkt, denn Ilse öffnete ohne Weiteres die Thür und ließ die Lastträger eintreten...Diesmal mußte sie mich genau so, wie gestern Morgen auf dem Dierkhof, über die Schwelle schieben, denn ich stand wie versteinert...Mein an das gleichförmige Graubraun und das ununterbrochenen Blütenrot der Heide gewöhntes Auge flog im ersten Augenblick völlig verständnislos über das Farbenmeer hin, das den weiten Plan da vor mir förmlich übergoß. Es war mir unmöglich, zu denken, daß diese tausendfarbig gemischten oder auch in scharf abgegrenzten Nüancen hinfließenden breiten Ströme Blumen, nichts als dicht aneinandergedrängte vielgestaltige Blumenkronen und Dolden sein könnten...Jetzt erst begriff ich, wie menschliche Phantasie die Wunder der Märchenwelt hatte ersinnen mögen – wie eine ungeahnte einsame Zauberinsel schwamm dieses köstliche Blumenfeld inmitten der neuen Welt, die mir bis zu diesem Augenblicke so häßlich und graubestaubt erschienen war.

Neben meinen Füßen streckte sich ein Beet voll lilablauer Heliotropen hin; ihr starker Vanillenduft hing schwer in den Lüften und versetzte mich in eine Art von Rausch...Vergessen waren die stauberfüllten heißen Straßen und die widerwärtigen Reiseeindrücke, vergessen der gräuliche Wachtparadenlärm, die höhnenden Gassenjungen und das Grauen vor der Hinterstube! Mein Hut saß nicht mehr wie festgemauert auf dem Kopfe – ich warf ihn hoch in die Luft.

»Ach, Ilse, ich möchte mich gleich mitten in die Blumen hineinwerfen, daß sie über mir zusammenschlügen,« jubelte ich auf.

»Ja, du wärst's imstande,« meinte sie trocken, fand es aber doch geraten, mich am Rockzipfel festzunehmen.

Das ununterbrochene Bienengesurr und das Rauschen eines fernen Gewässers ausgenommen, war es sehr still und einsam in dem Garten. Die Vögel hatten sich verstummend in das kühle Gebüsch zurückgezogen, und die Menschen hielten Mittagsrast. Nur ein ältlicher Mann, dem Arbeitskostüm nach ein Gärtner, trat aus einem Gewächshaus, als wir vorüberkamen, und zeigte den Trägern den nächsten Weg nach der »Karolinenlust«. Ilse dankte ihm.

»Schon recht, Madamchen!« sagte er mit einer eigentümlich sanften, gelassenen Stimme.

Das war zu viel für die grundehrliche Ilse.

»Sie müssen nicht denken, weil ich vielleicht einen hübschen Hut aufhabe, daß ich eine Dame sein will – ich bin aus der Heide, und mein Vater war ein Besenbinder,« sagte sie und ging weiter.

Wir kamen an einen Fluß, über den eine zierlich geschwungene Eisenbrücke führte. Er schnitt das ungeheure Blumenparterre ab; das jenseitige Ufer war mit dichtem Gebüsch bestanden, und wo es auseinanderriß, da sah man in das labende, grüne Düster unter dichtgescharten Baumgruppen hinein, auf sorgsam geschorene Rasenflächen und helle Kieswege.

Ich schrak zusammen und floh plötzlich hinter Ilse, als wir die Brücke überschritten hatten – ein Lachen scholl herüber, jenes harmonische Lachen, das ich vor vier Wochen am Hügel gehört hatte, und von welchem ich wußte, daß ich es nie bis an das Ende meiner Tage vergessen würde...Trotzdem flüchtete ich, denn wo das Lachen, da waren ja auch die spöttischen Augen, vor denen ich mich entsetzlich fürchtete. Ilses breite, knochige Gestalt verdeckte meine kleine Person vollkommen; so rückten wir vorwärts durch dunkelschattige Alleen und kühle Boskettte – laute Ausrufe, Gelächter und plaudernde Mädchenstimmen drangen immer deutlicher bis zu uns, und plötzlich sahen wir bunte Reifen über dem Kiesrund wirbeln, auf das wir eben heraustraten.

Einer der Reifen verirrte sich und flog in ein Boskett. Eine junge, zartgebaute Dame und ein schlanker Mann in hellem Sommeranzug verfolgten ihn mit hochgehobenen Armen und Stöcken und drangen tief in das Gebüsch ein, wo er verschwunden – der schlanke Mann war der junge Herr Claudius, und das Mädchen, das neben ihm hergelaufen mit den feinbeschuhten, flüchtigen Füßchen und dem offen wehenden, blonden Haar, erschien mir mit ihrem silberhellen Gelächter ganz unausstehlich, obgleich ich ihr Gesicht nicht einmal gesehen hatte…Mir war seltsam zu Mute; ich grollte und wußte nicht weshalb, und atmete doch froh und erleichtert auf, weil ich nun vorüberschlüpfen konnte, ohne dem jungen Herrn begegnen zu müssen.

Ich lugte neben Ilse hervor und sah noch mehr junge Damen umherstehen, eine aber überragte sie alle, eine hohe, starkgegliederte Gestalt in weißem Kleide, über das sie ein feuerfarbenes, mit Gold gesticktes Jäckchen geworfen hatte…Sie hatte etwas Kühnes in ihren Bewegungen, und doch auch wieder jene stolze Lässigkeit, die aus Kraftbewußtsein und großer innerer Sicherheit hervorgeht.

»Alle guten Geister!« rief sie in komischem Entsetzen und schlug die Hände zusammen, als Ilse, den Trägern voran, in ihren Gesichtskreis trat; dann brach sie rücksichtslos in ein mutwilliges Gelächter aus.

Ilse wandte sich verständnisvoll um und sah nach dem Bettenfrachtstück zurück, das ja so herausfordernd und lächerlich über dem Kopf des Trägers schaukelte.

Im Nu waren wir von den sämtlichen Damen umringt.

»O Herr Jesus, Leonore, was zerrst du mich denn immer und hängst mir am Rocke wie ein kleines Kind!« schalt Ilse unwillig; sie schüttelte mich ab und zog mich mit einem energischen Ruck an ihre Seite.

Wie schämte ich mich! In einer Hand hielt ich den Hut und in der anderen die große, weiße Halskrause, die sich, Gott weiß wie, von meinem Halse losgemacht hatte…Hätte ich am Pranger stehen müssen, mein scheues Gefühl würde sich nicht mehr gekrümmt und gewunden haben, als jetzt unter allen diesen fremden, neugierigen Mädchenaugen!

»Ach, eine kleine Zigeunerin!« riefen zwei Stimmen auf einmal, als ich befangen den Kopf hob und die Augen aufschlug.

»Ei, warum nicht gar auch – ein Zigeunermädchen!« sagte Ilse tief beleidigt. »Es ist dem Herrn von Sassen sein leiblich Kind –«

»Wie, die Mumie hat auch Kinder?« unterbrach sie die große junge Dame überrascht, und um ihre roten Lippen zuckte es fortgesetzt in verhaltenem Unwillen. Die Anderen aber zogen sich ein wenig zurück und sahen mich auf einmal mit ganz anderen, ich möchte sagen, freundlich ehrerbietigen Blicken an.

In diesem Moment kam auch der junge Herr über den freien Platz her. Ich sah auf meine Schuhe, die ihre plumpen Spitzen keck über den hellen Kies hinstreckten, und unwillkürlich zog und zerrte ich an meinem schwarzen Rock, um ihn, wenn auch nur um einen halben Zoll, zu verlängern.

Der Herr warf den Reifen im Weiterschreiten hoch in die Luft und fing ihn stets mit einer sehr gewandten graziösen Bewegung wieder auf, so viel Mühe sich auch die junge Dame neben ihm geben mochte, das hübsche, bunte Ding mit ihren weißen Händen zu haschen…Da fiel sein Blick auf mich – er stutzte und kniff die großen braunen Augen prüfend zusammen; dann kam er spornstreichs auf mich zu.

»Was, der Tausend – das ist ja das Heideprinzeßchen!« rief er erstaunt.

»Wer?« fragte die hochgewachsene junge Dame mit großen Augen.

»Ei, du weißt es ja, Charlotte – das Heideprinzeßchen! Ich habe dir doch von dem kleinen barfüßigen Wesen erzählt, das wie eine Eidechse durch die Heide schlüpfte – freilich eine Eidechse mit einem Prinzessinnenkrönchen!« Er lachte auf. »Wie in aller Welt kommt denn die kleine Perlenverkäuferin hierher?«

Die Rücksichtslosigkeit, mit der er in meiner Gegenwart mich kritisierte, und das unverhohlene Erstaunen des stolzen jungen Herrn über meine Anwesenheit in seinem Garten, schlugen den letzten Rest meines Selbstbewußtseins zu Boden; aber die Bezeichnung »Perlenverkäuferin« machte mir auch das Blut sieden.

»Es ist ja nicht wahr!« stieß ich heraus. »Ich habe Ihnen die Perlen nicht verkauft – Sie wissen doch, daß ich Ihre Thaler in den Sand geworfen habe!«

Charlotte lächelte und trat mit aufstrahlenden Augen rasch auf mich zu.

»Ach, wie reizend – sie ist stolz, die Kleine!« rief sie. Sie bog sich herab und strich mir mit
ihrer großen schlanken Hand über das Haar, aber ungefähr so, wie man ein nettes Bologne-
serhündchen streichelt. »Was meinst du zu der merkwürdigen Neuigkeit, Dagobert?« sagte sie
zu dem jungen Herrn. »Die Mumie hat Familie – das niedliche Ding da ist dem Doktor von
Sassen sein Töchterchen –«

»Unmöglich!« fuhr er in maßloser Ueberraschung zurück.

»Na, was ist denn dabei so schrecklich zu verwundern?« versetzte Ilse trocken. »Meinen Sie
denn, weil die Kleine nicht auch solch eine Schabracke um hat« – sie zeigte auf Charlottens
elegantes Jäckchen – »darf sie nicht vornehmer Leute Kind sein?«

Die junge Dame lachte wie ein Kobold – die schneidige Zurechtweisung schien sie höchlich
zu amüsieren.

»Aber wie siehst du auch aus, Leonore!« schalt Ilse. »Es fehlt nur noch, daß du die Schuhe
und Strümpfe ausziehst!« Sie legte mir die Krause um den Hals, fuhr mit beiden Händen glättend über meinen Scheitel und band den Hut darüber. Ich sah ängstlich auf die umstehenden
Damen; neben ihnen war ich mir der Lächerlichkeit meiner äußeren Erscheinung plötzlich sehr
wohl bewußt – jetzt lachten sie gewiß; aber keine verzog eine Miene, sie sahen im Gegenteil so
ernsthaft zu, als ob eine wirkliche Prinzessin da vor ihnen Toilette mache. Nur um Charlottens
Mund zuckte ein unbezwinglicher Lachreiz.

»Armes Opfer!« sagte sie in tiefen Tönen des Erbarmens. »Aber wie ist's denn, bleibt Heideprinzeßchen bei dem Papa?« setzte sie lebhaft hinzu.

»Versteht sich!« entgegnete Ilse kategorisch. »Bei wem denn sonst?…Nun möchte ich aber
bitten, uns vorbeizulassen – wir haben müde Füße…Ist das dort endlich die Karolinenlust, oder
wie das Ding heißen mag?« fragte sie und zeigte auf einen mattweißen Streifen, der durch die
Hecken und Baumkronen herüberdämmerte.

»Ich werde Sie führen,« erbot sich der junge Herr sehr geschmeidig und höflich – er war
vollständig umgewandelt, selbst seine Augen, die vorher mit unverkennbarem Ergötzen immer
wieder über Ilses unselige Kopfbedeckung hingehuscht waren, erlaubten sich nicht einen einzigen spöttischen Blick mehr.

Mir schwoll das Herz. Was für ein Mann mußte mein Vater sein, daß schon sein Name allein
hinreichte, Ilse und mir sofort Geltung und Achtung bei Anderen zu verschaffen!

Die Damen bleiben grüßend zurück, und wir schritten in Begleitung des jungen Herrn schräg
über das Kiesrund, in das Taxusgebüsch hinein.

10.

»Zürnt mir Heideprinzeßchen noch?« fragte er mit unterdrückter Stimme.

Ich schüttelte den Kopf – seltsam, daß ein paar halbgeflüsterte Worte Einen bis ins tiefste Herz hinein erschauern machen konnten...

Da lag sie plötzlich vor uns, die Karolinenlust!... Es würde mich nicht im Entferntesten befremdet haben, wenn dort aus einem der hohen Fenster Frau Holle genickt und mich aufgefordert hätte, ihr Federbett aufzuschütteln und ihre Säle zu fegen. ... Ein Zauber hielt mich bereits gefangen, und das Haus vor uns war durchaus nicht geeignet, ihn zu lösen und mich zu ernüchtern. ... Was wußte ich damals von Renaissance- und Barockstil! Das Feenhafte des Anblickes wurde mir nicht verkümmert durch die Kenntnis strenger Kunstregeln. Ich sah nur schöngeschwungene Linien, weich und biegsam, als seien sie aus Wachs und nicht aus Stein, in die Lüfte steigen. Ich sah Säulen, Pilaster und Gesimse reizend verknüpft durch verschwenderisch hingestreute Frucht- und Blumenschnüre, und zwischen ihnen die funkelnden, breiten Spiegelscheiben der Fenster – ein Rokokoschlößchen, so verschnörkelt und üppig geschmückt, wie es nur je der Zopfstil des vorigen Jahrhunderts ersonnen. Sein Spiegelbild dämmerte noch einmal auf in dem silberklaren Gewässer, das, umfangen von einem durchbrochenen Steingeländer, zu seinen Füßen lag. Der Teich und fächerartig hingebreitete, mit weißen Steinbildern und steifen Taxuspyramiden geschmückte Rasenflächen füllten das ziemlich enge Parterre, das ein breiter Weg ringartig flankierte; aber über seinen Kies breitete sich bereits wieder tiefer Baumschatten. – Wie eine Perle in grüne Wogen versunken, lag das Schlößchen heimlich geborgen inmitten der Waldbäume, die im Hintergrund hoch bergauf stiegen. Noch im Gebüsch huschte uns ein Silberfasan fast über die Füße, und vor dem Portal, im kühlen Schatten des Hauses, schritt ein Pfau und entfaltete sein edelsteinflimmerndes Gefieder, während ein aschgrauer Kranich auf einem Bein unbeweglich neben dem Teiche stand und träumerisch den nackten, roten Hinterkopf nach vorn sinken ließ – er kam gravitätisch auf uns zu, fing an zu tanzen und machte die lächerlichsten Verbeugungen, als sei er der Zeremonienmeister des Schlosses – Wunder über Wunder für meine unverwöhnten Augen!

In einer offenen Halle des Erdgeschosses hatten die Träger unser Gepäck niedergelegt; sie wurden ausbezahlt, dann stiegen wir eine Treppe hinauf. Wir schritten in der Bel-Etage an hohen Thüren vorüber, die seltsamer Weise mit handgroßen, verstaubten Gerichtssiegeln beklebt waren – breite, weiße Papierstreifen legten sich über den Schluß der Thorflügel, wie ein Schweigen gebietender Finger auf ein Paar Lippen...

Erst im zweiten Stock machten wir Halt. Der junge Herr öffnete eine Thür, und wir traten ein, während er sich mit einer freundlichen Verbeugung zurückzog und die Thür hinter uns geräuschlos wieder schloß.

Mich überfiel plötzlich eine tödliche Angst. Ich hatte daheim ganz richtig herausgefühlt, daß mein Vater mich nicht wolle, daß ich für ihn eine Last sei, die er am liebsten für immer in der Heide wissen möchte; und die Verwunderung über meine Existenz, die mir hier überall entgegentrat, bestätigte mir, daß er sein Kind nie auch nur mit einer Silbe erwähnt habe... Und nun stand ich doch in seinem Zimmer, zudringlich über die Maßen, und sah mit erschreckten Augen in die Welt, in welcher er lebte und wirkte... Wie fremd und unfaßlich erschien mir alles, was ich sah! Die Wände des weiten Saales, in welchen wir eingetreten, waren von unten bis hinauf zur Decke mit Büchern bedeckt, »mit so vielen Büchern, wie Erikastengel auf der Heide standen« – meinte ich. Es blieb nur Raum für vier, mit grünen Wollgardinen behangene Fenster und zwei Thüren. Die Thür linker Hand war weit zurückgeschlagen – ein zweiter Saal that sich auf, ein Saal mit Oberlicht. Durch eine weite und tiefe Kuppel inmitten des Plafond strömten die Sonnengluten blendend herein auf hingestreckte, weiße Menschenglieder, auf eine drohend emporgereckte, keulenschwingende Menschengestalt, aber auch über liebliche Frauenbilder in faltenreichen, weich niedersinkenden Gewändern.

In einer der Fensternischen des Büchersaales stand ein Schreibtisch; vor demselben saß ein Herr und schrieb. Er hatte unser Eintreten nicht bemerkt, denn während wir noch einen Augenblick regungslos an der Schwelle verharrten, hörten wir das unausgesetzte Kritzeln seiner Feder – es verursachte mir Nervenfrösteln … Ich weiß nicht, war es die Seltsamkeit und Neuheit der Umgebung, oder dasselbe Gefühl, das mich packte – die Furcht vor meinem Vater – genug, Ilse, die stets schlagfertige, rückhaltlos thatkräftige Ilse zögerte einen Moment; dann aber nahm sie entschlossen meine Hand und führte mich nach dem Fenster.

»Schönen guten Tag, Herr Doktor, da wären wir!« sagte sie – mir war, als schlüge diese sonore, aber doch ein wenig bebende Stimme mit einem wahren Donnerton erweckend an die stillen Wände.

Mein Vater fuhr aus den rings aufgehäuften Papierstößen empor und starrte uns an; dann schnellte er wie elektrisiert in die Höhe.

»Ilse!« rief er in unverkennbarem Schrecken.

»Ja, die Ilse, Herr Doktor!« sagte sie ruhig. »Und das ist Leonore, Ihr einziges Kind, das seinen Vater seit vierzehn Jahren nicht gesehen hat … Das ist lange her, Herr Doktor, und wär's kein Wunder, wenn Sie aneinander vorübergingen, ohne sich zu kennen.«

Er schwieg und strich sich wiederholt über die Stirn, als koste es ihm die größte Mühe, sich zu sammeln und unser Hiersein zu begreifen. Mit weicher Hand schob er mir den Hut zurück und sah mir in die Augen, und ich sagte mir, innerlich ein wenig zurückschreckend, daß es wohl selten ein so mageres eingesunkenes Gesicht geben könne, als das meines Vaters; aber er hatte die schönen Augen meiner Großmutter.

»Also du bist Leonore?« sagte er sehr sanft und küßte mich auf die Stirne. »Klein ist sie, Ilse, ich glaube, sie ist kleiner, als meine Frau war« – er seufzte auf. »Wie alt ist das Kind?«

»Siebzehn Jahre, Herr Doktor; ich habe es Ihnen ja schon zwei Mal geschrieben.«

»Ach so!« sagte er und strich sich wieder über die Stirn; dann schlang er seine Finger ineinander und ließ sie in den Gelenken knacken – er war das Bild eines Menschen, den man plötzlich aus einem tiefen Traume gerissen und in die grelle Wirklichkeit gestellt hat.

»Du bist müde, mein Kind, verzeihe, daß ich dich so lange stehen ließ!« sagte er in ausgesucht höflichem Tone zu mir, nachdem er einmal rasch auf- und abgegangen war. Inmitten des Saales stand ein schwerfälliger, mit Büchern und Papieren bedeckter Tisch; mein Vater schob uns zwei der Lehnstühle hin, die den Tisch umkreisten.

»Vorsicht, liebe Ilse, ich bitte Sie inständigst!« rief er angstvoll, als sie im Niedersetzen arglos ihren Strickkorb auf ein aufgeschlagenes Papierheft stellte. Seine mageren Hände zitterten beim behutsamen Aufnehmen des Körbchens, und ein zärtliches Mutterauge kann die Züge des erkrankten Lieblings nicht ängstlicher prüfen, als mein Vater das scheinbar uralte Papier, nachdem er es von der ungewohnten Berührung befreit hatte.

Ich sah Ilse an; sie verzog keine Miene; jedenfalls kannte sie diese Eigentümlichkeit meines Vaters schon.

»Komm, ruhe ein wenig aus!« sagte er, als er bemerkte, daß ich zögerte, mich zu setzen. »Dann wollen wir in das Hotel gehen –«

»Ins Hotel, Herr Doktor?« fragte Ilse gelassen. »Was soll denn das Kind im Gasthaus? … Das würde Ihnen einen schönen Thaler Geld kosten zwei Jahre lang –«

Mein Vater taumelte förmlich zurück. »Zwei Jahre? Was reden Sie da, Ilse?«

»Ich rede nur, was ich Ihnen zehn Jahre lang in jedem Briefe geschrieben habe – wir sind da mit Sack und Pack! … Ich leide es ein für allemal nicht mehr, daß das Kind in der Heide verwildert! Sehen Sie sich Leonoren an! Sie kann kaum lesen; und schreiben – daß Gott erbarm – Sie sollten nur ,mal die Krakelfüße sehen! … Auf die Bäume kann sie klettern und in die Nester gucken, aber eine ordentliche Naht nähen, oder eine Ferse in einen Strumpf stricken, das kann sie nicht – hab's ihr mit dem besten Willen nicht beibringen können, und vor einem fremden Menschengesicht läuft sie wie vor einer Mördergrube und bringt's nicht fertig, auch nur ›guten Tag‹ zu sagen … Und das ist dem Herrn von Sassen sein einzig Kind! … Ihre Frau müßte sich in der Erde umdrehen, wenn sie das wüßte!«

Es fiel meinem Vater nicht ein, auf dieses schmeichelhafte Signalement hin meine kleine Persönlichkeit zu mustern.

»Mein Gott, das mag ja alles vollkommen wahr und richtig sein!« rief er und fuhr sich mit beiden Händen verzweiflungsvoll in die Haare. »Aber ich bitte Sie, Ilse, was soll denn *ich* mit dem Kinde anfangen?«

Bis dahin hatte ich den Wortwechsel regungslos und schweigend mit angehört; aber nun erhob ich mich.

»Ach, wie schrecklich ist dies alles!« rief ich, und meine Stimme zitterte vor Angst und Schmerz. »Vater, sei ruhig; ich will dir ganz gewiß nicht wieder unter die Augen kommen! Ich gehe auf der Stelle wieder, und wenn es sein muß, laufe ich zu Fuß in die Heide zurück. Dort ist ja Heinz, der freut sich ganz gewiß, wenn ich wiederkomme... Und ich will nun auch fleißig werden, Vater; darauf kannst du dich verlassen – ich will nähen und stricken... Du sollst sehen, ich werde dir nie, nie wieder zur Last fallen!...«

»Sei still, Kind,« sagte Ilse, indem sie sich mit überströmenden Augen rasch erhob.

Aber schon hielten mich zwei Arme umschlungen – ich ruhte am Herzen meines Vaters. Er nahm mir den Hut ab, warf ihn auf den Fußboden und drückte sanft meinen Kopf an seine Brust.

»Nein, nein, mein Kind, mein armes, kleines Lorchen, so war das nicht gemeint!« tröstete er mich bewegt. Seltsam – es war, als hätten ihn erst meine Worte zu sich selbst und zur vollen Erkenntnis der ganzen Lage gebracht. »Nun gerade sollst du bei mir bleiben... Ilse, hat das Kind nicht ganz die Stimme meiner Frau? Klingt sie nicht genau so erquickend silberhell?... Bei mir bleiben soll sie, in die Heide darf sie nicht wieder zurück, das steht fest!... Aber, liebe Ilse, wie fängt man die Sache an?... Hier ist ja nicht einmal mein Heim; ich bin selbst Gast in diesem Hause auf unbestimmte Zeit... Ja, wie fängt man das an?«

»Dafür lassen Sie mich sorgen, Herr Doktor,« versetzte Ilse resolut – sie war wieder vollkommen in ihrem Fahrwasser. »Ich kann getrost eine Woche vom Dierkhof fortbleiben, wenn mir auch der Heinz unterdessen ein paar Dummheiten macht... Ich will schon alles einrichten... Und das Kind kommt auch nicht mir leeren Händen.«

Sie zog ein Papier aus ihrem Strickkorb und reichte es meinem Vater hin; es war das Testament meiner Großmutter.

Ich hob den Kopf von seiner Brust und brachte ihm die letzten Grüße der Heimgegangenen.

»Sie ist nicht im Wahnsinn gestorben, meine arme Mutter?« fragte er.

»Nein,« sagte Ilse. »Sie war so bei Verstande wie in ihren gesündesten Tagen und hat ihr Haus erst noch bestellt, ehe sie aus der Welt gegangen ist... Lesen Sie das nur. Das Gericht war zwar nicht dabei, aber sie hat gemeint, Sie würden ihren letzten Willen auch so respektieren –«

»Das versteht sich von selbst.«

Er schlug das Papier auseinander und überflog die ersten Zeilen. »Das freut mich für Sie, liebe Ilse,« sagte er. »Der Dierkhof gehört Ihnen von Rechtswegen.«

»Meinen Sie wirklich, Herr Doktor?... Je nun, wenn ich an Ihrer Stelle wäre, ich dächte nur: ›Aha, da hat die Ilse nur bei der alten Frau ausgehalten, um sich den hübschen Hof zu erschleichen‹ –«

»Das fällt mir nicht ein –«

»Aber mir... Ich nehme den Dierkhof nicht; der gehört mit Ihrer Erlaubnis der Kleinen. Sie muß eine Zuflucht haben, ein eigen Stückchen Erdboden, das ihr bleibt, wenn's ihr in der Welt nicht gefällt... Wenn ich auf dem Dierkhof bleiben kann und Sie leiden's, daß ich ihn in Ordnung halten darf bis an mein Ende, so ist das vollauf genug. Ich hätte das Papier ja auf der Stelle zerrissen, als meine arme Frau die Augen zugethan hatte; aber ich durfte ja nicht, weil noch mehr daraufstand.«

Mein Vater las weiter. »Wie, es war doch noch Vermögen da?« rief er auf das Höchste überrascht. »Sie haben mir stets geschrieben, meine Mutter lebe einzig und allein von ihrer Pension und dem geringen Ertrag des Dierkhofes.«

»Ist auch die reine Wahrheit gewesen, Herr Doktor... Im Anfang sind noch ein paarmal Extragelder eingelaufen, aber ich verstehe ja von dergleichen Sachen so viel wie nichts, und als die gnädige Frau aufgehört hat, ihre Briefe selbst zu schreiben, da ist auch nicht ein Groschen mehr eingegangen. Der Doktor hat mir's erst auseinandergesetzt, daß man die kleinen bedruckten Papiere abschneiden und hingeben muß, und dafür bekommt man den Zins.«

»Haben Sie die Papiere mitgebracht?«

»Ja,« sagte sie auf einmal sehr verlegen und zögernd. »Aber, Herr Doktor, das will ich Ihnen gleich sagen,« setzte sie sofort resolut hinzu, »die dürfen nicht so auf die Art ausgegeben werden« – sie winkte bedeutungsvoll mit dem Kopf nach dem anstoßenden Saal – »wie die großen Geldpakete, die Ihnen die gnädige Frau immer von Hannover aus geschickt hat.«

Die tiefeingefallenen Wangen meines Vaters röteten sich, und sein Blick hatte etwas so Unsicheres, als sei er auf einem Unrecht ertappt worden.

»Nein, nein!« versicherte er lebhaft. »Machen Sie sich keine Sorge – das Geld gehört Leonore.«

»Und Sie werden es ganz sicher aufheben? Und pünktlich jedes Vierteljahr –«

»Nein, Ilse, nur das nicht!« unterbrach er sie ganz entsetzt. »Mit Geldsachen kann ich mich unmöglich befassen! Mein Beruf nimmt mich so ausschließlich in Anspruch –«

»Ach, darum grämen Sie sich nicht, da wird sich auch schon Rat finden, Herr Doktor!« beschwichtigte sie ihn – es entging mir nicht, daß sie wie befreit aufatmete. »Aber wie ist's denn nun? In Ihrer großen Stube da können wir doch wohl nicht bleiben?...Ich sehe keine Kommode, keinen Schrank –«

»Ich werde Sie gleich hinunterführen in meine Wohnung – nur einen Augenblick Geduld, einen kleinen Augenblick! Ich will nur mein Manuskript einschließen.«

Er ging an seinen Tisch und kramte mit gedankenvoll gesenktem Kopf in den Papieren. Dabei strich er sich wiederholt über die Stirn, dann über den sehr dünnen, bereits ergrauten Kinnbart und ließ sich schließlich langsam in den Lehnstuhl niedersinken. Plötzlich ergriff er die Feder und fing an zu kritzeln.

Ilse war einstweilen in den Nebensaal eingetreten, und ich ging ihr nach...Wie sich unsere zwei Gestalten inmitten des Antikenkabinetts ausgenommen haben mögen, kann ich mir jetzt recht gut denken, und mit welchen Augen ich die Kunstschätze, für die ich selbstverständlich keinen Namen wußte, damals angesehen, weiß ich auch noch. Sie standen und lagen noch durcheinander und harrten der ordnenden Hand, das sah man. Aus Kisten, zwischen Heu und Stroh hervor, leuchtete Marmor; pompejanische Bronzen lagen auf den Tischen und antike Terrakotten – halbzerbrochene Thonornamente mit Farbenspuren, die ich keines Blickes würdigte – auf dem Fußboden. Es war überhaupt des Zerbrochenen und Zerbröckelnden viel – über eine geschlossene Kiste hingestreckt lag sogar eine weibliche Gestalt ohne Hände und Füße – was wußte ich von einem Torso!

»Sollte man denn meinen, daß es menschenmöglich ist!« murmelte Ilse indigniert, fast grimmig. »In solchem zerbrochenen Kram steckt beinahe das halbe Jakobsohnsche Vermögen.«

Das war auch mir unbegreiflich; aber ich blieb doch plötzlich gefesselt stehen, und unbewußt dämmerte die Ahnung von den Wundern und der überwältigenden Macht der Kunst in mir auf. An einen Baumstumpf zurückgelehnt lag ein Knabe; den linken Arm gehoben um einen abgebrochenen Schößling des Stammes schlingend, zeigten seine Glieder das weiche, ungezwungene Sichgehenlassen im beginnenden süßen Schlaf. Ich sah einen Augenblick unbeweglich in das schöne Gesicht; von den leichtgeöffneten Lippen säuselte der Atem, die halb zugesunkenen Lider bebten im Kampfe mit dem Schlummer, und in das frei schwebende magere, aber muskulöse linke Händchen trat schwer das Blut und ließ die feinen Adern anschwellen unter der gelblichen Haut – darin pulsierte Leben, unheimliche Bewegung – ich fuhr zurück.

»Wirst dich doch nicht fürchten, Kind!« sagte Ilse. »Schauerlich genug ist's freilich!...Aber nun sieh nur einer deinen Vater an! Ich glaube gar, er hat rein vergessen, daß wir da sind.«

In diesem Augenblick wurde drüben an die Thür geklopft; mein Vater hörte es nicht, er schrieb weiter. Auf ein abermaliges Klopfen rief Ilse kräftig »Herein!« Genau so wie bei unserem Kommen fuhr er empor und starrte fassungslos auf den Lakai in reicher Livree, der eingetreten war und sich dem Schreibtisch respektvoll näherte.

»Seine Hoheit der Herzog lassen herzlich grüßen und Herrn von Sassen auf heute Nachmittag fünf Uhr zu einer Besprechung in das gelbe Zimmer bitten,« sagte er mit einem tiefen Bückling.

»Ah so, so! – Stehe jederzeit zu Befehl!« entgegnete mein Vater, indem er sich mit beiden Händen durch die Haare fuhr.

Der Diener glitt lautlos wieder hinaus.

»Wir sind auch noch da, Herr Doktor!« rief Ilse von der Schwelle aus, als er Miene machte, sich wieder zu setzen.

Ich mußte innerlich auflache; aber ich hatte auch das Gefühl, als löse sich ein Druck von meiner Brust – ich fing an, meinen Vater zu verstehen. Er hatte seine Mutter und mich nicht vergessen aus Herzenskälte und Härte – er lebte nur in einer anderen Welt. Seiner Liebe war ich sicher, wenn nicht die Ferne zwischen uns trat, wenn ich bei ihm blieb…Jetzt galt es vor Allem, die ängstliche Scheu zu überwinden und nicht mehr vor der eigenen Stimme zurückzubeben.

»Vater,« sagte ich so beherzt wie nur je mein Vorbild Ilse, und deutete auf das schlafende Kind, während er, in fast lächerlicher Verlegenheit die Hände reibend, unsicheren Schrittes auf uns zukam, »gelt, du lachst mich nicht aus? Ich meine, das Kind da *müßte* aufwachen, oder sein Händchen von dem Ast nehmen; das Blut steht ja drin.«

»Ich dich auslachen, mein kleines Lorchen, weil du sofort meine Perle, mein Kleinod herausgefunden hast?« rief er sichtlich erfreut. Er streichelte den gelblichen Marmor noch zärtlicher als vorhin meine Wange. »Ja, sieh dir's nur recht an, Kind! Es ist eine herrliche That, es nähert sich der Meisterschaft Gottes selbst!…Es existiert nur einmal in der Welt, nur hier, hier!… Welch ein Fund!…Gott mag wissen, wie der Krämer dazu gekommen ist!…In diesem Hause stecken unermeßliche Schätze, und wo habe ich sie gefunden, wo gerade dieses unschätzbare Stück erst vorgestern ans Tageslicht gezogen? Drunten im Souterrain, aus dunklen Ecken und Verschlägen, wo sie mindestens vierzig Jahre in Kisten verpackt und vergessen gestanden haben – ein nie zu entschuldigender Raub an der Wissenschaft!…O, diese Krämerseelen!«

Das alles klang freilich nicht, als spräche er zu mir, dem Kind der Heide, das einen blöden Blick in das Reich der Kunst und Wissenschaft warf; allein seine Redeweise war mir doch viel verständlicher als die des FremdwörterProfessors am Hügel, und der unerwartete Fund im »Krämerhause« erhielt plötzlich denselben Reiz für mich, wie die Geheimnisse des Hünenbettes.

Ilse sah mich von der Seite an, als wollte sie sagen: »So, jetzt fängt die auch noch an«; aber sie verschluckte jede Nebenbemerkung und schritt wie immer schnurstracks auf ihr Ziel los. Sie zeigte auf ihre dickbestaubten Schuhe.

»Das Leder brennt mir an den Füßen,« sagte sie, »und wenn ich ein Glas frisches Wasser hätte, da wär' ich froh, Herr Doktor.«

Er lächelte, verschloß seinen Schreibtisch und führte uns hinab in das Erdgeschoß. Wir sahen vorübergehend durch eine offene Thür in ein Zimmer; da stand ein hübsches Stubenmädchen in weißer Latzschürze und wischte die Möbel ab.

»Fräulein Fliedner hat zwei Zimmer aufschließen lassen für das gnädige Fräulein von Sassen,« sagte sie ehrerbietig zu meinem Vater – ich lachte ihr ins Gesicht, das gnädige Fräulein von Sassen war erst gegen [*Anm.: In der 1. Aufl. richtig:* gestern] morgen noch beim Abschiednehmen barfuß durch die Heide gelaufen. – »Der Herr ist zwar nach Dorotheenthal gefahren,« fuhr sie fort, »und Fräulein Fliedner weiß nicht, wie er es einzurichten wünscht, wenn er zurückkommt; aber sie erlaubt sich vorläufig wenigstens für das Allernötigste zu sorgen. Ich habe auch noch zwei Bestecke auflegen müssen und gleich zwei Portionen Essen mehr aus dem Hotel mitgebracht.«

Mein Vater dankte ihr und öffnete uns sein sehr elegantes Wohnzimmer.

Soll ich erzählen, wie sich nun sofort das Wunder des erwachenden weiblichen Instinktes an dem wilden und verwilderten Kinde vollzog? Jenes Wunder, das urplötzlich tausend zarte Fühlfäden aus der Mädchenseele springen läßt, sobald zärtliche Pflichten an sie herantreten!… Meine oft so »greulich ungeschickt« gescholtenen Hände schälten Kartoffeln und legten sie, wenn auch noch scheu und zaghaft, bei Tische auf den Teller des Vaters; ich sprang auf und zog die Jalousie vor das Fenster, als ein Sonnenstrahl um die Ecke kam und belästigend über seine

Stirne glitt, und als er nach einer Stunde wieder in seine geliebte Bibliothek ging, da rief ich
ihm nach, er möge nicht vergessen, daß er um fünf Uhr zum Herzog gehen müsse, und fragte
an, ob ich vielleicht hinaufkommen und ihn erinnern dürfe.

Er wandte sich strahlenden Auges in der Thür um.

»Ich danke Ihnen, Ilse,« rief er herüber. »Sie haben mir mit meinem Kinde die glückliche Zeit
wiedergebracht, wo ich meine kleine Frau um mich hatte!...Lorchen, punkt fünf Uhr kommst
du hinauf! Ich bin manchmal ein klein wenig zerstreut, und es ist fatalerweise schon öfter vorgekommen, daß ich die Einladung rein vergessen habe.«

Er ging hinaus.

»Die Sache macht sich,« sagte Ilse sehr zufrieden und streifte die Aermel ihrer Jacke über
die Ellbogen.

11.

»Das Bett ist unnütz,« sagte Ilse, indem sie mit kraftvollen Armen unser in Sackleinen genähtes riesiges Frachtstück über die Schwelle zog. »Betten haben wir selber, und was für welche!« Sie räumte die feinen Polster aus der Bettstelle, wobei sie mit verächtlicher Miene die leichten Dunen auf ihren Händen wog. »Aber ist das nicht ein Ungeschick!« rief sie plötzlich und übersah mit in die Seite gestemmten Armen das kleine Zimmer. »So wie das Bett steht, liegst du zur Hälfte unter dem zugigen Fenster, und da an der schönen, geschützten Wand steht der einfältige Schrank. He, faß ein wenig an, Kind – der muß fort!«

Wir schoben den Schrank auf die Seite. Ilse schlug die Hände über dem Kopfe zusammen. »Daß Gott erbarm, Seide an den Fenstern, und hinter den Schränken fingerdicke Spinnweben und ein Staub, daß man nicht durchsehen kann – das ist mir die rechte Wirtschaft!«

Ich mußte an die Kisten denken, die vierzig Jahre vergessen drunten im Dunkel gestanden hatten; so lange war wohl auch das nach allen Seiten hin flüchtende Spinnengeschlecht hinter dem Schranke nicht gestört worden. Außer den altersschwarzen Staubzotteln und den langbeinigen Ungeheuern kam aber auch noch eine kleine, kaum wahrnehmbare Tapetenthür zum Vorschein. Ilse öffnete sie ohne Weiteres; in einem sehr engen Raum lief eine kaum zwei Fuß breite, steile Treppe in das obere Stockwerk empor.

»Hat also doch seine Gründe, daß der Schrank dasteht,« sagte Ilse, indem sie die Thür wieder schloß. »Er muß wieder an seinen Ort!«

Sie ging hinaus, um irgendwo Besen und Kehrichtschaufel zu suchen.

Leise öffnete ich die kleine Thür wieder… Wer wohnte da oben? Vielleicht die schöne Charlotte?… Es war durchaus nicht mein Wille, neugierig zu sein, oder wohl gar zu lauschen, ei behüte – das konnte ja Ilse »für den Tod nicht leiden«. Aber ehe ich mich dessen selbst versah, standen meine eigenmächtigen Füße auf der untersten Stufe; ich reckte den Kopf nach Kräften aufwärts, trat auf die äußersten Zehenspitzen und sah und horchte gespannt in das Dunkel hinein, das den engen Raum füllte. Kein Laut drang von oben her… Ach, wie es mir in den Füßen zuckte, weiter zu schlüpfen! Ilse würde sich schön gewundert haben – ich war wirklich wißbegierig wie eine Elster… Dunkel war's freilich um mich her, und vor Gespenstern fürchtete ich mich auch; aber hinter mir drang ja das tröstliche Tageslicht herein, und in der unumstößlichen Gewißheit, daß Charlotte über mir wohne, stieg ich Stufe um Stufe hinauf – in die Nähe der kraftvollen, lustigen jungen Dame traute sich gewiß kein Gespenst… Plötzlich tauchte rechts, in gleicher Höhe mit meinen Augen, ein matter Lichtstreifen auf, eine Spalte zwischen der Schwelle und einer Thür, die der drunten entdeckten korrespondierte… Vielleicht saß Charlotte drinnen am Fenster, und ich konnte unbemerkt einen Blick auf das schöne Gesicht, auf den prachtvoll verschlungenen Haarknoten am Hinterkopf werfen. Lautlos, wie ich meinte, öffnete ich die Thür – o weh, es entstand ein abscheulicher Spektakel, ein starkes Knistern und Rieseln, und die Unglücksthür knarrte, als sei sie seit Jahrzehnten nicht eingeölt worden! Meine Hand fuhr vom Drücker nieder und im jähen Zusammenfahren wäre ich um ein Haar in die Treppe hineingefallen. Die Thür fiel langsam in das Zimmer zurück – es war Niemand drin – ein schwarzseidener Frauenmantel hatte zum Teil über der Thürfuge gehangen und das Rauschen verursacht.

Mir war, als flösse das Morgenrot, das erste, blasse, dem ich oft in der Heide entgegengejubelt, über die Wände – sie waren mit rosenroten Gazefalten überzogen. Rosenbouquets lagen verstreut, wohin das Auge sah, auf dem weichen, graugrundigen Fußteppich, den kleinen, lehnenlosen, gestickten Stühlen und auf den niedergelassenen Rouleaus – da waren es freilich nur noch Rosengespenster, die Sonne hatte sie völlig ausgesogen. In der Nähe des einen Fensters stand ein Ankleidetisch voll Silbergerät, außer ihm und den Stühlen waren keine Möbel da…

Ich trat behutsam ein… Puh, da war auch seit lange nicht gefegt worden! »Schöne Wirtschaft das!« würde Ilse wieder gesagt haben… Fühlte sich Charlotte wirklich wohl in der dicken, staubigen Luft?… Ein Flügel der Thür zu meiner Linken war zurückgeschlagen, und mein Blick fiel auf zwei nebeneinander stehende Betten unter einem dunkelvioletten Baldachin. Neben dem einen Bett stand auf einfachem Gestell eine Korbwanne voll kleiner Polster, über die ein grüner Schleier hingeworfen lag... Seltsam, wer mochte hier wohnen?... Stille, tiefe, geisterhafte Stille herrschte in dem verdunkelten Zimmer; hier hingen nicht nur die Rouleaus, sondern auch die zugezogenen Gardinen vor den Fenstern, und alles sah so unbenutzt aus... Ah, nun wußte ich's! Die Familie, die hier wohnte, war verreist!... Einen Augenblick schlug mir doch mein im Ganzen noch sehr ungeschultes Gewissen – meine kleine, naseweise Person gehörte nicht hierher... Ach was! Ich nahm ja den Leuten nicht eine Stecknadel von ihren Herrlichkeiten, ich rührte sie mit keiner Fingerspitze an, und zum Ueberfluß – damit ja kein Wollhärchen in den Teppich niedergeknickt werde – schlüpfte ich aus meinen nägelbeschlagenen Schuhen und ging in Strümpfen.

Es war wonnig, in dieses wildfremde Hauswesen voll niegesehener Pracht verstohlen zu gucken!... Ich war richtig bei Frau Holle, in ihrem Schlößchen voll Samt und Seide und Gold und Silber. Staub genug gab es auszufegen, und Betten zum Aufschütteln waren auch da... Ich ging mutterseelenallein durch ihre Zimmer und Säle – mutterseelenallein! Wenn eine der riesigen Spinnweben in den Ecken zu Boden gefallen wäre, ich hätte es hören können. Das wäre etwas für Heinz gewesen – hei, der wäre gelaufen! Aber *ich* fürchtete mich nicht, nicht im geringsten! Und wenn sie nun wirklich im nächsten Zimmer saß, die Frau Holle in hoher Dormeuse mit langen Zähnen und wackelndem Kopfe – keck wäre ich auf sie zugeschritten und hätte ihr meinen Knicks gemacht, dazu brauchte es doch wahrhaftig keinen übermäßigen Mut – nein, dazu nicht, aber – ich schrie plötzlich auf, daß es gellend von den Wänden zurückkam, und schlug die Hände vor das Gesicht, ich hatte die Thür aufgestoßen. Ich war nicht allein, aber auch Frau Holle saß nicht drin – ein kleines schwarzes Wesen trat mir aus der gegenüberliegenden Thür entgegen.

Wie vor vier Wochen auf dem Hügel, neben dem vermeintlichen Phönizier, stand ich da, förmlich zur Salzsäule erstarrt; allein diesmal war es hauptsächlich die Scham, die mir Hände und Füße fesselte; die Räume waren *nicht* unbewohnt. Wie sollte ich mich entschuldigen der Fremden gegenüber, die jetzt sicher ungesäumt auf mich zukam? Ich erwartete sie unter heftigem Herzklopfen; ich meinte, jetzt müsse sie mir die Hände vom Gesicht nehmen und mich zur Rede stellen; allein es blieb totenstill, keine Sohle huschte über die Dielen, und die Thür drüben wurde auch nicht wieder zugemacht – mit einem entschlossenen Ruck machte ich der verzweifelten Situation ein Ende, ich sah auf. Die Schwarze stand noch immer drüben auf der Schwelle und ließ ein Paar brauner Hände langsam vom Gesicht niedersinken, dann warf sie ein wildes, dunkles Haargewoge in den Nacken zurück – ei, das that ich ja eben auch!... Jetzt lachte ich, lachte aus vollem Halse... war ich wirklich das Scheusälchen da drüben? Das mußte ich mir näher ansehen!

Das Zimmer hatte lauter Spiegelwände; bis hinauf zur Decke lief das Glas – das mochte sich schön wundern über die seltsame Erscheinung, die es von allen Seiten zurückwarf!... Also das war das Heideprinzeßchen, das man heute den jungen Damen als scheue Eidechse mit einem Prinzessinnenkrönchen auf der Stirne vorgestellt hatte!... O Ilse, schrecklich waren die gerühmten Heidschnuckenstrümpfe, in denen meine Füße steckten! Und drunten im Koffer hatten die fleißigen, vorsorglichen Hände ein ganzes Regiment dieser Unverwüstlichen aufgestapelt, die ich alle »gesund« verbrauchen und zerreißen sollte – welch eine dauerhafte Gesundheit, welch langes Leben gehörte dazu!... Und mein Vater hatte wirklich dieses kleine Monstrum an sein Herz gezogen und wollte es bei sich behalten als »das gnädige Fräulein von Sassen?«... Er hatte nicht gesehen, wie lächerlich die kleinen, heißgeröteten Ohren aus der dicken, weißen Mullkrause fuhren, um gleich darauf wieder unrettbar zu versinken?... Es war ihm nicht aufgefallen, wie sinnreich Ilse eines der eingewobenen Riesenbouquets im schwarzen Kleide, die an der majestätischen Gestalt meiner Großmutter jedenfalls sehr imposant ausgesehen, gerade über meine schmale Brust wie ein Wappenschild hinzubreiten gewußt hatte? Ich schüttelte meine Locken und lachte wie närrisch, und trat in den Saal, der sich vor mir aufthat.

Er durchmaß die ganze Tiefe des Hauses und hatte an der Süd- und Nordfront je drei ungeheure, dicht nebeneinander gestellte Glasthüren, die ins Freie führten. Sie waren mit blauer

Seide drapiert; die Farbe hatte sich nur an der nördlichen Seite erhalten, nach Süden hin war sie zu einem schmutzigen Grauweiß erblichen... Hier strömte es wie frischer Lebensatem von allen Wänden. Kleine, schwebende, pausbäckige Kinder hielten Medaillons in den Händen und lachten mich schelmisch an, und vom Plafond schütteten herrliche Frauengestalten einen ganzen Blumenregen nieder. Goldene Ornamente ragten in die Malereien hinein und umrahmten sie in vielgestaltigen Schnörkeln und Arabesken. Die Möbel waren von glänzendem Weiß, mit vergoldeten Rändern umsäumt, und über die Polster hin breitete sich blaue Seide.

Es war ein Prunksaal, aber er wurde offenbar benutzt wie ein gemütliches Familienzimmer. In trauliche Gruppen zwanglos zusammengeschoben füllten die Möbel alle vier Ecken, und in der mittleren Thür der Nordfront stand ein großer Schreibtisch. Er war bedeckt mit Porzellanfiguren und allerhand zierlichen Dingen, deren Gebrauch ich nicht kannte... Ich sah auch ein silbernes Schreibzeug stehen, ein kunstvolles Blättergeflecht, auf welchem Tintenfaß und Streubüchse als Rosenkelche lagen – auf eines der breiten Blätter war ein Wappen mit darüber prangender Krone graviert... Und vor dem Schreibzeug lagen wappengeschmückte Briefbogen. Eine zarte, flüchtige Frauenhand hatte offenbar die Feder probiert; unzähligemal quer und gerade stand da: Sidonie, Prinzessin von K. – und dazwischen hin liefen die Namen Claudius und Lothar.

Ich fuhr zurück. Wie, sollten das wohl gar fürstliche Gemächer sein!... Eine Prinzessin saß an diesem Tisch und schrieb mit dem zierlichen goldenen Federhalter, der so nachlässig hingeworfen neben dem Briefbogen lag?... Ihre feinen Füße glitten über den glänzend polierten Fußboden, den jetzt meine groben Wollstrümpfe rieben, und aus den Glasthüren sah ein zartes, vornehmes Frauengesicht!... Eine ängstliche Scheu überkam mich – ich griff nicht mehr auf den Drücker der nächsten Thür, mit zaghaftem Finger bewegte ich den Schieber am Schlüsselloch und ließ einen scheuen Blick durch dasselbe huschen – draußen lief die schöngeschwungene Treppe empor, die ich heute in des jungen Herrn und Ilses Begleitung hinaufgestiegen war... Ah – ich stand hinter einer der Thüren, welche die großen Siegel auf ihrer Fläche trugen! So sicher also hatte die Prinzessin bis zu ihrer Rückkehr die Wohnräume vor jedem Eindringlinge zu schützen gesucht – sie hatte sogar Siegel davor legen lassen. Und auch das hatte nicht genügt; ich stand ja drin und ließ meine neugierigen Augen über alles hinschweifen, was doch kein fremder Blick berühren sollte. »Das ist so gut wie Diebstahl,« hatte Ilse gesagt, als sie entdeckte, daß ich einen fremden Brief gelesen... War mein Verweilen hier nicht ganz genau so, als läse ich unbefugt ein fremdes Geheimnis, als hätte ich die Siegel draußen auf der Thür erbrochen? Ich versuchte, gegen mich selbst eine strenge Miene anzunehmen; aber ich konnte nicht halb so gut schelten wie Ilse, und tief gingen mir die Gewissensbisse gar nicht – ich fand es im Gegenteil erst recht schauerlich süß, daß die Siegel auf den Thüren klebten, und daß kein lebendes Wesen, vielleicht eine naseweise Fliege ausgenommen, die durch irgendein Schlüsselloch schlüpfte, hier umherhuschen konnte, nur ich, ich allein!

Und nun mußte ich auch einmal probieren, wie es wohl der schönen Prinzessin zu Mute sei, wenn sie durch die Glasthüren hinaussähe. Ich schob eine der Draperien ein wenig zurück – wie ein kleines, trautes, in die Lüfte hineinragendes Kabinett ohne Dach und Decke schloß sich draußen der Balkon an die Thüren an – ich hatte ja noch nie einen Balkon gesehen – wie mußte es wonnig sein, hoch über der Erde so schnurstracks aus den heißen Zimmern ins Freie treten zu können!

Drunten breitete sich der Teich hin; der dunkelblaue Nachmittagshimmel füllte eintönig den unbeweglichen Wasserspiegel, in dessen Mitte groteske Sandsteinfiguren wie auf einer blauen Samtdecke ruhten. Der duftig grüne Rasenfächer, die schlanken Steinbilder im vollen Goldglanz der Sonne, die hellen Kiesstreifen, die Rasen und Teich scharf trennten, und tief in die Boskette hineinschnitten, das alles war sehr hübsch – wären nur nicht die dicken, grünen Vorhänge gewesen, die es so erstickend eng umschlossen, diese Baummassen, über die der Blick nicht hinauskonnte, die den Atem beklemmten und dort drüben auf dem Berge wo möglich in den Himmel zu klettern suchten... Wurde der schönen Prinzessin nicht bange, daß eines Tages alle diese Wipfel näher rücken und rauschen und sie und das Schlößchen wie grüne Meereswogen verschlingen könnten?...Da war sie doch viel heimischer, meine liebe, weite, glatte Heide mit dem harten, kräftigen Luftstrom, der über sie hinstreichen konnte, so viel er mochte!

Vielleicht sah man draußen auf dem Balkon durch irgend eine Baumlücke in das Land hinaus! Ich war leichtsinnig und keck genug, den Schlüssel umzudrehen und die Thür um Spannenbreite zu öffnen; die schwüle Sommerluft drang herein und trug köstliche Düfte aus dem Blumengarten herüber – den Kopf konnte man wohl auch einen Augenblick hinausstecken – Himmel, da trat Ilse mit raschen, kräftigen Schritten aus dem gegenüberliegenden Gebüsch und schulterte einen langen Stielbesen! Ich schlug die Thür zu, rannte wie besessen durch die Zimmer, fuhr in meine Schuhe und schlüpfte die Treppe hinab. Ich hatte eben die Tapetenthür geschlossen und mich möglichst harmlos auf einen Stuhl geworfen, als Ilse eintrat.

»Hab' doch gar bis nach vorn in den Hof laufen müssen um den Besen da!« sagte sie. »Das Haus hier ist ja rein wie verzaubert – verschlossene Thüren, wo man hinguckt, und nirgends eine Menschenseele!...Und meine liebe Not hab' ich auch gehabt – wollte mir doch das Stubenmädchen den Besen nicht geben, aus lauter Ehrfurcht...das hat mich aber in Harnisch gebracht!... Der infame Kirchenhut – ich möchte ihn am liebsten gar nicht wieder aufsetzen!«

Sie kehrte sorgsam jedes Staubwölkchen von der Thür, drehte den Schlüssel zweimal um und schob den Schrank an seine alte Stelle. Dann trennte sie das Sackleinen auf und türmte die ungeheuren Federbetten in der reichverzierten Bettstelle übereinander...Ei, wie unverschämt der rot und weiß gewürfelte Ueberzug neben dem gelben Seidendamast sich blähte, und wie schüchtern und winzig das verächtlich hingeworfene feine Leinenzeug zusammensank neben meinem Betttuch, an welchem ich in ziemlicher Entfernung die Fäden zählen konnte!

Aber Ilse übersah mit geschmeichelter Miene das Werk ihrer Hände – es war derb und haltbar, dagegen ließ sich nichts einwenden.

»Morgen früh gehen wir in das Vorderhaus,« sagte sie zu mir, indem sie eine frische, weiße Halskrause aus dem Koffer nahm und auf den Toilettentisch legte. »Nach dem, was dein Vater heute sagte, scheinen es sehr vernünftige Leute zu sein.«

Ich besann mich vergeblich auf diesen Ausspruch: mein Vater hatte nur indigniert von den vernachlässigten Kisten gesprochen und die »vernünftigen Leute« Krämerseelen genannt.

»Vielleicht kann ich mit dem Herrn selbst über dich sprechen,« warf sie hin.

»Um Gotteswillen nicht, Ilse!« schrie ich auf. »Ich laufe auf der Stelle auf und davon, und du siehst mich nie, nie wieder!«

Sie sah mich groß an. »'s ist wohl nicht richtig?« fragte sie und legte den Zeigefinger bezeichnend an die Stirne.

»Denke, was du willst, aber ich leide es nicht, daß du auch nur ein Wort mit dem jungen Herrn über mich sprichst –«

»Ei, wer denkt denn an den jungen Laffen? An das gedrechselte Mannsbild, das mit Reifen spielt?...Das hätte mir gefehlt! –«

Ich fühlte, wie mein Gesicht aufglühte – Entrüstung, Schmerz und Scham durchfuhren mein Inneres, wie schneidende Messer...Nein, Ilse war doch auch manchmal zu rücksichtslos hart und grob!

»Ich meine den Herrn, der uns gestern im Hofe nachrief!« fuhr sie unbeirrt fort.

»Ach, der,« sagte ich; »mit dem sprich meinetwegen, soviel du willst – der ist alt, uralt!«

»So – das sind wirklich die Leute, die vor vier Wochen in der Heide waren?«

Ich nickte mit dem Kopfe.

»Und der Alte hat dir die Unglücksthaler gegeben?«

»Ja, Ilse!«

Ich trat an das Fenster und sah hinaus. Ich war im Begriff, mich sehr lächerlich zu machen – die Thränen traten mir in die Augen. Ilse wußte freilich, daß ich auch weinte, wenn sie Heinz zu nahe trat; aber das war doch ganz etwas anderes, den hatte ich lieb von Kindesbeinen an – was aber kümmerte mich der wildfremde junge Mann? Was in aller Welt ging es mich an, wenn ihn Ilse einen Laffen, ein gedrechseltes Mannsbild nannte?...Es war die reine Lächerlichkeit –

und die Verunglimpfung erzürnte mich trotzdem noch viel mehr und noch ganz anders, als
wenn Ilse meinen guten, alten Heinz rauh den Text las.

12

Gestern hatten mich die neuen Eindrücke überrumpelt; ich war wie von einem Rausch befangen schlafen gegangen; nun war das helle, klare Morgenlicht da und der frisch ausgeschlafene Geist ernüchtert, und ich war wieder die scheue Eidechse, die sich vor den Menschenaugen in eine dunkle Höhle zu flüchten suchte.

Wie ein Tröster zwitscherte und sang auf einmal ein kleiner Vogel in meine niederschlagenden Erwägungen hinein. Er saß jedenfalls draußen auf dem Fenstersims, und ich meinte in schmerzlicher Freude, er käme aus der Heide, direkt vom Ebereschenbaum an der Dierkhofwand her... Die tiefe Morgenstille wurde zu meiner Ueberraschung aber auch noch auf andere Weise unterbrochen. Hinter der Wand, an welcher der Schrank stand, sang plötzlich eine tiefe, klangvolle Männerstimme in langgehaltenen Tönen den Vers eines Kirchenliedes. Zugleich wurde die Thür nach meinem Wohnzimmer aufgemacht; Ilse trat lauschend auf die Schwelle. Sie nickte mir schweigend guten Morgen zu und blieb mit gefalteten Händen stehen.

»Ein frommer Mann,« sagte sie erbaut, als der Vers zu Ende war, und trat an mein Bett. »Da wohnen ja außer deinem Vater doch noch Leute in dem Hause – und was für Leute!... Ist mir doch gestern das ganze Haus so heidnisch und verhext vorgekommen –«

Sie schwieg, denn die Stimme begann einen zweiten Vers – das liebliche Tiriliren draußen auf dem Sims war längst verstummt; die starke Menschenstimme hatte den kleinen, schüchternen Sänger verscheucht.

»So, nun stehe auf, Kind!« sagte Ilse, nachdem sie auch dem zweiten Vers andächtig gelauscht hatte. »Die Nachbarschaft da drüben ist mir lieber, als wenn ich einen Schatz gefunden hätte. Das war eine schöne Morgenandacht!... Nun geht's ans Tagwerk!«

Damit zog sie die Rouleaus in die Höhe und ging hinaus.

Ich sprang aus dem Bett. Draußen sprühten und tanzten goldene Funken aus dem Wasserspiegel; die Bäume und Büsche troffen von farbenglitzerndem Tau, und über die Rasenflächen hin liefen Pfauen und Goldfasane.

Während ich mich ankleidete, sang die nachbarliche Stimme unermüdlich weiter.

»Je – kriegt denn der's bezahlt?« fuhr Ilse mit einer Falte des Unmuts zwischen den weißblonden Brauen ganz erstaunt herein, als nach dem sechsten Vers auch der siebente begann. »Unserm Herrgott muß ja Zeit und Weile lang werden bei dem Ansingen!... Dazu hat er doch wahrlich die schöne kostbare Morgenzeit nicht gemacht!«

Sie war freilich schon thätig gewesen. Sie hatte sich eine Küche aufschließen lassen und, trotz aller Anerbietungen des Stubenmädchens, das Frühstück selbst bereitet – Ilse konnte »absolut keinen fremden Kaffee trinken«. Die Stube war bereits gefegt, das Bett fortgeräumt, das sie sich auf dem Sofa zurechtgemacht, und auf dem Tisch stand schön geordnet ein von Fräulein Fliedner gesandtes Kaffeegeschirr.

Ich klopfte mit schüchternem Finger an die Thür meines Vaters.

»Komm nur herein, kleines Lorchen!« rief es drinnen... Gott sei Dank, er wußte noch, daß ich da war, ich mußte mich nicht aufs neue vorstellen! Er zog mich an der Hand über die Schwelle, küßte mich auf die Stirn und entschuldigte sich, daß er uns gestern so allein gelassen, aber er habe bis nach elf Uhr beim Herzog bleiben müssen. Ilse teilte ihm mit, daß sie sich »nachher« bei Fräulein Fliedner Rats erholen wolle, was nun mit mir zu beginnen sei, und damit war er vollkommen einverstanden. Fräulein Fliedner sei eine sehr würdige, achtungswerte Dame, es würde ihm lieb sein, wenn sie sich seines Töchterchens annehmen wolle; später werde er ihr selbst seinen Besuch machen und sie darum bitten. Heute aber könne er unmöglich, er stecke tief in dringenden Arbeiten und müsse mit jeder Minute geizen.

Er war bei Weitem nicht so zerstreut wie droben in der Bibliothek an seinem Schreibtisch, und wenn er mich auch ein paar Mal mit dem Namen meiner verstorbenen Mutter anredete und sich angelegentlichst erkundigte, wie alt ich sei – ich fühlte doch aus Allem heraus, daß er sich mit dem Gedanken, sein Kind bei sich zu haben, vollkommen vertraut gemacht hatte – das ermutigte mich wieder. Er behielt fortwährend meine Hand in der seinen, und ich durfte ihn bis an die Treppe begleiten, denn er war gewohnt, seinen Kaffee im Bibliothekszimmer zu trinken.

In der Halle ging ein stattlicher alter Herr an uns vorüber. Er hatte schneeweißes Haar und ein schneeweißes Halstuch unter dem Kinn, und sein schwarzer Anzug glänzte wie Atlas in dem hereinfallenden Morgensonnenstrahl. Er zog zwar tief den Hut, aber mit sehr steifer gemessener Haltung, und seine hellblauen Augen glitten förmlich feindselig hochmütig an der nachlässigen Erscheinung meines Vaters hin.

»Wer ist das?« fragte ich leise, als er rasch, aber mit außerordentlich viel Würde draußen den Teich umschritt; bei seinem unvermuteten Erscheinen war es mir wie ein jäher Stich durch das Herz gefahren.

»Der alte Buchhalter der Firma Claudius,« sagte mein Vater. »Er ist dein Nachbar – hast du ihn vorhin nicht singen hören?« Ein sarkastisches Lächeln flog um seine feinen Lippen, während er einen Blick auf den eifrigen Morgensänger zurückwarf, der eben im gegenüberliegenden Gebüsch verschwand.

Zwei Stunden später ging ich denselben Weg an Ilses Seite, den Weg nach dem Vorderhaus. Ilse trug den Blechkasten mit den Wertpapieren meiner Großmutter unter ihrem schwarzen Umschlagtuch; sie hatte ihre Reisetoilette noch durch ein Paar dunkler baumwollener Handschuhe vervollständigt und sah ganz feierlich aus.

Heute war das Kiesrund leer; dafür herrschte desto regeres Leben im Blumengarten. Der Schubkarren kreischte im Sand der Wege, zwischen den Beeten wandelten Leute in der Arbeitsbluse, Blume um Blume in Bouquets einfügend, und aus Rosenhecken, hinter Spalieren tauchten Männerköpfe empor, die uns erstaunt nachsahen.

Als wir in die Nähe des großen Gewächshauses kamen, trat der alte Buchhalter aus der Thür. Er war ohne Hut; von dem ehrwürdigen, blütenweißen Scheitel ging ein förmliches Leuchten aus. Er sprach mit dem jungen Herrn, der, wie es schien zum Ausgehen gerüstet, neben ihm herschritt. Sie bemerkten uns nicht, obgleich wir, kurz nach ihnen, ich den breiten Weg einbogen, der direkt nach der Thür in der Hofmauer lief.

»Sie sind Brauseköpfe – Sie und Ihre Schwester – Ihr Flug geht hoch,« sagte der alte Buchhalter.

»Verdenken Sie uns das?«

»Und das Nest, in dem Sie flügge geworden sind, paßt nicht mehr – ich weiß es längst!« fuhr der silberhaarige Herr fort, ohne den Einwurf zu beantworten. Er hatte auch beim Sprechen eine tiefe angenehme Stimme, nur war seine Sprechweise so eigentümlich breit und betonend, als halte er selbst jedes seiner Worte für goldschwer.

»Das will ich nicht gerade sagen,« entgegnete der Andere achselzuckend; »aber es brauchte so Manches nicht zu sein, was Charlotte und mich demütigt, was sich uns in der Gesellschaft, und hauptsächlich mir bei meiner Karriere wie ein Bleigewicht anhängt...Wenn sich der Onkel nur einmal entschließen könnte, diese Krambude aufzugeben!«

Er holte mit seinem feinen Spazierstock weit aus und köpfte eine prachtvolle feuerfarbene Nelke, die in den Weg hereinnickte, mit einem so wuchtigen Hieb, daß der Kelch weithin über den Kies flog...Ich stieß einen leisen Schrei aus und fuhr unwillkürlich mit beiden Händen nach dem Halse, als sei mir der grausame Hieb selbst durch das Genick gegangen.

Die Sprechenden fuhren herum. Mein erschrockenes Gesicht, noch mehr aber wohl meine Bewegung lockten ein spöttisches Lächeln auf das Gesicht des jungen Herrn.

»Ah, Heideprinzeßchen kann auch sentimental sein?« rief er und nahm den Hut verbindlich grüßend von seinen kastanienbraunen Locken. »Nun bin ich sicher ein Vandale, ein Barbar, und Gott weiß, was alles, und bin verurteilt für ewige Zeiten,« fuhr er mit einem lächelnden Seitenblick auf mich fort. »Es bleibt mir nichts Anderes übrig, als die Blume sofort wieder zu Ehren zu bringen.«

Er hob die Nelke auf und steckte sie in sein Knopfloch.

»Das macht das arme Ding auch nicht wieder ganz und heil,« sagte Ilse trocken im Vorübergehen.

Er lachte auf.

»Heißen Sie nicht Ilse?« fragte er schelmisch.

»Aufzuwarten, ja – Ilse Wichel, wenn's erlaubt ist,« entgegnete sie, sich nach ihm umdrehend – das klang scharf, als habe sie Pfeffer und Salz auf der Zunge; wie aber würde ihre Antwort erst ausgefallen sein, hätte sie gewußt, daß er in der Heide an den Namen Ilse das Bild eines – Drachen geknüpft hatte!

Wo sie übrigens den Mut hernahm, so selbständig fest und gleichmütig in die braunen Augen zu sehen, als gehörten sie zu dem ersten besten Besenbinderjungen, den sie mit irgend einer Vermahnung und einem Stück Brot vom Dierkhof fortschickte, das war mir ganz unfaßlich.

Ja, Ilse war tapfer wie ein Soldat, mit der konnte sich Keine messen, Keine in der ganzen Welt, ich aber am allerwenigsten, denn mein Hasenherz schlug so heftig, daß ich meinte, der Herr Buchhalter sähe es und betrachte mich deshalb so scharf von Kopf bis zu Füßen.

Ich glaubte, der junge Mann wollte seinem Begleiter sagen, wer ich sei; allein Ilse hielt nicht Stand; sie nickte mit dem Kopfe und wandte sich um, und ich machte selbstverständlich die Schwenkung mit.

Die Herren gingen langsam hinter uns her. »Ein Wagen kommt draußen um die Ecke!« sagte der junge Herr plötzlich stehenbleibend. »Ja, ja, es sind die Rappen! Onkel Erich kommt von Dorotheenthal zurück!«

Sie beschleunigten ihre Schritte und traten noch vor uns in den Hof, wo eben durch das Thor der hübsche hellausgeschlagenen Wagen hereinbrauste. Der alte Herr mit dem braunen Hut und der blauen Brille saß drin. Er sah gerade so aus wie in der Heide, nur sprang er mit weit mehr Leichtigkeit über den Tritt herab, als ich nach seinem sonst so gemessenen, jedenfalls vom Alter bedingten Bewegungen vermutet hätte.

»Guten Morgen, lieber Onkel!« sagte der junge Mann, und: »Bist du da, Onkel Erich?« rief Charlottens Stimme aus einem Fenster herab.

Der alte Herr winkte grüßend hinauf und reichte seinem Neffen und dem Buchhalter die Hand. Wir gingen eben vorüber, wurden aber nicht beachtet; denn mit dem Wagen zugleich war auch ein stattlicher, kräftiger Mensch mit einem Felleisen auf dem Rücken in den Hof getreten und hielt in diesem Augenblick seinen abgezogenen Hut bittend hin.

Ich sah, wie der junge Herr sofort seine Börse zog und ein großes Silberstück in den Hut werfen wollte; allein der Onkel schob die freigebige Hand zurück.

»Was für ein Handwerk?« fragte er den Bittenden.

»Bin ein Schreiner –«

»Habt Ihr hier in der Stadt Arbeit gesucht?«

»Ja wohl, gnädiger Herr – und wie! Hab' aber keine gefunden, partout nicht, und wär' mir doch jede recht, weiß es Gott! – Ich hab' das Wandern dicksatt!«

»So, so – dann kommt einstweilen zu mir; ich habe Arbeit für Euch« – er zeigte auf die Kistenstöße ringsum – »und bezahle gut.«

Der Mensch kraute sich verlegen in seinem wirren Haar.

»Nun ja, ist mir recht, Herr – will aber erst noch einmal in die Herberge gehen« – sagte er stockend.

»So geht!« sagte kurz der alte Herr und wandte sich weg.

»Tausend noch einmal, der hat Haare auf den Zähnen!« meinte Ilse bewundernd, während wir die Stufen in dem Hausflur hinaufstiegen; ich aber war empört. Der Bettler sah erbärmlich zerlumpt und zerrissen aus, und wie rauh und kurz war er angelassen worden! War es nicht an sich schon schrecklich, bitten zu müssen — mir hatte das Herz weh gethan, als der stattliche Mann so demütig gebückt vor dem stolzen Reichen stehen mußte!... Da war der junge Herr doch viel barmherziger und edler gewesen; ohne zu fragen, hatte er sein Almosen hingereicht... Wenn der Schreiner nicht wiederkam, so verdachte ich ihm das nicht einen Augenblick – wer mochte sich denn von den häßlichen, blauen Brillengläsern anfunkeln lassen?

Charlotte hatte uns jedenfalls durch den Hof gehen sehen. Sie kam die Treppe herab und begrüßte uns in der Hausflur. Ich konnte den Blick nicht von ihr wegwenden. Ein Spitzenhäubchen, klar und durchsichtig wie Spinnweben, hing nachlässig hingeworfen auf dem dunkelglänzenden Scheitel und legte sich verklärend um das schöne, wenn auch für ein junges, weibliches Gesicht etwas zu große und volle Oval der Wangen. In lockeren Falten floß ein helles Morgenkleid um die hoch aufgebaute Gestalt; nur ein schmaler Gürtel bezeichnete in weitgeschwungenen Konturen die durchaus nicht beengte, kräftig gebaute Taille.

»Will Heideprinzeßchen zu mir!« fragte sie freundlich und ergriff ohne Weiteres meine Hand.

»Nachher auch zu Ihnen, Fräulein; aber erst müssen wir Fräulein Fliedner sprechen,« sagte Ilse. Auch ihre Augen hingen wohlgefällig an der schönen Erscheinung – ja, das Große und Starke, davor hatte sie doch auch Respekt; jedenfalls schmückte sie solch einen großen Kopf auf breiten Schultern auch stets mir ihrem eigenen starken Willen aus … Ich selber kam mir neben den zwei stämmigen Frauengestalten so verkürzt, so grenzenlos unwichtig vor, wie etwa eine zwischen zwei Eichen hingewehte Flaumfeder.

Charlotte schüttelte bei Ilses unverblümter Antwort lachend den Kopf und öffnete eine Thür … Gott sei Dank, die Dame, die sich bei unserem Eintreten in einer der tiefen Fensternischen erhob, sie war wenigstens nicht so groß wie meine zwei Flügelmänner! Fräulein Fliedner sah in ihrem seidenen Kleide und weißen Häubchen und mit der feinen goldenen Uhrkette am Gürtel wieder ebenso appetitlich und zart, so vornehm aus wie gestern Morgen in der Hausflur und kam uns mit einem freundlichen Lächeln entgegen.

Ich versank sofort neben Ilse in den dicken, kattunüberzogenen Federkissen eines altfränkischen Sofas, während Charlotte sich in einen Lehnstuhl warf, den kläffenden Pinscher, der eben ein Stück aus meinem kostbaren Kleide zu reißen gesucht hatte, ohne Umstände am Genick auf ihren Schoß zerrte und ihm eine Strafpredigt hielt.

Ilse schilderte ohne lange Präliminarien in den knappesten Umrissen mein bisheriges Leben. Mein Kopf voll Unsinn, meine braunen Hände, die nicht stricken wollten, und der unbezähmbare Trieb, barfuß zu laufen, das waren die schauderhaften Grundzüge des Portraits, welche die zweijährige Bildungszeit verwischen sollte … Ich saß lammstill dabei und sah in den gegenüberstehenden Glasschrank nach der großen häßlichen Porzellanfigur drinnen, die zu Ilses kerniger Rede mit ernsthaftem Gesichte ein schweigendes »Ja, ja, das muß anders werden!« unermüdlich nickte. Dann zählte ich die unendlichen Schlüsselreihen an der Wand – Himmel, diese schreckliche Menge großer und kleiner Schlüssel hatte Fräulein Fliedner auch in ihrem kleinen zierlichen Kopf und mußte wissen, was jeder verschloß! Mir wurde angst und bange vor dem Hause, das so unzähligemal hinter Schloß und Riegel lag – ach, mein lieber, lustiger Dierkhof mit seinem allereinzigen Hausschlüssel, der oft Nachts nicht einmal umgedreht wurde!

»Gern, herzlich gern will ich das kleine Fräulein von Sassen unter meine Flügel nehmen,« sagte die alte Dame, als Ilse geendet und dabei den Bleichkasten mit den Papieren auf den Tisch gestellt hatte. »Aber es muß dabei Manches, vorzüglich die Geldangelegenheit, in ernste Erwägung gezogen werden. Ich bin der unmaßgeblichen Meinung, daß Sie auch Herrn Claudius um seinen Rat bitten –«

»Um Gottes willen nur heute nicht, liebe Fliedner!« unterbrach sie Charlotte lebhaft. »Onkel Erich hat seine Arbeitsmarotte schlimmer als je – er hätte eben um ein Haar einen unglücklichen Handwerksburschen gepreßt, der war aber so schlau, zu entwischen … Er ist imstande und steckt das arme Ding da 'nüber in die Hinterstube und läßt es sein lebenlang Totenkränze aus getrockneten Blumen binden!«

Ich sah ihr starr vor Schrecken ins Gesicht.

»Ja, ja, sehen Sie mich nur an, Kleine!« sagte sie und betrachtete ihre großen, weißen, schöngepflegten Finger. »Für diese zehn unglücklichen Geschöpfe hier zittere ich beständig, daß sie eines schönen Tages konfisziert und in der Hinterstube angestellt werden!«

»Nun, *Sie* dürfen sich doch wahrhaftig nicht beklagen, Charlotte,« meinte Fräulein Fliedner bei aller Milde doch ein wenig scharf.

Ilse machte ein bedenklich langes Gesicht. Bei aller scheinbar rücksichtslosen Strenge hatte sie mich doch viel zu lieb, als daß sie den Gedanken, mich unglücklich in einer fremden Stadt zurückzulassen, ertragen hätte ... Ja, sie malte meine Unwissenheit und Ungeschicklichkeit in den schwärzesten Farben; aber sie mußte sich auch sagen, daß sie selbst viel Schuld trug – sie hatte nie die Kraft gefunden, mich zur Arbeit zu zwingen und meinen Hang zum ungebundenen Umherschweifen zu unterdrücken.

»Seien Sie ganz ruhig,« versetzte Fräulein Fliedner lächelnd. »Fräulein Claudius liebt es manchmal, in Uebertreibungen zu sprechen. Der Herr ist streng, aber nicht taktlos; Sie können getrost mit ihm reden.«

»Nun, wenn Sie meinen,« entgegnete Ilse sichtlich erleichtert. »Ich weiß nicht warum, aber ich habe Vertrauen zu dem Mann. Was er für ein Gesicht hat, weiß ich freilich nicht – er stand draußen im Hofe mit dem Rücken nach mir zu – aber die Kleine hat ihn vor vier Wochen in der Heide gesehen und sagt, er sei ein alter, uralter Herr, und da muß er doch Erfahrungen haben und die Welt kennen.«

Charlotte fuhr mit beiden Armen in die Luft und schüttelte sich vor Lachen.

»Onkel Erich wird sich bei Ihnen bedanken, Durchlauchtigstes Heideprinzeßchen!« rief sie, und auch Fräulein Fliedner sah mich schalkhaft an.

»Nehmen Sie nur Ihren Kasten, und kommen Sie mit!« sagte sie zu Ilse. Sie warf die Mantille über die Schultern, zupfte die weißen Manschetten am Handgelenk zurecht und fuhr mit beiden Händen über den tadellos glatten, graumelierten Scheitel.

»Da muß ich auch dabei sein!« rief Charlotte aufspringend und warf den Pinscher in seinen Polsterkorb.

»Im Morgenanzug?« fragte Fräulein Fliedner mit großen Augen.

»Ach was, ist der denn nicht schön und frisch?« rief Charlotte leichthin, indem sie sich vor dem Spiegel das Spitzenhäubchen tiefer in die Stirn zog.

Die alte Dame zuckte die Achseln und ließ uns wieder hinaustreten in die dämmernde Hausflur. Sie öffnete geräuschlos eine am entgegengesetzten Ende der Halle liegende Thür.

13.

An der langen Tafel stand der alte Buchhalter. Er hatte graue Leinwandärmel über seine Arme gezogen und wühlte sortierend in einem Haufen kleiner Papierpakete; um ihn her waren mehrere Leute beschäftigt.

»Guten Tag, Herr Eckhof!« sagte Charlotte und reichte ihm im Vorübergehen in burschikoser Weise, wie etwa ein Student dem anderen, die Hand. Er grüßte freundlich zurück – vor Fräulein Fliedner dagegen neigte er sich genau so steif und gefroren wie vor meinem Vater.

Wir durchschritten das große, saalartige Zimmer und traten in einen daranstoßenden Raum. Es war nur der Herr anwesend, obgleich mehrere Schreibpulte die Fensterwand entlang standen.

Der Herr saß so, daß er das ganze Zimmer und auch die Thür übersehen konnte, durch die wir eintraten. Bei unserem Erscheinen hob er den Kopf; dann stand er auf, ein wenig frappiert, wie es schien, und verließ den Fenstertritt, auf welchen sein Schreibtisch stand... Er hatte ein schmales, edles, etwas blasses Gesicht.

Charlotte eilte, uns voraus, auf ihn zu.

»In der Morgenhaube, Charlotte?« fragte er, und ein großes, blaues, feuriges Augenpaar heftete sich befremdet auf das Gesicht der jungen Dame. Das lebhafte Rot ihrer Wangen färbte sich tiefer und lief bis unter das Stirnhaar hinauf.

»Ach, Onkel, du bist ja allein,« sagte sie bittend, und ließ ihre Augen noch einmal flink durch das Zimmer schweifen. »Nimm es diesmal nicht so streng mit den Hausregeln – ich muß dabei sein, wenn du eine interessante Bekanntschaft machst.«

Ich hatte mich längst hinter Ilse geflüchtet.

»Das ist der Herr nicht, der mir die Thaler gegeben hat,« flüsterte ich ängstlich.

Charlottens scharfes Ohr hatte die Worte aufgefangen.

»Onkel,« sagte sie, wie ein Kobold in sich hineinlachend, »vor vier Wochen hat dich eine junge Dame in der Lüneburger Heide gesehen und will nun zu dem ›alten, uralten Herrn Claudius‹ –«

»Ach, das ist ja schließlich ganz egal, ob es der Herr ist oder nicht, den die Kleine gesehen hat,« fiel Ilse resolut ein. »Ich will mit Herrn Claudius sprechen, und der sind Sie doch?«

Er neigte mit dem schwachen Anflug eines Lächelns um seine Lippen den Kopf.

Und nun begann Ilse abermals ihren Bericht. Sie mußte ihn eingelernt haben, wie der Pfarrer seine Predigt; denn er schnurrte und rollte ohne Unterbrechung genau in der Reihenfolge herab, wie Fräulein Fliedner gegenüber.

Währenddessen steckte ich hinter den Damen und betrachtete mir den Herrn genauer. Er hatte die schlanke, feingebaute Gestalt des alten Herrn im braunen Hut und auch seine Stimme; aber das war ja unmöglich dessen Kopf. Ueber der jugendlich glatten Stirn lag ein Streifen dicker, aschblonder Haarwellen und Ringel, die allerdings im schrägeinfallenden Licht einen intensiven Silberschein annahmen. Auffallend erschienen unter diesem mattglänzenden Haar die dunklen Brauen. Fest und kühn die blauen Augen überwölbend, gaben sie dem blassen, vornehmen, wenn auch nicht gerade schöngebildeten Gesicht einen Zug von Kraft... Ich sah, wie sich allmählich eine kleine Falte zwischen ihnen vertiefte – Ilses Vortrag mißfiel ihm offenbar, er hatte nicht die mindeste Lust, sich mit der Sache zu befassen; hier und da warf er einen Seitenblick auf den neben ihm liegenden, aufgeschlagenen Folianten; man sah, es war ihm fatal, gestört worden zu sein, wenn er sich auch höflicher Weise Mühe gab, eine aufmerksame Haltung zu zeigen.

»Ich kann Ihnen nur raten,« sagte er kühl, als Ilse eine Pause machte, um Atem zu schöpfen, »die junge Dame so bald als möglich in einem Institut unterzubringen –«

»Nein, Onkel!« unterbrach ihn Charlotte. »Es wäre grausam, das junge, scheue Geschöpfchen, das bis jetzt die ungebundenste Freiheit genossen hat, in diese Maschinen, diese Schablonen zu pressen! Das Leben im Institut ist schrecklich! –«

»Es ist schrecklich, Charlotte?« wiederholte er tief betroffen. »Und du hast beinahe dein ganzes bisheriges Leben im Institut verbracht!... Warum hast du nie gesprochen?«

Sie zuckte die Achseln. »Was hätte mir denn meine Klage genützt?« klang es ziemlich bitter von ihren Lippen.

Er sah sie streng und durchdringend an, sagte aber kein Wort mehr. In diesem Augenblick wurde die Thür aufgemacht; der alte Buchhalter trat ein, und ihm folgte ein hochgewachsener, sehr schöner, junger Mann. Der letztere erschrak sichtlich über die Anwesenheit der Damen und wollte sich wieder zurückziehen.

»Kommen Sie nur herein!« rief Herr Claudius. Seine Augenbrauen falteten sich ein wenig; er zog seine Uhr und hielt sie dem Eintretenden hin.

»Es ist sehr spät, Herr Helldorf,« sagte er kalt.

Charlotte hatte den Gruß des jungen Mannes mit einem vornehm gleichgültigen Kopfnicken erwidert; bei den Worten ihres Onkels aber wurde sie feuerrot, und ein Zornblick streifte dessen Gesicht.

»Verzeihen Sie, Herr Claudius; ein Kind meines Bruders erkrankte vor einigen Stunden sehr heftig,« entschuldigte sich der junge Mann mit leichtbebender Stimme und nahm Platz an seinem Schreibpult.

»Das tut mir leid – ist Gefahr vorhanden?«

»Gott sei Dank, sie ist vorüber!«

Herr Claudius wandte sich wieder zu Ilse. »Ich weiß in der That nicht, wie ich mich in der Angelegenheit nützlich machen kann,« sagte er. »Herr von Sassen darf man doch bei seinem Beruf und seiner ganzen Lebensweise unmöglich zumuten, den Bildungsgang eines – wie Sie selbst sagen – ziemlich verwilderten jungen Mädchens zu leiten –«

»Das möchte ich schon gern übernehmen!« fiel Fräulein Fliedner ein.

»Und ich auch,« sagte Charlotte rasch.

»Es handelt sich hauptsächlich um die Verwaltung des kleinen großmütterlichen Vermögens, das Fräulein von Sassen zugefallen ist,« setzte die alte Dame hinzu.

»Nun; *das*, sollte ich meinen, könnte doch ihr Vater in die Hand nehmen.«

»Er will absolut nicht,« sagte Ilse rasch. »Und das ist mir auch gar sehr lieb, von wegen« – sie schwieg einen Augenblick wie verlegen um die passende Form – »na, von wegen der zerbrochenen Steinbilder und Scherben, die er immer kauft,« fügte sie rasch entschlossen hinzu.

Sie stellte den Blechkasten auf einen Tisch und schloß ihn auf. Herr Claudius griff hinein und durchlief die Dokumente.

»Es sind viel verfallene Coupons dabei; aber die Papiere sind gut,« sagte er und legte sie wieder in den Kasten. »Also soll ich das Geld verwalten… Wollen Sie, daß die Zinsen zu dem Kapital geschlagen werden?«

»Ach ja, sparen Sie, soviel wie möglich!« versetzte Ilse. »Aber freilich, der Herr Doktor ist gar sehr vergessen, und da wird es wohl gut sein, wenn die Kleine manchmal selbst ein paar Groschen in die Hand bekommt, damit sie sich helfen kann.«

»Wo ist die junge Dame?«

»Aber so lassen Sie sich doch auch einmal sehen!« sagte Charlotte zu mir. Ehe ich mich dessen versah, hatte sie mir den Hut vom Kopfe genommen, strich mir mit den Händen glättend über das wilde Haar und schob mich an den Schultern hin, so ungefähr, wie ein Kind, das seine eingelernten Geburtstagsverse hersagen soll. Diesmal trat ich vollkommen unbefangen hin. Vor dem Mann mit der trockenen, ruhigen Geschäftsmiene fühlte ich nicht die mindeste Scheu – ich sah so sorglos zu ihm auf, wie ich den alten Herrn in der Heide gesehen hatte. Ich glaube, ich hätte den Mut gefunden, ihm entschieden zu widersprechen, wenn er von seinen Totenkränzen aus getrockneten Blumen angefangen.

In dem Moment, wo sich unsere Augen begegneten, sah ich auch das Wiedererkennen in den seinen – er war doch der Herr mit der blauen Brille.

»Ach, sieh' da! Das seltsame, kleine Mädchen, das noch nie Geld gesehen hatte!« sagte er überrascht.

»Ja, Onkel, das Heideprinzeßchen, wie Dagobert sagt – die kleine, freie Heidelerche, die Euch Euer Geld vor die Füße geworfen hat und sich nicht so ohne Weiteres in den Vogelbauer stecken läßt!« rief Charlotte lachend. »Nun, Kleine, machen Sie doch Ihre Reverenz vor dem alten Herrn!«

Es lief fein rötlich über das Gesicht des Herrn Claudius hin.

»Keine Possen, Charlotte!« sagte er so ernst und streng, wie er Dagobert in der unglückseligen Schuhaffaire zurechtgewiesen hatte.

»Sind Sie damit einverstanden, daß das Geld in meine Hände niedergelegt wird?« fragte er mich freundlich.

Es erschien mir so wunderlich, zum erstenmal in meinem Leben ernstlich über einen Besitz verfügen zu sollen, daß ich lachen mußte. »Gehört es mir denn wirklich?« fragte ich.

»I nun freilich – wem denn sonst?« sagte Ilse ärgerlich.

»Es gehört mir so wie meine Hand da, oder wie meine Augen – ich kann eben damit thun, was ich will?« fragte ich beharrlich, aber auch fast atemlos vor Spannung weiter.

»Nein, so unumschränkt dürfen Sie augenblicklich noch nicht darüber verfügen,« sagte Herr Claudius – er hatte wieder den milden, weichen Ton wie in der Heide. »Sie sind noch viel zu jung... Wenn ich die Papiere, behufs der Verwaltung, übernehme, dann müssen Sie mir auch über jede Summe, die Sie von mir einfordern, Rechenschaft ablegen.«

»Ach, dann ist's nichts,« sagte ich niedergeschlagen und traurig.

»Haben Sie einen speziellen Wunsch?« Er bog sich nieder und sah mich fragend an.

»Ja, Herr Claudius, aber ich will ihn lieber nicht sagen – Sie erfüllen ihn doch nicht.«

»So – hm, woraus schließen Sie denn das?« fragte er gelassen.

»Weil ich vorhin gesehen habe, daß Sie den armen Handwerksburschen ohne Almosen fortschickten,« antwortete ich mutig.

»Ach so, Sie wollen jemand unterstützen.« Er blieb völlig unbewegt, mein indirekter Vorwurf hatte ihm nicht den mindesten Eindruck gemacht.

»Aber was fällt denn der Kleinen ein?« rief Ilse ganz erstaunt. »Wen willst du denn unterstützen, Kind? Du kennst ja auf der Gotteswelt niemand!«

»Ilse, du weißt es,« sagte ich bittend. »Du weißt recht gut, wer jetzt in Not ist und vielleicht jede Stunde zählt, bis Geld aus Hannover kommt –«

»Höre, Leonore, wenn du mir damit kommst, da hat alles ein Ende,« unterbrach sie mich. Sie war so zornig, wie ich sie noch nie gesehen hatte. »Ein für allemal, nicht ein Groschen wird hingegeben!«

»Nun, dann behaltet euer Geld!« rief ich heftig, während die hervorquellenden Thränen meine Augen verdunkelten. »Ich nehme aber *auch* nie einen Groschen davon – niemals, darauf kannst du dich verlassen, Ilse!... Lieber will ich in der Hinterstube Totenkränze und Bouquets für Herrn Claudius binden!«

Er sah mich an. »Wer hat Ihnen denn schon von dieser Hinterstube erzählt?«

Meine Augen huschten unwillkürlich zu Charlotte hinüber. Sie errötete und lachte.

»Charlotte hat gescherzt, Herr Claudius!« sagte Fräulein Fliedner mild entschuldigend. Als mir die Thränen hervorbrachen, hatte die alte Dame sofort ihren Arm um meine Schultern gelegt und mich an sich gezogen. Ilse dagegen erbitterte mein »kindisches Wesen« immer mehr. Sie legte ihre große, hartgearbeitete Hand schwer und dröhnend auf den Deckel des Blechkastens, als solle er damit gefeit und verschlossen werden für jeden unbefugten Eingriff.

»Herr Claudius, leiden Sie es ja niemals, daß Leonore Geld fortschickt!« warnte sie dringend. »Ich sage Ihnen, thut sie es *einmal*, nachher ist auch schon ihr bißchen Ererbtes so gut wie verloren!... Ich kann Ihnen das nicht auseinandersetzen, – es ist eben eine schlimme Familiengeschichte, die begraben bleiben muß... O Herr Jesus, daß einen solch ein junger Mund auch zwingt, so etwas vor anderen auszukramen... Kurz und gut, es handelt sich um eine Verwandte, die Schande auf Schande über das Haus gebracht hat, die ausgestoßen ist –«

»Kennen Sie diese Anverwandte?« fragte Herr Claudius, sich an mich wendend.

»Nein – ich habe sie nie gesehen und weiß erst seit vier Wochen, daß sie lebt –«

»Sie bittet um eine Unterstützung?«

»Ja, in einem Brief an meine tote Großmutter...Aber Niemand will ihr Etwas geben...Sie ist unter die Komödianten gegangen, sagt Ilse, und ist eine Sängerin –«

Ein heißes Erröten schoß über das Gesicht des Mannes – er schlug den Folianten neben sich zu.

»Aber sie hat ihre Stimme verloren, ihre wunderschöne Stimme!« fuhr ich fort und suchte angstvoll und bittend seine Augen – er wandte sie weg. »Wie schrecklich muß es sein, wenn man singen will, und die Töne versagen!...Ilse, du bist doch so gut, wie kannst du es nur über das Herz bringen, nicht zu helfen, wenn jemand in Not ist!«

»Wieviel beträgt die Summe, die Sie verlangen?« schnitt Herr Claudius mit seiner ruhig milden Stimme meine leidenschaftlichen Bitten ab.

»Einige hundert Thaler,« versetzte ich mutig.

Ilse schlug die Hände über dem Kopf zusammen.

»Sie haben offenbar keinen Begriff, wie viel Geld das ist,« sagte er.

Ich schüttelte den Kopf. »Mag es doch sein, so viel es will. Ich gebe es freudig hin – wenn sie nur ihre Stimme wieder bekommt!«

»Ja, das glaube ich!« lachte Ilse ingrimmig auf. »Solch ein Kindskopf handelt eben ins Tageslicht hinein und fragt viel danach, was daraus folgt!«

»Ich will Ihnen das Geld geben,« sagte Herr Claudius zu mir.

Ilse schrie förmlich auf.

»Seien Sie doch ruhig. Ich werde Sorge tragen, daß Fräulein von Sassen kein Verlust daraus erwächst – ich stehe dafür ein!« Er griff in eine neben dem Schreibtisch stehende Kassette und legte mir vier Banknoten hin. Dann warf er mit flüchtiger Feder einige Worte auf einen Briefbogen. »Haben Sie die Güte, diese Quittung zu unterschreiben.« Er reichte mir seine Feder hin.

»Das muß Ilse thun – ich schreibe zu schlecht,« sagte ich unbefangen.

Ein verstohlenes Lächeln huschte durch seine Züge.

»Das wäre nicht geschäftsmäßig,« sagte er. »Wenn ich *Ihnen* das Kapital gebe, dann genügt die Unterschrift der Frau Ilse nicht...Ihren Namen werden Sie doch schreiben können?«

»O ja; aber Sie werden sehen, es sind schauderhafte Krakelfüße.«

Ich stieg auf die Estrade, setzte mich auf den gepolsterten Drehstuhl, den er mir zurechtschob, und sah vergnügt auf Fräulein Fliedner und Charlotte herunter, die beide lachten. Wie lächerlich mochte aber auch die schmächtige Mädchengestalt mit der unförmlichen Ratsherrnkrause und den wilden Locken aussehen auf dem ehrwürdigen Kontorstuhl, vor dem dicken, ernsthaften Folianten, über den sie kaum ihre kleine Nase zu erheben vermochte!...Ich lachte mit, und wie leicht kam mir das vom Herzen! Ich war ja so glücklich, daß ich das Geld für meine Tante erkämpft hatte.

Herr Claudius stützte seinen Arm auf den Schreibtisch, so daß seine Gestalt mich völlig von den Anderen schied. Ich ergriff die Feder und begann ein L zu malen.

»Das geht aber nicht,« sagte ich und hielt inne, als ich bemerkte, daß er mich ansah. »Auf meine Hände dürfen Sie nicht sehen.«

»So, ist das verboten? Darf man fragen, weshalb?«

»Ei, sehen Sie das nicht selber? Weil sie so braun und abscheulich sind,« sagte ich unumwunden und ein wenig geärgert darüber, daß er mich zwang, es auch noch selbst auszusprechen.

Er bog lächelnd den Kopf weg, und ich begann eifrig weiter zu schreiben – es gehörten doch aber auch gar zu viel Buchstaben zu dem Namen!

Da ging die Thür auf, und der junge Herr trat eilig herein. Die feuerfarbene Nelke sprühte zu mir herüber, wie ein Glutball – ich ließ die Feder fallen und legte die Hand über die Augen; mir war, als drehe sich die ganze Welt vor mir im Kreise.

»Onkel,« rief er hastig, »ich bin mit dem Grafen Zell einig über den Preis – nur fünf Louisdor mehr, als du angenommen hattest...Ist dir's recht? Und willst du Darling nicht einmal ansehen? Ich habe ihn in den Hof bringen lassen.«

»Herr Helldorf hat dich gegrüßt, Dagobert,« sagte Herr Claudius statt aller Antwort und zeigte auf den jungen Kommis.

Dagobert neigte den Kopf flüchtig dankend hinüber und trat, sichtlich erstaunt und ergötzt über meine Situation am Schreibtisch, näher heran.

»Himmel, Dagobert, eine sentimentale Nelke im Knopfloch?« rief Charlotte und schlug in die Hände. »Wie kommt den *die* zu der Ehre?«

Dagobert lächelte verständnisvoll und schalkhaft zu mir herüber. Ilse fing den Blick auf, der Allen auffallen mußte.

»Ach, thun Sie doch nicht, als wenn Ihnen die Kleine da oben die Blume geschenkt hätte!« sagte sie trocken. »Er hat das arme Ding mit seinem Stock vor unseren Augen geköpft und läßt es nun auch noch in seinem Knopfloch elend umkommen,« wandte sie sich erklärend, zum allgemeinen Ergötzen, an die Umstehenden.

Der junge Herr zuckte, in das Gelächter einstimmend, die Achseln.

»Aber wie ist's denn nun, Onkel Erich, darf ich dich bitten? Willst du nicht mitkommen?« fragte er, indem er die Sache auf sich beruhen ließ.

»Geduld – erst muß ein Geldgeschäft erledigt werden,« sagte Herr Claudius. »Nun?« wandte er sich wieder zu mir und nahm seine frühere Stellung ein.

Die Feder lag noch auf der Quittung; ich hatte jetzt beide Hände über das Gesicht gelegt, denn ich fühlte, daß es glühendrot sein müsse.

»Ich kann nicht,« flüsterte ich.

»Gehe hinaus, Dagobert, damit kein Unfug im Hofe geschieht,« gebot er. »Ich komme in wenigen Augenblicken.«

Der junge Herr verließ das Zimmer.

»So, nun schreiben Sie,« sagte Herr Claudius beschwichtigend zu mir und heftete seine blauen Augen durchdringend, aber freundlich auf meine heißen Wangen.

Ich vollendete die letzten Züge und schob ihm das Blatt hin. Zugleich griff ich nach seiner Hand; es geschah zum erstenmal in meinem Leben einem Fremden gegenüber. »Ich danke Ihnen!« sagte ich aus vollem Herzen.

»Wofür denn?« fragte er in gütigem Tone zurück, Hand und Dank ablehnend. »Wir sind einfach in Geschäftsverbindung getreten, und dafür dankt man nicht.«

Ich stieg vom Fenstertritt herunter und legte meine Arme um Ilses Hals – ihr finsteres Gesicht ängstigte mich über die Maßen. »Ilse, sei gut,« bat ich. »Das *mußte* sein. Siehst du, nun kann ich auch wieder ruhig einschlafen.«

»Ja, ja, die Ilse ist nun auf die Seite geschoben und hat nichts mehr zu sagen,« versetzte sie, aber sie wies mich nicht zurück. »Also das *mußte* sein. Nun meinetwegen – ich wasche meine Hände … In der Heide konntest du vor einem fremden Gesicht nicht drei zählen, und nun auf einmal, wo es gilt, deinen Kopf durchzusetzen, und wo du merkst, daß du andere auf deiner Seite hast, da kannst du schwatzen und lärmen wie eine Elster und hast Backen so heiß, wie die Bratäpfel … Zum Segen fällt dir die Geschichte nicht aus – denk' an mich – dann kommst du *mir* aber nicht mit Klagen!«

Sie löste meine Arme von ihrem Halse, nahm meine Hand in ihre Rechte und wollte das Zimmer verlassen.

»Halt!« rief Herr Claudius, der sich unterdessen an seinen Schreibtisch gesetzt hatte und die Feder über das Papier fliegen ließ, »wollen Sie Fräulein von Sassens Vermögen ohne alle Bescheinigung in meinen Händen lassen?«

Jetzt wurden Ilses Wangen heiß, wie die Bratäpfel. Sie schämte sich, so alle Vorsicht aus den Augen gesetzt zu haben, sie, die Besonnene, die »den Kopf stets oben behielt«!

»Da ist nur Ihr gutes Gesicht schuld, Herr Claudius — bei jedem Anderen hätte ich ganz gewiß nicht vergessen, mir eine Bescheinigung auszubitten,« entschuldigte sie sich verlegen und nahm das Papier in Empfang, während ich die Banknoten, die ohne Herrn Claudius' Erinnern auch auf dem Tische liegen geblieben wären, in die Tasche schob – der strenge Geschäftsmann mochte einen schönen Begriff von der Gesellschaft aus der Heide bekommen.

»Gott, diese unausstehliche Pedanterie!« rief Charlotte in der Hausflur. »Als ob nicht die ganze Welt wüßte, daß sich die Firma Claudius mit solch lumpigen paar tausend Thalern nie die Finger beschmutzen würde!... Aber da muß jeder Pfennig und jedes Samenkorn verbrieft und besiegelt werden!«

»Ordnung muß sein – vielleicht lernen Sie das doch noch einmal einsehen,« sagte Fräulein Fliedner und fuhr sich mit dem Taschentuch über die Mantille, die im vorderen Zimmer einen leichten Staubstreifen mitgenommen hatte.

Die junge Dame warf den Kopf zurück. »Jetzt wollen wir Darling ansehen,« sagte sie statt jeder Antwort und sprang die Stufen zur Hofthür hinab.

14

Herr Claudius war uns nachgekommen. Er horchte einen Augenblick befremdet, dann eilte er uns voran in den Garten.

Mir schlug das Herz vor Angst und Mitleid bei dem, was ich durch die offene Thür sah ... Ein scheugewordenes Pferd raste durch den Blumengarten. Wie ein Blitz fuhr das schlanke, rehähnliche Tier, dessen spiegelnden Rücken-und Weichenflächen die Sonne alle Nüancen der reinsten Goldfarbe entlockte, über den weiten, farbenbunten Plan und spottete mähneschüttelnd und in wilder Freiheitsfreude aufwiehernd aller der Hände und Füße, die es verfolgten. Mit einer wahren Wollust zerstampften die Hufe ein weites Levkojenfeld, dann flogen sie schmetternd in die Scheiben des großen Glashauses. Hoch aufbäumend und zurückschaudernd vor dem Geklirr, stand der Goldfuchs einen Moment wie in Erz gegossen auf den Hinterhufen, aber auch nur einen Augenblick – pfeilschnell wandte er sich und stürmte weiter gegen ein Spalier, das, betropft von tausend prächtigen Purpurrosen, sofort zusammenbrach.

Alle Gartenarbeiter, die im Hause beschäftigten Leute, und selbst die zwei Herren aus dem Kontor, die jedenfalls den Lärm drinnen gehört, rannten im Verein mit Dagobert und einem betreßten Jockey auf und ab, und jetzt flog auch Charlotte, die bis dahin mit flammenden Augen neben mir gestanden, in den Garten hinein.

Wie aus der Erde gewachsen stand plötzlich die hohe, kräftige Gestalt im hellen wehenden Kleide inmitten des Weges, auf welchem das Tier in blinder Raserei herantoste – es fuhr schnaubend vor der befremdlichen Erscheinung zurück; aber mit einer einzigen gewandten und raschen Bewegung hatten die zwei schlanken, kraftvollen Damenhände den Zügel erfaßt und hielten ihn eisern fest, und das kühne Mädchen ließ sich um einige Schritte weit fortschleifen, bis sich von allen Seiten die rettenden Hände herüberstreckten und das ungebärdige Tier festhielten.

»Charlotte, du bist ein Prachtmädel!« rief Dagobert, noch atemlos, aber stolz und jubelnd, und küßte seine Schwester ohne Weiteres auf die Stirn. Neben ihr stand der junge Mann aus dem Kontor – bleich wie ein Gespenst, mit versagenden Blicken – er war der Erste, der ihr zu Hilfe gekommen ... Ich sah Charlottens Auge sein Gesicht streifen – sie wurde dunkelrot; aber auch sofort wandte sie sich leichthin mit einer so gleichgültigen Bewegung ab, als schwebte ihr ein geringschätziges »Ah bah!« auf den Lippen.

Alle bewunderten einstimmig ihre Kraft und Kühnheit, ich selbst hätte ihr die kraftvollen Hände küssen mögen – nur Herr Claudius hatte kein Wort für sie.

»Wer hat beide Flügel der Gartenthür aufgemacht?« fragte er streng und trat mitten unter die Leute, die sofort ehrerbietig auseinanderstoben.

»Ich wollte die Blumen auf den Tischen bei Bankier Tressel erneuern und hatte zwei Leute mit der großen Trage bei mir, und da mußten beide Flügel der Thür aufgemacht werden,« sagte der Gärtner mit der sanften Stimme, der uns gestern morgen im Garten den Weg gezeigt hatte. »Vor den großen Oleanderbäumen auf der Trage mag wohl auch das Pferd gescheut haben.«

Herr Claudius schwieg. Er sagte weder ein tadelndes Wort zu Dagobert, der das fremde Pferd in den Geschäftshof gebracht, noch schalt er den Jockey dafür, daß er dasselbe nicht besser gehütet. Auch über die Zerstörung im Garten fiel nicht eine Bemerkung von seinen Lippen. Er betrachtete den schweißtriefenden Goldfuchs aufmerksam. Es war ein schönes Tier, aber in der Art und Weise, wie es den Kopf gesenkt hielt und ihn dann unversehens zurückwarf, lag etwas Tückisches.

Unterdes hatte sich Dagobert auf den Rücken des Pferdes geschwungen, und plötzlich flogen Roß und Reiter wieder in den weiten Hof zurück ... Das war nun freilich ein herrlicher Anblick. Nach kurzer, leidenschaftlicher Gegenwehr fügte sich das Tier seinem Herrn und Meister und gehorchte scheinbar dessen leisestem Winke.

Wie verschwanden alle die Männer, die umherstanden, selbst der auffallend schöne, junge Helldorf nicht ausgenommen, vor dem Tankred dort mit dem kastanienbraunen Gelock! ... Nur an dem jähen Aufschießen einer hellen Purpurröte über die Wangen des Reiters hin sah man, daß das Pferd insgeheim Widerstand leiste, die elastische Gestalt des ersteren ließ keine erhöhte Kraftanstrengung merken.

»Onkel,« rief er herüber, »verzeihe Darling seine Unart um seiner herrlichen Eigenschaften willen!...Ist er nicht prächtig? Sieh ihn dir an! Mit seinem zierlich elastischen Bau, dem kleinen Köpfchen auf dem schlanken Halse, fein wie eine graziöse Dame, hat er Mut und Feuer wie ein Held...Onkel, sein Besitz macht mich zu glücklich!«

»Das tut mir sehr leid, Dagobert; denn ich kaufe ihn *nicht*...Der Herr Graf mag ihn selbst reiten!« sagte Herr Claudius bedauerlich, aber sehr fest, und ging, den angerichteten Schaden zu besehen.

Mit einem Satz sprang Dagobert von dem Tier herab und reichte dem maliziös lächelnden Jockey den Zügel hin. »Ich lasse den Grafen grüßen und werde weiter mit ihm sprechen,« sagte er mit fliegendem Atem.

Der Mensch ritt fort, und die Umstehenden zerstreuten sich schleunigst, um auf ihre Posten zurückzukehren.

Charlotte hing sich an den Arm ihres Bruders und sah ihm zärtlich in das heißgerötete Gesicht. Sie zog ihn über die Schwelle in den Garten, wo auch bereits Fräulein Fliedner und Ilse eingetreten waren und rasch nach dem zertrümmerten Gewächshaus zuschritten. Mich hatte man total vergessen. Ich ging hinter den Geschwistern her, die den Weg nach der Brücke einschlugen.

»Nicht wahr, da stand ich nun wieder einmal da wie ein gemaßregelter Schulbube?« stieß Dagobert zwischen den Zähnen hervor – seine Stimme klang halberstickt, als schnürten ihm Groll und Grimm die Kehle zu. – »Mich empört nichts mehr, als diese scheinheilige Ruhe bei allem!... Er kauft das Tier aus zweierlei Gründen nicht – einmal, weil es ihn durch seine Unart um ein paar Bouquetgroschen und einige Samentüten gebracht hat, und dann will sein Spießbürgerhochmut mit dem aristokratischen Verkäufer nichts zu thun haben; lieber läßt er sich von dem ersten besten Juden betrügen...Aber davon verlautet beileibe kein Wort! Er schweigt, thut, als bemerke er den Schaden gar nicht, und rächt sich einfach durch unmotiviertes Zurückweisen... Und dieses plötzliche Herauskehren kavalierer Manieren und Kenntnisse! Lächerlich! Er, der nie auf einem anderen Rücken als dem seines einbeinigen Kontorstuhles gesessen hat, er gibt sich plötzlich das Ansehen eines Sachverständigen, mustert mit Kennermiene ein Pferd –«

»Du, damit sei nicht so vorschnell!« unterbrach ihn Charlotte. »Ich habe im Gegenteil den Onkel sehr im Verdacht, daß er einst, vorzüglich in Paris, das kavaliere Leben und Treiben mitgemacht hat, nicht aus Passion – Passionen hat er nicht, die eine für die Arbeit ausgenommen – aber vielleicht um der Mode willen, was weiß ich!« Sie zuckte die Achseln und sah zurück nach dem Rosenspalier, das eben unter Herrn Claudius' Anleitung wieder aufgerichtet wurde.

»Gegen diesen eisernen Schild der Kälte und Berechnung vermögen wir beide nichts!« fuhr sie hinüberdeutend fort. »Da heißt es die Zähne zusammenbeißen, die Hand auf das heiße, unruhige Herz zu pressen und abwarten, bis ein erlösender Stern über uns aufgeht.«

Sie hatte mich beim Umdrehen bemerkt und reichte mir unbefangen die Hand hin, um mich zu führen. Dagobert dagegen fuhr vor meiner kleinen Person erschrocken zurück; es war ihm sichtlich fatal, einen Zeugen hinter sich gehabt zu haben...Hätte er nur gewußt, wie es in diesem Augenblick in mir aussah! Meine Finger umklammerten die Banknoten in der Tasche – ich hätte sie am liebsten dem Manne da drüben an der Rosenhecke hingeworfen, wie in der Heide seine Thaler; diesem Eisblock, der bei äußerer milder Freundlichkeit und scheinbarer Güte die zwei jungen, herrlichen Wesen tyrannisierte und sie seine Macht fühlen ließ...Hatten sie denn gar Niemand weiter auf der Welt, als diesen alten, hartherzigen Onkel?...Ich war ihre enthusiastische Verbündete, ohne daß sie es ahnten.

Dagobert trennte sich an der Brücke von uns; er ging in die Stadt. Wie gut und edel mußte er sein! Bei allem innern Groll ging er doch erst noch hinüber zu dem Onkel und verabschiedete sich von ihm, als sei nichts vorgefallen.

Charlotte schritt langsam neben mir her und sagte, sie wolle sich ein Buch in der Bibliothek holen.

»Kommen Sie her, Kleine,« sagte sie, ihren Arm um meine Schultern legend; – sie zog mich im Weiterschreiten eng an sich heran, so daß ich die starken, heftig pochenden Schläge ihres Herzens fühlen konnte. »Ich mag Sie gern. Sie haben Charakter und ein mutiges Herz in Ihrem Liliputkörperchen... Es gehört schon Mut dazu, in Onkel Erichs Augen zu sehen und etwas von ihm zu verlangen.«

»Haben Sie denn keinen Vater oder wenigstens eine Großmutter?« fragte ich, mich an sie anschmiegend, und sah schüchtern empor in ihr schönes Gesicht, das noch das Gepräge der Aufregung trug. Mir fiel in diesem Augenblick ein, daß ich selbst bei meiner geisteskranken Großmutter ein glückliches Kind hatte sein dürfen.

Sie sah lächelnd auf mich nieder. »Nein, Prinzeßchen, auch keine Großmutter, die mir neuntausend Thaler hinterlassen könnte – o Gott, wie wollte ich da den Staub von meinen Füßen schütteln!... Wir sind sehr früh Waisen geworden. Mein Vater ist Anno 44 am Isly in Marokko gefallen – er war französischer Offizier. Als er Frankreich verlassen hat, lag ich noch in den Windeln – ich weiß nicht einmal, wie er ausgesehen –«

»Vielleicht wie Herr Claudius – er war doch wohl sein Bruder?«

Sie blieb stehen, zog ihren Arm zurück und schlug auflachend die Hände zusammen.

»O, Kind Gottes, Sie sind doch köstlich naiv!... Ein Claudius in französischen Diensten!... Ein Sohn aus dem urrespektablen, urdeutschen Hause der Samentüten!... Na, das würde seinen ehrwürdigen, steifen Zopf schön geschüttelt haben!... Nein, nein, in uns ist nicht ein Atom dieses biderben deutschen Krämerelements! Dagobert und ich, wir sind Franzosen durch und durch, Franzosen mit Leib und Seele!... Gott sei Dank, wir haben auch nicht einen Tropfen dieses Fischblutes in unseren Adern!... Adoptivkinder sind wir – Onkel Erich hat uns angenommen, Gott mag wissen, weshalb – aus mitleidig gerührtem Herzen ganz gewiß nicht!... Das klingt vielleicht abscheulich gerade aus meinem Munde; aber ich kann es nun einmal nicht glauben!«

Sie umschlang mich wieder und ging langsamen Schrittes weiter.

»Diese Aufnahme in sein Haus wäre an und für sich ja ganz edel und lobenswert, und ich würde gewiß nicht die Letzte sein, die ihm dafür dankte,« fuhr sie fort; »wenn sich nur nicht gerade auch hier wieder der krasseste Despotismus so sichtbar zeigte. Er hat uns seinen Namen oktroyiert – während wir Mericourt heißen, müssen wir uns Claudius nennen, Claudius schreiben... Claudius, was für ein schrecklicher, bockbeinig steifer, spießbürgerlicher Name!... Wenn er den das deutsche Ohr bestechenden Namen Mericourt einigermaßen aufwiegen wollte, dann müßte er wenigstens das ›von‹ vor sich haben... Wir haben durchaus keine Ursache, für diesen unfreiwilligen Umtausch dankbar zu sein! Er hängt uns die Krämerfirma an die Stirn und ist ganz besonders hinderlich bei Dagoberts Karriere als Soldat.«

»Er ist ein Soldat?« rief ich erstaunt. Fräulein Streit hatte oft genug ausführlich beschreibend von dem zweifarbigen Tuch mit den blanken Knöpfen erzählt, das einst auch im Hause meines Vaters Zutritt gehabt hatte.

»Nun, wundert Sie das so sehr?... Ach so, Sie haben ihn ja noch nicht im Lieutenantsrock gesehen! Aber ich sollte meinen, man erkenne auch im Zivil sofort den Offizier in ihm. Er liegt in Z. in Garnison und ist auf mehrmonatlichen Urlaub hier... Ich bin stolz auf Dagobert. Wir harmonieren zusammen und ergänzen uns gegenseitig, wie selten ein paar Geschwister. Wir lieben uns vielleicht um deswillen noch mehr, weil wir lange, lange getrennt gewesen sind. Ich habe von meinem dritten Lebensjahre an bis vor zwei Jahren im Institut gesteckt und er zuerst in einer Professorenfamilie und dann im Kadettenhause.«

Wir traten heraus auf das Parterre vor der Karolinenlust.

»Komm, Hans, komm!« rief Charlotte. Der Kranich, der eben wieder am Teiche Posten stand, rannte auf sie zu wie ein feuriger Anbeter; von verschiedenen Seiten stürzten Pfauen und Perlhühner herbei, und hier und da blinkte auch ein Fasanengefieder auf, aber es schlüpfte sofort wieder in das Gebüsch zurück – meine Anwesenheit verscheuchte die scheuen Tiere.

»Nun sehen Sie nur diese unverdiente Liebe von allen Seiten!« lachte Charlotte. »Die ist wirklich mühelos erworben; ich füttere die Tiere nie und schmeichle ihnen nicht, und doch verfolgen sie mich auf Tritt und Schritt, sobald sie meine Stimme hören. Ist das nicht seltsam?«

Ich fand es ganz und gar nicht seltsam. Lief ich doch selber schon wie ein von ihr verwöhntes, aber darum auch enthusiastisch treues Hündchen neben ihr her. Ich war noch viel zu unerfahren und urteilslos, um die Macht ihrer Persönlichkeit auf einzelne Eigenschaften zurückführen zu können. Jedenfalls waren es hauptsächlich die unglaubliche Sicherheit und Kraft in ihrer Gesamterscheinung und in jedem ihrer mit fester, klangvoller Stimme gesprochenen Worte, was mir imponierte und mich so bestrickte, daß ich sie selbst und alles, was sie sagte, bereits wie ein geoffenbartes Evangelium hinnahm – daß sie auch irren und Unrecht haben könne, wäre mir nicht eingefallen.

»Wo sind denn die Leute hingereist, die da drin wohnen?« fragte ich und zeigte auf die versiegelten Thüren, als wir in der Karolinenlust die Bel-Etage durchschritten.

Charlotte sah mich groß und zweifelhaft an, als sei es nicht ganz richtig bei mir; dann lachte sie laut auf. »Versiegelt man denn bei Ihnen zu Lande die Thüren, wenn man verreist? Hat etwa auch Frau Ilse den Dierkhof versiegelt?... Ha, ha, ha! Wo die Leute hingereist sind?... In den Himmel, Kleine!«

Ich erschrak heftig. »Sie sind gestorben?«

»Nicht sie, sondern er!... Ein lediger, junger Herr hat die Bel-Etage bewohnt, Lothar, Onkel Erichs älterer und einziger Bruder – ein prachtvoller Offizier. Sie werden sein sehr schön gemaltes Oelbild kennen lernen, es hängt im Vorderhause, im Salon –«

»Und er ist tot?«

»Tot, Kindchen, wirklich, unwiderruflich tot... Er ist am Schlagfluß gestorben, wie die offizielle Todesanzeige besagt – ganz insgeheim aber hat er sich eine Kugel durch den Kopf gejagt. Die Welt bringt seinen Tod mit einer Prinzessin des herzoglichen Hauses in Verbindung –«

»Heißt diese Prinzessin Sidonie!« fuhr es mir heraus.

»Ei, der kleine Wildling aus der Heide hat auch genealogische Kenntnisse?... ›Hieß‹ müssen Sie übrigens sagen, denn Prinzessin Sidonie ist auch längst gestorben – einige Tage vor dem Tode des schönen Offiziers... Das ist eine längst verschollene Welt, über die Niemand etwas Bestimmtes weiß, ich aber am allerwenigsten. Ich weiß eben nur, daß die Siegel da kleben und nach der letzten Verfügung des ehemaligen Bewohners dran bleiben sollen, bis – na, bis an das Ende aller Tage – will's Gott!... Hineingucken möchte ich schon einmal – so ganz verstohlen. Aber da ist ja alles verrammelt und verbarrikadiert für die Ewigkeit, und Onkel Erich wacht wie ein Argus über den Siegeln.«

Himmel, wenn der unerbittliche Mann mit dem durchdringenden Blick je erfahren sollte, daß die Fremde bereits hinter den Siegeln umhergehuscht war! Ein Zittern durchlief meine Glieder, und ich preßte die Lippen fest aufeinander – daß mir um Gotteswillen nur nie das unselige Geheimnis entschlüpfte!... Kaum in die Welt eingetreten, hatte ich schon etwas vor ihr zu verbergen, ich, deren Gedanken und Plaudereien bis dahin so zwanglos, so frank und frei hinausgeflattert waren, wie meine wilden Locken im Heidewind.

Unterdes war auch Ilse, hinter uns her, die Treppe heraufgekommen und schalt mich, daß ich »ihr durchgebrannt sei, derweil sie sich das Unheil im Gewächshause angesehen«.

»Das ist ja eine schöne Geschichte, die das greuliche Tier angerichtet hat!« sagte sie ganz entrüstet. »Zwei von den großen teuren Glasscheiben sind total zerschlagen, und einen großen Baum hat es mit dem einen Tritt auch umgeworfen – die schönen roten Blumen liegen wie hingeschneit an der Erde herum... Und da ist der Mann mäuschenstill und sagt kein Wort – das hätte *mir* passieren sollen!«

»Onkel Erich hat Kamelien genug,« sagte Charlotte leichthin und spöttisch, »die paar abgeknickten Blüten zählen nicht... Uebrigens glauben Sie ja nicht, daß auch nur eine einzige unbezahlt bleibt; die werden auf Draht gesteckt und kommen in die Bouquets, die auf heute Abend zu einem Bürgerball massenhaft bestellt sind. Bei uns kommt nichts um – darauf können Sie sich verlassen.«

Sie öffnete die Thür des Bibliothekszimmers; ich aber drängte mich neben ihr hinein und lief nach der Fensterecke, wo mein Vater arbeitete. Nein, sie durfte es nicht sehen, wie er so lächerlich auffuhr von seiner Schreiberei und so hilf-und verständnislos in die Welt hineinsah! Sie durfte nicht lachen, ich litt es nicht!

»Vater, wir sind wieder da,« sagte ich und legte einen Arm um seinen Hals; so konnte er nicht emporfahren, und er that es auch gar nicht, er schlug nur die Augen auf und sah lächelnd in mein vorgeneigtes Gesicht. Ich war überglücklich – er kannte bereits meine Stimme, und ich hatte Macht über ihn.

»So, kleiner Schalk, so überrumpelst du mich?« scherzte er und klopfte meine Wange. »Wenn du aber ganz so werden willst wie deine liebe Mama, dann darfst du nur ganz, ganz leise die Hand auf meine Stirn legen, oder eine Blume auf mein Manuskript fallen lassen, und mußt husch wieder draußen sein, ehe ich mich nur besinnen kann, wer es gewesen.«

Mir gab es jedesmal einen schmerzenden Stich durchs Herz, wenn er meine Mutter, die er über alles geliebt haben mußte, in der Weise erwähnte – für ihn hatte sie tausend zartsinnige Aufmerksamkeiten gehabt, aber ihr einsames Kind hatte nicht für sie existiert.

Jetzt sah mein Vater auch Charlotten. Er sprang auf und verbeugte sich.

»Ich habe Ihnen Ihr Töchterchen wiedergebracht,« sagte sie. »Herr Doktor, Sie müssen schon erlauben, daß auch die ›Unwissenschaftlichen‹ im Vorderhause ein wenig herummeißeln und bilden dürfen an der kleinen wilden Hummel aus der Heide.«

Er dankte ihr herzlich für ihr Anerbieten und gab ihr unumschränkte Vollmacht. Dabei rieb er sich plötzlich besinnend die Stirne. »Da fällt mir eben ein – ach ja, ich bin manchmal ein wenig vergessen – ich habe ja gestern auch auf einige Augenblicke die Prinzessin Margarete gesprochen; ich erwähnte beiläufig deine Ankunft, mein Kind, und sie sprach lebhaft den Wunsch aus, dich nächste Woche zu sehen. Sie hat deine Mama gekannt, als sie noch Hofdame am Hofe zu L. war.« –

»Sie Glückliche!« rief Charlotte. »Einen altadligen Namen, einen hochberühmten Vater und eine Mutter, die Hofdame gewesen ist – wahrhaftig, die Götter haben ihr Füllhorn über Sie ausgeschüttet! Und das erscheint Ihnen wohl gar nicht einmal wünschenswert?«

»Nein – ich fürchte mich vor der Prinzessin,« versetzte ich scheu und ängstlich und drückte mich neben Ilse.

»Fürchte dich nicht, Lorchen; du wirst sie sofort liebgewinnen,« tröstete mich mein Vater; Charlotte aber zog die prächtigen, schöngeschwungenen Brauen zusammen.

»Heideblümchen, seien Sie nicht kindisch!« schalt sie. »Die Prinzessin ist sehr liebenswürdig. Sie ist die Schwester der Prinzessin Sidonie, von der wir eben noch gesprochen haben, und die Tante des jungen Herzogs. Sie macht die Honneurs an seinem Hofe, denn er ist noch nicht verheiratet, und soll ganz besonders lieb und gut gegen die kleinen, schüchternen, und – nehmen Sie mir's nicht übel – ein wenig albernen jungen Mädchen sein, die sich vor der ersten Vorstellung bei Hofe fürchten … Also beruhigen Sie sich, Kleine!«

Sie drehte mich an den Schultern hin und her.

»Wollen Sie der Prinzessin Ihr Töchterlein so vorstellen?« fragte sie meinen Vater und zeigte mit einem wahren Koboldlächeln ihre perlmutterweißen Zähne.

Er sah sie unsicher und verständnislos an.

»Nun, ich meine in diesem vorsündflutlichen Kostüm?«

»Hören Sie mal, Fräulein,« fiel Ilse scharf ein, »in dem Kleide da hat meine arme Frau um den gnädigen Herrn getrauert. Dazumal war sie auch noch stolz und vornehm, und das Kleid ist ihr gut genug gewesen, und da wird es ja wohl der Frau Prinzessin auch nicht schaden, wenn sie die Kleine drin ansieht.«

Charlotte lachte ihr ins Gesicht. »Vor wieviel Jahren war das, gute Frau Ilse?«

Jetzt ging auch meinem Vater ein Licht auf. Er strich sich mit der Hand über die Stirn. »Hm, darum handelt sich's? … Ja, ja, Sie haben recht, Fräulein Claudius, so ist Lorchen nicht ganz präsentabel. Ich erinnere mich — meine verstorbene Frau hatte einen exquisiten Geschmack und ist ja auch später noch viel mit mir zu Hofe gegangen. Liebe Ilse, drunten im Erdgeschoß, unter meinen Effekten, müssen noch zwei Koffer voll Toilettengegenstände sein – nach dem schmerzlichen Ereignis hat sie die damalige Wirtschafterin gepackt –«

»Daß Gott erbarm, das sind jetzt über die vierzehn Jahre her!« rief Ilse, die Hände zusammenschlagend. »Und das alles ist nicht *einmal* aufgemacht und gelüftet worden!«

Er schüttelte den Kopf.

»Ach, Sie arme Kreatur!« jubelte Charlotte förmlich auf und schlang den Arm um mich. »Da muß *ich* retten, sonst hat die Residenz ein Gaudium, wie noch nie!...Ich werde für alles sorgen, Herr Doktor!«

»So – und wer bezahlt's denn?« fragte Ilse trocken.

Mein Vater machte ein sehr verdutztes Gesicht und sah seltsam ängstlich drein – er schlang die Finger ineinander und ließ sie in den Gelenken krachen.

Charlotte bemerkte das sehr wohl. »Ich spreche sofort mit dem Onkel,« sagte sie.

»Der kann der Kleinen auch kein anderes Geld geben, als ihr selber gehört,« fiel Ilse beharrlich ein, »und da haben wir ja gleich die Bescherung; da fliegt das bißchen Vermögen für Lappen und Firlefanz in alle vier Winde, ehe wir es uns versehen.«

»Nun meinetwegen, behalten Sie Ihr Geld in der Tasche!« rief Charlotte ärgerlich. »Ich gebe ihr meine neueste Toilette, die der Schneider erst gestern gebracht hat...In dem Aufzug lasse ich die Kleine nicht an den Hof – dazu habe ich sie schon viel zu lieb.«

Ich neigte den Kopf seitwärts und küßte verstohlen die volle, weiße Hand, die meine Schulter umschloß. Ilse sah diese Bewegung; sie schüttelte den Kopf, und ein niegesehener, wehmütig bitterer Zug stahl sich in ihr Gesicht. Ich glaube, sie bereute heute schon zum zweiten Mal tief, mich in das Haus der »vernünftigen Leute« gebracht zu haben.

Noch hatte sie übrigens keinen Grund zur Besorgnis; noch mischte sich in das Dankgefühl, mit welchem ich Charlottens Hand küßte, nicht eine Spur von befriedigter Eitelkeit. Ich dachte nicht im Entferntesten daran, daß ich ohne die dicke Mullkrause, von der mich Charlotte kühn befreite, schöner aussehen könne – mein braunes Gesicht wurde wohl auch über einem so zarten Spitzenkragen, wie die junge Dame ihn trug, nicht um einen Schein weißer, und die kleinen Ohren, die sich bei dem leisesten inneren Angstgefühl stets so heiß röteten, fuhren sicher ebenso lächerlich daraus empor wie aus den weißen Mullwogen. Aber auch das erwog ich nicht einmal in diesem Augenblick – ich dankte einzig und allein für die Liebe, die mir entgegengebracht wurde.

Charlotte verabschiedete sich von meinem Vater, ohne das gewünschte Buch mitzunehmen; meine Vorstellung bei Hofe schien hinter der festen weißen Stirne einen wahren Wirbel von Gedanken erregt zu haben. Sie versicherte mir drunten in der Halle nochmals, meine »völlig unmotivierte Scheu und Aengstlichkeit« zu besiegen, und eilte in das Vorderhaus zurück.

»Du ziehst die geborgten Sachen natürlich nicht an,« sagte Ilse zu mir, während Charlotte jenseits des Teiches im Boskett verschwand. »Deine selige Großmutter müßte sich ja in der Erde umdrehen...O Herr Jesus, nun muß ich auch gar noch selbst Herrn Claudius bitten, daß er das Geld für den Firlefanz 'rausgibt!...Sie werden eine schöne Putzdocke aus dir machen in dem Hause da vorn!«

Als wir in das Wohnzimmer traten, wo das Stubenmädchen eben den Tisch deckte, kam uns auch der alte, freundliche Gärtner entgegen und sagte mir, daß er im Auftrage des Herrn Claudius in meinem Zimmer einen Blumentisch aufgestellt habe.

Mit Mühe suchte ich ein paar steife Worte des Dankes zusammen – ich wollte ja die Blumen des Herrn Claudius gar nicht haben; mochte er sie doch lieber verkaufen, der engherzige Zahlenonkel!...Ich ging auch durchaus nicht hinein, um sie anzusehen. Aber Nachmittags, in einer der heißesten und drangvollsten Stunden meines ganzen bisherigen Lebens, saß ich doch neben ihnen; denn sie beschatteten halb und halb meinen Schreibtisch....Meinen Schreibtisch! Welche Ironie lag darin, mir einen Tisch hinzustellen, auf welchem ausschließlich geschrieben werden sollte!...Und nun saß ich doch dran und schwitzte vor Seelenangst und Mühe; denn ich sollte und mußte einen Brief schreiben – den ersten in meinem Leben. Ilse war unerbittlich gewesen. »Siehe du nun auch, wie du mit der eingerührten Geschichte fertig wirst; nicht einen Finger rühre ich darum!« hatte sie mitleidslos und entschieden erklärt und mich mit meiner Riesenaufgabe allein gelassen.

»Liebe Tante! Ich habe Deinen Brief gelesen. Es thut mir in der Seele weh, daß Du Deine schöne Stimme verloren hast, und da meine liebe Großmutter gestorben ist, so schicke ich Dir das Geld,« besagten die durcheinanderquirlenden, schwarzen Buchstaben auf dem weißen Papier, das vor mir lag. Der Anfang war glücklich gefunden, und ich schlug die Augen auf nach weiterer Eingebung von außen.

Ein köstlicher Duft strömte mir zu; ja, da stand der Blumentisch; prachtvolle, blaßgelbe Theerosen hingen schwer herüber, und – o Himmel – um alle diese hochstrebenden blütenbeschneiten Rosen-, Azaleen-und Kamelienbäume legte sich drunten ringsum ein Kranz von blühenden Heidebüschen! Das hatte der alte Gärtner doch zu sinnig ausgedacht!... Ich warf die Feder hin und griff mit beiden Händen in die Blütenrispen... Da stieg es auf, das bienenumsummte Dach mit der Heidegarnitur unter jeder Ziegelreihe, und von den Eichenwipfeln schrieen die Elstern in den stillen Baumhof hinab. Die alte Föhre trug die ganze Last der glühenden Nachmittagssonne auf ihren struppigen Zweigen, und in dem rot-und lilafarbenen Heideteppich blinkten die gelben Ginsterblüten wie eingestickte Goldsternchen... Blaue Schmetterlinge! Ich lief ihnen nach bis unter die Birke, in das dicke Erlen-und Weidengebüsch hinein, und, husch, fuhren meine nackten, heißen Füße in den köstlich kühlen, dunklen Heidefluß!... Ich schrak empor und zog die Hände zurück und tunkte aufs neue tief und zornig die Feder in das tückische Schwarz, das die Menschen zu meiner Qual erfunden hatten.

Aber nun weiter! »Ich wohne mit meinem Vater bei Herrn Claudius in K., wenn Du mir vielleicht schreiben und mir sagen willst, ob Du das Geld richtig durch die Post bekommen hast.« – Punktum! Das war ganz gut so, aber ob sie es lesen konnte? Ilse sagte immer, man könne keinen Sinn in meiner Schreiberei finden, weil die Buchstaben »gar so falsch nebeneinander stünden«. – Ach, da fing draußen der Kranich an zu tanzen, und eine Schar Perlhühner flüchtete scheu hinter die steinerne Teicheinfassung – Dagobert trat drüben aus dem Boskett; er hieb im raschen Weiterschreiten mit seinem schlanken Stöckchen durch die Luft und schritt stracks auf die Karolinenlust zu... Ich duckte mich ganz erschrocken nieder, denn er sah unverwandt nach dem Fenster, an welchem ich saß. Nein, nein, er kam nicht herein – es wäre doch zu einfältig gewesen, wenn ich meinem ersten, blitzschnellen und angstvollen Gedanken gehorcht und die Thür verriegelt hätte!... er ging hinauf in das Bibliothekzimmer; ich hörte noch seinen verhallenden Tritt droben auf der letzten Stufe der Steintreppe... Gott, was alles geschah doch in der Welt, und wie viel gab es zu sehen und zu erleben, und doch gab es Menschen, die den ganzen Tag schrieben und sich über das starre, leblose Papier bückten, wie zum Beispiel Herr Claudius über seinen großen Folianten im Vorderhause!...

Nun noch die Unterschrift: »Deine Nichte Leonore von Sassen,« und schließlich die Adresse, die ich mühsam, Buchstaben um Buchstaben, von dem zerknitterten Brieffragment meiner Tante kopierte... Gott sei Dank! Das war der erste, aber auch gewiß der letzte Brief, den ich geschrieben – ich wollte es nie wieder thun! Da lag die Feder wieder auf dem altfränkischen Tintenfaß, wo ich sie vorgefunden – ich gönnte ihr von Herzen die ewige Ruhe einer Dahingeschiedenen.

Ilse mußte, wohl oder übel, die fünf Siegel auf das Kouvert drücken; dann trug sie den Brief zornig, mit spitzen Fingern, als brenne er, aber doch eigenhändig auf die Post... fremden Händen mochte sie um alle Welt das viele Geld nicht anvertrauen.

Dieses mein armseliges Schriftstück und seine Folgen lassen mich stets an einen kleinen unschuldigen Vogel denken, der unbewußt das Samenkorn eines schlimmen, überwuchernden Unkrautes in ein künstlich angelegtes Blumenbeet trägt.

15

So kam es, daß die äußere Physiognomie des dunklen, steinernen Hauses in der abgelegenen Mauerstraße nie eine verschönende Restauration erfahren hatte … Sie mußten Alle darin wohnen, wie sie nach einander folgten, und das Geschäftslokal, die große steingewölbte Stube mit den braunen Ledertapeten, sah heute noch genau so aus, wie dazumal, wo in ihr jene kostbaren Zwiebeln verpackt wurden, aus denen, vor den entzückten Augen der fieberhaft erregten Tulpenfanatiker, die despotisch herrschende Blumenkönigin in neuem Farbenspiel emporsteigen sollte.

Die alten Herren, die mit einer Hand zarte Blumengestalten pflegten und mit der anderen eiserne Ketten und Panzer um ihr nachfolgendes Geschlecht zu gürten suchten, hätten doch am besten wissen sollen, daß Abart oder Varietät bei ihrem Durchbruch nicht nach dem Gängelband der Gesetze fragt, und wenn sie weise gewesen wären, hätten sie diese Blumenerfahrung auch zu Gunsten der Menschennatur gelten lassen.

Eberhard Claudius, ein geistig offenbar sehr bedeutender Mensch, hatte unter den beengenden Traditionen des Hauses jedenfalls schwer leiden müssen, aber er hatte sich zu helfen gewußt. Wie man sich erzählte, war seine schöne, vornehme und leidenschaftlich geliebte Frau in den düsteren Räumen des Vorderhauses schwermütig geworden … Da waren – ohne daß die Welt es ahnte – eines Tages fremde Arbeiter gekommen, hatten unter Anleitung eines französischen Baumeisters inmitten des umfangreichen Waldreviers, das durch weite Mauern umgrenzt zu dem Grundbesitz der Firma gehörte, eine Anzahl uralter, geschonter Bäume ausgerodet, und allmählich war im beschützenden Walddickicht ein heiteres Schlößchen voll Sonnenlicht und schwellender Seidenpolster, voll flatternder Liebesgötter und deckenhoher Spiegel, welche die Schönheit der angebeteten Frau glanzvoll zurückwarfen, in die Lüfte gestiegen. Und an dem Tage, wo die bleiche Blume zum ersten Mal den märchenschnell hervorgezauberten Teich umschritt, und in der weiten sonnigen Halle dem zärtlich besorgten Mann aufjauchzend um den Hals gefallen war, hatte er das Schlößchen ihr zu Ehren »Karolinenlust« getauft.

Eberhard Claudius war auch der Begründer des Antikenkabinetts und der reichhaltigen Bibliothek und Handschriftensammlung gewesen. Er hatte Italien und Frankreich durchreist und mit seltenem Kennerblick Schätze der Kunst und Wissenschaft aufgefunden und eingeheimst, die aber auf deutschem Boden, in den Räumen der Karolinenlust ebenso verborgen hausten, wie die schöne, neu aufblühende Frau.

Nach ihm war Konrad, sein Sohn, Chef des Hauses geworden und in die alten Geleise zurückgekehrt. Er hatte mit puritanischer Strenge die alten Hausregeln auch im Inneren wieder aufgerichtet, hatte die Karolinenlust, als ein gegen den Geist der Vorfahren verstoßendes Werk des raffiniertesten Luxus- und Weltsinnes, samt ihren Schätzen unter Schloß und Riegel gelegt, und die Varietät war erst wieder in seinem Enkel, Lothar Claudius, zum Durchbruch gekommen.

Dieser hatte sich entschieden geweigert, Vertreter der Firma zu werden, als er und sein jüngerer Bruder Erich sehr früh beide Eltern verloren. Sein feuriges Temperament entschied sich für die militärische Karriere. Er avancierte schnell, wurde geadelt und Adjutant und bevorzugter Liebling des Landesfürsten. Nun wurde die Karolinenlust wieder aufgeschlossen. Sie eignete sich vortrefflich zum Wohnsitz für den hochaufstrebenden, sich abzweigenden Ast des alten Handelsgeschlechts, und, wie um gegen jegliche fernere Gemeinschaft mit dem Vorderhause zu protestieren, wurde plötzlich sogar am Brückenkopf auf Seite der Karolinenlust eine festverschlossene Thür angebracht.

Da residierte nun, umgeben von einer wahren Waldeinsamkeit, der schöne, junge Offizier, während im Vorderhause der Buchhalter Eckhof das Geschäft verwaltete, bis der in einem Knabeninstitut erzogenen Erich Claudius von seinen Reisen zurückkehrte und, den alten Traditionen getreu, mit eiserner Ausdauer und Arbeitskraft sein Erbe antrat.

Für das Antikenkabinett hatte der verstorbene, flotte, gefeierte Offizier so wenig Verständnis gehabt wie seine Vorgänger. Die Kisten und Kasten im Souterrain waren nicht berührt worden seit langen Jahren, bis plötzlich der junge Herzog an das Ruder kam und eine wahre Leidenschaft für Archäologie an den Tag legte. Mein Vater, eine der größten Autoritäten, wurde nach

K. berufen, und nun wuchsen die Antiquitätenliebhaber wie Pilze aus der Erde. – Seine Hoheit hätte Höchstseine Residenz mit ihnen pflastern können. Die Ballgespräche bei Hofe wimmelten von griechischen, römischen und etruskischen Altertümern, und schwerwiegende Wörter, wie Numismatik, Glyptik und Epigraphik, perlten nur so von den rosigen Lippen der graziösen Tänzerinnen.

Die Nachricht von dem neuen Umschwung bei Hofe hatte Dagobert in das stille Geschäftshaus der Mauerstraße gebracht. Fräulein Fliedner, die noch bei Lebzeiten der letztverstorbenen Frau Claudius, Lothars und Erichs Mutter, als Stütze derselben, in das Haus gekommen und seitdem, kraft testamentlicher Verfügung, in ihrer Stellung als Kastellanin und Verwalterin verblieben war, wußte manches Halbverschollene aus der Familie zu erzählen, und so erinnerte sie sich auch der eingesargten Antiken. Dagobert hatte meinen Vater davon in Kenntnis zu setzen gewußt. Der letztere erzählte später wiederholt, daß er einen Augenblick zweifelhaft lächelnd vor dem Haus mit der strengen, ehrbar bürgerlichen Physiognomie gestanden habe: aber er war doch eingetreten, um die Erlaubnis, behufs einer Nachforschung, von dem Besitzer zu erbitten. Herr Claudius hatte sie erteilt, wenn auch dem Anschein nach nicht besonders gern.

Am frühen Morgen war mein Vater in das Souterrain der Karolinenlust hinabgestiegen und den ganzen Tag nicht wieder zum Vorschein gekommen; er hatte weder gegessen, noch getrunken, er war wie toll vor Aufregung gewesen – eine ungeheure Fundgrube für die Wissenschaft hatte sich vor ihm aufgethan... Herr Claudius gestattete das Auspacken und Aufstellen der Kunstschätze und räumte meinem Vater die Wohnung im Erdgeschoß und die unumschränkte Benutzung der Bibliothek ein.

Dies alles erfuhr ich freilich nicht in den ersten Tagen meines Aufenthaltes in K. Ich war da überhaupt wenig geneigt, mich zu orientieren; denn, nachdem sich die Flut der ersten Eindrücke einigermaßen gelegt hatte, da kam das Heimweh nach der Heide mit aller Macht über mich... Ilse war zwar noch da; sie hatte sich einige Tage Urlaub zugegeben, um »einmal gründlich Ordnung in der Junggesellenwirtschaft meines Vaters zu machen«, und wohl auch, damit sie mich erst in dem neuen Boden ein wenig einwurzeln sähe. Allein das beschwichtigte mein unruhiges Herz nicht; ich wußte ja doch, daß sie schließlich gehen und mich zurücklassen würde, und der Gedanke brachte mich stets in eine unbeschreibliche Aufregung.

Im Vorderhause war man unsäglich gut gegen mich, aber ich haßte das dunkle, kalte Haus und betrat es nur gezwungen an Fräulein Fliedners oder Charlottens Hand. Zu einem Besuch aus eigenem Antrieb konnte ich mich nie entschließen. Dagegen zog es mich immer mehr in die Nähe meines Vaters. Auf seine zarte Zurechtweisung hin störte ich ihn freilich nicht mehr in der kräftigen Art und Weise wie neulich, wo ich unversehens meine Arm um seinen Hals gelegt hatte – ich wagte es nicht einmal, wie meine Mutter, eine Blume auf sein Manuskript zu werfen; aber seit ich Mut gefaßt, stand jeden Morgen eine Vase voll frischer Waldblumen auf seinem Schreibtisch, und im unhörbaren Vorüberhuschen ließ ich meine Hand scheu und leise über sein halbergrautes Haar hingleiten. Ich war gern in der Bibliothek, noch lieber aber in dem Saal »mit dem zerbrochenen Zeug«, wie Ilse beharrlich sagte. Alle diese stummen Gesichter gewannen allmählich Macht über mich und ließen mich manchmal sogar auf Augenblicke vergessen, daß droben im Norden die weite Heide lag, nach der meine ganze Seele fieberte.

Aber ich wurde dort auch sehr oft verscheucht. Dagobert, der eine wahre Leidenschaft für Altertumskunde an den Tag legte und sich stolz den Famulus meines Vaters nannte, verweilte halbe Tage lang in Bibliothek und Antikenkabinett. Sobald ich ihn in die Bibliothek treten hörte, entfloh ich durch die entgegengesetzte Thür, rannte über Hals und Kopf die Treppe hinab, und dieser kindischen Angst und Scheu genügte oft nicht einmal der weite Raum zwischen Mansarde und Erdgeschoß – ich lief und lief, bis ich mich atemlos im Walde wiederfand.

Dieses Stück Wald war köstlich in seiner scheinbaren Urwüchsigkeit. Die alten Herren Claudius hatten es angekauft und mit Mauern umzogen, nicht zur Nutzbarmachung für das Geschäft, sondern einzig und allein zu dem Zweck, daß sie ihren sonntäglichen Erholungsspaziergang, ungestört und unbehelligt durch fremde Gesichter, auf eigenem Grund und Boden ausführen konnten – der einzige Luxus, den sie sich gestattet... Die heiße Sehnsucht nach dem schrankenlos weiten Himmel der Heide machte mich anfänglich eiskalt und verständnislos für die Waldschönheit. Meine Blicke richteten sich nie aufwärts – ein grüner Himmel, wie schrecklich! – Desto zärtlicher aber hingen sie an den hellen Blüten, die mit scheuen, wilden Aeuglein aus Moos und Blattwerk und schattenfeuchtem Steingeröll hervorguckten – sie kamen mir so weltverschlagen und furchtsam vor, wie ich selber.

So sorglos ich die Heide stets durchstreift hatte, so wenig Mut fand ich, tiefer in die anscheinende Wildnis einzudringen. Ich beschränkte mich auf die nahe Umgebung des Hauses, und mein liebster Aufenthalt wäre sicher das Ufergebüsch des Flusses geworden, denn da drinnen war es doch genau so wie daheim; allein ich wurde schon am zweiten Tag meines Aufenthaltes in K. daraus vertrieben. Als Ilse den Brief auf die Post trug, begleitete ich sie bis an die Brücke. Unter dem zierlich geschwungenen eisernen Bogen hin floß des farblos klare Wasser so leise und lieblich murmelnd, wie der traute Heidefluß hinter dem Dierkhof. Ich schlüpfte in das Gebüsch – es waren Erlen und Weiden, und von draußen dämmerten weißglänzende Birkenstämme herein. Perlmuscheln lagen nicht auf dem Grund, wohl aber die kleinen glattgewaschenen Kiesel, und das seichte Ufer war mit Laichkräutern und weißblühenden Ranunkeln ausgekleidet. Ein zackiger, leuchtend blauer Fleck zitterte auf den Rieselwellchen – der hereinlauschende Sommerhimmel – alles, alles wie in dem kleinen Becken daheim; ich warf die Fußbekleidung ab, und bald floß die blaugefärbte Flut um die Füße, die freilich zu meinem Verdruß in den wenigen Tagen strenger Inhaftierung schon weißer geworden waren. Es fiel mir wie Ketten von Leib und Seele und floß mit den Wellen dahin. Vor Vergnügen und Wonne lachte ich in mich hinein und stampfte wiederholt und übermütig das Wasser, so daß die blauen Tropfen hoch aufspritzten. Da knisterte es im Gebüsch. – Spitz war ja so oft vom Dierkhof gekommen, hatte mich gesucht und war zu mir ins Wasser gesprungen. Er brach dann gewöhnlich quer durch das Buschwerk, und jetzt fühlte ich mich so ganz in die Umgebung der Heimat versetzt, daß ich bei jenem Knistern den lieben täppischen Gefährten zu hören glaubte. Laut rief ich seinen Namen – ach, ich hatte mich schön blamiert mit meiner Illusion – es kam selbstverständlich kein Spitz; an der Stelle aber, wo ich das Geräusch gehört hatte, bewegten sich die Weidenzweige durcheinander, und ein hellbekleideter Männerarm zog sich hastig zurück.

Mit einem Satze flüchtete ich an das Ufer; ich hätte weinen mögen vor Aerger. Gleich in den ersten Stunden der bildenden zwei Jahre war ich wieder rückfällig geworden; Dagobert hatte die Eidechse bereits wieder barfuß gesehen – nun wurde gelacht und gespottet im Vorderhause... Aber er war ja dunkel gekleidet gewesen, als ich ihn vor kaum einer Stunde zu meinem Vater hatte gehen sehen, und dann – hatte nicht ein heller Blitz aus dem Gebüsch herübergezuckt? Das Blitzen hatte ich heute schon einmal gesehen, und zwar am Kontorschreibtisch, es kam von dem Ring an Herrn Claudius' Hand... Ich atmete erleichtert auf – ach ja, es war nur Herr Claudius gewesen! Er hatte jedenfalls das unvernünftige Stampfen im Wasser gehört und war besorgt gekommen, um nachzusehen, wer ihm denn einen Weidenzweig von seinem Eigentum abknicke und die hübschen Kiesel in seinem Fluß aufstöre. Er konnte ruhig sein, der gestrenge Herr – ich that es gewiß nicht wieder.

Nun waren wir fünf Tage in K., und es war Sonntag geworden. Auf dem Dierkhof hatten wir das ferne Turmglöckchen nur wie unterbrochenes Wimmern gehört – wie fuhr ich zusammen, als plötzlich ein tiefes, prachtvolles Glockengeläute durch die Lüfte brauste!...

Ilse machte sich auf den Weg zur Kirche, und während sie, begleitet von den Glockentönen, feierlich den Teich umschritt, blieb ich in der Halle stehen und sah ihr nach... Da kam auch der alte Buchhalter aus seinem Zimmer; er hatte das Gesangbuch unter dem Arm und zog im Weitergehen einen lilafarbenen, neuen, engen Handschuh über die Hand – der alte Herr leuchtete förmlich in Sauberkeit und Eleganz.

Als er in meine Nähe kam, blieb er stehen. Er grüßte nicht; sein spiegelnder hoher Hut saß wie festgenagelt auf dem Kopfe; dafür aber maß er mich mit einem langen Strafblick von Kopf bis zu Füßen. Ich zitterte und fürchtete mich, und in dem Augenblicke, wo er die Lippen öffnete, um mich anzureden, floh ich hinaus in den Wald.

Der Schreckliche – ober er mir wohl nachkam? ... Ich blieb atemlos stehen und sah scheu über die Schulter zurück. Der Weg, den ich gekommen, fiel hinter mir förmlich in das Dickicht hinein – ich war, ohne es zu wissen, ziemlich steil bergan gelaufen. Es blieb lautlos still drunten – der fromme Mann hatte jedenfalls seinen Weg in die Kirche fortgesetzt ... Vor mir mündete der enge Pfad auf eine Wiese; an den gefiederten Gräsern hing noch der Tau, und rings am Waldsaum lagen die dicken Purpurköpfchen der Erdbeeren wie hingesät; es kam wohl niemand hier herauf, sie zu pflücken. Sie würzten die Luft, die golden flimmerte – ich meinte, die Glockentöne noch in ihr nachzittern zu sehen. Langhaarige Fichten standen umher, an ihren rissigen Stämmen nieder flossen goldgelbe Harzthränen, und durch die trauerdunklen Wipfel zog leichtes Summen.

Hier wehte ein in der Welt verschollener, geheimnisvoller Geist – es war so verschwiegen still wie drunten hinter den Siegeln ... Ueber den betauten Rasenfleck war wohl auch die Prinzessin geschritten, und die harzduftenden, schaukelnden Fichtenzweige hatten ihren Scheitel gestreift ... Im Walde knisterte es leise, ein weiß- und rotbraungeflecktes Etwas wandelte drinnen, und dann breitete sich plötzlich ein schaufelförmiges Geweih majestätisch zwischen den Stämmen; das zierliche Wild war zahm und sanft; die Tiere kamen über die Wiese her und sahen mich mit stillen Augen furchtlos an – sie hatten vielleicht auch der schönen Prinzessin das Futter aus der Hand genommen ... Was für thörichte Gedanken! Ich wußte ja nun, daß keine Prinzessin, sondern ein lediger junger Herr in den Zimmern gewohnt hatte, und er war tot – er hatte sich den schönen Kopf zerschmettert. Wie schrecklich! ... Ob das die ernsthaften alten Fichtenbäume mit den niederhängenden dunklen Wimpern wohl wußten?

Ich schritt weiter ... Wie lange meine Entdeckungsreise auf diesem neuen Terrain angedauert, wußte ich nicht. Es waren wohl Stunden vergangen, seit ich bergauf und bergnieder trollte. Ich war völlig im unklaren, wo ich mich befand; allein ich fühlte keine Furcht, die reine keusche Waldluft hatte sie mitgenommen ... Den Berg hatte ich hinter mir, ich war wieder in der Tiefe, aber wo? ... Die Wege liefen kreuz und quer, und ich wußte nicht, welchen ich betreten sollte – da hörte ich plötzlich durch das Dickicht zu meiner Linken eine Menschenstimme. Ich erkannte sie sofort. Es war die Stimme des freundlichen alten Gärtners, der mit den sanftesten Schmeicheltönen ein unablässig schreiendes Kind zu beschwichtigen suchte. Ich ging dem Schalle nach und stand auf einmal vor einer Mauer; hinter ihr war es hell – sie schloß den Wald ab. Um alles gern mochte ich den kleinen Schreihals sehen; aber an der Mauer empor konnte ich nicht; sie war hoch und spiegelglatt. Dagegen verstand ich mich ja auf das Baumklettern wie eine Eichkatze, war es doch eine meiner liebsten Gewohnheiten, wie das Fußbad im klaren Wasserspiegel, und nach wenigen Augenblicken saß ich hoch droben im Wipfel einer Ulme.

Ich sah hinaus in die Weite, sah ein großes Stück Himmel. Zu meiner Rechten breitete sich die betürmte Stadt hin, flankiert von prächtigen Promenaden; dann kam der Fluß, derselbe, der auch die Claudiussche Besitzung durchschnitt ... Ich war ganz nahe bei der Karolinenlust gewesen, ohne es zu wissen, denn das Wasser lief keine zweihundert Schritte vorüber; eine breite steinerne Brücke wölbte sich darüber hin; diesseits des Flusses, weithin, bis hinauf an den Saum des Waldes verstreut, lagen elegante Landhäuser inmitten reizender Gartenanlagen. Zu meiner Linken, so nahe, daß ich jeden Gegenstand im oberen Stockwerk bequem übersehen konnte, stand ein hübsches kleines Schweizerhaus. Das Fleckchen Grund und Boden, auf dem es lag, war eng begrenzt. Vor der Hauptfassade breitete sich ein schmaler Blumengarten hin, und rückwärts über einem engen Rasengrund wölbte eine prachtvolle Roßkastanie ihre undurchdringlich befiederten Aeste – sie war der einzige Baum der ganzen kleinen Besitzung, die nur eine breite Fahrstraße von der Claudiusschen Waldmauer trennte.

Der alte Gärtner Schäfer ging unter dem schattenwerfenden Balkon des Hauses auf und ab. Er hatte einen rosenfarbenen Kattunmantel um die Schulter geschlagen, trug den kleinen schreienden Bösewicht so kunstgerecht wie die gewiegteste Kindermuhme und sang ihm in sichtlicher Todesangst alle bekannten Kinderlieder vor. Auf dem Rasenfleck hinter dem Hause spielte ein kleines Mädchen von vielleicht vier Jahren. Es hatte ein weißes Kleidchen an, und lange, flachsgelbe Locken fielen über den Rücken bis fast auf den Gürtel herab. Die Kleine hatte sich glückselig, mit ganzer Seele in ihr Spiel vertieft. Sie raufte mit beiden Händchen Grashalme aus und lud sie auf ein Korbwägelchen. Eine Zeitlang ließ sie sich in ihrem Eifer durch das Kindergeschrei nicht stören: aber endlich ging sie in den Vordergarten, pflückte eine halbverwelkte Levkoje ab und reichte sie dem ungezogenen Brüderchen hinauf.

»Du sollst ja keine Blumen abreißen, Gretchen – Papa hat's verboten!« rief eine Männerstimme vom Balkon hinab.

Die südliche Ecke des Balkons war so üppig von wildem Wein umsponnen, daß nicht ein Sonnenstrahl in die Laube und auf den gedeckten Eßtisch inmitten derselben fallen konnte. Der junge Helldorf, der im Kontor des Herrn Claudius arbeitete, bog sich unter dem Weinlaub hervor; ich hatte ihn bis dahin nicht bemerkt. Er hielt ein Buch in der Hand, und wenn er auch die Mahnung im strafenden Tone hinabrief, so flog doch beim Anblick des auf Zehen stehenden Geschöpfchens ein zärtliches Lächeln um seinen Mund.

Da kam über die Brücke her ein Herr, er eine Dame am Arme führte. Sie blieben einen Augenblick aufhorchend stehen; dann entschlüpfte die Dame ihrem Begleiter und lief voraus auf das ungeduldige Kind zu. Sie war jedenfalls in der Kirche gewesen, denn sie legte eilig ein Gesangbuch auf den nächsten Gartentisch und reichte nach dem Knaben, der bei dem Klang ihrer Stimme sofort verstummt war und nun lallend mit Händen und Füßen ihr entgegenstrampelte — in überströmender Mutterzärtlichkeit bedeckte sie das kleine dicke Kerlchen mit Küssen. Dann schlang sie den linken Arm um das Töchterchen und zog es an sich. Sie war sehr zart, die kleine Frau, man hätte meinen können, der feine Arm zerbräche unter dem dicken Jungen. Sie nahm den Strohhut ab, an dessen blauen Bändern das Kind mit täppischen Händchen zerrte, und ich sah ein wunderfeines, lilienweißes Gesichtchen unter einer Fülle so hellblonder Haare, wie sie über Gretchens Rücken hinab hingen.

Mittlerweile war auch der im Stich gelassene Herr Gemahl nachgekommen und in den Garten eingetreten. Er sah dem jungen Helldorf sehr ähnlich, die schönen Männer waren offenbar Brüder. Mit beiden Armen nahm er sein Töchterchen und warf es in die Luft; das weiße Kleid blähte sich wie ein Sommerwölkchen; die goldenen Locken wogten und flatterten im Luftzug, und das Kind jauchzte zum Balkon hinauf: »Onkel Max, siehst du mich?«

Ich war wie berauscht: ich hatte zum erstenmal das reinste Familienglück vor Augen. Herzinniges Behagen an dem schönen Bild und eine tiefe Sehnsucht, für die ich keinen Namen wußte, mischten sich mit Wehmut in meiner Seele. Mich hatte nie eine Mutter leidenschaftlich an ihr Herz gedrückt; ich hatte nie erfahren, wie das glückliche Bübchen dort, daß ein einziger Laut von zärtlichen Mutterlippen alles vermeintliche Leid sofort zu stillen vermag. Aber ich hatte auch mit heimlicher Lust gesehen, wie die junge Frau ihre Kinder herzte – die Beneidenswerte! Wie süß mußte es sein, wenn solch ein Kinderärmchen sich verlangend ausstreckte und alles Heil, alle Beruhigung ausschließlich von der Mutter erwartete!

Gretchen ging wieder zu ihrem Heuwagen und setzte plaudernd ihr Spiel fort, während die anderen in das Haus traten. Leise glitt ich von der Ulme herab und schritt suchend die Mauer entlang; und da stand ich richtig vor einer Thür, die ins Freie führte. Es steckte sogar ein Schlüssel im Schloß; er war freilich mit einer dicken Rostschicht überzogen und wurde augenscheinlich nie berührt. Aber mein Verlangen, das kleine Mädchen zu sprechen, machte mich kräftig und gewandt; nach langer Anstrengung wankte der Schlüssel unter meinen Händen, er fuhr herum, die Thür that sich kreischend auf.

16

»Hast du aufgemacht?« fragte sie mich und deutete nach der offenen Thür hinter mir. »Darfst du denn das, du Kleine?«

Ich bejahte lachend.

»Aber höre, dein Garten ist nicht hübsch,« sagte sie, das Näschen verächtlich emporziehend – sie nickte nach dem grünen Düster hin, das sich hinter der Thür aufthat. »Hast ja nicht eine einzige Blume drin!…Da guck mal unseren an – Herr Schäfer hat viele, viele – ach, wohl hunderttausend Blumen!«

»Ja, aber du darfst keine abreißen.«

»Nein, abreißen nicht,« versetzte sie niedergeschlagen und steckte den kleinen, spitzen Zeigefinger in den Mund.

»Aber ich weiß viele blaue Glockenblumen und niedliche weiße – die darfst du nehmen, und Erdbeeren kannst du pflücken, deinen ganzen großen Heuwagen voll!«

Sie zog sofort den Wagen hinter sich her, kam herüber zu mir und legte ihre Hand vertrauensvoll in die meine; wie ein Vögelchen so weich und warm schmiegte sie sich zwischen meine Finger. Ich war glücklich über meine neue Bekanntschaft; es fiel mir nicht ein, die eigenmächtig geöffnete Thür wieder zu schließen, sie blieb weit offen hinter uns, während wir in das Gebüsch eindrangen. Da gab es freilich Erdbeeren und Glockenblumen, als hätten sie droben die Baumkronen von sich abgeschüttelt. Die Kleine schlug die Hände zusammen und fing an zu rupfen und zu zupfen, wie wenn es gelte, den halben Waldboden des Herrn Claudius nach Hause zu schleppen.

»Ach Gott, diese Menge Erdbeeren!« seufzte sie glücklich auf und pflückte und mühte sich, daß ihr die hellen Schweißperlchen auf die Stirne traten. Dabei aber summte sie doch ein Liedchen vor sich hin.

»Ich kann auch singen, Gretchen,« sagte ich.

»So schöne Lieder wie ich? Das glaub' ich nicht – Onkel Max hat sie mich gelehrt – na, da sing doch einmal!«

Mein musikalisches Gehör mußte sich frühe entwickelt haben, denn all den kleinen Singsang, den ich kannte, hatte mir Fräulein Streit noch in der Hinterstube eingelernt. Ich liebte über alles die Taubertschen Kinderlieder und begann jetzt »Der Bauer hat ein Taubenhaus –« zu singen. Ich hatte mich auf eine Steinbank gesetzt und bei den ersten Tönen verließ Gretchen ihren Heuwagen, legte die Arme auf meine Knie und sah mir aufhorchend und atemlos in das Gesicht.

Es war seltsam – ich erschrak vor meiner eigenen Stimme. In der Heide war sie schwach verklungen, die Lüfte hatten sie nach allen Himmelsrichtungen hin versprengt und verweht; hier aber fingen die engzusammengezogenen grünen Kulissen der Waldbäume den Klang auf; er tönte so voll und glockenartig, so ganz anders beseelt aus, daß ich meinte, ich sei das gar nicht selber.

Es ist ein lustiges Liedchen, das von dem Bauer und seinen Tauben, die ihm davonfliegen. Gretchen lachte aus vollem Halse und schlug in die Hände vor Vergnügen nach dem ersten Vers. »Fängt er die Tauben wieder? Geht denn das Liedchen nicht weiter?« fragte sie.

Ich begann abermals; aber plötzlich erstarb mir der Ton auf den Lippen. Ich konnte von meinem Steinsitz aus ziemlich tief in das Gebüsch einen Weg verfolgen, der nach der Karolinenlust mündete. Wenn ein Windhauch hier und da Blätterschichten lüftete, sah ich die Fenster des Hauses aufblinken…. Auf diesem Wege her kam der alte Buchhalter – ich mußte an die weißgekrönte Hagelwolke denken, wenn sie der Sturm über die Heide hintrug, so finsterdräuend erschien das Gesicht unter dem unbedeckten, silberglänzenden Haar, und so beschleunigt und überraschend schritt die mächtige Gestalt auf mich zu.

Gretchen folgte der Richtung meiner Augen – ihr Gesicht färbte sich purpurrot; mit einem Freudenruf flog sie auf den alten Herrn zu und schlang ihre Arme um seine Kniee.

»Großpapa!« rief sie mit zurückgeworfenem Köpfchen zärtlich zu ihm hinauf.

Er stand wie zu Stein erstarrt und sah auf das Kind nieder; er hielt beide Arme vorgestreckt, wie jemand, der sich im arglosen Weiterschreiten plötzlich vor einer ungeahnten Tiefe sieht und entsetzt zurückweicht, und in dieser Stellung verharrte er regungslos; es war, als fürchte er, seine Hände könnten im Niedersinken eines der hellen Goldhaare auf dem Köpfchen berühren.

»Gelt, du bist mein Großpapa? ... Luise hat's gesagt –«

»Wer ist Luise?« fragte er mit tonloser Stimme – mir klang es, als wollte er mit dieser Frage näherliegende Erörterungen abwehren.

»Aber Großpapa – unsere Luise! – Sie hat meinen kleinen Bruder getragen, wie er noch im Wickel lag. Aber nun ist sie fort. Wir können kein Kindermädchen halten, sagt die Mama, es kommt viel, viel zu teuer ...«

Jetzt lief ein Zucken durch das versteinerte Gesicht, und die Hände sanken tiefer.

»Wie heißest du denn?« fragte er.

»Ach, das weißt du nicht einmal, Großpapa? ... Und Herrn Schäfer sein Karo weiß es, und unsere Miezekatze auch! ... Gretchen heiß' ich. Aber ich habe noch mehr Namen – wunderhübsche Namen – ich will sie dir alle einmal hersagen. Anna, Marie, Helene, Margarete Helldorf heiße ich!«

Sie faßte bei der feierlichen Aufzählung jedesmal einen ihren kleinen Finger. Es lag ein unbeschreiblicher Zauber in der Stimme und dem ganzen Wesen des unschuldigen Geschöpfchens, und der alte Mann vermochte sich ihm bei aller Anstrengung nicht zu entziehen – ich sah plötzlich seine beringte Hand auf dem blonden Scheitel liegen; er bog sich nieder – wollte er wirklich das holde Gesichtchen küssen? ... Vielleicht, wenn ihm Zeit verblieben wäre, das kleine Wesen in seine Arme zu nehmen und Herz an Herzen zu fühlen, daß es zu ihm gehöre durch das Blut, das diese jungen Pulse pochen machte – vielleicht wäre das ein Augenblick geworden, zu welchem die Engel im Himmel gelächelt hätten. Aber in das Gute und Versöhnende, das sich gestalten will, greift oft eine dunkle Hand herüber und stößt heimtückisch die Seelen selber, die sich in besserer Erkenntnis nähern sollten, störend in die feinen Webefäden.

Ich wußte nicht, warum ich so heftig erschrak, als ich das helle Frauengewand in der Richtung der Mauerthür durch das Gebüsch flattern sah. Es kam in fliegender Eile näher, und plötzlich stand die junge Frau aus dem Schweizerhäuschen nur wenige Schritte von der Gruppe entfernt – sie stieß einen Schrei aus und schlug die Hände vor das Gesicht.

Der alte Herr schreckte empor – nie werde ich den Ausdruck von eisigem Hohn vergessen, in welchem das tiefbewegte, schöne Männergesicht sofort wieder erstarrte.

»Ach, sieh da! Die Komödie ist vortrefflich gelungen! ... Man weiß ja seine Kinder recht gut zu verwenden und abzurichten!« Er stieß das Kind von sich, daß es taumelte.

Die Frau fuhr zu und fing es in ihren Armen auf. »Vater,« sagte sie und hob warnend den Zeigefinger, und ein fast aberwitziges Lächeln zog die Oberlippe von den Zähnen zurück, »*mir* hast du alles anthun dürfen, *mich* darfst du mit Füßen treten – ich leide es willig; aber mein Kind darfst du mir nicht mit deiner harten Hand berühren – das wagst du nicht wieder!«

Sie nahm die Kleine, von deren blaßgewordenen Lippen kein Laut mehr kam, auf ihren Arm.

»Ich weiß nicht, wer das Kind hierher gebracht hat« – fuhr sie fort.

»Ich!« sagte ich vortretend mit bebender Stimme. »Verzeihen Sie mir!«

Bei aller heftigen Aufregung wandte sie doch augenblicklich das Gesicht mit einem milden, wenn auch sofort wieder verfliegenden Ausdruck nach mir hin.

»Ich wollte die Kleine in das Haus holen,« sagte sie weiter zu dem alten Mann – mir kam es vor, als sei plötzlich jeder Muskel dieser durchsichtig zarten Gestalt stählern geworden; – »sie war fort, und die Mauerthür stand offen. In namenloser Angst bin ich hereingeflogen, um dem Augenblick vorzubeugen, wo dein Blick auf das Kind fallen könnte – ich bin zu spät gekommen ... Vater, ich habe mich nach furchtbaren Kämpfen endlich darein ergeben, von dir die herzlose, undankbare, die verlorene *Tochter* genannt zu werden; ich bin ohnmächtig deinen Angriffen gegenüber, zu denen die fromme Welt ›Ja‹ und ›Amen‹ sagt. Aber als *Mutter* darfst du mich nicht antasten! ... Ich sollte mein Kleinod, mein Heiligtum« – sie preßte das Kind in leidenschaftlicher Inbrunst an sich – »dieses süße, selige Kinderherz in Verfolgung selbstsüchtiger Zwecke zu einer Komödie abrichten? Das ist eine Schmähung, die ich nicht ertrage, die ich zurückweise und für die du mir dereinst bei Gott Rechenschaft schuldig bist!«

Sie wandte sich um und ging.

Ich meinte, er *müsse* der schwerbeleidigten Frau nachspringen und sie versöhnend in seine Arme schließen; allein er war offenbar einer jener schrankenlos eitlen Menschen, die es für unmöglich halten, je im Unrecht zu sein – kommt ihnen ja einmal das dunkle Gefühl, daß sie geirrt, dann reizt sie die Beschämung erst recht zu Trotz und Härte.

Er sandte der Davoneilenden einen tief erbitterten Blick nach und trat mir plötzlich mit zorngerötetem Gesicht so nahe, daß ich in das dornige Gesträuch hinter mir zurückweichen mußte.

»Sie da, wie können Sie sich denn unterfangen, auf fremdem Grund und Boden eine festverschlossene Thür ohne alle Befugnis zu öffnen?« fuhr er mich an – aus diesen Tönen brach ein Groll hervor, der unverkennbar lange Zeit hindurch heimlich genährt worden war.

Ich stand da wie gelähmt vor Bestürzung, ich konnte weder Hand noch Fuß rühren... O Gott, und nun bekam dieser Entsetzliche auch noch einen Helfershelfer! – Dicht neben mir stand plötzlich, wie aus der Erde gehoben, Herr Claudius; er mußte aus dem Dickicht getreten sein. Ich sah zu ihm empor; er hatte die schreckliche blaue Brille vor den Augen und sah dadurch noch viel blässer aus, als neulich im Kontor... Der verzieh es mir sicher niemals, daß ich unerlaubterweise seine Gartenthür geöffnet und Fremde hereingebracht hatte... Jetzt hielten diese zwei unerbittlich strengen und hartherzigen Krämer Gericht über mich, und ich konnte nicht entfliehen – ich stand ihnen wehrlos gegenüber... Ob ich nicht doch einen Versuch machte, Ilse oder meinen Vater herbeizurufen?

»Herr Claudius,« sagte der Buchhalter, merkwürdigerweise sehr frappiert durch das unerwartete Hervortreten des Besitzers selbst, in herabgestimmten Ton, »Sie sehen mich in großer Aufregung. Ich kam auf meinem gewöhnlichen Sonntagsspaziergang hierher, da –«

»Ich habe den Vorfall in seinem ganzen Verlaufe hinter dem Gebüsch mit angesehen,« unterbrach ihn Herr Claudius ruhig.

»Desto besser – dann werden Sie mir auch zugeben, daß ich Grund genug hatte, ungehalten zu sein. Erstens einmal wird ohne unser Vorwissen eine weitentfernte Hinterthür, die wir nicht überwachen können, geöffnet –«

»Das ist allerdings unstatthaft, Herr Eckhof... Aber Sie haben in Ihrem Eifer vergessen, daß Fräulein von Sassen die Tochter meines Gastes ist und nicht in *solcher* Art und Weise, wie Sie sich eben noch erlaubt, zur Rede gestellt werden darf.«

Ich sah erstaunt auf und suchte nach den Augen unter der Brille – es kam ganz anders, als ich erwartet hatte . Der Buchhalter aber trat so betroffen zurück, als höre er zum erstenmal in seinem Leben eine solche Antwort aus diesem Munde. Er zog die weißen Brauen grollend zusammen, und ein hämischer Zug entstellte den unteren Teil seines Gesichts.

»Fräulein von Sassen?« wiederholte er spöttisch. »Wo soll ich da den Adel respektieren?... Doch nicht etwa in dieser lächerlich herausstaffierten Kindergestalt?«

»Es ist mir nicht eingefallen, den adligen Namen zu betonen,« versetzte Herr Claudius leicht errötend. »Ich habe einfach auf die Rücksicht hingewiesen, die Sie jedem Gast meines Hauses, ohne Unterschied, schuldig sind.«

»Nun, nun, Sie werden schon noch erleben, welchen Segen die Gastfreundschaft gerade in diesem Falle über Ihr ehrliches Dach bringen wird!... Ich habe gewehrt und gebeten genug – es hat alles nichts genützt! Die heidnischen Bilder sind wieder ans Tageslicht gezerrt worden, und droben in der Karolinenlust sitzt einer, der keinen Gott kennt und die alten Götzen wieder aufrichtet. Und der das Zepter in der Hand hat, der junge Gottlose auf dem Fürstenthron, der seinem Volk in Zucht und Ehrbarkeit und Gottesfurcht vorangehen und sein Land zu einer Hütte voll des Lobens und Betens machen sollte, er hilft das neue Kalb aufrichten. ›Es ist ein Geschrei zu Sodom und Gomorrha, das ist groß, und ihre Sünden sind fast schwer‹...Der Herr ist langmütig, aber die Stunde wird kommen, da Feuer und Schwefel vom Himmel regnen!«

Herr Claudius ließ schweigend, aber in sichtlich tiefer Betroffenheit den fanatischen Eiferer gewähren. Der alte Mann sprach offenbar aus vollster Ueberzeugung; aber vielleicht hatte er dieselbe seinem Chef gegenüber noch nie so drastisch laut werden lassen, wie in diesem Augenblick der heftigsten Erregung.

»Der Herr hat mich gewürdigt, zu sehen und zu hören, wo die Ungläubigen mit Blindheit und Taubheit geschlagen sind,« fuhr er fort. Er hob den Arm und deutete wie ein Seher nach der Karolinenlust hinüber. »Das Haus dort ist in Sünden erbaut und zu allen Zeiten ein Pfuhl des Lasters geblieben; und die dort gefehlt haben gegen die Gebote des Herrn, können den Frieden nicht finden – sie wandeln umher und wehklagen und weissagen Unglück dem Hause, das die Sabbatschänder aufgenommen hat –«

Herr Claudius hob unterbrechend die Hand.

»Habe ich ihn nicht gehört, den markerschütternden Schrei in den Sälen, vor denen die Siegel liegen?« fuhr der Alte unbeirrt mit erhöhter Stimme fort. »Habe ich nicht gesehen, wie die Ampel in meiner Zimmerdecke geschwankt hat unter den Tritten des Unheimlichen, der ruhelos droben gewandert ist?…Ich weiß es, sie sind aufgestanden aus ihren Gräbern; sie sind verdammt, um ihrer Sünden willen in die Welt zurückzukehren und die Blinden zu warnen… Herr Claudius, an dem Tage, wo dieses junge Geschöpf« – er zeigte auf mich – »die Karolinenlust betreten hat, ist es lebendig geworden droben in den vermauerten und versiegelten Sälen!«

Großer Gott, der Mann hatte mich belauscht! Während ich unverantwortlich leichtsinnig in der streng gehüteten Verlassenschaft eines Toten herumgestöbert, hatten die scharfen blauen Augen drunten an der Ampel gehangen und an ihren Schwingungen jeden meiner Schritte gesehen; der alte Mann hatte den Schrei gehört, den ich vor meinem Spiegelbild ausgestoßen, und benutzte nun in seinem finstern Wahn den Vorfall, den Hausbesitzer gegen meinen Vater und mich zu hetzen.

Unwillkürlich suchte mein Blick das Gesicht des Herrn Claudius – es war mir zugewendet; allein die funkelnden blauen Gläser bedeckten so vollkommen seine Augen, daß es sich unmöglich bestimmen ließ, welchen Eindruck die Worte des Buchhalters auf ihn machten. Er war mir nur um einen Schritt näher getreten; vielleicht hatte der Schrecken mein Gesicht entfärbt, und er fürchtete eine nervöse Schwäche meinerseits; als er aber sah, daß mir die Füße nicht treulos wurden, wandte er sich wieder zu meinem finsteren Verfolger.

»Sie bestätigen schlagend, daß uns die Orthodoxie schließlich dem krassesten Aberglauben wieder zuführen muß!« sagte er – Entrüstung und Bedauern mischten sich in seiner sonst so gleichmütigen Stimme. »Ich kann Ihnen nicht sagen, wie leid es mir thut, Sie diesem entsetzlichen Mystizismus verfallen zu sehen, Herr Eckhof! Man hat mich bereits darauf aufmerksam gemacht, aber ich habe es nicht glauben wollen…Das Recht, Ihre Ansichten zu meistern, steht mir selbstverständlich nicht im entferntesten zu – ich habe Sie nur zu bitten, dieselben im Geschäft sowohl, als auch meinen Anordnungen im Hause gegenüber vollständig aus dem Spiel zu lassen.«

»Werde nicht verfehlen, Herr Claudius,« entgegnete der Buchhalter – in seiner auffallend betonten Unterwürfigkeit lag viel versteckte Malice. »Aber Sie werden mir erlauben, an dieser Stelle auch eine Bitte auszusprechen…Ich bewohne nun die Karolinenlust seit langen Jahren, und es hat mir stets als Vorzug gegolten, daß ich hier den heiligen Sonntag streng nach des Herrn Gebot in ehrfürchtiger Stille und ungestörter innerer Einkehr feiern durfte. Ich bitte Sie hiermit dringend, anzuordnen, daß die Sonntagsfeier künftighin nicht durch solch unstatthaftes Geschrei, solchen leichtfertigen Singsang, wie er vorhin den ganzen Garten alarmiert hat, unterbrochen werde — ich glaube, soviel Rücksicht verdiene ich alter Mann schon.« —

Wieder wandten sich die blauen Gläser nach mir hin; ich erwartete eine strenge Zurechtweisung und Verhaltungsmaßregeln für die Zukunft – aber nichts von alledem!

»Ich habe kein Geschrei gehört,« versetzte Herr Claudius sehr gelassen. »Aber eine Szene habe ich mit ansehen müssen, die mein Gefühl verletzt hat…Dieses junge Mädchen« – er neigte den Kopf nach mir hin – »hat mit seinem unschuldigen Kinderliedchen nicht gegen das Gebot des Herrn gefehlt; aber, Herr Eckhof, Sie kamen eben aus der Kirche – Sie sind, wie Sie mir heute deutlich beweisen, einer jener unfehlbaren Christen, die jede ihrer Handlungen auf ein Gesetz Gottes zurückzuführen wissen – wie war es Ihnen möglich, den Tag des Herrn durch Härte und Unversöhnlichkeit Ihrem Kinde gegenüber zu beflecken?«

Ein böser Blick zuckte unter den weißen Brauen hervor nach dem Sprecher.

»Ich habe keine Kinder mehr, Herr Claudius, das wissen *Sie* doch am allerbesten,« sagte er, das »Sie« so scharf zuspitzend, als solle es tiefe Wunden schlagen.

Er verbeugte sich und ging mit raschen Schritten den Weg zurück, den er gekommen war. Ich hatte deutlich gefühlt, daß Herr Claudius mittels des einen so charakteristisch betonten Wörtchens verletzt und geschlagen werden sollte, und sah ihn an – der Dolch saß.

17

Ich wollte diesen Augenblick benutzen, um fortzuschlüpfen, allein bei dem leisen Geräusch, das meine Bewegung verursachte, wandte sich Herr Claudius nach mir um.

»Bleiben Sie noch!« sagte er und streckte den Arm zurückhaltend gegen mich. »Der alte Mann war in großer Aufregung; ich möchte nicht, daß Sie ihm in diesem Augenblicke noch einmal begegneten.«

Er sprach so freundlich und gelassen wie immer… Sollte ich in diesem Moment des Alleinseins ihm beichten, wie es sich mit dem Spuk in der Bel-Etage der Karolinenlust verhielt?… Nein, ich hatte kein Vertrauen zu ihm, ich fühlte mich bis in mein warm schlagendes Herz hinein erkältet in seiner Nähe. So rückhaltlos meine ganze Seele Charlotte zugeflogen war, so wenig sympathisierte ich mit diesem Manne der kühlen Berechnung – sein eigentümlich gehaltenes Thun und Wesen, das weder bei sich selbst, noch bei den anderen ein Zuviel zuließ, stieß mich entschieden zurück. Er hatte zwar eben noch im Sinne der christlichen Liebe gesprochen – bei jedem anderen würde ich die Worte auf innere Herzenswärme zurückgeführt haben, von seinen Lippen klangen sie mir nur als die Rüge eines leidenschaftslosen, klaren Verstandesmenschen. Er hatte mich in Schutz genommen; allein so kindisch und urteilslos ich auch war, ich sagte mir doch, daß das nur geschehen sei, um die Uebergriffe seines Untergebenen abzuwehren… Ich war eine viel zu beeiferte und enthusiastische Schülerin Charlottens, um nicht bei jeder Begegnung mit diesem Manne ihres Urteils über ihn eingedenk zu sein.

Jetzt gehorchte ich ihm aber und wartete geduldig, bis wir die dröhnenden Schritte des Buchhalters nicht mehr hören würden. Mechanisch schob ich den Sand des Weges mit den Fußspitzen zusammen – der plumpe Schuh in seiner ganzen Häßlichkeit kam zum Vorschein; das alterierte mich gar nicht – es war ja nur Herr Claudius, der neben mir stand, und dessen Blick darauf fiel.

»Ich will gehen und die Thür wieder schließen,« unterbrach ich das momentane Schweigen; mir fiel plötzlich ein, daß sie ja noch weit offen stand… Ich wollte ihn um Verzeihung bitten, aber ich brachte es nicht über die Lippen.

»So kommen Sie,« sagte er. »Ich begreife nicht, wie Sie mit Ihren kleinen Händen das alte, seit Jahren verrostete Schloß haben öffnen können.«

»Das Kind –« sagte ich und mußte bei dem Gedanken an das liebliche kleine Geschöpf lächeln – »ich wollte durchaus das Kind nahe sehen, und die Leute, die so glücklich beisammen sind. Ich habe nie gewußt, wie es ist, wenn die Eltern ihre kleinen Kinder so sehr lieb haben.«

»Wie ist es Ihnen denn möglich gewesen, in das fremde Familienleben hineinzusehen?«

Ich deutete unbefangen nach dem Wipfel der Ulme, unter der wir eben hinschritten. »Da droben hab' ich gesessen.«

Er lächelte verstohlen, und trotz der Brille sah ich, daß seine Augen an meiner linken Seite niederglitten; unwillkürlich folgte ihnen mein Blick – o weh! die rachsüchtige Ulme hatte mir ein weitklaffendes und so regelrechtes Dreieck auf meinen schwarzen Staatsrock gezeichnet, als habe sie das Winkelmaß dazu genommen.

Ich fühlte, daß ich feuerrot wurde, und wenn es auch nur Herr Claudius war, ich schämte mich doch.

»O Gott – Ilse!« mehr brachte ich nicht heraus.

»Seien Sie ruhig, Frau Ilse darf nicht schelten, das leiden wir nicht!« sagte er freundlich, aber auch in so protegierendem Tone, als spräche er zu dem kleinen Gretchen. Und das verdroß mich – so kinderklein und hilfsbedürftig war ich doch wahrhaftig nicht… In diesem Augenblick fiel es mir so recht auf, wie ganz anders doch Dagobert war. Er behandelte mich, besonders seit er wußte, daß ich bei Hofe vorgestellt werden sollte, als völlig erwachsene Dame. »Frau Ilse hat übrigens bereits für Ersatz gesorgt,« sagte er weiter. »Sie hat mir gestern eine Summe Geldes abverlangt zu einer Hoftoilette für Sie… Bei dieser Gelegenheit muß ich Sie aber auf etwas aufmerksam machen. Solange die Frau dableibt, mag sie dergleichen Angelegenheiten in den Händen behalten; später jedoch werde ich Sie bitten müssen, sich direkt an mich zu wenden.«

»Muß das sein?« fragte ich, ohne meinen Verdruß zu verbergen.

»Ja, das muß sein, Fräulein von Sassen – es ist der Ordnung wegen.«

»Nun, da hat meine liebe Großmutter doch recht gehabt, wenn sie das Geld nicht leiden konnte … Gott, was für Umstände, wenn solch ein paar Thaler von einer Hand in die andere gehen!«

Er sah mich lächelnd von der Seite an. »Ich werde Ihnen die Sache so leicht wie möglich machen,« sagte er gütig.

»Aber ich muß doch um jeden Groschen in Ihr dunkles Zimmer kommen?«

»Das freilich … Ist Ihnen denn dies Zimmer so schrecklich?« –

»Das ganze Vorderhaus ist ja so kalt und grabesdunkel … wie es nur Charlotte und Fräulein Fliedner drin aushalten? … Ich stürbe vor Angst und Beklemmung!« – Ich legte unwillkürlich beide Hände auf die Brust.

»Das schlimme alte Haus – es hat schon einmal ein Frauenleben gefährdet!« meinte er schwach lächelnd. »Und nun ist es wohl auch schuld, daß es Ihnen bei uns nicht gefällt!«

»O, den Blumengarten hab' ich sehr lieb!« versetzte ich rasch, ohne seine Frage direkt zu beantworten. »Er kommt mir vor wie ein ganzes Buch voll Wunder-und Zaubergeschichten! Ich muß manchmal die Augen rasch schließen und die Hände und Füße festhalten, sonst – würfe ich mich unversehens mitten in solch ein Blumenbeet hinein!«

»Das thun Sie doch,« sagte er in seiner freundlichen Gelassenheit.

Ich sah ihn überrascht an. »Na, da würden Sie doch schön schelten,« fuhr es mir heraus. »Wieviel Bouquetgroschen gingen Ihnen da verloren! … O Gott, und wie viel Samentüten!«

Er wandte sich ab, schloß die Thür zu, vor der wir standen, und zog den Schlüssel aus dem Schloß.

»Diese Bouquetgroschen-Weisheit haben Sie wohl aus demselben Munde, der Ihnen bereits von der Hinterstube erzählt hat?« fragte er, nachdem er den Schlüssel in die Tasche gesteckt hatte.

Ich schwieg – Dagoberts Namen konnte ich unmöglich aussprechen; von ihm hatte ich ja diese »Weisheit«, wie es Herr Claudius mit einem ganz leisen Anflug von Bitterkeit nannte. Er drang nicht weiter in mich.

»Aber die Karolinenlust und der Wald, gefallen sie Ihnen denn gar nicht?« fragte er.

»Es ist ganz schön hier –«

»Allein lange nicht so schön, wie in der Heide – nicht wahr?«

»Das weiß ich nicht – aber – ich habe heftige Sehnsucht nach dem Dierkhof! Ich leide oft schrecklich und ängstige mich, daß ich mir die Stirne an den vielen Bäumen einstoßen könnte.« Die Klage trat mir fast unwillkürlich auf die Lippen … Das hatte mich noch niemand im Hause gefragt; sie setzten ohne Zweifel voraus, daß der Tausch ein überwiegend vorteilhafter für mich sei.

»Armes Kind!« sagte er, – nein, nein, das war keine Teilnahme! – Die Natur hatte ihm nur eine so weiche Stimme gegeben.

Wir betraten eben das Parterre seitwärts der Karolinenlust. Da stand der alte Erdmann, der neulich Ilse und mir den Eintritt in das Vorderhaus verwehrt hatte. Er hielt eine Mulde im linken Arm und streute unermüdlich Futter für das Geflügel auf den Kies. Herr Claudius schritt rasch auf ihn zu und hielt die Rechte zurück, die eben wieder einen Körnerregen hinwerfen wollte.

»Sie füttern viel zu verschwenderisch, Erdmann,« sagte er. »Gehen Sie da hinein in den Busch, überall keimen die Körner, die die Tiere mit dem besten Willen nicht bewältigen können; ich habe es eben mit großem Mißfallen bemerkt.« – Er griff in die Mulde und ließ die Körner durch seine schlanken Finger laufen. »Das ist ja der reine Weizen – Erdmann, da muß ich schelten! Sie wissen, daß mir eine solche achtlose Verschwendung ein Greuel ist. Bei uns kommt das Getreide nutzlos um, und manches arme Kind sehnt sich vergebens nach einer Semmel.«

Eine förmliche Erbitterung überkam mich – wie doch dieser Mann seinen Geiz zu beschönigen verstand! Er schalt nicht, weil ihm in dem verschwenderisch hingeworfenen Weizen ein paar Groschen verloren gingen. Gott bewahre! Die Semmel wurde beklagt, die für ein hungriges Kind möglicherweise hätte gebacken werden können.

Der alte Erdmann entschuldigte sich damit, daß auch nicht ein Körnchen Gerste mehr im Hause gewesen sei. Er zog wie ein schuldbeladener Sünder den Kopf zwischen die Schultern und suchte eiligst das rettende Boskett zu gewinnen... Hu, diese abscheulichen blauen Gläser, wie sie ihm nachfunkelten. Ich mochte sie aber auch gar nicht mehr ansehen. Ich wandte das Gesicht weg; meine Hände griffen in das nächste Gebüsch und zupften und zausten an den Blättern und streuten sie achtlos über den Kies hin.

»Was hat Ihnen denn der arme Schokoladenstrauch gethan?« fragte Herrn Claudius' Stimme neben mir wieder so sanft und gleichmütig, als sei sie es gar nicht gewesen, die eben noch gescholten hatte. »Denken Sie einmal, wenn nun doch in den mutwillig und nutzlos abgerissenen Blättern ein klein wenig von dem Heimweh lebte, das Sie quält –«

»Ich bückte mich, las schleunigst die Blätter vom Boden auf, schichtete sie übereinander und legte sie auf den kühlen Rasen, dicht neben den Hauptstamm des Strauches, indem ich einen dickbelaubten Zweig über sie hinbog. ›Nun sterben sie wenigstens in der Heimat,‹ sagte ich und sah wider Willen in die Brillengläser hinein.«

»Werden Sie es hier aushalten können?« fragte er.

»Ich *muß* wohl – ich soll ja gebildet werden, und dazu gehören zwei Jahre« – ich faltete unwillkürlich die Hände – »zwei lange Jahre!... Aber es hilft nichts, ich weiß nun selbst, daß ich lernen muß – ich bin doch zu entsetzlich unwissend in der Heide geblieben!... Das kleine Gretchen da drüben weiß ja mehr als ich!«

Er lachte leise auf. »Nötig ist Ihnen diese Lehr- und Leidenszeit freilich, wenn ich bedenke, wie sauer es Ihrer kleinen Hand wird, den eigenen Namen zu schreiben,« sagte er. »In zwei Jahren können Sie viel lernen; aber Ihr Vater und vielleicht auch andere werden wünschen, daß Sie manches nicht in Ihre junge Seele aufnehmen, was die Welt, und vor allem das Leben in einer Residenz, lehrt und verlangt... Frau Ilse hat mich gestern ersucht, Ihr Thun und Treiben zu überwachen.«

Ein jäher Schreck durchfuhr mich – das litt ich nicht! Dagegen wehrte ich mich aus Leibeskräften! Freiwillig begab ich mich ganz gewiß nicht in das unerträgliche Joch, unter dem Dagobert und Charlotte schmachteten! Seltsam aber war es doch, daß ich nicht den Mut fand, ihm diesen meinen festen Entschluß ungescheut in das Gesicht zu sagen.

»Ich weiß nicht, was Ilse einfällt – das hat ja Fräulein Fliedner längst übernommen und Charlotte auch,« sagte ich zögernd. »Und Charlotte habe ich so sehr lieb, ihr werde ich ganz gewiß gehorchen.«

»Das soll eben vermieden werden,« versetzte er ernst. »In Fräulein Fliedners Händen sind Sie gut aufgehoben. Charlotte dagegen hat noch viel zu viel mit sich selbst zu thun, als daß sie die Verantwortlichkeit für Ihren Bildungsgang übernehmen dürfte... Wenn ich ihren unumschränkten Einfluß auf ein unerfahrenes Gemüt zulassen sollte, dann müßte sie in allen Stücken ein Vorbild sein können – davon ist sie jedoch weit entfernt... Charlotte ist im Grunde eine edle Natur, aber sie hat Schlacken in ihrer Seele – ich weiß es, ich werde oft genug warnend und verbietend zwischen Sie beide treten müssen.«

Hätte je ein Funken von Sympathie für diesen Mann in mir gelebt, bei seinem letzten, so rücksichtslos unumwundenen Ausspruch wäre er erloschen. Er rächte sich in diesem Augenblick bitter für Charlottens Plauderei hinsichtlich der Hinterstube – ich wußte es wohl – das war wieder einmal die hinterlistige Art und Weise der Revanche, die Dagobert so tief erbitterte... Und zu allem gab mich Ilse diesem steifen, eingerosteten Zahlenmenschen ohne weiteres in die Hände. Er steckte mich zwischen vier Wände, ließ mich lernen, sprach von den mir am meisten verhaßten Schreibübungen, und in alles, was ich that, guckten die verabscheuten Brillengläser. Er sprach schon vom Verbieten und betonte vor allem meine schlechte Handschrift, die sich bessern müsse. Wenn er geflissentlich mein ganzes Wesen zu Widersetzlichkeit und Aufruhr reizen wollte, so konnte er kein wirksameres Mittel ersinnen, als diese verhaßten Schreibübungen, die er mir fürs erste zudiktierte. Es regte sich auf einmal etwas von der heimtückischen Schlauheit der Katze in mir.

»Sie werden mich recht viel schreiben lassen, nicht wahr?« fragte ich ganz ruhig und scheinbar unterwürfig.

»Und dazu haben Sie keine Lust,« sagte er statt aller Antwort – abscheulich! Er las mir die Gedanken vom Gesicht.

»Nein, dazu habe ich nicht die mindeste Lust!« bestätigte ich zornig. »Stecken Sie mich hinauf in die Bibliothek und lassen Sie mich lesen, und wenn ich monatelang keinen Atemzug frische Luft schöpfen und kein grünes Blatt sehen darf – meinetwegen, ich will's ertragen, ich thue es, aber schreiben! Nein!... Es ist schrecklich, immer auf das weiße Papier zu sehen und eine krumme und gerade Linie nach der anderen hinzumalen, und unterdessen spukt und quirlt es durcheinander im Kopfe und vor den Augen, und die Füße finden keine Ruhe unter dem Tische – dann kömmt es mir siedend heiß herauf und klopft in den Schläfen, und ich springe auf und muß laufen, soweit mich meine Füße tragen!«

Er lächelte auf mich nieder. »Ich kann mir denken, daß sich Ihre ganze Natur gegen das rein Mechanische sträubt,« sagte er. »Sie wissen ja noch nicht, daß die Feder ein beseeltes und beschwingtes Wesen in unserer Hand wird, daß sie alles das, was Ihnen im Kopfe ›spukt und durcheinander quirlt‹, ausströmen kann – wer sollte Sie auch darauf hingeleitet haben!... Aber fragen Sie doch Ihren Vater – er hat mit der Feder in der Hand der Wissenschaft unberechenbar genützt, er wird ohne sie nicht leben wollen.«

»Nun, das will ich Ihnen auch sagen, daß ich sie gerade deshalb nicht ausstehen kann,« grollte ich. »Gibt es denn etwas Schöneres als den blauen Himmel droben und die köstliche Luft und den ganzen feierlichen Sonntagmorgen? Und da sitzt mein armer, lieber Vater da oben hinter den dicken grünen Wollvorhängen, in der Bücherluft, die nach Leder- und Moderpapier riecht und schwer von Staub ist, und schreibt sich die Finger fast herunter, und hat darüber längst vergessen, wie schön die Welt ist... Und wenn ich dann hineintrete, so fährt er empor und muß sich erst besinnen, daß ich sein Kind bin... Meine Mutter hat auch immer geschrieben – sie hat mich nie in ihre Arme genommen und mich niemals getröstet, wenn ich geweint habe – und so will ich nicht werden, durchaus nicht!«

Wir waren währenddem in die Halle getreten und standen vor dem Korridor, in den die Thür meines Zimmers mündete. Herr Claudius nahm die Brille ab und steckte sie in die Tasche... Und wenn es auch nur Herr Claudius war und ich ihn nicht leiden konnte, auffallend schöne Augen hatte er doch – es ging mir genau so mit ihnen, wie mit dem wolkenlosen Mittagshimmel; er sieht sanft und harmlos mild aus, und wenn man fest hineinsehen will, da senken sich die Lider tief vor dem Sonnenfeuer, das ihn durchglüht.

Jetzt schwieg ich beklommen – die Brillengläser waren mein Bollwerk gewesen; mit ihnen floh mein Mut und verkroch sich in den allerentferntesten Winkel meiner Seele. Da kreischte draußen der Kies unter Menschentritten, die sich dem Hause näherten.

»Na, das nehmen Sie mir aber nicht übel, Fräulein!« hörte ich Ilse schon von ferne sagen. »Das ist mir ja eine greuliche Mode!... So 'ne junge hübsche Dame und raucht wie ein Schornstein!«

»Ach, Sie haben nur Angst, daß Ihnen der Tabakrauch die brillanten Pensees auf Ihrem Hute verderben könnte, Frau Ilse!« lachte Charlotte.

»Dummes Zeug – fällt mir nicht ein! Aber das sage ich Ihnen, wenn ich mir dächte, daß das Kind je solch ein Papier zwischen seine kleinen Zähne steckte – ich packte auf der Stelle mit ihm ein –«

Sie verstummte; denn sie war auf die Schwelle getreten und stand vor uns. Charlotte, die neben ihr erschien, hatte eine Papierzigarre zwischen den kirschroten Lippen, und ihr lachendes Gesicht verschwand hinter einer dicken Rauchwolke, die sie, jedenfalls Ilse zum Trotz, kräftig ausgestoßen hatte. Bei Herrn Claudius' Anblick fuhr sie aber doch sichtlich frappiert zurück; sie wurde feuerrot und nahm schleunigst die Zigarre aus dem Munde. Ihr Anblick reizte mich zum Lachen, und die Leichtigkeit und Grazie, mit der sie die Zigarre handhabte, machte sie mir nur um so interessanter.

Herr Claudius schien sie gar nicht zu bemerken.

»Sie haben recht – leiden Sie das nicht, Frau Ilse!« sagte er gelassen. »Ihrem Hute wird der Tabaksrauch nicht schaden; aber den milden, keuschen Glanz der Weiblichkeit überzieht er mit einem häßlichen Ruß.«

Charlotte schleuderte mit einer heftigen Bewegung die Zigarre hinüber in den Teich.

»Hast du die Einladungen besorgt, Charlotte?« fragte er so ruhig, als sähe er die Leidenschaft nicht, die ihr aus den Fingern zuckte und aus den Augen flammte.

»Noch nicht – Erdmann wird sie gegen Abend forttragen –«

»Dann vergiß nicht, Helldorf eine Karte zu schicken.«

»Helldorf, Onkel?« fragte sie stockend, als traue sie ihren Ohren nicht; eine hohe Glut überflog ihre Wangen.

»Ja, er soll morgen mit uns essen – hast du etwas einzuwenden gegen meine Anordnung?«

»Das weniger – aber neu ist sie mir,« versetzte sie zögernd.

Er zuckte leicht die Achseln, zog den Hut höflich vor uns und stieg die Treppe hinauf; er ging nicht in das Bibliothekzimmer – ich hörte, wie er droben eine Thür aufschloß.

»Steht denn die Welt plötzlich auf dem Kopfe!« fragte Charlotte, die bewegungslos, mit niedergesunkenen Armen stehen geblieben war und den Schritten des Hinaufsteigenden gelauscht hatte, bis das Zufallen der Thür herunterklang. »Na, gnade Gott, das wird eine allerliebste Geschichte geben!...Ich will Hans heißen, wenn uns Eckhof morgen die Suppe nicht versalzt!«

»I, was hat sich denn der alte Buchhalter um die Küche zu bekümmern!« rief Ilse ärgerlich – der unermüdliche Morgen-und Abendsänger hatte es bei ihr gründlich verdorben.

»Liebe Frau Ilse,« lachte Charlotte, »ich will Ihnen einmal etwas sagen...An dem Geschäftshimmel der Firma Claudius kreist eine Nebensonne, und das ist Herr Eckhof. Onkel Erich thut freilich, was er will; allein er respektiert den hochweisen Rat und die Wünsche des Herrn Buchhalters in einer Weise, daß die bescheidene Nebensonne thatsächlich regiert...Nun ist Eckhof Helldorfs Todfeind, ob mit Recht oder Unrecht, das weiß ich nicht, geht mich auch auf der Gotteswelt nichts an und ist mir schließlich sehr egal, denn ich kenne den – Menschen nicht, rein gar nicht! Ich weiß nur, daß Helldorf bis zu dieser Stunde mit keinem Fuß die Gesellschaftsräume im Hause Claudius betreten hat, und zwar aus dem einfachen Grunde, weil es Herr Eckhof nicht wünscht...Morgen nun soll er plötzlich an einem Diner teilnehmen, das Onkel Erich zwei angesehenen amerikanischen Geschäftsfreunden gibt – Eckhof wird wüten und mit Traktätchenschwung das Gericht des Herrn herabbeschwören – denn das ist eine Auszeichnung für Helldorf, wie sie der Onkel sonst nur hochehrwürdigen Glatzen oder weltberühmten Firmen gönnt...Ich sage Ihnen ja, die Welt steht auf dem Kopfe, und es soll mich gar nicht wundern, wenn die steinernen Männer dort,« sie zeigte nach der Gruppe inmitten des Teiches, »aufstehen, ihre Reverenz machen und uns versichern, daß wir schöne Mädchen sind!«

Ich mußte lachen und auch Ilse schmunzelte wider Willen.

»Was thut denn Herr Claudius im oberen Stockwerk?« fragte ich – es wollte mir durchaus nicht in den Kopf, ja, ich ärgerte mich darüber, daß »der Krämer«, wie ihn mein Vater nannte, das Reich der Wissenschaft betrat.

»Er kramt jedenfalls zwischen seinen Fernrohren...Haben Sie denn die zwei Auswüchse auf der Karolinenlust noch nicht gesehen? Der eine bildet die Kuppel im Antikenkabinett, und den anderen hat sich der Onkel zur Sternwarte eingerichtet...Nicht wahr, das sieht aus, als hätte er auch höhere Interessen? Glauben Sie's um Gottes willen nicht – die Beschäftigung läuft ganz auf eines hinaus, er zählt droben am Himmel die blanken Goldstücke, wie die Thaler auf dem großen Kontor-Zahltisch.«

Sie griff in die Tasche und zog ein kleines, schmales Paket hervor. »Und nun, weshalb ich gekommen bin. Hier sind die Strümpfe – ein Dutzend – die ich für Sie aus R. verschrieben habe – sie sind eben eingetroffen und morgen bringt die Schneiderin den Anzug.«

»Lassen Sie sich doch nicht anführen, Fräulein; das ist doch sein Lebtag kein Dutzend!« rief Ilse und wog das Päckchen auf ihrer breiten Hand; es hatte genau den Umfang wie ein einziges Paar der berühmten Heidschnuckenstrümpfe. Sie schlug das umhüllende Papier zurück, ein wunderfeines, zartes Spitzengewebe quoll heraus.

»So – na, das ist ja recht schön!« sagte sie grimmig. »Da kann die Kleine auch in K. halb barfuß laufen...Das sind mir ja recht vornehme Dinger, die kommen nie auf die Waschleine – nach dem ersten Spaziergang fliegen sie in die Lumpenkiste...O weh, meiner armen Frau ihr Geld!«

Sie schritt spornstreichs nach dem Wohnzimmer.

»Lassen Sie sich nicht irre machen, Kleine,« sagte Charlotte in ihrem bestimmten Ton. »Ich trage jahraus, jahrein keine anderen, und wenn zehnmal Fräulein Fliedner über diese sogenannte Verschwendung ihre kleine Nase rümpft...Ich habe nun einmal eine empfindlich feine Pariser Haut, und *Sie* müssen Ihrer Stellung Rechnung tragen, und damit basta!«

Sie huschte fort, und ich ging mit etwas ängstlichem Herzen Ilse nach. Sie hatte Hut und Gesangbuch abgelegt und stand eben mit dunkelgerötetem Gesicht vor dem Blumentisch in meinem Zimmer. Er sah schlecht und vernachlässigt aus. Ich hatte die Blumen von vornherein mit ungünstigen Augen angesehen und begoß sie nicht, obgleich mir Ilse streng dieses Geschäft zugewiesen hatte. Jetzt hingen die prachtvollen Blüten verschmachtend die Kelche nieder.

Ilse sagte kein Wort und zeigte nur mit dem Finger auf mein Werk, und da kam der Widerspruchsgeist und Trotz über mich.

»Ei, was geht mich denn der Tisch an?« sagte ich grollend. »Ich sehe gar nicht ein, weshalb ich mich mit den Blumen abquälen soll. Ich habe sie gar nicht von Herr Claudius verlangt – weshalb stellt er sie denn durchaus in mein Zimmer! Nun mag er sie auch pflegen lassen!«

»So ist's recht – es wird ja immer schöner!« sagte sie mit tonloser Stimme. »Spitzen an den Füßen und ein undankbares Herz. Leonore, auf den Dierkhof kommst du nicht wieder zurück, und – ich will dich auch gar nicht haben!«

Ich schrie laut auf und warf mich an ihre Brust – ihre Stimme hatte mir wie ein Dolch das Herz zerschnitten.

»Täubchen hat dich die Großmutter genannt,« fuhr sie unerbittlich fort; »ein schönes Täubchen!...Wenn sie's nur gewußt hätte, was in dir steckt, da würde sie dich wohl –«

»Teufel genannt haben,« ergänzte ich zornig und tief erbittert gegen mich selbst. »Ja, ja, Ilse, das bin ich – ich habe ein böses, schwarzes Herz; aber ich hab's ja gar nicht gewußt, und nun überrumpelt es mich immer.«

18

Nun saßen wir mittags bei Tische. Ich konnte nur wenig essen; mir war beklommen und ängstlich zumute – ich fürchtete mich entsetzlich vor der Prinzessin, die ich mir nicht anders als im goldbrokatenen Kleide, mit der steinfunkelnden Krone auf dem Kopfe denken konnte. Zudem befremdete mich das Wesen meines Vaters. Er rührte keinen Bissen an; unermüdlich drehte er Brotkügelchen zwischen den Fingern, wobei er in das Leere starrte. Er rang offenbar mit sich selbst, etwas auszusprechen; sein Blick streifte dann und wann forschend Ilses Gesicht, die, arglos, mit gutem Appetit aß und dabei wiederholt versicherte, daß es doch in der ganzen Welt nicht so mehlreiche Kartoffeln gebe wie auf dem Dierkhof, weil da sandiger Boden sei.

»Liebe Ilse, ich möchte Sie um etwas bitten,« hob plötzlich mein Vater an – das klang so kurz und gepreßt, als kämen die Worte nur infolge eines gewaltsamen inneren Ruckes über seine Lippen.

Sie sah von ihrem Teller auf.

»Nicht wahr, Sie haben die Wertpapiere, den letzten Nachlaß meiner verstorbenen Mutter, mitgebracht?«

»Ja, Herr Doktor,« sagte sie aufhorchend und legte die Gabel hin.

Er griff in die Brusttasche und zog behutsam einen in Papier gewickelten Gegenstand hervor; seine Hände zitterten und die Augen leuchteten auf, als er die seidenweiche Hülle auseinanderschlug – eine prachtvolle, sehr große Denkmünze lag darin.

»Sehen Sie sich das an, Ilse – was sagen Sie dazu?«

»Was Schönes ist's,« meinte sie und wiegte mit beifälliger Miene den Kopf.

»Und denken Sie sich, das ist spottbillig zu haben. Für dreitausend Thaler kann ich einen Münzenschatz bekommen, der unter Brüdern mindestens zwölftausend Thaler wert ist.« – Sein sonst so sanftes, stilles Gesicht hatte etwas Verzücktes angenommen. – »Es ist der erste glückliche Zufall in meinem Leben; bis jetzt habe ich alles sehr schwer, oft mit unsagbaren Opfern erringen müssen – und gerade in diesem Augenblick steht mir kein größeres Kapital zur Verfügung... Liebe Ilse, Sie würden mich zu lebenslänglichem Danke verpflichten, wenn Sie mir von dem Ihnen anvertrauten Gelde dreitausend Thaler in die Hände geben wollten. Leonore ist nicht im mindesten gefährdet, denn ich gebe Ihnen mein Wort, daß das Objekt wenigstens dreimal soviel in sich enthält, als der dafür gezahlte Preis beträgt.«

»Ja, ja, das mag schon sein; aber wie ist's denn, *gilt* denn das auch?« fragte sie und tippte mit dem Finger auf die Münze, was meinem Vater eine Art von Nervenzucken verursachte.

»Wie verstehen Sie das?« fragte er langsam.

»Je nun, ich meine so, daß es der Kaufmann nimmt, wenn man bezahlen will.«

Mein Vater prallte zurück, als habe sie ihn gestochen.

»Nein, Ilse,« sagte er nach einer Pause niedergeschlagen; »da machen Sie sich eine falsche Vorstellung. *Ausgeben* kann man diese Art von Geld nicht – man kann es nur wieder verkaufen.«

»So – da bleiben also die dreitausend Thaler im Kasten liegen und sind nur da zum Ansehen, nicht um ein Haar anders, als das zerbrochene Zeug droben in dem großen Saale auch?.... Davon aber kann sich das Kind nicht satt essen und keinen Schuh an die Füße kaufen... Herr Doktor, ich habe Ihnen gleich gesagt, daß das Geld nicht angerührt wird! Wenn ich in Hannover so Päckchen um Päckchen mit den fünf Siegeln, die ich zuletzt nicht mehr ausstehen konnte, auf die Post trug und schließlich ein brummiges Gesicht machte, da sagte meine arme Frau allemal: ›Ilse, das verstehst du nicht! Mein Sohn ist ein berühmter Mann, und das gehört dazu.‹ – Und ich bin auch so stockdumm geblieben, Herr Doktor, und hab's in meinem Leben nicht begriffen, warum meine gnädige Frau so arm werden mußte, warum sie das schöne alte Silberzeug von den Jakobsohns und die Ringe und Armbänder und Ketten verkaufen mußte, weil Sie ein berühmter Mann sind – sehen Sie, und noch weniger will mir's in den Kopf, daß nun auch das Kind sein bißchen Ererbtes hergeben soll. Nehmen Sie mir's nicht übel, Herr Doktor, aber es ist mir immer gewesen, als fiele das unmenschlich viele Geld in ein großes, grundloses Loch, denn man sieht und hört nichts wieder davon, wenn es einmal geschluckt ist … Es kann ja sein, daß es in Ihrem Geschäft steckt, und daß es später einmal, wenn es verkauft wird –«

Mein Vater fuhr in die Höhe – alles konnte er ertragen und hinnehmen, nur den Gedanken nicht, daß sich je eine fremde Hand an seine Sammlungen legen würde. Er streckte Ilse entrüstet und unterbrechend beide Hände entgegen. Sie verstummte für einen Augenblick, dann aber fuhr sie unerschrocken fort: »Ich habe übrigens auch gar keine Macht mehr über das Geld – es liegt im Vorderhause im Geldschrank – Sie wollten es ja nicht annehmen, Herr Doktor – und da hab' ich's Herrn Claudius gegeben. Der ist aber nicht der Mann, der mit sich spaßen läßt, der heute nimmt und morgen wieder herausgibt, wie andere gerade wollen.«

Mein Vater schlug, ohne noch ein Wort zu verlieren, das Papier wieder um das Goldstück und steckte es in die Tasche. Seine Verstimmung und wortlose Niedergeschlagenheit gingen mir tief zu Herzen – allein da war nichts zu machen. In Ilses ganzem Wesen lag die tiefste Genugthuung darüber, daß sie das Geld in Sicherheit gebracht hatte. Ich fürchtete mich vor den harten, hellen Augen und wagte auch nicht ein Wort der Fürsprache, als mein Vater wieder in die Bibliothek gegangen war.

In der vierten Nachmittagsstunde trat das hübsche Stubenmädchen, das bei Charlotte auch den Dienst der Jungfer versah, in mein Zimmer. Sie hatte eine kleine verdeckte Korbwanne im Arm, und als sie das verhüllende Tuch lüftete, da bauschten mir weiße mit kleinen schwarzen Blättern besäte Gazewogen entgegen.

»Fräulein Claudius schickt mich – ich soll Anprobe halten,« sagte sie und kramte den Korb aus. Währenddem versicherte sie Ilse, daß es heute »ein Tag zum Davonlaufen« im Vorderhause sei.

»Denken Sie sich,« sagte sie »wir haben Herrendiner. Alles ist auf den Beinen und läuft und rennt – da befiehlt auf einmal in aller Frühe Herr Claudius – werden Sie's wohl glauben? – daß die Schreibstube nach dem Hofe zu verlegt werden soll, und zwar sofort – unsere sämtlichen Männer wollten auf den Köpfen stehen! Ich bitte Sie, die Schreibstube, in der alle Claudius weit über hundert Jahre gearbeitet haben! Und keiner hat gewagt, auch nur einen Schrank anders zu stellen, und nun auf einmal werden alle die bröckligen, morschen Sachen behutsam aus der alten dunklen Stube in eine sonnenhelle getragen – die werden sich schön wundern! … Und grüne Vorhänge hat der Tapezierer sofort aufstecken müssen, weil es gar zu hell ist und Herr Claudius mit seinen schwachen Augen das Licht nicht vertragen kann … Darauf mache sich einer einen Vers – niemand im Hause kann's; aber der alte Erdmann geht ganz blaß herum und meint, das deute auf den Untergang der Welt.«

Ich hörte nur mit halbem Ohr hin – was kümmerte mich denn die Schreibstube des Herr Claudius? … Meine Augen verschlangen die Wunderdinge, die sich unter den Händen der Sprecherin entfalteten. Auch Ilse verfolgte jeden Gegenstand mit prüfenden Blicken, und ihre Finger zogen und zupften zu meinem Schrecken an dem leichten Stoff des Kleides, inwieweit er wohl haltbar sei; als aber die Zofe schließlich ein Paar wunderkleiner, schwarzer Atlasstiefelchen mit spitzen Fingern vom Boden des Korbs aufnahm und mir lächelnd vor die Augen hielt, da verließ sie, ohne ein Wort zu sagen, das Zimmer.

Ich war doch schrecklich verhärtet – dieses Hinausgehen machte mir nicht den geringsten Kummer, im Gegenteil, ein Stein fiel mir vom Herzen, als Ilses härener Rockzipfel hinter der Thür verschwand. Rechts und links polterten die gediegenen Schöpfungen des Heideschusters auf die Dielen – Ilse hatte recht, in »den Spitzen« und dem Atlas war es genau so, als sei ich wieder barfuß, als flösse die Heideluft schmeichelnd um meine Füße. Dann tauchte mich die Jungfer in die Gazewolke und steckte hier und da eine schwarze Taftschleife auf – Duft, wohin ich sah! Er floß um die Arme und Schultern und von der Taille bis auf die Zehenspitzen nieder – und da drin sollte ich stecken? Ich? … Ach, das war ja gar nicht zum Aushalten, das war wirklich zum Davonlaufen! … »Halt, halt!« schrie die Zofe, »noch die Schleife auf die linke Achsel! So könne Sie sich doch vor niemand sehen lassen!«

Aber dafür hatte ich keine Ohren. Ich lief bereits durch die Halle, dann über die Brücke und durch den Blumengarten, und um mich her wogte und wallte es, als habe mich eine weiße Sommerwolke aufgenommen.

Heute graute mir nicht vor dem Vorderhause. Ich rannte die gewundene Steintreppe hinauf nach Charlottens Zimmer. In dem dunklen Korridor stand freilich der alte Erdmann, steif wie aus Holz geschnitzt, und hielt eine Serviette in der Hand – er riß die Augen weit auf vor Erstaunen, und es kam mir vor, als griffe er nach meinem Kleid, um mich zurückzuhalten, als ich an ihm vorüberflatterte – ei, was ging mich denn der alte Isegrimm an? Ich stürmte ohne weiteres in das Zimmer hinein.

Seine Fenster gingen nach Hof und Garten hinaus, und wenn auch durch dunkle Tapeten und schwere braune Damastgardinen abscheulich verdüstert, war es doch das freundlichste im ganzen Hause. Ein prachtvoller Flügel stand an der Wand mir gegenüber; Charlotte saß davor, und ihre Hände lagen auf den Tasten, als wollte sie eben beginnen zu spielen. Nicht weit von ihr saß Fräulein Fliedner im perlgrauen Seidenkleid und duftigen Blondenhäubchen – weiter sah ich nichts.

»Ach, Fräulein Charlotte,« rief ich, »sehen Sie mich doch nur an!... Was sagen Sie denn nur?« – Ich faßte eine der abstehenden Aermelbauschen. – »Ist's nicht, als hätte ich Flügel, wirkliche Flügel?... Ach, und die Schuhe – nein, die Schuhe müssen Sie sich ansehen!« – Ich hob leicht den Saum des Kleides und ließ den Atlas im Licht spiegeln. »Nun geht's nicht mehr ,trab, trab', wie in meinen schrecklichen Nägelschuhen!... Passen Sie auf, ob Sie auch nur einen Laut hören, wenn ich über die Dielen gehe.« – Mit festen Schritt, wie ein Soldat, marschierte ich auf sie zu. – »Nicht wahr, nun bin ich nicht mehr die lächerlich herausstaffierte Kindergestalt, wie Herr Eckhof sagt?«

»Nein, Heideprinzeßchen, nein!« rief sie. »Wer hätte denn gedacht, daß in der schwarzen Puppe solch ein Schmetterling stecke?« Sie lachte, lachte, daß sie sich die Seiten halten mußte, und auch Fräulein Fliedner hielt sich ihr Taschentuch vor den Mund und sah mit lächelnden Augen neben mir hin – ich meinte nach der Wand.

»Haben Sie sich denn schon im Spiegel gesehen?« fragte Charlotte.

»Ei bewahre – soviel Zeit blieb mir nicht; ist auch gar nicht nötig. Ich sehe ja das Kleid und die Schuhe so auch, da brauche ich doch nicht erst den Spiegel dazu!«

»Na, aber ansehen müssen Sie sich doch einmal,« kicherte sie und zeigte nach dem deckenhohen Spiegel, der den Raum zwischen den zwei Fenstern einnahm. Arglos lief ich hin und sah in das Glas – ich stieß einen Schrei aus und steckte den Kopf tief in die verschränkten Arme – o Gott, nicht mit dem leisesten Gedanken hatte ich an die Herrengesellschaft im Vorderhause gedacht, und nun stand ich mitten drin. Hinter mir, dem Spiegel genau gegenüber, führte eine Thür in die Gesellschaftsräume des Hauses – ich hatte sie bisher nur geschlossen gesehen – jetzt waren beide Flügel zurückgeschlagen, und auf der Schwelle stand Dagobert; seine braunen Augen begegneten lächelnd den meinen. Ein roter Kragen leuchtete unter seinem Kinn, und auf der Brust und an den Schultern blitzte Gold – er war in Uniform. Hinter ihm aber tauchten noch andere lachende Männergesichter auf, und in einem Eckdiwan, neben einem alten Herrn, saß Herr Claudius... Das alles hatte ich mit einem einzigen Blick erfaßt.

Ich zitterte am ganzen Körper, und in meinen Augen traten Thränen der Scham und des Aergers. Da legten sich ein Paar weiche, kühle Hände auf meine Arme und zogen sie vom Gesicht. Herr Claudius war aufgesprungen und stand vor mir.

»Sie haben sich erschreckt, Fräulein von Sassen,« sagte er. »Es war ein übler Scherz von Charlotte, den sie Ihnen abzubitten hat.« Er führt mich zu einem Fauteuil und drückte mich sanft in die Polster.

»Ich meine, du könntest deinen Vortrag nun beginnen,« wandte er sich an Charlotte.

»Gleich, lieber Onkel!« Sie flog auf mich zu, sank auf die Knie und faßte meine Hand. »Geruhen Euer Durchlaucht, mir armen Sünderin zu verzeihen,« bat sie schelmisch. »Ich thue hiermit Abbitte; aber nur vor Ihnen, Heideprinzeßchen – von allen anderen beanspruche ich Dank dafür, daß ich eine Augenweide verlängert habe.«

Ich mußte lachen, obgleich mir noch die Thränen an den Wimpern hingen ... Wie sie es nur fertig brachte, so vor aller Augen auf die Knie zu fallen – das erschien mir ganz besonders bewunderungswürdig – ich wäre am liebsten in ein Mäuseloch gekrochen. Sie fuhr mir mit beiden Händen liebkosend durch die Locken, dann erhob sie sich und setzte sich wieder an den Flügel.

Sie spielte fertig, aber mit zu großem Kraftaufwand; das Instrument dröhnte unter ihren Händen, und es wäre mir lieber gewesen, wenn all das Rauschen und Tosen in der weiten Heide hätte verklingen können – hier kam es nervenerschütternd von den Wänden zurück. Aber ich war der Musik von Herzen dankbar; sie hatte die Aufmerksamkeit der Anwesenden von mir abgelenkt, und nachdem ich eine Zeitlang, tief im Fauteuil wie in einem schützenden Hafen gebettet, regungslos verharrt hatte, wagte ich auch einmal, die Augen aufzuschlagen.

Das erste, was ich sah, war der alte Buchhalter; er saß in der Fensternische, von dem Vorhang halb verdeckt – Charlotte hatte recht gehabt, »er war wütend«. – Gestern hatte seine Entrüstung einen ziemlich grandiosen Stil angenommen – wie eine Art Prophet war er anzusehen gewesen, und das beschwörende Pathos in seiner Stimme und Haltung hatte mich eingeschüchtert und mit Furcht erfüllt. In diesem Augenblick aber war er nur ein tiefgeärgerter Mann, der mit Mühe seinen Groll hinunterwürgte – die Linke, an der kostbare Steine funkelten, lag festgeballt auf dem Fenstersims; das mir halb zugewendete, klassisch edle Profil war entstellt durch grollend herabgesenkte Mundwinkel, und die ganze Gesellschaft schien seine Gnade verwirkt zu haben, denn er wandte ihr den Rücken ... Der Gegenstand seines Hasses, der junge Helldorf, lehnte an der Thür, durch die ich gekommen. Er war vielleicht der aufmerksamste und dankbarste Zuhörer, denn er stand unbeweglich, und seine Augen hingen wie festgezaubert an der Spielerin – er mochte anderer Meinung sein, als Herr Claudius, der bei jeder Steigerung, die unter den kraftvollen Händen erdröhnte, finster die Brauen zusammenzog und mißbilligend den Kopf schüttelte – also auch hier spielte er sich auf den Sachverständigen, der – Krämer!

Ich fühlte plötzlich eine leichte Erschütterung des Fauteuils und sah seitwärts. Dagobert stand neben mir; er hatte den Ellenbogen vertraulich auf die Lehne meines Stuhles gelegt. Bei meinem Anblick sah er mir tief in die erschrockenen Augen, bog sich ohne weiteres nieder, und gedeckt durch rauschende Akkorde, flüsterte er mir in das Ohr: »Sie gehen heute noch zu der Prinzessin?«

Ich neigte den Kopf.

»Dann denken Sie auch ein klein wenig an mich in dem Paradies, das Sie betreten werden – ich bitte darum!«

Es kam eine Art von Schwindel über mich. Diese flüsternden Laute, die weich und innig baten, übten eine unbeschreibliche Wirkung auf mein Inneres. Ich sollte ihm, der mir in der Heide so spöttisch und unnahbar gegenüber gestanden, eine Gunst gewähren, ihm, dem Tankred, der in seiner Schönheit und Offizierswürde wie ein König unter all den Krämern stand? – Das Blut stürmte mir nach den Schläfen, und ohne zu antworten senkte ich den Kopf tief auf die Brust – ich war stolz und glücklich, aber das brauchten ja die anderen nicht zu sehen.

Nach Beendigung des Musikstückes und den üblichen Danksagungen für den Genuß brachen die Gäste auf. Auch Helldorf griff nach seinem Hut. Herr Claudius gab ihm einen Wink, und ich hörte, wie er leise zu dem jungen Mann sagte: »Bleiben Sie noch, ich möchte Sie auch einmal singen hören, man spricht viel von Ihrem Bariton.«

Während des allgemeinen Aufbruchs schlüpfte ich in das anstoßende Zimmer; vielleicht konnte ich von dort aus eine Thür erreichen, durch die ich in den Korridor gelangte. Meine ganze Situation, das unvermutete Hereinplatzen in die Gesellschaft war doch zu lächerlich gewesen; ich fürchtete Charlottens Spott, wenn wir allein sein würden, und ging ihr für heute lieber ganz aus dem Wege.

An das Zimmer, durch das ich huschte, stieß ein großer Salon, in welchem gespeist worden war. Eine offene Thür führte nach dem Korridor, wo noch der alte Erdmann wie eine Schildwache auf und ab ging ... Welch ein Reichtum von Silbergeschirr bedeckte die Tafel inmitten des Zimmers und die Nebentische! Mein Blick streifte im Vorbeigehen darüber hin, dann aber blieb er auf der einen Seitenwand hängen, und ich konnte nicht weiter...

Das war »der prachtvolle Offizier«, wie Charlotte ihn genannt hatte, der aus dem geschnitzten schweren Rahmen niedersah! – Ein schöner, stolzer Mann, mit einem Lächeln der Lebenslust und Siegesgewißheit auf den schwellenden Lippen!... Und die weiße Hand, die sich so kräftig und doch mit so viel ungezwungener Grazie auf die Tischplatte stützte, sie hatte wirklich die Waffe gehoben und mit einem einzigen Druck diese strahlend heitere Stirne zerstört?... Hatte er die grause That in der Karolinenlust verübt? War mein Fuß vielleicht über die Schwelle geschritten, wo der Mann mit dem zerschmetterten Kopf gelegen?... Wie oft hatte mir Heinz gruselnd versichert, daß die Selbstmörder nachts »umgehen müßten und keinen Frieden fänden«!... Und wenn es nun wirklich um Mitternacht durch die versiegelten Säle schlich und die schmale, dunkle Treppe herabkam und den Schrank neben meinem Bett lautlos auf die Seite rückte? – Fast hätte ich aufgeschrieen vor Entsetzen – ich wandte das Gesicht weg von dem Bild, das mich mit lebendig funkelnden Augen anstarrte – da trat Herr Claudius mit suchenden Blicken in das Zimmer. Alle Scheu und Vorsicht vergessend, deutete ich zurück auf die gefürchtete Gestalt.

»Ist das Unglück in der Karolinenlust geschehen?« fuhr es mir heraus.

Er wich mit rotüberströmten Gesicht zurück, und seine Augen schossen Blitze.

»Kind, an was rühren Sie da!« sagte er finster. »Ich werde diese unberufenen Zungen denn doch bitten müssen, sich ein wenig zu menagieren!« Er schwieg einen Augenblick und heftete sein Auge auf das Gesicht des Bruders. »Nein,« sagte er dann milder, »es ist nicht in der Karolinenlust geschehen – ängstigt Sie der Gedanke?«

»Ich – ich fürchte mich vor den Gespenstern und Heinz auch, und Ilse, die sagt's nur nicht!«

Ein ernstes Lächeln schwebte um seine Lippen. »Ich sehe bisweilen auch Gespenster, die ich fürchte, und in diesem Augenblick mehr als je,« sagte er – ich wußte nicht, ob er im Scherz oder Ernst sprach – »Sie gehen heute noch an den Hof?«

Ich mußte innerlich lachen, er stellte dieselbe Frage wie Dagobert.

»Ja,« versetzte ich, »und ich werde mich sputen müssen, um sechs Uhr sollen wir im Schlosse sein.«

Ich wollte rasch über die Schwelle schreiten, er hielt mich mit sanfter Hand zurück.

»Denken Sie an sich, damit Sie sich in der Hofluft nicht selbst verlieren!« warnte er mit einer eigentümlichen Betonung und hob den Zeigefinger. Es war seltsam; fast, und zwar zum erstenmal, wäre mir diese Stimme zu Herzen gegangen – ah, bah, das riet mir der Mann, der auch immer nur an sich dachte! Wie ganz anders hatte Dagobert gebeten!...

Ich schüttelte den Kopf, lief hinaus und sprang die Treppe hinab...Ein Glück aber war's, daß Ilse mein widerwilliges Kopfschütteln nicht sah – o, die Moralpredigt, die es da abermals gegeben!

19.

Ich warf einen Blick in den Spiegel und fand plötzlich, daß mein nie beachtetes Haar, das mir stets eine unliebsame Last gewesen, doch eigentlich in prächtigen, glänzend schwarzen Ringeln über den Nacken hinabwoge, und daß es vorzüglich schön von den milchweißen Bändern des Hutes absteche. Ilse mit ihren scharfen Augen ertappte mich sofort auf dieser allerersten Selbstbeäugelung; das harte Gesicht mit den karmesinroten Backenknochen erschien auf einmal mit einem bitterbösen Ausdruck über meinem geschmückten Kopf im Spiegel.

»Nun ist wohl auch schon der Spiegelnarr fertig?« schalt sie. »Das ist sein Lebtag kein ehrbares Frauenzimmer, das sich neugierig beguckt, ob ihm auch die Nase schön im Gesicht stehe... Sünde ist's, weißt du das?... Wenn meine arme Frau der Christine beizeiten den Spiegel weggenommen hätte, da wäre auch vieles anders gekommen... Zuhängen werd' ich das Glas, ehe ich fortgehe, daß du's weißt!«

Das brauchte sie nicht. Daß es Sünde sei, konnte ich nicht einsehen; denn die Nase und die ganze Gestalt hatte mir ja der liebe Gott gegeben; aber eine Lächerlichkeit war's, mit sich selbst zu liebäugeln; ich errötete vor meinen eigenen Augen und schämte mich, als hätte ich etwas Dummes gesagt.

Das Stubenmädchen entfernte sich mit einem mitleidig lächelnden Blick auf mich, der der Text so scharf gelesen wurde, und ich ging hinauf in die Bibliothek, um meinen Vater abzuholen.

Schon draußen vor der Thür hörte ich ihn mit raschen Schritten hin und her gehen und laut sprechen. Ich meinte, es sei jemand bei ihm, und öffnete leise die Thür, – er war allein, aber in nicht zu verkennender Aufregung. Unablässig durchmaß er das weite Zimmer und fuhr sich mit beiden Händen durch die Haare. Manchmal blieb er stehen, nahm die Goldmünze, die er heute Ilse gezeigt, vom Tische auf, besah sie, als wolle er das mattblinkende Metall mit seinem Blicke durchdringen, und legte sie tief aufseufzend wieder nieder. Dann schlug er mit seinen fleischlosen Knöcheln so hart auf die Tischplatte, daß sie erdröhnte, und die Wanderung begann von neuem. Mich bemerkte er nicht, obwohl ich schon einige Minuten im Zimmer stand.

»Vater, was hast du?« fragte ich endlich schüchtern.

Er fuhr herum. Im ersten Augenblick erkannte er mich nicht in dem neuen Kostüm, ich lachte und lief auf ihn zu. Sein verdüstertes, sehr erhitztes Gesicht erheiterte sich, ein wohlwollendes Lächeln, das mich tief beglückte, flog wie ein Sonnenstrahl darüber hin.

»Ei, sieh da, Lorchen!... Was bist du für ein hübsches kleines Mädchen!« rief er. Er faßte meine beiden Hände und betrachtete mich von Kopf bis zu den Füßen... Wie unsäglich dankbar schlug ihm mein Herz entgegen! Inmitten seiner wissenschaftlichen Sorgen und Kümmernisse hatte er doch Augen für meine kleine Person.

»Wollen wir noch nicht gehen, Vater?« fragte ich, nahm allen meinen Mut zusammen, strich ihm das Haar glatt und zog die verschobene Atlaskrawatte unter seinem Kinn zurecht. »Die Prinzessin wartet vielleicht – o, wie mein Herz klopft vor Angst!«

»Ich erwarte erst noch einen Herrn, den ich zum Herzog führen will,« sagte er kurz, ohne meinen letzten Ausruf zu beachten – weg war die heitere Stimmung! Er entzog sich meinen ordnenden Händen, fing wieder an zu wandern, und nach zwei Sekunden starrten die glattgestrichenen Haare zu meinem Leidwesen nach allen vier Winden.

»Willst du mir denn nicht sagen, was dich so sehr bekümmert?« fragte ich bittend.

Er schritt gerade mit rückwärts verschränkten Armen an mir vorüber.

»O, mein Kind, das kann ich dir nicht sagen!... Ich wüßte gar nicht, wie ich es anfangen sollte, mich dir verständlich zu machen! – War es doch heute mittag eine wahre Riesenaufgabe Ilse gegenüber!« rief er fast ungeduldig nach mir zurück und ging weiter.

Ich ließ mich nicht so ohne weiteres abfertigen. »Es ist wahr, ich bin entsetzlich dumm in der Heide geblieben!« sagte ich aufrichtig. »Aber wer weiß, vielleicht verstehe ich dich doch besser, als du denkst – probier's einmal!«

Er lächelte halb verdrossen und unlustig, nahm aber doch die Münze auf und hielt sie mir hin.

»Nun, da sieh her!…Das ist ein wunderseltenes Stück – ein sogenanntes Medaillon…Es ist in meiner Sammlung nicht vertreten, weil ich bis zur Stunde seiner nicht habhaft werden konnte.« Mit strahlenden Blicken hielt er es gegen das Licht. »Köstlich! – Es hat seine Stempelblume fast unberührt erhalten!…Der Herr, den ich erwarte, verkauft diese Medaillen, lauter unschätzbare Exemplare – verstehst du mich, mein Kind?«

»Die Ausdrücke nicht, Vater; aber was du schließlich willst, weiß ich ganz genau – du möchtest die Goldstücke um alles nicht wieder aus der Hand lassen –«

»Kind, ich gäbe freudig Jahre von meinem Leben darum, wenn ich sie kaufen könnte!« unterbrach er mich schwärmerisch. »Aber ich bin leider außer stande – binnen einer Stunde wird der Herzog die auserlesensten Stücke für sein Medaillenkabinett erworben haben – und ich –«

Er verstummte; denn der Herr mit seinem Kästchen unter dem Arm, der gestern schon in der Bibliothek gewesen war, trat herein. Ich sah, wie mein Vater erblaßte.

»Nun, wie ist's, Herr von Sassen?« fragte der Herr im Eintreten.

»Ich – muß davon absehen –«

»Vater,« sagte ich rasch, »ich verschaffe dir, was du brauchst.«

»Du, mein kleines Mädchen?…Wie wolltest du denn das anfangen?«

»Das lasse meine Sorge sein! Aber die Münze muß ich haben, damit ich mich auf sie berufen kann!«…Ei, wie ich plötzlich resolut und praktisch wurde! Ich war ganz stolz auf mich selbst – das hätte Ilse sehen sollen!

Mein Vater lächelte ungläubig, aber es war doch ein Strohhalm, an den er sich noch für einen Augenblick anklammern konnte. Er sah den Herrn fragend an; derselbe neigte zustimmend den Kopf, wickelte die Münze in das Papier und übergab sie mir. Ich umschloß sie in der Tasche krampfhaft mit meiner Hand, denn ich wußte ja, daß sie unschätzbar sei, und lief nach dem Vorderhause.

Wie wollte ich Herrn Claudius bitten, mir dreitausend Thaler von meinem Gelde zu geben! Wie wollte ich ihm den Kummer meines Vaters in beweglichen Worten vorstellen! Wenn er nicht durch und durch von Stein war, so mußten ihn doch die Bitten der Tochter rühren, die ihren Vater um alles gern glücklich sehen wollte…Freilich hatte mich noch nie eine so unsägliche Scheu vor ihm erfaßt, als gerade in diesem Augenblick, wo ich, in mich hineinfröstelnd, als Bittende die kühle dunkle Hausflur wieder betrat, die ich kaum erst im offenkundigen und übermütigen Widerspruch verlassen hatte…Aber vorwärts! Es mußte ja sein. Ich hatte meinen Vater schon viel zu lieb, um ihm nicht jedes Opfer zu bringen, selbst das, vor der kalten Geschäftsmiene des Herrn Claudius geduldig auszuharren…Ach was! Hatte er mir doch auch die vierhundert Thaler für meine Tante gegeben – weshalb sollte er mir da die dreitausend verweigern? Ich unterschrieb eben einfach wieder, und damit war die Sache abgemacht.

Erdmann und das Stubenmädchen trugen eben eine Korbwanne voll Eßgeschirr die Treppe hinab, als ich hinaufstieg. Noch stand die Thür des Speisesalons weit offen. War Herr Claudius noch in Charlottens Zimmer, so konnte ich mich ihm vielleicht durch die offene Thür bemerklich machen, ohne daß die anderen es sahen; denn Zeugen mochte ich nicht haben bei meiner Bitte.

Ich wollte eben das Zimmer betreten, da schlugen zwei prachtvolle Menschenstimmen an mein Ohr – wie festgewurzelt blieb ich stehen, obgleich mir der Boden unter den Füßen brannte und die Angst um jede verlorene Minute mein Herz heftig klopfen machte.

»O säh' ich auf der Heide dort
Im Sturme dich!
Mit meinem Mantel vor dem Sturm
Beschützt' ich dich –«

O, meine Heide im Sturm, im Frühlingssturm! Wenn er über den Dierkhof hinfuhr, die trotzigen, alten Eckpfeiler wegzustoßen und die Fensterscheiben einzudrücken versuchte, wenn er den Eichen die vorjährige, ehrwürdig vertrocknete Blätterperücke abriß und sie in tausend Atome zerpflückte, wenn Ilse vorsorglich alle Thüren schloß und die Hühner aus dem weiten unbeschützten Hof auf ihre Querstangen in der Tenne flüchteten, dann lief ich hinaus vor die

Umzäunung und schrie das vorüberbrausende Heer in den Lüften an... Es war ja kein Sturm, wie der im Winter! Es waren tausend und abertausend Stimmen, die ausgeschlafen hatten und nun ineinander jubilierten! Da brauste das Wasser drin, das sich vom Eis erlöst hatte, da rauschte der Wald hinein, in dem das aufquellende Leben stürmisch pulsierte, da klang schon jedes Blumenglöckchen mit, das sich aus der braunen Hülle schälen sollte... Und ich ließ mich von seinen Händen greifen und forttragen – Ruck um Ruck ging es über die Heide hin, taumelnd wie ein fortgewirbeltes Eichenblatt, bis ich auf dem Hügel stand und halb erschrocken, halb aufjauchzend meine Arme um die Föhre schlang. Wir zitterten und schwankten beide, die alte Föhre und mein kleiner Körper, aber sie rasselte lustig mit ihren Nadeln, und ich lachte hinauf in die großen, dicken Wolken, die mit zuckenden Gliedern hilflos weiterstürmen mußten. Er riß und zerrte an meinem Röckchen, und das Haar zerpeitschte mir das Gesicht – aber ich brauchte keinen Mantel, der mich beschützte – es war etwas von Stahl und Eisen in meinen gescholtenen Kinderhändchen und -füßen; ich kämpfte mich tapfer wieder heim und schalt Spitz, der sich unterdessen faul seinen Pelz in der sicheren Ofenecke gewärmt hatte.

»Und käm' mit seinem Sturme je
Dir Unglück nah –«

Da saß seitwärts, tief in die Ecke des Zimmers gedrückt, Herr Claudius, ganz allein. Er hatte den Ellbogen auf die Seitenlehne des Fauteuils gestützt und vergrub Stirne und Augen tief in der Hand. Das dicke blonde Lockengeringel fiel über die weißen Finger – ich wich beklommen zurück, selbst der matte Silberschein der Haare wirkte erkältend und ernüchternd auf mich; ich konnte mich plötzlich auf kein Wort meiner heroischen, schönausgedachten Anrede mehr besinnen; angesichts seiner Persönlichkeit fühlte ich nur das eine, daß er mich zurückweisen würde, sehr höflich und mit gütevoller Stimme, allein so fest und bestimmt, daß jedes fernere Wort zur Zudringlichkeit wurde... Und wenn er auch jetzt dasaß, wie der Welt entrückt, wie tief versunken in den erschütternden Gesang – in seinem Kopfe kreisten doch nur Zahlen, und ich wußte es, sobald ich ihm die Dreitausend nannte, lächelte er leise und sagte wieder: »Sie haben offenbar keinen Begriff, wie viel Geld das ist!«

Trotz alledem stand ich plötzlich neben ihm; wie ich die wenigen Schritte Weges überwunden hatte, wußte ich selbst kaum. Ich bog mich zu ihm hin und nannte halblaut seinen Namen... Himmel, ich hatte ihn ja nicht erschrecken wollen, meine Stimme hatte so schwach und verzagt geklungen, und doch fuhr er in die Höhe, als habe die Posaune des Weltgerichts sein Ohr getroffen. Er sprang auf und lächelte – ich wußte wohl warum – wie konnte man auch über solch ein kleines Geschöpf erschrecken, das wie ein winziger Zaunkönig lautlos herangehüpft war!...

Böse war er nicht, das sah ich, und doch brachte ich kein Wort über die Lippen. Hätte er doch nur die schreckliche Brille vor den Augen gehabt und die breite Hutkrempe über der Stirne – er sah auf einmal gar so jung aus seinen feurig blauen Augen... Ich kam mir entsetzlich einfältig vor, und ihm fiel es nicht ein, mich aus meiner unbeholfenen Verlegenheit zu ziehen – er schwieg, während sie drinnen sangen:

»Dann wär' mein Herz dein Zufluchtsort,
gern teilt' ich's ja.«

»Wollten Sie mich sprechen?« fragte er endlich halblaut, als die Sänger schwiegen.

»Ja, Herr Claudius, aber nicht hier.«

Er trat sogleich mit mir in den anstoßenden Salon und schloß beide Thüren.

Die Augen unverwandt auf ein glänzend poliertes Carreau in dem getäfelten Fußboden gerichtet, trug ich mein Anliegen vor, und es ging; ich fand die Worte und Ausdrücke wieder, die ich mir ausgedacht! Ich schilderte ihm, wie heftig mein Vater den Besitz der Münzen wünsche, daß er nicht essen könne vor Aufregung; ich versicherte ihm, daß ich es durchaus nicht ertragen könne, ihn leiden zu sehen – durchaus nicht, und deshalb Rat schaffen und die Dreitausend haben müsse, um jeden Preis – dann sah ich zu ihm auf.

Er sah wieder genau so aus, als stände er drunten im Schreibzimmer neben seinen dicken Folianten – das Bild des ruhigen Anhörens, der kühlsten Ueberlegung und Vorsicht.

»Ist das Ihr eigener Gedanke, oder hat Herr von Sassen zuerst den Wunsch ausgesprochen, ein Kapital aus Ihrem Vermögen zu entnehmen!« fragte er – wie stach dieser gehaltene Ton häßlich ab von meiner warmen Beredsamkeit, und wie reizte er mich!…Aber in die klarblickenden Augen hinein konnte ich doch weder geradezu lügen, noch eine Bemäntelung erfinden, wozu ich allerdings einen Augenblick die größte Lust verspürte.

»Mein Vater hatte heute mittag den Wunsch gegen Ilse ausgesprochen,« versetzte ich zögernd.

»Und sie hat sich geweigert?«

Ich bejahte niedergeschlagen – ich wußte es, die Sache war bereits verloren.

»Haben Sie sich nicht selbst gesagt, Fräulein von Sassen, daß ich Ihnen die Summe dann noch viel weniger geben darf und werde?«

Vergessen war der Vorsatz, mich auf demütiges Bitten zu verlegen und in Geduld auszuharren gegenüber dieser kaufmännischen Berechnung und Gelassenheit!…Ich fühlte, wie meine Wangen heiß wurden, »mein böses Herz überrumpelte mich«.

»Freilich habe ich mir das selbst gesagt,« antwortete ich rasch, mit fliegendem Atem, – ich zeigte auf die Thürschwelle. »Da hab' ich eben noch gestanden und mich vor Grauen geschüttelt…Aber ich habe meinen Vater lieb und wollte das schwere Opfer bringen.«

Er sagte nicht ein Wort, als ich für einen Moment verstummte – er war wirklich durch und durch von Stein, alle meine Vorstellungen waren wirkungslos abgeprallt – und da sollte man nicht zornig werden?…In meinem Füßen zuckte es fast unwiderstehlich, den Boden zu stampfen – ich wandte ihm heftig den Rücken und rief in ausbrechendem Groll über die Schulter zurück: »Ich will das Geld nun gar nicht! Lächerlich, daß ich um das, was mir meine liebe Großmutter doch geschenkt hat, bei Fremden betteln soll?…Aber das thue ich nicht, ganz gewiß nicht!…Ich werde Sie nie, nie wieder um etwas bitten, und wenn es zehnmal mir gehört, und ich das Recht habe, darüber zu verfügen –«

»Nicht über eine Pfennig haben Sie in diesem Augenblick zu verfügen!« fiel er ein, ohne alle Heftigkeit, aber mit großem Ernst und Nachdruck. »Und das will ich Ihnen sagen: wenn Sie das wilde Kind der Heide in so ungebärdiger Weise herauskehren, dann erreichen Sie bei mir nie etwas…Mögen Sie immerhin auf die Bäume klettern und durch den Fluß laufen, darin sollen Ihnen die Flügel nicht beschnitten werden – aber aus der Seele will ich das wilde Element schneiden.«

Also er umklammerte mich richtig mit seinen eisernen Fingern und ließ mich nicht eher wieder frei, als bis die zwei Leidensjahre um waren!…Gott, was für ein klägliches Zerrbild wollte er aus mir machen!

»Wenn ich's leide,« sagte ich und warf den Kopf zurück. »Heinz hatte einmal einen Raben gefangen, und als er ihm die Flügel beschneiden wollte, da biß ihm der Vogel den Finger blutig –«

»Und so tapfer wollen Sie sich auch wehren, kleine Heidelerche?« fragte er und sah lächelnd auf seine schlanken Finger herab. »Der böse Rabe hat eben nicht einsehen können, daß ihn Heinz zu seinem trauten Hausgenossen machen wollte…Aber nun wollen wir weiter über die Geldangelegenheit reden. Mit Ihrem Vermögen darf ich so wenig willkürlich schalten und walten, wie Sie selbst; dagegen bin ich sehr gern bereit, Herrn von Sassen die nötige Summe aus eigenen Mitteln vorzustrecken…Sagten Sie nicht, der Verkäufer sei augenblicklich bei Ihrem Vater?«

Beschämt griff ich in die Tasche und reichte ihm das Medaillon hin.

»Ach, eine Kaisermünze aus der Zeit der Antonine! Ein schönes Exemplar!« rief er. Er trat an das Fenster und betrachtete sie eine lange Zeit scharf prüfend von allen Seiten – wieder einmal, als ob er wirklich auch *davon* etwas verstünde.

»Kommen Sie,« sagte er und öffnete das anstoßende Zimmer zur rechten Hand. Es hatte schwerseidene Draperien an den Wänden und war ebenso düster, wie alle in dieser endlos langen Flucht liegenden. Einem der Fenster nahe stand ein Schrank von dunklem Schnitzwerk mit schweren, fein ziselierten Silberbeschlägen.

Herr Claudius schloß das wunderliche, altmodische Gerät auf und zog einen Kasten heraus – da lagen ganze Reihen solcher Medaillen, von denen mein Vater gesagt, daß sie wunderselten seien, wohlgeordnet auf dunklem Samtgrunde. Er nahm eine derselben auf, legte sie auf seine Handfläche neben die von mir gebrachte, verglich beide noch einmal prüfend und hielt sie mir hin. Sie glichen sich wie ein Ei dem anderen, nur sah die aus dem Kasten genommene bedeutend abgegriffener aus.

»Diese ist schöner,« sagte ich und zeigte auf die Münze, die mein Vater so heiß ersehnte.

»Ja, das glaube ich Ihnen,« versetzte er. »Mir aber gefällt sie nicht.«

In diesem Augenblick wurde die nach dem Speisesalon führende Thür aufgemacht, und als wir beide uns umwandten, sahen wir Dagobert auf der Schwelle stehen. Herr Claudius faltete mißmutig die Brauen, allein der junge Mann ließ sich dadurch nicht verscheuchen; er trat näher, und seine braunen Augen irrten erstaunt über die Münzenreihen hin.

»Himmel, welche Pracht!« rief er überrascht. »Onkel, bist du denn Sammler?«

»Ein wenig, wie du siehst.«

»Und davon weiß die Welt kein Wort!«

»Ist es denn nötig, daß die Welt meine kleinen Passionen kennt?« – Wie stolz gelassen klang das!

»Nun, wenn auch das nicht,« versetzte Dagobert; »aber in einer Zeit, wo fast die ganze Residenz sich mit wahrhaft fieberndem Interesse der Altertumskunde zuwendet, ist diese Passivität geradezu unbegreiflich.«

»Meinst du?... Ich will dir sagen, daß ich selten an etwas Genuß finde, das gerade als Modeartikel auf dem großen Markt liegt und von Unberufenen zu ganz anderen Zwecken ausgebeutet wird, als sie die Wissenschaft verfolgt... Auch bin ich sehr auf meiner Hut mit meinen kleinen Neigungen, ich bringe sie durchaus nicht in Konkurrenz – sie wachsen uns unter fremdem Einfluß über den Kopf, und einer solchen ausgebildeten Leidenschaft ist dann nichts unerreichbar, sie führt an das Heiligste und nimmt die Mittel vom Altar, wenn es sein muß.«

»Nun, vor *der* Sünde schützen dich denn doch die Ersparnisse deiner Ahnen, Onkel!« lachte Dagobert. Er schüttelte den Kopf. »Unglaublich! du interessierst dich für Altertümer und lässest eine kostbare Antikensammlung so und so viele Jahre im Keller verschimmeln, ohne sie zu berühren.«

Herr Claudius zuckte leichthin die Achseln. »Vielleicht urteiltest du anders, wenn dir das Testament meines Großvaters zu Gesicht käme. Nach seinem Wunsch sollten die Antiken begraben bleiben für alle Zeiten.«

»Ach so – da kann ja Herr von Sassen stolz sein – er hat mit seinen Bitten die unsinnigen Traditionen des Hauses über den Haufen geworfen –«

»Er weniger als meine schließliche Ueberzeugung, daß weder meinem Großvater, noch mir das Recht zusteht, Kunstschätze der Welt zu nehmen und sie für immer verschwinden zu lassen,« lautete die sehr ruhige Antwort.

Ich stand wie auf Nadeln bei diesem Gespräch – die kostbare Zeit verrann. Zu meiner Beruhigung trat Dagobert an das Fenster und sah einer Equipage nach, die vorüberrollte; Herr Claudius aber legte das Medaillon in den Kasten, schob ihn zu und gab mir die Münze zurück.

»Es tut mir herzlich leid, daß ich mein gegebenes Wort zurücknehmen muß,« sagte er zu mir. »Allein beim Ankauf dieser Art Münzen möchte ich nicht behilflich sein – das Medaillon in Ihrer Hand ist unecht.«

Dagobert fuhr herum.

»Wer will denn die Münzen kaufen?« fragte er.

»Herr von Sassen.«

»Wie, Onkel, er findet die Münzen preiswürdig, und du willst ihn korrigieren?... Verzeihe, das fuhr mir so heraus – es war nicht höflich!« setzte er augenblicklich entschuldigend hinzu.

Herr Claudius lächelt leise. »du hast eben nur meine Ansicht dokumentiert, nach welcher der Laie sehr wohl thut, mit seiner Weisheit still zu Hause zu bleiben. Einer Autorität gegenüber wird sein Urteil stets eine Unbescheidenheit sein.«

Er schloß den Schrank, und ich verließ, ohne noch ein Wort zu verlieren, aber auch mit steifem Nacken, das Zimmer. Dagobert trat mit mir zugleich über die Schwelle der Salonthür.

»Unverschämt!« murmelte er zwischen den Zähnen, doch so, daß ich's hören konnte, und schritt wieder nach dem Zimmer seiner Schwester, während ich scheu und schweigend davonrannte.

Ja, eine Unverschämtheit war es, meinem weltberühmten Vater gegenüber!… Ich lief wie gejagt durch die Gärten und stürmte in großer Aufregung die Treppe der Karolinenlust hinauf.

»Nun?« fragte mein Vater in atemloser Spannung, als ich eintrat.

»Herr Claudius behauptet, die Münze sei unecht!« berichtet ich mit erstickender Stimme.

Der fremde Herr brach in ein unauslöschliches Gelächter aus – er schien sich gar nicht wieder beruhigen zu können. Mein Vater dagegen zuckte verächtlich die Achseln. »Krämerweisheit!« stieß er hervor. »Mit solchen Leuten muß man sich eben nicht einlassen.«

Er griff nach seinem Hut, stülpte ihn auf das wirre Haar und reichte mir den Arm. »Gehen wir,« sagte er resigniert.

20.

Als wir quer den Hof durchschritten, scholl Helldorfs prachtvolle Stimme herab; er sang allein. Mein Vater hemmte überrascht für einen Moment seinen Sturmschritt. Bis dahin hatte ich mich nie weiter in dem Hofe zu orientieren gesucht, er war mir zu kahl und nüchtern. Jetzt aber, als wir uns direkt nach dem Ausgangsthor wandten, das den linken Seitenflügel durchbrach, glitten meine Augen über das vor mir liegende Erdgeschoß des Hintergebäudes. An vier Fenstern, die sich nebeneinander reihten, war je ein Flügel halb geöffnet; eine ganze Schar junger Mädchen saß drinnen; die Brustwehr war sehr niedrig und ließ ununterbrochen geschäftige flinke Hände sehen; an dem mir zunächstliegenden Fenster hielt eben eine Arbeiterin einen halbvollendeten Myrtenkranz prüfend von sich, ehe sie den nächsten Zweig einband.

Das war also die Hinterstube, mit der mir Charlotte schon am zweiten Tage meines Aufenthaltes einen heillosen Schrecken eingejagt hatte. Sie erschien mir durchaus nicht finster und abschreckend; Licht und Luft hatte sie vollauf, und die Mädchen sahen sehr sauber und wohlgekleidet aus. Alle diese blonden und dunklen Köpfe lauschten dem Gesange, keine Lippe regte sich... Da sah ich, wie plötzlich ein jähes Aufschrecken durch die ganze Gesellschaft zuckte, sämtliche Stirnen senkten sich tief auf die Arbeit, und das Mädchen mit dem Myrtenkranz schob leise und unmerklich mit dem Ellbogen den Fensterflügel zu, während sich ihr errötetes Gesicht nach der Tiefe des Zimmers drehte... Eine Thür fiel drinnen heftig in das Schloß und gleich darauf hörte man den alten Buchhalter schelten.

»Welch ein Zugwind!« rief er – seine sonore Stimme scholl um so kräftiger hinaus in den Hof, als der Gesang droben für einen Augenblick schwieg – »ach so, man hat die Fenster geöffnet und horcht auf die Verlockung des Satans und legt dabei die Hände in den Schoß!... Ihr thörichten Jungfrauen, bei euch wird es heißen: ›Wahrlich, ich sage euch, ich kenne euch nicht‹... ›Es ist besser hören das Schelten des Weisen, denn hören den Gesang des Narren.‹«

Während des letzten Bibelspruchs schlug er klirrend ein Fenster um das andere zu und rüttelte an ihnen, auf daß auch nicht der kleinste Spalt für die eindringenden Töne de Weltlust verblieb. Er sah uns vorübergehen; aber seine Augen glitten stolz und abweisend über uns hin – er grüßte nicht.

Mein Vater schüttelte ironisch lächelnd den Kopf.

»Das ist auch so ein diktatorisches Päpstlein,« sagte er zu dem Fremden, »einer jener Beschränkten, die sich zum Skandal breit machen dürfen mit ihrem leeren Kopf, weil die Reaktion den Gedanken verfemt... Mit welch staunendem Hohne wohl die nächsten Jahrhunderte auf diese entstellenden und zärtlich gehätschelten Sonnenflecke unserer Zeit zurückblicken werden!«

Wie dauerten mich die armen jungen Geschöpfe in der Hinterstube! Ihnen waren auch die Flügel grausam verschnitten worden; in ihrer Seele hatten sie freilich keine Spur »des wilden Elementes« mehr; dafür waren sie aber auch Gefangene ohne allen Willen. Sie duckten mäuschenstill die Köpfe, und ließen es geschehen, daß man ihnen auch noch die frische Luft entzog, weil sie verbotene Klänge zu ihnen getragen hatte... Und der unheimliche Morgensänger war es, der ihnen die Flügel stutzen und sie bewachen mußte... Oh Herr Claudius, ich machte Ihnen ganz gewiß mehr Mühe! Ich konnte laufen wie ein Hase, und wenn ich hier nirgends ein rettendes Dach fand, unter das ich den Kopf stecken konnte, so ging es eines schönen Tages wieder dahin zurück, wo ich hergekommen... Es mußte ja nicht gerade der Dierkhof sein, wo Ilse mich scheltend empfing – ich schlüpfte in die kleine Lehmhütte mit den flaschengrünen Fensterlein, da aß ich mit Heinz Buchweizengrütze und flog lachen mit meinen unbeschnittenen Flügeln über die Heide hin...

Wir hatten das Haus in der Mauerstraße verlassen, und nun ging ich ja doch durch die häßliche, stauberfüllte Stadt, die ich nie wiedersehen wollte. Sie erschien mir nicht mehr so schrecklich, als da die sengende Mittagshitze über ihr brütete. Es hatte sich aber auch manches verändert – meine Augen begegneten nicht einem einzigen spöttischen Blicke. Frauen gingen an uns vorüber, die mir wohlwollend und so freundlich forschend unter den Hut sahen, als mache es ihnen Freude, zu wissen, was für ein Gesicht auf dem kleinen trippelnden Menschenkinde

im nagelneuen Galakleide säße ... Was mir aber plötzlich einen ganz besonderen Halt, ja eine
Art inneren Schwunges gab, infolgedessen ich meinen Kopf um einige Linien höher zu recken
suchte, das war die Art und Weise, wie mein Vater gegrüßt wurde. Der eilig dahinrennende
Mann mit der nachlässigen Haltung und dem wirrflatternden Haare war eine nichts weniger
als imposante Erscheinung, und doch neigten sich Offiziere und elegant gekleidete Herren tief
und respektvoll vor ihm, und vornehme Damen, die in prächtigen Equipagen vorüberrollten,
grüßten ihn, lebhaft mit der Hand winkend, als sei er ihr bevorzugter Freund ... Dieser große
Respekt galt einzig und allein dem berühmten Manne, der so ungeheuer viel Wissen in seinem
Kopf hatte – alle beugten sich vor ihm, nur »der Krämer« in der Mauerstraße nicht – der wußte
ja alles besser ...

Grollend dachte ich an die Szene vor dem Münzenschranke, und was mich am meisten ärgerte, das war der Eindruck, den ich selbst dabei empfangen ... Hatte der Mann doch wirklich
dagestanden, als sei er mit einer überlegenen Macht ausgerüstet, als ruhe jedes seiner Worte auf
so solidem Grunde wie sein altes Krämerhaus, und – abscheulich – selbst der glänzende Offizier
bei all seiner Eleganz und Schönheit war doch neben dem Manne im simplen schwarzen Rocke
für einen Augenblick völlig in den Schatten getreten ... Welch eine Entpuppung! Das war »der
alte, stille Herr«, der mir am Hünengrab so völlig unwichtig vorgekommen war, den ich gar
nicht beachtet hatte ...

Wir mußten lange wandern, ehe wir das herzogliche Schloß erreichten. Ein Lakai eilte voraus, um uns zu melden, und während der Münzenverkäufer in einem Vorzimmer wartend zurückblieb, führte mich mein Vater durch Zimmer und Säle. Er fuhr sich noch einmal mit den
Fingern durch das Haar, dann schob er mich leise über die Schwelle der Thür, die der heraus-
tretende Lakai weit zurückschlug.

Da war ja der große Moment gekommen, gegen den sich das ungeschulte Kind der Heide
im wohlbegründeten Instinkt erfolglos gesträubt hatte – ich debütierte über die Maßen kläglich. Charlotte hatte mir gezeigt, wie ich mich verneigen müsse – du lieber Gott, da machte
ja Spitz seine kleinen Künste besser, die ihm Heinz eingelernt hatte! Meine »quecksilbernen
Sohlen« blieben bleischwer an dem Fleck hängen, wohin mich mein Vater geschoben. Ich sah
unter tiefgesenkten Lidern hervor nur ein Stück spiegelnden Parketts zu meinen Füßen und
hörte das leise Rieseln eines seidenen Gewandes und sagte mir unter aufquellenden und wieder verschluckten Thränen des Grimmes gegen mich selbst, daß ich plump und einfältig da-
stehe, wie ein grobzugehauenes Götzenbild ... Da schlugen die lieblichen Laute einer sanften,
glockenreinen Frauenstimme an mein Ohr – die Prinzessin begrüßte meinen Vater – und fast
zugleich berührte ein zarter Finger mein Kinn und hob mein gesenktes Gesicht empor. Nun
sah ich auf, und keine steinfunkelnde Krone blendete meine scheuen Augen – ich sah wunder-
volle, dicke, braune Locken ein zartrosiges Gesicht umwogen, und ein Paar glänzende Augen,
so blau wie meine Lieblinge, die Heideschmetterlinge, lächelten auf mich nieder. Ich wußte,
daß die Prinzessin nicht mehr jung sein konnte, sie war ja die Tante des regierenden Herzogs
und eine Jugendgenossin meiner Mutter, und deshalb meinte ich, die hohe, schlanke Dame mit
dem samtenen Teint und den jugendlich weichen Linien des Profils sei gar nicht die Prinzessin
Margarete. Mein Vater belehrte mich eines anderen.

»Hoheit überzeugen sich nun selbst, wie recht ich hatte, unumschränkte Nachsicht zu erbitten,« sagte er – ein verhaltenes Lachen klang in seiner Stimme mit; »mein schüchternes Gänseblümchen hängt ratlos den Kopf –«

»Das wollen wir bald ändern,« versetzte die Prinzessin lächelnd. »Ich verstehe mich auf den
Verkehr mit solchen kleinen ängstlichen Mädchen ... Gehen Sie jetzt, lieber Doktor, der Herzog
erwartet Sie. Auf Wiedersehen beim Thee!«

Mein Vater verließ das Zimmer, und ich stand nun, auf mich selbst angewiesen, inmitten
der verfänglichen Atmosphäre des Hofes, auf seine heißen Boden. Jetzt sah ich auch, daß die
Prinzessin nicht allein war. Um einige Schritte hinter ihr stand ein hübsches junges Mädchen –
die Prinzessin nannte vorstellend unsere Namen, und so erfuhr ich, daß die Dame ein Hoffräulein sei und Konstanze von Wildenspring heiße. Ehe ich mich dessen versah, hatten mir die

flinken Hände des Hoffräuleins Hut und Mantille abgenommen, und ich saß der Prinzessin gegenüber, während sich die junge Dame in der Nähe hinter einem Fenstervorhang niederließ und eine Stickerei aufnahm.

Wie prächtig verstand es die fürstliche Frau, die Seele »des kleinen ängstlichen Mädchens« aus dem Bann der Verzagtheit zu erlösen! Sie erzählte mir von dem öfteren Zusammensein mit meiner Mutter an dem engbefreundeten L.schen Hofe, was das für eine glückliche, lustige Zeit gewesen sei, wieviel Talent und Wissen meine Mutter besessen, und was für wunderhübsche Verse sie gemacht habe. Dabei zeigte sie mir ein in roten Maroquin gebundenes, dickes Buch – es enthielt Gedichte und ein Drama der Verstorbenen und war kurz vor ihrem Tode erschienen. Manchem anderen jungen Mädchen in meiner Lage würde es vielleicht als ein großes Glück gegolten haben, bei seinem ersten Auftreten am Hofe solch einen günstigen Hintergrund zu finden – ich empfand nichts dergleichen – mit einer Art von schmerzlicher Scheu sah ich auf das Buch; die Gebilde da drin waren ja schuld, daß meiner ersten Kindheit das Sonnenlicht der mütterlichen Liebe gefehlt hatte. Während die Dichterin in den lichten, luftigen Vorzimmern die Gestalten ihrer Phantasie liebevoll gehegt und gepflegt, hatte die Seele ihres Kindes zwischen vier dumpfen Wänden hungern und darben müssen.

Vielleicht kam der Prinzessin eine Ahnung von diesem Vorgang in meinem Innern. – Ich hatte ihr ja gesagt, daß ich mich mit dem besten Willen auf das Gesicht meiner Mutter nicht besinnen könne. Unbemerkt lenkte sie das Gespräch auf meinen eigenen Lebensgang – da vergaß ich den letzten Rest von Befangenheit. Ich erzählte und ließ Heinz und Ilse und Mieke und die lustig schreienden Elstern im Eichenwipfel wohlgemut durch das gefeite Prinzessinnenzimmer spazieren; auch die alte, einsame Föhre rasselte mit ihren Nadeln darein, und aus dem Torfsumpf stiegen die Wassergeister und schleppten die weißen Gewänder mit schwernassem Saum über die nachtstille Heide. Ich ließ auch den Schneesturm um das ächzende Dach des Dierkhofes brausen und saß neben Heinz auf der Ofenbank, während die bratenden Aepfel in der Röhre zischten und spritzten...

Manchmal fuhr das hübsche Hoffräuleingesicht wie erschrocken unter der Gardine hervor und starrte mich mit spöttischem Erstaunen an; allein das beirrte mich nicht – die großen Augen der Prinzessin strahlten ja immer heller auf und ruhten voll Innigkeit auf mir, sie hörte genau so aufmerksam, ich möchte sagen, atemlos zu, wie Heinz und Ilse, wenn ich auf dem Fleet die Märchenwunder vorlas.

Und von den Eidechsen, den Bienen und Ameisen erzählte ich – sie waren ja meine Spielgefährten gewesen, und ich kannte ihren Haushalt, ihr ganzes Thun und Treiben so vollkommen, wie die Hausordnung auf dem Dierkhof. Ich gestand, daß ich alle Tiere, selbst die kleinsten und häßlichsten, lieb gehabt habe, weil ja Odem in ihnen gewesen und mit dem schwachen Geräusch ihrer Stimmen und Bewegungen ein Hauch von Leben durch die tiefe Heideeinsamkeit gegangen sei...Ich weiß nicht mehr, wie es kam, aber plötzlich reihte sich auch das große Hünenbett meiner Schilderung an – ich saß auf seinem Rücken, zwischen den gelben Ginsterblüten und sang, die Arme um die Knie gelegt, in die unermeßliche Weite hinaus.

Die Prinzessin griff auf einmal nach meinen Händen, zog mich zu sich hinüber und küßte mich auf die Stirne.

»Ich möchte wohl wissen, wie die einsame Mädchenstimme in der Heide geklungen hat,« sagte sie.

Wohl schauerte ich in mich zusammen vor Schreck und Scheu bei dem Gedanken, daß meine Stimme an diese vier Wände schlagen sollte; aber es war auch eine Art von Verzauberung über mich gekommen – hatte ich mich doch schon überwunden und einen Teil meines Kinderlebens ausgekramt. Ich nahm all meinen Mut zusammen und sang ein kleines Lied.

Einmal, mitten im Singen, fuhr ich zusammen – die grauen Hoffräuleinaugen glommen und schillerten so wunderlich unter dem Seidenbehang hervor; ich mußte unwillkürlich an die Hauskatze des Dierkhofs denken, wie sie den armen zwitschernden Vogel auf dem Ebereschenbaum grünfunkelnden Auges anstierte – ei, was lag mir denn an dem Mißfallen der kleinen Dame!

Ich sang ja nicht für sie, deshalb sollte meine Stimme ganz gewiß nicht zittern – ich ließ sie voller anschwellen und sang mutig zu Ende.

Schon während meiner Mitteilungen hatten zwei Lakaien geräuschlos einen vollständig arrangierten Theetisch in das Zimmer getragen, und eben, als mein letzter Ton verhallt war, trat ein Herr in schwarzem Frack ein. Er verbeugte sich tief, dann schnellte er empor und schlug mit unleugbarer Grazie applaudierend in die lederbekleideten Hände.

»Wundervoll, Hoheit! Bei Gott, **magnifique**!« rief er mit Ekstase, indem er stürmisch, wenn auch mit völlig lautlosen Schritten auf die Prinzessin zukam. »Aber welche Grausamkeit gegen uns alle, Hoheit!« fügte er in vorwurfsvollem Tone hinzu und ließ die graziös geschwungenen Arme sinken – die ganze ältliche Erscheinung nahm die kindischen Mienen und Manieren eines schmollenden jungen Mädchens an – »seit Jahren bitten wir auf den Knieen um einen einzigen Ton aus dieser Nachtigallenkehle – vergebens!... Wie ein Dieb, ein unglückseliger Verbannter muß man draußen auf der Schwelle stehen, wenn man einmal wieder den langentbehrten Genuß haben will... Wie, eine kranke, eine ruinierte Stimme soll das sein? Dieser Schmelz, diese Glockenfülle – Hoheit!«

Er schlug die Augen gen Himmel und berührte Daumen und Zeigefinger küssend mit den Lippen... Ich war ganz bestürzt. Diese Menschenspezies war mir so völlig neu, wie ein Bewohner von Otahaiti. Nur die ziemlich tiefe Stimme und zwei am Kinn sorgfältig gescheitelte Bartstreifen erregten mein Bedenken, sonst hätte ich darauf geschworen, es sei eine Hofdame im Frack.

»Mein bester Herr von Wismar,« sagte die Prinzessin mit unterdrücktem Lachen, »in früheren Zeiten habe ich mich allerdings zuweilen der Sünde schuldig gemacht, mit einer sehr schwachen und sehr mittelmäßigen Singstimme meine Umgebung zu langweilen – daran sollten Sie mich doch nicht erinnern, ich habe es ja zu sühnen gesucht, indem ich beizeiten aufgehört... Uebrigens sehe ich mit großer Befriedigung, daß meine musikalischen Missethaten glücklich vergessen sind, denn unser edler Kammerherr läßt meinen tiefen Alt frischweg zum glockenhellen Sopran, den armen Hänfling zur Nachtigall avancieren – *Sidonie* hat schön gesungen – ich niemals.«

Der »edle Kammerherr« stand sehr verdutzt da. Das lange Gesicht war mir zu ergötzlich – ich kicherte in mich hinein, wie ich ja auch immer gethan hatte, wenn Heinz verblüfft vor einer ungeahnten Wendung stand.

Fräulein von Wildenspring hatte sich bei den letzten Worten der Prinzessin rasch erhoben. Sie warf einen bitterbösen Blick auf mein vergnügtes Gesicht und huschte hinter den Theetisch.

»Aber Hoheit, der Vergleich hinkt denn doch gar zu sehr!« schmollte sie herüber, während sie sich mit der silbernen Theekanne zu schaffen machte. »Mag auch Herr von Wismar hinsichtlich der Stimmlage irren, wundervoll gesungen haben Hoheit doch – die Gräfin Fernau wird noch Feuer und Flamme, wenn sie darauf zu reden kommt!«

»O weh, ist das Ihr einziger Gewährsmann, Konstanze?« lachte die Prinzessin. »Die gute Fernau ist seit fünfundzwanzig Jahren stocktaub!«

»Aber Papa und Mama schwärmen ja auch noch,« versetzte das Hoffräulein beharrlich, schlug aber doch die Augen nieder vor dem sarkastischen Gesichtsausdruck, mit dem sie von ihrer Gebieterin gemustert wurde.

»Bitte, wenden Sie Ihre Augen und Komplimente rechts, Herr von Wismar,« sagte die Prinzessin und winkte mit der Hand nach mir hin »– da sitzt die Nachtigall.«

Der Herr fuhr herum. Er hatte mich bis dahin nicht gesehen, weil eine Gruppe riesiger Blattpflanzen meine kleine Person fast ganz verdeckte. Die Prinzessin nannte meinen Namen – ich erhob mich bei dem tiefen Bückling des Hofherrn, lachte ihm ins Gesicht und machte einen Knix, so tief und gelungen, daß Charlotte das Herz im Leibe gelacht haben würde. Der Kobold des Mutwillens, der seit dem Tode meiner Großmutter in meiner Seele fest geschlafen hatte, regte sich wieder und gab mir die Leichtigkeit der Bewegungen zurück.

Herr von Wismar sagte mir flugs verschiedene Komplimente, in denen das simple Gänseblümchen meines Vaters zur Rosenknospe, zum Elfenwesen erhoben wurde, und schalt auf

»den lieben Doktor«, daß er bisher dem Hofe meine beglückende Gegenwart entzogen und mich allzulange im Pensionat gelassen habe.

»In welchem Institut sind Sie denn erzogen, meine Gnädigste?« fragte er schließlich.

»In einem Heidedorfe, Herr von Wismar!« rief Fräulein von Wildenspring mit einem kinderunschuldigen Lächeln herüber.

Der Kammerherr stutzte; allein ein Blick auf das nach mir hinlächelnde Gesicht der Prinzessin gab ihm sein inneres Gleichgewicht zurück. »Ach, daher die köstliche Maifrische in dieser Stimme...Die Landluft, ja, die Landluft!...Hoheit, das wäre eine Acquisition für unsere Hofkonzerte!...So keusch, so völlig unberührt –«

»Welche Idee, Herr von Wismar?« unterbrach ihn das Hoffräulein. »Fräulein von Sassen kann doch unmöglich mit unserer ausgezeichneten Primadonna vom Hoftheater rivalisieren wollen – da sollte sie mir leid thun!«

»Sehen Sie nach Ihrem Thee, Konstanze, ich fürchte, er wird bitter!« sagte die Prinzessin. »Uebrigens mögen Sie sich beruhigen, ich acceptiere den Vorschlag durchaus nicht; seltene Gäste behütet man wie seinen Augapfel, und den erquickenden Heideduft, der auf einmal aus dem fernen ›Heidedorfe‹ in unsere schwülen Kreise dringt, will ich für mich allein behalten.«

Fräulein von Wildenspring schwieg. Sie schwenkte ihre Theekanne und schüttete den ersten unbrauchbaren Aufguß so jäh und stürmisch in den silbernen Spülnapf, daß die braunen Tropfen auf das weiße Damasttuch sprühten.

»Und Sie wohnen nun mit dem Papa im Claudiusschen Hause?« fragte mich der Kammerherr hastig, indem er den stolz zurechtweisenden Blick auffing, mit dem die Prinzessin ihre ungeschickte Hofdame maß – Herr von Wismar schien eine Art Blitzableiter am Hofe zu sein.

»Wir wohnen in der Karolinenlust,« antwortete ich.

»Ah, in den Räumen des armen Lothar!« rief er in bedauerlichem Ton nach der Prinzessin hin.

»Ei bewahre,« korrigierte ich eifrig, »da drin doch nicht! Die sind ja versiegelt.«

Ich sah, wie ein helles Rot bis unter das lockige Stirnhaar der Prinzessin lief. Sie hatte mit beiden Händen die überhängende Blütendolde einer Hortensie erfaßt, die neben ihr im Blumentisch stand, und drückte tiefatmend den unteren Teil des Gesichts hinein.

»Noch immer versiegelt? Aus welchem Grunde?« fragte sie nach einer augenblicklichen Pause den Kammerherrn. »Ist nicht sein Bruder der einzige Erbe?«

Herr von Wismar zuckte die Achseln. Er versicherte, durchaus nicht Näheres zu wissen; das seien verschollene Dinge, und der Name Claudius werde ja erst hier und da am Hofe wieder genannt, seit Herr von Sassen den Antikenfund in dem alten Kaufmannshause gemacht habe.

»Die Siegel sollen an den Thüren bleiben bis in alle Ewigkeit,« sagte ich schüchtern – ich war meiner Lauschersünden sehr wohl eingedenk und schämte mich; aber trotz alledem wollte ich die Prinzessin nicht ohne Auskunft lassen. »Der Tote hat es so gewollt; Herr Claudius leidet deshalb nie, daß solch ein Siegel angerührt wird, er ist ja so streng, so furchtbar streng!«

»Ei, das klingt ja fast, als ob Sie sich vor ihm fürchteten, meine kleine Gnädige!« lachte der Kammerherr.

»Ich mich fürchten? O nein!« widersprach ich voll Aerger. »Ich fürchte mich gar nicht, nicht im geringsten mehr...Aber ich kann ihn nicht leiden!« fuhr es mir heraus.

»Wie, bereits so entschiedene Antipathien in dem Gemüt, das in der Heide alles geliebt, was Odem hat?« rief lächelnd die Prinzessin. »Ach, gehen Sie doch, ich kann mir gar nicht denken, daß es Ihnen mit dieser Abneigung gar so ernst ist!« setzte sie hinzu. Sie wandte den Kopf halb zur Seite, und ein schelmischer Blick streifte mich.

Sie glaubte mir nicht – wie mich das verdroß! Der ganze Groll von vorhin überkam mich wieder.

»O, den Mann hat niemand lieb, niemand in der ganzen Welt, und das versteht sich von selbst!« rief ich lebhaft. »Er liebt ja auch nur zwei Dinge, die Arbeit – sagt Charlotte – und sein großes, dickes Zahlenbuch...Blumen hat er, so unermeßlich viel Blumen, daß er sich und sein häßliches Haus in der Mauerstraße drin vergraben könnte, aber in dem Zimmer, wo er von früh bis spät steckt und arbeitet, duldet er nicht ein grünes Blättchen neben sich…Mit der Uhr in der Hand schilt er seine Leute, wenn sie einen Augenblick zu spät in das abscheuliche Unkennest kommen, und nachts betrachtet er sich die Sterne am Himmel nur, weil er sie auch so zählen kann wie die Thaler auf seinem Tische. Er ist geizig und gibt nie einem Armen ein Almosen –«

»Halt, mein Kind,« unterbrach mich die Prinzessin, »das muß ich widerlegen! Die Armen unserer Stadt haben keinen besseren Freund, wenn er auch vielleicht in etwas bizarrer Weise gibt und wirkt, und konsequent seine Unterschrift auf Kollektenlisten und dergleichen verweigert.«

Ich schwieg einen Augenblick betroffen. »Aber er ist hartherzig und kalt wie ein Eiszapfen gegen – gegen Charlotte,« sagte ich dann rasch, »und alles will er besser wissen, als andere.«

»Ein hübsches Sündenregister!« lachte der Kammerherr. »Uebrigens hat der Mann vor kurzem gezeigt, daß er wirklich manchmal etwas besser versteht, als andere,« wandte er sich an die Prinzessin. »Unser schlauer Graf Zell ist endlich auch einmal zu unser aller Genugthuung gründlich düpiert worden; sein Darling, den er von seiner letzten Reise mitgebracht hat, ist ein Prachtstück an Schönheit und Eleganz, aber eine heimtückische Bestie. Manche behaupten, es sei ein Zirkuspferd, es hat so absonderliche Gewohnheiten. Zell mochte es gar zu gern wieder los ein; in unserem Kreise hat natürlich keiner angebissen, aber man war in Rücksicht auf Zell diskret, um andere nicht kopfscheu zu machen…Der junge Leutnant Claudius war denn auch Feuer und Flamme, einige gute Freunde Zells hatten ihm die Acquisition sehr plausibel gemacht, der Herr Onkel aber hat Darling angesehen und – gedankt, sehr zum Besten des jungen Mannes; denn vor einer Stunde hat das Tier den Sohn des Bankiers Tressel, der es gekauft hat und ein ganz respektabler Reiter sein soll, abgeworfen und ihn obendrein mit seinen Hufen übel zugerichtet.«

»Das muß ich sagen, Herr von Wismar, diese sogenannte Diskretion in Ihrem Kreise verdrießt mich sehr, und Graf Zell mag sich in acht nehmen bei seinem nächsten Erscheinen am Hofe!« rief die Prinzessin, aus ihren großen glänzenden Augen schlug eine Flamme der Entrüstung. »Wird der Sturz schlimme Folgen haben?«

»Ich glaube kaum,« stotterte der Kammerherr. »Hoheit mögen sich aber beruhigen und bedenken, wer der Reiter war,« fügte er nach einem leichten Husten lächelnd hinzu; »das ist robustes Blut und eine ganz andere Knochenmasse, das ist nicht leicht umzubringen; mit ein paar Schrammen und blauen Flecken wird die Sache abgemacht sein.«

»Sie sprachen vorhin von einer Charlotte in Claudius' Hause,« sagte Herr von Wismar, der wohl fühlen mochte, daß er zu weit gegangen sei, dann zu mir. »Ist sie das imposante schöne junge Mädchen –«

»Nicht wahr, Charlotte ist schön?« unterbrach ich ihn glückselig – ich verzieh ihm sofort sein ganzes kindisches Thun und Wesen um dieser einen Bezeichnung willen.

»Für meinen Geschmack ein wenig zu kolossal, zu emanzipiert und herausfordernd, ich bin ihr einigemal im Frauenverein begegnet,« sagte die Prinzessin mehr nach dem Kammerherrn hin. Die Bedeutung des »emanzipiert« verstand ich nicht, ich hörte den Tadel mehr aus dem Ton der Dame, und der schmerzte und kränkte mich tief. »Ein seltsames Verhältnis in dem Hause!« fuhr sie fort. »Wie mag Claudius dazu gekommen sein, die Kinder eines Franzosen zu adoptieren?«

Herr von Wismar zog, abermals auskunftslos, die Schultern in die Höhe.

»Und dabei sind die Betreffenden nichts weniger als dankbar für diese Adoption,« rief Fräulein von Wildenspring herüber. »Diese Charlotte wehrte sich stets zornig gegen den Namen Claudius, auf ihren Schulheften stand Mericourt, und die Pensionärinnen waren boshaft genug, sie so oft als möglich mit jenem verhaßten Namen zu nennen, nur um ihre funkelnden Augen zu sehen.«

»Ah, Sie kennen das junge Mädchen näher, Konstanze?« fragte die Prinzessin.

»Soweit sich eben zusammengewürfelte Pensionärinnen verschiedenen Standes kennen, Hoheit,« entgegnete das Hoffräulein mit einem gleichgültigen Achselzucken, das mir das Blut wallen machte. »Wir waren zwei Jahre lang in ein und demselben Dresdener Institut…Sie hat bei ihrer Hierherkunft diese notgedrungene Bekanntschaft zu erneuern gesucht und mir sofort einen Besuch gemacht –«

»Nun?« forschte die Prinzessin, als die junge Dame einen Augenblick zögerte.

»Papa wünschte den Umgang durchaus nicht für mich, ich bin deshalb einfach vorgefahren und habe eine Karte abgegeben –«

Sie verstummte plötzlich, wandte sich seitwärts und machte eine tiefe, sehr graziöse Verbeugung. Ein hübscher junger Herr mit einem sehr ernsten Gesicht trat in Begleitung meines Vaters und zweier anderer Herren durch die Seitenthür, es war der Herzog.

Die Prinzessin begrüßte ihn warm und herzlich wie eine Mutter; dann stellte sie mich ihm vor. Ich bedurfte keines besonderen Aufwandes von Mut mehr, um zu Serenissimus aufzusehen und seine freundlichen Fragen ruhig zu beantworten; ich war rasch sicherer geworden auf dem heiklen Boden, und »das Gänseblümchen« mochte wohl um vieles zuversichtlicher den Kopf heben, denn mein Vater sah mich ganz erstaunt an und fuhr mir plötzlich liebkosend mit der Hand über das Haar.

Er hatte wieder ein sehr echauffiertes Gesicht. Mit einem förmlichen Haß sah ich nach den Goldmünzen, von denen nun auch der Herzog einige vor seine Tante hinlegte. Er sagte ihr, daß ihm dieser Münzenschatz eine bedeutende Summe koste; nun sei aber auch das altberühmte herzoglich K.sche Medaillenkabinett eines der vollständigsten, denn es habe durch den heutigen Ankauf Exemplare erhalten, die für manchen Liebhaber so sagenhaft seien, wie der Nibelungenhort ...

Ich sah, wie fast unausgesetzt ein nervöses Zucken durch die Züge meines Vaters lief, er dauerte mich unbeschreiblich. Ich konnte mir recht gut denken, welche Qual es ihm verursachen müsse, zu sehen, wie die heißgewünschten Schätze unter allgemeiner Bewunderung von Hand zu Hand gingen, als das rechtmäßig erworbene Eigentum eines anderen ... Die Bitterkeit gegen den, der ihn in seiner »Krämerweisheit« zu dieser Entsagung verurteilt, machte abermals meine ganze Seele rebellisch und ließ mich alle Zurückhaltung vergessen.

»Sehen Sie,« sagte ich halblaut zu der Prinzessin, welche eben die prächtige Kaisermünze entzückt betrachtete, »das hat Herr Claudius auch besser wissen wollen; er behauptet, das Medaillon da sei unecht!«

Der Herzog fuhr herum, und sein durchbohrender Blick heftete sich zu meinem Schrecken halb überrascht, halb zürnend auf mein Gesicht.

Mein Vater lachte und strich mir mit der Hand wiederholt das Haar von der Stirne zurück. »Sieh da, mein kleiner Diplomat!« rief er. »Ein Glück, daß der Papa sattelfest ist, der schlaue Plaudermund da könnte ihm sonst schwer zu schaffen machen! Lächerlich!« sagte er achselzuckend zu Herrn von Wismar – der einzige, der sein Gesicht in bedenkliche Falten zu legen suchte, obgleich dieser geckenhafte Mensch sicher nicht das mindeste Verständnis für die Sache hatte – »der Mann versteht von Numismatik ungefähr so viel, wie ich von der Tulpenzucht ... Zu Ihrer Beruhigung will ich Ihnen aber sagen, daß der Verkäufer der Münzen heute noch, mit verschiedenen Empfehlungsbriefen von mir in der Tasche, K. verläßt: er geht an Höfe und Universitäten unter der Aegide meines Namens; genügt Ihnen diese Bürgschaft für die von mir befürwortete neueste Acquisition Seiner Hoheit?«

Herr von Wismar lächelte verlegen und versicherte, daß ihm ein Zweifel auch nicht mit dem leisesten Gedanken gekommen sei.

Ein wahrer Sturm gegen den Dilettantismus erhob sich nun unter den Anwesenden, und niemand war erboster als Fräulein von Wildenspring, die kaum noch mit der zuversichtlichsten Miene gelehrte Brocken in das Gespräch eingestreut hatte.

»Die Dilettanten sind und bleiben die Plage des Fachmannes,« sagte mein Vater. »Ueber Claudius den Aelteren habe ich mich zwar bisher durchaus nicht zu beklagen gehabt – er ist streng zurückhaltend, vermeidet meine Begegnung auf seinem eigenen Grund und Boden geflissentlich und läßt mich mit seinen Kunstschätzen schalten und walten, wie ich Lust habe – dagegen macht mir häufig mein sogenannter Famulus das Leben recht schwer.«

»Ah, der schmucke Lieutenant!« lachte einer der Herren.

»Er benippt die Wissenschaft, wie der Schmetterling einen Blumenkelch,« fuhr mein Vater mit einem bestätigenden Kopfnicken fort. »Appelliert man nur im entferntesten an sein Nachdenken, husch, ist er auf und davon!…Für ihn ist die vom Hofe ausgehende Vorliebe für die Altertumskunde gleichbedeutend mit jenen rasch wechselnden Modethorheiten, die ihn heute einen kleinen goldenen Sattel, morgen einen Maikäfer als Berlocken tragen lassen…Vor kurzer Zeit begleitete er seinen Onkel auf einer Geschäftsreise im Norden. Auf seine dringenden Bitten gab ich ihm eine Empfehlung an Professor Hart in Hannover, der denn auch so freundlich gewesen ist, die Herren nach einer Gruppe von Hünengräbern in der Heide zu begleiten und eines derselben öffnen zu lassen…Gott, wie sahen die Fundstücke aus, die der Herr Lieutenant in meine Hände niederlegte! Verbogen und in Stücken zerbrochen, ›weil er sie in ein und dieselbe Kiste mit Mineralien zusammengesteckt habe, die ihm Professor Hart für einen Kollegen mitgegeben‹, entschuldigte er sich – das Herz hat sich mir umgewendet!«

Wie wenig ahnte mein Vater, daß sich in diesem Moment auch mir das Herz umwendete, daß ich einen unbeschreiblichen Groll empfand gegen die, unter denen ich saß!…Man lachte und spöttelte, und niemand fiel es ein, den Abwesenden in Schutz zu nehmen. Herrn Claudius hatte die Prinzessin sofort verteidigt, als ich in meiner Beschuldigung zu weit gegangen war; selbst Herr von Wismar hatte zu seinen Gunsten gesprochen – nur für Charlotte und Dagobert fiel kein freundliches Wort – die armen Geschwister!…

Die Prinzessin unterbrach das allgemeine Gespräch plötzlich mit der an meinen Vater gerichteten Frage, bis zu welchem Zeitpunkte die Aufstellung der Antiken in der Karolinenlust beendet sein werde; sie interessiere sich lebhaft für die ans Tageslicht gezogenen Kunstschätze und habe sich vorgenommen, den Herzog bei seinem ersten Besuche zu begleiten.

»Ich habe dabei auch noch einen stillen Nebengedanken,« sagte sie. »Ich möchte einmal gar zu gern das Claudiussche Etablissement ansehen – die Glashäuser mit ihren Palmen sind ja weit berühmt…Direkt hinzugehen habe ich Anstand genommen – der Mann hat einen unerträglichen Bürgerstolz; da ist, wie ich fürchte, das Terrain sehr schwierig –«

»Und die entschieden pietistische Färbung, die das Etablissement seit einiger Zeit an der Stirn trägt, und die Eurer Hoheit so unsäglich zuwider ist?« fragte Fräulein von Wildenspring lauernd – man sah, das fürstliche Vorhaben, jenes Haus zu betreten, war ihr sehr fatal.

»Ebendeshalb soll die Besichtigung der Kunstschätze Hauptzweck sein – ich werde im Vorübergehen den Garten besehen und brauche dabei weder den Hochmut noch die pietistische Tendenz des Besitzers in den Kauf zu nehmen.«

Das Hoffräulein reichte ihrer Gebieterin schweigend eine Tasse Thee und nahm dann scheinbar unterwürfig ihre Stickerei wieder auf. Den übrigen Teil des Abends füllte eine lebhafte Debatte über die Kunst der Alten aus, und die Hofherren, die über den Dilettantismus so grausam den Stab gebrochen, sprachen so sicher und zuversichtlich, so enthusiastisch mit, als seien sie sämtlich solch berühmte Gelehrte wie mein Vater, und als sei das Studium der Archäologie dasjenige, was einzig und allein ihre Zeit und Seelenkräfte in Anspruch nehme. Ich hätte ihnen auch unbedingt geglaubt, wären nicht die sarkastischen Blicke gewesen, die der Herzog häufig mit meinem Vater wechselte.

Bei unserem Weggange ließ die Prinzessin einen Foulard kommen und legte ihn mir um den Hals. Es sei kühl geworden, sagte sie, und ihre liebe kleine Heidelerche dürfe nicht heiser werden. Meinem Vater versicherte sie, daß sie mich sehr oft bei sich sehen und unter ihren ganz besonderen Schutz nehmen werde; dann küßte sie mich auf die Stirne, und wir verließen das Schloß.

21.

In einem der ungeheuren Glashäuser, von denen auch die Prinzessin heute abend gesprochen, brannte Licht – zwei große Kugellampen glühten purpurn in die Nacht hinein. Während wir den Hauptweg entlang schritten, hörte ich hastige Tritte vom Glashaus herkommen – es flatterte hell durch das nächste Rosengebüsch, und plötzlich stand Charlotte vor uns.

»Ich habe Sie kommen hören,« sagte sie mit gedämpfter Stimme und fliegendem Atem. »Bitte, überlassen Sie mir das Prinzeßchen noch für eine halbe Stunde, Herr von Sassen – es ist eine so köstliche Nacht – ich bringe Ihnen die Kleine unversehrt nach der Karolinenlust.«

Mein Vater sagte mir gute Nacht und versprach, Ilse von meinem Verbleiben zu unterrichten. Er ging, während Charlotte den Arm um meine Schultern legte und mich fest an sich drückte.

»Es hilft Ihnen nichts, Kindchen, Sie müssen ein wenig Blitzableiter sein,« sagte sie halblaut und hastig zu mir. »Dort drüben,« sie zeigte nach dem Glashause, »sind zwei harte Köpfe aneinander geraten…Onkel Erich bringt so wunderselten den Abend mit uns zu, daß der gute Eckhof sich allmählich daran gewöhnt hat, die erste Geige an unserem Theetisch zu spielen. Heute nun präsidiert der Onkel selbst zu unser aller Erstaunen; aber kaum sind wir vor den ersten fallenden Regentropfen aus der Laube in das Glashaus geflüchtet, als auch Eckhof in unbegreiflicher Albernheit und Taktlosigkeit anfängt, dem Onkel bittere Vorwürfe über Helldorfs Anwesenheit beim heutigen Diner zu machen – er hat in ein furchtbares Wespennest gestochen!«

Sie verstummte und blieb horchend einen Augenblick stehen; Eckhofs starke Stimme dröhnte herüber.

»Schaden kann es dem Alten freilich nicht, wenn seinen Muckerumtrieben im Geschäft und Haus ein wenig gesteuert wird,« sagte sie, man hörte ihr den Aerger an; »er ist zu sicher geworden und treibt es arg, das ist ganz richtig! Nur vor Onkel Erichs Forum durfte die Sache nicht kommen er mordet den alten Mann mit seinen unerbittlichen Augen, mit seiner Kälte und Gelassenheit, die jedes Wort zu einem schneidenden Messer machen.« Etwas beschleunigt schritt sie weiter. »Gott mag wissen, was den eigentlichen Anstoß zu diesem plötzlichen Aufeinanderplatzen gegeben hat! Jahrelang ist Onkel Erich wie mit verbundenen Augen neben dem Muckergeist im Hause hingegangen – Eckhof hat sich gehütet, ihm gegenüber je in sein unausstehliches biblisches Pathos zu verfallen; in diesem Augenblick aber, in seiner grimmigen Aufregung strömt ihm unwillkürlich die Salbung von den Lippen – es ist kaum zum Anhören! Mich widert es an, aus einem Männermunde solch unmündiges Gewäsch zu hören; anderseits bin ich doch dem Alten Dank schuldig; er hält zu Dagobert und mir, und das verpflichtet mich, das Strafgericht möglichst schnell abzukürzen…Kommen Sie, Ihr Erscheinen wird der Szene sofort ein Ende machen!«

Je mehr ich mich dem Glashause näherte – es war nicht das von Darling verwüstete – desto traumhafter wurde mir zu Sinne; ich hörte kaum noch, was Charlotte flüsterte, und ließ mich mechanisch von ihr weiterschieben…Das Warmhaus lag weit abseits vom Hauptweg – ich hatte bisher nur die ungeheuren Glaswände herüberfunkeln sehen und war nie in seine Nähe gekommen. Damals lagen mir selbstverständlich Geographie und Botanik weltenfern – ich verstand nicht, daß die fremdartigen Gebilde dort ein zwischen Glas eingefangenes Stück Tropenwelt inmitten deutscher Vegetation seien, und hatte für beide nur die Bezeichnung: Wunder und Wirklichkeit…

Da standen aber auch weder Kübel noch Blumentöpfe, wie im vorderen Treibhause. Unmittelbar aus dem Boden stiegen Palmen so hoch und kräftig hinauf, als wollten sie den schützenden Glashimmel sprengen. Ueber braunes Feldgestein herab sprangen Wasser – sie zerstäubten an den Zacken in sprühende Funken und machten die riesigen, in die feinsten Federchen zerschnittenen Wedel prächtiger Farnkräuter unaufhörlich erzittern. Kakteen krochen über das Gestein und streckten ihre abenteuerlichen Formen plump unbehilflich von sich; aber aus ihrem grünen Fleisch tropften spannenlange Purpurglocken und selbst im fernsten Dämmerdunkel der wunderlich gezackten und verschränkten Pflanzenarme leuchtete es gelb und weiß auf, wie hingestreute, matte Lichtreflexe.

Ich sah zu Charlotte empor und meinte, sie müsse in demselben Rausch befangen sein und weiter wandeln, wie das aufgeregte, unerfahrene Menschenkind an ihrem Arm – ich bedachte nicht, daß das alles ja auch zu der »Krambude« gehörte, die sie und Dagobert so gründlich haßten und verachteten… Sie hatte ihr funkelndes Auge unverwandt auf einen Punkt gerichtet, das Gesicht des Herrn Claudius. Er stand im vollen Lampenlicht neben einer Palme – genau so schlank und hoch aufgerichtet, wie ihr feingepanzerter Stamm… Es war nicht wahr – er hatte in diesem Moment keine tödliche Kälte in den »unerbittlichen Augen«. Sein Gesicht war belebt und gerötet vor innerer Erregung, wenn auch die über der Brust ineinandergeschlungenen Arme ihm den Anschein von Ruhe und Unbeweglichkeit gaben.

Seltsam genug erschien der eilig hereingeschobene Theetisch inmitten der fremdartigen Umgebung. Dagobert saß daran – er war noch in Uniform; all das Blitzen und Leuchten auf Brust und Schultern harmonierte ganz anders mit der farbenglänzenden Pracht der tropischen Blüten, als die ungeschmückte Gestalt des Onkels… Mit dem Rücken nach Herrn Claudius gewendet, und in sichtlicher Verlegenheit einen Theelöffel auf dem Zeigefinger balancierend, sah er aus, als ob er sich vor einem über ihn hinrollenden Gewitter unwillkürlich niederducke. Er schien sich mit keinem Wort an den unliebsamen Erörterungen zu beteiligen, so wenig wie Fräulein Fliedner, die so fieberhaft schnell strickte, als wenn es gelte, eine Kinderbewahranstalt mit neuen Strümpfen schleunigst zu versorgen.

»Damit richten Sie bei mir nichts aus, Herr Eckhof,« sagte Herr Claudius zu dem Buchhalter, der sich, beide Hände auf eine Stuhllehne gestützt, in ziemlich weiter Entfernung von seinem zürnenden Chef hielt, trotz alledem aber doch den Kopf herausfordernd in den Nacken warf – er hatte ja eben gesprochen, gesprochen mit seiner tönenden Stimme, in dem breit markierenden Tone, der schlagen mußte. – »Gotteslästerung, Unglaube, Gottesleugner – diese Lieblingsschlagwörter Ihrer Partei darf man allerdings in ihrer Wirkung nicht unterschätzen,« fuhr Herr Claudius fort. »Mit ihnen hauptsächlich vollziehen Sie die unglaubliche Thatsache im neunzehnten Jahrhundert, daß sich ein großer Teil der aufgeklärten Menschheit einer Schar engherziger Fanatiker äußerlich unterwirft – viele, selbst Leute von Geist, scheuen immer noch einen gewissen Einfluß dieses, wenn auch sehr abgenutzten Anathemas auf die großen Massen und schweigen lieber, gegen ihre bessere Ueberzeugung – und das gibt dem Thronsessel Ihrer Partei noch für eine Spanne Zeit thönerne Füße.«

Der Stuhl unter den Händen des Buchhalters schütterte und schwankte, Herr Claudius ließ sich jedoch durch das Geräusch nicht beirren.

»Ich bin ein Verehrer des Christentums – verstehen Sie mich recht – nicht der Kirche,« fuhr er fort. »Ich habe auf Grund meiner eigenen Ueberzeugung deshalb auch an der Verfügung meiner Vorgänger festgehalten, nach welcher ein frommer Sinn unter den Arbeitern der Firma gepflegt werden soll – nie aber werde ich dulden, daß mein Haus zu einem Brutnest religiöser Verirrungen gemacht wird… Ein Handlungshaus, das die Fäden seiner Beziehungen über die Meere hinüberwirft und sie im türkischen, im chinesischen, in jedwedem Boden wurzeln läßt, und die finstere Orthodoxie, die Unfehlbarkeit im Glauben, die sich in ihr fest zugekittetes Schneckenhaus verkriecht – eine widersinnigere Verschmelzung gibt es nicht!… Müssen unsere jungen Handlungsreisenden, die Sie so beflissen sind, orthodox zu erziehen, nicht entsetzlich heucheln, wenn sie mit denen, die sie als von Gott verworfene Andersgläubige verachten, in freundlichen Geschäftsverkehr treten sollen?… Ich kann es mir selbst nicht verzeihen, daß der finstere Geist unbemerkt so lange neben mir herwandeln durfte, daß meine Leute leiden mußten –«

»Ich habe niemand gezwungen!« fuhr der Buchhalter auf.

»Allerdings nicht mit der Knute in der Hand, Herr Eckhof – wohl aber mittels Ihrer Stellung zu den Leuten… Ich weiß, daß zum Beispiel unser jüngster Kommis, ein mittelloser Mensch, der von seinem Gehalt eine verwitwete Mutter zu unterstützen hat, weit über seine Kräfte zu Ihrer Missionskasse beisteuert, von deren Existenz ich bisher keine Ahnung hatte. Unsere sämtlichen Arbeiter und Arbeiterinnen lassen sich geduldig allwöchentlich einen Beitrag zu der genannten Kasse von Ihnen abziehen, weil sie – nicht anders dürfen, weil sie der Meinung sind, daß Sie alles bei mir vermögen und ihnen schaden könnten…Bedenken Sie denn nicht, daß diese Leute ihren Glauben ohnehin teuer genug bezahlen müssen? Tritt nicht die Geistlichkeit in jedem ihrer wichtigeren Lebensmomente mit der offenen Hand an sie heran? Ihre Taufe, die Schließung der Ehe, die Feier ihrer Versöhnung mit Gott, selbst den letzten Schritt, den sie aus der Welt thun, das alles versteuern sie der Kirche mit ihrer Hände Erwerb – und deshalb fort mit der Missionskasse aus meinem Hause! Fort mit den Traktätchen, die ich gestern massenhaft in den Tischkästen der Arbeitsstuben gefunden habe, und die mit ihrem blödsinnigen Kinderlallen unsere würdige Sprache verderben und lediglich an eine mittelalterlich rohe Anschauungsweise appellieren!«

Diese ganze zerschmetternde Verurteilung wurde in nichts weniger als leidenschaftlichem Ton gesprochen – kaum daß eine erhöhte Röte in die Wangen des Sprechenden trat und er hier und da einmal ruhig zurückweisend die Hand gegen seinen Buchhalter ausstreckte.

Charlotte war wie festgewurzelt stehengeblieben – sie schien vergessen zu haben, daß sie mich geholt, um der Sache sofort ein Ende zu machen. »Er spricht gut,« murmelte sie. »Ich hätte ihm das nicht zugetraut – er ist sonst so indolent und kargt mit jedem Worte…Wahrhaftig, Eckhof ist einfältig genug, den Handschuh abermals aufzunehmen und sich eine neue Schlappe zu holen!« stieß sie zornig heraus und heftete ihre flammenden Augen so durchbohrend auf den Buchhalter, als wolle sie die Glaswand sprengen. Er hatte seinen bisherigen Platz verlassen und war Herrn Claudius um einige Schritte näher getreten.

»Verachten Sie immerhin das blödsinnige Kinderlallen, Herr Claudius,« sagte er – die volltönende Stimme konnte Messerschärfe annehmen – »mich und tausend andere echt christliche Gemüter erquickt und stärkt es…Der Herr will ja, daß wir in Einfalt wandeln sollen, in kindlicher Einfalt, und deshalb finden wir doch wohl eher Gnade vor seinen Augen, als wenn wir die Werke der ›unsterblichen‹ Herren Schiller und Goethe lesen, die die würdige Sprache natürlich *nicht* verderben…Wenn Sie meine redlichen Bestrebungen zur Ehre meines Herrn und Gottes in Ihrem Hause nicht dulden wollen, so muß ich mich selbstverständlich in Demut fügen…Ich habe nur gemeint, es könne dem Hause in der Mauerstraße nicht schaden, wenn recht, recht viel in ihm gebetet würde – es ist so manches geschehen, was zu Gott im Himmel schreit und gesühnt sein will –«

»Sie machen mir diesen indirekten Vorwurf in Zeit von wenig Tagen bereits zum zweitenmal,« unterbrach ihn Herr Claudius ruhig. »Ich respektiere Ihre Jahre und Ihre Verdienste um das Geschäft und will deshalb eine Handlungsweise nicht näher bezeichnen, die es nicht verschmäht, alte Wunden aufzureißen und sie im Kampf um die entschwindende Macht als Verbündete heraufzubeschwören – ich überlasse es Ihrem eigenen Urteil, ob das edel ist…Was ich in meiner Jugendthorheit und Leidenschaft verübt, nehme ich allein auf meine Schultern – ich habe leider eine neue Schuld dazu gelegt, sofern ich Sie in dem Bedürfnis, Ihnen einigermaßen den Sohn zu ersetzen, allzu unumschränkt in Haus und Geschäft und mit mir selbst habe schalten und walten lassen…Es wäre ein schreiendes Unrecht, wollte ich alle Menschen, die von mir abhängig sind, auch nur einen Tag länger mein Vergehen mitbüßen lassen – ich *will* ihre Gebete nicht, die doch nur erpreßte, völlig wirkungslose sind!«

»Was hat er gethan?« flüsterte ich Charlotte zu.

»Er hat den einzigen Sohn Eckhofs erschossen.«

Ich riß mich entsetzt von ihr los und unterdrückte mit Mühe einen Aufschrei.

»Gott, seien Sie doch nicht gar zu kindisch!« fuhr Charlotte mich ungeduldig an und zog mich mit einer einzigen kräftigen Bewegung wieder in ihr Bereich. »Es war ein ehrliches Duell, in welchem Eckhofs Sohn fiel, und sicher der interessanteste Moment in Onkel Erichs ganzer spießbürgerlicher Existenz…Aber gehen wir hinein! Die Verhandlungen haben den Siedepunkt erreicht.«

Ohne weiteres schritt sie mit mir die Glasfront entlang und schob mich über die Schwelle der Seitenthür. Ich trat auf feinen Kies; Schlangenwege wandten sich durch dunkelndes Gebüsch, zwischen Felsgruppen hin und durchschnitten hier und da den zartesten Samtrasen. Je mehr sich das Gitter der Zweige und Blätter verdünnte, das uns von dem Lampenschein und der

Szene trennte, desto bänglicher wurde mir zu Mute ... So stand ich doch noch ganz und gar nicht zu den Bewohnern des Vorderhauses, daß ich zur späten Nachtzeit mitten in Erörterungen hineinplatzte, die nicht für fremde Ohren geeignet waren ... Wie, wenn der Herr des Hauses darüber ergrimmte? ... Ich wußte nicht, wie es kam, aber ich konnte auf einmal nicht mehr so obenhin denken: »Ei, es ist ja nur Herr Claudius!« – Ich zitterte vor ihm.

Charlotte hatte ihren Arm um mich gelegt, und als ich im ersten Impuls, schleunigst das Weite zu suchen, zurückwich, da wurde meine Taille unbarmherzig zusammengepreßt – es ging im Sturmschritt vorwärts, und plötzlich standen wir, wie vom Himmel gefallen, vor der erstaunten Gesellschaft.

»Ich habe das Prinzeßchen im Garten aufgelesen,« sagte Charlotte rasch und schnitt dem Buchhalter einen Redesatz von den Lippen. »Liebste Fliedner, sehen Sie sich das Kind an, ob es nicht ganz anders aussieht? Es hat Hofthee getrunken und ist im Hofwagen heimgefahren, ganz **à la** Aschenbrödel – zeigen Sie her, Kind, ob nicht eines Ihrer Atlasstiefelchen auf der Schloßtreppe sitzen geblieben ist!«

Bei aller Beklommenheit lachte ich doch und setzte mich auf den Stuhl, den mir Dagobert brachte ... Charlotte hatte recht gehabt: verstummt, abgeschnitten war der Streit, als habe er nie stattgefunden, und als ich die Augen hob, sah ich den Buchhalter in dem Dunkel verschwinden, durch das wir eben gekommen waren ... Herr Claudius stand noch neben der Palme – scheu forschend streifte ihn mein Blick – hatte er nicht ein Mal auf der Stirne? Er hatte ja einen Menschen getötet! – Ich sah nur die ernsten, blauen Augen auf mich niederleuchten und zog erschrocken den Kopf zwischen die Schultern.

Fräulein Fliedner atmete auf; sie war sichtlich froh über mein Kommen und drückte mir zärtlich die Hand.

»Erzählen, Kindchen!« drängte sie mich, während sie mir den Hut abnahm und die zerdrückten Aermelpuffen zurechtzupfte. »Wie war's bei Hofe?«

Ich schmiegte mich tief in den Korbsessel – einer der riesigen Farnkrautwedel, im Lampenlicht smaragdgrün schimmernd, schwanke nahe über meiner Stirne, und andere kamen seitwärts herüber und berührten kühl und schmeichelnd meine nackten Schultern. Ich saß da wie unter einem schützenden Baldachin und fühlte mich geborgen. Zudem zog sich Herr Claudius zurück; aber er verließ das Glashaus nicht – man hörte ihn leise und unablässig hinter den Felsen- und Pflanzengruppen auf und ab gehen. Mein Mut wuchs wieder, und ich erzählte, anfangs stockend, dann mich selbst darüber amüsierend, von meinem glorreichen Debüt – wie mir die so wohl vorbereitete Verbeugung in den Gliedern stecken geblieben sei; von dem Vortrag des Kinderliedchens und meinem Stück Lebensgeschichte, das ich der Prinzessin treuherzig mitgeteilt hatte.

Charlotte unterbrach mit alle Augenblicke mit einem schallenden Gelächter; auch Fräulein Fliedner kicherte in sich hinein und klopfte mir schmeichelnd die Wangen; nur Dagobert lachte nicht mit; er sah mich genau mit demselben staunenden Schrecken an, wie die grauen Hoffräuleinaugen, und als ich schließlich, weil mir zu heiß wurde, den Foulard auf den Tisch warf und dabei sagte, daß er der Prinzessin gehöre, da nahm er das Tuch in unverkennbarer Ehrfurcht auf und hing es mit vorsichtigen Händen über seine Stuhllehne, und das ärgerte und verdroß mich über die Maßen.

»Halt!« rief Charlotte auf einmal und streckte die Hand gegen mich aus, als ich in meinen Mitteilungen fortfahren wollte. »Nun sagen Sie selbst, Fräulein Fliedner, ob das Prinzeßchen, trotz seiner dunkelblauen Augen, nicht weit eher eine jener interessanten Töchter Israels sein könnte, wie sie die Bibel schildert, als der Sproß eines alten, echt deutschen Adelsgeschlechts! ... So wie der wildlockige Kopf da unter dem Farnkraut auftaucht – bitte, Prinzeßchen, lassen Sie Ihre Hand noch einen Augenblick beschattend über der Stirne schweben – erinnert er mich lebhaft an Paul Delaroches junge Jüdin, wie sie im Uferschilf den ausgesetzten kleinen Moses verstohlen bewacht.«

»Meine Großmutter *war* ja auch eine Jüdin,« sagte ich unbefangen.

Die regelmäßigen Schritte im Hintergrund des Glashauses stockten plötzlich, und auch am Theetisch blieb es einen Augenblick totenstill. Ich saß so, daß ich durch die Glasscheiben einen Teil des Gartens übersehen konnte. Der Mond war heraufgekommen; aber er stand noch hinter einem Wolkengebirge, dessen zackige Ausläufer er silbern besäumte. Ueber dem weiten Plan webte ein falbes, unbestimmtes Licht, das die Linien der Gegenstände gespenstisch verzerrte – das weiße Lilienfeld, wenn auch tief im Hintergrunde und zum Teil unter den Flußuferbäumen liegend, schien den spärlichen Mondenglanz in sich allein aufzufangen – es leuchtete hell zu mir herüber, und ich mußte wieder, gleich vorhin unter kalten Schauern und Herzweh, an meine arme Großmutter denken, wie sie unter den Eichen hingestreckt lag … Es wurde alles wieder wach in mir, was ich in jenen grauenhaften Nachtstunden erfahren und gelitten. Die wenigen, stets furchterregenden Berührungspunkte zwischen der geistesgestörten Frau und mir, lange Jahre hindurch, dann das plötzliche Hervorbrechen der großmütterlichen Liebe in der Sterbestunde, meine Angst bei der Wahrnehmung, daß der Tod wirklich an das eben gewonnene Herz herantrete, das alles stieg überwältigend vor mir auf, und so, wie es kam, sprach ich's aus. Ich berührte auch den furchtbaren Auftritt zwischen meiner Großmutter und dem alten Pfarrer – wie sie den geistlichen Beistand zurückgewiesen habe und als Jüdin gestorben sei, und wie mild versöhnlich der Pfarrer dabei gewesen. – Da plötzlich, während alle in tiefer Stille zuhörten, kreischte der Kies unter heftigen, starken Schritten, und der Buchhalter, den ich längst daheim in der Karolinenlust wähnte, stand vor mir.

»Der Mann war ein Schwachkopf!« schalt er mit förmlich donnernder Stimme. »Er durfte nicht von dem Bett weichen, bis er die widerspenstige Seele wieder in seiner Hand hatte. Er mußte sie zwingen, umzukehren – der Priester hat Mittel genug, die Abtrünnigen aufzurütteln, wenn sie frechen Mutes der Hölle zutaumeln wollen –«

Ich sprang auf. Der Gedanke, daß eine Stimme, wie diese, rücksichtslos in den Todeskampf eines Menschen hineinstürmen und die Qualen der ringenden Seele verlängern dürfe, regte mich furchtbar auf.

»O, das hätte er nicht wagen dürfen! Wir hätten es nicht geduldet, Ilse und ich – ganz gewiß nicht … Ich leide es auch jetzt nicht, daß Sie nur noch ein Wort über meine arme Großmutter sagen!« rief ich.

Fräulein Fliedner hatte sich rasch erhoben – sie legte beschwichtigend beide Arme um mich und sah nach der Felsengruppe hinüber; dort klangen die Schritte wieder – sie näherten sich rasch dem Theetisch.

»Haben Sie das alles auch der Prinzessin erzählt, Fräulein von Sassen?« fragte Dagobert schnell – er schob mit dieser Frage weiteren Erörterungen einen Riegel vor und bewirkte, daß die Schritte augenblicklich verstummten.

Ich schüttelte schweigend den Kopf.

»Nun dann – wenn ich Ihnen raten darf – schweigen Sie auch künftig darüber.«

»Aber aus welchem Grunde denn?« fragte Fräulein Fliedner.

»Das können Sie sich doch denken, liebste Fliedner,« versetzte er achselzuckend, fast unwillig. »Es ist bekannt genug, daß der Herzog den Juden nicht hold ist, weil ihn sein ehemaliger Hofagent, Hirschfeld, fabelhaft beschwindelt hat und schließlich durchgebrannt ist. Weiter – und das ist die Hauptsache – gilt der Name von Sassen am Hofe als ein seit Jahrhunderten völlig unbefleckter. Für Seine Hoheit gibt allerdings die Gelehrsamkeit des Herrn von Sassen den Ausschlag – anders dagegen ist's mit der Umgebung – ihr imponiert sicher nur das hohe Alter und die Reinheit des Stammbaumes; solch eine kleine Ausplauderei seitens der jungen Dame könnte mithin der brillanten Aufnahme des Herrn Doktors, wie auch ihrer eigenen, einen empfindlichen Stoß versetzen, und das wird sie sicher nicht wollen.«

Ich schwieg, weil mir die ganze Rede nicht klar war; ich begriff durchaus nicht, wie es meinem Vater schaden könne, daß seine Mutter eine Jüdin gewesen war, denn mir fehlte ja der Begriff von jener sogenannten Weltordnung beinahe vollständig. Es war aber auch gar nicht der geeignete Moment, darüber nachzudenken – noch zitterte ich in der Nachwirkung des Schreckens, den mir das plötzliche Hervortreten des gefürchteten alten Mannes verursacht hatte. Und er stand ja noch mit verschränkten Armen mir gegenüber, und seine Augen glühten unter den weißen Brauen hervor, als wollten sie mich verbrennen. Ich empfand zum erstenmal in meinem Leben, daß ich gehaßt wurde – eine Erfahrung, die eine junge Seele so schwer begreift; – die Luft, die ich mit meinem Feind zugleich atmete, drohte mich zu ersticken; der Aufenthalt im Glashause wurde mir unerträglich.

»Ich will heimgehen – Ilse wartet,« sagte ich – mit einer energischen Bewegung befreite ich mich aus Fräulein Fliedners Armen und griff nach meinem Hute, während meine Augen mit fieberndem Verlangen in den kühlen, weiten Garten hinausstrebten.

»Na, dann kommen Sie,« meinte Charlotte aufstehend. »Ei, der Tausend, ich sehe an Ihrem Blick, daß wir Sie nicht halten dürfen! – Sie wären imstande und zerschlügen uns die Scheiben, wie der wilde Darling –«

»Darling hat heute abend seinen Herrn abgeworfen und mit den Hufen zerschlagen,« sagte ich.

Dagobert fuhr empor. »Wie, Arthur Tressel? Den famosen Reiter? Unmöglich!« rief er.

»Ah bah, ein schöner Reiter das! Der Mensch hätte auch weiser gethan, daheim auf seinem Kontorstuhl sitzen zu bleiben,« warf Charlotte mit scheinbarem Phlegma hin; aber unter ihren verächtlich zugekniffenen Lidern hervor flammte ein Blick voll Aerger – er glitt verstohlen durch den Hintergrund des Glashauses. »Hat er sich wehe gethan, der arme Junge?«

»Herr von Wismar sagte zu der Prinzessin, das sei robustes Blut und eine ganz andere Knochenmasse – das sei nicht leicht umzubringen.«

Vom Felsen herüber klang ein leises Auflachen – ich glaube, der plötzliche unterirdische Stoß eines Erdbebens hätte keine größere Wirkung auf die Geschwister üben können, als meine achtlos gegebenen Antwort und jenes schnell verklingende, kaum hörbare Auflachen. Was hatte ich armes, erschrockenes Geschöpf denn verbrochen, daß Dagoberts Augen mich so zornig ansprühten? … Es sah aus, als wollte Charlotte im ersten jähen Aufbrausen einen Zornruf hinter die Felsengruppe schleudern, aber sie überwand sich und schwieg, während sie den Kopf stolz zurückwarf.

»Kommen Sie, Kleine – geben Sie Fräulein Fliedner ein Patschhändchen und sagen ihr gute Nacht – es wird Zeit, daß man Sie zu Bett bringt!« sagte sie zu mir.

In jedem anderen Moment würde diese Aufforderung meine siebenzehnjährige Würde tief gekränkt haben – diesmal jedoch verzieh ich Charlotte sofort; denn der Mund, der sich zum Humor zwang, erschien völlig farblos – das stolze Mädchen war tief verletzt worden, das sah ich wohl, wenn ich auch nicht begriff, durch was.

Sie durchschritt anscheinend ruhig und schweigsam an meiner Seite das Glashaus und den vorderen Teil des Gartens; kaum aber hatten wir die Brücke hinter uns, als sie stehen blieb und unter einem tiefen, schweren Aufatmen beide Hände auf die Brust preßte.

»Haben Sie gehört, wie er lachte?« fragte sie mit ausbrechendem Grimm.

»Es war Herr Claudius?«

»Ja, Kind! … Wenn Sie erst länger mit uns zusammengelebt haben, dann werden Sie wissen, daß dieser große, überlegene Geist nie laut lacht, es sei denn über die Schwächen der Menschheit, wie vor wenig Augenblicken – Kleine! Mit dem Auskramen dessen, was Sie bei Hofe hören und erleben, müssen Sie in Anwesenheit des Onkels künftig vorsichtiger sein!«

Ich war empört. Man hatte mich gezwungen, zu erzählen, und ich war in der That, für meine wenig geschulte, offene Natur, sehr vorsichtig gewesen; nicht ein Wort von dem, was man bei Hofe über Dagobert gesprochen, war über meine Lippen gekommen.

»Warum zanken Sie denn?« fragte ich trotzig. »Soll ich nicht einmal sagen, daß man den gestürzten Reiter am Hofe für stark und kräftig hält?«

»O sancta simplicitas!« rief Charlotte spöttisch auflachen. »Arthur Tressel ist zart und zierlich – ein Bürschchen von Marzipan … Die Bezeichnung des geistvollen Herrn von Wismar gilt dem gesamten biderben Bürgerstand. Ein Kavalier hätte seine feinen, ganz besonders konstruierten Rippen bei dem Sturz jedenfalls zerbrochen und seine edle Seele in den Himmel zurückgehaucht; das robuste Bürgerblut aber hat viel zu viel von der groben, derben Erde in sich, es bleibt an ihr kleben und thut sich nicht so leicht weh.«

Sie lachte abermals auf, ging hastigen Schrittes weiter und trat mit mir heraus auf das Parterre der Karolinenlust.

Der Mond stand jetzt vollständig entschleiert über dem Schlößchen. Auf der verschwiegenen, dem Waldesdunkel abgerungenen Oase wirkte das hereinfallende weiße Licht ebenso berauschend auf meine Nerven, wie der starke Blumenduft im Vordergarten. Es ließ die steinerne Diana drüben unter der Blutbuchengruppe so lebendig erschreckend hervortreten, daß man meinte, der lauernde Pfeil auf dem gespannten Bogen müsse plötzlich die Lüfte durchschwirren – es floß um die Blumen-und Fruchtfestons der Mauern, über die starren Augen und festgeschlossenen Lippen der lasttragenden Karyatiden und schwamm auf dem Spiegel des Teiches, auf den ungeheuren Glasflächen der Fenster. Ich konnte jede einzelne Falte der verblichenen Seidendraperien hinter den Balkonglasthüren erkennen – jetzt lief der Mond mit silbernen Sohlen durch die geheimnisvollen Zimmer; – da schwankte die Ampel drunten an der Decke des grimmigen Fanatikers freilich nicht.

»Der da oben hätte mich und meinen Bruder verstanden,« sagte Charlotte und zeigte nach der Bel-Etage. »Er hat den Staub und Schmutz der Krämersippe mit starker Hand abgeworfen und ist keck hinaufgestiegen in die Sphäre, die ihm einzig und allein den Lebensatem geben konnte.« Sie sah unverwandt auf die glitzernden Scheiben und zuckte die Achseln. »Er ist freilich mit zerschmettertem Kopf herabgestürzt – aber was thut's? Er hat doch die hochmütige Kaste gezwungen, ihn anzuerkennen; er ist ihresgleichen geworden und hat seinen glänzenden Weg über den Boden gemacht, den sie mit rasender Eifersucht als den ihrigen reklamieren. Es ist schließlich völlig gleichbedeutend, ob dieser Weg durch zehn oder fünfzig Jahre hindurchgelaufen ist. Ich stürbe gern jung, wenn ich nur zwölf Monate Leben auf der Höhe damit erkaufen könnte!... Ich habe es durchgekostet, was es heißt, seine halbe Jugend mit stolz ehrgeizigem Herzen und einem verpönten, plebejischen Namen unter nasenrümpfenden, adligen Pensionärinnen zu verbringen – ich will nicht immer unten stehen – ich will nicht!«

Sie fuhr mit der geballten Hand energisch durch die Luft und schritt unter fliegenden Atemzügen rasch auf und ab.

»Onkel Erich kennt die verborgene Glut in meinem Herzen – Dagobert denkt und fühlt und leidet genau so, wie ich« – sprach sie stehenbleibend weiter – »und mit dem ganzen Spießbürgerhochmut seines Standes sucht er sie zu ersticken... Wir sollen die Stütze unserer Würde in uns selbst suchen, nicht in äußeren Zufälligkeiten, sagt der große Philosoph – lächerlich! Das stachelt mich erst recht auf; ich fühle mich an einen Marterpfahl gebunden, ich knirsche in den Zaum und verwünsche die Bosheit des Schicksals, die junge Adler in ein Krähennest getragen hat!... Woher diese unbesiegbaren Empfindungen?« fragte sie, langsam weiterschreitend. »Sie sind da, solange ich atme, sie müssen in dem *Blut* begründet sein, was mich durchströmt... Es ist kein Chimäre, das Wort von dem aristokratischen Bewußtsein – es mögen sich wohl Fäden fortspinnen von Geschlecht zu Geschlecht, die uns unbewußt mit vergangener Größe zusammen knüpfen, wenn sie auch äußerlich nicht mehr wahrnehmbar sind, wie bei uns Geschwistern zum Beispiel, über deren eigentlicher Abkunft tödliches Schweigen, undurchdringliches Dunkel liegen –«

Diese leidenschaftlich herausgestoßenen Klagen erloschen plötzlich mit den letzten Worten in einer Art von Stammeln – in der Mündung des einen Boskettweges, an der wir eben vorüberkamen, stand Herr Claudius und sah das aufgeregte Mädchen mit ruhigen, ernsten Augen an.

»Einmal soll dieses Dunkel gelüftet werden, Charlotte, ich verspreche es dir,« sagte er so gelassen, als sei der heftige Ausbruch an ihn direkt gerichtet gewesen und er antworte einfach darauf. »Aber dann erst sollst du die Wahrheit erfahren, wenn du sie ertragen kannst, wenn das Leben und ich« – er zeigte gebieterisch auf sich selbst – »dich vernünftiger gemacht haben werden... Jetzt gehe vor in das Haus, Dörte mag dir ein Glas Zuckerwasser einrühren... Und noch eines: Ich verbiete dir hiermit streng für die Zukunft derartige Mondscheinpromenaden in Fräulein von Sassens Gesellschaft; der Größenwahn ist ansteckend, du wirst mich verstehen.«

Seltsam, das Mädchen mit dem starken Geist fand nicht ein Wort der Erwiderung; die Ueberraschung mochte sie wohl für einen Augenblick gelähmt und widerstandslos gemacht haben. Den Kopf trotzig zurückwerfend, preßte sie meine Hand so heftig, daß ich hätte aufschreien mögen, schleuderte sie dann ungestüm von sich und rauschte in das Boskett hinein.

Ich war mit ihm allein – Angst und Beklommenheit überschlichen mein Herz; aber ich wollte ihm nicht zeigen, daß ich mich fürchte – nun gerade nicht! Der starke Goliath hatte einen Augenblick den Kopf verloren und sich in die Flucht schlagen lassen – da hielt sich der kleine David tapferer!… Ich schritt, für meine flinken Füße viel zu langsam, nach der Karolinenlust, und er ging schweigend neben mir her… Die Halle war stark beleuchtet; auch in dem Korridor, der hinter meinem Zimmer hinlief, brannten auf Herrn Claudius' Befehl allabendlich zwei Lampen. Vor diesem Korridor, auf dessen Stufen ich schon meinen Fuß setzte, blieb er stehen.

»Sie sind heute nachmittag im Groll von mir gegangen,« sagte er. »Geben Sie mir eine Hand, ich möchte doch lieber nicht so schlimme Erfahrungen machen, wie Heinz mit dem bösen Raben.«

Er streckte die Hand hin. Durch ein rubinrotes Glas in der Korridorthür warf das Lampenlicht einen rotflüssigen Schein über die weißen Finger, und von dem Brillantring zuckten grelle Blitze auf – ich schauderte.

»Sie ist voll Blut!« schrie ich entsetzt auf und stieß nach der Hand.

Er wich zurück und sah mich an – bis an mein Ende werde ich den vergehenden Blick nicht vergessen, der den meinen traf – noch nie hatte mich ein Menschenauge so angesehen, nie… Er wandte sich und verließ, ohne daß auch nur ein Laut über seine Lippen gekommen wäre, das Haus.

Ich fuhr unwillkürlich mit der Hand nach dem Herzen, als hätte ich den Dolchstich zurückempfangen – wie das schmerzte! Es war Reue, tiefe Reue!… Ich stürmte die Stufen hinab, ins Freie hinaus – ich wollte ihm die Hand geben, die er verlangt hatte, und ihn bitten, nicht böse zu sein. Aber der Kiesplatz war leer; ich hörte auch keine Schritte sich entfernen – Herr Claudius mußte den weichen Waldboden betreten haben.

Tief niedergeschlagen trat ich endlich bei Ilse ein. Ihre stets wachen und hellen Augen bemerkten sofort, daß Tropfen an meinen Wimpern hingen, und ich sagte ihr, daran sei nur das abscheuliche blutrote Glas der Korridorthüre schuld, für die es auch besser gewesen wäre, wenn Darling *sie* zertreten hätte, statt der Scheiben im Glashause.

22

Der Leibarzt des Herzogs besuchte meinen Vater sehr oft. Vom Hofe kam täglich zweimal ein Lakai, um sich nach dem Befinden des Kranken zu erkundigen und Erfrischungen zu bringen, und Ilse hatte »alle Hände voll zu thun«, um die besorgten Nachfragen aus allen Teilen der Residenz zu beantworten. Auch im Vorderhause zeigte man große Teilnahme. Fräulein Fliedner kam jeden Morgen selbst, um nachzusehen, und stellte alle dienstbaren Geister des Hauses zu unserer Verfügung…Charlotte war auch einmal abends auf eine halbe Stunde bei mir, um »die Kleine« in ihrer Trübseligkeit ein wenig zu trösten. Mir schien es aber, als bedürfe sie der Erheiterung von außen her weit mehr als ich. Es lag etwas wie ein finsteres Brüten über den starken, dunklen Brauen, und die stolznachlässige Sicherheit in ihren Gebärden hatte einer nervösen Beweglichkeit Platz gemacht. Das Zusammentreffen mit ihrem Onkel am Boskett erwähnte sie mit keinem Wort; dagegen erzählte sie mir, daß es augenblicklich gewitterhaft schwül im Vorderhause sei. Herr Claudius führte seinen Entschluß, Haus und Geschäft von dem eingeschlichenen Muckertum zu säubern, mit äußerster Konsequenz durch. Er habe die bereits eingezahlten Missionsbeiträge der Arbeiter großmütig in den Händen des Buchhalters belassen, die gleiche Summe aus eigenen Mitteln aber als Fond in eine von ihm neugestiftete Kasse niedergelegt, welche den Zweck habe, die Realschulbildung für die Arbeitersöhne zu ermöglichen und die Ausstattungskosten für die Töchter der Aermeren zu erleichtern. Die Traktätchen seien korbweise fortgeschafft worden, und dem jungen Kommis, der aus Liebedienerei weit über seine Kräfte der Missionskasse beigesteuert und sich mit großem Erfolg der Augenverdrehung beflissen habe, sei eine eklatante Rüge und die Androhung zu teil geworden, daß ein Rückfall in die widerwärtige Heuchelei seine sofortige Entlassung zur Folge haben werde; der Buchhalter gehe natürlich mit einem in Grimm erstarrten Gesicht herum – das wußte ich bereits; durch den Spalt einer Jalousie hatte ich ihn mehrmals in Begleitung der Geschwister den Teich umschreiten sehen. Das Band zwischen diesen drei Menschen schien durch die neuen Ereignisse ein noch engeres geworden zu sein – dafür sprachen die gemeinsamen Spaziergänge im Walde.

So oft Charlotte Herrn Claudius erwähnte, fühlte ich zwar noch einen leisen Stich durch mein Inneres gehen; allein die Qual der Reue und des Selbstvorwurfs hatte bedeutend nachgelassen, seit ich mir entrüstet sagte, daß die Krankheit meines Vaters ihren Grund in der Aufregung wegen des vereitelten Münzenankaufs habe – die ausgezeichnete, haarscharfe Logik meines siebzehnjährigen Mädchenkopfes erkannte schließlich dem hartherzigen Verweigerer der Mittel die ganze Schuld zu, und – da waren wir quitt!

Nun aber waren die schlimmen Tage vorüber. Die Fenster des Krankenzimmers standen weit offen, Luft und Sonne zogen wieder ein, und Ilse fegte und stäubte ab, als sei die ganze Streubüchse der Wüste drin ausgeschüttet worden. Ich hatte meinen Vater zum erstenmal wieder in die Bibliothek begleitet, ihm droben den Nachmittagskaffee auf der Maschine gekocht, die grünen Wollvorhänge halb zugezogen, wie er's liebte, und um seine Füße eine wattierte Decke geschlagen. Ich wußte ihn versorgt und still glücklich in der Wiederaufnahme seiner Arbeiten, und flog nun wie ein Pfeil hinaus in den Garten. Jetzt wußte ich den köstlichen Waldboden, das labende Düster unter den tausendfach verschlungenen Aesten bereits besser zu schätzen. Die Sonne hing als greller Glutball über dem Garten – es sah aus, als wolle sie gierig das ganze blaue Wasser des Teiches austrinken – matt und träge lag dieses in seinem Steinring.

Ich schlug den Weg ein, den ich seit Sonntag nicht wieder betreten hatte, und drang in das Dickicht – richtig, da stand Gretchens Korbwagen noch mit den halb zerschmolzenen, halb verdorrten Erdbeeren – niemand hatte ihn zurückverlangt – möglich, daß der alte Gärtner Schäfer ihn gesucht und nicht gefunden hatte…Wie dauerte mich das arme Kind, das jedenfalls nach seinem verlorenen Spielzeug jammerte! Die Eltern waren ja arm, so arm, daß die Mutter das Blut der Arbeit an den Händen hatte – sie konnten der Kleinen den Verlust vielleicht nicht ersetzen.

Obgleich mir Herr Claudius neulich, wenn auch ohne ein Wort der Zurechtweisung, so doch sehr ausdrucksvoll für alle Zeit den Ausgang verlegt, indem er vor meinen Augen den Schlüssel abgezogen und in die Tasche gesteckt hatte, lief ich doch nach der Gartenthür – siehe da, ein neues Schloß blinkte mir entgegen, ein festes, starkes Schloß ohne Schlüssel; auch die Bänder und Riegel waren neu – tausend noch einmal, man mußte gehörigen Respekt vor der gewaltthätigen Mädchenhand haben, daß man die Thür dergestalt in Eisen gelegt hatte!

Ich kletterte auf die Ulme; das war heute ein ziemlich saures Stück Arbeit. Ich hatte die sogenannten Spitzen an den Füßen und war damit in die Heideschuhe geschlüpft – um eine ganze Welt waren sie mir zu weit und machten alle Augenblicke Anstalt, mich treulos zu verlassen und hinunter ins Dickicht zu fliegen.

Endlich saß ich glücklich droben im Wipfel der Ulme. Auf dem Balkon des Schweizerhäuschens, von dem wilden Wein kühl beschattet, stand ein Kinderwagen – Hermännchen lag drin auf weißem Kissen, sehr faul und jedenfalls sehr satt. Neben ihm stand Gretchen und biß herzhaft in ein großes Butterbrot, dazwischen hinein mit dem Brüderlein plaudernd; drin im Zimmer aber sah ich die Mama, wie sie bügelte und alle Augenblicke mit erhitztem Gesicht in die Thür trat, um nach den Kinderchen zu sehen.

Wer hätte gedacht, daß durch das liebliche, sanfte Frauenantlitz dort solch ein Sturm gehen könne, wie ich ihn am Sonntagmorgen gesehen! In diesem Moment war davon auch nicht die geringste Spur mehr in den lächelnden Zügen zu finden, so wenig wie Gretchen über ihren verlorenen Wagen jammerte. Aber das Kind sollte ihn wieder haben, und zwar sofort; ich wollte ihn mit frischgepflückten Erdbeeren und Waldblumen füllen und den alten Gärtner Schäfer bitten, ihn nach Hause zu tragen. Ich verließ den Wipfel und glitt von Ast zu Ast hinab – da kamen Menschen von der Karolinenlust her; sie mußten mir schon sehr nahe sein – erschrocken fuhr ich zusammen vor der Stimme des Buchhalters, die zu mir heraufscholl, als stehe er bereits unten zu Füßen der Ulme. Den höchsten Wipfel erreichte ich nicht mehr, ohne daß das Geräusch des erschwerten Kletterns hinabgedrungen wäre. Still hoffend, daß das Ungewitter rasch vorüberziehen werde, schlang ich meine Arme um den Baumstamm, denn ich saß auf einem sehr dünnen schwanken Ast, und lauschte mit klopfendem Herzen hinab.

Was ich zuerst durch das Blättergewebe sah, war Charlottens purpurfarbene Samtschleife, die sie meist über der Stirn trug – wo Charlotte, da war auch Dagobert; die Geschwister flüchteten wieder einmal aus dem gewitterschwülen Vorderhause in den Wald; sie waren unglücklich und bedurften des Trostes; aber es berührte mich trotzdem peinlich, daß sie in ihrer Bedrängnis zu dem unheimlichen alten Manne hielten.

Die Wandelnden bogen in den Weg ein, der sehr nahe an meinem Versteck hinlief. Eckhof dämpfte seine Stimme auffallend; seine breit betonende Redeweise ließ mich jedoch jedes seiner Worte klar und deutlich verstehen. Er hielt den Hut in der Hand; sein blütenweißer Scheitel leuchtete hell auf, sonst aber erschien der schöne alte Kopf gleichsam verdunkelt. – Der grimmige, verbissene Ausdruck zeichnete zahllose Falten und Fältchen in das sonst blanke, man möchte sagen, auch von innen heraus eitel gepflegte Gesicht.

»Schweigen Sie um Gottes willen mit Ihren Tröstungen!« rief er stehenbleibend nichts weniger als höflich. »Die Folgen sind unberechenbar! Das können Sie beide nicht beurteilen, die Sie nicht wissen, welch einen ungeheuren Schritt vorwärts wir dadurch gethan hatten, daß das Haus Claudius mit seinen vielen Seelen in unsere Reihen eingetreten war – das hat imponiert und der Kirche manchen Schwachen und Schwankenden wieder zugeführt... Und nun wird der mühsame Aufbau mit einem solchen Eklat, einer solchen Rücksichtslosigkeit niedergerissen... Welche unselige Verblendung, den Götzen der Neuzeit, die unselige sogenannte Bildung an die Stelle zu setzen, da der Herr bereits wieder geherrscht hat in seiner alten Macht und Strenge!«

»Der Onkel schlägt sich selbst ins Gesicht mit seiner Marotte,« sagte Dagobert kalt. »Die Mächtigen und Besitzenden haben keinen besseren Verbündeten, als die Kirche gegen den Schwall derer, die frech an dem Bestehenden rütteln... Hätte ich Macht und Geld in den Händen, dann wäre Ihre Partei um einen eifrigen Förderer reicher – ich begreife meine Zeit und gehöre zu denen, die dem tollen Kreisel, den sie Fortschritt nennen, ein Bein stellen.«

»In Bezug auf die Kirche denkt Fräulein Charlotte anders,« sagte Eckhof, und sein glühendes Auge heftete sich durchdringend und streng auf das junge Mädchen.

»Ja, darin gehen unsere Ansichten auseinander,« versetzte sie aufrichtig. »Hätte ich Geld in den Händen, dann würde es mir vor allem das Mittel sein, das beschämende, erniedrigende Dunkel zu lüften, das die Vergangenheit unserer Familie deckt – ich *will* die Brosamen nicht länger essen, die mir zugeworfen werden, weil ich deutlich weiß und fühle, daß es meiner unwürdig ist, daß ich mich ihrer vielleicht später einmal schämen muß!...Ich werde von nun an zusammenraffen und sparen –«

»Fräulein Charlotte sparen?« warf Eckhof sarkastisch ungläubig ein.

»Ich sage Ihnen,« fuhr sie heftig auf, »ich werde in Sack und Asche gehen, um nur die Mittel zu einer Forschungsreise nach Paris zu erzwingen –«

»Wie, wenn Sie nun *nicht* so weit zu gehen hätten, um das Dunkel zu lüften...?«

Jedes dieser Worte fiel schwer wie tönendes Erz in mein Ohr, auf meine Nerven. Der Mann, der sie langsam und gewichtig ausgesprochen, stand plötzlich da, als habe er sich mit einem einzigen entscheidenden Schlag von einem schweren inneren Zerwürfnis losgerungen. »Kommen Sie,« sagte er kurz und gebieterisch zu der jungen Dame, die ihm sprachlos und mechanisch folgte. Er setzte sich auf die Bank, auf der ich am Sonntag gesessen und gesungen hatte, und die meinem Versteck schräg gegenüberstand.

O weh, in welche entsetzliche Lage war ich geraten! In Todesangst hielt ich halb schwebend den Ulmenstamm umschlungen – ich fürchtete, durch meine Schwere den dünnen Ast unter mir abzuknicken; dazu machten sich die unseligen Schuhe das Vergnügen, an meinen baumelnden Füßen allmählich, aber mit unerschütterlicher Konsequenz hinabzurutschen, und ich hatte keine Gewalt über sie – Gott im Himmel, wenn solch ein kleines Ungetüm hinabpolterte, welches Gaudium für Dagobert, und welche prächtige Gelegenheit für meinen Feind, mir eine donnernde Strafpredigt zu halten!

»Ich will Ihnen eine Geschichte erzählen,« sagte der Buchhalter zu den Geschwistern, die sich neben ihn gesetzt hatten. »Aber hören Sie vorerst eine unumwundene Erklärung...Das, was ich Ihnen mitteilen werde, erfahren Sie nicht auf Grund meiner Anhänglichkeit für Sie – es wäre eine Lüge, wollte ich das sagen...Ich spreche auch nicht aus Rachsucht – ›Ich will vergelten, spricht der Herr!‹...Sie sehen in diesem Augenblick nicht den Menschen Eckhof in mir, sondern den Streiter des Herrn, dem keine Wahl bleibt, wenn er zwischen die irdischen Interessen der Menschen – und sei es der eigenen Familie, des eigenen Fleisches und Blutes – und das Heil der Kirche gestellt wird!«

Und dieser blinde Fanatismus war es in der That, der Eckhof beseelte – es war ihm fürchterliche Ernst mit dem , was er sagte. Man mußte dieses düstere Glimmen in den Augen sehen, die sich einen Moment hoben, um über dem Laubdach den Himmel zu suchen.

»Sie haben mir wiederholt versichert, daß Sie im Besitz von Vermögen und einem klingenden Namen sofort einer der Unsrigen sein würden« – sagte er zu Dagobert.

»Ich wiederhole das hiermit feierlich – ich könnte ja beides unter keinen besseren Schutz stellen – Tausende sollten mir nicht zu viel sein –«

Eckhof neigte das Haupt. »Der Herr wird sie als Sühne ansehen für so viel verborgenen Sünden und endlich seine strafende Hand nehmen von den armen Seelen, die noch ruhelos wandern müssen,« sagte er pathetisch. »Es war aller Laster Anfang, daß der Kaufmannssohn den Standpunkt verachtete, auf den ihn der Herr durch die Geburt gestellt hatte, und nach dem Degen griff.... Er war schön von Gestalt und verstand sich auf die feinen Künste, die der Menschen Herzen verlocken, und da gab ihm der Herzog den Adel und ließ ihn nicht mehr von seiner Seite...Es wurde damals ein lockeres Leben geführt, da droben, von wo Zucht und Ehrbarkeit und Gottesfurcht als eine Leuchte über die Länder ausgehen sollten. Der Herzog war lustig und die Frau Herzogin, seine Gemahlin, auch, und seine jungen Schwestern, die Prinzessinnen Sidonie und Margarete, waren zu vergleichen der Tochter des Herodes. Sie hatten viel Willen, denn der Herzog liebte sie zärtlich – sie konnten alles von ihm erbitten, nur nicht die Einwilligung zu einer Mißheirat, denn er war stolz auf sein fürstliches Blut...Die schönen Schwestern verreisten und kamen zurück, wie es ihnen gefiel – Prinzessin Margarete war mehr am Hofe zu L., als daheim; ihre ältere Schwester aber hatte eine große Vorliebe für

die Schweiz und für Paris...Sie verreiste oft auf zwei, drei Monate und noch länger – natürlich
im strengsten Inkognito und unter dem Schutz ihrer alten, sehr respektablen Hofdame und
eines ebenso bejahrten Kavaliers – die guten Leute sind längst tot.«

Er schwieg einen Augenblick und strich sich mit der Hand über das Kinn, und ich saß in stiller Verzweiflung auf meinem Ast; meine Fußsohlen krampften sich zusammen, um die Schuhe
festzuhalten, und das Blut trat mir heftig klopfend in die Schläfe, denn ich wagte nicht einmal tief Atem zu schöpfen. Und dieser Mann erzählte so breit wie möglich – es war kein Ende
abzusehen.

»Seltsam aber war's,« fuhr er endlich fort, »daß stets, so oft die Prinzessin Sidonie nach der
Schweiz abreiste, eine schöne junge Dame in der Karolinenlust erschien. Sie hatte genau so
schwarze Locken, genau den schlanken Wuchs wie die Prinzessin, und sah ihr überhaupt zum
Verwechseln ähnlich...In solchen Zeiten war dann die Brücke nach dem Vordergarten womöglich noch fester verschlossen als sonst, und am Flußufer hin, auf seiten der Karolinenlust, lief
ein festes Staket, das natürlicherweise nach Lothars Tode sofort hat fallen müssen...Nur eine
Seele des Vorderhauses genoß die Gnade, die Brücke ungehindert passieren zu dürfen, Fräulein
Fliedner. Sie hatte sogar einen eigenen Schlüssel dazu, den sie meist zur Abendzeit, selbst in
der späten Nacht benutzte...Wenn Sie mich fragen, woher ich das alles weiß, so kann ich Ihnen
weiter nichts sagen, als: meine selige Frau hat mir's erzählt. Sie war zwar nie und nimmer an
dieser dunklen Geschichte beteiligt – zu ihrer Ehre sei es gesagt – aber Frauenohren und Augen sind fein und scharf, und wenn die weibliche Wißbegierde einmal angeregt ist, dann fragt
sie nicht viel nach nassen Füßen, die der Fluß macht, und findet wohl auch eine Stelle zum
Durchschlüpfen –«

»Schau, schau, die gute Frau hat *auch* gelauscht!« dachte ich zu meiner größten Befriedigung
und vergaß sogar für einen Augenblick meine gefährliche Situation.

»Das ist ein Leben gewesen wie in einem Turteltaubennest. Eine herrliche Frauenstimme
hat die schönsten Lieder gesungen, und im Mondenschein, in später, stiller Nacht hat man
droben auf der Waldwiese die Epauletten des Herrn Offiziers blitzen sehen, und die schlanke,
weiße Frau hat an seinem Arm gehangen...Einmal abends aber ist Fräulein Fliedner hastig,
ohne alle Vorsicht über die Brücke gelaufen – in der Karolinenlust sind die Lichter hinter den
Fenstern hin und her gehuscht – und um Mitternacht hat man Kindergeschrei gehört.«

Charlotte fuhr in die Höhe, mit geöffneten Lippen, als ränge sie nach Atem – ihre funkelnden
Augen ruhten verzehrend auf dem Gesicht des Sprechenden.

»Mehrere Jahre hintereinander hat man die Anwesenheit der Dame in der Karolinenlust von
Zeit zu Zeit beobachtet – die Szene, die ich zuletzt erzählt, hat sich später noch einmal wiederholt« – sagte Eckhof weiter – »dann starb die lustige, leichtlebige Prinzessin Sidonie plötzlich
im Bade am Schlagfluß, und der schöne Lothar jagte sich drei Tage darauf in Wien, wo er sich
gerade mit dem Herzog befand, eine Kugel durch den Kopf...Herr Claudius kam einige Tage
nach dem schrecklichen Vorfall hierher; er hatte auf seinen Reisen Wien besucht und Lothar
dort getroffen. Die beiden Brüder, die sich so selten gesehen hatten, waren sich während dieses Zusammenseins sehr nahe getreten – ich habe das aus Erichs eigenem Munde...Als ich zum
erstenmal eingehend mit ihm sprechen durfte, konnte ich nicht umhin, die Vorgänge in der Karolinenlust zu berühren. Er sah mich stolz und finster an und sagte, auf die Brieftasche Lothars
zeigend: ›Darin sind die Dokumente; mein Bruder hat mit seiner Frau in rechtmäßiger Ehe
gelebt!‹...Tags darauf ließ er auf Wunsch des Verstorbenen die Herren vom Gericht kommen.
Ich stand mit ihnen draußen im Korridor, während er noch einmal hineinging in die Räume,
die sein Bruder bewohnt hatte. Ich sah, wie er die Brieftasche in einen Schreibtisch des großen
Saales niederlegte und einschloß – dann machte er die Runde durch alle Zimmer, in die wir
nicht eintreten durften, schloß die Thüren und rüttelte an den Fenstern, und drei Minuten
später lagen die Gerichtssiegel auf den Thüren...Die beiden Kinder, die in der Karolinenlust
geboren wurden, sind –«

»Still, still – kein Wort weiter! Sprechen Sie es nicht aus!« schrie Charlotte emporspringend
auf. »Wissen Sie denn nicht, daß ich wahnsinnig werde, daß ich sterben muß, wenn ich diese

Wundergeschichte – und sei es auch nur für eine Stunde – glaubte und mir dann sagen lassen müßte: ›Es ist nicht wahr – es ist eitel Hirngespinst einer längst verstorbenen Frau!‹«

Sie preßte beide Hände an die Schläfen und rannte auf und ab.

»Ruhig Blut und den Kopf oben behalten!« ermahnte Eckhof, indem er aufstand und den Arm des jungen Mädchens ergriff. »Ich frage nur das eine: wenn nicht Lothars und der Prinzessin Kinder, wer sind Sie dann?«

O Himmel, Charlotte die Tochter einer Prinzessin! Um ein Haar wäre ich von meinem Sitz herabgefallen… Nun war ja alles gut, alles!… Wie untrüglich hatte das fürstliche Blut in ihren Adern gesprochen!… Ich hätte laut aufjubeln mögen, wäre nur nicht die entsetzliche Tortur an meinen Füßen gewesen, und hätte ich nicht gerade jetzt den letzten Rest meiner Muskelkraft aufbieten müssen, um mich atemlos still zu verhalten – wie wäre es mir ergangen, wenn der grimmige Alte mich nun, nach seinen Geständnissen, auf meinem unfreiwilligen Lauscherposten entdeckt hätte!

»Wie sollte Herr Claudius dazu kommen, die Kinder wildfremder Leute, einer fremden Nationalität, erziehen zu lassen und sie sogar zu adoptieren?« fuhr er fort. »Sehen Sie, das Erbteil seines Bruders, Ihren rechtmäßigen Besitz will er Ihnen nicht entziehen – dazu ist er zu gerecht – ja er geht noch weiter, er sichert Ihnen auch *sein* Vermögen, indem er nicht heiratet. Pekuniär glänzend versorgen wird er Sie – wenn auch erst nach seinem Tode, bis dahin lenkt er Sie am Gängelband – aber Ihren *wahren* Namen wird er Ihnen vorenthalten für immer, weil er nicht will, daß das aufgepfropfte adlige Reis fortleben soll – ich kenne ihn genau – er hat den unbeugsamen stolzen Bürgerkopf der Claudius! Doch jetzt beruhigen Sie sich endlich einmal,« schloß Eckhof ungeduldig, »und suchen Sie Ihre frühesten Erinnerungen zusammen.«

»Ich weiß nichts – nichts!« stammelte Charlotte und legte die Hand auf die Stirne – die starke Mädchenseele brach zusammen unter der Wucht des Glücks.

»Charlotte, nimm dich zusammen!« rief Dagobert nun auch – er war anscheinend viel ruhiger als seine Schwester, aber es kam mir plötzlich vor, als sei er noch gewachsen, so stolz hatte er sich aufgerichtet, auf seinem dunkelgeröteten Gesicht lag ein Ausdruck, der mich einschüchterte. »Sie mag allerdings nur sehr wenige, unklare Erinnerungen haben, denn sie war ja sehr klein, als unsere Lebenslage sich änderte – weiß ich doch auch nicht viel mehr,« sagte er zu dem Buchhalter. »Wir haben unsere erste Kindheit nicht in Paris selbst, sondern auf einer kleinen Besitzung in der Nähe der Stadt, bei Madame Godin, verlebt – das wissen Sie bereits… Ich erinnere mich wohl, daß mein Papa mich auf seinen Knien hat reiten lassen, aber, und wenn man mich tötete, ich könnte nicht sagen, wie er ausgesehen hat. Ich weiß nur, daß seine Erscheinung blitzend, funkelnd war – es ist uns ja gesagt worden, er sei Offizier gewesen… Die Mama habe ich sehr selten gesehen – am deutlichsten haftet ein Nachmittag in meiner Erinnerung. Mama kam mit Onkel Erich und noch einem Herrn herausgefahren; es wurde Kaffee im Gartensalon getrunken, und Onkel Erich jagte mich über den Rasen, warf mich hoch in die Luft und trug Charlotte stundenlang auf dem Arm… Er war ganz anders als jetzt; er hatte ein frisches, schöngerötetes Gesicht und sehr rasche muntere Bewegungen – älter als zwanzig Jahre kann er wohl damals nicht gewesen sein?«

»Er war einundzwanzig Jahre alt,« bestätigte der Buchhalter mit einem verfinstertem Gesicht, »als er Paris für immer verließ.«

»Die Mama setzte sich an den Flügel,« fuhr Dagobert fort, »und alle riefen bittend: ›Die Tarantella, die Tarantella!‹ Und da sang sie, daß die Wände zitterten, und alles war wie toll, und ich mit. Madame Godin mußte mir nachher das Lied mit ihrem schwachen, alten Stimmchen oft vorsingen, wenn sie mich artig und folgsam haben wollte, und nie werde ich das ›**Già la luna è in mezzo al mare, mamma mia si salterà!**‹ vergessen!… Auf das Gesicht der Mama kann ich mich mit dem besten Willen nicht mehr besinnen – für mich spielte, den Gesang ausgenommen, Onkel Erich an jenem Nachmittage die Hauptrolle. Sie könnten mir alle möglichen Frauenporträts zeigen, ich fände meine Mutter nicht heraus… Ich weiß nur noch, daß sie sehr groß und schlank war, und daß lange, schwarze Locken über ihre Brust herabfielen – vielleicht hätte ich auch das vergessen, wäre ich nicht gerade dieser Locken wegen von Mama gescholten worden, ich hatte sie bei meiner ungestümen Liebkosung sehr derangiert...Nach diesem Besuch kam Onkel Erich sehr oft allein; er verwöhnte und verzog uns – ganz das Gegenteil von heute – dann blieb er lange weg, bis er eines Tages kam und mich von Charlotte und Madame Godin trennte...Das ist alles, was ich Ihnen sagen kann.«

»Es genügt vollkommen,« sagte Eckhof. »Herr Claudius mag schon früher in das Geheimnis eingeweiht gewesen sein und seine Frau Schwägerin zu Neffen und Nichte begleitet haben...Die Prinzessin ging ja fast immer nach Paris, wenn der Herzog mit seinem Adjutanten verreiste.«

Er schob seinen Arm unter den des jungen Offiziers. »Jetzt heißt es vorsichtig forschen und handeln, wenn wir unser gemeinsames Ziel erreichen wollen,« sagte er, langsam mit Dagobert in den Wald hineinwandelnd. »Von der Fliedner, die allein um alles weiß, erfahren Sie natürlicherweise niemals ein Sterbenswort – eher ließe sie wohl Holz auf sich spalten!...Nicht wahr, wie unschuldig und harmlos sie thun kann, die – alte Katze?...Die Hofdame, der Reisemarschall und der Leibarzt, der damals auch in der Karolinenlust aus und ein ging, alle sind sie tot –«

»Und Madame Godin auch – seit langen Jahren,« setzte Dagobert tonlos hinzu.

»Nur Mut, die brauchen wir nicht! Wir werden schon Mittel und Wege finden,« sagte Eckhof resolut – der Mann war während seiner Mitteilung völlig aus seinem biblischen Redeton gefallen. – »Aber wie gesagt, alle Hast muß streng vermieden werden, und sollten Jahre darüber hingehen.«

Sie schritten weiter – Charlotte folgte ihnen nicht. Als sie sich allein sah, warf sie plötzlich die Arme hoch in die Luft und stieß mit zitternder Brust ein eigentümliches Lachen aus. Ich wußte nicht, waren es die unartikulierten Laute einer ausbrechenden, unbeschreiblichen Glückseligkeit oder – des Wahnsinns. Genau so hatte ich meine Großmutter am Brunnen stehen sehen...Erschrocken bog ich mich hinab – patsch, lag einer meiner Schuhe drunten im Dickicht – das kleine, benagelte Ungeheuer rasselte mit einer Vehemenz durch die Büsche, als sei es von einer Pistole abgeschossen. Charlotte stieß einen halberstickten Schrei aus.

»Still, um Gottes willen!« flüsterte ich, vom Stamm niedergleitend, und lief auf sie zu.

»Unglückskind, Sie haben gehorcht?« stießen ihre Lippen unter meiner Hand hervor – sie schüttelte diese Hand mit einer zornigen Gebärde von sich und maß mich mit entrüsteten Blicken.

»Gehorcht!« wiederholte ich tief beleidigt. »Kann ich's denn ändern, wenn ich auf dem Baume sitze, und Sie gehen drunten spazieren?...Kann ich denn schreien: ›Kommen Sie ja nicht hier vorüber, wenn Sie sich ein Geheimnis zu sagen haben, denn ich sitze da und will mich um keinen Preis vor dem alten Manne sehen lassen, der mich stets so zornig anschnaubt?‹...Und warum soll ich denn durchaus ein Unglückskind sein? Glücklich bin ich, so glücklich und vergnügt, daß ich's nicht aussprechen kann, Fräulein Charlotte!...Nun ist ja alles gut! Nun dürfen Sie stolz sein! Denken Sie doch nur, die Prinzessin Margarete ist ja Ihre Tante!«

»Gott im Himmel, wollen Sie mich denn zu Tode martern?« schrie sie auf und schüttelte mich so gewaltig an der Schulter, daß ich wie eine Flaumfeder hin und her flog. Dann ließ sie mich plötzlich los und ging wie vorhin mit starken Schritten auf und ab.

»Glauben Sie nichts – ich glaube auch kein Wort!« sagte sie nach einer langen Weile scheinbar ruhiger, wenn auch ihre Brust wogte und der Atem flog. »Der Alte dort ist kindisch geworden – sein Muckergehirn hat vor Zeiten schwer geträumt, und nun meint er, eine längst verstorbene Frau habe ihm das Märchen erzählt...Einen leisen Anflug von Wahrscheinlichkeit erhält die Sache nur durch unsere Adoption von seiten des Onkels – niemand hat bisher begriffen, weshalb er sich unser angenommen hat, und ich füge in meinem Herzen stets nachdrücklich hinzu: ›Aus Barmherzigkeit ganz gewiß nicht!‹...*Mich* könnte nur eine Wanderung durch die Bel-Etage der Karolinenlust überzeugen, inwieweit die Erzählung des Alten auf Thatsachen beruht. Es ist mir unmöglich, zu denken, daß die stolze Prinzessin – einen stark ausgeprägten Fürstenstolz hat unser ganzes herzogliches Haus – heimlich vermählt in der Karolinenlust gelebt haben soll...Ich will darauf schwören, wenn man heute die Siegel von den Thüren lösen dürfte, man fände nichts, nichts, als eine elegante Junggesellenwirtschaft, das Heim eines alleinlebenden jungen Herrn!« –

»Schwören Sie nicht, Fräulein Charlotte!« unterbrach ich sie flüsternd – mir war zu Mute, als sei ich berauscht, als wirbele mir das Gehirn durcheinander. – »In den Zimmern hängt ein seidener Frauenmantel, und auf dem Schreibtisch liegen Briefbogen, und ›Sidonie, Prinzessin von K.‹ steht drauf – das muß sie selbst geschrieben haben, so fein schreibt mein Vater nicht und Herr Claudius auch nicht – ich glaube, so schreibt nur eine Frau.«

Sie starrte mich an. »Sie sind drin gewesen? ... Hinter den Siegeln?«

»Ja, ich bin drin gewesen,« versetzte ich rasch, wenn auch mit niedergeschlagenen Augen. »Ich weiß einen Weg, und ich will Sie hinaufführen in die Zimmer, aber erst – wenn Ilse fort ist.«

In dem Augenblick, als ich den Namen Ilse aussprach, überkam mich ein unaussprechliches Angstgefühl. Mir war, als stünde sie neben mir mit warnend gehobenem Zeigefinger, und als hätte ich Böses gethan, das nie, nie wieder auszulöschen sei ... Es tröstete und beruhigte mich auch durchaus nicht, daß Charlotte mich plötzlich mit ausbrechendem Jubel leidenschaftlich in ihre Arme schloß und an ihr Herz drückte – hatte ich nicht meine gute alte Ilse für sie hingegeben? ...

23

Aber auch noch andere Skrupel beunruhigten mich. Ich dachte selbstverständlich nicht daran, daß es *gefährlich* für mich selbst werden könne, in dieser geheimnisvollen Geschichte mitzuwirken – dazu war ich bei weitem nicht weltklug genug; ich hatte nur plötzlich ein dunkles Gefühl von Schuld dem Manne im Vorderhause gegenüber, der ahnungslos an seinem Schreibtisch saß, während alle insgeheim Front gegen ihn machten. Er war schuldig, das unterlag auch nicht dem leisesten Zweifel – er betrog die zwei hochstrebenden Geschwister um ihren edlen Namen; ich wünschte glühend, daß ihnen so schnell als möglich zu ihrem Recht verholfen werde; aber daß unter dem Deckmantel des tiefsten Schweigens auf seinem Grund und Boden gegen ihn gearbeitet wurde, daß der verräterische Buchhalter und die Geschwister nach wie vor Auge in Auge mit ihm verkehrten und an seinem Tische aßen, daß mein Vater in der Karolinenlust wie in seinem eigenen Heim fort und fort schaltete und waltete, während sein Kind feindselig gegen den Besitzer wirkte; dies alles war mir peinlich bis in die tiefste Seele hinein.

»Sie haben uns gestern belauscht,« sagte Dagobert am anderen Morgen mit finster gerunzelten Brauen zu mir, als ich, erschreckt durch seine unvermutete Anwesenheit in der Halle, rasch an ihm vorüberlaufen wollte. Er schien auf mich gewartet zu haben! Ueber Nacht war aus dem geschmeidigen Famulus ein gebietender Herr geworden, er sah genau wieder so hochmütig und überlegen aus, wie am Hügel der Heide – und das verdroß mich; allein diese braunen stolzblickenden Augen hatten so viel Gewalt über mich, daß auch nicht eines der gereizten Worte, die ich ihm sagen wollte, über meine Lippen kam.

»Charlottens Mitteilung hat mir einen tödlichen Schrecken eingejagt,« fuhr er fort; »ich bin überzeugt, heute noch erzählen sich die Spatzen auf den Dächern unser kostbares Geheimnis; denn Sie sind viel zu jung, viel zu unerfahren, um begreifen zu können, um was es sich hier handelt. Ein einziges unbesonnenes Wort aus Ihrem Munde wird unseren schlauen Feind stutzig machen und alle unsere Bemühungen für immer vereiteln.«

»Ich werde aber das Wort nicht sagen,« stieß ich zornig hervor. »Wir werden ja sehen, wer am besten schweigen kann.«

Damit lief ich die Treppe hinauf und flüchtete in das Bibliothekzimmer. Nun lag auch auf meinen Lippen ein Siegel – ich wollte eher sterben, als mir auch nur einen Laut entreißen lassen.

Dagoberts barscher Kürze gegenüber war ich trotzig, Charlotte dagegen flößte mir Scheu und Bangen ein. Stundenlang stand sie, die Arme untergeschlagen, bewegungslos drüben im Boskett und starrte mit verzehrenden Blicken nach den verhüllten Fenstern der Bel-Etage. Sie erschien mir viel blässer als sonst, und wenn sie meiner habhaft werden konnte, dann preßte sie mich in ihre Arme und flüsterte mit heißem Atem: »Wann endlich geht Frau Ilse? Ich esse und schlafe nicht – ich gehe an dieser Marter zugrunde!«

Aus diesen Bedrängnissen rettete ich mich meist zu meinem Vater. Er legte eben die letzte Hand an die Aufstellung der Antiken; denn die Prinzessin hatte nunmehr ihren Besuch für die allernächste Zeit in Aussicht gestellt. Ich mußte ihm behilflich sein, und wenn ich jetzt anfing, die unscheinbarsten Thon-und Marmorfragmente genau so subtil und zärtlich, wie er selbst, anzufassen, so hatte das seinen Grund in den Mitteilungen, die er während der gemeinsamen Arbeit einstreute. Ich sah, wenn auch immer noch mit blödem Blick, über dem »zerbrochenen Kram« den unsterblichen Geist schweben, der vor Jahrtausenden im Menschengehirn gekreist und nun mit jeder Form, mit jedem Farbenrest den Ring bezeichnete, den der gewaltige Stamm der Menschenentwicklung in jeder neuen Phase angesetzt hatte.

So kam ein schwerer, ein entsetzlich gefürchteter Tag heran – er streute das brennende Gold der unverschleierten Sonne über die Waldwipfel und sah mit wunderblauem Auge aus dem See. Wie haßte ich von neuem diesen See, die leuchtenden, höhnisch zu mir herüberstarrenden Statuen, die Baummassen, denen der nahende Herbst bereits zartgelbe Lichter aufsetzte! Ich starrte mit pochendem Herzen hinaus – die Farbenpracht brach sich in meinen funkelnden Thränen.

»Geweint wird nicht, absolut nicht, Kind,« sagte Ilse und strich mir mit ihrer harten Hand über die Augen. Sie hatte den Reiseüberrock an; auf dem Tische lag der Kirchenhut, und nicht weit von mir stand das Kistchen mit ihren wenigen Effekten, in welches sie eben den letzten Nagel eingeschlagen hatte. Sie war bereits droben bei meinem Vater gewesen, um sich zu verabschieden; ich durfte sie nicht begleiten; aber drunten auf dem Treppenabsatz hörte ich, wie sie in beschwörenden Tönen nochmals ihr sorgenschweres Herz ausschüttete. Sie kam mit dunkelglühenden Backen wieder heraus; die Erregung hielt sie jedoch nicht ab, den Rückweg mit dem Staubtuch in der Hand anzutreten – mit jedem Schritt abwärts polierte sie eine der Marmorstufen; denn die Prinzessin sollte ja binnen einer Stunde kommen, und da mußte doch alles »blitzblank« sein.

Nun brachte sie die Schachtel mit den Perlen, die mir meine Großmutter geschenkt hatte.

»Da, Kind,« sagte sie, während sie mir die Schnur um den entblößten Nacken legte, »die Prinzessin kann's wissen, daß du nicht gar zu arm zu deinem Vater gekommen bist – ich weiß, was für ein Heidengeld in solchen Dingern steckt, hab's manchmal mit ansehen müssen, wenn meine arme Frau Stück für Stück aus der Jakobsohnschen Erbschaft verkauft hat.«

Der Hut wurde hastig aufgesetzt, das große Wolltuch von der Schulter herab verhüllend über das Kistchen gezogen, das sie unter den linken Arm genommen hatte – dann schritt sie mit mir, ohne sich noch einmal umzusehen, nach dem Vorderhause. Ich hielt ihre Rechte und drückte sie an meine Brust und ging willenlos nebenher. Nur in der Hausflur fuhr ich zurück; denn Ilse ging nicht in Fräulein Fliedners Zimmer – auf ihr Befragen zeigte ihr der alte Erdmann die sogenannte »neue Schreibstube des Herrn«.

»Bist du kindisch bis zum letzten Augenblick!?« schalt sie barsch, während sie ihre Kiste niederstellte und dann ohne weiteres die bezeichnete Thür öffnete.

Grollend trat ich auf die Schwelle des gründämmernden Eckzimmers. Ich hatte Herrn Claudius nicht wieder gesehen seit jenem Abende, wo ich ihn gekränkt – ich wäre ihm ja auch am liebsten für immer aus dem Wege gegangen; nun aber wurde ich gezwungen, ihm gegenüberzutreten, und da that ich's denn auch so herausfordernd wie möglich – er hatte ja viel Schuld auf dem Gewissen, nicht ich, nein, ich ganz gewiß nicht!

Er saß an einem der südlichen Fenster und schrieb. Als er uns unter die Thür treten sah, zog er an einer Schnur; die grünen Vorhänge neben ihm flogen auseinander, und durch das duftige Gitter draußen stehender Büsche leuchteten die bunten Felder des Blumengartens herein. Er stand auf und reichte Ilse die Hand. Ich hatte gemeint, nach dem Blick, den er mir neulich zugeworfen, müßten seine Augen ganz anders aussehen, aber sie richteten sich so groß und ernst auf mein Gesicht, wie bei unserer ersten Begegnung an seinem Schreibtische – sie schüchterten mich ein.

»Herr Claudius, nun wird's Ernst,« sagte Ilse, und das Trennungsweh, das sie bisher standhaft unterdrückt, brach aus allen Tönen. »Ich *muß* endlich heim, wenn mir nicht der Dierkhof aus den Fugen gehen soll...Gott weiß, wie schwer mir das Herz ist; aber Sie sind mein Trost, Sie wissen, was Sie mir versprochen haben, und – da ist Leonore!«

Ehe ich mich dessen versah, hatte sie meine Hand gefaßt und wollte sie in seine Rechte legen. Er wandte das Gesicht weg und griff nach einem Buche, das er in der Hand behielt – ich verstand ihn sofort – ich hatte ja neulich vor seiner Berührung geschaudert.

»Wachen will ich unermüdlich, Frau Ilse,« sagte er mit der gewohnten Gelassenheit; »aber ob ich mir schließlich die Macht erkämpfen werde, auch zu leiten und selbst einzuwirken, das müssen wir einstweilen dahingestellt sein lassen –«

»Herr Claudius, Sie meinen doch nicht, daß es dem Kinde an dem nötigen Respekt fehlen wird?« unterbrach ihn Ilse. »Leonore weiß nun schon, daß der Herr Doktor bei seinen Geschäften nicht viel an sie denken kann, daß ein anderer da sein muß, der wie ein Vater für sie sorgt« – ich sah, wie eine zarte Röte sein ganzes Gesicht selbst über die Stirne hinauf überfloß –, »bis sie wieder heim kann auf den Dierkhof...Ich sag's ja, Sie sind mein Trost in der schweren Stunde, und wenn Sie auch Leonore die Hand nicht gegeben haben – je nun, Sie sind ein ernsthafter, strenger Mann, und sie ist ja noch das pure Kind im Thun und Wesen –«

»Das liegt doch wohl anders, als Sie denken,« fiel er ihr in das Wort...Welche Qual! Nun griff auch noch Ilse ahnungslos mit harter Hand in die Wunde, die ich ihm zugefügt. Das ganze

Reuegefühl überkam mich wieder – noch in diesem Augenblick konnte ich wieder gut machen, was ich verbrochen – nein, ich durfte nicht mehr, ich wäre dann ebenso falsch gewesen, wie der verabscheute alte Buchhalter, der seinen Herrn verraten hatte und doch scheinbar auf gutem Fuße mit ihm blieb.

»Trost braucht wohl vor allen Dingen Ihre Schutzbefohlene, Frau Ilse,« fuhr er fort – seine Augen hingen, mir zur Pein, unverwandt an meinem Gesicht. »Sie ist so blaß; ich fürchte, Abscheu und Angst vor dem engen Bannkreis, der ihre Stirne bedroht, werden nun doppelt über sie kommen.« Er nahm einen neuen Schlüssel von der Wand und legte ihn auf den Schreibtisch vor mich hin. »Ich weiß, wo Sie das Trennungsweh am ersten überwinden werden, Fräulein von Sassen,« sagte er. »Ich habe das Schloß an der Gartenthür neu herrichten lassen – der Schlüssel gehört Ihnen; Sie können nun ungestört die Familie Helldorf besuchen und mit Ihrem kleinen Liebling verkehren, so oft Sie wollen.«

Ilse sah sehr verwundert drein; allein es blieb keine Zeit zu näheren Erörterungen. Draußen über das Pflaster des Hofes rasselte ein Wagen.

»Frau Ilse, Sie müssen fort,« sagte Herr Claudius, indem er nach einem Fenster schritt und die Vorhänge auseinanderzog. Vor der Hofthür stand eine Equipage, der alte Erdmann hob Ilses Kiste hinein.

»I was, in dem Wagen soll ich doch nicht fahren?« rief sie erschrocken.

»Warum nicht?... Ich meine, der Abschied vollzieht sich rascher, als wenn Sie zu Fuß das Haus verlassen.«

»Na, denn in Gottes Namen... Da, Kind, vergiß den Schlüssel nicht« – sie schob ihn mir in die Tasche –; »ich weiß zwar nicht, was es für ein Bewenden damit hat; aber Herr Claudius gibt ihn dir, und da lasse ich ihn unbesehen in deinen Händen.«

Sie schüttelte ihm herzhaft die Hand und ging. Draußen in dem Hausflur standen wartend Fräulein Fliedner und Charlotte. Ich konnte den funkelnden Blick, das strahlende Lächeln des jungen Mädchens nicht ertragen und lehnte schluchzend das Gesicht an Ilses Brust. Die Starke rang heftig mit dem Weinen, ich hörte ihren mühsamen Atem; einen Augenblick umschlossen mich ihre Arme krampfhaft. Wie durch einen Schleier sah ich drüben zwischen den grünen Vorhängen Herrn Claudius stehen; er winkte Ilse verstohlen zu, die Qual abzukürzen; sie brauchte es nicht – ich that es selbst. Die Hände auf die Schläfen gepreßt, floh ich durch den Hof in den Garten hinein, und erst, als ich über die Brücke lief, hörte ich fern den Wagen durch den Thorweg brausen.

Ich schlug die Läden vor meine Fenster, verriegelte die Thüren und warf mich in die Sofaecke, wo Ilse zuletzt gesessen hatte. So lag ich stundenlang in dumpfem Schmerz...

Die Prinzessin Margarete kam; mein Vater begrüßte sie in der Halle – ich hörte, wie Herr von Wismar und das Hoffräulein den Kranich scheltend fortjagten, der jedenfalls der Durchlauchtigsten Dame mit seinen Reverenzen zu nahe gekommen war... In der Bel-Etage verstummten die Schritte der Hinaufsteigenden, die Prinzessin verharrte wahrscheinlich vor den geheimnisvollen Siegeln – eine entsetzliche Beklemmung schnürte mir die Brust zusammen; Ilse war ja nun fort und der Augenblick nahe, mit dem ich mich anheischig gemacht hatte, die untrüglichen Beweise zu den Mitteilungen des Buchhalters zu bringen – ich griff in die Tasche und schleuderte den Schlüssel, als senge er mir die Finger, weit in das Zimmer hinein... Man vertraute mir, wo ich hinterging. Seltsam, der Mann im Vorderhause stand an meiner Seite, wohin ich mich auch wenden mochte, zartvorsorglich, ernst und still, aber unabweisbar... Und ich *wollte* doch keine Gemeinschaft mit ihm, ich hielt zu den anderen, unverbrüchlich zu den anderen; eines Tages mußte er das erfahren – zu seinem Schaden. Ich wühlte das Gesicht noch tiefer in die Polster, in diesem Augenblick that mir selbst der feine Streifen Sonnenlicht wehe, der durch den Laden drang.

Die Prinzessin kam wieder herab, und mein Vater klopfte an meine Thür, er wollte mich holen. Ich rührte mich nicht und war froh, als ich alle das Haus verlassen hörte; aber nicht lange nachher kam Charlotte durch den Korridor gelaufen; sie rüttelte ungestüm an dem Thürschloß und rief gebieterisch meinen Namen. Schöner und herrlicher als je und in der brillantesten Toilette stand sie draußen, als ich die Thür öffnete.

»Schnell, schnell, Kind, die Prinzessin will Sie sehen!« rief Charlotte ungeduldig. »Sie sind nicht bei Trost sich einzuschließen und in eine wahrhaft ägyptische Finsternis zu vergraben, und das alles, weil Sie eine hausbackene Moralpredigerin losgeworden sind... Gehen Sie doch mit Ihrer Sentimentalität!«

Sie fuhr mir mit den Fingern durch das Haar und zupfte mein arg zerdrücktes Kleid zurecht, und der Arm, der sich um meine Taille legte, dirigierte so kräftig, daß ich mich sehr rasch auf dem Wege nach dem Vorderhause befand.

»Ich war mit Dagobert zufällig im Garten, als die Prinzessin nach den Treibhäusern ging,« erzählte sie in fast nachlässiger Weise – bei all meiner Naivität und meinem unbedingten Glauben an alles, was sie sagte, sah ich doch ein wenig zweifelhaft an der ausgesuchten Eleganz nieder, in die sie sich »zufällig« gehüllt hatte – »und was sagen Sie dazu, Ihr zerstreuter Papa, der mich sonst schlechterdings nicht vom alten Erdmann zu unterscheiden vermag, hat es unternommen, uns vorzustellen, und denken Sie sich, es ging wirklich ganz vortrefflich, er hat mich nicht einmal mit Dagobert verwechselt!«

Das war wieder der alte, übermütige Ton, der mich durch seine überlegene Sicherheit stets einschüchterte.

»Onkel Erich ist auch zwischen die Hofgesellschaft geraten – natürlicherweise sehr gegen seine Absicht,« fuhr sie fort; »er ließ gerade an der Felsenpartie im großen Warmhause etwas ändern, als die Prinzessin mit uns eintrat. Ich bin überzeugt, er verwünscht bereits in tiefster Seele die Lokalblätter unserer guten Residenz, die morgen den Besuch Ihrer Hoheit im Claudiusschen Etablissement des langen und breiten bringen werden – aber davon merkt man selbstverständlich nichts; er hat sich mit aller Ruhe und Gelassenheit seiner Bürgertugenden umgürtet und sieht aus, als beehre *er* die hohe Gesellschaft... Lächerlich, ich glaube gar, das imponiert der Prinzessin – sie hat womöglich an jedem Blümchen gerochen und ist nun nach dem Vorderhause gegangen, um das gesamte Etablissement pflichtschuldigst und gründlichst zu begucken – die gräßliche Hinterstube zum Beispiel... Brr – na, das ist Geschmackssache!«

Wir betraten gerade den Hausflur, als die Prinzessin die Hinterstube verließ. Sie ging an Herrn Claudius' Seite und hielt ein prachtvolles Bouquet in der Hand.

»Wo hat Heideprinzeßchen gesteckt?« fragte sie und drohte mir lächelnd mit dem Finger... Ach, Charlotte hatte bereits Gelegenheit gefunden, sie mit dem mir oktroyierten Titel bekannt zu machen.

»In einem stockfinsteren Zimmer, Hoheit,« antwortete die junge Dame an meiner Stelle. »Die Kleine ist traurig, weil sie sich heute von ihrer alten Magd trennen mußte!«

»Ich möchte dich doch bitte, Frau Ilse anders zu bezeichnen, Charlotte,« sagte Herr Claudius. »Sie hat Fräulein von Sassen an Liebe und treuer Sorge jahrelang die Mutter zu ersetzen gesucht.«

»Nun, dann verdient sie auch, daß Sie sich die Augen so rot geweint haben,« sagte die Prinzessin liebreich zu mir und küßte mich auf die Stirne.

Fräulein Fliedner kam in diesem Augenblick mit einem rasselnden Schlüsselbund feierlich die Treppe herunter und meldete unter einer tiefen Verbeugung, daß alles aufgeschlossen sei. Das altertümliche Kaufmannshaus interessierte die Prinzessin lebhaft, sie wünschte, auch die obere Etage zu sehen, nachdem ihr Herr Claudius gesagt hatte, daß die Einrichtung zum größten Teil seit langen Jahren unangetastet geblieben sei... Und jetzt trat auch mein Vater mit Herrn von Wismar und der Hofdame lachend aus Fräulein Fliedners Zimmer; sie hatten sich den mit Raritäten vollgestopften Glasschrank angesehen.

Meine Augen folgten unwillkürlich Herrn Claudius, als er neben der fürstlichen Frau langsam die Treppe hinaufstieg. Charlotte hatte recht – in seiner stolzen Zurückhaltung und Würde sah der »Krämer« aus, als beehre *er* die hohen Gäste, und mir war es plötzlich, wie wenn dieser Nimbus ungesuchter Hoheit auch über das alte finstere Haus seiner Väter flöße, über die gewaltigen Steinwölbungen, von denen jedes Wort, jeder Schritt majestätisch widerhallte, und die breite, massive Treppe mit dem wuchtigen, und doch so fein geschwungenen und gemeißelten Geländer.

Es waren freilich altbürgerlicher Geschmack und kaufmännischer praktischer Sinn gewesen, welche die Einrichtung der oberen Zimmer ausgewählt und »für alle Zeiten« angeschafft hatten. Himmelweit entfernt von der sinnlich heiteren Pracht, welche die Karolinenlust charakterisierte, strotzten sie von innerem Reichtum. Da sah man keine hochaufspringenden Polster unter gleißenden, üppig weichen Atlasbezügen; aus den kostbarsten Holzarten geschnitzt, aber ungraziös, eckig und geradlinig, wie der starre Nacken derer, die einst hier gehaust, standen die Gerätschaften umher, und von den Wänden blickten statt der Schelmenaugen nackter, blumenwerfender Genien höchstens hier und da ein tief nachgedunkeltes Christusbild, oder eine sittige deutsche Frau von Holbein, mit gesenktem Blick und wundervoll gemalten klaren Stirnschleier; aber es leuchteten auch die unvertilgbaren Farben echter Gobelins und das unverfälschte Gold gepreßter Ledertapeten, und die Fenster umstarrte Brokat in steifer, düsterer Pracht.

Der strenge Geist echt deutschen Bürgertums, den die Wände hier gleichsam gefangen hielten, mochte die Prinzessin wohl wunderlich genug anmuten. Sie trat durch die offene Thür des ersten Salons und ergriff mit beiden Händen einen silbernen Humpen, ein riesiges, monströses Gebild, das auf einem Eichentisch inmitten des Zimmers funkelte. Lachend versuchte sie ihn an die Lippen zu führen, – in diesem Augenblick stand Herr Claudius mit einem raschen Schritt neben ihr und erfing das schwere Gefäß – es war ihren Händen entglitten; sie aber starrte, zu Wachs erblichen, auf das Bild des schönen Lothar.

»Mein Gott, mein Gott!« stammelte sie und legte die Hand über die Augen.

Wenn etwas uns rasch die Besonnenheit in peinlichen Momenten zurückgibt, so ist es der plumpe Ausdruck geheuchelter Besorgnis anderer...Fräulein von Wildenspring stürzte auf ihre Herrin zu und machte Anstalten, sie zu unterstützen. Die Prinzessin raffte sich auf und wies sie mit einer stolzen Bewegung zurück.

»Was fällt Ihnen ein, Konstanze?« sagte sie mit leise zitternder Stimme. »Bin ich denn so nervenschwach, daß Sie mir eine Ohnmacht zutrauen? Und darf man nicht bewegt sein, wenn man eine längst abgeschiedene Gestalt plötzlich in erschreckender Lebendigkeit vor sich sieht?...Im Glashaus muß mein Flakon liegen geblieben sein; es wäre mir lieb, wenn Sie es holen wollten.«

Das Hoffräulein und Herr von Wismar verschwanden sofort im Korridor. Dagobert und Charlotte zogen sich in eine Fensternische hinter die undurchdringlichen Vorhänge zurück, und mein Vater stand bereits im Nebenzimmer und betrachtete ein geschnitztes Kruzifix. Das Zimmer war für einen Augenblick scheinbar leer geworden. Tief aufatmend trat die Prinzessin vor das Bild – nach einer Pause des lautlosesten Schweigens winkte sie Herrn Claudius neben sich.

»Hat Claudius das Bild für *Sie* malen lassen?« fragte sie mit fliegendem Atem.

»Nein, Hoheit!«

»Dann wissen Sie auch nicht, wer es einst besessen hat?«

»Es ist der einzige Gegenstand, den ich aus der ehemaligen Wohnung meines Bruders an mich genommen habe.«

»Ah, die Wohnung in der Karolinenlust,« atmete sie erleichtert auf; »also aus seinen eigenen Zimmern...Wer mag es gemalt haben? Das ist nicht der Pinsel unseres alten, pedantischen Hofmalers Krause – der war niemals fähig, so überwältigend die Seele in das Auge zu legen.«

Sie schwieg einen Moment und preßte das Taschentuch an die Lippen.

»Es kann nicht lange vor seinem – Heimgang gemalt sein,« fuhr sie in vibrierenden Tönen fort. »Dies Silbersternchen, das da zwischen seinen anderen Orden hervorsieht, hat meine Schwester Sidonie zwei Jahre vor ihrem Tode auf einer Landpartie in übermütiger Laune gestiftet – es trug die Devise ›Treu und verschwiegen‹ und hatte selbstverständlich für die Dekorierten keinen anderen Wert, als die Erinnerung an einen froh verlebten Augenblick.«

Abermals Totenstille, die nur ein schwaches Rauschen der Seidenvorhänge unterbrach.

»Seltsam,« fuhr die Prinzessin plötzlich empor, »Claudius trug nie Ringe, man sagte ihm nach, aus Eitelkeit, damit die unvergleichlich schöne Form seiner Hand nicht beeinträchtigt werde, und da – da sehen Sie doch den Streifen am Goldfinger der linken Hand...ich habe diese Hand genau gekannt, ich habe sie oft gesehen, aber bis zu jenem unseligen Augenblick stets ohne diesen eigentümlichen – einfachen Reifen – was soll er *hier*? Er sieht aus wie – ein Trauring.«

Herr Claudius antwortete mit keinem Laut – seine feinen Lippen, die sich stets fest aneinanderschlossen, wie man dies häufig bei tief nachdenkenden Naturen findet, bildeten eine noch schärfere Linie als sonst; ob er wohl, gleich mir, Charlottens Augen bemerkte, die förmlich glühend an seinem Gesicht hingen?

»Mein Gott, wohin versteigt sich meine Phantasie!« sagte die Prinzessin nach einer kurzen Pause mit einem melancholischen Lächeln. »Er war ja nicht einmal verlobt – nein, nie, die ganze Welt weiß das ... Gleichwohl, sagen Sie mir aufrichtig, hat wirklich niemand das Bild nach seinem Tode reklamiert?«

»Hoheit, es existiert niemand außer mir, der irgend welchen Anspruch auf Lothars Nachlaß hätte.«

Was war das? ... Die Antwort war so vollkommen unbefangen und trug so unverkennbar das Gepräge strenger Wahrhaftigkeit, daß ein Zweifel undenkbar schien. Charlotte fuhr mit bleichem Gesicht und allen Zeichen eines tödlichen Schreckens unter der Gardine hervor – sie hatte offenbar denselben Eindruck empfangen wie ich. Nur Dagobert maß seinen Onkel mit einem langen verächtlichen Blick, und ein höhnisches Lächeln kräuselte seine Lippen – er war seiner Sache gewiß, er war der unumstößlichen Ueberzeugung, daß der Mann dort gelogen habe ... Welcher von beiden war im Unrecht? Noch wünschte ich den Geschwistern den Sieg; aber ich meinte auch, nie in meinem Leben einem Menschen wieder glauben zu können, wenn es sich bestätigte, daß ein Mann wie Herr Claudius sich zu einer gemeinen Lüge herabgelassen habe.

Die zwei Abgesandten kamen achselzuckend und unverrichteter Sache aus dem Glashause zurück, und das Flakon fand sich schließlich in der Tasche der Prinzessin, die plötzlich ihre ganze imponierende Ruhe wiedergefunden hatte. Nur auf ihren Wangen, die sonst wie von einem zartrosigen Flaum überhaucht schienen, war ein tiefer Purpur liegen geblieben.

Fräulein von Wildenspring versicherte ängstlich, der Himmel hänge voll schwarzer Gewitterwolken, eine Aussage, die auch durch die sich auffallend verdichtenden Schatten in den Zimmern bestätigt wurde. Gleichwohl setzte sich die Prinzessin und nahm von den köstlichen Früchten, die ihr Fräulein Fliedner in einer silbernen Schale bot. Die Anwesenden gruppierten sich um sie her, nur mein Vater fehlte; weit drüben in einem der letzten Zimmer wanderte er forschend und betastend von Möbel zu Möbel – er schien vollständig vergessen zu haben, mit wem er hierher gekommen war, und man ließ ihn lächelnd gewähren.

Mir war so beklommen und unheimlich zu Mute, als müsse der ganze Plafond mit seinem schweren Stuck in den schwülen Salon hereinbrechen, oder auch als könne sich jeden Augenblick das Unglaubliche ereignen, daß der schöne Lothar aus seinem Rahmen mitten in die Gesellschaft herabsteige. Wie furchtbar sprechend seine Augen niedersahen, und wie warm und lebendurchströmt »die unvergleichlich schöne Hand«, die den schmucklosen, verhängnisvollen Reif trug, sich von dem dunklen Samt des Hintergrundes hob!

Vielleicht las die Prinzessin diese beängstigenden Gedanken auf meinem Gesicht; sie winkte mir.

»Mein Kind, Sie dürfen nicht so traurig sein,« sagte sie mild und weich, während ich, eingeschüchtert durch die auf mich gerichteten Augen aller, rasch und unwillkürlich vor ihr hinkniete – ich hatte das ja auch oft bei Ilse gethan. Sie legte die Hand auf meinen Scheitel und bog mir den Kopf in den Nacken. »Heideprinzeßchen! Wie hübsch das klingt! ... Aber Sie sind doch eigentlich kein Kind der nordischen Heide mit Ihrem braunen Gesichtchen und der kleinen, orientalisch gebogenen Nase, mit den dunklen, widerspenstig wilden Locken und dem scheuen Trotz in Ihren Zügen und Bewegungen – weit eher solch eine kleine Prinzessin der ungarischen Steppe, der am Abend die geraubten Schätze vor die Füßchen geschüttet werden, die sich mit köstlichen Perlen aus dem Orient behängt – ach, sehen Sie, wie recht ich habe?« lächelte sie und erfaßte die Perlenschnur, die mir tief über die Brust herabgefallen war; einen Augenblick ließ sie dieselbe überrascht durch ihre Finger rollen. »Aber das sind ja wirklich und wahrhaftig die schönsten Perlen, die Sie das tragen!« rief sie bewundernd. »Sind sie Ihr Eigentum und von wem haben Sie diese Schnur auserlesener Stücke?«

»Von meiner Großmutter.«

»Von der Mutter Ihres Vaters?... Ach ja, wenn ich nicht irre, war sie eine Geborene von Olderode, aus dem uralten, reichen Freiherrngeschlecht – nicht wahr, mein Kind?«

Eine Bewegung über dem Haupte der Prinzessin machte mich rasch aufblicken – da stand Dagobert mit gehobenem Zeigefinger, und sein Blick traf magnetisch und durchbohrend den meinen...»Nichts sagen!« warnte mich die ganze ausdrucksvolle Gebärde. Wie ein Traum flog es in meiner Seele auf, daß er mich schon einmal gewarnt hatte; aber ich fand in diesem häßlichsten Moment meines Lebens weder Zeit noch Klarheit, an das »Warum« zu denken. Einzig und allein von dem Blick beherrscht und in eine unbeschreibliche Verwirrung versetzt, stammelte ich: »Ich weiß es nicht!«

Was hatte ich gethan? Mit dem letzten herausgestoßenen Worte wich der Zauber, und ich entsetzte mich vor meiner eigenen lügenhaften Stimme...Wie, ich hatte eben vor all diesen Ohren erklärt, ich wisse nicht, ob meine Großmutter aus dem uralten, reichen Freiherrngeschlecht der Olderode stamme? Lüge, Lüge! Ich wußte es so genau wie die zehn Gebote Gottes, daß sie eine geborene Jakobsohn gewesen war – ich hatte sie als Jüdin sterben sehen und war ihr letzter Trost gewesen...Zu welchem Zwecke diese entschiedene Verleugnung der Wahrheit? Noch heute muß ich sagen: »ich wußte es nicht!« Ich hatte fast mechanisch unter fremdem Einflusse gesprochen und fühlte nur unter tiefem Jammer, daß ich mich zeitlebens dieses Augenblicks schämen müsse...Und wenn auch alle, so wie eben Dagobert, mir Beifall zugenickt hätten – was half es? Einer richtete mich doch streng – er sah mich mit unverhohlener Bestürzung an, wandte sich ab und ging hinaus, und das war Herr Claudius.

Ich rang mit mir, aber ich fand nicht den Mut, durch sofortige Offenheit den Fehler zu sühnen. Scham und die Furcht, mich lächerlich zu machen, verschlossen mir die Lippen; auch wurde das momentane Schweigen, das meiner Antwort folgte, rasch abgeschnitten – der erste Stoß des Gewittersturmes fuhr jäh durch die Straße und warf in erstickendem Wirbel dürre Halme und Blätter und die graue Staubschicht des sonnenheißen Pflasters gegen die Fenster. Noch einmal zerschlug er die schwarze Wetterwand droben, ein intensiv gelber Strahl brach herein – er funkelte blendend auf den Glasscheiben der gegenüberliegenden Häuser und warf fahle Reflexe schwankend über die dunklen Gerätschaften und Wände des dämmernden Salons.

Die Prinzessin erhob sich, während alle anderen erschreckt an die Fenster eilten; auch mein Vater fuhr aus seinen interessanten Untersuchungen empor und kam schleunigst herüber. In meiner stillen Verzweiflung sah und hörte ich alles, was um mich her vorging, wie im Traume. Ich sah Herrn Claudius wieder eintreten, hoch und fest und völlig unbewegt in den Linien seines Gesichts; aber ich wußte gerade in diesem Augenblicke erst, weshalb ihn die Prinzessin so unverwandt ansah, wenn er zu ihr sprach – er hatte dann genau das Licht in seinen Augen, wie das Bild dort, das Licht, welches sie »die Seele« nannte, und das der alte pedantische Hofmaler nicht zu malen vermochte...Sie legte die Hand auf seinen Arm und ließ sich die Treppe hinabführen; mechanisch nachfolgend, kam ich an Fräulein Fliedner vorüber, ihr milder Blick hatte etwas Kühles, Fremdes, als er mich traf – ach ja, sie hatte ja auch neulich im Glashause Dagoberts Warnung mit angehört und sah nun das schwarze Siegel der Lüge auf meiner Stirne – ich biß die Zähne auf die Unterlippe und schritt über die Schwelle...Die seidenen Schleppen der Damen rauschten die Treppe hinab, und dazwischen hinein klang die lieblich schmeichelnde Stimme der Prinzessin – mir schien es, als habe sie noch nie in so weichen, herzlichen Tönen gesprochen...Sie wolle noch einmal in »das interessante Patrizierhaus« kommen, versicherte sie Herrn Claudius – Fräulein von Wildenspring und der Kammerherr steckten die Köpfe zusammen, und dann nahm die impertinente Hofdame ihre Schleppe auf und warf mißtrauische Blicke auf die Treppenstufen, und Herr von Wismar fuhr fächelnd mit seinem Taschentuch durch die Luft, genau so wie Dagobert am Hügel gethan hatte – eine Demonstration gegen den fürstlichen Beschluß, wie sie sich drastischer nicht denken ließ. Charlotte ging hinter ihnen; ich sah von der Seite, wie ihr Gesicht aufglühte und die scharfgeschwungene Linie ihres

Mundes sich in sprachloser Erbitterung verzerrte – auch das berührte mich augenblicklich nicht; aber jetzt fuhr ich empor aus der Betäubung, die mich gefangen hielt.

»Bravo!« flüsterte es neben mir. »Heideprinzeßchen hat sich tapfer gehalten – nun bin ich ruhig in betreff des Geheimnisses!« Und Dagobert neigte sich so nahe und vertraulich zu mir, daß ich den Hauch seines Mundes fühlte... Wäre mir plötzlich ein heimtückischer, schmerzender Schlag versetzt worden, es hätte mich nicht mehr aufbringen können als dieses Flüstern. Ich fühlte Groll gegen die braunen Augensterne, die mich anlachten – *sie* hatten mich zu der unbesonnenen Handlung hingerissen, und das Wehen des Atems, das lau meine Wange berührte, reizte und beleidigte mich – das war der Mann nicht mehr, für den ich jeder Anfeindung gegenüber mutig in die Schranken treten wollte – er war falsch, der schöne Tankred, und seine bewunderten kastanienfarbenen Locken waren Schlange, die sich vor der Stirne niederringelten – meiner nicht mächtig, stieß ich mit der Hand nach ihm, dann lief ich wie toll die Treppe hinab und hing mich an den Arm meines Vaters, der neben der Prinzessin eben die letzte Stufe verließ.

»Nun, nun, mein Kind, wir sind nicht in der Heide!« verwies er mir lächelnd das Ungestüm. Das Höflingspaar war entsetzt zur Seite geprallt, als ich vorüberbrauste, und auch die Prinzessin wandte erstaunt den Kopf nach dem auffallenden Geräusch.

»Schelten Sie mir die kleine wilde Hummel nicht, Doktor,« wehrte sie gütig. »Seien wir froh, daß ihr heiteres Naturell so rasch wieder durchbricht und den Abschiedsschmerz überwindet.«

Es war zum Verzweifeln – nun galt meine Empörung auch noch für kindischen Uebermut, und Herr Claudius meinte es auch – er sah über meine kleine Person hinweg, sie schien für ihn nicht mehr zu existieren – recht so, die Strafe hatte ich ja verdient...

24

Ein heißer Brodem schlug von draußen herein in die Hausflur – es war, als habe sich der Blumenatem der Gärten zu einer trägen, unbeweglichen Masse verdichtet. Noch war kein Schlag gefallen, kein erlösender Regentropfen netzte die lechzende Erde; aber auf den Steinplatten des Hofes kräuselten sich kleine Späne und verstreute Papierschnitzel in verhängnisvollem Reigen, und die Pappeln drüben am Fluß sträubten ihre glatten Wipfel – der Sturm holte tief aus, um von neuem hervorzustürzen.

Die Prinzessin bestieg eiligst ihren aus der Seitenstraße hereinrollenden Wagen, und mein Vater, der zum Herzog beordert war, begleitete sie. Herrn Claudius reichte sie noch einmal die Hand heraus, Charlotte und Dagobert dagegen wurde ein freundlich vornehmes Kopfnicken zuteil, für welches sie sich dankend tief zur Erde neigten. Meine kleine Person wurde in der Hast und Eile übersehen, – und es war ganz gut so, ich wandte allen den Rücken, schritt über den Hof und öffnete die Gartenthür. Ich hatte Mühe, mich auf den Füßen zu halten – der Sturm brach los und raste über den weiten Plan. Grimmig fiel er mich an und riß mir die Thür aus der Hand; alle meine Kraft aufbietend, erfing ich sie wieder und warf sie hinter mir krachend in das Schloß – sie durfte ja nie offen bleiben nach den streng gehandhabten Hausregeln.

Nun vorwärts! Ich taumelte, nach Atem ringend, einige Schritte weiter und hatte das Gefühl, als sei ich plötzlich mitten in wogende Wasser geschleudert... Wie es lebendig fließend über die Erde hinlief, das bunte Meer der Blumen! Wie es zerwühlt zusammensank und auf Momente das fahle Grün der Stengel und Unterblätter zeigte, um dann wieder aufzuschwellen in farbenfunkelnder Pracht! Und wie sie toll und wild wurden, die schlanken, vornehmen italienischen Pappeln, wie sie sich bogen und wanden im rasenden Tanz mit dem Sturm und tosend einstimmten in sein Gebrüll!

Ich hatte plötzlich keinen Boden mehr unter den Füßen – zunächst flog ich mitten in das Heliotropenbeet, dann prallte ich gegen die Hofmauer zurück. Mit hochgehobenen Armen an die unebenen Steine mich anklammernd, drückte ich meinen Kopf gegen sie und ließ nun ausatmend die Wucht des Unwetters über mich ergehen. Scheu sah ich unter den Haarmassen hervor, die mir um das Gesicht flogen; denn die Thür nicht weit von mir fuhr prasselnd auf, und Herr Claudius trat heraus – er wandte suchend den Kopf nach allen Richtungen – da sah er mich.

»Ah, hierher hat Sie der Sturm verschlagen?« rief er. Sofort stand er schützend vor mir – nicht eines meiner Haare hob sich mehr im Winde.

»Wahrhaftig, wie ein unglückliches Schwälbchen, das der Sturm aus dem Neste gestoßen hat!« lachte Dagobert, der ihm folgte und sich wankend am Thürpfosten festhielt.

Ich ließ rasch meine Arme von der Wand niedersinken und wandte das Gesicht weg – das war das Lachen, das mich in der Heide unter das Dach des Dierkhofes gejagt hatte.

»Kommen Sie in das Vorderhaus zurück; Sie erreichen die Karolinenlust nicht mehr,« sagte Herr Claudius sanft zu mir.

Ich schüttelte den Kopf.

»Nun, dann will ich mit Ihnen gehen – unbeschützt können Sie sich unmöglich auf Ihren kleinen Füßen erhalten.«

»Mit meinem Mantel vor dem Sturm – beschütz' ich dich!« klang es durch meine aufgeregte Mädchenseele – nein, ich wollte nicht! Mochten sie doch beide gehen; den dort mit der Falschheit hinter der Stirne verabscheute ich, und vor dem, der so geduldig und sanft zu mir sprach, fühlte ich tiefe Scham und Furcht.

»Ich brauche keinen Mantel, der mich beschützt – ich will mich allein durchkämpfen,« sagte ich gepreßt und sah zu ihm auf – aber durch funkelnde, zitternde Thränen, die sich bei aller Anstrengung nicht niederschlucken ließen. Meine Zähne schlugen wie im Frost zusammen.

Herr Claudius sah mich an, während Dagobert abermals auflachte; eine unerklärliche Bewegung ging durch seine Züge. »Sie sind krank,« sagte er, sich zu mir herabbückend, leiser. »Ich darf Sie nun erst recht nicht allein lassen. Seien Sie gut und gehen Sie mit mir.«

Diese nicht zu erschöpfende Geduld und Nachsicht mit dem kleinen unwürdigen Geschöpfe, das er verachten mußte, und das bei alledem sich auch noch trotzig verhielt, brachen meinen Widerstand; zudem mäßigte sich das Toben in den Lüften für einen Moment, ich konnte mich recht gut allein auf den Füßen halten und verließ meinen Platz.

Noch stand Dagobert an der Thür. Jedenfalls hatten die wenigen Worte, die Herr Claudius leise zu mir gesprochen, und meine plötzliche Bereitwilligkeit, mitzugehen, sein Mißtrauen geweckt – er legte bedeutsam den Finger auf den Mund und hob in finsterer Drohung schüttelnd die Rechte. Dann trat er in den Hof zurück und schlug die Thür zu... Unnötige Mahnung! Ueber meine Lippen kam kein Wort – erst gelogen und dann verraten – Herr Claudius hätte mich selbst verabscheuen müssen, und wenn ihm auch meine Mitteilungen unberechenbar nützten... Aber ich mußte zugleich tief niedergeschlagen an Heinzens schauerliche Erzählungen von verkauften Seelen denken – ich war auch so eine arme Seele, die ängstlich hin und her flatterte und doch nicht weiter konnte.

Das vordere Glashaus erreichten wir im Sturmschritt; nicht einmal war ich genötigt, mich unter den unmittelbaren Schutz meines Begleiters zu flüchten – mit hochaufgeblähten Kleidern, aber immer mit den Fußspitzen auf dem Boden flog ich neben ihm her... Da fuhr schauerlich lang anhaltend, und als suche es unruhig einen Ausweg, ein glänzend rosenfarbenes Licht über die rauschende Pappelwand hin, beinahe zugleich krachte ein betäubender Schlag durch die Lüfte, und klatschend und trommelnd flogen die ersten Regentropfen gegen die Glaswände des Hauses... Wir traten schleunigst in die Thür, mitten unter die hochstrebenden, fremdartigen Pflanzengebilde hinein, die, für den tobenden Kampf unerreichbar, still und unbewegt dreinsahen. Ich blickte seitwärts an meinem schweigenden Begleiter empor – so isoliert stand auch er inmitten des Menschentumultes – geschah das wirklich, weil er düstere Geheimnisse in der Brust verschließen mußte?...

Er hatte meinen Blick aufgefangen und sah mir prüfend in das Gesicht. »Die rasche Bewegung hat Ihre Lippen wieder gefärbt – ist Ihnen besser?« fragte er.

»Ich bin nicht krank,« erwiderte ich seitwärts blickend.

»Aber tief erregt und in den Nerven erschüttert,« ergänzte er. »Kein Wunder, es ist das Klimafieber – die junge Seele tritt nie ungestraft aus der stillen, versuchungslosen Einsamkeit in die laute Welt.«

Ich verstand ihn recht gut – wie mild beurteilte er mein Vergehen! Gestern noch hätte ich denken müssen: »Weil er selbst die Welt belügt« – jetzt konnte ich das nicht mehr.

»Ich möchte Ihnen so gern diesen Uebergang erleichtern,« fuhr er fort. »Vorhin, droben im Salon, habe ich mir selbst sagen müssen, daß ich das nur kann, wenn ich Sie schleunigst fortbringe aus meinem Hause; aber ich bin ja nicht unfehlbar in meinem Urteil, ich kann auch schwer irren bezüglich der Hände, in die ich Ihr Wohl und Wehe lege –«

»Ich gehe auch nicht,« unterbrach ich ihn. »Glauben Sie denn, ich hätte auch nur eine Stunde nach der Abschiedsqual hier ausgehalten? Zu Fuße wäre ich Ilse nachgelaufen, bis in die Heide, wenn ich nicht – bei meinem Vater bleiben müßte... Aber ich weiß recht gut, daß das Kind zum Vater gehört; und er braucht mich – so kindisch und unwissend ich auch bin, er hat sich doch schon an mich gewöhnt.«

Er sah mich überrascht an. »Sie haben mehr Kraft des Willens, als ich glaubte – es gehört schon viel dazu, ein in freier Ungebundenheit entwickeltes Naturell unter die Pflicht zu zwingen... Gut denn, auch ich finde den Gedanken unausführbar; er kam mir ja auch nur in einem bösen Augenblick voll niederschlagender Eindrücke, in dem Augenblick, als ich Sie straucheln sah...«

Bei diesen Worten wandte er seine Augen weg und brachte eine fest gegen die Scheiben gedrückte prächtige exotische Blütenglocke so vorsichtig in eine andere Lage, als fülle diese Beschäftigung seine ganze Seele aus. Er schien nicht sehen zu wollen, wie ich die Hände vor das Gesicht schlug, um die Glut der Beschämung zu verbergen.

»Sie haben kein Vertrauen zu mir, das heißt, es ist systematisch in Ihnen zerstört worden; denn Ihr Gemüt hat sicher auch nicht das geringste Mißtrauen gegen Welt und Menschen mit hierhergebracht,« sagte er mit tiefem Ernst weiter. »Ich habe es schwer Ihnen gegenüber – die sehr undankbare Rolle des getreuen Eckart ist mir zugefallen, der die Menschen unermüdlich vor der schönen Sünde warnt und dafür schwerlich – geliebt wird ... Aber das soll mich nicht abhalten, mit dieser Stunde mein Amt anzutreten. Vielleicht wenn sich Ihr Ausblick in das Weltgetriebe erweitert hat, vielleicht dann werden Sie einsehen, daß meine Hand eine treumeinende, so eine Art Elternhand gewesen ist, die sich schützend um die Tischecken legt, damit sich das Kind die Stirne nicht wund stoße – und diese Erkenntnis soll mir genügen ... Zählen Sie doch nicht gar zu emsig die Sandkörner da zu Ihren Füßen!« unterbrach er sich plötzlich selbst. »Wollen Sie nicht einmal aufsehen? Ich möchte wissen, was Sie denken.«

»Ich denke, Sie werden mir den Verkehr mit Charlotte verbieten,« versetzte ich rasch und hob den Kopf.

»Nicht ganz – unter meinen Augen oder in Fräulein Fliedners Gegenwart sollen Sie mit ihr verkehren, so oft Sie wollen. Aber ich bitte Sie ernstlich, das Alleinsein mit ihr zu vermeiden. Sie hat, wie ich Ihnen schon gesagt habe, den Kopf voll ungesunder Anschauungen, und ich darf es nicht leiden, daß Sie durch derartige Hirngespinste angesteckt werden ... Wie rasch gerade die unbefangene reine Menschenseele einem solchen Einflusse verfällt, das habe ich heute mit ansehen müssen ... Geben Sie mir das Versprechen, daß Sie mir folgen wollen!« Er vergaß sich und streckte mir die Hand hin.

»Ich *kann* das nicht!« stieß ich heraus, während er erbleichend und in jähem Schrecken die Hand zurückzog. »Mir wird heiß und angst hier in der schwülen, eingeschlossenen Blumenluft« – und wirklich schlug mir das Herz zum Zerspringen. »Sehen Sie, der Regen läßt nach – ich habe ja Baumschutz bis zur Karolinenlust – erlauben Sie, daß ich hinausgehe!«

Mit diesen Worten stand ich schon draußen und stürmte am Flusse hin; das Unwetter raste stärker als je; im Nu war ich von Wasserströmen überschüttet. Ich hielt schützend die Hand über die Augen, sonst wäre ich blindlings gegen die Bäume oder in den Fluß gerannt, und lief, bis ich atemlos die Halle der Karolinenlust erreichte ... Gott sei Dank, daß ich diese gelassene Stimme nicht mehr hörte, die mich trotz alledem berührte, als klopfe ein warmes, bewegtes Herz hindurch!

Ich warf meine durchnäßte Musselinhülle ab, schlüpfte in mein verhöhntes schwarzes Kleid und stieß die Läden auf. Ich war mutterseelenallein in dem weiten Hause; nur draußen schrie und krakelte das Geflügel durcheinander, das vor dem rasch hereinbrechenden Gewitter in die Halle retiriert war ... In einer Fensternische kauernd, löste ich mit scheuen Fingern die Perlen von meinem Halse. Entsetzlich lebendig tauchten die halbgebrochenen Augen meiner Großmutter vor mir auf, und ich hörte ihre schwachröchelnde Stimme wieder sagen: »Ilse, lege die Schnur um den kleinen braunen Hals dort,« und dann zu mir: »Sie gehört zu deinem Gesicht, mein Kind, du hast die Augen deiner Mutter, aber die Jakobsohnschen Züge« – der Name, den ich angeblich heute nicht gewußt hatte, er war mir sogar in das Gesicht geschrieben – ein verlogeneres, treuloseres Geschöpf als mich gab es wohl nicht in der ganzen Welt! ... Auf welchem Wege war ich? Wie oft schon in den wenigen Wochen hatte ich mich hinreißen lassen, unrecht und kopflos zu handeln! Aber nun wollte ich gut werden – voll Inbrunst drückte ich die Perlen an meine Lippen – wollte nie wieder blind in den Tag hinein handeln, ohne zu fragen: »Wem thust du wehe damit?«

Draußen tobten Sturm und Regen ungeschwächt weiter – es schien, als kämpften zwei Gewitter zugleich in den Lüften ... Da sah ich auf einmal zu meinem Schrecken Gestalten drüben aus dem Boskett treten und auf das Haus zulaufen – es waren die beiden Geschwister.

»Da, Kind, so muß man sich durchkämpfen, wenn man die Spur seines Glückes sucht!« sagte Charlotte atemlos im Eintreten. Sie schleuderte einen in Stücke zerbrochenen Schirm in eine der Zimmerecken und auf das Sofa ihren wassertriefenden Shawl; darauf fuhr sie sich mit dem Taschentuch abtrocknend über Gesicht und Scheitel.

»Endlich!« rief sie. »Wie haben wir auf der Folter gestanden, solange Onkel Erich im Garten war und wir nicht vorüberkonnten! ... Jetzt sitzt er in seiner Schreibstube und Eckhof auf, dem wir, auf Ihren Wunsch hin, nicht gesagt haben, daß Sie unsere Vertraute sind – Ihr Papa ist im Schloß, glücklicher konnte sich's nicht fügen – wir sind Herren des Terrains. Vorwärts denn!«

»Jetzt?« rief ich, mich schüttelnd. »Es muß zum Fürchten schrecklich droben sein!«

Dagobert brach in ein lautes Gelächter aus; Charlotte aber wurde dunkelrot im Gesicht und stampfte zornig mit dem Fuße auf.

»Gott im Himmel, seien Sie doch nicht solch ein Hasenfuß!« schalt sie in ausbrechender Heftigkeit. »Ich sterbe vor Ungeduld, und Sie kommen mir mit solchen Faseleien!.... Bilden Sie sich denn wirklich ein, ich ginge noch einmal fügsam und geduldig zu Bette, nachdem ich auf den Weggang Ihrer fatalen, nicht fortzubringenden Ilse gehofft und geharrt habe, wie die Juden auf den Erlöser? Ja, ich ließe auch nur den Abend herankommen, ohne daß ich mich von den furchtbaren Zweifeln befreit hätte, die der Onkel heute mit seiner Erklärung in meine Seele geschleudert hat? – An meinem eigenen Herzschlag müßte ich ersticken!...Dazu geht Dagobert übermorgen in seine Garnison zurück – er muß sich erst noch überzeugen. Nicht eine Minute Frist geben wir Ihnen. Halten Sie Ihr Versprechen! Vorwärts, vorwärts, Kind!«

Sie ergriff mich an den Schultern und schüttelte mich. Bis dahin hatte ich dieses urkräftige energische Mädchen scheu geliebt und bewundert, jetzt fürchtete ich mich vor ihm, und die Art und Weise, wie sie von Ilse sprach, empörte mich; aber ich war still, ich hatte ja selbst den Kopf in diese Schlinge gesteckt und konnte nicht mehr zurück. Schweigend öffnete ich die Thür meines Schlafzimmers und zeigte nach dem Schranke.

»Wegrücken?« fragte Charlotte, mich sofort verstehend.

Ich bejahte, und in demselben Augenblick schon hatten die Geschwister das Möbel erfaßt und seitwärts geschoben – die Tapetenthür wurde sichtbar...Charlotte schloß auf und trat auf die Treppe. Einen Moment blieb sie stehen und preßte tieferbleichend beide Hände auf das Herz, als müsse sie in der That an den heißen Blutströmen ersticken, die es pochen machten – dann flog sie hinauf, Dagobert und ich folgten.

Ich hatte recht gehabt – es war schauerlich hier oben. Gerade um diese Ecke tobte der Sturm, als wolle er sie wegstoßen und die hier eingeschlossenen Erinnerungen und Ueberbleibsel geheimnisvoller Begebenheit in alle Lüfte verstreuen. Hinter den schattenhaften Rosenumrissen der Rouleaus klirrten die Scheiben und schossen unermüdlich die brausenden und verdunkelnden Wasserströme nieder; selbst der verklärende Schein der rosenfarbenen Gazedraperien wurde von dem hereinbrechenden Dunkel aufgesogen.

Die Thür öffnen, eintreten und den über die Fuge hängenden Frauenmantel ergreifen, war für Charlotte eins, sie nahm ihn vom Nagel und breitete ihn aus.

»Es ist ein Domino, den ebensogut ein Herr wie eine Dame getragen haben kann,« sagte sie tonlos und ließ das Kleidungsstück auf den Teppich fallen...Achselzuckend trat sie an den Ankleidetisch und überflog in ängstlicher Musterung das Silbergerät. »Pomade und Poudre de Riz, und hier verschiedene Flakons mit Schönheitswassern!« warf sie hin, den dicken Staub wegblasend. »Wie es auf der Toilette eines schönen, jungen, von der Damenwelt angebeteten Offiziers aussieht, wissen wir, gelt, Dagobert? Der schöne Lothar war eitel trotz einer Dame – wenn Sie keine besseren Beweise bringen, Kind, dann steht es schlimm!« sagte sie über die Schulter zurück in anscheinender Ruhe zu mir; aber ich sah etwas in ihren Augen glimmen, was mich doch wieder mit einer Art von Mitleid erfüllte – es war Todesangst und die tiefste Entmutigung.

Da stieß sie plötzlich einen zitternden Schrei aus, einen jubelnden Aufschrei, der mir durch Mark und Bein ging. Sie breitete die Arme aus, stürmte durch die offene Thür des Nebenzimmers und warf sich über die Korbwanne, die neben dem einen Bett unter dem violetten Baldachin stand.

»Unsere Wiege, Dagobert, unsere Wiege – o mein Gott, mein Gott!« stammelte sie, während ihr Bruder an eines der Fenster sprang und die dunklen Vorhänge zurückschlug. Fahl und ungewiß fiel das Tageslicht auf die kleinen vergilbten Polster, in die Charlotte ihr Gesicht vergraben hatte.

»Es ist wahr, alles wahr, bis aufs Jota!« murmelte sie, sich erhebend. »Ich segne die Frau im Grabe, die gelauscht hat!... Dagobert, hier hat unsere fürstliche Mutter unseren ersten Schrei gehört! Unsere fürstliche Mutter, die stolze Tochter der Herzöge von K., wie das berauschend klingt, und wie sie in den Staub sinken werden, die Aristokratentöchter, die über das Adoptivkind des Kaufmanns die Nase rümpften!... Gott im Himmel, mich erdrückt das Glück!« unterbrach sie sich aufschreiend und preßte die Stirne zwischen die Hände. »Er hat recht gehabt, unser grausamer Feind, der im Krämerhause, als er mir neulich sagte, ich müsse die Wahrheit erst ertragen lernen! – Ich bin geblendet!«

»Meinetwegen denn,« sagte Dagobert trocken und ärgerlich, indem er den Vorhang wieder über das Fenster fallen ließ. »Tobe dich aus!... Aber dann möchte ich doch ein wenig an deine Vernunft appellieren, diese Ueberschwenglichkeit ist mir geradezu unverständlich... Für mich bedurfte es solcher Beweise nicht mehr, Eckhofs Mitteilung hat mir vollkommen genügt, und auch sie war nur der Sonnenstrahl, der das näher beleuchtete, was wir bereits in unserer Brust, in unserem Blute besaßen.«

Charlotte breitete zärtlich den grünen Schleier wieder über das kleine Bett.

»Danke Gott für diese Seelenruhe!« sagte sie gefaßter. »Mein skeptischer Kopf hat mir schwer zu schaffen gemacht während der letzten Tage... Oh, Sie liebe Unschuld,« lachte sie mich spöttisch an, »Sie faseln mir von Schriftproben einer Damenhand und von Frauenmänteln, die sich als sehr zweifelhafter Gattung erweisen, und dieses Zimmer mit seinen Details entgeht Ihrem blöden Auge!... Sind Sie denn wirklich so entsetzlich – harmlos?... Mit einem einzigen Wort konnten Sie mir die Marter der letzten Zeit ersparen!«

Ich hörte kaum auf diese bitter höhnende Stimme. Beklommen mußte ich an Eckhofs pathetisch hingeschleuderte Worte von dem Lebendigwerden in den versiegelten Sälen denken. In diesem Augenblick wurde alles aufgerüttelt und unter dem deckenden Staube hervorgezogen, was an dem Geheimnis zweier längst erloschener Menschenleben teilgenommen hatte... Wie ängstlich war dieses Geheimnis gehütet worden! Selbst die Schwester der Prinzessin war ahnungslos danebengegangen – wer wußte denn, ob die Zwei nicht heiß gewünscht hatten, auch über den Tod hinaus den Schleier festzuhalten?... Nun lagen sie im Grabe, das schöne Prinzessinnengesicht und der Mann mit dem blutigen Mal auf der Stirne, und konnten fremden Augen und Händen nicht wehren – oder durften sie zurückkehren und warnen, wie der finstere Fanatiker gemeint hatte? Schauerlich lebendig war es ja geworden, da, wo ich nur den lautlosen Sonnenstrahl hatte spielen und weben sehen. Ja, draußen schmetterte freilich der Gewittersturm gegen die Mauern; aber hier zog es in leisem Stöhnen verhauchend droben an der Decke hin. Langsam blähten sich die losen Gardinen auf und rieselten wie weitgebauschte Frauenkleider über die Dielen, hier und da einen bleichen Lichtfleck hindurchlassend, der unruhig die violetten Bettvorhänge betupfte und gespenstig durch die grauen Schatten der tiefen Ecken fuhr – gespenstig wie die arme Seele, die zwischen Himmel und Erde wandeln muß... Und im Saale fing sich der Sturm brüllend im Kamin; er stäubte die letzten Aschenreste vom Rost auf den Parkettboden herein und versuchte die klirrenden und ächzenden Glasthüren aufzustoßen, um mit seinen regentriefenden Händen den heiteren Götterspuk von Plafond und Wänden für immer wegzulöschen.

Es war vermessen, inmitten dieses Aufruhrs den sorgfältig gehüteten Nachlaß toter Menschen verstohlenerweise aufzuwühlen – ich dachte es zitternd und mit angstvoll klopfendem Herzen; aber ich schwieg – was vermochte meine schwache Stimme gegen die Leidenschaft und – jetzt fand ich das rechte Wort für Charlottens rasendes Gebaren – gegen diese *Gier* nach hoher Lebensstellung und Auszeichnung?

Die beiden standen vor dem Schreibtisch, den ich neulich so streng respektiert, daß ich kaum den Atem darüber hatte hinstreifen lassen – jetzt waren mit Gedankenschnelle alle darauf befindlichen Gegenstände durcheinander geworfen.

»Hier Mamas Wappen auf Petschaft, Schreibzeug und Briefbogen!« sagte Charlotte – noch zitterte ihre Stimme; aber in ihrer Haltung war die stolze Ruhe und Sicherheit zurückgekehrt.

»Und da verschiedene alte Briefhülsen.« – Sie zog die Kouverts unter einem Briefbeschwerer hervor. – »An Ihro Hoheit die Prinzessin Sidonie von K., Luzern,« las sie. »Da sieh, Dagobert, diese Briefe sind sämtlich in der Schweiz gewesen, sie tragen alle Postzeichen. Jedenfalls war eine Vertraute an Mamas Stelle stets auf der Reise, hatte die Briefe in Empfang genommen und in die geheimnisvolle Karolinenlust geschickt.«

Dagobert antwortete nicht. Er rüttelte an dem Schloß des Tisches – der Schlüssel fehlte; nach Eckhofs Aussage aber enthielt ja dieser Kasten, der förmlich festgemauert in seinen Fugen saß, Lothars Brieftasche mit den Dokumenten. Achselzuckend, mit finsterer Stirne wandte sich Dagobert ab, trat, den Vorhang zurückschiebend, in eine der Glasthüren und sah hinaus in das Wetter, während Charlotte die Kouverts achtlos auf den Tisch warf und an das entgegengesetzte Ende des Saales schritt. Da stand ein Flügel – ich hatte ihn neulich bei meiner eiligen Flucht nicht bemerkt. Charlotte schloß ihn sofort auf und griff ohne weiteres in die Tasten, die vielleicht nie wieder hatten berührt werden sollen – *sie* wenigstens wehrten sich, sie hatten ja Stimmen; in entsetzlicher Dissonanz, von dem Klirren gesprungener Saiten begleitet, schrillten die Töne so nervenerschütternd gegen die Wände, daß selbst die starke Charlotte zurückfuhr und entsetzt den Deckel zuschlug. Sie war erschrocken; aber von jener herzbeklemmenden Scheu, jenem Gefühl ängstlicher Pietät, mit denen ich allen diesen leblosen Gegenständen eine Art von empfindlicher Seele andichtete, schien nicht eine Spur in ihr zu leben. Sie griff nach den Notenheften, die auf dem Flügel lagen, und wühlte zwischen ihnen, bis sie abermals aufschrie und plötzlich mit halb unterdrückter, aber dennoch jubelnder Stimme »**Già la luna in mezzo al mare**« in den Saal hinein sang.

»Dagobert, da ist's, was Mama in Madame Godins Salon gesungen hat, da ist's – hier, hier!« unterbrach sie sich und schwenkte das Notenheft in der Luft. Ich hörte nicht, daß ihr Bruder antwortete, und wandte mich um. Er stand mit dem Rücken gegen uns und bückte sich über den Schreibtisch. Mit einigen raschen Schritten stand ich an seiner Seite.

»Das dürfen Sie nicht!« sagte ich – ich erschrak vor meiner eigenen Stimme, so tonlos und bebend klang sie; trotzdem sah ich ihm mutig in das Gesicht.

»Ei, was darf ich denn nicht?« fragte er spöttisch, ließ aber doch die Hand sinken, in der er irgendein Instrument hielt.

»Das Schloß erbrechen,« versetzte ich fester. »Ich bin schuld, daß Sie hier sind hinter den Siegeln, ich habe Sie dazu verleitet; es ist ein großes Unrecht, ich sehe das sehr wohl ein… Mehr aber darf nun auch nicht geschehen, ich leide es nicht!« brauste ich auf, als ich sah, daß er trotzdem die Hand wieder hob.

»Wirklich?« lachte er. Das war seltsam – seine Augen irrten über mich hin und entzündeten sich in einem Feuer, wie ich sie nie gesehen hatte. »Wie wollen Sie denn das anfangen, Sie zerbrechliches, quecksilbernes Geschöpfchen?« fragte er spottend und steckte rasch das Instrument in das Schloß – ich hörte es darinnen knistern und knacken. Angstvoll, aber auch zornig ergriff ich mit beiden Händen seinen Arm und suchte ihn zurückzuziehen – da fühlte ich in demselben Augenblicke meine Taille umschlungen und heftig gepreßt, und Dagobert flüsterte mir in das Ohr: »Kleine wilde Katze, berühren Sie mich nicht, und sehen Sie mich nicht so an – es ist gefährlich für Sie! Ihre berauschenden Augen haben mir's schon in der ersten Stunde angethan! Gerade Ihre wilde Bosheit reizt mich, und wenn Sie wieder nach mir schlagen, wie heute auf der Treppe, dann ist's erst recht um Sie geschehen – reizende, geschmeidige Eidechse!«

Ich schrie auf, und er ließ mich los.

»Was treibst du denn für Possen, Dagobert?« schalt Charlotte herbeieilend. »Das Kind läßt du mir in Ruhe – ich bitte mir's aus! Das ist nichts für eure Lieutenantslaunen… Lenore steht unter meinem Schutz und damit basta!… Uebrigens hat sie recht, die kleine Unschuld! Was wir hier verschlossen finden, dürfen wir nicht gewaltsam öffnen… Was nützen uns auch die Papiere, wenn wir dabei sagen müßten, daß wir sie nach Spitzbubenart unter den Gerichtssiegeln hervorgeholt haben?… Sie liegen einstweilen gut aufgehoben, bis sie eines Tages mit Eklat an das Licht treten werden. Selbst für Onkel Erich sind sie unerreichbar geworden durch die Siegel, die er auf die Thüren hat klecksen lassen. Und *wir* brauchen nicht mehr hineinzusehen – so gewiß ich atme, so gewiß weiß ich nun, daß wir hier geboren sind, daß wir in dem Hause unserer Eltern, auf unserem eigenen, ererbten Grund und Boden stehen!« sagte sie feierlich. »Hörst du? Der Sturm sagt Amen dazu!«

Ja, das war ein Stoß, der den Boden unter unseren Füßen zittern machte, der die Glasthür, die ich neulich im Schrecken nur zugeworfen und nicht abgeschlossen hatte, schmetternd aufstieß und im Nu den Schreibtisch mit Wasserfluten überschüttete.

»Ha, ha, er sagt Amen dazu und will uns zeigen, wie wir's machen müssen!« lachte Dagobert und schloß die Thür wieder. »Er faßt diesen inhaltsvollen Schreibtisch nicht mit Handschuhen an, wie du siehst – da heißt es ›Gewalt wider Gewalt!‹ ... Wenn es nach deinem und Eckhofs Sinn gehen soll, dann muß ich bei Onkel Erich um jeden Groschen betteln und Vorwürfe über meine Schulden hören, bis ich graue Haare habe, und du wirst in der verhaßten Abhängigkeit eine alte Jungfer!«

»Die werde ich so wie so,« sagte sie, während eine leichte Blässe ihr Gesicht überlief. »Ich würde mich nie anders als standesgemäß verheiraten – diese Hofgecken sind mir aber in den Tod zuwider ... Ich will auch nicht *lieben*, ich will nicht! ... Ich habe ein ganz anderes Ziel – Aebtissin in einem Damenstift will ich werden – da kommt manche unter mein Zepter, die mich getreten hat – sie mögen sich hüten! ... Uebrigens begreife ich dich nicht, Dagobert,« sagte sie nach einem tiefen Atemholen weiter. »Wir haben doch längst ausgemacht, daß die Sache erst im Januar, wenn du hierher versetzt bist, zum Austrag kommen darf, daß wir unterdes schweigen und so viel wie möglich Material sammeln wollen. Es wird mir schwer genug werden, allein hier auszuharren – kostet es mich doch jetzt schon die größte Ueberwindung, dem Onkel in die Augen zu sehen und nicht sagen zu dürfen: ›Betrüger, der du bist!‹ – mit der Fliedner verkehren zu müssen, die das friedfertigste und harmloseste Gesicht macht und uns systematisch bestehlen hilft – die boshafte Katze! Und ich habe sie wirklich gern gehabt! ... Es geht fast über meine Kräfte, aber es hilft nichts, es muß sein! Eckhof hat recht, wenn er uns unausgesetzte die möglichste Ruhe und Vorsicht predigt.«

Sie wischte mit ihrem Taschentuch die Nässe vom Tisch und drückte den aufgerüttelten Kasten wieder fest in seine Fugen.

Was sie nun trieben und erforschten, ich beteiligte mich nicht mehr daran. Ich hatte mich zwischen Glasthür und den Schreibtisch geflüchtet und stand da Schildwache ... Ich meinte, das Zittern des Bodens unter mir daure fort, aber es war in meinen Füßen. Nie in meinem ganzen Leben war mir so entsetzlich zu Mute gewesen, als in dem Augenblick, wo es sich urplötzlich wie lebendige Klammern um mich gelegt hatte. Wäre ich in einen dunklen Abgrund gestoßen worden, ich hätte mich nicht mehr fürchten können, als vor diesem heißen Flüstern einer halberstickten Stimme, das ich zum Teil gar nicht verstand, und das mir doch das Blut in Wangen und Schläfe trieb ... Am liebsten hätte ich alles hinter mir gelassen und wäre gelaufen, soweit mich meine Füße tragen konnten; allein die Furcht, daß der Schreibtisch schließlich doch noch erbrochen werden könne, hielt mich fest.

Stundenlang mußte ich auf meinem Posten ausharren. Mehrere Zimmer, die hinter den von mir entdeckten lagen, und deren letzteres auch in den Saal mündete, wurden durchsucht.... Mittlerweile ließ das Sturmgeheul draußen nach; das Trommeln auf den Steinplatten des Balkons verwandelte sich in ein sanfteres Plätschern, und durch die blassen Seidenvorhänge der Glasthüren brach ein hellerer Schein, der die Schelmengesichter an den Wänden lustig wieder aufleben ließ.

»Das ist unser Wappen, Kleine, sehen Sie sich's an,« sagte Charlotte, endlich wieder heraustretend, zu mir. Sie hielt mir einen Siegelring mit einem geschnittenen Stein hin. »Papa hat zwar nie Ringe getragen, wie heute Ihre Hoheit versicherte, trotz alledem existiert dieser und ist augenscheinlich oft als Petschaft benutzt worden – er lag auf Papas Schreibzeug; ich nehme ihn mit, als das einzige, was ich mir vorläufig aneigne.« Sie ließ den Ring in ihre Tasche gleiten.

Ich war erlöst. Wir gingen hinab, und der Schrank wurde wieder an seine Stelle gerückt.

Als die wohlberechtigten Erben des Freiherrn Lothar von Claudius, als die Seitensprossen des herzoglichen Hauses waren die Geschwister wieder aus dem dunklen Treppenschacht hervorgegangen, den Charlotte noch unter den Qualen banger Zweifel betreten hatte. Sonnenklar lag die Lösung des Rätsels da – auch für mich – wie war es Herrn Claudius möglich gewesen, mit reiner Stirne und so fester Stimme die Wahrheit zu verleugnen?...Und trotzdem, mochte die Sache liegen, wie sie wollte – er hatte doch nicht gelogen!...

25

»Was gibt's, Herr Eckhof?« rief sie hinaus.

Der alte Buchhalter rannte quer über den Kiesplatz nach dem Hause. Er war ohne Hut, und sein sonst so beherrschtes Gesicht sah verstört aus – er war augenscheinlich tief alteriert.

»In Dorotheenthal ist ein Wolkenbruch niedergefallen!« rief er atemlos herüber. »Mindestens vierzigtausend Thaler Verlust für die Firma Claudius! Alles ersäuft und verwüstet, was wir seit Jahren draußen mühsam angelegt und gepflegt haben!...Hören Sie den Notschuß?... Auch Menschen sind in Gefahr!«

Dorotheenthal war eine Besitzung der Claudius, ein altertümliches, einst adliges Herrenhaus, das, samt einem Dorf, sehr tief auf ziemlich enger Thalsohle lag. Die Firma stützte ihren Betrieb weit mehr noch auf die Ländereien in Dorotheenthal, als auf die Gärten zu K. Die Holzsämereien waren ganz auf diesen Distrikt verwiesen, und besonders hatten kostbare Koniferenexemplare Dorotheenthal eine Art Ruf verschafft. Die einzelnen Blumengattungen waren hier ackerweise vertreten, und Ananas-, Orchideen-und Kaktushäuser umkreisten in bedeutender Anzahl das Schlößchen. Einige kleine Seen und ein ziemlich reißender Fluß, der das Thal durchschnitt, erleichterten den kolossalen Betrieb ungemein; aber in diesem Augenblick war das hilfreiche Element zum teuflischen Feind geworden – die Seen waren übergetreten, und der Fluß hatte sich, einen Damm durchsprengend, mit ihnen vereint, wie Eckhof noch herüberrief, ehe er in der Halle verschwand.

»Welch ein Unglück!« rief Charlotte mit totenblassem Gesicht und schlug die Hände zusammen.

»Ah bah – was brauchst du da zu erschrecken?« sagte Dagobert achselzuckend. »Was sind vierzigtausend Thaler für Onkel Erich? Er kann's verschmerzen und schließlich, was geht's uns an? Das ist seine Sache – unser Erbteil schmälert es um keinen Pfennig!...Er wird freilich saure Gesichter machen, und die Wegzehrung, die er mir übermorgen mitgeben wird, mag schmal genug ausfallen...Na, meinetwegen – ich habe mir's ja auch gefallen lassen müssen, wenn der Kram in Ordnung war.«

Die letzten Worte hörten wir kaum noch. Charlotte lief hinaus, und ich mit ihr...Menschen waren in Gefahr? Wie das beängstigend klang! Ich wollte mehr wissen – ich hielt es nicht aus allein in der Karolinenlust, Charlotte hatte mir ihren Arm gereicht, und so rannten wir, unausgesetzt bestäubt vom Regen, über den schäumenden Fluß, durch die schwimmenden und triefenden Gärten nach dem Vorderhause.

Hier und da lief uns ein Gärtnergehilfe mit erschrecktem Gesicht über den Weg, und schon von ferne hörten wir über die Hofmauer her den Lärm durcheinander rufender und klagender Stimmen. Beinahe das ganze Arbeiterpersonal war im Hofe versammelt, als wir eintraten, und vor der Hausthür hielt Herrn Claudius' Equipage...Er selbst trat eben, in einen Regenmantel gehüllt und den Hut in der Hand, heraus auf die Thürschwelle...Es war, als gehe von seinem vollkommen ruhigen Gesicht eine beschwichtigende Kraft aus – das Lärmen verstummte sofort. Er erteilte einige Befehle; nicht die mindeste Hast oder Ueberstürzung beeinträchtigte seine langsam edlen Bewegungen – man sah, der blonde Kopf dort mit dem ernsten Ausdruck behauptete die Herrschaft in allen Lagen des Lebens.

Bei unserem Erscheinen traten die Leute zurück und ließen uns vorüber; ich hing noch an Charlottens Arm. Da sah uns Herr Claudius über den Hof kommen – schien es doch fast, als erschrecke er; wie ein Blitz fuhr ein Ausdruck des Zorns über seine unbedeckte Stirne; er zog die Brauen zusammen, und unter ihnen hervor traf mich ein langer, finster strafender Blick... Ich schlug die Augen nieder und zog meinen Arm aus dem meiner Begleiterin.

»Onkel Erich, das ist ein schwerer Schlag!« rief Charlotte, während sie zu ihm auf die Schwelle trat.

»Ja,« sagte er einfach, ohne jede weitere Bemerkung. Dann wandte er sich in den Hausflur zurück, wo Fräulein Fliedner stand.

»Liebe Fliedner, sorgen Sie dafür, daß Fräulein von Sassen sofort in trockene Kleider kommt – ich mache Sie verantwortlich dafür!« befahl er in seiner gewohnten gelassenen Weise und zeigte auf meine beschmutzten, kläglich zerweichten Atlasstiefeln und mein regennasses Kleid…In das Gesicht sah er mir nicht mehr.

Er bestieg rasch den Wagen und ergriff die Zügel.

»Nimm mich mit nach Dorotheenthal, Onkel!« rief Dagobert, der eben in Begleitung des nunmehr mit Hut und Mantel versehenen Buchhalters aus dem Garten trat.

»Es ist kein Platz, wie du siehst,« versetzte Herr Claudius kurz und deutete auf mehrere Arbeiter zurück, die mit angsterfüllten Mienen nach Eckhof einstiegen – sie waren aus Dorotheenthal.

Der Wagen brauste hinaus, und Fräulein Fliedner ergriff meine Hand und führte mich in ihr Zimmer. Charlotte kam nach.

»Sie sind aber auch naß wie ein gebadetes Kätzchen!« sagte sie zu mir, während Fräulein Fliedner trockene Kleider herbeitrug. – »Merkwürdig, daß der Onkel in diesem Moment, wo seine Schacherseele Tausende verliert, Augen dafür hatte!«

»Daran können Sie eben sehen, daß er keine Schacherseele ist,« versetzte Fräulein Fliedner. Ihr mildes Gesicht war noch blaß vom Schrecken, und jetzt glitt auch ein bitterer, herber Zug um ihren Mund. »Ich habe Sie schon oft gebeten, Charlotte, dergleichen harte und ungerechte Bezeichnungen vor meinen Ohren nicht laut werden zu lassen – ich kann das wirklich nicht ertragen.«

»So – aber Sie schweigen und finden es ganz in der Ordnung, wenn der Onkel mir in Ihrem Beisein den Text liest und in seiner grausam kalten Ruhe durchaus nicht glimpflich mit mir verfährt!« rief sie heftig. »Wenn er noch ein ehrwürdig alter Mann wäre, dann ertrüge sich's leichter – aber mein Stolz bäumt sich auf gegen diesen Mann mit den Feueraugen, der vor meinem Bruder und mir weniger die Erfahrungen der Jahre als die äußere Macht voraus hat. – Er mißhandelt uns!«

»Das ist nicht wahr,« sagte Fräulein Fliedner entschieden. »Er wehrt nur den Neigungen, die er nicht dulden darf…Wenn Sie freilich eigenmächtig und rücksichtslos handeln, dann müssen Sie sich auch eine Zurechtweisung gefallen lassen, Charlotte…Es hat heute wieder etwas gegeben, was Sie vermeiden konnten. Während Herr Claudius mit der Prinzessin im Glashause war, hat unser Haustischler an sämtlichen Fenstern Ihrer Wohnung Maß genommen – Sie hätten Jalousien bestellt, sagte er –«

»Nun ja – ich habe lange genug die Sonne geduldig auf meine unglückliche Haut scheinen lassen,« unterbrach Charlotte sie trotzig. »An die Sonnenseite gehören Läden –«

»Ganz recht; aber es war nicht mehr als billig, daß Sie Herrn Claudius darum befragten – es ist *sein* Haus und *sein* Geld, über das Sie dabei verfügen.«

»Gott im Himmel, *einmal* wird doch die Zeit kommen, wo ich diese Ketten nicht mehr werde klirren hören!« rief Charlotte in ausbrechender Leidenschaft.

»Wer weiß, ob sie Ihnen dann nicht eines Tages wieder wünschenswert erscheinen,« sagte Fräulein Fliedner sehr gelassen.

»Meinen Sie, liebe, gute Fliedner?« – Der lächelnde Hohn in der Stimme der jungen Dame klang mir geradezu fürchterlich. »Eine niederschlagende Prophezeiung!…Trotzdem bin ich so kühn, zu hoffen, ja ganz gewiß zu erwarten, daß es die Vorsehung denn doch ein klein wenig besser mit mir im Sinne hat.«

Sie schritt nach der Thür.

»Wollen Sie nicht den Thee bei mir trinken?« fragte Fräulein Fliedner so freundlich und friedfertig, als sei nicht ein bitteres Wort gefallen. »Ich werde ihn sogleich besorgen – ich bin ja für Fräulein von Sassens Gesundheit verantwortlich gemacht und muß der möglichen Erkältung vorbeugen.«

»Ich danke!« sagte Charlotte in der offenen Thür mit kaltem Tone über die Schulter zurück. »Ich will mit meinem Bruder allein sein…Schicken Sie mir die Theemaschine hinauf, aber die kleine silberne, wenn ich bitten darf – ich mag nicht mehr aus Messing trinken, und wenn es Dörte auch noch so ›goldblank‹ putzt ... Adieu, Prinzeßchen!«

Sie ließ die Thür ins Schloß fallen und eilte mit dröhnenden Schritten die Treppe hinauf. Fast unmittelbar darauf rauschten grelle Klavierakkorde durch das stillgewordene Haus.

Die alte Dame schrak sichtlich zusammen. »Mein Gott, wie rücksichtslos!« murmelte sie vor sich hin. »Mir fällt jeder Ton wie ein Schlag auf mein geängstigtes Herz.«

»Ich will gehen und sie bitten, aufzuhören!« sagte ich, nach der Thür springend.

»Nein, nein, das thun Sie nicht!« hielt sie mich ängstlich zurück. »Das ist nun einmal so ihre Gewohnheit, wenn sie sich im Groll zurückzieht, und wir lassen sie darin auch stets gewähren. Aber heute, gerade in diesen Stunden voll Angst und Sorgenqual – was mögen die Leute im Hause davon denken! Sie gilt ohnehin für viel herzloser, als sie ist,« setzte sie bekümmert hinzu.

Sie drückte mich in die Federkissen des Sofas und begann, den Theetisch herzurichten. Zu jeder anderen Zeit wäre es sicher urgemütlich in dem altfränkischen Zimmer der alten Dame gewesen. Die Theemaschine sang; draußen durch die menschenleere Straße strich seufzend der Wind, und der Regen schlug in gleichmäßigem Tempo gegen die Scheiben. Befriedigt nickte das stilllächelnde Gesicht des Pagoden hinter dem Glas in das leise dämmernde Zimmer herein, und der kleine jähzornige Pinscher lag faul, in sichtlichem Wohlbehagen des Geborgenseins, auf dem Polster ... Aber Fräulein Fliedner strich die Butterbrötchen mit zitternden Händen – ich sah es wohl – und Dörte, die alte Köchin, die einen Teller voll Gebäck hereinbrachte, fragte unter beklommenem Aufseufzen: »Wie mag's denn draußen stehen, Fräulein Fliedner?«

Mir schlug das Herz in einer unerklärlichen Angst. Ich empfand einen brennenden Schmerz, wenn ich daran dachte, daß Herr Claudius gerade jetzt zürnend von mir gegangen war – und ich mußte, zu meiner Qual unausgesetzt daran denken ... Wie kindischeigensinnig und widerspruchsvoll mußte ich ihm erschienen sein, als ich an Charlottens Arm daher gekommen war! ... Trotzdem hatte er Besorgnis um mich gezeigt — Besorgnis für mich kleines unbedeutendes Wesen in einem Moment, wo ein schweres Mißgeschick über ihn hereinbrach! ... Leise schlugen mir die Zähne zusammen, und unter Nervenschauern drückte ich mich tiefer in die weiche Sofaecke ... Auf Fräulein Fliedners dringende Bitten schluckte ich eine Tasse heißen Thees hinunter – die alte Dame selbst genoß nichts – still saß sie neben mir.

»Ist Herr Claudius auch in Gefahr da draußen?« rang es sich endlich von meinen Lippen.

Sie zuckte die Achseln. »Ich fürchte es – gefährlich mag's schon sein – Wassersnot ist fast schlimmer als Feuersgefahr, und Herr Claudius ist nicht der Mann, der in solchen Augenblicken an sich selbst denkt – aber er steht in Gottes Hand, mein Kind!«

Das erleichterte mein Herz gar nicht ... Wie oft hatte ich von Menschen gelesen, die ertrunken waren – unschuldige Menschen, die nichts verbrochen hatten – und er sollte ja einen Mord auf dem Gewissen haben! ... Stand der Mörder auch in Gottes Hand? Das Angstgefühl, unter dem ich litt, trieb mich unwillkürlich, das auszusprechen.

»Er ist ja schuld an dem Tode eines Menschen,« sagte ich gepreßt, ohne aufzusehen.

Die alte Dame fuhr zurück, und zum erstenmal sah ich ihre sanften Augen im Ausdruck tiefster Empörung auflodern.

»Abscheulich – wer hat Ihnen das schon gesagt? Und in einer solchen schonungslosen Weise?« rief sie erregt. Sie stand auf und trat für einige Sekunden an eines der Fenster; dann setzte sie sich wieder zu mir und nahm meine beiden Hände in die ihrigen.

»Wissen Sie auch Näheres darüber?« fragte sie ruhiger.

Ich schüttelte den Kopf.

»Nun, dann mag sich Ihre junge, in Welt und Leben so unerfahrene Seele allerdings ein grauenhaftes Bild machen – ich kann mir das lebhaft denken – armer Erich! ... Es ist freilich die dunkelste Stelle in seinem Leben; aber, mein Kind, er war damals ein junger Mann von kaum einundzwanzig Jahren, ein leidenschaftlich und enthusiastisch empfindender Mann ... Er hat eine Frau lieb gehabt, so lieb – nun, das mag ich Ihnen nicht des breitern schildern. Weiter besaß er einen Freund, dem er sein ganzes Vertrauen geschenkt, und für welchen er sich vielfach aufgeopfert hatte ... Eines Tages nun muß sich der Ahnungslose überzeugen, daß die Frau und der Freund ihn betrügen, daß sie beide treulos sind ... Es ist zu einer heftigen Szene gekommen, und es sind Worte gefallen, die, wie es die abscheuliche Sitte unter Männern verlangt, nur durch Blut gesühnt werden konnten. – Sie haben sich duelliert, der verräterischen Frau wegen; der Freund –«

»Der junge Eckhof?« warf ich hastig dazwischen.

»Ja, der Sohn des Buchhalters – er hat einen Schuß in die Schulter bekommen, und Herr Claudius ist ziemlich schwer am Kopfe verwundet worden – seine Augenschwäche stammt aus jener Zeit ... Die Wunde Eckhofs ist an sich nicht gefährlich gewesen; aber seine bereits zerrüttete und geschwächte Konstitution hat ihn ihm Stiche gelassen – nach mehrwöchentlichem Krankenlager hat er sterben müssen, trotz aller Bemühungen der ausgezeichneten Aerzte.«

»Und die Frau, die Frau?« unterbrach ich sie.

»Ja, die Frau, mein liebes Kind, die hatte Paris längst verlassen, als Herr Claudius von seinem Schmerzenslager aufstand; sie war mit einem Engländer abgereist.«

»Sie war schuld an seinem Leiden und ist nicht gekommen, abzubitten und ihn zu pflegen?«

»Mein kleines Mädchen, sie war eine Dame vom Theater – sie hat dieses Blutopfer als eine Huldigung ihrer gefährlichen Schönheit hingenommen und sich durchaus nicht verpflichtet gefühlt, abzubitten, noch weniger aber die Wunde mit ihren verwöhnten Händen zu heilen ... Damals, kurze Zeit nach seiner Genesung, kam Herr Claudius hierher – sein Bruder war – gestorben und hatte so manche Anordnung in die Hände seines Erben niedergelegt ... Nach langer Trennung sah ich ihn zum erstenmal wieder – ich habe nie in meinem ganzen Leben einen Menschen so furchtbar leiden sehen, als diese junge, aus allen Fugen gerissene Männerseele.«

»Er hatte Gewissensbisse?«

»Das weniger – er konnte die Frau nicht vergessen ... Wie wahnsinnig lief er stundenlang durch die Gärten, oder raste mit den Händen über die Tasten –«

»Der ernsthafte, ruhige Herr Claudius?« fragte ich atemlos vor Ueberraschung.

»Das war er eben damals nicht ... Er suchte Ruhe und Beschwichtigung in der Musik, und wie spielte er! Ich begreife sehr wohl, daß ihm Charlottens ›Trommeln‹ oft geradezu zur Qual wird ... Er hielt nicht lange hier aus. Ein Jahr noch reiste er ziellos durch die Welt, dann kam er zurück, völlig umgewandelt, und nahm als der ernste, strenge, schweigsame Mann, als den Sie ihn kenne, das Geschäft in die Hand ... Ich habe ihn nie wieder eine Taste berühren sehen, ich habe nie wieder ein leidenschaftliches Wort von ihm gehört, eine heftige Bewegung an ihm bemerkt. Er hatte anders überwunden als sein Bruder, der an seinem Seelenschmerz zugrunde gegangen war – sein starker Geist hat ihn das richtige Beschwichtigungsmittel, die Arbeit, finden lassen. Und so ist er das geworden, was er heute noch ist, ein Arbeiter im strengsten Sinne des Wortes, ein stahlharter Charakter, der in Ordnung und Thätigkeit den Gesundbrunnen für die Menschenseele sieht und sie überall angewendet wissen will.«

Fräulein Fliedner hatte mit einer Lebhaftigkeit gesprochen, wie ich sie an der zwar immer anmutig liebenswürdigen, aber auch stets sehr zurückhaltenden alten Dame noch nicht gesehen – sie hatte sich offenbar hinreißen lassen. Und ich saß an ihrer Seite und sah mit zurückgehaltenem Atem in eine ungekannte Welt – eine Wunder war sie für mich, die leidenschaftliche Liebe des Mannes zum Weibe! Meine geliebtesten Zaubergeschichten erblaßten und verloren ihren Glanz und Reiz neben dieser Erzählung aus der Wirklichkeit ... Und der Mann, der die treulose Frau nicht vergessen konnte, den der Schmerz um ihren Verlust wie wahnsinnig durch die Gärten gejagt hatte, es war Herr Claudius gewesen – er konnte sich wirklich etwas so tief zu Herzen nehmen? ...

»Liebt er wohl die Frau noch immer?« unterbrach ich mit leiser Stimme das plötzlich eingetretene tiefe Schweigen.

»Mein Kind, darauf kann ich Ihnen nicht antworten,« sagte lächelnd die alte Dame. »Meinen Sie wirklich, es wisse irgendein Mensch, was in Herrn Claudius' Innerstem vorgeht? ... Sie kennen ja sein Gesicht und Wesen und nennen es selbst ernsthaft und ruhig – seine Seele ist für alle ein zugeschlagenes Buch ... Uebrigens kann ich mir kaum die Möglichkeit denken; er muß ja die Frau verachten.«

Es war dunkel geworden. Fräulein Fliedner hatte vorhin ein Fenster geöffnet, weil es schwül im Zimmer war; der plätschernde Regen hatte aufgehört. In der abgelegenen Mauerstraße war es still, aber fern, von den frequenten Plätzen, dem Knotenpunkt der Stadt her, drang in an-und abschwellendem Summen das Getöse des lebendigsten Menschenverkehrs. An der gegenüberliegenden Straßenseite hüpften die Gaslichter eines nach dem anderen auf – sie spiegelten sich in den trüben Regenlachen des Pflasters und zeigten, wie schwarz und dräuend der Himmel noch über der Stadt hänge… Auch in das Zimmer herein, wo wir lautlos schweigend nebeneinander saßen, fiel ihr schwacher Schein, und ich bat Fräulein Fliedner, keine Lampe anzuzünden, es sei hell genug – ich fürchtete mich, in das Gesicht der alten Dame zu sehen, weil ich wußte, daß es angstvoll und tiefbesorgt aussehen müsse.

Da kamen schallende Schritte das Trottoir entlang, und im Vorübergehen, unter dem offenen Fenster, sagte eine hastig erzählende Stimme: »Eine gelähmte Frau, die sich nicht hat retten können, ist ertrunken!… Es soll schrecklich draußen sein!«

Wir fuhren empor, und Fräulein Fliedner begann rastlos im Zimmer auf und ab zu gehen… Nun erscholl auch lebhaftes Sprechen in der Hausflur. »Noch keine Nachricht aus dem Dorotheenthal?« hörten wir Charlotte über das Treppengeländer herabrufen, als Fräulein Fliedner die Thür öffnete.

»Von unseren Leuten ist noch keiner zurück,« antwortete der alte Erdmann. Er stand inmitten der dienstbaren Geister des Hauses, und seine rauhe Stimme zitterte. »Aber andere erzählen, es sei zu schlimm draußen,« fuhr er fort, »und unser Herr ist der erste Mann beim Retten – daß Gott erbarm, er fragt viel danach, ob solch eine Nußschale umkippt!… Dafür sind doch auch andere Leute da!… Der Herzog soll auch draußen sein.«

»Wie, Seine Hoheit selbst?« rief Dagobert herab.

Erdmann bejahte. Die Thür droben wurde zugeschlagen; aber gleich darauf kam der Leutnant die Treppe herab – er ließ sich sein Pferd vorführen und jagte davon – der schöne Tankred – wie erbärmlich erschien er mir jetzt!

Ich kauerte mich wieder in die Sofaecke, während Fräulein Fliedner tief aufseufzend in die Fensternische trat… Ich mußte an das Wasser denken, wie es wütend über die Erde hin tobte und die Menschen erstickte, die sich nicht retten konnten! Es mußte schrecklich sein, in dem trüben tosenden Wasser umzukommen! Aber »Herr Claudius fragte viel danach, ob die Nußschale umkippte«, wie der alte Erdmann sagte; er hatte die Welt und die Menschen und das eigene Leben wohl nicht mehr lieb, und er hatte auch recht. Die Frau, die er nicht vergessen konnte, war falsch gewesen, und die Geschwister und der alte Buchhalter waren es auch, und ich, für die er so viel Güte zeigte, ich hatte vor wenig Stunden erdrückende Beweise gegen ihn und sein Handeln an das Tageslicht gebracht… Nur Fräulein Fliedner hielt zu ihm – ich sah mit einer Art von Neid nach der kleinen zierlichen Gestalt hinüber, die regungslos am Fenster verharrte; sie hatte ein gutes Gewissen, sie hatte ihm nie etwas zuleide gethan, sie brauchte sich mit keinem Vorwurf zu quälen, wenn – die Wasser über den edlen blonden Kopf hinweggingen. Fast hätte ich aufgeschrien bei dieser Vorstellung, aber ich biß die Zähne zusammen und begann von neuem angstvoll auf jeden Schritt, jedes ferne Räderrollen zu horchen.

So verrann Stunde um Stunde. Mein Vater war auch noch nicht heimgekommen – auf Fräulein Fliedners Befehl hatte Erdmann in der Karolinenlust nachsehen müssen… Ganz beschwichtigt hatte sich der Lärm der aufgeregten Stadt noch nicht, aber es war stiller geworden – Mitternacht kam heran… Da bog ein Wagen in die Mauerstraße ein – mit einem leisen Aufschreien, einem Gemisch von Angst und Freude, fuhr die alte Dame empor und ich flog durch die Hausflur und riß die Hofthür auf. Ein fast greifbares Dunkel lag über der Erde, aber ich lief blindlings hinein, dem daherbrausenden Wagen entgegen.

»Sind Sie es selbst, Herr Claudius?« rief ich mit bebender Stimme über das Rädergerassel hinweg.

»Ja,« scholl es vom Kutschersitz herab.

Gott sei Dank!… Ich drückte die Hände auf die Brust – ich glaube, mein angsterlöstes Herz müsse sie im Aufatmen zersprengen.

Nun kamen auch von allen Seiten die Leute des Hauses gestürzt und umringten den Wagen. Herr Claudius stieg herab.

»Steht's wirklich so schlimm, Herr Claudius?« fragte der alte Erdmann. »Wirklich vierzigtausend Thaler Verlust, wie Schäfer sagt?«

»Der Schaden ist größer – es ist alles verwüstet; wir müssen in Dorotheenthal ganz von vorn anfangen. Mich schmerzen nur meine jungen Koniferen – nicht eine steht mehr,« sagte er bewegt. »Nun, das läßt sich wohl alles mit der Zeit ersetzen; aber hier« – er brach ab und öffnete den Wagenschlag. –

Er half jemand sogleich über den Tritt herab. Das Licht mehrerer herbeigebrachten Lampen quoll jetzt durch die Hofthür und fiel auf ein junges Mädchen, das, halb in Herr Claudius' Armen hängend, auf das Pflaster glitt. Ein krampfhaftes Schluchzen erschütterte die zarte, tief vornübergebeugte Gestalt, und das unbedeckte Haar hing unordentlich und aufgelöst um ein schönes, aber in verzweifeltem Schmerz verzogenes Gesicht.

»Ihre Mutter ist ertrunken,« flüsterten die Leute, die mitgekommen waren.

Herr Claudius schlang seinen Arm fester um ihre Taille und führte sie die Stufen hinauf. Er strich im Dunkeln dicht an mir vorüber – seine Kleider waren schwernaß.

Auf der obersten Stufe stand Fräulein Fliedner und streckte ihm die Hände entgegen; was er ihr sagte, konnte ich nicht verstehen – eine plötzliche Scheu und ein unerklärliches Wehegefühl hatten mich von den Menschen fort, tiefer in den Hof hinein gescheucht – aber ich sah, wie die alte Dame sanft den Arm der Weinenden in den ihren legte und sie hinwegführte. Herr Claudius verweilte noch einen Augenblick droben in der Flur und sprach mit Charlotte. Es entging mir nicht, daß er dabei suchend umherblickte – hatte er doch vorhin meine Stimme erkannt und wollte sich nun überzeugen, ob ich, der er zürnte, es wirklich gewesen sei?…Was für thörichte Gedanken! Er hatte jetzt Wichtigeres zu denken – wie viel Unglück hatte er heute mit ansehen müssen, und was für schwere Aufgaben lagen nun auf seinen Schultern!…Und hatte er nicht eben ein tiefgebeugtes, verwaistes Mädchen in sein Haus eingeführt – eingeführt mit zärtlicher Sorgfalt und tiefem Mitgefühl? Sie war nicht so undankbar wie ich; sie stieß die Hand nicht zurück, die sie stützen wollte – vertrauensvoll hatte sie sich dem Arm hingegeben, der sie umschlang…Und da sollte er sich noch des tolltrotzigen Menschenkindes aus der Heide erinnern?…Ganz gewiß nicht.

Er kam die Stufen wieder herab, blieb in der Hofthür stehen und sah angestrengt in das Dunkel hinaus. Unterdes war auch ein Herr aus dem Wagen gestiegen, der zu ihm trat – ich erkannte meinen Vater. Verwundert sah ich, wie er Herrn Claudius, dem mißachteten »Krämer«, in herzlichster Weise die Hand bot und sich unter warmen Dankesworten von ihm verabschiedete. Im Garten schlüpfte ich neben ihm hin und hing mich an seinen Arm. Er war sehr überrascht und konnte sich nur schwer in die Thatsache finden, »sein kleines Mädchen zu so später Nachtzeit noch im Freien auflesen zu müssen.« Er hatte den Herzog nach Dorotheenthal begleitet und dann, der Kürze wegen, die Rückfahrt in Herrn Claudius' Wagen angenommen. Während wir nach der Karolinenlust schritten, erzählte und sprach er auch von Herrn Claudius.

»Was für ein Mann!« rief er stehenbleibend. »Der Herzog ist entzückt von dieser Ruhe und Kaltblütigkeit, von der stillen Würde, mit der er sein Mißgeschick hinnimmt…Ich habe den Mann für ein lebendiges Rechenexempel gehalten – das muß ich ihm abbitten!«

Ja, was für ein Mann!…»Nun, das läßt sich wohl alles mit der Zeit ersetzen, aber hier« – mit diesen wenigen einfachen Worten hatte er seine enormen pekuniären Verluste dem Unglück des jungen Mädchens gegenüber abgewogen. Und das war der Zahlenonkel, der eiskalte Geldmensch?…Nein, »der Arbeiter im strengsten Sinne des Wortes,« der aber nicht lediglich um des Erwerbs willen wirkte, sondern weil er »in Ordnung und Thätigkeit den Gesundbrunnen seiner Seele sah«…Ach, jetzt verstand ich ihn schon besser!…

In dieser Nacht ging ich nicht mehr zu Bett. Ich setzte mich in die Fensterecke und wartete auf das Morgenlicht. – Mit dem Tage, der so blaß hinter den Bäumen aufglomm, wollte ich ein neues Leben anfangen.

26

»Wollen Sie mir Unterricht geben?« fragte ich den Oberlehrer Helldorf, der vor einem ungeheuren Paket Schulheften korrigierend saß. »Ich will lernen, so viel lernen, wie nur in meinen Kopf hineinzubringen ist! Ich bin schon ein sehr altes Mädchen und kann nicht einmal ordentlich schreiben.« Er lächelte, und seine reizende kleine Frau auch, und wir machten einen festen Kontrakt, nach welchem ich wie ein Kind in der Familie im Schweizerhäuschen aus und ein gehen und täglich mindestens drei feste Unterrichtsstunden erhalten sollte. Diesen Vertrag teilte ich Fräulein Fliedner mit; sie erklärte sich damit vollkommen einverstanden und übernahm es auf meine Bitten, die Geldangelegenheiten dabei zu besorgen; so brauchte ich doch nicht in Herrn Claudius' Schreibzimmer zu gehen.

Ich lernte von da an unermüdlich. Freilich flog die Feder anfangs oft genug unter den Tisch, und ich rannte mit heißem Kopf und thränengefüllten Augen in den Wald hinein – aber ich kehrte auch aufseufzend wieder um, nahm dem kleinen, stählernen Tyrannen langsam vom Boden auf und malte weiter, bis das Nachmalen allmählich aufhörte, und die festen hübschen Züge, flink über das Papier hinlaufend, der Ausdruck lebendiger Gedanken wurden – da fiel es mir wie Schuppen von den Augen!… Ich kam zur Freude meines Lehrers unglaublich schnell vorwärts, und nun dehnte sich der anfangs auf wenig Fächer beschränkte Unterricht auch auf die Musik aus. Hier kam mir meine natürliche Begabung sehr zustatten, und bald stand ich am Klavier neben dem jungen Helldorf und sang Duette mit ihm.

Dieser Verkehr im Schweizerhäuschen, den mein Vater billigte, und welchen Herr Claudius und Fräulein Fliedner offen protegierten, wurde von anderer Seite mit grimmigen und scheelen Augen angesehen. Eckhof war wütend, und Charlotte in einer mir unbegreiflichen Weise indigniert und hämisch. Ich erfuhr nun auch Näheres über den Konflikt zwischen dem alten Buchhalter und seiner Tochter. Helldorf hatte Theologie studiert und sich schon als Student mit Anna Eckhof verlobt. Der alte Mystiker war damit einverstanden gewesen, hatte aber die Bedingung gestellt, daß der junge Mann nach vollendeten Studien als Missionär – und zwar als ein auf sämtliche lutherische Bekenntnisschriften streng verpflichteter Missionär – mit seiner Frau nach Ostindien gehen solle. Die Klausel war dem Bräutigam allmählich drückend geworden, er verwahrte sich schließlich energisch dagegen und demaskierte sich als entschiedener Feind alles pietistischen Wesens und der frommen Phrase. Zudem erklärte der Arzt die Konstitution des jungen Mädchens für viel zu zart, als daß ihr das aufregende, an Entbehrungen reiche Leben einer Missionärsfrau zugemutet werden dürfe. Den Alten hatte das völlig unberührt gelassen – fanatisch genug hatte er gemeint, der Herr werde ihr schon die Kraft durch seine Gnade geben, und wenn nicht, dann gehe sie ja ein zu ihm als echte, rechte Streiterin der heiligen Kirche… Er hatte sie verstoßen, als Helldorf fest bei seiner Weigerung geblieben war, und sie nicht von dem Manne ihres Herzens lassen wollte…

Der Groll des alten Mannes über die plötzlich durchbrochene Scheidewand zwischen dem verfemten Nachbarhaus und dem bisher von ihm beherrschten Grund und Boden begriff ich deshalb vollkommen; was aber bewog Charlotte, meinen Umgang mit der Lehrerfamilie anzufeinden?… Zornig sagte sie mir wiederholt ins Gesicht, sie begreife nicht, wie Herr Claudius in meine achtlosen Kinderhände den Schlüssel zu einer Thür legen könne, an welcher der öffentliche Fahrweg vorüberlaufe – eines schönen Tages werde ja wohl alles Bettelvolk den Garten überschwemmen. Sie behauptete, ich sei unleidlich hochmütig geworden, seit mir die Gelehrsamkeit mit dem Nürnberger Trichter beigebracht werde; von dem »reizend natürlichen Heideprinzeßchen« finde sie keine Spur mehr, und meine Locken ordne ich plötzlich mit einem Schick, der auf eine bedeutende Portion Koketterie schließen lasse. Noch grimmiger und verbissener aber wurde sie, als der Musikunterricht begann. Ich traf sie oft hinter der Gartenmauer, wenn ich nach dem Schluß der Stunde rasch eintrat; mit sprühenden Augen, aber dennoch mit fast verletzend nachlässiger Weise meinte sie stets, der kleine Vogel erfreue sich ja einer recht lauten Kehle – sie habe so im Vorübergehen einige Töne aufgefangen; als mich aber eines Sonntagnachmittags mein Mitsänger, der junge Helldorf, bis an die Gartenthür begleitet hatte, da fuhr sie drinnen aus dem Gebüsch auf mich zu und stieß ein unauslöschliches Gelächter aus, das sie dann und wann mit einem höhnischen: »Darf man gratulieren, Fräulein von Sassen?« unterbrach.

Ich ließ sie gewähren, weil ich in Wirklichkeit ihr Wesen nicht verstand. Im übrigen beherrschte sie sich hinsichtlich des schwebenden Geheimnisses weit mehr, als ich erwartet hatte. Nur in zwei Dingen trat der erhöhte Stolz schärfer zutage – in dem Umstand, daß sie zu Fräulein Fliedners Verdruß bei Tisch nie anders mehr als in starrer Seide erschien, und in ihrer Verachtung des bürgerlichen Elementes. Am meisten mußte das der junge Helldorf fühlen, den Herr Claudius immer mehr in sein Haus zog. Sie behandelte ihn mit einer Kälte und Schroffheit, die mich oft erbitterte, um so mehr, als sich allmählich ein schönes, rein geschwisterliches Verhältnis zwischen ihm und mir feststellte. Zu meiner Genugthuung bot er der verletzenden Behandlung stolz die Stirne – er ignorierte die hochmütige Dame völlig... Ich konnte das sehr oft beobachten, weil auch ich an den kleinen Theezirkeln im Hause Claudius teilnahm, und zwar stets in Begleitung meines Vaters. Zwischen ihm und Herrn Claudius bestand ein ziemlich lebhafter Verkehr. Herr Claudius kam sehr viel, was er früher nicht gethan, in die Bibliothek, und mein Vater ging oft abends hinüber in das zur Sternwarte eingerichtete Zimmer. An den Theeabenden saßen sie stets zusammen – sie schienen sich sehr gut zu verstehen; nur berührten sie nie, so oft ich auch hinlauschen mochte, die Münzangelegenheit... Meine Stellung zu Herrn Claudius aber wurde trotz dieses Verkehrs keine andere. Ich zog mich im Gegenteil strenger und ängstlicher als je von ihm zurück – das Geheimnis, um welches ich wußte, stand zwischen uns. Im Januar, mit Dagoberts Rückkehr, sollte ja die Angelegenheit zum Austrag kommen – war ich bis dahin freundlich oder auch nur scheinbar harmlos ihm gegenüber, wie falsch stand ich dann da, wenn ihm die Augen aufgingen!... Und noch etwas scheuchte mich aus seiner Nähe. Oft, wenn ich im Gespräch mit anderen plötzlich aufsah, da überraschte ich seinen Blick, wie er in einer Art von schmerzlicher Versunkenheit an mir hing; ich wußte wohl warum er sah immer wieder die Lüge, die meine junge Stirne befleckte. Das jagte mir das Blut in das Gesicht und stachelte aufs neue den häßlichen Trotz des Unrechts in mir auf... Er nahm mein abweisendes Verhalten hin als etwas, das er nie anders erwartet habe. Mit keinem Worte betonte er die Vormundschaftsrechte, die ihm Ilse eingeräumt, obgleich ich wußte, daß er nach wie vor über meinem Thun und Treiben wachte und sich insgeheim sogar mit meinem selbstgewählten Lehrer in Verbindung gesetzt hatte – er hielt das Versprechen, das er Ilse gegeben, unverbrüchlich, so drückend und lästig es ihm auch mit der Zeit werden mochte. Mich überkam oft eine jähe Angst, wenn ich ihn mit seinem milden Ernst in so unantastbarer Haltung unter seinen Gästen sitzen und das in der Luft schwebende Geheimnis über seinem Haupte drohen sah – wie wird er wohl hervorgehen aus all den Enthüllungen?

So waren drei Monate vergangen. Mit Stolz sah ich auf die festen, schlanken Züge meiner Handschrift, denen ich nun auch Seele einzuhauchen wußte. Stand ich doch bereits in Briefwechsel, und zwar in einem geheimen, mit meiner Tante Christine. Sie hatte mir für die Uebersendung des Geldes in fast überschwenglicher Weise gedankt und mir angezeigt, daß sie sich nach Dresden in ärztliche Behandlung begeben und die sichere Hoffnung habe, ihre Stimme wieder zu bekommen. Ihren Versicherungen nach war ich ihre Retterin, ihr Schutzengel und das einzige Wesen, das noch Mitleid mit einer armen, schwergeprüften Frau habe – sie sprach wiederholt den heißen Wunsch aus, mich nur einmal in ihre Arme schließen zu dürfen. Diese Korrespondenz erschütterte mich dergestalt, daß ich eines Tages meinem Vater gegenüber schüchtern die unglückliche Tante erwähnte. Er fuhr empor und verbat sich das für alle Zeiten, wobei er entrüstet sagte, er begreife Ilse nicht, daß sie dieses dunkle Stück Familiengeschichte vor meinen Ohren habe laut werden lassen... Ihre immer häufiger werdenden Briefe ängstigten mich darauf hin nicht wenig, allein ich konnte es doch nicht über das Herz bringen, sie zu ignorieren.

Aber auch noch andere Sorgen brachen in mein Leben herein. Ich, die ich bis vor wenigen Monaten nicht gewußt hatte, was Geld war, ich rechnete jetzt ängstlich mit jedem Groschen, denn – er fehlte häufig. Ich hatte freudig und nicht ohne Geschick unser kleines Haus-

wesen übernommen; ich richtete jeden Abend einen hübschen, kleinen Theetisch in der Bibliothek her, eine Annehmlichkeit, die mein Vater längst nicht mehr gekannt hatte; aber daß das
schließlich auch bezahlt werden müsse, begriff ich nicht eher, als bis mir das Stubenmädchen
einen langen Zettel voll Auslagen vorlegte.

»Geld?« schreckte mein Vater aus seinen Papieren auf, als ich ihm ahnungslos den Zettel
brachte. »Mein Kind, ich begreife nicht – wofür denn?« Er fuhr suchend in die Westentasche
und in die Seitentaschen des Rockes. – »Ich habe keines, Lorchen!« erklärte er achselzuckend
mit einer hilflosen Angstgebärde. »Wie ist mir denn – habe ich nicht das Abonnement im Hotel
erst vor kurzem bezahlt?«

»Ja, Vater! Aber das sind Auslagen für Abendbrot!« – stotterte ich betroffen.

»Ach so!« Er zerwühlte mit beiden Händen das Haar. »Ja, mein Kind, das ist mir etwas ganz
Neues – ich habe das nie gebraucht ... Da, da« – sagte er und stieß nach einem aus grauem Papier
hervorguckenden Stückchen Zucker, das auf seinem Schreibtisch lag – »das ist außerordentlich
nahrhaft und gesund.«

Ach, wie erschrak ich, und wie gingen mir plötzlich die Augen weit auf!

Mein Vater hatte eine bedeutende Einnahme; aber er versagte sich das Nötigste um seiner
Sammlungen willen. Daher dieses zum Entsetzen abgemagerte Gesicht, das bereits unter meiner
und Ilses kurzer Pflege ein auffallend gesünderes Aussehen bekommen hatte. Wenn ich auch
wollte, um seiner selbst willen durfte ich auf diese Zuckerdiät nicht eingehen. Aber mir fehlte
aller Mut, ihm gegenüber aufzutreten, nicht einmal zu bitten wagte ich, wenn ich nun sehen
mußte, daß er Hunderte von Thalern für vergilbte Handschriften oder eine alte Majolikavase
hingab und nicht einen Pfennig in der Tasche behielt. Sein sanftes, liebreiches Wesen, seine
fast kindliche Glückseligkeit, mit der er mir die acquirierten Schätze zeigte, und mein eigener
hoher Respekt vor seinem Beruf und Wissen verschlossen mir den Mund.

Ich suchte den kleinen Geldbeutel hervor, den mir Ilse »für den Notfall« im Koffer zurückgelassen und den ich bis dahin mißachtet hatte. Sein Inhalt reichte für einige Zeit; aber nun, mit
dem letzten Groschen kam die quälende Sorge. Ilse durfte ich nicht mit einer derartigen Bitte
kommen, und Herrn Claudius auch nicht, ich mußte ihm ja stets mitteilen, in welcher Weise
ich das meinem Vermögen entnommene Geld verwenden wollte. Jetzt, wo ich anfing, Menschen
und Verhältnisse klarer zu beurteilen, jetzt erinnerte ich mich auch, daß er das Sammeln, sobald
es zur Leidenschaft wurde, streng verwarf – ich verstand jenen Ausspruch, solch ein Sammler
nehme die Mittel vom Altar, nunmehr vollkommen und durfte nicht erwarten, daß er auf mein
Verlangen einging. Aber über das, was ich s *elbst verdiente*, hatte er kein Recht; ich brauchte
ihm nicht einmal zu sagen, zu welchem Zweck ich den Erlös verwendete – wie ein Blitzstrahl
kam mir der rettende Gedanke ...

Schon am zweiten Tage nach dem Unglück in Dorotheenthal hatte ich das junge Mädchen,
dessen Mutter ertrunken war, am Fenster eines der Hinterzimmer sitzen sehen – das schöne,
bleiche Gesicht tief vornüber gebückt, hatte sie so emsig gearbeitet, daß es mir unmöglich gewesen war, auch nur einen Blick von ihr zu erhaschen.

»Was thut sie denn?« hatte ich Fräulein Fliedner gefragt.

»Sie hat um Beschäftigung gebeten, weil sie meint, nur auf diese Weise Herr ihrer Schmerzen zu werden. Sie schreibt die Blumennamen auf die Samentüten – ihr Vater war Lehrer in
Dorotheenthal – sie schreibt sehr schön.«

Das fiel mir wieder ein, als Emma, das Stubenmädchen, mir eines Tages abermals ein Papier voller Zahlen vorlegte – ich hatte nicht über einen Pfennig mehr zu verfügen und bat sie
stockend um einige Tage Frist. Sichtlich erstaunt und betroffen verließ sie das Zimmer, und
ich ging abends um die sechste Stunde mit klopfendem Herzen in das Vorderhaus ... Es war
Theeabend bei Herrn Claudius – mein Vater war auch eingeladen, aber vorläufig verweilte er
noch im Schloß, um die Prinzessin Margarete zu begrüßen, die heute nach fast dreimonatlicher Abwesenheit in die Residenz zurückkehrte.

In Fräulein Fliedners Zimmer legte ich Mantel und Kapuze ab.

»Kindchen,« sagte die alte Dame ein klein wenig verlegen und zog meinen Kopf an ihre Brust, »wenn es einmal in Ihrer Kasse nicht stimmen sollte – nicht wahr, dann kommen Sie zu mir?«

Ich erschrak – Emma hatte geplaudert; aber nun wollte ich erst recht nicht meine Verlegenheit eingestehen – ich schämte mich im Namen meines Vaters. Was half es mir auch, wenn sie mir Geld lieh? Es mußte doch zurückgezahlt werden… Ich dankte ihr herzlich und ging ziemlich festen Schrittes nach dem Kontor – zum erstenmal, seit Ilse fort war.

Schon draußen hörte ich Herrn Claudius auf und ab gehen. Als ich die Thür öffnete, wandte er sich nach dem Geräusch um und blieb mit auf den Rücken gelegten Händen stehen. Nur über seinem Schreibtisch brannte eine mit grünem Schirm versehene Lampe, alle anderen Tische waren dunkel – die Herren hatten bereits die Schreibstube verlassen.

Ein Schauer durchfuhr mich – der hohe, schlanke Mann da hatte eben noch auffallend hastigen Schrittes das einsame, halbdunkle Zimmer durchmessen – mehr als je mußte ich der Zeit gedenken, wo ihn leidenschaftlicher Schmerz ruhelos durch die Gärten gehetzt hatte. Mein Erscheinen im Kontor schien ihn sehr zu befremden – wie unwillkürlich griff er nach dem Lampenschirm und hob ihn, so daß der volle Lichtschein auf meine schüchtern an der Thür verharrende kleine Person fiel. Mir war so peinlich zu Mute, als sei ich plötzlich an den Pranger gestellt; aber ich nahm alle Energie zusammen, schritt auf ihn zu und legte unter einer ziemlich mißglückten, leichten Verbeugung ein Papier vor ihm auf den Schreibtisch.

»Wollen Sie die Güte haben und die Handschrift prüfen?« sagte ich mit niedergeschlagenen Augen.

Er nahm das Papier auf.

»Hübsche, charaktervolle Züge – sie stehen fest und trotzig, ich möchte sagen, geharnischt da und entbehren dennoch nicht der Grazie,« sagte er – mit einem halben Lächeln wandte er mir das Gesicht zu. »Man sollte meinen, der Schreiber habe einen eisernen Handschuh angezogen, um eine zärtlich weiche, kleine Hand zu maskieren.«

»Also hübsch sind sie – ob aber auch brauchbar? – Ich wäre froh!« sagte ich gepreßt.

»Ach so, es geht Sie näher an, als ich dachte – Sie haben das selbst geschrieben?«

»Ja!«

»Und was verstehen Sie unter brauchbar? – Genügt es Ihnen nicht, daß Sie plötzlich so hübsch und – man sieht es der Schrift an – so flink und fließend zu schreiben vermögen?«

»O nein, noch lange nicht!« versetzte ich hastig. »Ich will so schreiben können, daß – daß man mir Arbeit anvertraut.« – Jetzt war es heraus, und ich wurde mutig. »Ich weiß, Sie lassen auch durch Frauenhände die Blumennamen auf die Samentüten schreiben – wollen Sie es einmal mit mir versuchen?… Ich werde mir die größte Mühe geben und genau nach Vorschrift arbeiten.« – Ich sah zu ihm auf, senkte aber auch den Blick sofort wieder – seine blauen Augen hingen so feurig und doch wieder in einer Art von Mitleid schmelzend an meinem Gesicht – sie waren so glutvoll beredt, als gehörten sie gar nicht zu der übrigen ruhig würdevollen Erscheinung.

»Sie wollen für Geld arbeiten?« fragte er dennoch sehr gelassen, fast geschäftsmäßig. »Ist Ihnen denn nicht eingefallen, daß Sie das nicht brauchen? Sie haben ja Vermögen… Sagen Sie mir, wieviel Sie wünschen, und zu welchem Zweck.« – Er legte die Hand auf die eiserne Kiste, die neben ihm stand.

»Nein, das will ich nicht!« rief ich heftig. »Lassen Sie das Geld nur liegen für spätere Zeiten. Meine liebe Großmutter sagte, es genüge, um die Not abzuwehren, und in Not bin ich noch nicht – Gott bewahre!«

Er ließ seine Hand von dem Kasten niedersinken – ich weiß nicht, weshalb mir bei seinem eigentümlichen Lächeln der Gedanke kam, er wisse *auch* bereits um Emmas Plauderei. Das schlug mich sehr nieder, es bestärkte mich auch zugleich in meinem Entschluß.

»Sie haben offenbar eine falsche Vorstellung von der Arbeit, der Sie sich unterziehen wollen,« versetzte er. »Ich weiß es, nach fünf Minuten werden die Wangen heiß werden, werden die Gedanken hinter der Stirne und die Füße unter dem Tisch gegen das verhaßte Schreiben rebellieren –«

»Das ist jetzt anders,« unterbrach ich ihn kleinlaut und beschämt – er citierte meine eigenen kindischen Worte, mit denen ich ihm ehemals meinen Abscheu gegen das Schreiben geschildert hatte. »Schwer genug ist mir's geworden, das ist wahr, ich leugne es gar nicht, aber ich habe mich überwunden.«

»Wirklich?« – Das fatale Lächeln flog wieder um seine Lippen. »Sie haben also die Heidegewohnheiten vollständig abgeworfen? Sie verabscheuen das Baumklettern und begreifen nicht mehr, wie Sie einst durch den Fluß laufen konnten?«

»O nein, so gebildet bin ich noch lange nicht!« fuhr es mir wider Willen heraus. »Ich kann mir überhaupt nicht denken, daß je eine Zeit käme, wo ich ohne Sehnsucht das Rauschen der Bäume und das lustige Wasserrieseln hören könnte – aber ich werde die Sehnsucht so beherrschen lernen, wie ich mit zusammengebissenen Zähnen diese Züge« – ich zeigte auf das Papier – »gegen meine Neigung erzwungen habe.«

Er wandte sich ab und sah an dem grünen Fenstervorhang empor, als wolle er die Webefäden zählen. Dann nahm er eine kleine Papierhülse und hielt sie mir hin. In schöngeschwungenen kräftigen Linien stand darauf: »Rosa Damascena«.

»Denken Sie sich, Sie müßten die Aufschrift vierhundertmal wiederholen,« sagte er nachdrücklich.

»Gut, Sie sollen sehen, daß ich's kann!... Es ist ja ein Blumenname, und wenn ich das Wort ›Rose‹ tausendmal schreiben müßte, ich würde mir immer ihren köstlichen Duft dabei einbilden – ein Rosenkelch ist für mich ein Wunder, ich habe ihn immer für das Königsschlößchen der Käfer gehalten – das ist auch noch so eine von meinen ›Heidegewohnheiten‹ – wollen Sie mir *nun* die Arbeit anvertrauen?«

Er schwieg, und jetzt fiel es mir schwer auf das Herz, daß er alle diese Schwierigkeiten nur erhebe, um mir nicht direkt sagen zu müssen, daß er mein Geschreibsel nicht brauchen könne. Tief gedemütigt dachte ich an Luise, die Lehrerwaise – sie war ja noch im Hause, und ihre fleißigen, geschickten Hände wurden sehr gerühmt; sie machte die Sache jedenfalls ungleich besser, und es war vermessen von mir, mich ihr gleichzustellen. Ach, wie bitter bereute ich, in die Schreibstube gegangen zu sein!... Nicht ohne eine heftige Aufwallung des alten Trotzes nahm ich meine Probeschrift und steckte sie in die Tasche.

»Ich fühle, daß ich unbescheiden gewesen bin und eine zu hohe Meinung von meinen Leistungen gehabt habe,« sagte ich mit fliegendem Atem. »Jetzt, wo ich diese schöne, graziöse Schrift sehe« – ich deutete nach der Papierhülse – »jetzt bin ich beschämt –«

Hastig schritt ich nach der Thür, aber da stand er auch schon neben mir.

»Gehen Sie nicht so von mir,« sagte er in seinen weichsten Tönen. »Ich handle thöricht! Sie geben mir den ersten Beweis eines schwach aufkeimenden Vertrauens, und ich widerspreche Ihnen. – Aber ich kann nicht zugeben, daß Sie sich einer Marter unterziehen, die Ihrer ganzen Natur zuwiderläuft – Sie haben mir selbst gesagt, daß Sie das rein Mechanische ›mit zusammengebissenen Zähnen‹ vollbringen... Ich *will* ferner nicht, daß Ihre reine Hand, die bis jetzt das Geld mit seinem anklebenden Fluch kaum berührt, sich um den Groschen müht – das siebzehnjährige Menschenwunder, das noch nie Geld gesehen, glauben Sie, es wäre damals so flüchtig an mir vorübergegangen, wie vielleicht eine neue Gegend, eine fremdartige Nationaltracht oder dergleichen?... Ich habe Ihnen gleich zu Anfang erklärt, daß das überwuchernde wildtrotzige Element in Ihrer Natur gezügelt werden müsse – das Ungebärdige entstellt in meinen Augen das Weib, und mögen es Tausende als wilde Grazie preisen – aber Ihre Individualität darf dabei nicht angetastet werden.«

»Nun, das Zügeln übernehme ich ja, indem ich arbeiten, fest und angestrengt arbeiten will,« versetzte ich hartnäckig. »Ich weiß es, andere suchen die Heilung auch in der Arbeit – Sie selbst sind ja thätig von früh bis spät und verlangen von Ihrer Umgebung streng das Gleiche.«

Er lächelte.

»Ich verlange von jedem mit Recht die angestrengte Thätigkeit in seinem Berufe... Aber meinen Sie denn, ich sei ein so eingefleischter Arbeiter, daß ich urteilslos alles in eine und dieselbe Form knete?... Einen, der mit grober Säge die überflüssigen Aeste vom Baume schneidet, lasse ich ruhig schalten und walten; allein ich kann sehr schelten, wenn er mir mit rohem Finger eine feine Blüte berührt und den keuschen Samt von den Blättern streift... Ich möchte wohl das widerspenstige Zurückwerfen dieses kleinen Lockenkopfes gemildert sehen, aber nur durch die errungene geistige Ueberlegenheit, niemals unter dem lähmenden Joch der mechanischen Arbeit.«

Ich stand auf dem Punkt, die Aussicht auf den einzig möglichen Erwerb zu verlieren, weil ich es nicht über mich gewinnen konnte, den geschäftsmäßigen Ton wieder anzuschlagen, der ihn selbst treulos verlassen hatte. Alles, was er sagte, klang so verhalten und gedämpft, als fürchte er, jede lautere Hebung der Stimme könne eine innere Glut zum Brand schüren, ihn zur Heftigkeit fortreißen. – War denn ein Wort gefallen, das die Erinnerung an die treulose Frau geweckt hatte?... Bewegt durch ein unerklärlich heftiges Weh-und Mitgefühl für den einst so schwer Gekränkten, griff ich zu dem einzigen Mittel, das mir blieb – zu der Bitte. Ich sprach und bat in warmen Tönen, vor denen ich selbst erschrak.

Ein Aufstrahlen flog wie Sonnenschein über sein Gesicht.

»Nun denn, Sie sollen haben, was Sie wünschen!« sagte er wie nach kurzem Ueberlegen mit vibrierender Stimme. »Ich begreife jetzt, weshalb selbst die strenge, rauhe Frau Ilse so wenig mit dem ›Heideprinzeßchen‹ auszurichten vermocht hat!... Nein, nein, so rasch sind wir noch nicht fertig!« rief er, als ich nach einigen Dankesworten das Zimmer verlassen wollte. – »Es ist nicht mehr als billig, daß auch ich mir nun etwas erbitten darf, nicht wahr?.... Erschrecken Sie nicht, Sie sollen mir keine Hand geben« – wie bitter und beschämend klang diese Beschwichtigung für mich! – »Ich will Sie nur bitten, eine Frage aufrichtig zu beantworten.«

Ich kehrte zurück und sah zu ihm auf.

»Habe ich mich nicht getäuscht – war es wirklich Ihre Stimme, die mich anrief, als ich in der Unglücksnacht von Dorotheenthal zurückkehrte?«

Ich fühlte, wie mir ein brennendes Rot über das Gesicht lief; aber ohne Zögern versetzte ich: »Ja, ich bin es gewesen – ich hatte Angst« – ich verstummte, denn die Thür ging auf, und der alte Erdmann trat ein... Mit dem Ausdrucke des tiefsten Verdrusses zeigte Herr Claudius auf ein Paket Briefe, die nach der Post getragen werden sollten. Der alte Mann hatte bereits ein Schreiben in der Hand, das er auf den Tisch legte, während er seine Umhängetasche mit den Geschäftsbriefen füllte.

»Von Fräulein Charlotte,« sagte er, als er bemerkte, daß der Blick seines Herrn mit sichtlichem Befremden an dem kleinen Siegel des mit gebrachten Schreibens haftete.

»Der Brief wird erst morgen früh abgehen, Erdmann,« sagte Herr Claudius kurz und nahm ihn an sich.

Währenddem hatte ich die Thür erreicht, und ehe er mich noch einmal anrufen konnte, stand ich mit heftig klopfenden Pulsen in der Hausflur. Ich atmete tief auf – der bärbeißige Alte war im glücklichen Moment eingetreten; um ein Haar hätte ich mich hinreißen lassen, Herrn Claudius zu bekennen, was ich an jenem Abend um ihn gelitten... Was war das nur? Ich verlor allen Boden unter den Füßen; der alte Herr mit der blauen Brille – wie ein Phantom war diese anfängliche Vorstellung in alle Lüfte verflogen, und von allem, was mir beim Eintritt in die neue Welt einen tiefen Eindruck gemacht, kam nichts mehr auf neben der imponierenden Erscheinung des »Krämers«.

27

Heute standen die Zimmer noch leer. Es war ein kalter Novemberabend; in den feinen Regen, der sich, der Erde nahe, in widrige Dunst- und Nebelwolken auflöste, mischten sich die ersten vereinzelten Schneeflocken, und rauhe Windstöße pfiffen durch die Gassen.

Bei meinem Eintreten in den Salon hantierte Fräulein Fliedner unter den klirrenden Tassen des Theetisches. Sie war erregt, die alte Dame, denn das Porzellan fuhr unter ihren Händen ein wenig konfus durcheinander... Charlotte beobachtete sie mit einem malitiösen Lächeln. Sie hatte sich in die Sofaecke geworfen, halb versunken in die metallisch glitzernden Wogen einer mit Bauschen und Volants überladenen grünen Seidenrobe. Ihre imposante Schönheit interessierte mich aufs neue – die prächtigen Formen dehnten sich so behaglich in den warmen, elastischen Polstern; dennoch fröstelte ich unwillkürlich unter der Einwirkung des Kontrastes zwischen dem draußen vorüberfegenden rauhen Novemberwinde und den entblößten Schultern und Armen des üppigen Mädchens, die nur eine Flut außerordentlich klarer Spitzen überrieselte.

»Ich bitte Sie ums Himmels willen, liebste Fliedner, seien Sie vorsichtig,« rief sie mit affektierter Aengstlichkeit, ohne ihre nachlässig bequeme Stellung auch nur im mindesten zu verändern. »Die selige Frau Claudius müßte sich ja in der Erde umdrehen, wenn sie wüßte, wie Sie mit ihren porzellanenen Erinnerungen an frohe Wiegenfeste, Familienjubiläen, und was alle diese kostbaren Inschriften sonst noch verherrlichen mögen – in diesem Augenblicke umgehen... Die Sache ist nicht der Rede wert, zu was alterieren Sie sich denn?... Kann ich etwas dafür, daß mir diese Luise antipathisch ist? Und bin ich schuld, daß dieses Thränenweidengesicht stets aussieht, als wolle es Gott und alle Welt um Verzeihung bitte, daß es sich die Freiheit nimmt, überhaupt zu existieren?... Das Mädchen fühlt instinktmäßig, was ich ungezwungen ausspreche – sie gehört nicht in den Salon mit ihren Schulmeistermanieren. Es ist eine viel zu weit getriebene Humanitätsanwandlung des Onkels, ihr eine Stellung einzuräumen, zu der sie in keiner Weise berechtigt ist... Du lieber Gott, ich bin auch kein Unmensch – aber was recht ist! – Guten Abend, Prinzeßchen!«

Sie reichte mir die Hand und zog mich neben sich auf das Sofa. »Da bleiben Sie hübsch sitzen, Kind, und fahren nicht immer wie ein Irrwisch durch die Zimmer!« sagte sie gebieterisch. »Sonst setzt mir der Onkel abermals eine Nachbarin zur Seite, die mich mit ihrer ewigen Batiststickerei und dem groben Stahlfingerhut an ihrer Hand zur Verzweiflung bringt.«

»Einem dieser unerträglichen Uebel können Sie sehr leicht abhelfen,« meinte Fräulein Fliedner gelassen. »Geben Sie Luise einen Ihrer silbernen Fingerhüte – Sie benutzen sie ja doch nie –«

»Wenigstens sehr selten,« lachte Charlotte auf und ließ ihre schlanken weißen Finger vor den Augen spielen. »Ich weiß auch warum... Sehen Sie, beste Fliedner, diese Nägel?... Sie sind nicht besonders klein, aber hübsch rosig und tadellos gebildet – auf jedem sitzt ein Adelsdiplom – glauben Sie nicht?« Sie zog in geistreich ausdrucksvoller Weise die Oberlippe scharf zurück und zeigte impertinent lächelnd die ganze Reihe ihrer schönen Zähne.

»Nein, das glaube ich ganz entschieden nicht,« versetzte Fräulein Fliedner erregt – das Rot des Aergers trat ihr in die Wangen. »Die Natur gibt kein solches Diplom mit, das gegen die Arbeit feit, und auch jenes geschriebene Fürstenwort, dem eine wahnwitzige Vorstellung eine ähnliche Wandlungskraft wie die des Abendmahls verleiht, und infolge deren ehrlich gesundes rotes Blut sich plötzlich in ein verkünsteltes blaues verändern soll – auch dieses Fürstenwort hat nicht die Macht, irgendein Individuum von der Arbeit zu entbinden, zu der das Menschengeschlecht berufen ist. Es wäre schlimm und ein Widerspruch in Gottes Schaffen und Walten selbst, wenn den Herrschern in Wahrheit das Recht verliehen wäre, die Faulenzer zu sanktionieren... An eines aber muß ich Sie bei dieser Gelegenheit erinnern, Charlotte – es ist bis jetzt nie über meine Lippen gekommen; aber Ihr Uebermut kennt keine Grenzen mehr, er wird von Stunde zu Stunde unerträglicher, und so sage ich Ihnen denn: Vergessen Sie nicht, daß Sie ein *Adoptivkind* sind!«

»Ach ja, solch ein armes Geschöpf, das das Gnadenbrot ißt, nicht wahr, meine liebe gute Fliedner?« rief Charlotte – ihre funkelnden Augen fixierten höhnisch das Gesicht der alten Dame. »Ja, denken Sie sich nur, darüber mache ich mir auch nicht so viel Kummer« – sie stippte Daumen und Zeigefinger gegeneinander – »es schmeckt mir ganz vortrefflich, weil ich mich durchaus nicht losmachen kann von dem Gedanken, daß es mir von Gott und Rechts wegen gehört... Uebrigens war es ein wahres Wort, als ich heute Dagobert schrieb, daß Sie die erste Geige am Theetisch spielen, seit Eckhof in Ungnade gefallen ist. – Sie werden impertinent, meine Gute!«

Sie verstummte und sah über die alte Dame hinweg nach der offenen Thür, auf deren Schwelle Herr Claudius geräuschlos erschien. Nicht im mindesten verlegen, erhob sie sich und begrüßte ihn... Er trat, ihren Gruß kurz erwidernd, an den Tisch und hielt das Siegel des Briefes, den er im Schreibzimmer konfisziert hatte, nahe an das Lampenlicht.

»Wie kommst du zu diesem Wappen, Charlotte?« fragte er ruhig, wenn auch mit bedeutender Schärfe im Ton.

Sie erschrak – ich sah es an dem Zucken ihrer halbgeschlossenen Lider, unter denen hervor sie mit gutgespieltem Gleichmut auf das Wappen hinblinzelte.

»Wie ich dazu komme, Onkel?« wiederholte sie und zuckte in fast scherzhafter Weise die Achseln. – »Es thut mir leid – darüber kann ich dir keine Auskunft geben.«

»Was soll das heißen?«

»War ich nicht deutlich genug, Onkel Erich? – Nun denn, ich bin augenblicklich außer stande, dir zu sagen, wie dieses hübsche Petschaft in meine Hände kommt... Ich habe *auch* so meine kleinen Geheimnisse, wie ja deren genug im alten Claudiushause herumfliegen... Gestohlen habe ich's nicht; ebensowenig gekauft; es ist mir auch nicht geschenkt worden.« Sie ging in ihrer Kühnheit so weit, vor diesem tiefernsten Gesicht das verhängnisvolle Rätsel wie einen Spielball in die Hand zu nehmen.

»Die geistreiche Lösung ist, daß du es gefunden hast, wenn ich mir auch nicht denken kann, wo,« sagte er, augenscheinlich widrig berührt durch die kecke Art und Weise, mit ihm zu scherzen. »Es fällt mir nicht ein, weiter in dich zu dringen – behalte dein Geheimnis. Dagegen frage ich dich ernstlich: Wie kommst du dazu, dieses Wappen zu *führen*?«

»Weil – nun, weil es mir gefällt!«

»Ach so – das ist ja ein wunderbarer Begriff von Mein und Dein!... Freilich, dieses Wappen ist herrenloses Gut; auch fehlt mir persönlich der Respekt vor dem angedichteten Nimbus solch eines kleinen Schildes – ich könnte dir schließlich die kindische Freude lassen, ferner deine Briefe mit diesem gekrönten Adlerflügel zu siegeln, wenn – du nicht Charlotte wärst; einem notorischen Spieler aber, den man heilen will, gibt man keine Karten in die Hände... Ich verbiete dir hiermit ein für allemal, das gefundene Petschaft ferner in Gebrauch zu nehmen!«

»Onkel, ich frage dich, ob du in Wirklichkeit das Recht dazu hast!« rief Charlotte in unaufhaltsam hervorbrechender Leidenschaft.

Ich zitterte vor Angst und Aufregung – sie stand auf dem Punkte, mit einem einzigen Hiebe den Knoten zu durchhauen.

Herr Claudius trat einen Schritt zurück und maß sie mit einem stolz erstaunten Blick.

»Du wagst es anzuzweifeln?« – Er zürnte, und doch blieb er vollkommen beherrscht in seiner äußeren Haltung. »In der Stunde, wo ihr – du und dein Bruder – an meiner Hand Madame Godins Haus verlassen habt, ist mir dieses Recht zugefallen. *Ich* habe dir den Namen Claudius gegeben, und kein Gericht der Welt kann es mir verwehren, wenn ich darauf bestehe, daß du ihn ohne alle Verballhornisierung trägst... Sollte wirklich der Augenblick gekommen sein, wo ich bereuen müßte, dieses hochgehaltene Kleinod meiner Väter als Schild über dein und Dagoberts Haupt gedeckt zu haben?... Mein Bruder hat es geschädigt, indem er dieses Unding« – er zeigte auf das Siegel – »daran knüpfen ließ; mit *meinem* Willen soll es nie wieder aufleben!« Ein spöttisch überlegenes Lächeln huschte durch Charlottens Züge; er sah es und runzelte finster die Brauen.

»Kindisch schwache und angekränkelte Seele in einem so kräftigen, gesunden Körper!« sagte er und ließ seinen Blick über die imposante Gestalt des jungen Mädchens hinstreichen. »du klagst und schiltst über den unnahbaren Hochmut des Adels und stärkst ihn doch, wie tausend andere schwachsinnige Geister auch, durch die Gier, in seinen Kreisen zu verkehren, durch knechtische Unterwerfung, wenn man dich nur duldet … Ich gehöre nicht zu jenen fanatischen Gegnern des Adels, die ihn von seinem Piedestal stoßen wollen – mag er doch da bleiben – ich behaupte *auch* den Platz, auf dem ich stehe … Die Bedeutung seiner Weltstellung ist ohnehin eine andere geworden – wenn ich mich ihm nicht unterthänig *mache*, dann bin ich's auch nicht. Seine eingebildete Stärke wurzelt nur noch in eurer Schwäche – wo keine Anbetung, da ist auch kein Götze.«

Charlotte warf sich wieder in die Sofaecke – ihre Wangen glühten; es kostete ihr offenbar einen schweren Kampf, die Zunge zu zähmen.

»Mein Gott, was kann ich für meine Natur?« rief sie nicht ohne Hohn. »Sei es drum – ich kann mir eben nicht helfen, ich gehöre nun einmal zu jenen schwachsinnigen Geistern! Warum soll ich's leugnen – hinge dieser reizende gekrönte Adlerflügel mit meinem wirklichen Familiennamen zusammen, ich wäre stolz – stolz über die Maßen!«

»Nun, es ist dafür gesorgt, daß die Bäume nicht in den Himmel wachsen … Wehe denen, die mit dir verkehren müßten, wenn dir wirklich dieser sogenannte Vorzug der Geburt zufiele! Glücklicherweise berechtigt dich weder dein Adoptivname noch der deiner eigentlichen Familie –«

»Der meiner Familie? – Und wie lautet er, Onkel Erich?« Sie erhob sich unwillkürlich und heftete fest und durchdringend ihre glühenden Augen auf sein Gesicht.

»Hättest du ihn in der That vergessen, ihn, der dir ›tausendfach süßer und vornehmer klingt als der grobe, deutsche, bärenhafte Name Claudius‹? … Er lautet – Mericourt.« – Er sprach den Namen augenscheinlich mit Ueberwindung aus.

Charlotte sank wieder in die Polster zurück und drückte das Taschentuch gegen ihre Lippen.

»Ist Ihr Thee fertig, liebe Fliedner?« wandte sich Herr Claudius an die alte Dame, die gleich mir in atemloser Spannung dem gefährlichen Gespräch gefolgt war.

Während er sich einen Fauteuil an den Tisch schob, goß sie schleunigst Thee ein; ihre kleinen, feinen Hände waren ein wenig unsicher, als sie ihm die Tasse hinreichte, und ein besorgter Blick streifte scheu seine verfinsterte Stirn – die alte Frau sollte ja seine Mitschuldige sein, diese sanfte, liebreiche, gütige alte Frau, die Mitwisserin einer fortgesetzten schwarzen Schuld – nimmermehr! Herr Claudius hatte durch seinen letzten fest und sicher gegebenen Bescheid die Angelegenheit wieder in das tiefste Dunkel gezogen – *ihm* glaubte ich. Anders dachte Charlotte; ich sah es an ihrem Gesicht, ihre Ueberzeugung war eine unumstößliche. Wie eine Fürstin saß sie neben mir und ließ sich von Fräulein Fliedner bedienen, und der spöttisch feine Zug, der ihre Mundwinkel abwärts bog, galt dem Namen Mericourt … Welch ein Widerspruch in dieser hochmütigen Seele selbst! Einst hatte sie mit dem französischen Namen die Voraussetzung, daß das deutsche plebejische Blut der Claudius in ihren Adern fließe, zornig und energisch abgewehrt, und nun verwarf sie ihn verächtlich wie ein abgelegtes Kleid, auf die Enthüllung hin, daß sie in Wahrheit eine Claudius, die leibliche Nichte des mißachteten Krämers sei … Ach, ich harmloses Kind der Heide, ich begriff ja nicht, daß ein Machtwort des Fürsten, ein paar Federstriche seiner Hand den alten Stamm des Krämerhauses bis in die Wurzel gespalten und den abgetrennten Ast bis zur Unkenntlichkeit veredelt hatte!

Luise trat ein, und gleich nach ihr Helldorf. Ich schöpfte tief Atem, als wehe mich ein erfrischendes Element an – diese beiden hatten ja keine Ahnung von dem vulkanischen Boden, auf welchem der friedliche Theetisch stand; sie unterbrachen in zwangloser Weise das dumpfe Schweigen, das seit Herrn Claudius letztem Wort herrschte; auch hatte ich in Helldorfs Nähe stets das Gefühl des Beschütztseins, einer trauten, heimischen Beziehung – war ich doch auch allmählich das zärtlich gehegte und gehätschelte Kind im Hause seines Bruders geworden.

Er reichte mir mit verständnisvollem Lächeln und vorsichtigen Fingern eine weiße Papiertüte hin – ich wußte, was sie enthielt – eine kaum aufgebrochene Theerose, die Frau Helldorf lange für mich gepflegt, und von welcher sie mir am Morgen gesagt hatte, sie werde sie mir noch an den Theetisch schicken, falls sie im Laufe des Tages den Kelch öffnen sollte. Ich stieß einen Freudenruf aus, als ich das Papier auseinanderschlug – mattweiß, tief im halberschlossenen, strotzenden Kelch, blaßgelb angehaucht, schwankte die starkduftende Blüte schwer am Stengel.

»O weh, nehmen Sie doch ein wenig Rücksicht auf mein Kleid, Luise! Sie reißen mir ja die Spitzen von den Volants!« rief Charlotte in diesem Augenblick heftig und zog die rauschenden Falten ihrer Robe an sich. Sie war sehr zornig; aber ich konnte unmöglich glauben, daß es dem Kleide gelte – ein Riß in dem kostbaren Anzug war ihr stets gleichgültig. Ich hatte gesehen, wie sie das Dreieck, das ihr ein Dornbusch in ein prächtiges Spitzentuch gerissen, eigenhändig erweiterte, weil »es gar so lächerlich aussehe«, und Fliedners kleinen Pinscher hatte sie lachend an den Ohren gezupft dafür, daß er »so reizend boshaft« den Besatz eines neuen Kleides zerfetzt hatte.

Luise fuhr erschrocken, mit todesängstlichen Augen empor und stammelte eine Entschuldigung um die andere, obgleich sich der prophezeite Schaden nirgends entdecken ließ – man sah dem scheuen, gedrückten Geschöpf die Furcht an, die ihr die herrische junge Dame einflößte... Die Szene war peinlich und hätte sicher noch eine unangenehme Wendung für Charlotte genommen, wäre nicht Fräulein Fliedner ablenkend eingeschritten. Mit einem Blick auf Herrn Claudius' finster gefaltete Brauen ergriff sie die Rose und steckte sie mir in die Locken.

»Sie sehen prächtig aus, kleine Orientalin!« sagte sie, mich freundlich auf die Wange klopfend.

Charlotte lehnte sich in ihre Ecke zurück – tief, als schlafe sie, lagen die breiten dunklen Wimpern auf ihren heißglühenden Wangen – sie würdigte den Schmuck in meinem Haar nicht eines Blickes.

Trotz des häßlichen Wetters fanden sich noch einige Gäste aus der Stadt ein. Ein lebhafter Wortwechsel entspann sich sofort, und Charlotte erwachte aus ihrer scheinbaren Apathie – der Lockung, mit ihrer Konversationsgabe zu brillieren, konnte sie nicht widerstehen. Heute sprühte ihr Geist förmlich Funken, ich hatte sie noch nie so hinreißend beredt gesehen. Freilich klang ihr Spottgelächter oft grell und unharmonisch dazwischen, und das fast bacchantisch wilde Zurückwerfen und Emporschnellen der üppigen Gestalt, das ungezwungene Spiel der weißen vollen Schultern in dem die Büste nur lose umschließenden Kleid löschten den letzten Anhauch des Mädchenhaften von dem strahlenden Frauenbild – es war, als prickle es ihr elektrisch in jeder Fiber, als flösse nicht Blut, sondern Feuer durch ihre Adern...

Mit einem Gemisch von Grauen und Bewunderung hing mein Blick wie festgebannt an ihr – da glitt langsam eine Hand vor meinen Augen nieder, als wolle sie mir den Blick verwehren – es war Herr Claudius, der neben mir saß. Zugleich forderte er Helldorf auf, ein Lied zu singen. Seine unverkennbare Absicht, durch den Gesang des jungen Mannes den witzsprudelnden roten Mund dort für einen Moment wenigstens zum Schweigen zu bringen, mißglückte; Charlotte sprach, wenn auch mit etwas moderierter Stimme, weiter, als habe sie keine Ahnung davon, daß drüben am Flügel »Der Wanderer« von Schubert in tiefergreifender Gewalt gesungen werde.

»Wenn du selbst keine Achtung vor der Musik hast, Charlotte, dann störe wenigstens den Genuß anderer nicht,« unterbrach sie Herr Claudius plötzlich streng und winkte, Schweigen gebietend, mit der Hand hinüber.

Sie fuhr zusammen und verstummte. Mit einer gleichgültig stolzen Bewegung ließ sie den Kopf auf die Sofalehne sinken, nahm eine der beiden dicken Locken auf, die ihr über den Busen herabhingen, und ließ sie in nervös aufgeregtem Spiel über die zuckenden Finger rollen. Sie hob nicht einmal die Lider, als der junge Mann wieder in das Zimmer trat und den begeisterten Dank der Anwesenden empfing.

Einer der Herren bat sie dennoch, ein Duett mit Helldorf zu singen.

»Nein, heute nicht – ich bin nicht aufgelegt,« sagte sie in nachlässigem Ton, ohne ihre Stellung zu verändern, ja, ohne auch nur die Augen aufzuschlagen.

Ich sah, wie Helldorfs schönes Gesicht bis in die Lippen bleich wurde. Er that mir unsäglich leid – ich konnte es nicht ertragen, daß ein Glied der mir so liebgewordenen Familie beleidigt wurde. Mutig erhob ich mich.

»Ich will das Duett mit Ihnen singen, wenn Sie es wünschen,« sagte ich zu ihm – meine Stimme bebte freilich, denn mir selbst schien es, als thäte ich etwas Ungeheuerliches, etwas ganz Uebermenschliches.

Und er wußte das – er kannte meine Scheu vor fremden Zuhörern … Mit einer lebhaften Bewegung zog er meine Hand an seine Lippen; dann traten wir an den Flügel.

Ich glaube, ich habe nie in meinem Leben so gut und ausdrucksvoll gesungen wie an jenem Abende. Eine mächtige, wenn auch noch unbegriffene Erregung ließ mich die Angst überwinden, die meine ersten Töne umschleierte … Schon während des Gesanges waren die Anwesenden geräuschlos, eines nach dem anderen, herübergekommen, und nach dem Schluß überschütteten sie uns mit Beifall; ich ganz besonders wurde von den alten Herren als Lerche, Flöte und Gott weiß was alles bis zum Himmel erhoben.

Da kam auch Charlotte herübergerauscht. Sie stürmte auf mich zu und legte ihren Arm um meine Taille. Ich erschrak vor ihr – sie bog sich tief genug über mich, daß ich die funkelnden Thränen in ihren Augen sehen konnte; aber es waren Thränen des Zornes, die sie mit festzusammengepreßten Lippen und schweratmender Brust gewaltsam niederzuschlucken suchte. Hätte ich damals nur entfernt begriffen, welcher Art die Leidenschaft war, die sie so furchtbar aufregte, wie leicht wäre es mir geworden, sie zu beschwichtigen, und wie gern hätte ich's gethan! So aber überschlich mich ein unbeschreibliches Angstgefühl, und unwillkürlich strebte ich, mich aus der Umschlingung loszuwinden.

»Nun sehe einer die kleine Heidelerche an!« lachte sie auf. »Mit einem einzigen Griff könnte man dieses Vogelkörperchen zerdrücken,« sie schnürte ihren Arm so fest um meinen Leib, daß mir der Atem stockte, »und das schmettert, daß die Wände zittern!«

Ehe ich mich dessen versah, hatte sie mich scheinbar kosend und hätschelnd aus dem Kreise der Umstehenden mehr in das Dunkel hineingezogen – sie fuhr mit der Hand heftig über den Scheitel, und plötzlich flog die Rose aus meinen Locken weit in den anstoßenden Salon hinein.

»Kleine, reizende Kokotte, Sie haben Ihre Rolle glanzvoll durchgeführt – wer hätte gedacht, daß solch ein gefährliches Element in dem Barfüßchen stecke!« raunte sie mir mit mühsam beherrschter Stimme zu. »Wissen Sie auch, wie man es mit den Gefeierten macht!« rief sie lauter. »Man hebt sie hoch über den gemeinen Menschentroß … Sehen Sie, so, so, Sie – federleichtes Ding, Sie allerliebstes Nichtschen!«

Ich schwebte plötzlich hoch droben in der Luft und hätte den Stuck des Plafonds mit den Händen berühren können, denn das obere Stockwerk des Vorderhauses war sehr niedrig. Auf den riesenstarken Mädchenarmen war ich allerdings eine gen Himmel gewehte Flaumfeder, ein schwaches Geschöpf mit wehrlosen Kinderhändchen, ein Nichts; selbst über meine Stimme hatte ich keine Macht, Scham und Schrecken schnürten mir die Kehle zu – ich wähnte mich in der Gewalt einer Wahnwitzigen.

Lachend flog sie mit mir durch die Zimmer, während ich unwillkürlich die Augen schloß … Da durchfuhr jäh ein schmetternder Schlag meinen Kopf – wir waren gegen den tief hängenden schweren Bronzekronleuchter im letzten Salon gerannt. Ich stieß einen zitternden Schrei aus – die Anwesenden stürzten auf uns zu, während meine Trägerin mich erschrocken niedergleiten ließ. Wie durch einen Schleier sah ich nur noch, daß Herrn Claudius' Arme mich auffingen – dann legte sich ein rätselhaftes Dunkel über mich.

Wie lange diese Betäubung angedauert, weiß ich nicht – aber es kam mir vor, als erwache ich allmählich und zwar ganz in der Weise, wie ich als Kind oft auf Ilses Schoß aufgewacht war. Ich fühlte mich sanft umschlungen, und an meinem Ohr hin strich dann und wann ein geflüsterter Hauch, den ich nicht verstand, und der mir doch genau so klang, wie Ilses scheu kosende Schmeichelnamen, die ich eigentlich auch nicht hören sollte. Aber das Herz, an das mein Kopf gedrückt wurde, war ein heftig klopfendes – das war anders als bei Ilse … Erschrocken schlug ich die Augen auf und sah in ein völlig entfärbtes Gesicht, dessen Ausdruck voll leidenschaftlicher Angst ich nie vergessen werde.

Ich begriff plötzlich die Situation, in der ich mich befand, und bog erglühend den Kopf weg, der bei der heftigen Bewegung zu schmerzen anfing. Sofort zog sich der Arm von meinen Schultern zurück, und Herr Claudius, der neben mir auf dem Sofa gesessen hatte, sprang auf.

»Ach, mein liebes, süßes Kindchen – Gott sei Dank, da sind ja Ihre großen Augen wieder!« rief Fräulein Fliedner, die eben ein Leinenstück in einer Porzellanschüssel ausrang, mit bebender Stimme hinüber.

Ich griff nach meinem Kopf, er war verbunden, und an der linken Schläfe nieder sickerte das kühle Wasser des Umschlags. Schneller als ich selbst gedacht hätte, war ich Herr über meine Nerven und die wunderbar ungekannte Empfindung, die mich für einen Augenblick so unbeschreiblich süß und beseligend durchschauert hatte…Voll Angst dachte ich an Charlotte und das Strafgericht, das über sie ergehen würde – ich mußte so schnell wie möglich wieder heil und gesund auf meinen Füßen stehen.

»Was habe ich denn für Streiche gemacht?« fragte ich, mich energisch wieder aufrichtend.

»Sie sind ein klein wenig in Ohnmacht gefallen, Herzchen,« sagte Fräulein Fliedner, sichtlich erfreut über meine Munterkeit.

»Wie, ein so schwaches Geschöpf bin ich?…Wenn Ilse das wüßte! Sie kann die nervenschwachen Frauenzimmer nicht ausstehen…Aber wir wollen das Tuch wieder abnehmen, Fräulein Fliedner – es ist wirklich nicht nötig« – ich griff danach. »Ach, meine Rose!« rief ich unwillkürlich.

»Sie sollen sie wieder haben,« sagte Herr Claudius niedergeschlagen – ich sah, wie ein Seufzer seine Brust hob. Er ging in das anstoßende Zimmer, wo die Blume noch auf dem Boden lag, und nahm sie auf.

»Ich muß sie in Ehren halten, Frau Helldorf hat sie so lange für mich gepflegt – wir haben zusammen jedes Blättchen beobachtet und wachsen sehen,« sagte ich, zu ihm aufblickend, als er mir sie hinreichte.

Diese wenigen Worte hatten eine seltsame Wirkung – mit ihnen verflog das traurig finstere Gepräge auf Herrn Claudius' Stirn bis auf die letzte Spur, und dort rauschte die Gardine, und Charlotte, die sich offenbar in der ersten Bestürzung in das schützende Dunkel der Fensternische geflüchtet hatte, trat rasch hervor. Sie kam auf mich zugeflogen und warf sich auf die Kniee nieder.

»Prinzeßchen« – flehte sie in weichen, halbgebrochenen Tönen und streckte mir, um Verzeihung bittend, die Rechte hin.

Herr Claudius trat zwischen uns. Ich zitterte – ich hatte ja noch nie diese großen blauen Augen im unbezähmbaren Zorn auflodern sehen.

»Du berührst sie mit keiner Fingerspitze! Nie wieder! Ich werde sie künftig vor dir zu schützen wissen!« rief er heftig und stieß ihre Hand zurück…Wie sie unerbittlich hart und grausam klingen konnte, diese ruhige, gelassene Stimme!

Fräulein Fliedner fuhr entsetzt herum und sah angstvoll in sein Gesicht – zum erstenmal seit langen Jahren wieder durchbrach die Leidenschaft, die bis auf den letzten Funken erloschen schien, den Damm einer streng geübten, beispiellosen Selbstbeherrschung…Geräuschlos drückte die alte Dame die Thüre zu – in Charlottens Zimmer waren ja noch die Herren anwesend.

»Ich bereue – bereue bitter jenen Moment, wo ich dich auf meinem Arm in eine reinere Atmosphäre zu retten meinte!« fuhr er in gleicher Heftigkeit fort. »Ich habe Wasser mit Sieben geschöpft – Art läßt nicht von Art, und das wilde Blut in deinen Adern –«

»Sage lieber ›das stolze‹, Onkel!« unterbrach sie ihn, sich vom Boden erhebend – sie war bleich wie der Tod; dieser herausfordernd in den Nacken geworfene Kopf schien förmlich versteinert in seiner hohnvollen Ruhe.

»Stolz?« wiederholte er mit einem bitteren Lächeln. »Sage mir, wie du diese schöne Zierde des Weibes zu zeigen gewohnt bist, und wann! Vielleicht in dieser Stunde, wo du, bar aller Weiblichkeit und Würde, eine zügellose Bacchantin warst?«

Sie fuhr zurück, als habe er sie in das Gesicht geschlagen.

»Und was nennst du sonst stolz?« fuhr er unerbittlich fort. »dein ungerechtfertigtes Haschen nach Rang und Stellung? Deine Art und Weise, wie du Menschen, die deiner Meinung nach tief unter dir stehen, wegwerfend und herzlos behandelst... Mit dieser Handlungsweise erbitterst du mich oft aufs tiefste, und ohne es zu wissen, rüttelst du bedenklich an dem morschen Boden unter deinen Füßen... Hüte dich.«

»Vor was, Onkel Erich!« unterbrach sie ihn kalt mit spöttisch gesenkten Mundwinkeln. »Haben wir, mein Bruder und ich, nicht bereits alle Stadien der Unterdrückung durchlaufen? Gibt es wirklich noch eine Saite auf unseren allerdings hochgespannten Seelen, die du nicht mit harter Hand angegriffen und als verkehrt, als unvereinbar mit dem praktischen – sage hausbackenen – Leben verworfen hättest? Suchst du nicht unsere Ideale zu zertreten, wo du kannst?«

»Ja, als giftiges Gewürm, als Hirngespinste, die mit Moral und einem wirklich erhabenen Aufflug des Menschengeistes nichts gemein haben... Ihr in tiefster Seele Unadligen! Ihr habt nicht einmal Raum für Dankbarkeit!«

»Ich würde dir danken für das Brot, das ich gegessen habe – wenn ich nicht *mehr* von dir zu fordern hätte!« – brauste sie auf.

»Um Gottes willen schweigen Sie, Charlotte!« rief Fräulein Fliedner mit völlig entfärbtem Gesicht und erfaßte ihren Arm. Zornig schüttelte sie die Dame ab.

Herr Claudius maß, starr vor Ueberraschung, die dräuend gehobene Mädchengestalt von Kopf bis zu den Füßen. »Und was forderst du?« fragte er in der alten, vollkommenen Gelassenheit.

»Vor allem Licht über meine Abkunft!«

»Du willst die Wahrheit wissen?«

»Ja,« sagte sie. »Ich brauche sie nicht zu fürchten!« stieß sie in einer Art von Triumph heraus.

Er wandte ihr den Rücken und ging einmal im Zimmer auf und ab – es war so totenstill, daß ich meinte, man müsse das Klopfen der stürmisch aufgeregten Pulse hören.

»Nein, jetzt nicht – jetzt nicht, wo du mich so tief gekränkt und beleidigt hast – es wäre unedle Rache!« sagte er endlich, vor ihr stehenbleibend. Er hob den Arm und zeigte nach der Thüre. »Gehe – nie warst du weniger fähig, die Wahrheit zu ertragen, als in diesem Augenblick!«

»Ich wußte es!« lachte sie auf und rauschte hinaus in den Korridor.

Fräulein Fliedner legte mir schweigend mit zitternden Händen einen frischen Umschlag auf den Kopf; dann ging sie hinüber, »um nur einmal nach den Herren zu sehen«.

Mir schlug das Herz – ich war allein mit Herrn Claudius. Er setzte sich neben mich auf einen Stuhl.

»Das war eine wilde Szene, nicht geeignet für diese erschrockenen Augen, die ich doch um alles gern vor schlimmen Eindrücken behüten möchte!« sagte er mit sicherer Stimme. »Sie haben mich heftig gesehen – wie mir das leid ist!... Das schwache Vertrauen zu mir, das Sie mir heute gezeigt haben, ist nun wieder spurlos verflogen – ich kann mir das denken.«

Ich schüttelte den Kopf.

»Nicht?« fragte er aufatmend und sein verschleierter Blick leuchtete. – »Eine Flamme züngelte mir nach dem Gehirn – ich kenne sie und habe sie stets unter meinen Fuß gezwungen; nur heute nicht, wo ich Ihren Aufschrei hörte und das Blut über Ihr blasses Gesichtchen rieseln sah.« Er stand auf und durchmaß das Zimmer, als überwältige ihn der Eindruck nochmals.

Seine Augen schweiften über die Zimmerdecke und den altmodischen Kronleuchter.

»Das böse, alte Haus!« sagte er stehen bleibend. »Es webt ein schlimmer Zauber um diese Wände und Gerätschaften... Ich kann jetzt begreifen, weshalb die Karolinenlust entstehen mußte – ich verstehe den alten Eberhard Claudius... Meine schöne Urgroßmutter ist in diesen Mauern vergangen wie eine Blume – jenen schlichten, ruhigen Herzens gewählten Hausfrauen, deren genug hier geschaltet und gewaltet haben, sind sie eine stille, friedliche Heimat gewesen – einem abgöttisch geliebten Frauenleben aber ist das alte Haus stets gefährlich geworden.«

Mir ging diese aufgeregte Stimme durch Mark und Bein. In diesen Tönen hatte er gewiß auch zu jener Treulosen gesprochen – wie war es möglich gewesen, daß sie ihn dennoch verlassen konnte?...

»Ihr unschuldiges Kindergemüt hat Sie instinktmäßig vor dem kalten, dunklen Vorderhause zurückschaudern lassen,« fuhr er fort, sich wieder zu mir setzend.

»Ja, das war im Anfang,« unterbrach ich ihn lebhaft, »wo ich aus der Heide kam und jede unbekannte Mauer für einen Kerker hielt – das war sehr kindisch … Auf dem Dierkhof ist's ja auch nicht hell – da gibt's alte, blinde Scheiben genug, durch die die Sonne nur blinzelt, und in der Tenne ist's kühl und dämmrig, mag auch draußen die ganze flimmernde Sonnenglut über der Heide liegen … Nein, ich habe es jetzt lieb, das alte Vorderhaus, ich betrachte es mit ganz anderen Augen, und seit ich über Augsburg und die Fugger gelesen habe, ist mir's immer, als müßten die Frauen mit dem Stirnschleier aus ihrem Rahmen steigen und mir in den Gängen und auf der breiten Steintreppe begegnen.«

»Ach, das ist die Poesie, mit der sich das Heideprinzeßchen auch die öde, arme Heimat verklärt hat! … Sie würden mit ihr aushalten im alten Kaufmannshause und sich nicht hinüber in die Karolinenlust retten lassen?«

»Nein – es ist mir trauter und heimischer hier … War denn niemand im Vorderhause, den die schöne Urgroßmutter lieb hatte?«

Was hatte ich denn gesagt, daß er zurückfuhr und mich wie versteinert ansah? …

Da ging die Thüre auf und Fräulein Fliedner trat mit dem herbeigeholten Hausarzte ein; gleich darauf kam auch mein Vater. Er war anfänglich sehr betroffen über meinen Unfall; aber nach Aussage des Arztes war nicht der mindeste Grund zur Besorgnis vorhanden. Eine meiner Locken fiel unter der Schere, dann wurde ein kleiner Verband angelegt; nur durfte ich nicht mehr in die Nachtluft hinaus. Zum erstenmal schlief ich, bewacht von Fräulein Fliedner, im Vorderhause; und durch meine leichten Fieberträume ging eine kleine Gestalt; sie trug den Stirnschleier, wie die Hausfrauen der alten Claudius, und schritt durch die hallenden Gänge und die breite Steintreppe hinab; aber ihre Füße berührten die kalten Fliesen nicht, die ganzen Blumen des Gartens waren ja da hingeschüttet worden, und das kleine Wesen – ich wußte es unter einem unbeschreiblichen Glücksgefühl – war ich …

28

Unser Uebereinkommen bezüglich meiner schriftlichen Leistungen für die Firma war auch in Kraft getreten. Ich erhielt die Arbeit durch Fräulein Fliedner und lieferte sie in ihre Hände wieder zurück und war sehr erstaunt, daß man mit Schreiben so unmenschlich viel Geld verdienen könne; denn die Sorgen traten nie mehr an mich heran, und doch blieb mir immer noch ein kleiner Schatz zur Verfügung.

Welche Veränderung! Ich fühlte mich unrettbar umstrickt und festgebunden an eine andere Seele, und doch beneidete ich den Vogel nicht mehr, der frei über die heimische Heide streifen durfte – ich hätte aufjubeln und es allen Winden erzählen mögen, daß ich gefangen sei, und meine Stirn mochte ich in der That an den Bäumen wund stoßen, nur um noch einmal wonnig zu fühlen, wie die andere Seele um mich leide. Um des einen willen vergaß ich mich und die ganze Welt und auch die Thatsache, daß ich zwei Sünden auf dem Gewissen hatte – die der Lüge und der verschwiegenen Mitwisserschaft eines ihn so tief berührenden Geheimnisses. Wie fiel ich dann aus all meinen Himmeln, wenn Charlottens Stimme mein Ohr traf, oder ihre gewaltige Erscheinung in meinen Gesichtskreis trat! Zwar, sie hüllte sich jetzt in eine stolze Zurückhaltung. Am Tag nach jenem stürmischen Abend war sie in mein Zimmer gekommen. – »Ich will Sie nicht mit meinen Fingerspitzen, ja nicht einmal mit dem Hauch meines Mundes berühren!« hatte sie mir von der Schwelle aus bitter zugerufen! – »Ich will nur Frieden mit Ihnen machen, Prinzeßchen! – Verzeihen Sie mir, was ich Ihnen angethan!« – Ich war auf sie zugesprungen und hatte gerührt ihre Hand ergriffen.

»Haben Sie gesehen, wie ich unseren Tyrannen gestern auf die Zinne führte? … Er ist verloren! … Ich gehe mit geschlossenem Munde und unterdrücktem Herzschlag im Krämerhause herum – jeden Bissen, den ich esse, vergällt mir der Ingrimm, die innere Empörung; aber ich halte aus – ich muß unseren kostbaren Schatz im Schreibtisch hüten, ich darf nicht gehen, ehe Dagobert kommt! … O, wie will ich aufjubeln, wenn ich endlich die Thüre der Krambude für immer hinter mir zuschlagen und meinen Fuß auf den Boden des Elternhauses setzen werde!«

Bei diesem leidenschaftlichen Ausbruch hatte ich scheu ihre Hand sinken lassen und war zurückgetreten. Seit jenem Augenblick trafen wir uns selten allein; nur wenn ich im Hofwagen von der Prinzessin zurückkehrte, da kam sie in den Hof und begleitete mich durch den Garten, und ich mußte ihr erzählen und berichten … Kurz nach dem Besuch im Claudiushause war die fürstliche Frau an einem Nervenleiden schwer erkrankt und hatte K. behufs einer schleunigen Kur verlassen müssen. Während ihrer Abwesenheit war ich selbstverständlich nicht an den Hof gekommen; nun aber mußte ich allwöchentlich zweimal erscheinen – das waren die einzigen Momente, wo Herr Claudius mit kaltfinsterem Gesicht umherging.

So unter Glück und herzbeklemmender Angst, unter innerem Kampf und doch auch wieder seligem Ausruhen war Woche um Woche verstrichen, und nun kamen die letzten Tage des Januar, und mit ihnen Dagobert … Ein tödlicher Schrecken durchfuhr mich, als es hieß, der Herr Lieutenant sei mit Sack und Pack angekommen – so nahe, stieg der gefürchtete Moment tiefdunkel und riesengroß vor mir auf, ich mochte die Augen schließen, um ihn nicht zu sehen; und doch sagte ich mir, daß ein rasch befreiender, schmerzhafter Schnitt dem Schweben zwischen Fürchten und Hoffen vorzuziehen sei. Mochte doch die Entscheidung fallen, wie sie wollte, ich war dann meiner unseligen Mitwisserschaft ledig, ich durfte sprechen und meinen Leichtsinn reuig bekennen. Das waren schwere Tage für mich; denn auch noch eine andere Last bedrückte meine Seele – mein Vater erschien mir plötzlich unheimlich verändert. Sein ganzes Thun und Wesen erinnerte mich an die Zeit, wo es sich um den Ankauf der Münzen gehandelt hatte ; er aß nicht, und des Nachts hörte ich ihn ruhelos umherwandern. Eine befremdliche Flut von Briefen aus allen Richtungen her überschwemmte ihn, und mit jedem neuen, den er hastig erbrach, erhöhte sich die Fieberglut auf seinem eingefallenen Gesicht. Er schrieb anhaltend, aber nicht an dem Manuskript, das den Fund in der Karolinenlust behandelte – es lag unberührt auf dem Schreibtisch … Angestrengt lauschte ich auf das Gemurmel seiner Selbstgespräche, unter denen er oft das Zimmer durchmaß; aber ich konnte kein Wort verstehen, und zu fragen wagte ich nicht, um ihn nicht ungeduldig zu machen.

Nie werde ich die Stunden vergessen, in denen seine gewaltsam beherrschte innere Unruhe endlich zum Durchbruch kam! Es war an einem jener trüben, dunklen Winternachmittage, die sich wie Blei über die Erde und die Menschenseelen legen. Mein Vater hatte sich nach Tische in sein Zimmer zurückgezogen und die eben eingelaufenen Zeitungen mitgenommen. Schon nach wenigen Minuten hörte ich ihn drinnen aufspringen; er schlug die Thüre krachend zu und rannte hinauf in die Bibliothek. Angstvoll ging ich ihm nach.

»Vater!« rief ich bittend und umschlang ihn, als er, ohne mich zu bemerken, an mir vorüberstrich.

Ich mußte wohl sehr erschrocken aussehen; denn er fuhr mit beiden Händen durch die Haare und bemühte sich sichtlich, ruhig zu erscheinen.

»Es ist nichts, Lorchen,« sagte er gepreßt. »Gehe nur wieder hinunter, mein Kind... Die Leute lügen! Sie gönnen deinem Vater den Ruhm nicht – sie wissen, daß sie ihm den Todesstoß versetzen, wenn sie ihm seine Autorität antasten... Und nun kommen sie zu Haufen, und jeder hat einen Stein in der Hand... Ja, steinigt ihn, steinigt ihn! Er hat schon allzulange geleuchtet!«

Er schwieg plötzlich und sah über meinen Kopf hinweg nach der Thüre. Eine Dame war geräuschlos eingetreten, eine hohe Erscheinung in schwarzem Samtmantel und breitem Hermelinkragen. Sie schlug einen weißen Schleier zurück – Himmel, welche Schönheit! Ich mußte an Schneewittchen denken – Augen, schwarz wie Ebenholz, die Stirn weiß, und auf den Wangen lag eine sanfte Rosenglut.

Mein Vater starrte sie befremdet an, während sie mit schwebenden Schritten auf uns zukam. Ein feines Lächeln flog um ihren Mund, und schelmisch blinzelnd streifte ihr Seitenblick meinen Vater – das sah reizend, fast kindlich ungezwungen aus; und doch meinte ich, hinter den harmlosen Gebärden müsse ein ängstliches Herz klopfen, die kirschroten Lippen zuckten in nervöser Aufregung.

»Er kennt mich nicht,« sagte sie in wohllautenden Tönen, als mein Vater konsequent schwieg. »Ich werde ihn wohl an die Zeit erinnern müssen, wo wir im Garten zu Hannover gespielt haben, wo die ältere Schwester willig als Pferdchen umhergaloppierte und Willibalds Peitsche zu fühlen bekam – weißt du noch?«

Mein Vater wich zurück, als kämen aus dem Samtmantel der wunderschönen Frau die Krallen eines Ungeheuers. Mit einem eisigen Blick maß er sie von Kopf bis zu den Füßen – nie hätte ich gedacht, daß dieser stets so unsicher umherhastende Mann ein so festes Gepräge abweisender Härte und Kälte anzunehmen vermöchte.

»Ich kann mir unmöglich denken, daß Christine Wolf, die allerdings einst im Hause meines Vaters, des Herrn von Sassen gelebt hat, in der That meine Schwelle betritt,« sagte er streng

»Willibald –«

»Ich muß sehr bitten,« unterbrach er sie und hob abwehrend die Hand, »wir haben nichts miteinander gemein!... Wäre es nur die Verirrte, die aus unbesiegbarer Neigung zur Kunst heimlich das mütterliche Haus verlassen hat – ich nähme sie sofort auf – mit der Diebin aber will ich nichts zu schaffen haben.«

»O mein Gott!« Sie schlug die Hände zusammen und sah schmerzhaft gen Himmel – ich begriff nicht, wie er diesem Madonnenblick widerstehen konnte, wenn mich auch das Wort »Diebin« wie ein elektrischer Schlag berührt hatte. – »Willibald, sei barmherzig! Richte nicht so streng diese eine Jugendsünde!« flehte sie. »Konnte ich denn die heißersehnte Laufbahn mit leeren Händen beginnen? Die Mutter bewilligte mir keinen Pfennig, das weißt du, und es war doch so wenig, so geringfügig, was ich von der reichen Frau verlangte –«

»Nur zwölftausend Thaler, die du aus ihrem festverschlossenen Sekretär mitnahmst –«

»Hatte ich nicht doch ein Recht darauf, Willibald?... Sage selbst.«

»Auch auf die Brillanten unseres damaligen Gastes, der Baronin Hanke, welche mit dir spurlos verschwanden, und die meine Mutter mit den größten Opfern ersetzen mußte, nur um unser Haus vor der öffentlichen Schande zu bewahren?«

»Lüge, Lüge!« schrie sie auf.

»Gehe hinaus, Lorchen – das ist nichts für dich!« sagte mein Vater zu mir und führte mich nach der Thüre.

»Nein, gehe nicht, mein süßes Kind! Sei barmherzig und hilf mir ihn überzeugen, daß ich schuldlos bin!…Ja, du bist Lenore!…O ihr süßen, wonnigen Augen!« Sie zog mich in ihre Arme und küßte mich auf die Lider – der weiche Samtmantel fiel über mich her; ein köstlicher Veilchenduft entströmte ihrem Busen und berauschte mich förmlich.

Mit harter Hand riß mich mein Vater von ihr los. »Bethöre mir mein unschuldiges Kind nicht!« rief er heftig und führte mich hinaus.

Ich ging die Treppe hinab und kauerte mich auf der untersten Stufe wie betäubt nieder…Das war also meine Tante Christine, »der Schandfleck der Familie«, wie sie Ilse, »der Stern«, wie sie sich selbst genannt hatte!…Ein Stern war sie, diese hinreißend schöne Frau!…Alles, was ich an weiblicher Lieblichkeit bis jetzt gesehen, es erblaßte neben dem Farbenreiz, dem Jugendhauch auf dem Gesicht meiner Tante!…Wie schwer und wuchtig lagen die schwarzen Locken auf dem weißen Hermelin! Wie glänzte diese ungefurchte Stirn, von der feine Adern in zartem Blau sich über die Schläfen herabringelten! Ach, und die köstlich schmeichelnde Stimme, sie war wieder da, die Kur hatte geholfen!…Die schlanken Hände, die mich so weich und lind angefaßt und an den Busen der bezaubernden Frau gezogen hatten – sie sollten gestohlen haben!…Nein, nein, die Entrüstung meiner Tante widerlegte diese Beschuldigung vollständig – sah ich doch Thränen in ihren Augen blitzen!

Mit klopfendem Herzen horchte ich auf den Wortwechsel droben in der Bibliothek – ich konnte kein Wort erhaschen, und er dauerte auch nicht lange an. Die Thüre wurde geöffnet – »Gott mag dir vergeben!« hörte ich meine Tante sagen, dann rauschte ihre Schleppe die Treppe herab…Ihre Schritte wurden immer matter und langsamer – plötzlich legte sie die Hand über die Augen und lehnte sich an die Wand. Ich sprang die Stufen hinauf und faßte ihre Rechte.

»Tante Christine!« rief ich tief ergriffen.

Sie ließ die Hand langsam von den Augen sinken und sah mich mit einem traurigen Lächeln an.

»Mein kleiner Engel, mein Augentrost, gelt, du glaubst nicht, daß ich eine Verbrecherin bin?« sagte sie, mir sanft das Kinn streichelnd. »Die bösen, bösen Menschen, wie hetzen sie mich mit ihren Verleumdungen durch das Leben!…Was alles habe ich schon erdulden müssen! Und in welcher entsetzlichen Lage bin ich nun, wo dein strenger Vater mich unerbittlich verstößt! Kind, ich habe kein Dach über mir, keinen Pfühl, auf den ich nachts mein Haupt legen kann! Mit dem letzten Groschen in der Tasche habe ich K. mühsam erreicht – ich wollte ja *dich* sehen, dich, meine kleine Lenore!…Gott im Himmel, nur für einige Tage ein Obdach, dann werde ich mir ja weiterhelfen!«

Das war eine peinliche Lage für mich…Ich hätte ihr sofort mein eigenes Bett eingeräumt und auf dem Stroh geschlafen – so sehr umstrickte mich der Zauber dieser Frau; aber gegen den Willen meines Vaters durfte ich sie doch nicht im Hause behalten. Ich dachte an Fräulein Fliedner – sie war so gut und bereitwillig zu helfen, vielleicht wußte sie Rat…Ach, alle meinen schönen Vorsätze, nach welchen ich stets zuerst überlegen und dann handeln wollte, wo waren sie hin?…

Ohne ein Wort zu sagen, führte ich meine Tante die Treppe hinab und hinaus über den Kiesplatz – sie folgte mir lenksam wie ein Kind. Wir wollten eben in das Boskett einbiegen, da traten uns die Geschwister entgegen – Charlotte in weißglänzender Atlaskapuze und den violetten kostbaren Samtpelz um die Schultern geschlagen – sie wollten offenbar promenieren.

Ich hatte »den Herrn Lieutenant« noch nicht gesehen, denn ich war ihm konsequent ausgewichen, so oft er auch tagsüber die Karolinenlust aufsuchte. Nun erschrak ich vor ihm bis in das innerste Herz und fuhr zurück. Aber auch er schien überrascht – seine braunen Augen, vor denen ich mich seit jenem Auftritt im Saal der Bel-Etage stets entsetzte, hingen mit einem seltsamen Aufblitzen an meinem Gesicht. Ich that, als sähe ich die Hand nicht, die er mir lächelnd hinreichte, und stellte Charlotte meiner Tante vor. Mit Befremden sah ich, daß eine heftige Bewegung blitzschnell durch die schönen Züge der unglücklichen Frau lief – sie wollte sprechen, und doch kam kein Laut über ihre Lippen.

Charlotte neigte flüchtig und vornehm den Kopf, während ein ziemlich hochmütig musternder Blick die vor ihr stehende Erscheinung streifte.

»Fräulein Fliedner wird Ihnen schwerlich raten können,« sagte sie kalt zu mir, als ich ihr mein Vorhaben mit einigen Worten andeutete. »Und helfen noch viel weniger – wir haben sehr wenig Platz im Vorderhause… Wenn ich Ihnen raten soll, so gehen Sie zu Ihren Freunden Helldorf – die haben doch gewiß ein Stübchen, wo Sie Ihre Frau Tante unterbringen können.«

Ich wandte mich empört ab, und meine Tante ließ hastig ihren Schleier über das Gesicht fallen.

In dem Augenblick ging der Gärtner Schäfer grüßend an uns vorüber. Das Schweizerhäuschen war sein Eigentum, und ich wußte, daß er die sogenannte Putzstube seiner verstorbenen Frau öfter an Fremde vermietete. Ich lief ihm nach und fragte ihn – er war sofort bereit, meine Tante aufzunehmen, und bat sie, gleich mitzukommen, es sei alles »in schönster Ordnung«.

Ohne noch einen Blick auf die Geschwister zu werfen, ging sie neben dem alten Manne her, der in seiner gutmütig sanften Weise zu ihr sprach und sie nach der Thür führte, zu welcher ich den Schlüssel hatte… War es doch, als triebe sie eine gewaltige innere Aufregung vorwärts – Schäfer vermochte kaum Schritt mit ihr zu halten, und ich blieb, trotz aller Bemühungen, eine ziemliche Strecke hinter ihnen zurück.

»Um Gottes willen, schaffen Sie sich diese hereingeschneite Tante vom Halse!« raunte mir Charlotte zu. »Mit der legen Sie keine Ehre ein – die Schminke sitzt ihr ja fingerdick auf dem Gesicht!… Und dieser imitierte Theaterhermelin! **Fi donc!**… Kind, Sie haben ja eine merkwürdige Verwandtschaft – eine Großmutter, die eine geborene Jüdin ist, und nun gar diese über und über gefirnißte Komödiantante!… Apropos, kommen Sie nicht zu spät heute Abend – Onkel Erich läßt es sich, wider Erwarten, ein tüchtiges Stück Geld kosten – das Glashaus wird brillant beleuchtet – mag es ihm gut bekommen!«

Sie lachte auf und ergriff den Arm Dagoberts, der meiner Tante forschend nachsah.

»Ich weiß nicht – ich muß der Frau schon einmal begegnet sein,« sagte er und legte die Hand nachsinnend an die Stirn. »Gott mag wissen wo –«

»Nun, das ist doch sehr leicht zu sagen – du wirst sie auf der Bühne gesehen haben,« meinte Charlotte und trieb ihn ungeduldig weiter.

Tief erbittert sah ich ihnen nach… Arme Tante! Ja, sie war eine unglückliche, von den Menschen verfolgte Frau – nun sollte gar auch das einzige, was sie noch besaß, ihre Schönheit, eine – gemalte sein.

Ich fand das Erkerstübchen, in das uns Schäfer führte, überaus hübsch und gemütlich. In wenigen Minuten hatte der alte Mann Feuer im Ofen gemacht und auf die Fenstersimse vollblühende Rosen- und Resedastöcke gestellt.

»Eng und niedrig,« sagte meine Tante und hob den Arm, als wolle sie an die schneeweiße Zimmerdecke greifen. »Ich bin das nicht gewohnt, aber ich werde schon aushalten - mit gutem Willen kann man alles, gelt, mein Engelchen!«

Sie warf Hut und Mantel ab und stand im königsblauen Samtkleide vor mir. An den Nähten und Ellenbogen war das Prachtgewand freilich verblichen und abgeschabt, aber es umschloß einen tannenschlanken Wuchs; die kleine Schleppe vervollständigte den wahrhaft fürstlichen Anstand der ganzen Erscheinung, und aus dem tiefen, herzförmigen Ausschnitt leuchtete Schneewittchens blendende Brust… Und welch ein Haar! Ueber der Stirn kräuselten sich die blauschwarzen Locken, sie fielen lang und voll über Rücken und Brust hinab, und doch umschlangen noch die reichsten Flechten den feinen Kopf – wie er diese märchenhafte Pracht ertrug, begriff ich nicht, noch weniger aber, daß er sich dabei so rasch und anmutig bewegte.

Diese unverhohlene Bewunderung las sie jedenfalls auf meinem Gesicht.

»Nun, kleine Lenore, gefällt dir deine Tante?« fragte sie schelmisch lächelnd.

»Ach, du bist zu schön!« rief ich enthusiastisch. »Und so jung, so jung – wie ist das nur möglich? Du bist doch drei Jahre älter als mein Vater!«

»Närrisches Ding, das schreit man nicht so in alle vier Winde hinaus!« rief sie gezwungen lachend und legte ihre zarte Hand auf meinen Mund.

Ihre Augen fuhren suchend im Zimmer umher und blieben auf dem kleinen Spiegel an der Fensterwand hängen.

»Ach, das geht aber nicht, nein – das geht wirklich nicht!« fuhr sie ganz erschrocken auf. »In dieser Scherbe sieht man ja kaum die Nasenspitze!... Wie soll ich denn die Toilette machen? Ich bin doch keine Bauernfrau, Kind – ich bin gewohnt, fürstlich zu leben!... Man fügt sich ja gern einmal, aber – das *kann* ich nicht !... Gelt, du verschaffst mir ein anderes anständiges Glas, damit ich wenigstens annähernd meine gewohnte Ordnung habe?... Da drüben in dem Schlosse, wo du augenblicklich wohnst, gibt es gewiß irgendeinen überflüssigen Trümeau... Kindchen – im Vertrauen – jede Aufmerksamkeit, die du mir in diesem vorübergehenden Moment des Gedrücktseins erzeigst, sie wird dir später von einer anderen Seite tausendmal gedankt werden... Lasse getrost herüberschaffen, was ich zur Bequemlichkeit nötig habe – *ich* werde es verantworten.«

»Wie kann ich denn das, Tante?« antwortete ich ganz verdutzt. »Die Möbel in unseren Zimmern gehören ja Herrn Claudius!«

Sie lächelte.

»Ich möchte nicht einen Stuhl anders stellen, als ich ihn gefunden habe,« fuhr ich ernstlich protestierend fort. »Aus der Karolinenlust kann ich dir mit dem besten Willen nichts verschaffen; aber vielleicht gibt dir Frau Helldorf, was du brauchst – wir wollen hinaufgehen.«

Es schlug mich sehr nieder, als auch die kleine Frau meine schöne, prächtig geschmückte Protégée mit einem sichtlich befremdeten Blicke empfing. Es half nichts, daß ihr meine Tante mit unwiderstehlich süßer Stimme tausend Schönheiten sagte und die beiden im Zimmer spielenden Kinder goldgelockte Engel nannte. Das feine Gesicht meiner Freundin verlor nichts von seiner kühlen, mißtrauischen Zurückhaltung, und als ich schließlich mit der Bitte um den Spiegel zögernd herausrückte, da wurde sie steif wie eine Statue, nahm den ziemlich großen Spiegel – ihren einzigen – von der Wand, übergab ihn der schönen Frau und sagte mit unverkennbarem Spott: »Ich kann mich auch so behelfen.«

»Seien Sie vorsichtig, Lenore, ich bitte Sie dringend! Ich werde *auch* wachen,« flüsterte sie mir auf dem Vorsaale zu, während das blaue Samtkleid im Treppenhause verschwand.

Sehr kleinlaut legte ich drunten meine kleine Börse auf den Tisch. Ich erhielt dafür einen Kuß und die Versicherung, daß mir in jedenfalls sehr kurzer Zeit »alle meine kleinen Opfer« tausendfache Zinsen eintragen würden. Dann aber machte sich meine Tante emsig daran, den Spiegel so günstig wie möglich zu placieren, und ich kehrte mit doppelt schwerem Herzen in die Karolinenlust zurück.

29

»Du wirst dich hier erkälten, Vater,« sagte ich, und ergriff seine Hand – sie glühte wie eine Kohle; ach, und wie brannten die Augen in den tiefen Höhlen!

»Erkälten?...Es ist wonnig hier – mir ist so wohl, als sei mir ein kühler Umschlag auf das Gehirn gelegt worden.«

»Aber es ist schon spät« – versetzte ich zögernd – »und ein klein wenig ordnen mußt du deinen Anzug doch...Du hast wohl vergessen, daß die Prinzessin heute kommt, um das große Glashaus auch einmal in Gasbeleuchtung zu sehen?«

»Ach mein Gott, was soll ich im Glashause?« rief er ungeduldig. »Wollt ihr mich verrückt machen mit den vielen Lichtern und dem Blumenbrodem, der mir stets die Gehirnnerven angreift?...Nichts, nichts! – Was geht mich die Prinzessin an, was der Herzog!«

Mit seiner heftigen Armbewegung stieß er unversehens eine reizende kleine Statue von ihrem Postament – seltsam – er, der sonst die Antiken nur mit zärtlich schmeichelnder Hand berührte, er wandte kaum den Kopf nach dem angerichteten Schaden hin und ließ die mißhandelte Göttergestalt achtlos liegen.

Tief erschrocken suchte ich ihn zu beruhigen. »Ganz wie du willst, Vater,« sagte ich. »Ich werde sogleich in das Vorderhaus schicken und für uns beide absagen lassen –«

»Nein, nein, du gehst auf jeden Fall, Lorchen!« unterbrach er mich milder. »Ich wünsche es um der Prinzessin willen, die dich lieb hat, und möchte auch gern heute abend allein sein.«

Er trat wieder in die Bibliothek und machte sich an seinem Schreibtische zu schaffen. Ich schloß die Thüren, schürte das Feuer im Ofen und arrangierte den Theetisch; dann ging ich beklommenen Herzens hinunter und machte Toilette, das heißt, ich nahm zum erstenmale wieder die Perlen meiner Großmutter aus der Schachtel und schlang die lange Schnur durch meine Locken. In fast märchenhaftem Glanze, aber auch weit auffallender und anspruchsvoller als am Halse, lagen die feucht und bläulich schimmernden Tropfen schwer in dem dunklen Haar – und das wollte ich eben; wer wußte, wann die Prinzessin einmal wieder in das Claudiushaus kam!...

Es war spät geworden, als ich endlich über die Brücke nach dem Glashause schritt. Einen Augenblick blieb ich geblendet stehen. Leise überrieselten mich die letzten Flocken der droben sich lichtenden und zerstäubenden Wolken; unter meinen Schritten kreischte der gefrorene fußtiefe Schnee, und wohin ich sah, streckten sich mir die starren, weißen Gespensterarme der schneebeladenen Bäume und Büsche entgegen – und dort breiteten sich prächtig gefiederte Palmenwipfel in stolzer Grazie über die Farren- und Kakteenwildnis und den grünen Federduft kleiner freigelassener Rasenflächen, und dazwischen sprang und troff in silbernen Strähnen die Kaskade. In dem Lichtbade der verborgenen Gasflammen zerfloß das Grün in tausendfache Nüancen, vom phosphoreszierenden Maigrün an bis zum düstern Tannendunkel herab – das Glashaus lag inmitten des mattdämmernden Schneefeldes, wie eine Smaragdrosette auf weißem Samt.

»Ah, guten Abend, meine Kleine!« rief die Prinzessin, als ich auf sie zuschritt. Sie saß inmitten der Farrengruppe, auf derselben Stelle, wo ich eines Abends von meiner Großmutter erzählt hatte. Herr Claudius stand etwas seitwärts hinter ihrem Stuhle und sprach mit ihr, während ihr Gefolge und die Geschwister in zwanglosen Gruppen zu beiden Seiten Platz genommen hatten. »Heideprinzeßchen, wie nixenhaft kommen Sie daher!« scherzte sie. »Sollte man nicht meinen, die Kaskade hier habe Sie plötzlich emporgehoben?...Kind, Sie wissen wirklich nicht, was für einen kostbaren Schatz Sie da so harmlos und ungezwungen in Ihren prächtig wilden Locken tragen!«

»Ja, Hoheit, ich weiß es – die Perlen sind der letzte Rest eines großen Reichtums,« versetzte ich und suchte mit Gewalt meiner Stimme einen ruhig sonoren Klang zu geben. »Meine arme Großmutter sagte, als sie mir auf ihren Wunsch um den Hals gelegt wurden, daß sie viel Familienglück gesehen hätten, daß sie aber auch mit geflohen seien vor dem Scheiterhaufen und anderen Martern, welche die christliche Unduldsamkeit über die Juden verhängt hat – denn meine liebe Großmutter war eine Jüdin, Hoheit, eine geborene Jakobsohn aus Hannover.«

Ich hatte die letzten Worte scharfmarkierend mit lauter Stimme gesprochen und sah dabei zu Herrn Claudius auf… Was kümmerte es mich, daß sich Herr von Wismar verlegen räusperte und scheu nach der Prinzessin hinschielte, während Fräulein von Wildenspring eine triumphierende Geste machte, als wolle sie sagen: »Habe ich nicht recht gehabt, als meine hochadlige Nase das bürgerliche Element in diesem Geschöpfe witterte?« – Was lag mir daran, daß der schöne Tankred grimmig seinen feinen Lippenbart drehte und mit einer verächtlichen Wendung seines Kopfes Charlotten einige Worte zuflüsterte? – Sah ich doch das jubelnde Aufschrecken in Herrn Claudius' Gesicht – meinte ich doch, er wolle seine Hände zu mir herüberstrecken und mich aus der erbärmlichen Gesellschaft an sein starkes, stolzes Herz ziehen, weil ich die falsche Scham überwunden, weil ich mutig die Verachtung der aristokratischen Kaste auf mich nahm, um *seine* Achtung wieder zu gewinnen!

»Ach, sieh da, das ist ja eine sehr pikante Entdeckung!« rief die Prinzessin heiter und völlig unbefangen. »Nun weiß ich doch auch, wie mein Liebling zu diesem echt orientalischen Profil kommt!… Ja, ja, solch ein schwarzlockiges Mädchen mit quecksilbernen Füßen mag es wohl auch gewesen sein, das dem Herodes den Kopf des Johannes abgeschmeichelt hat!… Wenn Sie wieder zu mir kommen, dann will ich mehr über die interessante Großmutter wissen – hören Sie, mein Kind?« Sie zog mir die Perlenschnur tiefer in die Stirn und ließ dann die Finger sanft durch mein loses Haar gleiten. »Ich habe sie herzlich lieb, diese kleine Rebekka mit dem reinen Kindessinn und dem harmlos plaudernden Mund!« setzte sei mit herzlicher Innigkeit hinzu und küßte mich.

Ach, diesmal war meine Plauderei durchaus keine harmlose gewesen, das wußte er, dessen Blick nicht mehr von mir wich, am besten!…

Die Prinzessin zog mich auf ein Bänkchen zu ihren Füßen, und da blieb ich schweigend und zuhörend sitzen, bis Fräulein Fliedner kam und meldete, daß im Vorderhause alles bereit sei. Die fürstliche Frau hatte sich eine Tasse Thee »im alten interessanten Hause« ausgebeten – eines rheumatischen Leidens wegen mochte sie sich nicht allzulange in der feuchten, dunstigen Atmosphäre des Warmhauses aufhalten! Sie hüllte sich in ihren Pelz, ergriff Herrn Claudius' Arm und schritt der vermummten, lebhaft plaudernden Gesellschaft voraus durch den beschneiten Garten. Es bedurfte der begleitenden Laternenträger nicht – die Wolken am Himmel waren zerstoben, durch das dürre Geäst der Pappelwand floß es hell herein und warf groteske silberne Lichter auf die Schneefläche – der Mond ging auf.

Ich lief noch einmal über die Brücke zurück und sah hinauf nach den Fenstern der Bibliothek. Die Vorhänge waren nicht zugezogen; auf dem Schreibtisch meines Vaters brannte das ruhige Licht der Lampe und drüben in der entgegengesetzten dunklen Ecke des weiten Saales in der Nähe des Ofens, wo der Tisch mit dem Abendbrot stand, spielte ein leichter, bläulicher Schein auf und ab – es war die Spiritusflamme unter der Theemaschine. Das sah gemütlich aus. Zum Ueberfluß schlüpfte ich noch in das Haus, die Treppe hinauf und horchte an der Thüre. Es war still drinnen; mein Vater schrieb jedenfalls. Völlig beruhigt ging ich nach dem Vorderhause.

Heute mochten sich wohl die alten Hausgeister der Firma Claudius scheu und grimmig in die dunkelsten Ecken verkriechen – das war ja ein Lichterglanz, wie ihn einst die wohledlen Kaufherren sicher nicht einmal bei der Taufe eines künftigen Chefs sich erlaubt hatten!

»Was ist mir denn das, Fräulein Fliedner? Der Herr kann ja heute gar nicht genug Licht kriegen!« brummte der alte Erdmann verwundert und lehnte eben eine Leiter an die Wand des oberen Korridors, als ich die Treppe herauf kam. »Muß ich doch gar auch noch die großen Lampen aus den Geschäftslokalen hier herauf hängen!«

»Lassen Sie das doch, Erdmann,« meinte die alte Dame, die aus dem ersten Salon trat – eine wahre Lichtflut quoll mit ihr heraus. »Ich bin glücklich, daß es endlich einmal hell wird im alten Claudiushause.« Mit einem feinen, schelmischen Lächeln fuhr sie mir über das Haar und eilte in die Hausflur hinab.

Dieses Lächeln trieb mir das Blut in die Wangen. Scheu ließ ich die Hand von dem Drücker der Salonthüre niedersinken – ich meinte, in diesem Augenblick könne ich mich unmöglich von den zahllosen Kerzen des Kronleuchters da drin anstrahlen lassen. Ich trat in Charlottens Zimmer. Es war leer; auf dem aufgeschlagenen Flügel brannten zwei Lampen, und aus dem Salon, wo das Bild des schönen Lothar hing, scholl das Klirren der Theetassen und lautes Sprechen herüber. Noch stand ich und überlegte, wie ich meinen Eintritt am wenigsten auffallend bewerkstelligen könne, da rauschte es durch das Nebenzimmer, und Charlotte trat in Begleitung ihres Bruders herein.

»Die Prinzessin will mich singen hören,« sagte sie zu mir und wühlte in den Noten. »Wie kommen Sie denn hierher, und wo haben Sie bis jetzt gesteckt, Kleine? – Man vermißt Sie drüben.«

»Ich war besorgt um meinen Vater und habe nach ihm gesehen – er war unwohl –«

»Unwohl!« lachte Dagobert leise auf – er saß bereits am Flügel und präludierte. »Ja, ja, ein schlimmes, ein sehr bedenkliches Unwohlsein! Ich habe vorhin im Klub diese interessante Neuigkeit erfahren – man sprach von nichts anderem, und durch die Stadt geht es im Jubel wie ein Lauffeuer, daß der Archäologieschwindel in den letzten Zügen liege … Binnen kurzem werden wir eine andere Mode haben, Charlotte! Gott sei Dank, daß man dies griechische, römische und ägyptische Kauderwelsch nicht mehr zu radebrechen braucht – es ist einem sauer genug geworden!« Er fuhr mit beiden Händen über die Tasten und erging sich in den brillantesten Läufern, während mir der Herzschlag stockte vor Bestürzung. – »Und in dem Augenblick, wo Ihr Papa im Sattel wankt und bügellos wird, erzählen Sie auch noch mit köstlicher Naivetät, daß er schnurstracks von den Juifs abstamme – das bricht ihm vollends das Genick!«

»Ja, das war eine kleine Dummheit, nehmen Sie mir's nicht übel!« schalt Charlotte und legte ein Notenheft auf das Pult des Flügels. »Ich verlange nicht, daß Sie geradezu lügen sollen, ich thue es ja auch nicht – aber in solchen Fällen hält man sich an die Mittelstraße – man schweigt.«

Dagobert begann die Introduktion und gleich darauf schlug Charlottens mächtige Stimme gegen die Wände.

Was war geschehen? Es hatte alles so dunkel geklungen, was der schöne Tankred in nachlässig spöttischem Ton gesprochen und mit allen möglichen Läufern und Trillern auf dem Flügel begleitet hatte. Mit unsäglicher Bitterkeit sah ich nach dem Elenden hin – »Archäologieschwindel« hatte er das Wirken meines Vaters genannt, er, der sich als unterwürfiger »Famulus« an ihn herangedrängt und ihm oft genug beschwerlich gefallen war; wie manchmal hatte ich ihn über den zudringlichen, verständnislosen Störer klagen hören! … So viel begriff ich, die Stellung meines Vaters bei Hofe war erschüttert, und nun wandte sich die feige Meute, die ihn einst umschmeichelt, kläffend gegen den Stürzenden.

Die Prinzessin war noch nie so liebevoll und gütig gegen mich gewesen, als an diesem Abend; und doch konnte ich mich augenblicklich nicht überwinden, ihr wieder nahe zu kommen. Ich schlich in den anstoßenden Salon und setzte mich in eine dunkle Ecke, während Charlotte mit schmetternder Stimme weiter sang … Von meinem Platz aus konnte ich den Theetisch sehr gut übersehen. Die Prinzessin saß ein wenig seitwärts unter Lothars Bild, jedenfalls nicht nach ihrem Wunsche, denn ich sah, wie sie sich verstohlen bemühte, einen vollen Anblick des Porträts zu gewinnen. Ihr Nachbar zur Linken war Herr Claudius. Ein einziger Blick auf dieses edle, ruhige Gesicht besänftigte mein grollendes, geängstigtes Herz … Welch ein Sonnenglanz lag heute auf seiner Stirn! … Der prachtvolle Soldatenkopf mit dem Blick voll Seele über ihm, vielleicht war er schöner in den Linien, überwältigender im feurigen Ausdruck – aber was hatte ihm all sein herausfordernder Soldatenmut genützt? Den Kampf mit dem Leben hatte er doch nicht aufzunehmen vermocht – der frevelhafte Selbstzerstörer war untergegangen, während der stillgelassene Mann dort das halbentrissene Steuer mit einem kräftigen Aufraffen wieder erfaßt und sich selbst gerettet hatte …

»Sie haben eine schöne Stimme, Fräulein Claudius,« sagte die Prinzessin, als Charlotte nach beendigtem Gesang wieder an den Theetisch trat. »Besonders in der Mittellage erinnert sie mich lebhaft an den Mezzosopran meiner Schwester Sidonie … Auch Ihr lebendig feuriger Vortrag mahnt mich an längstvergangene Zeiten – meine Schwester zog rauschende, wildoriginelle Weisen dem einfachen elegischen Liede vor.«

»Wenn Eure Hoheit gnädigst erlauben wollen, dann möchte ich eine solche wildoriginelle Weise singen,« versetzte Charlotte rasch. »Ich liebe die Tarantella – sie berauscht mich... **Già la luna** –«

»Ich möchte dich bitten, die Tarantella *nicht* zu singen, Charlotte,« unterbrach sie Herr Claudius ruhig ernst – seine Stimme bebte nicht, aber eine tiefe Blässe bedeckte sein Gesicht, und die Brauen falteten sich finster und drohend.

»Sie haben recht, Herr Claudius,« sagte die Prinzessin lebhaft. »Ich teile Ihre Antipathie. Diese Tarantella grassierte förmlich zu meiner Zeit – sie war das Paradepferd aller Sängerinnen von Fach, und auch Sidonie sang sie zu meinem Verdruß leidenschaftlich gern. Mir ist sie zu bacchantisch wild.«

Sie schob die Tasse zurück und erhob sich. »Ich meine, wir gehen jetzt ein wenig auf Entdeckungen aus,« sagte sie lächelnd. »Ich will mir einmal recht gründlich diese wundervoll altertümliche Einrichtung ansehen – ist mir doch, als läse ich in einem uralten Buche, so oft ich den Blick erhebe... Herr von Wismar, sehen Sie dort den prachtvollen Hirschkopf?« – Sie deutete nach dem letzten Zimmer der langen Flucht – »Das ist etwas für Ihr Weidmannsherz!«

Der Kammerherr wirbelte davon und die Hofdame desgleichen – Ihre Hoheit wollte ja allein sein... In diesem Augenblick wandte Charlotte den Kopf, so daß ich ihr voll in das Gesicht sehen konnte; beim Anblick dieser gespannten Züge, dieser flackernden Unruhe und Leidenschaft in den Augen, sagte ich mir sofort, daß das junge Mädchen an diesem Abend entschlossen auf ihr Ziel loszuschreiten gedenke. Jetzt freilich folgte sie an der Seite ihres Bruders pflichtschuldigst den zwei Hofschranzen nach dem von fürstlichem Finger gebieterisch bezeichneten Hirschkopf, während die Prinzessin allein in dem an den Salon stoßenden kleinen Zimmer zurückblieb und anscheinend mit großem Interesse die Leidensgeschichte der Genoveva auf der farbenprächtigen alten Wolltapete betrachtete.

»Wissen Sie nicht, wo Fräulein von Sassen geblieben ist?« fragte Herr Claudius hastig Fräulein Fliedner, die eben in das Zimmer eintreten wollte, wo ich mich aufhielt.

»Hier bin ich, Herr Claudius,« sagte ich, mich erhebend.

»Ach, meine kleine Heldin!« rief er und trat rasch auf mich zu, ohne zu berücksichtigen, daß anderen dieses ungewohnte Feuer in Stimme und Bewegungen auffallen müsse... Fräulein Fliedner zog sich sofort wieder in den Salon zurück und machte sich am Theetisch zu schaffen.

»In die dunkelste Ecke haben Sie sich vergraben, heute, wo ich Heideprinzeßchen mit allem Licht, das das alte Haus zu geben vermag, überschütten möchte?« sagte er mit gedämpfter Stimme. »Wissen Sie auch, daß ich in diesen köstlichen Abendstunden eine Art Wiedergeburt feiere?... Ich war noch sehr jung, als ich mich selbst dazu verurteilte, in den bedächtigen Geleisen des Alters zu wandeln. Rauh und unerbittlich habe ich die heraufspringenden Quellen der Jugend in meinem Herzen niedergehalten – ich *wollte* nicht mehr jung sein... und nun, wo ich es in der That nicht mehr sein sollte, brechen sie unaufhaltsam hervor und verlangen ihr Recht, ihr verjährtes und verfallenes Recht!... und ich gebe mich ihnen willenlos hin – ich bin unaussprechlich glücklich, mich wieder so jung zu fühlen, als hätten dieses köstliche Kleinod in meiner Brust weder die Jahre, noch schlimme Erfahrungen berührt – ist das nicht thöricht von ›dem alten, uralten Mann‹, den Sie zuerst in der Heide gesehen haben?«

Ich senkte den Kopf auf die Brust, die sich unter fliegenden Atemzügen hob. Die Sorge um meinen Vater, die Angst vor Charlottens Beginnen, die Menschen, die sich um uns her bewegten, alles, alles versank vor den bebenden Tönen, die halb geflüstert an meinen Ohren hinstrichen... Und er mit seinem scharfen Blick, er mochte wohl wissen, was in mir vorging...

»Leonore,« sagte er, sich über mich herabbeugend, »wir wollen denken, wir beide seien mutterseelenallein im alten Kaufhause und hätten mit all denen« – er deutete in die Zimmer hinein – »nichts zu schaffen... Ich weiß, wem Ihr mutiges Bekenntnis heute abend galt – ich nehme die Wonne jenes Augenblicks für mich allein in Anspruch, gegen die ganze Welt, ja gegen Sie selbst, wenn Sie im alten Trotz zu leugnen versuchen wollten!... Unsere Seelen berühren sich, mögen Sie auch, hart genug, mir wehren, die Hand in Wirklichkeit zu fassen, die mir einst mein Geld trotzig vor die Füße geworfen hat.«

Mit wenigen raschen Schritten stand er drüben am Flügel, und gleich darauf klangen Harmonien an mein Ohr, die mich in eine Art von Taumel versetzten…Diese wundervollen Klänge gehörten mir, dem kleinen unbedeutenden Geschöpf allein – sie hatten »nichts mit denen zu schaffen«, deren Geplauder aus dem letzten Zimmer fern herüberscholl!…Ja, hochauf sprangen die erlösten Quellen der Jugend im Herzen des so schwer Gekränkten, der eine kurze Zeit maßlos aufschäumender Leidenschaft durch Entsagung und vollständige Resignation auf Lebensglück und Lebensgenuß hatte sühnen wollen…Und die Hände, »die nie wieder eine Taste berührt hatten«, jetzt schlugen sie das Thema an, das die geheimnisvoll vermittelnde Beziehung zwischen seinem gereiften starken Geist und meiner schwachen, schwankenden Kinderseele aussprach:

»O säh' ich auf der Heide dort
Im Sturme dich!
Mit meinem Mantel vor dem Sturm
Beschützt' ich dich!«

»Gott im Himmel, ist das nicht Herr Claudius, der spielt?« fuhr Fräulein Fliedner aus dem Salon herein und schlug bei Erblicken des am Flügel Sitzenden in freudiger Bestürzung die Hände zusammen.

Ich ging an ihr vorüber – ich konnte sie unmöglich in mein Gesicht sehen lassen. In eine der tiefen Fensternischen des Salons flüchtete ich mich, hinter die dicken seidenen Vorhänge, die ich bis auf einen schmalen Spalt zusammenzog – mochten doch da meine Wangen glühen und meine Augen glückselig aussehen; niemand kümmerte sich um mich, selbst Fräulein Fliedner nicht mehr, die sich jetzt mit gesenktem Kopf und auf dem Schoß gefalteten Händen in die dunkle Ecke gesetzt hatte und regungslos dem Spiel lauschte.

Einen Augenblick blieb es still im leeren Salon. Jeder Ton, auch der schwächste, schwebte vom Flügel zu mir herüber, und aus dem Zimmer mit dem Hirschkopf klang dann und wann ein Auflachen oder ein lauter gesprochenes Wort dazwischen.

Da kam plötzlich die Prinzessin mit leisen Sohlen über die Schwelle; ich sah, wie sich ihre Brust gleichsam befreit hob unter der Gewißheit, endlich allein zu sein. Sie nahm den verdunkelnden Schirm von der auf dem Theetisch stehenden Kugellampe, so daß auch dieses Licht voll auf Lothars Bild fiel. Noch einmal ließ sie ihren Blick rasch und mißtrauisch durch den Salon und das Nebenzimmer streifen, dann trat sie vor das Bild, zog ein Buch aus der Tasche und warf in fliegender Hast mit dem Stift Linien auf das Papier – sie suchte offenbar die Umrisse des schönen Männerkopfes, vielleicht auch nur »die Augen voll Seele«, in diesem unbelauschten Moment zu erhaschen.

Ich erschrak in meinem Versteck, denn ich sah plötzlich bestürzt in das Herz der stolzen, fürstlichen Frau und sagte mir selbst, daß sie sicher Lebensjahre darum geben würde, wenn sie das Bild als ihr eigen von der Wand nehmen dürfe…Niemand fühlte wohl in diesem Augenblick tiefer mit ihr, als ich, die Glückliche, zu der »die andere Seele« eben in tiefergreifenden Melodien sprach!…War es mir doch, als müsse ich hervorspringen und ihr Buch und Stift aus der Hand nehmen, um beides zu verbergen; denn sie hörte nicht, daß nahende Schritte durch die lange Flucht der Zimmer kamen; sie sah nicht auf, als Charlotte, einen Seitenblick auf sie werfend, lautlos durch den Saal huschte und maßlos erstaunt zurückfuhr, als sie in dem Spielenden am Flügel Herrn Claudius erkannte. Ehe ich mich dessen selbst versah, hatte sie die Thüre leise zugedrückt, so daß die Musik nur noch gedämpft herüberklang – dann stand sie mit wenigen Schritten hinter der Prinzessin.

Dieses Geräusch ließ endlich die hohe Zeichnerin aufsehen – purpurn schoß ihr die Röte des Erschreckens über das ganze Gesicht; aber sie sammelte sich unglaublich rasch, klappte das Buch zu und maß die Störerin über die Schulter mit einem indignierten, stolzen Blick.

»Hoheit, ich weiß, daß ich eine schwer zu entschuldigende Taktlosigkeit begehe,« sagte Charlotte – an dem starken zuversichtlichen Mädchen bebte jede Fiber, ich hörte es an ihrer Stimme. – »Es ist ein günstiger Augenblick, den ich kühn erhasche, ohne die Erlaubnis zu haben, zu Euer Hoheit sprechen zu dürfen; aber ich weiß mir nicht anders zu helfen!…Wenn Hoheit mir auch zu jeder Stunde eine Audienz im Schlosse gewähren wollte, ich würde den Mut nicht finden, das auszusprechen, was ich hier, unter dem Schutz dieser Augen« – sie zeigte nach Lothars Bild – »getrost wage.«

Die Prinzessin wandte ihr im höchsten Erstaunen nun voll das Gesicht zu. »Und was haben Sie mir zu sagen?«

Charlotte sank in die Kniee, ergriff die Hand der fürstlichen Frau und zog sie an ihre Lippen. »Hoheit, verhelfen Sie mir und meinem Bruder zu unserem Rechte!« flehte sie mit halberstickter Stimme. »Wir werden um unseren wahren Namen betrogen, wir müssen das Gnadenbrot essen, während wir vollgültige Ansprüche auf ein bedeutendes Vermögen haben und längst auf eigenen Füßen stehen könnten... In unsern Adern fließt stolzes, edles Blut, und doch fesselt man uns förmlich mit Ketten an dieses Krämerhaus und zwingt uns gewaltsam in bürgerliche Verhältnisse –«

»Stehen Sie auf und sammeln Sie sich, Fräulein Claudius,« unterbrach sie die Prinzessin – die hoheitsvolle, tiefernste Gebärde, mit der sie winkte, hatte durchaus nichts Ermutigendes. »Sagen Sie mir vor allem, *wer* betrügt Sie?«

»Es will mir nicht über die Lippen, denn es sieht aus wie schwarzer Undank... Die Welt kennt uns nur als die Adoptivkinder eines großmütigen Mannes –«

»Ich auch –«

»Und doch ist er's, der uns beraubt!« fiel Charlotte wie verzweifelt ein.

»Halt – ein Mann wie Herr Claudius raubt und betrügt nicht! Da glaube ich weit eher an einen schweren Irrtum Ihrerseits!«

Ich hätte hervorstürzen und die Kniee der Dame umfassen mögen für diesen Ausspruch.

Charlotte hob den Kopf – man sah, sie raffte all ihren Mut zusammen. Mit einer raschen Bewegung stieß sie auch die Thür zu, durch welche ein lautes, neckendes Gespräch zwischen der Hofdame und Dagobert herüberscholl. – »Hoheit, es handelt sich hier nicht um Geld – das ist vorläufig völlig Nebensache,« sagte sie fest. »Herr Claudius liebt den Besitz, aber ich selbst bin fest überzeugt, daß er streng jedweden unrechtlichen Erwerb von sich weist... Dagegen werden Hoheit mir zugeben, daß schon mancher tüchtige Charakter in leidenschaftlicher Verfolgung einer Idee, einer hartnäckig verblendeten Ansicht zuerst zum Selbstbetrüger und schließlich zum Verbrecher an anderen geworden ist!«

Sie preßte die Hand auf die Brust und schöpfte tief Atem, während drüben die wundervollen Melodien hochauf rauschten – er ließ ahnungslos seine strengverschlossene Seele zum erstenmal nach langen Jahren wieder in Tönen ausströmen, und hier wurde sein reiner Name an den Pranger gestellt – und ich durfte ihn nicht einmal warnen, ich mußte aushalten auf dieser Folter! Wie haßte ich in diesem Moment unbeschreiblicher Qualen die Anklägerin dort!

»Herr Claudius mißachtet den Adel, ja, er haßt ihn!« fuhr sie fort. »Er ist selbstverständlich zu einflußlos, um an dem Bestehenden rütteln zu können; aber wo es in seine Hand gelegt ist, das Erstarken der Aristokratie zu verhindern, da thut er es aus allen Kräften, ja, eben in diesem Punkte scheut er selbst den Betrug nicht... Hoheit, mit meinem Bruder tritt ein neues Adelsgeschlecht in das Leben, und, ich sage es mit Stolz, eine neue, feste Stütze in das Fundament der maßlos beneideten hohen Kaste; denn wir Geschwister sind durch und durch aristokratisch gesinnt... Aber gerade deshalb sollen wir nie erfahren, wer uns das Leben gegeben hat. – Herr Claudius will das Wappenschild an dem alten Krämernamen nicht dulden.«

Das Gesicht der Prinzessin wurde plötzlich weiß wie Wachs. Sie hob hastig unterbrechend die Hand und deutete nach Lothars Bild. »Und weshalb wollten Sie mir das alles gerade unter dem Schutze dieser Augen sagen?« stieß sie mit völlig veränderter heiserer Stimme heraus.

»Weil es die Augen meines lieben Vaters sind – Hoheit, ich bin seine Tochter!«

Die Prinzessin taumelte zurück und hielt sich an der Tischecke.

»Lüge, abscheuliche Lüge!... Sagen Sie das nicht noch einmal!« schrie sie auf – wie entsetzlich veränderte sich das liebliche Gesicht, wie hart und eckig hob sich der drohende Arm! – »Ich dulde keinen Flecken auf seinem Namen!... Claudius war nie verheiratet, nie – das weiß die ganze Welt!... Er hat nicht einmal geliebt, nie geliebt – o mein Gott, nur diesen einen Trost raube mir nicht!«

»Hoheit —«

»Schweigen Sie!... Wollen Sie wirklich behaupten, daß er sich vergessen habe, der stolze, unnahbare Mann?... Und wenn – o Gott im Himmel, es ist ja nicht wahr – aber wenn auch, möchten Sie in der That auf Rechte pochen, die Sie einer augenblicklichen Verirrung, nicht aber der *Liebe* danken?«

Mit welch beißendem Hohn warfen die schmerzhaft zuckenden Lippen diese Worte hin!... Charlotte war sprachlos vor Bestürzung in sich zusammengesunken; die Beleidigung aber traf sie wie ein Schlag in das Gesicht und gab ihr die Fassung zurück.

»Er habe nie geliebt?« fragte sie. »Wissen Hoheit nicht, weshalb er freiwillig in den Tod gegangen ist?«

»Aus plötzlicher Schwermut – er war krank – fragen Sie alle, die ihn gekannt haben,« murmelte sie und legte die Hand über die Augen.

»Ja, er war krank, er war wahnsinnig vor Verzweiflung über den Tod –«

»Ueber wessen Tod! Ha, ha, ha!«

Charlotte sank abermals auf den Boden und umfaßte mit hervorstürzenden Thränen namenloser Angst die Knie der Prinzessin.

»Hoheit, ich beschwöre Sie, hören Sie mich nur einen Augenblick ruhiger an!« flehte sie. »Ich bin bereits zu weit gegangen, um zurückweichen zu können. Ich *muß* die Wahrheit sagen, schon um meines Bruders willen, denn ich darf nicht dulden, daß Sie in dem Glauben beharren, wir seien illegitime Kinder... Lothar von Claudius war verheiratet – in geheimer, aber von der Kirche eingesegneter, rechtmäßiger Ehe hat er in der Karolinenlust gelebt – da sind wir geboren.«

»Und wer war die Glückliche, die er so heiß geliebt hat, daß er um ihretwillen gestorben ist?« fragte die Prinzessin mit unheimlicher Ruhe – wie eine Statue von Marmor stand sie da, und die Worte zischten klanglos von ihren Lippen.

»Ich finde nicht den Mut, ihren Namen auszusprechen,« stammelte Charlotte wie erschöpft. »Hoheit haben meine Mitteilungen zu ungnädig aufgenommen – ich darf nicht weitergehen!... Der Mann da drüben,« sie deutete über die Schulter zurück nach ihrem Zimmer, »darf vorläufig nicht erfahren, daß ich um das Geheimnis weiß – haben wir doch ohnehin schon unsern Anker verloren, da Hoheit sich von uns verfolgten und verlassenen Geschwistern abwenden... Ich habe vorhin bei jedem heftigen Wort, bei jedem Laut angstvoll gezittert und gefürchtet, daß sie dort hinüber dringen würden... Ich weiß es, Sie werden den Namen nicht mit Ruhe anhören –«

»Wer sagt Ihnen denn das, Fräulein Claudius?« unterbrach sie die Prinzessin, sich hoch aufrichtend – die letzten Worte Charlottens hatten genügt, den ganzen Fürstenstolz in ihr wachzurufen. – »Sie sind auf völlig falschem Wege, wenn Sie meiner augenblicklichen Hast einen anderen Grund, als den einer allerdings maßlosen Ueberraschung zuschreiben... Was geht es mich schließlich an, wer die Frau gewesen ist?... Ich würde es Ihnen erlassen, den Namen zu nennen, wenn ich nicht gerade beweisen möchte, daß ich ihn *sehr ruhig* anhören kann; und somit befehle ich Ihnen, Ihre Bekenntnisse mit dem Namen zu schließen!«

»Nun denn, ich gehorche, Hoheit!... Die Frau war die Prinzessin Sidonie von K.« –

Sie hatte sich vermessen, die stolze Fürstin! Sie hatte gewähnt, sie könne das verächtliche Lächeln auf den Lippen festhalten, das Blut gebieterisch in die Wangen beschwören, wie auch der Name lauten mochte – und jetzt fiel er wie ein Blitzstrahl auf ihr Haupt, und sie sank mit versagenden Blicken an die Wand zurück und stöhnte auf, als sei ihr ein Messer durch die Brust gestoßen worden.

»Das ist wohl der grausamste Betrug, der an einem Frauenherzen verübt worden ist!« hauchte sie. »Pfui, pfui, wie schwarz und falsch!«

Charlotte wollte sie stützen.

»Fort! Was wollen Sie?« zürnte sie und stieß die Hände des jungen Mädchens zurück. »Ein Dämon muß Ihnen den teuflischen Gedanken eingegeben haben, mich, gerade mich zu Ihrer Vertrauten zu machen!... Gehen Sie! Ich gebe Ihnen Ihr Geheimnis wieder in die Hände – ich will nichts gehört haben, nichts! Denn ich kann und werde mich nie damit befassen, Ihnen zu Ihren sogenannten Rechten zu verhelfen!«

Sie richtete sich empor, war aber genötigt, sich sofort wieder am Tisch festzuhalten. »Haben Sie die Güte, mein Gefolge herbeizurufen – mir ist sehr übel!« gebot sie mit erlöschender Stimme.

»Verzeihung, Hoheit!« rief Charlotte außer sich.

Die Prinzessin zeigte wortlos und gebieterisch nach der Thür, während sie in den nächsten Fauteuil sank. Charlotte flog über die Schwelle, und sofort füllte sich der Salon mit bestürzt herzueilenden Gestalten. Auch die Musik riß mit einem schrillen Akkord ab – Herr Claudius kam herüber.

»Ein altes Leiden hat mich plötzlich überrascht,« sagte die Prinzessin matt lächelnd zu ihm. »Ich habe Herzkrampf. Wollen Sie mir Ihren Wagen leihen? Ich kann unmöglich warten, bis der meine kommt.«

Er eilte hinab, und nach wenigen Minuten führte er die hohe Leidende die Treppe hinab. Sie stützte sich fest auf ihn; die Art und Weise aber, mit welcher sie sich von ihm verabschiedete, bewies, daß Charlottens Mitteilungen auch nicht den allermindesten Einfluß auf ihre Hochachtung für ihn ausgeübt hatten.

30

Eine blendende Helle breitete sich jetzt über die weiten Gärten; wie aus klingendem Silber geschnitten, schwebte die Mondscheibe scharf abgegrenzt am kalt gläsernen Himmel. Ich schritt über die Brücke. Drunten lag schlangenhaft gleißend der erstarrte Fluß zwischen dem blätterlosen Ufergebüsch, und im Boskett stäubte silbernes Geflimmer von den Zweigen. Die steinernen Titanen des Teiches lagen nicht mehr auf blauer Samtdecke – ein riesiger Eisbrillant trug sie in seiner Mitte, und sie hatten Schneeturbane über den bärtigen Gesichtern, und das leichtgeschürzte Florgewand der frierenden Diana säumte dicker, weißflockiger Winterpelz. Und alle Konturen des architektonischen Schmuckes auf dem Rokokoschlößchen hatte Frau Holle mit ihrem Federweiß zart und weich nachgemalt und auf dem Balkon vor den Glasthüren ein hochschwellendes, fleckenlos weißes Polster niedergelegt ... Wie kindlich harmlos war meine erste Vorstellung von dem Geheimnis der versiegelten Zimmer gewesen – ich hatte das Märchen drinnen wandeln sehen! Und nun waren es eine Handvoll Papiere, die da spukten, und von denen zwei schrankenlos ehrgeizige Menschen erwarteten, daß sie ihnen in der That das goldene Zauberthor öffnen sollten, aus welchem ihnen mühelos die Schätze der Welt in den Schoß fielen.

Ich sah hinauf nach dem Fenstern der Bibliothek. Die Lampe brannte noch auf dem Schreibtische, aber über den Plafond hin flog ein hastig auf-und ablaufender Schatten – das war mein Vater – er schien unruhiger und aufgeregter als je. Beklommen stieg ich die Treppe hinauf – die Bibliothek war verschlossen. Zwischen die unaufhörlich das Zimmer durchmessenden Schritte klang dumpfes Gemurmel, und hier und da schlug mein Vater mit knöcherner Faust auf die Tischplatte, daß sie dröhnte.

Ich klopfte und bat ihn, zu öffnen.

»Laß mich in Ruhe!« rief er rauh und heftig drinnen, ohne sich der Thür zu nähern. »Gefälscht, sagt ihr?« – Er stieß ein gellendes Gelächter aus. – »Kommt her und beweist! ... Aber thut eure Stecken weg! ... Was schlagt ihr mich denn auf den Kopf? ... Oh, mein Gehirn!«

»Vater, Vater!« rief ich angstvoll.

Ich wiederholte meine Bitte, mich einzulassen.

»Gehe – quäle mich nicht!« rief er ungeduldig und wanderte wieder tiefer in das Zimmer hinein.

Ich mußte gehorchen, wollte ich ihn nicht noch mehr reizen, und entfernte mich für den Augenblick. Drunten brannte ich die Lampe an und ging in sein Zimmer, um für die Nacht alles vorzurichten ... Da lagen die Zeitungen, die er heute erhalten, auf dem Tische, aufeinandergeschichtet und scheinbar unberührt, nur eine hatte er, zu einem Klumpen zerknüllt, auf den Boden geschleudert. Ich entfaltete sie und sah alsbald einen bezeichnenden roten Strich neben einem langen Artikel herablaufen. Wie ein Funke sprang mir der Name Sassen aus dem Buchstabengetümmel entgegen und erfüllte mich mit einem ahnungsvollen Schrecken. Ich überflog den Anfang und verstand ihn nicht; er wimmelte von technischen Ausdrücken. Aber nun kam es, und ich schlug niedergeschmettert die Hand vor die vergehenden Augen. Da stand:

»Mit diesem Münzenschwindel hat der Autoritätsglaube abermals einen empfindlichen Schlag erhalten – einer unserer ersten Namen ist für alle Zeit kompromittiert. Doktor von Sassen hat in unbegreiflicher Verblendung den Fälscher und seine Münzen, von denen auch nicht eine echt ist, an alle Höfe und Universitäten empfohlen ... Allerdings sagt Professor Hart in Hannover, welcher dem Betrug zuerst auf die Spur gekommen ist, die Fälschung sei eine meisterhafte –«

Professor Hart in Hannover. Das war der Fremdwörterprofessor am Hünengrab, der Mann mit dem guten Gesicht und der rasselnden Blechbüchse auf dem Rücken ... Ich hatte ihn liebgewonnen, weil er in so gütiger Weise meine Heide verteidigte, und nun war dieser fast kindlich milde Greis ein so gewappneter Gegner meines Vaters und stieß ihn aus dem Sattel, wie heute Dagobert sagte ... Und das waren die Münzen gewesen, zu deren Ankauf ich so ungebärdig mein Vermögen von Herrn Claudius gefordert – und um seiner nur zu wohl begründeten Weigerung willen hatte ich ihn dann bei Hofe als anmaßenden Besserwisser angeklagt ... Jetzt sah ich ihn wieder vor seinem Münzenschatz stehen, so weise und bescheiden, aber auch so ruhig fest in seinem Urteile. Und weil es der Kenntnisreiche verschmähte, sein Wissen prunkend auf dem großen Markte auszubreiten, so mußte er sich von Dagobert unverschämt schelten lassen, und ich hatte als dankbares Echo dieses häßliche Wort wiederholt ... Wie glänzend gerechtfertigt stand der stolze schweigende Mann nun da! ... Gerade diese Münzengeschichte führte den Sturz meines Vaters bei Hofe herbei – das war's, was der charakterlose, erbärmliche Dagobert mir heute abend in dunklen, spöttischen Worten hingeworfen hatte ... Armer Vater! Dieser eine Irrtum schleuderte ihn von seiner Höhe herab unter die Füße seiner Feinde und Neider ... Das mochte freilich genügen, um den armen Kopf des kränklich schwachen Mannes, der Tag und Nacht im Interesse der Wissenschaft angestrengt arbeitete, zu verwirren.

Wie ohnmächtig stand ich junges, unerfahrenes Geschöpf seinem Mißgeschick gegenüber! Ich begriff sehr wohl, saß dem Manne in solchen Stunden selbst die geliebteste Stimme keinen Trost zu geben vermag – und was konnte ich ihm auch sagen? ... Aber allein lassen durfte ich ihn nicht; er mußte die stillwaltende Liebe doppelt fühlen, ohne daß sie ihm in Worten beschwerlich fiel.

Eiligst verließ ich sein Zimmer, um hinaufzueilen und mit Bitten nicht abzulassen, bis mir das Bibliothekszimmer geöffnet wurde. Da blieb ich plötzlich stehen und horchte – aus meiner Schlafstube drang ein Geräusch, als ob Möbel gerückt würden – ich riß die Thür auf; der Mondschein flutete mir blendend entgegen, denn beide Fenster standen noch offen – in meiner Aufregung über die Ankunft der Tante hatte ich vergessen, sie zu schließen und die Läden vorzulegen. Mit einem Aufschrei prallte ich zurück – ein Mann hielt den verhängnisvollen Schrank umklammert und schob ihn mit einem abermaligen Rucke seitwärts, so daß die Tapetenthür vollständig freigelegt war. Er fuhr herum – Dagoberts weiße Stirn leuchtete mir entgegen, und seine Augen sprühten mich an. Mittelst eines einzigen Sprunges kam er herüber, schlug die Thür hinter mir zu und zog mich tiefer in das Zimmer hinein.

»Seien Sie jetzt einmal vernünftig, und bedenken Sie, daß mein und auch *Ihr* Lebensglück von diesem einen Augenblicke abhängt!« flüsterte er. »Charlotte hat die Sache geradezu verrückt angefangen – sie hat der Prinzessin das Geheimnis mitgeteilt und ist mit der Thür ins Haus gefallen. Das Allerschlimmste, das uns passieren konnte, ist eine plötzlich wie vom Himmel fallende wahnwitzige Liebe der alten Hoheit, die meinen Vater selbst im Grabe keiner andern gönnen will! ... Jetzt haben wir zwei Gegner zu bekämpfen, die sich möglicherweise heimlich verbünden – solch einer verrückt gewordenen alten Jungfer traue der Teufel! ... Wer bürgt uns dafür, daß nicht eines Nachts das Gerichtssiegel von einer der Thüren fällt? Das hat dann der Onkel nicht gethan – bewahre – die ganze Welt weiß, daß er gerade die Siegel streng hütet. Es kann ja zufällig abgestoßen worden sein; und wenn dann die Papiere aus dem Schreibtische verschwunden sind, wer in der Welt erfährt das je? ... Seien Sie kein Kind! ... Hier in der Thür steckt der Schlüssel, ich brauche ihn nur umzudrehen – es ist kein Einbruch, wenn ich hinaufgehe und das in Sicherheit bringe, was mir von Rechts wegen gehört.«

Ich weiß selbst nicht, wie es mir in jenem Augenblicke möglich geworden ist, so blitzschnell und aalglatt hinter ihm wegzugleiten, mit einem einzigen Griff den Schlüssel aus der Tapetenthür zu reißen und in meine Tasche zu stecken.

»Schlange,« stieß er zwischen den Zähnen hervor. »Sie wollen sich teuer verkaufen! Sie meinen, mit diesem Schlüssel in der Tasche sind Sie noch begehrenswerter für mich!«

Damals verstand ich den Sinn dieser abscheulichen Worte nicht im entferntesten; wie hätte ich sonst den Elenden auch nur noch eines Wortes, eines Blickes würdigen können?

»Ich will Sie von einem Unrecht abhalten!« sagte ich und lehnte mich entschlossen mit dem Rücken gegen die Thür. »Seien Sie offen und wahr gegen Herrn Claudius; Sie werden damit weit eher zum Ziele kommen, als wenn Sie das Schloß droben erbrechen ... Ich will mit Ihnen gehen – wir wollen ihm noch in dieser Stunde alles sagen –«

Ich verstummte, denn seine Augen glitten in beleidigender Weise langsam musternd über mich hin, und ein spöttisches Lächeln zuckte um seinen Mund. »Schön sind Sie, Barfüßchen!

Die schlanke Eidechse mit dem Prinzessinnenkrönchen ist in wenigen Monaten geradezu sirenenhaft geworden ... wo aber ist die Eidechsen *klugheit* geblieben?« – Er lachte laut auf. – »Eine reizende Situation, beim Zeus! Wir treten **in corpore** vor das hehre Angesicht des Onkels, bringen ihm unser kostbares Geheimnis auf dem Präsentierteller und ziehen mit langer Nase wieder ab!« – Er kam näher an mich heran, so daß ich mich angstvoll und noch fester als vorher gegen die Wand drückte. – »Nun lassen Sie sich eins sagen: Noch halte ich an mich und berühre Sie nicht – das danken Sie meiner grenzenlosen Schwäche, meiner geheimen Abgötterei für Sie! Ich will Sie grundsätzlich nicht reizen, denn ich weiß, daß Sie ein kleiner Teufel an Bosheit sind – ich glaube, in solchen Augenblicken unbezähmbarer Widerspenstigkeit sind Sie imstande, mir abzuleugnen, was ich Beglückter längst weiß!«

Was sollte das heißen? Ich mochte ihm wohl ein sehr erstauntes Gesicht zeigen, denn er lachte abermals. »Ei, thun Sie doch nicht, als sei ich der Wolf und Sie das Rotkäppchen, das den Bösewicht mit großen, unschuldig fragenden Augen verständnislos ansieht!« rief er. »Die Situation ist mir allerdings mit heute sehr erschwert worden – Ihre unbegreiflich geschwätzige kleine Zunge, die ich in unserem beiderseitigen Interesse bereits geschult zu haben meinte, hat den Makel des Judentums auf Ihre Abkunft geworfen; desgleichen hat sich Ihr Papa bei Hofe unmöglich gemacht – allein meine Leidenschaft für Sie überwindet alles; auch meine ich, der Fürstenmantel meiner Mutter vermag Vieles zuzudecken« – er berührte mit seinen Lippen fast mein Ohr – »und ich will den sehen, der meine reizende kleine Lenore –«

Jetzt hatte ich ihn begriffen – ach, wie hart und bitter wurde in diesem Augenblick der blinde Enthusiasmus gestraft, mit welchem ich mich bedingungslos den Geschwistern hingegeben hatte! Außer mir, wandte ich mein Gesicht weg und hob drohend den Ellenbogen über den Kopf – ich glaube, ich habe in einer Art Fechterstellung ihm gegenüber gestanden.

»Ah, da ist er ja wieder, der Dämon! Wollen Sie nicht wieder nach mir schlagen, wie?« höhnte er zwischen den Zähnen hervor. »Hüten Sie sich! ... Ich habe Ihnen schon einmal gesagt –«

»Ich weiß es wohl, daß Sie mich mit einem einzigen Druck Ihrer Hände erwürgen können – thun Sie es doch!« rief ich unerschrocken. »Freiwillig gebe ich den Schlüssel nicht heraus! ... Sie sind ein Ehrloser! ... Ich bin das blöde Kind nicht mehr, das darin« – ich zeigte auf seine im Mondschein funkelnden Epauletten – »lediglich einen Schmuck sieht – ich weiß, daß sie nur in Ehren getragen werden dürfen! Und da kömmt nun der stolze Offizier bei Nacht und Nebel als Einbrecher und bedroht ein wehrloses Mädchen.«

»Ah, die kleine Viper versucht zu stechen?« knirschte er und schlug seine Arme um mich; aber meine Geschmeidigkeit kam mir zu Hilfe – aufschreiend entschlüpfte ich ihm und stand mit einem Sprunge auf der Fensterbrüstung.

»Um Gottes willen, was ist denn das?« rief draußen der alte Schäfer – er war auf dem Weg nach Hause und kam jetzt über das helle Schneefeld hergelaufen.

»Kommen Sie herein – ach, schnell, schnell!« stammelte ich, zwischen einem Thränenausbruch und dem Jubel des Erlöstseins schwankend.

Mit einem Fluch sprang Dagobert durch das andere Eckfenster, während der alte Gärtner die Hausfront entlang lief und gleich darauf eintrat.

»Was hat's denn gegeben?« fragte er, sich erstaunt im Zimmer umsehend. »Du lieber Gott, Fräulein, Sie sehen ja so erschrocken aus wie mein Kanarienvögelchen, wenn die Katze in der Stube gewesen ist! ... Hat's vielleicht rumort im alten Hause? Fürchten Sie sich nicht – das sind nur die Mäuse, Fräulein. Gespenster gibt's nicht, und wenn die Leute zehnmal sagen, es sei nicht richtig in der Karolinenlust.«

Ich ließ den guten Alten, dessen Stimme mich so sanft zu beschwichtigen suchte, in dem Wahn, daß eine Art Phantom mich erschreckt habe, und bat ihn nur, die Fensterläden so fest wie möglich zu verrammeln, dann schloß ich alle Thüren ab und ging hinauf in das Bibliothekzimmer ... Ich fühlte mich so kampfmüde – der letzte Rest der bedeutenden Dosis von Trotz und Widerstandsfähigkeit, mit welcher ich der neuen Welt entgegengetreten, war erschöpft – und ich war noch so jung! ... War das ganze Menschenleben solch ein Kampf mit den unerbittlichen Konsequenzen, die das eigene Irren heraufbeschworen? Und sollte meine bange, geängstigte

Mädchenseele nun fort und fort, auf ihr eigenes Ringen angewiesen, hilf-und stützelos in Nacht und Sturm auf-und niedertaumeln?...Ich schüttelte mich vor Grauen – ich mußte versinken in Angst und Not, wenn nicht eine starke Hand nach mir herübergriff...»Mit meinem Mantel vor dem Sturm – beschütz' ich Dich!« – Ach ja, geborgen sein! Wer doch mit lahmen Flügeln unter die Hut des Stärkeren flüchten und dort ausatmen durfte!...Wie hatte ich die Kraft der »Kinderhände« überschätzt, weil sie sich lustig durch den Frühlingssturm der Heide hindurchgekämpft! Wie sanken sie schon jetzt ermattet nieder und tasteten nach Halt und Stütze!...

Das Bibliothekzimmer war noch verschlossen, als ich hinaufkam, und soviel ich auch klopfen und rütteln mochte, ich erhielt keine Antwort. Im ersten Augenblick meinte ich, mein Vater sei fortgegangen – es war totenstill drinnen. Aber nun hörte ich von fern herüber ein dumpfes Gepolter, dem ein kicherndes Auflachen folgte – der Lärm kam aus dem Antikensaal, dessen Thüren jedenfalls weit offen standen. Mir klang es, als würden schwere, harte Massen niedergeworfen, und das Lachen war ein so seltsam unheimliches, daß sich mir unter einem Angstschauer leise die Haare sträubten...Und jetzt flog ein Gegenstand in die Bibliothek herein und zersprang auf dem Fußboden klirrend in tausend Scherben. – Ein wahres Triumphgeschrei folgte dem Geschmetter...Ich schlug mit den geballten Händen auf die dröhnende Thür und rief verzweiflungsvoll unaufhörlich den Namen meines Vaters.

Da ging jenseits des weiten Treppenhauses eine Thüre auf, und Herr Claudius trat aus seiner Sternwarte – fast tageshell floß das Mondlicht mit ihm heraus. Ich eilte zu ihm hin und teilte ihm unter krampfhaftem Ringen mit den hervorstürzenden Thränen meine Seelenangst und Not mit. Während in der Bibliothek auf meinen Lärm hin eine unheimliche, tiefe Stille eingetreten war, erzählte ich mit niedergeschlagenen Augen flüsternd von der Münzengeschichte.

»Ich weiß es,« unterbrach mir Herr Claudius ruhig.

»Der Kummer macht meinen Vater wahnsinnig – ach, wie leide ich um ihn!« rief ich. »Er ist gebrandmarkt und hat über Nacht seinen berühmten Namen verloren!«

»Glauben Sie *das* nicht! Es wäre traurig, wenn ein einziger Irrtum ein ganzes Leben voll angestrengter Geistesarbeit aufheben sollte...Herr von Sassen hat ungeheure Verdienste um die Wissenschaft, die kann ihm niemand rauben, und gerade deshalb suchen ihn die Mücken in einem Augenblick der Schwäche um so empfindlicher zu stechen...Das geht vorüber. Seien Sie ruhig, Lenore, und weinen Sie nicht.« Er hob unwillkürlich die Hand, als wolle er die meine tröstend fassen, aber sie ebenso rasch sinken lassend, trat er an die Thüre der Bibliothek und rüttelte an dem Drücker.

In demselben Augenblick schlug es drinnen krachend und fortrollend auf die Dielen nieder.

»Du bist ja kein Agasias!« schrie mein Vater – ach, ich erkannte diese kreischende Stimme kaum wieder! – »Sassen hat gelogen! Fragt nur den Hart in Hannover, der weiß es!...Fort mit dir, du bist *auch* gefälscht!« – Man hörte, wie er nach dem zu Boden geschmetterten Gegenstand stieß.

»Ach, das ist der schlafende Knabe, sein Abgott, über den er ganze Bände schreibt, um zu beweisen, daß es ein Werk des Agasias ist!« stieß ich zitternd heraus. »Gott im Himmel, er zertrümmert die Antiken!«

Herr Claudius klopfte mit starkem Finger an die Thüre.

»Wollen Sie mir nicht öffnen, Herr Doctor?« rief er laut, aber mit völlig beherrschter Stimme.

Mein Vater stieß ein gellendes Gelächter aus. »Und es steht geschrieben – ha, ha, ist alles Lüge gewesen vom Anfang an! Wehre dich doch, wenn du von Gottes Gnaden unsterblicher Geist bist! Siehst du, wie dich die gelben Flammen fressen?...Hei, da wirbelt sie hinauf an die Decke, die Lügenbrut des Geistes, auf die der berühmte Mann stolz war! — Rauch, nichts als Rauch!«

Herr Claudius fuhr entsetzt zurück – aus dem Schlüsselloch und den Thürfugen quoll dicker Qualm und ein erstickender Geruch – wollene Stoffe brannten.

»Er verbrennt sein Manuskript, und das Feuer hat die Vorhänge ergriffen!« schrie ich auf. Ich brach in lautes Jammern aus und warf mich verzweiflungsvoll gegen die Thüre – ach, was vermochten meine armen, kleinen Hände und Füße gegen die dicken Bohlen, die sich nicht rührten!

Herr Claudius sprang in die Sternwarte zurück, und jetzt dachte ich auch an die kleine, kaum sichtbare Tapetenthür in der Bibliothek; sie führte in einen weiten, dunklen Raum voll Gerümpel, der das genannte Zimmer von der Sternwarte trennte. Und wenn die Thüre auch verschlossen war, zwei harte Fußtritte genügten, um das leichte Brettergefüge zu sprengen. Aber es bedurfte dessen nicht einmal; rasches Laufen drinnen und ein zorniger Schrei meines Vaters belehrten mich, daß Herr Claudius, ohne Widerstand zu finden, eingedrungen sei. Der Schlüssel wurde umgedreht und die Thüre aufgerissen. Welch ein Anblick!…Rauch und Qualm, und dazwischen hochaufschießende Flammenfratzen, von knisterndem Funkenregen umstiebt, wogten um die traute Schreibecke meines Vaters . An den sehr schweren, dicken Wollvorhängen fraßen sich »die gelben Zungen« nur langsam empor; desto lustiger und begehrlicher leckten sie bereits über die Stöße alter Broschüren hin, die ein zwischen den Fenstern stehendes Regal füllten. Mein Vater schrie und gebärdete sich wie ein Rasender – er floh vor Herrn Claudius, der ihn zu fassen und aus dem Zimmer zu ziehen suchte. Unter den Füßen der Laufenden knirschten und krachten unaufhörlich Scherben – der Boden war bedeckt mit Trümmern kostbarer antiker Thongefäße.

Ich lief hinein.

»Zurück, Lenore! Hinaus! Denken Sie an Ihre feuerfangenden Kleider!« rief Herr Claudius angstvoll herüber, indem er meinem Vater, der sich auflachend in die Flammen zu werfen suchte, den Weg vertrat. »Laufen Sie in das Vorderhaus um Hilfe!«

Ich sah im Davoneilen, wie mein Vater, über die am Boden liegende Marmorfigur strauchelnd, niederfiel, von Herrn Claudius erfangen und, trotz seiner wütenden Gegenwehr, auf kraftvollem Arm nach der Thüre getragen wurde; aber kaum hatte ich die Halle betreten, als ich hörte, wie die Ringenden droben im unausgesetztem Kampfe die Treppe erreichten.

»Mörder, elender Mörder!« schrie mein Vater, daß die marmorbekleideten Wände gellten – dann erfolgte ein entsetzliches Gepolter.

Wie ich mit meinen versagenden Füßen die Bel-Etage wieder erreicht habe, kann ich bis heute nicht sagen; ich weiß nur, daß mir war, als sei ich plötzlich von einem Wirbel erfaßt und da hingeschleudert worden, wo ein dunkler Knäuel droben vor der untersten Treppenstufe lag.

Herr Claudius stand bereits wieder auf seinen Füßen; er hielt sich mit der Hand am Treppengeländer fest und wandte mir sein vom Mond beschienenes Gesicht zu – es war mit einer fahlen Blässe bedeckt.

»Wir sind unglücklich gefallen,« sagte er, noch atemlos von der Anstrengung, und deutete auf meinen Vater. »Er ist bewußtlos, und ich kann ihn nicht weiterbringen. Arme, arme Lenore, Ihre Füße tragen Sie nicht, und doch *müssen* Sie mir Hilfe holen…«

Nun rannte ich durch die Gärten – hinter mir schlugen die feurigen Zungen aus den Fenstern der Bibliothek und schwarze, dick aufschwellende Rauchwolken zogen über die Baumwipfel hin, mir nach.

»Feuer in der Karolinenlust!« schrie ich in die Hausflur hinein.

Im Nu war das ganze Vorderhaus rebellisch. Allgemeines Entsetzen, als die Herbeilaufenden in den Hof traten und über der Pappelwand den rotglühenden Dampf in das ruhige, stete Silberlicht des Himmels hineinlohen sahen. Wer Hände hatte, ergriff Kübel und Eimer und aus der Remise wurden zwei große Handspritzen gehoben. Man hatte auch in der Seitenstraße den Brand bemerkt; durch das Thor stürmte ein Menschenhaufe um den andern – in wenigen Minuten wimmelten die Gärten und der Platz vor der Karolinenlust von Rettenden, die das Eis auf Teich und Fluß einschlugen und Wasser in das brennende Stockwerk schleppten.

Als ich zurückkehrte, lehnte Herr Claudius am Treppengeländer; mit seiner Rechten drückte er den linken Arm gegen die Brust. Ich konnte nicht sprechen vor Jammer und bog mich über meinen Vater, dessen Kopf auf der untersten Treppenstufe lag. – Herr Claudius hatte ihm seinen Shawl als Polster untergeschoben. Die Augen waren geschlossen, und das eingefallene Gesicht sah so blutleer und wächsern aus, daß ich meinte, er sei tot – aufstöhnend schlug ich die Hände vor das Gesicht.

»Er ist nur betäubt, und soviel es mir möglich war, zu untersuchen, hat er auch kein Glied gebrochen,« sagte Herr Claudius – wie lernte ich diese ruhig gelassene Stimme, um derentwillen ich ihn einst einen Eiszapfen gescholten, in den Augenblicken unaussprechlicher Angst und Seelenqual schätzen! An ihr richtete ich mich sofort auf.

»Hinunter in Herrn von Sassens Zimmer!« gebot er den Leuten, die den Gestürzten vom Boden aufnahmen. »Es liegt weit ab – das Haus ist massiv und Wasser und rettende Hände sind genug da – bis dahin dringt die Feuersgefahr nicht mehr!«

Ein Menschenstrom wogte an uns vorüber, die Treppe hinauf.

»Und Sie?« sagte ich zu Herrn Claudius, während wir seitwärts traten, und die zwei Männer, von Fräulein Fliedner geleitet, meinen Vater nach unserer Wohnung trugen. – »Ich sehe es wohl, Sie haben Schmerz, Sie haben sich wehe gethan!…Ach, Herr Claudius, wie schwer müssen Sie dafür leiden, daß Sie meinen Vater und mich in Ihr Haus aufgenommen haben!«

»Meinen Sie!« – Ein fast sonniges Lächeln verdrängte für einen Augenblick den Zug des Leidens, der seine Brauen faltete. »Ich rechen anders, als Sie denken, Lenore. Ich kenne die weise Einrichtung sehr gut, nach welcher wir erst verschiedene Stadien durchlaufen müssen, ehe wir in den Himmel eingehen dürfen – mit jedem kommen wir dem Ziele näher, und dafür sei er gesegnet.«

Er stieg in das brennende Stockwerk hinauf, und ich eilte zu meinem Vater. Er lag still und unbeweglich auf seinem Bett; nur als eine Feuerspritze drüben donnernd über die Brücke fuhr und unter heftigem Getöse vor dem Hause hielt, hob er die Lider und sah mit einem umschleierten, völlig verständnislosen Blick umher. Von diesem Augenblicke an flüsterte er unaufhörlich vor sich hin, ganz sanft und sacht. Fräulein Fliedner legte ihm kalte Tücher um den Kopf, das schien beruhigend auf ihn zu wirken. Hilfe und Beistand fehlten mir nicht. Auch Frau Helldorf, die den Claudiusgarten seit jenem verhängnisvollen Sonntagmorgen nicht wieder betreten, hatte die Angst und Scheu vor einer Begegnung mit ihrem Vater überwunden und war zu mir herübergekommen.

Ich saß neben dem Kranken und hielt seine glühende Hand in der meinen. Sein gespenstisches Murmeln, das auch nicht für einen Augenblick abriß, der Anblick seines Leidensgesichtes, von welchem jede Spur eines selbständigen Denkens für immer weggewischt schien, dazu die folternde Angst um Herrn Claudius, den ich droben in den brennenden Räumen wußte – das alles versetzte mich in einen Zustand stiller Verzweiflung.

In der Zimmerecke brannte ein verdecktes Nachtlicht – tiefe Schatten webten um das Krankenbett; desto heller breitete sich der Platz vor den Fenstern hin. Ueber die versilberte Baumwand drüben wogten wie flatternde Fahnen die Schatten der Rauchwolken; zischend fuhr der funkelnde Wasserstrahl der Feuerspritze aus dem Menschengewimmel hinauf – sie zerstoben und duckten nieder, um sich gleich darauf zu meinem bangen Schrecken majestätisch wieder aufzublähen…»Habt acht!« scholl es fort und fort aus dem Gemurmel und Gebrause – gerettete Gegenstände, Vasen, Spiegel, Marmorfiguren wurden vorübergetragen und bei der Diana niedergelegt – hohe Bücherstöße reckten sich an der Göttin empor, und die umstehenden Polstermöbel und glänzenden Tischplatten sahen wunderlich genug aus in der schneefunkelnden Winterlandschaft.

Allmählich verdünnten sich die intensiv schwarzen Rauchstreifen schleierartig vor meinem starr hinausgerichteten Blick – der Lärm, treppauf, treppab, klang gedämpfter – es wurden keine geretteten Sachen mehr vorübergetragen.

»Das Feuer ist nieder,« sagte Frau Helldorf tief aufatmend, und ich vergrub meine überströmenden Augen in die Bettkissen.

Charlotte kam herein. Ihr Kleidersaum schleppte zerfetzt am Boden hin, und die schweren Zöpfe hingen ihr unordentlich in den Nacken – sie hatte beim Retten wie ein Mann geholfen.

»Das ist ja ein schöner Abend für uns, Prinzeßchen,« sagte sie tonlos und setzte sich neben mich erschöpft auf ein Fußbänkchen. Sie legte die Stirn auf meine Kniee. »Ach, mein armer

Kopf!« flüsterte sie, während die beiden Damen für einen Augenblick in das Nebenzimmer gingen. »Kind, wenn Sie wüßten, wie es in mir aussieht!...Glauben Sie wohl, daß mir droben der verzweifelte Gedanke gekommen ist, ob es nicht besser wäre, der Feuerstrom packe meine Kleider und mich mit, und die ganze Qual hier drinnen« – sie preßte die Hände auf das Herz – »nähme plötzlich ein Ende...Und an den versiegelten Thüren bin ich vorübergelaufen und habe gemeint, es *müsse* sich eine aufthun und meine Mutter die Arme herausstrecken, um ihr unglückliches Kind aus dem vorbeibrausenden Menschenschwarm hineinzuziehen...Heute zum erstenmal kann ich's meinem Vater nicht vergeben, daß er uns so bedingungslos, so auf Treu und Glauben in die Hände seines Bruders geliefert hat!...Und wenn er noch so furchtbar litt, er *durfte* nicht sterben, er mußte für uns leben – er hat feig gehandelt!«

Draußen verlief sich allmählich die Menschenmenge, es wurde stiller, und das Zischen der Wasserstrahlen, die noch von Zeit zu Zeit hinaufgeschickt wurden, drang schärfer an das Ohr. Und jetzt endlich kam auch der so heißersehnte Arzt. Während er den Kranken untersuchte und schweigend beobachtete, klang draußen eine gewaltige Stimme durch den hallenden Korridor und herein in das stille Zimmer.

»Habe ich's nicht gewußt, Herr Claudius, daß dieses Hervorzerren der von Ihren Vorfahren wohlweislich vergrabenen heidnischen Götzenbilder dem Herrn ein Greuel sein müsse?« fragte der alte Buchhalter in seinem breitesten Prophetenton.

»Er ist unverbesserlich, der alte Fanatiker!« murmelte Charlotte ärgerlich.

»Habe ich nicht vorhergesagt, daß das Feuer vom Himmel fallen würde?«

»Es ist nicht vom Himmel gefallen, Herr Eckhof,« unterbrach ihn Herr Claudius hörbar ungeduldig.

»Sie mißverstehen das absichtlich, lieber Herr,« sagte eine andere Stimme sanft.

»Ach, das ist der Muckerdiakonus, der schlimmste Seelenhetzer der ganzen Residenz – die beiden kommen eben aus der Andacht, man hört es! Für die ist das Feuerunglück in der Karolinenlust das größte Gaudium,« flüsterte Charlotte.

»Bruder Eckhof weiß sehr gut, daß der Herr in unseren Zeiten seine Strafen nicht mehr so direkt vom Himmel niederschickt, wie ehemals,« fuhr die Stimme fort. »Aber sein Walten bleibt immer ein sichtbarliches – es kommt nur darauf an, daß wir es verstehen...Ja, Herr Claudius, es schmerzt mich in der Seele, daß Sie so heimgesucht worden sind; aber ich kann nicht umhin, den Herrn zu preisen, der in seiner unerschöpflichen Gnade so deutlich zu Ihnen spricht...Er hat es in seiner Weisheit und Gerechtigkeit geschehen lassen, daß die heidnischen Greuel – ich habe eben gesehen, daß diese sogenannten Wunderwerke vom Rauch geschwärzt und zertrümmert draußen im Garten liegen – vertilgt wurden –«

Er kam nicht zu Ende mit seinem Zelotensermon; denn Herr Claudius öffnete, ohne noch ein Wort zu verlieren, die Thüre meines Wohnzimmers, und ich hörte ihn drüben eintreten. Der Arzt ging zu ihm. Herr Claudius stand neben der Lampe, die auf dem Tische brannte und sein Gesicht hell beleuchtete – er drückte noch in der eigentümlichen Weise mit der Rechten den linken Arm gegen die Brust. Ich sah von meinem dunklen Platz aus, wie sich seine Züge bei dem geflüsterten Bericht des Arztes sehr verdüsterten.

»Sie leiden auch, Herr Claudius,« hörte ich schließlich den Doktor lauter zu ihm sagen.

»Ich habe mir den Arm verletzt,« versetzte Herr Claudius ruhig, »und werde mich nachher im Vorderhause Ihren Händen überliefern.«

»Ist recht – und die Augen werden wir auch für einige Zeit in ein dunkles Verlies stecken müssen, wie ich bemerke,« sagte der Doktor bedeutsam.

»Still, still – Sie wissen, das ist der Punkt, wo ich verwundbar bin, wo Sie mir bange machen können!«

Mir stockten die Pulse – wenn er blind wurde?...Ich meinte, so viel Jammer und Elend sei noch nie über ein Menschenherz hereingebrochen, wie heute über das meine.

Charlotte erhob sich rasch und ging hinüber. Fast zugleich wurde die Thür meines Wohnzimmers aufgerissen, und hastige Männerschritte kamen herein.

»Herr Claudius, Herr Claudius!... O, über diese Verruchtheit!« hörte ich den alten Buchhalter stöhnen. Er kam in das Bereich meiner Blicke – wie weggewischt war alle Salbung, das breit wohlgefällige Gepräge eines frommen Wandels vor Gott und den Menschen aus diesem fassungslosen, verstörten Gesicht.

Herr Claudius winkte ihm mit der Hand, seine Stimme zu mäßigen, aber er war viel zu aufgeregt, um diese Bewegung zu beachten.

»Mir, mir das!« rief er grimmig, in tiefster Indignation. »Herr Claudius, ein Elender hat die allgemeine Verwirrung beim Brande benutzt, ist in meine Wohnung eingebrochen und hat mir eine Kassette mit meinen geringen Ersparnissen geraubt... Ach, ich kann mich kaum auf den Füßen halten! Ich bin dermaßen alteriert – geben Sie acht, das ist mein Tod!«

»Das ist unchristlich und sündhaft gesprochen,« verwies ihm der Diakonus sanft den heftigen Ausspruch. »Bedenken Sie, daß es sich um irdischen Mammon handelt... Uebrigens ist ja die Möglichkeit nicht ausgeschlossen, daß der Verbrecher entdeckt wird und Sie wieder zu Ihrem Gelde kommen – und wenn nicht, nun, dann heißt es ja: ›Es ist leichter, daß ein Kamel durch ein Nadelöhr gehe, denn daß ein Reicher in das Reich Gottes komme.‹« – Ich sah deutlich, wie er dabei Herrn Claudius fixierte. – »Ist das nicht ein köstlicher Trost für den, der durch den Verlust der irdischen Habe heimgesucht wird?«

»Aber in der Kassette waren ja auch die tausend Thaler Missionsgelder, die in diesen Tagen abgeschickt werden sollten!« ächzte verzweiflungsvoll der Buchhalter, und fuhr sich mir beiden Händen an den sauber frisierten Kopf.

Jetzt war die Reihe zu erschrecken an dem Herrn Diakonus.

»Oh, das ist freilich sehr, sehr fatal, lieber Herr Eckhof!« rief er bestürzt. »Aber ich bitte Sie, wie konnten Sie auch diese Ihnen anvertrauten Gelder so – verzeihen Sie – so unverantwortlich leichtsinnig verwahren? Sie wissen doch, daß an jedem Groschen das Seelenheil anderer hängt!... Was sollen wir nun anfangen?... Das Geld *muß* in diesen Tagen abgeliefert werden. Unser Verein gilt als ein Muster von Pünktlichkeit, er darf seinen Ruf um Ihretwillen nicht einbüßen – das werden Sie doch einsehen... Es thut mir unsäglich leid, aber ich kann Ihnen mit dem besten Willen nicht helfen, Sie *müssen* das Geld zu der festgesetzten Frist schaffen!«

»O mein Gott, wie soll ich denn das ermöglichen? Ich bin augenblicklich ein Bettler!« – Er hielt seine weißen vollen Hände gegen die Lampe. – »Nicht einmal über meinen Brillantring, das kostbare Geschenk meines vormaligen Chefs, habe ich zu verfügen, er lag auch in der Kassette – ich thue stets den eitlen, weltlichen Schmuck von mir, wenn ich zur Andacht gehe. O du, mein Herr und Gott, womit habe ich, dein getreuester Knecht, dieses Schicksal verdient!«

Der Diakonus trat ihm näher und legte ihm tröstend die Hand auf seinen Arm. »Nun, nun, verzweifeln Sie nicht, mein lieber Herr Eckhof... Die Sache ist allerdings ernst genug, und man kann sie nicht schwer genug auffassen; aber ich will Ihnen sagen – wer, wie Sie, solch einen mächtigen Gönner hat, der darf schon mutig sein... Herr Claudius ist ein edler Mann, ein reicher Mann; für ihn ist es eine Kleinigkeit, Abhilfe in Ihrer Bedrängnis zu schaffen. Er riskiert ja nichts dabei – er hat Sie und Ihr Gehalt in Händen und kann sich leicht durch Abzüge bezahlt machen.«

»Das werde ich mir denn doch sehr überlegen, Herr Diakonus,« sagte Herr Claudius ruhig. »Einmal lasse ich mich grundsätzlich auf derartige Abzüge niemals ein, und dann – Sie haben vorhin behauptet, der Allmächtige habe es in seiner Weisheit und Gerechtigkeit geschehen lassen, daß die schönsten Denkmäler des edlen von ihm erschaffenen Menschengeistes, die Blüten einer herrlichen Kultur, elend umgekommen sind – nun denn, ich will mich auch einmal auf den Standpunkt der Gläubigen stellen, will in Ihrer anmaßenden und einseitigen Weise das göttliche Walten auslegen und denken, der Herr habe es in seiner Weisheit und Gerechtigkeit geschehen lassen, daß das Geld abhanden gekommen ist, mit welchem eine Heidenseele – tausend Thaler kostet ja wohl so ein zweifelhaft Bekehrter? – in das Christentum hineingepreßt werden sollte – er habe ferner Ihnen, Herr Eckhof, die Lehre geben wollen, wie die Kirche, der Sie selbst das Heiligste, die Familie geopfert haben, in Geldsachen die unerbittlichste Gläubigerin ist.«

Er sah stolz und gelassen über die Schulter nach dem kleinen Diakonus hin, der giftig auf ihn zusprang. »Wir *müssen* unerbittlich sein – es ist unsere heilige Pflicht,« eiferte er. »Wo käme die Kirche hin, wenn wir nicht als treue Wächter Zions sammelten und sparten und wirkten, solange es Tag ist... Und je saurer die Scherflein geworden, je mehr Schweiß und Blut der Arbeit und Armut daran hängen, desto wohlgefälliger sieht sie der Herr an... Sie sind ja einer der Unseren, Herr Eckhof, Sie wissen, welchen Gesetzen wir uns unterwerfen müssen, und werden alles aufbieten, das Geld herbeizuschaffen... Ich wasche meine Hände! Ich habe mehr als meine Schuldigkeit gethan – ich habe mich vor den Ungläubigen erniedrigt!«

Er schritt mit steifem Nacken der Thür zu.

Da stand plötzlich Frau Helldorf neben ihrem in sich zusammengesunkenen Vater.

»Vater,« sagte sie mit bebender Stimme, »ich kann dir helfen. Du weißt, ich habe siebenhundert Thaler von der seligen Mutter, und das übrige gibt mir gewiß mein Schwager, der sich ein kleines Kapital erspart hat.«

Eckhof fuhr herum, als seien diese lieblichen Töne niederschmetternd und zermalmend, wie der Donner des Jüngsten Gerichts. Er sah wie versteinert in das Gesicht seiner Tochter, dann aber stieß er mit den Händen nach ihr.

»Fort, fort mit dir! Ich will dein Geld nicht!« schrie er auf und taumelte dem Diakonus nach, zur Thür hinaus.

»Seien Sie ruhig, kleine Frau,« tröstete Herr Claudius die Weinende. »Es hätte noch gefehlt, daß Sie Ihr letztes Scherflein in diesen unersättlichen Schlund würfen!... Ich war gezwungen, hart zu sein – dieser anmaßenden Kaste gegenüber kann man nicht streng genug auftreten... Aber fassen Sie Mut – es soll noch alles gut werden.«

Während alle entrüstet durcheinandersprachen, kam er herüber in das Krankenzimmer, wo ich im Halbdunkel neben dem Bett saß. Er bog sich lauschend über meinen Vater, der, unberührt von allem, was um ihn her vorging, fort und fort eintönig murmelte.

»Er ist glücklich in seinen Phantasien, er ist im sonnigen Griechenland,« flüsterte mir Herr Claudius nach einer Pause zu... Er stand dicht neben mir – da griff ich mit beiden Händen rasch nach seiner Rechten und drückte sie an meine Lippen – mein Vergehen, meine einstige Rauheit gegen ihn war gesühnt.

Er taumelte förmlich zurück – kein Wort kam über seine Lippen; aber er legte seine Hand auf meinen Scheitel, bog mir den Kopf in den Nacken und sah mir tief und forschend in die Augen – ach, wie schwer lagen die Lider über seinen schönen, blauen Augensternen!

»Ist nun alles gut zwischen uns, Lenore?« fragte er endlich in halberstickten Lauten.

Ich neigte lebhaft bejahend den Kopf, ohne daran zu denken, daß ja noch das finstere Geheimnis zwischen uns lag.

31

Im Vorderhause hatte man auch ein Krankenzimmer einrichten müssen – ein dunkles, tief verhangenes… Herr Claudius hatte sich bei dem verhängnisvollen Sturz eine schmerzvolle Ausrenkung des Armes zugezogen, dazu kam eine heftige, durch den erstickenden Rauch und die blendenden Flammen hervorgerufene Augenentzündung, die anfänglich den Arzt das Schlimmste befürchten ließ. Ich litt unbeschreiblich, denn ich durfte ihn ja nicht sehen. Wenn mich aber die Aerzte vom Krankenbett fort ins Freie hinaus scheuchten, um nur einmal wenigstens frische Luft zu schöpfen, dann lief ich in das Vorderhaus und ruhte nicht, bis Fräulein Fliedner herauskam und mir persönlich Bericht erstattete… Inmitten seiner schweren Leiden vergaß er doch die kleine Lenore nicht. Die Fenstersimse und Blumentische in meinem Zimmer waren zu Veilchen-, Maiblumen- und Hyacinthenbeeten geworden – ich fühlte mich stets beim Eintritt in Frühlingsodem förmlich versinken. Der Leibarzt meinte, Heideprinzeßchen werde nächstens den poetischen Tod durch Blütenduft sterben, und der alte Schäfer vertraute mir schmunzelnd, im Treibhause sähe es greulich leer aus, und der Obergärtner schneide ein grimmiges Gesicht. Frau Helldorf, die Aerzte, die Wartefrau, wer sich ein wenig von der Luft der Krankenstube erholen wollte, der flüchtete in das köstlich ausgeschmückte Zimmer; nur eine Person sah es mit ungnädigen Augen an, und das war meine Tante Christine.

Solange mein Vater bewußtlos dalag, kam sie täglich herüber, mich zu besuchen. Ich muß gestehen, daß ich stets zitterte, wenn ich ihren leichten, schwebenden Schritt hörte, ihr erstes Erscheinen am Krankenbett hatte mich tief niedergeschmettert. Mit der graziösesten Wendung ihres schönen Kopfes hatte sie mir bei Erblicken des verfallenen Leidensgesichtes rückhaltlos zugeflüstert: »Kind, mache dich auf das Schlimmste gefaßt – er geht rasch seinem Ende entgegen.« – Seitdem fürchtete ich sie; Groll und Verdruß aber stiegen in mir auf, als sie eines Tages in mein Zimmer kam.

»Gott, wie himmlisch!« rief sie und schlug in ihre rosig weißen Hände. »Herz, du mußt über bedeutende Nadelgelder zu verfügen haben, daß du dir einen solchen außerordentlichen Luxus erlauben kannst!«

»Ich habe die Blumen nicht gekauft – Herr Claudius hat das Zimmer ausschmücken lassen,« sagte ich beleidigt – »ich, und Luxus treiben!«

Sie fuhr herum, und ich sah zum erstenmal, daß diese prachtvollen, sanftmütigen Augen Blicke, scharf wie Dolchspitzen, schießen konnten.

»Es ist *dein* Zimmer, Lenore?« fragte sie in schneidendem Tone.

Ich bejahte.

»Ach, Kindchen, dann ist es wohl ein Irrtum deinerseits! Nun, nun, das ist sehr verzeihlich, du bist ja noch ein Kind!« meinte sie darauf gutmütig lächelnd und strich mir mit ihrem samtweichen Finger schäkernd über die Wange. »Schau, der alte Schäfer ist solch ein Blumennarr – *er* wird dir das Stübchen so zum Ersticken vollgepfropft haben – Schelm, mir scheint, du hast bei ihm einen Stein im Brett!… Ein Mann, wie Herr Claudius, so ernst, und so sehr in eine unbeglückte Vergangenheit vertieft – ich weiß das ja durch dich und Frau Helldorf – kommt sicher nicht auf die Idee, solch ein kleines – na, nimm mir's nicht übel, kleine Maus – ein wunderkleines Backfischchen mit dem Flor seiner Treibhäuser förmlich zu überschütten.«

Ich schwieg und schluckte meinen Groll hinunter. Ihre Behauptungen hätten mich sehr niederschlagen können, denn es war ja nicht zu leugnen, neben ihr, der Junogestalt, war ich das unbedeutendste Geschöpfchen, das sich denken ließ – aber die Blumen waren doch von Herrn Claudius, ich wußte es genau, wenn ich auch die beseligende Gewißheit tief im Herzen versteckte… Meine Tante betrat das Zimmer nicht wieder; sie versicherte, der einmalige kurze Aufenthalt in der »Treibhausluft« habe ihr entsetzliche Kopfschmerzen verursacht… Seltsam, daß es der schönen Frau mit der sanften Stimme und dem geschmeidigen Wesen nicht gelingen wollte, sich im Schweizerhäuschen einzuschmeicheln! Der alte Schäfer machte mir stets ein vorwurfsvolles Gesicht, wenn ich auf Tante Christine zu sprechen kam, und meinte, sein schönes, sauberes Zimmer sähe zum Spektakel aus – die Dame rühre kein Staubtuch an und scheine gar nicht zu wissen, wozu die Nägel an den Wänden seien – sie lasse die Kleider auf dem Fußboden liegen; und Frau Helldorf zürnte ernstlich, als sie eines Tages sah, wie ich meiner Tante Geld gab.

»Sie versündigen sich förmlich,« sagte sie, als wir allein waren; »denn Sie unterstützen geflissentlich die Faulheit und Verschwendung... Drüben stehen die Tische voll Naschwerk aller Art – die Frau sollte sich schämen, Austern und marinierten Aal zu essen, Champagnerflaschen hinter dem Sofa stehen zu haben, und das alles durch Sie bezahlen zu lassen! – das können Sie unmöglich durchsetzen!... Mag sie doch mit Gesangsunterricht ihr Brot verdienen – ihre Stimme ist ausgesungen, aber sie hat eine brillante Schule.«

Zu meiner eigenen Beruhigung konnte ich ihr versichern, daß das jedenfalls auch geschehen werde; Tante Christine habe wiederholt gesagt, daß sie einen festen Plan verfolge. Sie bedürfe zu der Ausführung aber eines männlichen Rates und Beistandes und habe gehofft, beides bei meinem Vater zu finden; nun er sie jedoch lieblos verstoßen, wolle sie warten, bis Herr Claudius genesen sei – nach allem, was sie von diesem Manne höre, sei er am ersten imstande, ihr für einen längeren Aufenthalt in K. Rat und Unterstützung zu gewähren. Ich fand an der Idee nichts auszusetzen und ward ein klein wenig unwillig, als Frau Helldorf mit Kopfschütteln meinte, Herr Claudius werde sich schwerlich damit befassen, wenn er einmal der Dame in das geschminkte Gesicht gesehen habe.

Die kleine Frau war mir in der Leidenszeit unbeschreiblich lieb geworden. Welches Opfer brachte sie, indem sie das Haus betrat, welches ihr unversöhnlicher Vater bewohnte! In völliger Flucht kam sie stets atemlos und mit klopfendem Herzen an – die Furcht vor einer abermaligen Begegnung jagte sie. Die arme Verstoßene liebte trotz alledem ihren Vater innig und war tief bekümmert, als sie hörte, daß er seine gesamte Habe verpfändet habe, um die Missionsgelder herbeizuschaffen. Trotz aller Bemühungen war man dem Diebe nicht auf die Spur gekommen... Mir erschien der alte Buchhalter seltsam verändert; er grüßte mich jetzt bei jeder Begegnung und hatte sich sogar einige Male herbeigelassen, nach meinem kranken Vater zu fragen. Charlotte bestätigte meine Wahrnehmung; sie behauptete zornig, er gehe ihr und Dagobert aus dem Wege; »der alte Schwachkopf« bereue entschieden, das Geheimnis seines Chefs verraten zu haben, und werde schließlich – das sehe sie voraus – im entscheidenden Moment zu leugnen versuchen... Das leidenschaftliche Mädchen litt unsagbar. Die Prinzessin war leidend, hielt sich seit jenem Abend fern von allem Geräusch des Hoflebens, und das Haus in der Mauerstraße schien für sie nicht mehr zu existieren. Was sollte nun geschehen? Mein abermaliger Vorschlag, Herrn Claudius selbst alles zu sagen, wurde auch von Charlotte mit Entrüstung und der anzüglichen Bemerkung zurückgewiesen, der Blumenduft in meinem Zimmer umschmeichle und besteche mich. Ich schwieg von da ab auf alle Klagen.

Fünf Wochen waren seit dem Feuerunglück vergangen, und die furchtbare Heimsuchung lag hinter mir. Mein Vater war längst außer Bett; er erholte sich auffallend rasch, war durch die Aerzte schonend von allen Vorgängen unterrichtet worden, und hatte sich zur Verwunderung aller ziemlich schnell und leicht in die betrübende Thatsache gefunden, daß sein Manuskript Staub und Asche sei. Weit schmerzlicher berührte ihn die Nachricht, daß eine Anzahl kostbarer Bücher und Handschriften nicht habe gerettet werden können, daß die prachtvollsten Exemplare der antiken Thongefäße vernichtet seien, und wie man mit dem besten Willen das abgeschlagene Marmorhändchen des schlafenden Knaben nicht wieder aufzufinden vermöchte. Er vergoß Thränen des Schmerzes und konnte sich nur schwer darüber beruhigen, daß er der Welt und Herrn Claudius diesen nie zu ersetzenden Schaden zugefügt. Der Herzog besuchte ihn sehr oft; er wurde damit unmerklich wieder in das Fahrwasser seines gewohnten Denkens und Wirkens geleitet und hatte bereits zahllose Pläne und Entwürfe im Kopfe... Mir begegnete er mit unbeschreiblicher Zärtlichkeit – das Unglück hatte Vater und Tochter eng verbunden – er mochte mich nicht mehr missen: trotzdem versicherte er mir oft und ernstlich, er werde mich mit Beginn des Frühjahrs auf vier Wochen in die Heide schicken – ich sei zu blaß geworden und müsse mich erholen.

Es war ein trüber Märznachmittag. Zum erstenmal wieder seit fünf Wochen wollte ich in das Schweizerhäuschen gehen; meine Tante hatte mir in einigen Zeilen Vorwürfe gemacht, daß ich sie, nachdem mein Vater doch genesen, so konsequent vernachlässige. In der Halle stürmte mir Charlotte entgegen. Ich erschrak vor ihr – solch einen wilden Triumph und Jubel hatte ich noch nicht auf einem Menschenantlitz gesehen. Sie riß ein Papier aus der Tasche und hielt es mir unter die Augen.

»Da, Kind!« keuchte sie atemlos. »Endlich, endlich geht die Sonne über mir auf!… Ah!« – Sie breitete die Arme weit aus, als wolle sie die ganze Welt an ihre Brust ziehen. »Sehen Sie mich an, Kleine – So sieht das Glück aus!… Heute zum erstenmal darf ich sagen: Meine Tante, die Prinzessin!… Oh, sie ist doch gut, ja sie ist grenzenlos edel! So sich selbst überwinden kann eben doch nur der Edelgeborene!… Sie schreibt mir, sie will mich sehen und sprechen – morgen soll ich mich bei ihr einfinden. Seien unsere Ansprüche begründet – ah, ich möchte den sehen, der so frech wäre, sie anzufechten! – dann werde alles geschehen, uns in unsere Rechte einzusetzen! – sie habe bereits mit dem Herzog darüber gesprochen – hören Sie? mit dem Herzog,« sie ergriff meinen Arm und schüttelte mich, »wissen Sie auch, was das heißen will? Wir werden als die Kinder der Prinzessin Sidonie anerkannt werden und als Familienglieder in das souveräne Haus eintreten.«

Ein Schauer lief durch meinen Körper – die Entscheidung war da.

»Wollen Sie die Angelegenheit wirklich zur Sprache bringen, solange Herr Claudius noch leidend ist?« fragte ich mit unsicherer Stimme.

»Ah bah – er ist ja nicht mehr krank. Die dicksten Hüllen sind von seinen Fenstern gefallen; er trägt einen grünen Schirm und hält sich heute zum erstenmal in den ein klein wenig verhangenen Salons neben meinem Zimmer auf. Er hat sich den Privatspaß gemacht, Eckhof zu seinem Geburtstag in einem allerliebsten kleinen Portemonnaie die tausend Thaler Missionsgelder zu bescheren, damit er seine Habe wieder einlösen kann. Der Alte war dermaßen zerknirscht, daß ich Todesangst hatte, er werde dem Onkel zu Füßen fallen und seine Ausplauderei uns gegenüber beichten – zum Glück fand er vor Rührung keine Worte… Uebrigens bin ich hart geworden, hart wie ein Kieselstein – ich habe zu furchtbar gelitten in den letzten Wochen; auch von Dagobert mußte ich von früh bis spät die maßlosesten Vorwürfe über das ›plumpe Anfassen der Sache‹ hören… Ich kenne keine Rücksicht mehr; und wenn in dieser Stunde noch der Onkel vor die Schranken gefordert würde – ich rührte keinen Finger, es zu verhindern!«

Sie begleitete mich bis an die Gartenthür, dann sah ich sie wie einen Pfeil bergauf in das blätterlose Dickicht hineinfliegen – das Glücksgefühl, das ihr die Brust fast zersprengte, trieb sie auf den Berggipfel, von wo aus sie in die schrankenlos weite Welt hineinjubeln konnte, und ich wäre am liebsten umgekehrt und hätte mich in den dunkelsten Winkel der Karolinenlust verkrochen, um mein unsägliches Bangen, meinen Schmerz um Herrn Claudius zu verbergen.

Ich schlüpfte vorläufig an Tante Christinens Zimmer vorüber – zu meinem Befremden scholl Hundegekläff heraus – und ging in das obere Stockwerk. In Helldorfs Familienstube hatten sich stets meine stürmisch klopfenden Pulse gesänftigt… Lauter Jubel empfing mich. Herr Helldorf streckte mir beide Hände entgegen, Gretchen umschlang meine Knie, und der kleine Hermann saß auf dem Fußboden und krähte und strampelte mit beiden Beinchen und wollte genommen sein. Die kleine Frau aber nahm flugs die Kaffeemaschine aus dem Schrank, holte ein ganz speziell für mich aufbewahrtes Stück Kuchen herbei, und bald darauf saßen wir um den trauten Familientisch… Dann und wann unterbrach eine kühne Koloratur – perlenreine Läufer und Triller – unsere Plauderei – Tante Christine sang, oder trällerte vielmehr drunten; das klang wundervoll; so oft sie aber einen Ton fest anschlug und aushielt, da that mir das Herz weh – die Stimme, die einst wohl von hinreißendem Klang gewesen sein mochte, war total gebrochen.

»Die Frau da unten muß sobald wie möglich einen Wirkungskreis erhalten – sie führt ein wahres Schlaraffenleben,« sagte Herr Helldorf mit leichtem Stirnrunzeln. »Ihre Schule ist ganz vortrefflich, und ich habe mich erboten, ihr Schülerinnen zu verschaffen – sie kann sehr viel Geld verdienen, wenn sie will. Aber den Hochmutsblick, das höhnische Lächeln, mit welchem sie mir ›für gütige Protektion‹ dankte; werde ich nie vergessen. Seitdem hat sie sich hier oben nicht wieder blicken lassen.«

»Blanche bellt – es kommt jemand, Mama,« sagte Gretchen.

»Ja, Blanche – das ist auch ein neuer Bewohner im Schweizerhäuschen, der Ihnen vorgestellt werden wird, Lenore,« meinte lächelnd Frau Helldorf. »Die Tante hat sich vorgestern einen reizenden kleinen Seidenpinscher gekauft – Schäfer ist außer sich, er will das boshafte Tier nicht dulden –«

Sie schwieg plötzlich und horchte – starke Männerschritte kamen die Treppe herauf, schritten über den Vorsaal und verharrten einen Augenblick. Frau Helldorfs Gesicht war schneebleich geworden; sie stand da mit zurückgehaltenem Atem, starr wie eine Statue, und als sei es ihr unmöglich, auch nur einen Fuß nach der Thür zu bewegen, um sie zu öffnen. Da legte sich draußen eine Hand auf den Drücker, die Thür that sich auf, und ein hoher, stattlicher Mann trat zögernd auf die Schwelle.

»Vater!« schrie die junge Frau – es war ein Schrei, schwankend zwischen herzzerreißendem Schluchzen und wonnevollem Jauchzen. Eckhof fing die Taumelnde in seinen Armen auf und drückte sie an seine Brust.

»Ich bin hart gewesen, Anna – vergiß es,« sagte er mit schwankender Stimme.

Sie hatte keine Antwort – sie vergrub nur immer tiefer das Gesicht an der Brust, von der sie so lange verstoßen gewesen... Seinem Schwiegersohn reichte der alte Mann wortlos die Rechte hin; Helldorf schlug feuchten Auges kräftig ein und hielt sie einen Augenblick fest.

»Ich will dir auch ein Händchen geben, Großpapa,« sagte Gretchen und reckte sich auf den Zehen an der hohen Gestalt des Großvaters empor.

Die süße Kinderstimme machte die junge Frau endlich aufsehen. Sie sprang zu ihrem Knaben, nahm ihn vom Boden auf und hielt ihn dem Großpapa hin. »Küsse ihn, Vater!« sagte sie, immer noch zwischen Lachen und Weinen schwankend. »Gretchen kennst du, den Jungen aber noch nicht... Denke nur, er hat die großen, blauen Augen der seligen Mutter – o Vater!« Sie schlang aufs neue den linken Arm um seinen Hals.

Hier hatte ich die Thür erreicht und schlüpfte geräuschlos hinaus. So heimisch ich auch in der Familie Helldorf war, jetzt, wo sich die tiefe Kluft schloß, die zwischen Vater und Tochter gelegen, jetzt gehörte ich nicht in den kleinen Kreis – den Reuigen durfte in dieser Weihestunde kein fremder Blick treffen. Aber in meiner Seele war es sonnig hell geworden – so hell, wie droben im Stübchen der glücklichen Menschen, wo wunderbarerweise in dem Augenblick, als ich hinausschlüpfen wollte, ein einzelner blasser Abendsonnenstrahl vom trüben Märzhimmel niedersank und über die stumm dreinschauenden Familienbilder an der Wand hinglitt, als sollten auch sie aufleben und mitfühlen die Wonne der Versöhnung...

Meine Tante lag auf dem Sofa, als ich in ihr Zimmer trat. Mit wütendem Gekläff fiel mich die kleine Furie Blanche an und grub ihre Zähne in meine Kleider – ich gab ihr einen leichten Schlag auf den Kopf, worauf sie knurrend auf den Schoß ihrer Herrin flüchtete.

»Ach, nein, Lenore, schlagen darfst du meinen kleinen Liebling nicht!« rief mir Tante Christine halb bittend, halb schmollend zu. »Siehst du, nun ist dir Blanche gram, und du wirst Not und Mühe haben, ihr Herzchen wieder zu gewinnen.«

Ich meinte innerlich, daß ich mir diese Not und Mühe sicher nie machen würde.

»Schau, ist’s nicht ein reizendes Geschöpf?« – Sie strich mit zärtlicher Hand dem in der That wunderhübschen Tierchen die langen seidenen Haarsträhnen aus den klugen Augen. »Und denke dir, um einen Spottpreis bin ich dazu gekommen. Der Mann, der es verkaufte, war in Not – vier Thaler habe ich dafür gegeben; ist das nicht geradezu geschenkt?«

In meiner tiefen Betroffenheit brachte ich kein Wort über die Lippen – neulich hatte ich meine Kasse redlich mit Tante Christine geteilt – sie hatte acht Thaler bekommen.

»Ich besaß früher auch schon einmal solch einen Seidenpinscher – ein wahres Prachtexemplar – er war ein Geschenk des Grafen Stettenheim und kostete mehr Louisdor als der Kleine hier Thaler... Es ließ sich kein schönerer Anblick denken, als dieses blaßgelb glänzende Geschöpfchen auf seinem blauseidenen Kissen... Das arme Ding ist schließlich an einem Rebhuhnflügel erstickt.«

Das alles plauderte sie mit lächelndem Munde. Noch vertieften sich die schönsten Grübchen in ihren Wangen bei diesem Lächeln, und ich mußte immer wieder auf die feinen, gleichmäßig geformten Zähnchen sehen, die perlmutterweiß zwischen den roten Lippen blinkten. Der Kopf der schönen Frau war tadellos frisiert – ihr Anzug dagegen erschreckte mich förmlich. Ein abgenutzter, violetter Schlafrock voller Flecken hing lose um die geschmeidigen Glieder, und aus der Oeffnung über der Brust und den Löchern am Ellenbogen kam ungeniert ein Nachthemd von sehr zweifelhafter Weiße. Mit dieser Toilette harmonierte die ganze Umgebung. Mitten im Zimmer, auf den Dielen lag ein Paar niedergetretener, unsauberer, weißer Atlasschuhe, die jedenfalls zu Schlafschuhen und zeitweise zu Blanches Spielzeug degradiert waren. Die ehemals so glänzenden Platten der Tische und Kommoden deckte eine undurchdringliche Staublage, und hinter dem Bettvorhang lagen Kissen und Kleidungsstücke unordentlich durcheinander – dagegen war die Luft mit dem feinsten, lieblichsten Veilchenparfüm erfüllt.

»Gelt, du findest meine Umgebung auch grenzenlos vernachlässigt?« fragte sie, meinen Blick auffangend. »Ich habe dir drüben bei meinen Besuchen nicht auch noch vorklagen und das Herz schwer machen wollen – du trägst ohnehin Last genug auf deinen kleinen Schultern. Aber nun darf ich dir's ja sagen, daß ich mich hier, zwischen diesen vier Pfählen, namenlos unglücklich fühle... Schäfer ist ein Erznarr – solch ein Mensch hat nicht die blasse Ahnung, was eine Frau wie ich, so von Gott und aller Welt auf den Händen getragen, verzogen und verhätschelt, zu beanspruchen gewohnt ist. Statt mir, wie es sich bei jeder Mietwohnung von selbst versteht, jeden Tag für ein gereinigtes Zimmer zu sorgen, verlangt er lächerlicherweise von mir, daß ich seine Möbel abstäube und den Besen in die Hand nehme – da kann er warten!«

Sie griff in ein Porzellankörbchen voll Krachmandeln und Messinatrauben und fing an, Mandeln aufzuknacken.

»Nimm dir doch auch,« sagte sie zu mir, indem sie Blanche eine der süßen Beeren hinreichte. »Es ist freilich wenig, womit ich dir aufwarten kann; allein ein Schelm gibt mehr, als er hat... Es wird auch einmal wieder besser, und dann sollst du sehen, was für reizende Diners ich arrangieren kann... Apropos, um wieder auf Schäfer zu kommen!... Der alte sanfte Scheinheilige kann auch recht flegelhaft werden. Denke dir nur, als ich vorgestern Blanche kaufte und dem Mann das Geld hinzählte, mahnte er mich doch unverschämterweise und verlangte, ich solle ihm erst die rückständige Monatsmiete und seine Auslagen für Feuerung und Licht während meines Hierseins zahlen... Gelt, das geht *mich* doch nichts an, Herzchen?... Du hast mich doch eingemietet.«

Mich überlief es siedendheiß vor Angst – wo sollte das hinaus? Und wenn ich von früh bis spät für Herrn Claudius schrieb, den Unterhalt für die Tante konnte ich unmöglich bestreiten... Ilses Gesicht tauchte vor mir auf – wie oft hatte ich die alte, treue Seele in meinem Innern hart und unerbittlich gescholten, weil sie aus allen Kräften eine Annäherung zwischen Tante Christine und mir zu verhindern suchte – jetzt steckte ich in der Klemme und büßte.

»Tante, ich muß dir offen sagen, daß meine Geldmittel sehr gering sind,« versetzte ich in großer Verlegenheit, aber dennoch unumwunden. »Ich will ganz aufrichtig gegen dich sein und dir etwas mitteilen, das mein Vater nicht weiß – das Wirtschaftsgeld verdiene ich fast allein durch Beschreiben der Samentüten für Herrn Claudius.«

Zuerst sah sie mich starr und zweifelhaft an, dann brach sie in ein unauslöschliches Gelächter aus. »Also so poetischer Art sind eure Beziehungen zueinander?... Das ist gottvoll! Und ich bin so kindisch gewesen, einen Augenblick zu fürchten – Na, Kleine,« unterbrach sie sich selbst fröhlich, »das hört auf, wenn sich meine Lage eines Tages ändern wird, darauf kannst du dich verlassen! Dann leide ich's nicht!... Fi donc, wie hausbacken!... Da solltest du mal sehen, wie ich mich zu dem Manne stellen würde!... Abschreiben, das ist ja freilich ein saurer Erwerb, und ich kann unmöglich aus deiner Börse leben!... Aber was anfangen?... Kind, ich zähle die Stunden bis zu dem Moment, wo es heißen wird, dieser Herr Claudius sei genesen und endlich einmal zu sprechen!«

»Er hat heute zum erstenmal das Krankenzimmer verlassen.«

»Himmel! Und das sagst du mir jetzt erst!« Sie fuhr aus ihrer halb liegenden Stellung empor. »Weißt du nicht, daß du mit jedem verlorenen Augenblicke mein Lebensglück verzögerst? Habe ich dir nicht oft genug gesagt, wie ich diesem Ehrenmanne meine Zukunft in die Hände legen und von seinem Rat und Urteil mein Wohl und Wehe abhängig machen will?«

»Ich glaube, er wird dir auch nicht anders und nicht besser raten können als Herr Helldorf, liebe Tante,« sagte ich. »Herr Claudius hält sich sehr fern von der Gesellschaft, während Helldorf als Lehrer in den ersten Familien Zutritt hat. Er sagte mir vorhin selbst, du würdest sehr viel Geld verdienen können, wenn –«

»Ich bitte,« unterbrach sie mich eisigkalt, »behalte deine Weisheit für dich!... Es ist *meine* Sache, in welcher Art und Weise ich mir Bahn brechen will, und ich muß dir offen gestehen, daß mir durchaus nichts daran liegt, mit den Leuten da oben in irgend eine Beziehung zu treten, geschweige denn, mir auch nur die allergeringste Verbindlichkeit ihnen gegenüber aufzuladen... Das sind solche spießbürgerliche Bekanntschaften, die einem später wie Blei anhängen, und – **enfin**, Kind, sie stehen der Sphäre ewig fern, in der ich zu leben gewohnt bin!... Und nun bitte ich dich wiederholt dringend, alles aufzubieten, um mir eine Besprechung mit Herrn Claudius zu verschaffen.«

Ich stand auf, und sie glitt vom Sofa nieder und huschte in die Atlasschuhe, bei welcher Gelegenheit ich sah, daß ihre schlank gebauten Füße in fleischfarbenen seidenen Strümpfen steckten.

»Ach, du kleine Maus da unten!« lachte sie fröhlich auf und strich, ihre schlanke Gestalt hoch aufreckend, mit dem ausgestreckten Arme über meinen Scheitel hin. Wir standen gerade vor dem Spiegel, unwillkürlich sah ich in das Glas – mein bronzefarbener Kreolenteint, wenn auch vollkommen fleckenlos und jugendfrisch, stach dennoch unvorteilhaft ab von den Pfirsichwangen und der glänzend weißen Stirn meiner Tante; aber ich sah auch heute zum erstenmal den widrigen Lack deutlich, der in einer dicken Lage das vierzigjährige Gesicht dort deckte. Ich schämte mich in ihre Seele hinein, wenn ich dachte, daß Herrn Claudius' scharfer, strenger Blick dieselbe Bemerkung machen könne; aber so oft ich auch die Lippen öffnete, sie zu bitten, mit dem Taschentuch ein wenig mildernd über das Gesicht zu wischen, ich brachte dennoch kein Wort heraus, um so weniger, als sie mich eben eine kleine bräunliche Haselnuß nannte und sich über »diese samtene Zigeunerhaut« höchlich verwunderte, da doch die Jakobsohns, wie sie in Figura noch zeige, stets mit einem lilienweißen Teint begnadet gewesen seien.

Ich entzog mich ihren streichelnden Händen und verließ das Zimmer mit der Versicherung, daß ich direkt zu Fräulein Fliedner gehen und mit ihr über die zu ermöglichende Besprechung beraten wolle.

Mit einem inbrünstigen Kuß wurde ich entlassen.

32

»Ist er denn zu sprechen?« fragte ich beklommen.

»Ei freilich, für alle… Gehen Sie nur hinauf in den ersten Salon, wo Lothars Bild hängt – es sind heute schon viele droben gewesen – der Salon ist vorläufig Geschäftszimmer.«

Ich stieg hinauf. Vor der Thür aber verharrte ich einen Augenblick und preßte die Hände auf das Herz – ich meinte, ich müsse an dem stürmischen Klopfen ersticken. Dann trat ich leisen Schrittes ein. Das Zimmer war nicht dunkel verhangen, wie ich geglaubt hatte. Die Fenster waren mit grünen Stoffen umhüllt, die einen sanften, wohlthuenden Schein verbreiteten. Herr Claudius saß mit dem Rücken nach mir zu in einem Fauteuil und hatte den Kopf an die Lehne zurückgelegt – ein grüner Schirm bedeckte seine Augen… Er schien nicht zu bemerken, daß jemand eingetreten war, oder meinte vielleicht, es sei Fräulein Fliedner, denn er veränderte seine Stellung nicht im geringsten.

Ach, nun war ja mein tiefster, heißester Wunsch erfüllt – ich sah ihn wieder!

Sprechen konnte ich nicht – ich fürchtete mich unsäglich vor dem ersten Laut meiner Stimme in dem stillen Zimmer. Fast unhörbar trat ich näher und ergriff zaghaft seine linke Hand, die über die Armlehne des Stuhles herabhing… Noch verharrte der blonde Kopf in seiner vollkommen ruhigen Lage, aber blitzschnell kam auch die Rechte herüber, und ich fühlte mich plötzlich gefangen.

»Ach, ich weiß, wem die kleine, braune Hand gehört, die da so furchtsam zwischen meinen Fingern aufzuckt, wie ein ängstlich schlagendes Vogelherz,« rief er, ohne sich zu bewegen. »Habe ich doch gehört, wie es die Treppe heraufgehüpft kam, und aus den verschiedenen Tempi der Schritte klang es deutlich: ›Gehst du hinein, oder nicht? Soll das Mitleid mit dem armen Gefangenen siegen oder der alte Trotz, der wartet, bis er seinen Kerker verläßt und zu *mir* kommt?‹ –«

»O Herr Claudius,« unterbrach ich ihn, »trotzig bin ich nicht gewesen!«

Jetzt wandte er mir rasch das Gesicht zu, ohne meine Hand loszulassen.

»Nein, nein, Sie waren es auch nicht, Lenore,« sagte er in verschleierten Tönen, »ich weiß es… Meine Umgebung ahnt nicht, weshalb ich gerade in der Dämmerstunde so unduldsam gegen jegliches Geräusch war und die allertiefste Stille gebieterisch forderte. Um diese Stunde hörte ich mit Geisterohren, oder auch nur mit dem sehnsüchtigen Herzen – denn ich wußte genau, wann die leichten Mädchenfüße die Karolinenlust verließen, ich verfolgte jeden Schritt durch die Gärten und die Treppe herauf und wartete mit Inbrunst auf das halbgeflüsterte: ›Wie geht es ihm? Hat er viele Schmerzen?‹ – Das klang nichts weniger als trotzig… Und dann sah ich, wie die wilden Locken mir der wohlbekannten Bewegung von der Stirn zurückgeschüttelt wurden, und die großen, lieben, bösen Augen weit aufgeschlagen an Fräulein Fliedners berichtenden Lippen hingen.«

Ich vergaß alles, was zwischen und lag, und gab mich der Macht des Augenblicks widerstandslos hin.

»Ach, *sie* verstand mich nicht so gut,« sagte ich rasch und unbedenklich. »Ich habe sehnlich gewünscht, sie möchte mich einmal, nur ein einziges Mal zu Ihnen führen. Ich wäre ruhiger geworden, hätte ich in Ihre armen Augen sehen dürfen, und Sie hätten mir gesagt: ›Ich sehe Sie!‹… Bitte, nur einmal heben Sie den Schirm!«

Er sprang auf, nahm den Schirm ab und warf ihn auf den Tisch. Seine schlanke Figur stand so hoch, elastisch und ungebeugt vor mir, wie immer.

»Nun denn, ich sehe Sie!« versetzte er lächelnd. »Ich sehe, wie die kleine Lenore in den fünf langen Wochen nicht um eine Linie gewachsen ist und mir noch immer mit dem lockigen Scheitel genau bis an das Herz reicht. Ich sehe eben, daß der Kopf noch immer so trotzig und empört zurückgeworfen wird, wie ehedem – freilich, was könne Sie dazu, daß die Natur auch einmal ein wunderkleines Feenkind unter ihren Erschaffenen sehen wollte! Ich sehe ferner, daß das braune Gesichtchen blaß geworden ist, blaß von Schrecken, Kummer und Nachtwachen… Arme Lenore, wir haben viel gut zu machen – Ihr Vater und ich!«

Er ergriff meine Hand und wollte mich sanft an sich ziehen; das brachte mich plötzlich zur Besinnung und überflutete mein Herz mit der ganzen Qual des bösen Bewußtseins.

Ich riß mich los. »Nein,« rief ich, »seine Sie nicht gut gegen mich – ich habe es nicht um Sie verdient!...Wenn Sie wüßten, was für ein abscheuliches Geschöpf ich bin, wie hinterlistig, falsch und grausam ich sein kann, Sie stießen mich aus Ihrem Hause –«

»Lenore –«

Ich floh vor ihm nach der Thür. »Nennen Sie mich nicht Lenore...Ich will tausendmal lieber hören, daß Sie mich wild, trotzig und ungebärdig schelten, daß Sie mich als unweiblich streng verurteilen – nur sagen Sie nicht so weich und gut meinen Namen! Ich habe Ihnen unsäglich wehe gethan, Ihnen Böses zugefügt, wo ich immer konnte. Ich habe Ihre Ehre angegriffen und mit Ihren Gegnern Gemeinschaft gemacht – Sie werden mir nie verzeihen, nie! Ich weiß das so genau, daß ich nicht einmal zu bitten wage!«

Tastend erfaßte ich das Thürschloß. Er stand sofort neben mir.

»Meinen Sie wirklich, ich ließe Sie in diesem Zustand der heftigsten Aufregung von mir gehen? Mit diesen bleichen, bebenden Lippen, die mir Angst machen?« sagte er und schob sanft meine Hand vom Schloß nieder. »Bemühen Sie sich, ruhiger zu werden, und hören Sie mich an...Sie kamen als völlig unberührte und ungeschulte Natur hierher und sahen mit den unschuldigsten Kinderaugen in die Welt. Ich klage mich schwer an, daß ich damals nicht sofort mein Haus von den bösen Elementen säuberte, obwohl ich in der ersten Stunde wußte, daß ein Wendepunkt in meinem Leben eintrete und alles anders werden müsse...Es ist wahr, Ihr so deutlich ausgesprochener Widerwille gegen mich ließ mich resignieren; ich war zu stolz, um immer wieder zu vergessen, und beschränkte mich auf die warnende Stimme – ich zögerte zu lange, das zu thun, was unbarmherzig aussah und doch das Richtige war – für Sie und Charlotte zusammen war kein Raum in meinem Hause – *sie* mußte weichen!...Was nun auch geschehen sein mag, was Sie mir auch gethan haben mögen in blöder Verkennung der Verhältnisse, es bedarf nicht einmal des verzeihenden Wortes – ich trage so viel Schuld wie Sie...Sie können mir überhaupt nur in einem Sinn wirklichen Schmerz zufügen, das ist, wenn Sie sich – wie schon so oft geschehen – kalt und abweisend von mir wenden – nein, nein, das kann ich nicht sehen!« unterbrach er sich selbst tief erregt, als ich in ein heftiges Weinen ausbrach. – »Wenn Sie denn durchaus weinen müssen, dann darf es fortan nur hier geschehen.« Er zog mich an sich heran und legte meinen Kopf an seine Brust. »So – und nun beichten Sie getrost – ich hefte meine Augen dort auf den Vorhang und höre mit halbabgewendetem Ohr.«

»Ich darf ja nicht sprechen,« sagte ich leise. »Wie froh wäre ich, wenn ich Ihnen alles sagen dürfte! Aber die Zeit muß ja einmal kommen, und dann...Eines aber sollen Sie jetzt schon wissen, denn das habe ich allein verübt – ich habe Sie bei Hofe verlästert, ich habe gesagt, Sie seien ein eiskalter Zahlenmensch, ein Besserwisser –«

Ich bemerkte, wie er in sich hineinlachte. »Ach, solch eine bitterböse Zunge ist die kleine Lenore?« sagte er.

Aengstlich hob ich den Kopf und schob den Arm zurück, der mich umfaßt hielt. »Denken Sie ja nicht, daß alles, was ich Ihnen angethan, auf kindisches Geschwätz hinausläuft!« rief ich.

»Das denke ich ja auch gar nicht,« beschwichtigte er, während noch immer ein köstliches Lächeln um seine Lippen huschte. »Ich will alle die schlimmen Entdeckungen an mich heran-kommen lassen und geduldig abwarten – dann werde ich Ihr Richter sein; beruhigt Sie das?«

Ich bejahte.

»Dann aber müssen Sie sich auch bedingungslos dem Spruch unterwerfen, den ich fälle.«

Tief aufatmend sagte ich: »Das will ich gern.«

Und nun trocknete ich meine Thränen und begann von meiner Tante zu sprechen.

»Ich habe schon durch Fräulein Fliedner von dem seltsamen Gast gehört, der sich unter die Flügel der unbesonnenen kleinen Heidelerche geflüchtet hat,« fiel er mir nach einer Weile in das Wort. »Ist sie die Frau, der Sie das Geld geschickt haben?«

»Ja.«

»Hm – das ist mir nicht lieb. Ich vertraue Frau Ilse unbedingt, und sie war sehr schlimm auf diese Tante zu sprechen. Wie kommt die Dame auf die seltsame Idee, gerade *mich* sehen zu wollen – was will sie von mir?«

»Ihren Rat. O bitte, Herr Claudius, seien Sie gütig! Mein Vater hat sie verstoßen –«

»Und trotzdem will sie mit ihm an einem und demselben Orte leben und sich der steten Gefahr aussetzen, ihm zu begegnen, der sie verleugnet?…das gefällt mir nicht!…Aber ich muß sie wohl oder übel empfangen, da ich durchaus nicht mehr gestatte, daß Heideprinzeßchen Beziehungen hat, um die ich nicht genau weiß, und welche nicht vor meinem prüfenden Auge bestehen können…Frau – wie heißt sie?«

»Christine Paccini.«

»Also Frau Christine Paccini mag heute abend den Thee im Vorderhause trinken…Gehen Sie jetzt sie holen!…Nun, verdient meine Bereitwilligkeit nicht einmal einen Händedruck?«

Ich kehrte zu ihm zurück und legte meine Hand willig in die seine. Dann flog ich zur Thüre hinaus.

Ich glaube, selbst über die Heide, wo ich doch noch so unbeschwert von Leid und Kummer war, wie die Vogelseele in der Luft, bin ich nie so beschwingt dahin geflogen, wie in diesem Moment über die Kieswege der Gärten…Ich wußte ja nun, daß ich mich nicht mehr verirren konnte in der weiten Welt, weil er seine Hand über mich hielt, wohin ich auch gehen wollte. Kein Schrecknis durfte mir mehr nahe kommen, denn ich flüchtete an seine Brust und war geborgen. Wie war ich scheu zurückgebebt, als er mich umfing, und welche selige Ruhe war dann über mich gekommen – so war es gewesen, wenn ich mich als Kind bis zum entsetzten Aufschreien gefürchtet, und Ilses Arme sich geöffnet hatten, um mich beschwichtigend an das Herz zu nehmen.

Als ich wieder bei Tante Christine eintrat, war sie gerade beschäftigt, auf einer kleinen Maschine Schokolade zu kochen. Blanche lief auf dem großen, runden Tisch herum, beleckte die geriebene Schokolade und fraß vom Kuchenteller…Himmel, wie flogen Blanche, Schokolade und Kuchen unter den schönen Händen meiner Tante durcheinander, als ich ihr sagte, daß Herr Claudius sie bitten lasse, den Thee im Vorderhause zu trinken! Jetzt sah ich erst, *wie* sie auf diesen Moment gehofft und geharrt haben mußte. Mit einem halb triumphierenden, halb zerstreuten Lächeln zog sie unschlüssig Kasten und Fächer der Möbel nacheinander auf – ich erhielt einen Einblick in das entsetzliche Chaos von verblichenen Blumen, Bändern und Flitterstickereien.

»Herzchen, ich muß selbstverständlich erst Toilette machen, und da kann ich dich nicht brauchen – das Zimmer ist so eng – kannst ja einstweilen droben bei den Helldorfs bleiben,« sagte sie hastig. »Aber einen Gefallen mußt du mir thun; gehe zu Schäfer – ich mag mit dem ungeschliffenen Menschen nicht mehr reden – er hat prachtvolle gelbe Rosen am Stocke – lasse sie abschneiden und gib ihm dafür, soviel er verlangt, und wenn es zwei Thaler wären – du bekommst es wieder, vielleicht morgen schon…So gehe doch!« rief sie heftig und schob mich nach der Thüre, als ich sie erstaunt fragend ansah. »Ich bin nun einmal gewohnt, Blumen in der Hand zu haben, wenn ich als Gast eintrete.«

Schäfer schenkte mir die Rosen, und ich trug sie ihr hinüber. Dann ging ich zu meinem Vater und holte mir die Erlaubnis, den Thee im Vorderhause trinken zu dürfen.

Eine Stunde später schritt ich mit Tante Christine durch die Gärten. Bei meiner Zurückkunft hatte ich bereits sie in Mantel und Kapuze, mit dem Schleier vor dem Gesicht, gefunden. Es dämmerte schon stark, und ein feiner Regen begann niederzustäuben, als wir den Weg nach der Brücke einschlugen.

»Wohin gehen denn die Damen?« fragte eine Stimme hinter uns. Es war Charlotte, die jetzt erst vom Berge zurückkehrte.

»Ich will meine Tante im Vorderhause vorstellen,« versetzte ich.

Die junge Dame sagte kein Wort, und Tante Christine schwieg auch, und so gingen wir still nebeneinander her – mir war auf einmal entsetzlich beklommen zu Mute…Da schritten sie vor mir über die Brücke hin, die beiden Frauen – seltsam, es sah fast gespenstisch aus, so groß war die Aehnlichkeit zwischen den beiden Gestalten – beide hatten die gleiche stolze, weltverachtende Wendung des Kopfes, dieselbe breite Wölbung der Schultern, denselben Gang, und ich glaube, in der Größe wich keine der andern auch nur um eine Linie – sie waren zum Verwechseln ähnlich, und doch stießen sie sich innerlich ab. Charlotte wenigstens verhielt sich unnahbar.

»Bitte legen Sie in meinem Zimmer ab,« sagte sie droben im Korridor kalt zu mir.

Wir traten in das Zimmer, das bereits behaglich erwärmt und beleuchtet war. Fräulein Fliedner arrangierte den Theetisch und begrüßte uns sehr zurückhaltend.

»Wo ist Herr Claudius?« fragte mich meine Tante leise – das erste Wort, das von ihren Lippen fiel, seit wir das Schweizerhäuschen verlassen.

Ich zeigte schweigend nach der Salonthüre.

»Ach Gott, ein Flügel!« rief sie glückselig und stürzte auf das Instrument zu, dessen Deckel aufgeschlagen war. »Wie schmerzlich lange habe ich diesen Anblick entbehren müssen! O, erlauben Sie mir nur für einen Augenblick, daß ich meine Hände auf die Tasten lege! Bitte, bitte –ich werde glücklich sein wie ein Kind, wenn ich, und seien es auch nur zwei Akkorde, greifen darf!«

Im Nu flogen Mantel und Kapuze auf den nächsten Stuhl, und zu meinem unsäglichen Erstaunen stand Tante Christine in vollständiger Konzerttoilette da. Ein schwerer, milchweißer Atlas fiel in langer Schleppe auf den Teppich, und aus dem Spitzengekräusel des tiefausgeschnittenen Kleides hob sich eine Büste, so blendend, so marmorartig in Fleisch und Linien, wie das Antikenkabinett mit seinen griechischen Göttergestalten kaum aufzuweisen hatte. Wie wogten die langen Locken über Busen und Nacken herab, und wie träumerisch lagen die hingestreuten, taufrischen, bleichen Rosen in dem tiefen Blauschwarz der Haarmasse!

»Na, das ist doch stark!« sagte Charlotte trocken und ungeniert. Meine Tante aber sank auf den Klaviersessel, das Instrument erbrauste unter ihren Händen und gleich darauf schlug es mit nicht klangvoller, aber mächtiger Stimme und dämonischem Ausdruck gegen die Wände: »Già la luna in mezzo al mare« –

Da wurde die Salonthüre aufgestoßen, und Herr Claudius stand bleich wie ein Geist auf der Schwelle – hinter ihm erschien Dagoberts erstauntes Gesicht.

»Diana!« rief Herr Claudius im Ton eines unbeschreiblichen Entsetzens.

Tante Christine flog auf ihn zu und sank in die Kniee. »Verzeihung, Claudius, Verzeihung!« flehte sie und berührte mit der Stirn fast den Teppich. »Dagobert, Charlotte, ihr, meine so lang und so schmerzlich entbehrten Kinder, helft mir ihn bitten, daß er mich wieder aufnimmt in alter Liebe!«

Charlotte stieß einen Schrei der Entrüstung aus. »Komödie!« stammelte sie. »Wer bezahlt Sie für diese köstlich gespielte Rolle, Madame?« fragte sie schneidend. Dann fuhr sie auf mich hinein und schüttelte mich grimmig am Arme. »Lenore, Sie haben uns verraten!« schrie sie gellend auf.

Herr Claudius stand sofort zwischen uns und stieß sie zurück. »Führen Sie Fräulein von Sassen hinaus!« gebot er Fräulein Fliedner – wie tonlos und bebend klang seine Stimme, wie bemühte er sich, Herr der furchtbarsten inneren Aufregung zu werden!

Fräulein Fliedner legte den Arm um mich und führte mich in den Salon, wo Lothars Bild hing – hinter uns wurde die Thüre zugeschlagen…Die alte Dame zitterte wie Espenlaub am ganzen Körper, und eine Art Nervenfrost machte ihr die Zähne zusammenschlagen.

»Sie haben uns da einen schlimmen Gast ins Haus gebracht, Lenore,« hauchte sie und horchte angstvoll hinüber, von wo Tante Christinens Stimme in wohllautenden Tönen fast ununterbrochen scholl. »Sie konnten freilich nicht wissen, daß *sie* es ist, jene Falsche, Treulose, jene Diana, um die er so schwer gelitten hat…Gott mag verhüten, daß sie wieder Gewalt über ihn gewinnt! Sie ist noch immer von hinreißender Schönheit!«

Ich preßte meinen Kopf zwischen die Hände – mußte nicht die ganze Welt über mir zusammenstürzen?

»Wie sie das schlau eingefädelt hat!« fuhr Fräulein Fliedner tief erbittert fort. »Wie sie alle Beteiligten überrumpelt mit der ersten, wie ein Blitz hereinfahrenden Ueberraschung!…Auf einmal erinnert sie sich zärtlich ihrer ›schmerzlich entbehrten Kinder‹, die sie so schändlich verlassen hat –«

»Ist sie wirklich Dagoberts und Charlottens Mutter?« stieß ich heraus.

»Kind, zweifeln Sie noch an allem, was Sie gehört und gesehen haben?«

»Ich habe geglaubt, sie seien seine« – ich deutete nach Lothars Bild – »und der Prinzessin Kinder,« stöhnte ich.

Sie fuhr zurück und starrte mich an. »Ach, jetzt fange ich an, klar zu sehen!« rief sie. »Das ist der Schlüssel zu Charlottens unbegreiflichem Wesen und Gebaren! Sie denkt ebenso wie Sie? Sie meint, sie sei in der Karolinenlust geboren? Ist's nicht so? ... Nun, ich werde ja erfahren, wer das streng gehütete Geheimnis gelüftet und in so hirnverbrannter Weise ausgelegt hat. Einstweilen sage ich Ihnen, daß allerdings zwei Kinder in der Karolinenlust das Licht der Welt erblickt haben – das eine starb nach wenigen Stunden, das andere halbjährig an Zahnkrämpfen – zudem waren es zwei Knaben. Dagobert und Charlotte sind sie Kinder des Kapitän Mericourt, mit welchem Ihre Tante in Paris verheiratet war, und der in Marokko gefallen ist ... Armes Kind, Ihr guter Engel hat Sie verlassen, als Sie dieses Weib unter Ihren Schutz nahmen – sie bringt Unglück über uns, über uns alle!«

Ich vergrub mein Gesicht in den Händen.

»Als Erich Zutritt zu ihrem Hause fand, war sie bereits Witwe und Primadonna an der Pariser großen Oper,« fuhr die alte Dame fort. »Sie ist mindestens sieben Jahre älter als er; aber bei Frauen ihres Schlags kommt das nicht in Betracht. Ihre Kinder hat sie fremden Händen übergeben; sie sind bei einer Madame Godin erzogen worden – Erich hat sie lieb gehabt, als seien sie die seinen, und obgleich durch die Mutter tödlich beleidigt und verwundet, ist er doch so großmütig gewesen, sich der Kleinen anzunehmen, als die ehr- und pflichtvergessene Frau sie ohne alle Subsistenzmittel in der Pension zurückgelassen hat ... Madame Godin ist bald darauf gestorben, und mir, der er allein die Herkunft der Kinder anvertraut, hat er das strengste Stillschweigen auferlegt – er wollte den Geschwistern den demütigenden Schmerz, eine entartete Mutter zu haben, zeitlebens ersparen – sie danken ihm schlecht genug dafür!«

Sie rang leise die Hände ineinander und ging auf und ab. »Nur *das* nicht –« murmelte sie. »Die Stimme da drüben bestrickt mit einer wahrhaft dämonischen Gewalt – ich höre es! Wie das schmeichelt und klagt und weich fleht – sie wirft ihm neue Schlingen über –«

»Onkel, Onkel – ich leide furchtbar! ... Oh, ich elendes, ich undankbares Geschöpf!« schrie Charlotte drüben markerschütternd auf.

Ich stürzte zur Thür hinaus, die Treppe hinunter, durch die Gärten ... Ich war verstoßen aus dem Paradiese durch eigene Schuld, durch eigene Schuld ... Trotz Ilses energischer Abwehr und Warnung, gegen den entschiedenen Willen meines Vaters hatte ich heimlich und versteckt den Verkehr mit dieser verfemten Tante unterhalten. Ich hatte ihr durch meine Briefe den Aufenthalt ihrer Kinder verraten und auf diese Weise dem Manne, den ich mit allen Kräften meiner Seele liebte, den bösen Dämon seiner Jugend wieder zugeführt, dem er aufs neue verfiel, und der ihm voraussichtlich das Leben vergiftete! ...

In der Halle, wo das helle Lampenlicht auf mich fiel, hielt ich in meinem rasenden Laufe inne – nein, in diesem Zustande durfte ich nicht vor meinen Vater treten – Haar und Gesicht und Kleider troffen von Nässe von dem Märzregen, der draußen warm und lautlos niedersank; jeder Nerv bebte an mir, und die Wangen brannten im Fieber. Ich ging in meine Schlafstube, kleidete mich um und trank ein Glas kaltes Wasser. Ruhig, vollkommen ruhig mußte ich sein, wenn ich erlangen wollte, was ich für meine einzige Rettung hielt.

Mein Vater saß in seiner Stube, im bequemen Lehnstuhl, und las und schrieb abwechselnd, und neben ihm stand die dampfende Theetasse. Er sah so munter und wohlgemut aus, wie ich ihn selten vor seiner Krankheit gesehen hatte, und das liebe, alte, zerstreute Lächeln war auch wieder da. Im Wohnzimmer strich Frau Silber, die Wärterin, Butterbrötchen für ihn, regulierte nach dem Thermometer die Zimmerwärme, und winkte mir freundlich, nicht zu hastig einzutreten – sie war die verkörperte Fürsorge selbst, in besseren Händen konnte ich meinen Vater nicht wissen.

Ich setzte mich neben ihn auf ein Fußbänkchen, doch so, daß mein Gesicht völlig im Dunkeln blieb. Er erzählte mir freudig, der Leibarzt sei bei ihm gewesen und habe ihm die Mitteilung gemacht, daß er morgen zum erstenmal ausfahren dürfe, der Herzog werde ihn selbst im Wagen abholen – dann strich er mir schmeichelnd über den Scheitel und meinte, er freue sich, daß der Thee im Claudiushause nicht gar so lange gedauert habe und ich wieder bei ihm sei.

»Wie wird das aber werden, Vater, wenn ich auf vier Wochen in die Heide gehe?« fragte ich und bog mich noch tiefer in den Schatten zurück.

»Ich werde mich hineinfinden müssen, Lorchen,« sagte er. »Du mußt für eine Zeit in deine eigentliche Heimatluft zurück, um dich zu stärken – beide Aerzte haben es mir zur Pflicht gemacht. Sobald es warm wird –«

»Es ist warm draußen, köstlich mild,« unterbrach ich ihn rasch. »Denke dir, mich jagt es förmlich in die Heide – mir ist, als würde ich krank und könne den bösen Feind nur durch den frischen Heidewind abwehren... Vater, wenn du mir einmal die Erlaubnis gibst, warum denn nicht heute abend noch?«

Er sah mich erstaunt an.

»Das kommt dir tollköpfig vor, nicht wahr?« sagte ich mit dem schwachen Versuch zu lächeln. »Aber es ist vernünftiger, als du denkst. Die weichste Luft weht draußen; ich fahre mit dem Nachtzug, bin morgen abend auf meinem lieben, lieben Dierkhof, trinke vier Wochen lang Milch und atme Heideluft, und bin gesund wieder da, wenn es hier – schön wird, wenn die Bäume blühen, und dann – ist alles, alles gut – gelt, Vater?... Ich kann ja auch vollkommen ruhig gehen – Frau Silber bleibt bei dir, besser könntest du gar nicht aufgehoben sein – bitte, Vater, gib mir die Erlaubnis!«

»Was meinen *Sie* denn dazu, Frau Silber?« rief er unschlüssig hinüber.

»I, lassen Sie Fräulein Lorchen nur gehen, Herr Doktor!« sagte die gute Alte, breitspurig in die Thür tretend. »Der Mensch soll nicht gegen seine Natur sein, und wenn dem Fräulein zu Mute ist, als würde sie krank und könnte nur in der Heide gesund werden, da sagen Sie um Gottes willen nichts dagegen... In einer Stunde geht der Nachtzug, packen Sie ein, Fräulein, ich helfe Ihnen und bringe Sie auf den Bahnhof.«

Auf flüchtenden Füßen verließ ich die Karolinenlust. Es war stockfinster, und meine Begleiterin konnte nicht sehen, wie mir die Thränen über das Gesicht strömten, wie ich hinüberwinkte nach dem Glashause, in welchem ich einen köstlichen Augenblick voll Glück erlebt hatte. Ich wollte nicht hinaufsehen an den Fenstern des Vorderhauses, als wir durch den Hof gingen – ach, was vermochte mein Wille gegen den Trennungsschmerz, der in mir tobte? Meine Augen hingen verzehrend an der Lichtflut in Charlottens Zimmer – man hatte vergessen, die Vorhänge zuzuziehen. Noch waren alle versammelt, man sah es an den lebhaft über die Zimmerdecke hinlaufenden wechselnden Schatten. Er verzieh ihr, der Treulosen, um deren willen er einst nachts wie gehetzt die Gärten durchmessen hatte – er versöhnte sich mit ihr – es war ja heute ein Tag der Versöhnung – während »die unbesonnene kleine Heidelerche«, von seinem Herzen weggescheucht, davonflog, hinaus in die lichtlose Nacht.

33

Und nun wuchsen die vier Eichen immer höher vor mir auf – ich sah deutlich den dunklen Punkt inmitten des einen Wipfels, das alte wohlbekannte Elsternest – die jungen Vögel, die damals lustig in meinen Abschiedsjammer hineingeschrien hatten, sie waren längst auf- und davongeflogen, und wohl nur das alte angestammte Paar hockte als Turmwart des Dierkhofes droben und richtete die scharfen, klugen Augen auf das einsame Menschenkind, das über die Heide dahergewandert kam. Tief in der dunklen Wölbung des Hausthors glühte schwach ein Feuerkern, im Herde brannte der Torf, und das traute Dach, aus welchem der Rauch in kerzengeraden gelblichen Streifen zum Abendhimmel aufstieg, sah aus, als wüchse es direkt aus dem Heideboden, so eingesunken, so klein geworden kam mir der Dierkhof vor. Da sah ich Spitz wie toll über den Hof rennen – in der Thür der Umzäunung blieb er wie atemlos, mit steifgespitzten Ohren, einen Augenblick stehen; aber nun raste er auf mich zu – er sprang mir freudewinselnd bis hinauf an das Gesicht, um mir die Wangen zu lecken – ich hatte Mühe, mich auf den Füßen zu halten.

»Was hat denn das Tier? Es ist ja wie närrisch?« rief Ilse und trat unter das Hausthor… Ach, diese Stimme! Ich lief über den Hof und warf mich an die Brust der großen Frau – da meinte ich ja endlich den Qualen entronnen zu sein, die mich wie die Furien bis in die stillste, tiefste Heide hinein verfolgten… Sie schrie nicht auf und sagte auch kein Wort, aber die Arme umschlossen mich fest – ich wurde gehätschelt und geliebkost wie in meiner Kindheit und wußte sofort, daß sie sich unbeschreiblich gesehnt haben müsse, und als wir auf den Fleet traten, wo bereits Licht brannte, da sah ich auch, daß sie blässer geworden war.

Aber völlig ließ sich Ilse nie von ihrem Gefühl überrumpeln. Sie schob mich plötzlich mit steif ausgestreckten Armen von sich. »Lenore, du bist durchgebrannt!« sagte sie in jenem gefürchteten Tone, mit welchem sie mir einst auch meine Kindersünden auf den Kopf schuld gegeben hatte.

Bei allem inneren Weh mußte ich doch lächeln. Ich setzte mich auf Heinzens Holzstuhl und erzählte ihr von dem Feuerunglück und der Krankheit meines Vaters, wobei sie einmal über das andere die Hände über dem Kopfe zusammenschlug. Das hinderte sie jedoch nicht, das Feuer im Herd neu zu schüren, den Wasserkessel aufzusetzen und mich mit einem Butterbrot sehr gegen meinen Willen, Bissen um Bissen, zu füttern.

»Ja, ja, das war freilich das Gescheiteste,« meinte sie, als ich ihr schließlich mitteilte, daß die Aerzte mich auf den Dierkhof geschickt hätten. Dann verschwand sie im Innern des Hauses, um mich bald darauf vor ein himmelhoch aufgetürmtes Bett zu führen.

»So, Kind – nun gehst du zu Bett, und den Fliederthee bringe ich auch gleich. Auf zwanzig Schritte sieht man dir's an, daß du dich auf der Reise erkältet hast – das ist ja das reine Fiebergesicht… Und gesprochen wird nun gar nichts mehr – morgen erzählst du weiter.«

Auf mein entsetzliches Sträuben hin wurde mir der Fliederthee erlassen – ins Bett aber wurde ich ohne Gnade gesteckt… Da sah nun wieder das verräucherte Bild Karls des Großen unverwandt auf mich nieder. Ich sprang auf, nahm es vom Nagel und kehrte es gegen die Wand… Wie haßte ich dieses Gesicht! Wieviel Leichtfertigkeit, Lug und Trug deckte die weiße Stirn, die mich am Hünengrabe förmlich geblendet!… Sie hatte mir wie ein Licht in die dunkle Welt hineingeleuchtet – diesem trügerischen Schein war ich damals halb unbewußt gefolgt, um seinetwillen hatte ich mich von der Heimat losgerissen; jetzt sah ich klar in meine damaligen Empfindungen und verabscheute sie – sie hatten mich blind gemacht und auf einen Weg voller Irrtümer geführt.

Ich setzte mich wieder, wie in der Sterbenacht meiner Großmutter, auf das Fußende des Bettes und sah hinaus in die unermeßliche Weite. Nein – auch auf dem Dierkhof fand ich keine Ruhe, und je tiefer und lautloser die Stille um mich webte, desto furchtbarer schrie mein einsames Herz auf… Jetzt begriff ich, wie meine Großmutter stundenlang dort in der Baumhofecke hatte stehen und unverwandt in die weite Welt hinausstarren können – die umschleierten

Augen hatten ein Wesen in der Nebelferne gesucht, die Verlorene, Entartete, die das schwergekränkte Mutterherz dennoch nicht vergessen konnte. Und für mich breitete sich der weite, von Millionen Goldflittern betupfte Nachthimmel auch nur über einen einzigen Punkt, über das ferne, alte Kaufmannshaus.

Draußen fuhr der Wind auf und machte die dürren Zweige des Ebereschenbaumes leise an die Scheiben klopfen; ich wich zurück und legte die Hand über die Augen – unter dem Fenster stand ja die Bank, auf der ich Tante Christinens Brief zum erstenmal gelesen hatte. Nun hatte ich sie in der That auf den Knieen liegen sehen, die märchenhafte Gestalt, schöner als die schönsten Blumenleiber, die in meinem Kinderbuche aus Lilien-und Rosenkelchen emporwuchsen. Und aus den weißen Atlaswogen hatten sich zwei zarte Arme ausgestreckt, um den einst tief beleidigten Mann schmeichelnd wieder an das treulose Herz zu ziehen ... Ich schlug mich unwillkürlich mit den geballten Händen gegen die Brust – ich war schwach und feig gewesen in jenem verhängnisvollen Augenblicke, ich *durfte* nicht hinausgehen, meinen Kopf mußte ich, wie wenige Stunden zuvor, fest an seine Brust legen – er selbst hatte mir diesen Platz angewiesen, und ich wußte, daß es in Zärtlichkeit geschehen war; ich hatte es an dem Klopfen seines Herzens, an der leise zitternden Hand gefühlt, die, während ich gebeichtet, immer wieder behutsam, aber zartschmeichelnd über meine Locken hingeglitten war. Ich durfte nicht dulden, daß diese rosig weißen Hände ihn berührten, dann wäre vielleicht der böse Zauber nicht über ihn gekommen ...

Jetzt war es wohl hell im Vorderhause, so hell, wie an jenem Theeabend, wo die Prinzessin dagewesen ... Und er saß am Flügel – vergessen war die Zeit, wo er um ihretwillen keine Taste mehr berührt hatte; sie sang ihm ja jetzt die berauschende dämonische Tarantella ... Und binnen wenigen Wochen schritt eine neue Hausfrau durch die hallenden Gänge des Claudiushauses – nicht im klaren Stirnschleier, wohl aber mit langer, seidenrauschender Schleppe, Blumen in das Haar gestreut und ein Trällern auf den Lippen – und es wurde lebendig in den stillen Gesellschaftszimmern, Gäste flogen ein und aus, und Champagnerpfropfen knallten, und niemand verdachte dem Manne seine Wahl, die Frau war ja noch »von hinreißender Schönheit« ... Nun wurde er mein Onkel – ich sprang auf und rannte außer mir auf und ab ... nein, ich war kein sanftes Engelsgemüt, ich konnte nicht mit heißen Thränen in den Augen lächeln, ich wehrte mich aufschreiend gegen das Messer, das mir erbarmungslos immer wieder in der Brust umgewendet wurde! ... Nach K. kehrte ich nicht wieder zurück; ich wollte meinen Vater beschwören, einen anderen Aufenthaltsort zu wählen – wie konnte ich je das Wort »Onkel« über meine Lippen bringen? Nie, nie!

Das sanfte Klopfen draußen an den Scheiben verwandelte sich in ein heftiges Peitschen und Schlagen – der Frühlingssturm brauste über die Heide hin ... Nun hörte ich's wieder, das Knistern und Knacken der alten Balken, das Schnauben und Pfauchen um die Ecken, und in den Eichenwipfeln das Gerassel der verdorrten Blätter, die, längst tot und modernd, sich doch noch unter gespensterhaftem Rauschen an die lebendigen Aeste angstvoll anklammerten. Der alte Dierkhof zitterte unter den wuchtigen Stößen, droben in den Dachluken ächzten die morschen Holzläden, und die Fensterscheiben klirrten leise, als ließe der Sturm feine, klingende Silberketten durch seine Finger laufen.

Ilse trat mit dem Hauslämpchen ein, um nach mir zu sehen.

»Hab mir's gedacht, daß du nicht schlafen kannst,« sagte sie, als sie mich angekleidet auf dem Bett sitzen sah. »Kind, du bist das alte Heidelied nicht mehr gewohnt – freilich, dort in den Bergen, da duckt sich der Sturm zahm nieder, er gefällt mir aber auch nicht halb so gut ... Gehe du nur wieder in dein warmes Bett – er thut dir nichts!«

Freilich, *der* that mir nichts – vor ihm schützte mich der traute Dierkhof mit seinem Mantel! ...

Nun war ich seit drei Tagen in der Heide und die Stürme pfiffen und johlten Tag und Nacht in einem Atem über die weite Fläche hin. Mieke, Spitz und das Federvieh, alles tummelte sich in der Tenne und sah vom geborgenen Platz aus durch das offene Hausthor den Unhold draußen vorbeijagen. Aber es wehte warm herein, und ich meinte, dann und wann fliege schon ein feiner Blumenatem auf seinen Schwingen mit. Heinz blieb auch auf dem Dierkhof. Ilse litt es nicht, daß er abends bei »dem Gebrause« in seine Hütte zurückkehrte... Ach, wie war alles anders geworden! Ich las nicht mehr vor, wenn wir auf dem Fleet saßen – die Märchen hatten keinen Reiz für mich – und mit dem Erzählen aus der Stadt wollte es auch nicht gehen. So oft Ilse den Namen Claudius aussprach – und das geschah zu meiner Verzweiflung nur zu oft – da fühlte ich meine Kehle zugeschnürt; ich wußte es, sprach ich nur den Namen selbst aus, da stürzte der mühsam aufrecht erhaltene Damm der Selbstbeherrschung unrettbar zusammen, und ich schrie, zum Entsetzen der beiden treuen Seelen an meiner Seite, meinen Schmerz in alle vier Winde hinaus. Heinz sah mich ohnehin stets scheu von der Seite an, er verstand mich und meine Ausdrucksweise nicht mehr recht, und Ilse erzählte mir lachend, er habe gesagt, ich sei nun ein wirkliches Prinzeßchen geworden, so ganz absonderlich, und er begriffe nicht, daß Ilse nicht auch die Vorhänge an die Fenster hänge und das vornehme Sofa in die Stube schöbe, wie es doch bei Fräulein Streit gewesen sei.

Am dritten Tage gegen Abend ließ der Sturm nach; er blies zwar noch immer gewaltig über die Ebene hin; aber länger litt es mich nicht mehr im Hause – ich sprang hinaus in das Wogen und Tönen und ließ mich hinüber auf den Hügel tragen... Ach ja, da stand sie noch mit festem Fuß, die liebe alte Föhre, und als ich sie mit beiden Armen umschlang, da streute sie rieselnd einen Nadelregen über mich her. Und die Ginsterbüsche hakten sich an meine Kleider; aber die Stelle, wo man im vorigen Jahr das Hünengrab aufgebrochen, lag kahl zu meinen Füßen, und kleine Sandbäche rieselten von Zeit zu Zeit da hinab, wo auch die Menschenasche verschüttet war... Ueber den Waldstreifen zuckten die flammenden Spieße der Abendröte empor – morgen gab es abermals Sturm; war es doch, als wolle selbst das Toben in den Lüften eine Schranke zwischen mich und die Welt draußen ziehen... Und dort wand sich der Fluß hin, neben dem die drei Herren damals eifrig gestrebt hatten, die öde Heide zu verlassen – da war die hohe, schlankmächtige Gestalt des »alten Herrn« fest durch das Gestrüpp geschritten, während die verwöhnten Füße des schönen Tankred fast ängstlich den samtweichen Rasenweg innegehalten hatten.

Jetzt war es todeseinsam da drüben – nein – ich hielt die Hand über die Augen, um das Wunder in der menschenleeren Heide besser anstarren zu können. Dort bewegte sich ein dunkles Etwas auf dem schmalen Sandweg, den Heinz mit dem Namen »Fahrstraße« beehrte. Himmel, Ilse hatte ihre Drohung wahr gemacht und den Doktor kommen lassen! Mein bleiches Gesicht, mein niedergeschlagenes Wesen ängstigten sie unbeschreiblich. Der dunkle Punkt schwankte näher und näher; das rote Abendlicht überfloß ihn grell – es war richtig die alte Kutsche, in welcher man den Arzt an das Sterbebett meiner Großmutter geholt hatte. Sie machte eine Schwenkung – wie eine Silhouette hoben sich das kräftig anziehende Pferd und die Kalesche vom Himmel ab; ich sah die Wagenfenster aufblinken und den stämmigen Bauernkutscher auf dem Bock sitzen... Plötzlich hielt der Wagen still, und ein Herr sprang heraus – und wenn die Gestalt dort vom blonden Scheitel bis zur Zehe herab noch so streng verhüllt gewesen wäre, an dieser einen Bewegung hätte ich sie unter Tausenden heraus erkannt!... Meine Pulse stockten, ich biß die Zähne zusammen und starrte angstvoll auf die Wagenthür – jetzt mußte auch sie aussteigen, die schöne Frau mit dem Samtmantel, den weißen Hermelin um die Schultern geschlagen – Onkel und Tante kamen, um die Entflohene zurückzuholen – allein die Thür fiel zu, und der Wagen schwenkte um nach dem Walde zurück. Herr Claudius aber schritt über die Heide her, direkt auf den Hügel zu; ein weiter Mantel flatterte von seinen Schultern, und die blauen Brillengläser funkelten in der Abendsonne... Ich ließ die Föhre los, breitete die Arme weit aus und wollte den Hügel hinabstürmen; aber ich ließ sie sofort wieder sinken – einen Onkel begrüßt man nicht leidenschaftlich – taumelnd im Sturm umfing ich die Föhre wieder und drückte meine Stirn an die harte Rinde.

Jetzt kamen die Schritte näher und näher – ich bewegte mich nicht, mir war es, als sei ich an einen Marterpfahl gebunden und müsse ausharren im lautlosen Schmerz.

Am Fuße des Hügels blieb er stehen.

»Auch nicht um einen Schritt kommen Sie mir entgegen, Lenore?« rief er hinauf.

»Onkel,« rang es sich von meinen Lippen.

Mit wenigen Schritten stand er droben neben mir – ein Lächeln zuckte um seinen Mund.

»Seltsames Mädchen, in welche ungeheuerliche Vorstellung haben Sie sich verrannt! Glauben Sie wirklich, daß ein gesetzter Onkel so sehnsüchtig und angstvoll einer entflohenen kleinen Nichte nacheilen würde?«

Er ergriff sanft meine beiden Hände und zog mich den Hügel hinab. »So, hier fegt der Sturm über uns weg…Ich bin Ihr Onkel nicht – aber bei Ihrem Vater bin ich gewesen und habe um andere Rechte gebeten; er hat mir freudig die Erlaubnis gegeben, Sie heimzuholen – aber nicht in die Karolinenlust, Lenore; wenn Sie sich entschließen, mit mir zu gehen, dann gibt es für uns beide nur einen Weg…Lenore, zwischen Ihnen und mir steht nur noch Ihr eigener Wille – haben Sie *noch* keinen anderen Namen für mich?« —

»Erich!« jauchzte ich auf und schlang die Arme um seinen Hals.

»Böses Kind,« sagte er, mich fest umschließend. »Was alles hast du mir gethan! Nie werde ich die Stunde vergessen, in welcher Fräulein Fliedner erschrocken aus der Karolinenlust zurück- kam und mir sagte, du seiest fort, fort mit dem Nachtzug – ein verscheuchtes Heidevögelchen, einsam draußen in Nacht und Fremde. Und wie trauerte ich, daß du dir nicht einmal bewußt warst, welchen Schmerz du mir zufügtest!.... Lenore, wie war es dir möglich, zu denken, ich könne eben mein heilig geliebtes Mädchen an das Herz ziehen, um es gleich darauf um der häßlich geschminkten Sünde willen zu verstoßen?«

Ich wand mich los.

»Sehen Sie mich doch nur an!« rief ich und unterwarf mich halb lachend, halb weinend einer Musterung seines Blickes. »Neben Tante Christine bin ich doch das armseligste Nichtschen, wie Charlotte mich immer nennt!…Ich habe die Tante zu Ihren Füßen gesehen; sie hat um Verzeihung gebeten – ach, und in welchen Tönen! Und ich wußte, daß Sie diese wunderschöne Frau sehr lieb gehabt haben, so lieb –«

Ein flammendes Rot stieg in sein Gesicht – ich hatte ihn noch nie so tief erröten sehen.

»Ich weiß, daß Fräulein Fliedner geplaudert hat,« sagte er. »Sie klagt sich auch an, deine Flucht veranlaßt zu haben, indem sie, wunderlich genug, der Furcht Ausdruck gegeben hat, in könne dem Zauber erliegen…Meine Kleine, ich gestatte dir absichtlich keinen Blick in jene Zeit, auf die jahrelange Reue gefolgt ist – du sollst deine keuschen Kinderaugen behalten, sie sind meine Erquickung, mein Stolz…Ich habe mich schwer geirrt, damals, am meisten in mir selbst; ich habe das Aufflammen häßlicher Leidenschaft für jenes Sternenlicht gehalten, das erst mit deinem Erscheinen über meinem Leben aufgehen sollte…Bis zur äußersten Konsequenz hat sich die Verirrung meiner Jugend gerächt – bis zu dieser Stunde habe ich leiden müssen; aber nun sei es auch genug der Sühne – ich verlange mein Recht!«

Er küßte mich – dann schlug er schützend seinen Mantel um mich. »Du wirst manches ver- ändert finden, wenn wir heimkommen, mein Kind,« sagte er nach einer Pause mit gedämpfter Stimme. »Die Mietwohnung im Erdgeschoß des Schweizerhäuschens ist leer – der Zugvogel ist wieder nach dem Süden geflogen –«

»Aber sie war arm – was wird sie anfangen?« fiel ich beklommen ein.

»Dafür ist gesorgt – sie ist ja deine Tante, Lenore?«

»Und Charlotte?«

»Sie hat eine furchtbare Lehre empfangen; aber ich habe mich nicht in ihr geirrt – es ist trotz alledem ein tüchtiger Kern in diesem Mädchen. Anfänglich war sie tief erschüttert an Leib und Seele – sie hat sich jedoch aufgerafft, und jetzt bricht der wahre Stolz, die wirkliche Seelenwürde durch. Sie schämt sich ihres Thuns und Treibens im Institut; sie hat wenig gelernt, trotz ihrer Begabung und der ihr gebotenen reichen Ausbildungsmittel, weil sie stets vorausgesetzt hat, sie sei zu Höherem geboren und brauche nicht zu arbeiten. Nun geht sie abermals in ein Institut, um sich zur Gouvernante heranzubilden. Ich bin diesem Entschluß durchaus nicht entgegen – durch geistige Thätigkeit wird sie vollends genesen; übrigens bleibt das Claudiushaus ihre Hei- mat…Dagobert aber will den Dienst quittieren und als Farmer nach Amerika gehen…Die Ver- blendung der Geschwister bezüglich ihrer Abkunft und die schließliche Enthüllung sind in der Stadt ruchbar geworden – wer geplaudert haben mag, man weiß es nicht – Dagoberts Stellung wird voraussichtlich eine unerquickliche werden, deshalb geht er freiwillig... Wenige Stunden vor meiner Abreise hierher war ich bei der Prinzessin –«

Ich verbarg mein Gesicht an seiner Brust. »Nun kommt das Strafgericht auch über mich!« flüsterte ich.

»Ja, ja, nun weiß ich alles!« bestätigte er mit scheinbarer Strenge. »Das Heideprinzeßchen hat seine kleine, vorwitzige Nase schon am ersten Tag in das Geheimnis der Karolinenlust gesteckt und dann wacker mitgeholfen bei der Intrige gegen den unglücklichen Mann im Vorderhause –«

»Und er verzeiht mir nicht –«

Er lächelte auf mich nieder. »Hätte er dann wohl den roten Mund geküßt, der so heroisch schweigen kann?«

Wir traten hinter dem schützenden Hügel hervor – der Sturm fiel uns an. »O säh' ich auf der Heide dort im Sturme dich!« sang ich jauchzend aus voller Brust in das Klingen uns Sausen hinein. Es war ja wahr geworden, ich schritt, von starkem Arm gehalten, an seiner Seite dahin, und seine Linke hielt sorgsam den Mantel zusammen, den er mir um Haupt und Schultern geschlagen... Und der Sturm schoß mit seinem Frühlingsatem an mir vorüber und höhnte: »Gefangen, gefangen!« Und ich lachte auf und schmiegte mich glückselig an den Mann, der mich führte – mochten Sturm und Bienen und Schmetterlinge frei über die Heide hinfliegen – ich flog nicht mehr mit!...

Ilse saß auf dem Fleet und schälte Kartoffeln, und Heinz kam eben mit der qualmenden Pfeife aus dem Baumhof, als wir in die Tenne traten... Nie hatte ich meine treue Pflegerin so konsterniert gesehen, als in dem Augenblick, wo Herr Claudius mir den Mantelzipfel vom Haupt schob und ich sie anlachte. Das Messer und die halbgeschälte Kartoffel fielen ihr aus den Händen auf den Schoß. »Herr Claudius!« rief sie erstarrt. Bei dem Namen riß Heinz erschrocken die Pfeife aus dem Munde und hielt sie auf dem Rücken.

»Grüß Gott, Frau Ilse!« sagte Herr Claudius. »Sie haben einen kleinen Deserteur beherbergt; – ich bin gekommen, ihn heimzuholen – *mein* ist er!«

Jetzt ging der ›Frau Ilse‹ ein Licht auf. Sie sprang empor, Messer, Schalen und Kartoffeln, alles rollte von der Schürze auf die Steinplatten. »O herrje, das war also die Krankheit?« – Sie schlug die Hände zusammen. – »Da war freilich Fliederthee das konträre Mittel!... Schön angeführt hast du mich, Lenore, o herrje!... Und heiraten wollen Sie das Kind da, Herr Claudius?« schalt sie förmlich, während ihr die Thränen der Rührung über die Wangen liefen. »Sehen Sie sich doch nur die kleinwinzigen Hände an und das Gesichtchen, und die jungen, jungen Augen –«

Herr Claudius errötete fein wie ein Mädchengesicht. »Ich bin ihr recht, meiner jungen Lenore,« sagte er leise und ein wenig zögernd. »Sie behauptet, den ›alten, uralten Mann‹ lieb zu haben.«

Ich schmiegte mich fester an ihn.

»I bewahre, Herr Claudius, so ist das gar nicht gemeint,« protestierte Ilse eifrig. »*Die* möchte ich sehen, die da nicht auf der Stelle, mit Freuden, Ja und Amen sagte! Aber, aber – die vielen Leute, die Sie kommandieren, wie sollen denn die Respekt kriegen vor solch einem Weibchen, das Sie wie ein Kind auf dem Arm im Hause herumtragen können!«

Er lachte leise auf. »Respekt werden sie schon bekommen, wenn sie sehen, wie ›das Weibchen‹ den Chef des Hauses kommandiert... Und nun, Frau Ilse, rüsten Sie sich – morgen reisen wir heim – die Braut darf nur in Ihrer Begleitung zurückkehren.«

Ilse fuhr sich mit dem Schürzenzipfel über die Augen. »Aber der Dierkhof unterdessen, Herr Claudius? Wenn Sie nur wüßten, wie ich ihn dazumal wiedergefunden habe!« sagte sie ein wenig scharf und anzüglich.

Heinz kratzte sich verlegen hinter dem Ohr und sah scheu nach der gestrengen Schwester. Aber ich sprang auf ihn zu und schlang meinen Arm in den seinen. »Heinz, böser Heinz, gratulierst du mir nicht?«

»Ach ja, Prinzeßchen; aber es dauert mich auch; da draußen ist's doch lange – keine Heide!«

Diese Niederschrift habe ich zwei Jahre nach meinem Hochzeitstage begonnen. Die Korbwanne stand neben meinem Schreibtisch, und zwischen den Kissen atmete ein junges Wesen –

mein schöner, blonder Erstgeborener. Für dieses kleine Wunder, das ich immer wieder anstaunen mußte, wollte ich meine Erlebnisse niederschreiben ... Seitdem hat auch ein prächtiger, *braungelockter* Bursche mit der kräftigsten Jungenstimme in dem grünumschleierten Korb gelegen, und jetzt schläft Lenore, das einzige Töchterchen des Claudiushauses, auf derselben Stelle – seit sieben Jahren bin ich verheiratet. Ich sitze in Charlottens ehemaligem Zimmer. Die dunklen Vorhänge sind verschwunden – es ist sonnig um mich her, Rosenbouquets, gestickt und gemalt, liegen hingestreut auf Teppich, Möbeln und Wänden, und in den Fensternischen duften förmliche Blumenhecken. Lenore schlummert, die Fäustchen an die Wange gedrückt – es ist so still, daß ich die Fliegen summen höre – nun endlich zum Schluß!

Da wird die Thür aufgestoßen, und sie kommen hereingestürmt, die zwei Stammhalter des Claudiushauses.

»Aber Mama, du schreibst auch zu lange!« ruft der Blonde vorwurfsvoll. »Wir wollen doch Sauermilch im Garten essen – Tante Fliedner ist schon in der Laube, und den Großpapa haben wir auch geholt.«

Ich sehe ihm mit zitternder Lust in das Gesicht – er schießt piniengleich in die Höhe; aber, o weh – wie wird es um die Autorität stehen, wenn er der kleinen Mutter über den Kopf gewachsen ist? ... Der kleine Braune aber hebt sich auf die Zehen, legt mir einen fingerdicken Strick und ein schwankes Weidengertchen quer über das Manuskript und bittet mit seiner tiefen, treuherzigen Stimme: »Mama, ein Peitsche machen!«

»Geht nur einstweilen in den Garten,« sagte ich, während meine Finger sich abmühen, die fast unmögliche Peitsche herzustellen. »Ich muß erst noch etwas von Tante Charlotte schreiben.«

»Von Paulchen auch?« – Auf meine Bejahung laufen sie wieder hinaus, die Treppe hinunter.

Am Tag nach meiner Rückkehr aus der Heide verließ Charlotte das Claudiushaus, um in ein Institut einzutreten; und kurze Zeit darauf ging der junge Helldorf nach England – er hatte um Charlottens Hand gebeten und war zurückgewiesen worden. Mir gestand sie schriftlich ein, sie habe ihn in ihrem Hochmut zu schlecht behandelt, und nun sie von ihrer vermeintlichen Höhe herabgestürzt sei, werde sie ihrer Neigung noch weniger Raum geben. Wir litten nicht, daß sie nach vollendeten Studien in fremde Abhängigkeit trat – sie kehrte auf unsere Bitten in das Claudiushaus zurück – eine leidenschaftlich liebende Tante für unsere Kinder. Helldorfs Name kam nie über ihre Lippen, obgleich sie, wie wir auch, viel im Hause des Oberlehrers verkehrte. Da kam der Krieg im Jahre 66. Max Helldorf wurde einberufen und bei Königgrätz schwer verwundet ... Eine Stunde nachher, als der Oberlehrer schreckensbleich die Nachricht in unser Haus gebracht hatte, trat Charlotte im Reiseanzug in mein Zimmer. »Ich gehe als Diakonissin, Lenore,« sagte sie fest. »Vertritt meine Handlungsweise beim Onkel – ich kann nicht anders.«

Claudius war verreist – ich ließ sie mit tausend Freuden ziehen. Nach vier Wochen unterschrieb sie einen langen, glückatmenden Bericht als Charlotte Helldorf. Der Feldgeistliche hatte den Genesenden und seine treue Pflegerin eingesegnet ... Jetzt wohnt das junge Paar in Dorotheenthal – Helldorf ist Prokurist der Firma Claudius geworden – und seit »Paulchen« die großen Augen aufgeschlagen hat, begreift Charlotte nicht mehr, wie sich die Menschen, die alle mit gleichem Rechte in die Welt treten, in Hochmütige und Mißachtete zerspalten können.

Ach, jetzt höre ich feste Schritte die Treppe heraufkommen – die Schreibstube ist geschlossen ... Ich schreibe weiter und thue, als hörte ich ihn nicht kommen, den Mann, der mich mehr verzieht, als er verantworten kann. Ich lache ihn stets aus, wenn er mich dann in seine Arme nimmt und über meinen Kopf hinweg wie entschuldigend zu meinem Vater sagt: »Sie ist ja das älteste und unbesonnenste von meinen Kindern.« Und mein Vater nickt mit seinem zerstreuten Lächeln dazu – er ist noch immer sehr zerstreut, mein guter Papa, aber er wird von uns auf den Händen getragen, und sein neustes Werk macht Furore in der Gelehrtenwelt. Vielleicht sind seine Enkel daran schuld – sie dürfen in der restaurierten Bibliothek rumoren, soviel sie Lust haben, und klettern auf seinen Schoß, während er schreibt. Seine Stellung bei Hofe ist angenehmer denn je, und die Prinzessin kommt oft in das Claudiushaus; aber über dem Lotharbild hängt ein dunkler Vorhang, und die Tapetenthür in der Karolinenlust ist zugemauert worden.

Jetzt ist der hohe, noch immer schlanke Mann leise eingetreten, er biegt sich über die Korbwanne und betrachtet sein schlafendes Töchterchen.

»Es ist erstaunlich, wie das Kind dir ähnlich sieht, Lenore.«

Ich springe stolz auf; denn er sagt das mit einem entzückten Blick... Fort mit der Feder und
dem Manuskript! Sie haben keine Farben für den Sonnenblick des Glückes über der Stirn des
»Heideprinzeßchens«.